KNAUR

Kai Meyer

Die Bibliothek im Nebel

Roman

KNAUR

Besuchen Sie uns im Internet:
www.droemer-knaur.de

MIX
Papier | Fördert gute Waldnutzung
FSC® C083411

Originalausgabe November 2023

Ein Imprint der Verlagsgruppe Droemer Knaur GmbH & Co. KG, München

Dieses Werk wurde vermittelt durch die
Michael Meller Literary Agency GmbH, München.
Redaktion: Hanka Leo
Covergestaltung: semper smile, München unter Verwendung von Arcangel,
GettyImages.com und Shutterstock.com Motiven
Satz und Layout: Adobe InDesign im Verlag
Druck und Bindung: CPI books GmbH, Leck
ISBN 978-3-426-22808-1

6 8 9 7 5

1

1917

Ich spürte Mara im ganzen Haus, obwohl sie schon lange fort war. Fühlte ihre Anwesenheit in den hohen Gängen wie einen Luftzug, sah ihren Umriss im Faltenwurf der Brokatvorhänge, hörte ihre Schritte in den barocken Sälen und auf der Freitreppe aus Marmor.

Doch nirgends war sie mir so nah wie in der Bibliothek meines Onkels, ein Spuk im Labyrinth der Bücher.

Manchmal, wenn ich an den Regalen entlangging, glaubte ich sie auf der anderen Seite zu sehen, ein Huschen hinter den Reihen, ein Tänzeln im aufgewirbelten Staub, ein Schatten auf den ledernen Buchrücken. Dann wünschte ich mir, ich könnte ihre Stimme hören, ihr Atmen, das leise, kluge Lachen.

Aber Geister lachen nie, auch nicht die der Lebenden.

Keiner wird das hier lesen. Sobald ich meine Niederschrift beendet habe, werde ich die Blätter verbrennen. Dann wird es sein, als ob die Flammen die Vergangenheit verzehren – den Schmerz, die Schuld und auch das Schöne –, und ich werde freier atmen können, klarer denken, vielleicht wieder schlafen, ohne in den Träumen zurückzukehren, in das kalte Palais am Katharinenkanal, nach Sankt Petersburg im Februar 1917.

Atemlos kam ich an jenem Tag aus der Kaiserlichen Bibliothek nach Hause. Ich hatte meinen Spind im Raum der Jungbibliothekare ausgeräumt und ein paar meiner Lieblingsbücher eingesteckt, um sie in Sicherheit zu bringen, für den Fall, dass jemand Feuer legte. Petersburg – das seit ein paar Jahren offiziell Petrograd hieß, aber auf der Straße kaum so genannt wurde – versank unaufhaltsam im Chaos. Auf den Newa-Brücken brannten die Barrikaden der Bauern und Arbeiter, der Zar hatte das Kriegsrecht ausgerufen. Manche munkelten von einem Schießbefehl an das Militär. Dabei sollten es schon bald die Soldaten sein, die sich gegen Nikolaus II. erheben und ihn zur Abdankung zwingen würden.

Doch bis dahin, pure Anarchie.

Am Newski-Prospekt zogen die protestierenden Massen mit Parolen und Knüppeln umher, mal hierhin, mal dorthin, sodass man sich fragte, wohin sie wohl das Land steuern wollten, wenn sie nicht mal ihren Märschen eine Richtung geben konnten. Gefährlicher als sie waren die Plünderer und jene, die allein auf Zerstörung aus waren. Auf meinem Weg zurück zum Kanal hatte ich einen großen Bogen um sie alle gemacht, und als ich erschöpft das Palais betrat – wie meistens durch den Dienstboteneingang, weil meine Tante das hasste –, dachte ich naiv, ich hätte das Schlimmste hinter mir.

Da hatte ich noch nicht Ofeliyas Rollstuhl gesehen, der mit zertretenen Speichen auf der Seite lag. Und das Blut im großen Salon.

Von beidem ahnte ich nichts, als ich die Freitreppe im Foyer hinauflief, durch die Gemäldegalerie zur Hausbibliothek meines Onkels. Sie war in einem Saal im Westflügel unterbracht, in den man Regalwände nach einem unergründlichen Muster eingezogen hatte, bis er aussah wie einer der Irrgärten, in denen weiße Mäuse nach einem Ausgang suchen. Die Maus war in diesem Fall ich, denn seit mein Onkel Alexej Michailowitsch Kalinin mir die Verantwortung für seine Sammlung übertragen hatte, irrte auch ich durch diese Wildnis aus entlegenen Themengebieten und unkartografierten Bücherbergen. Weil er mir die Ausbildung in der Kaiserlichen Bibliothek ermöglichte, war er der Ansicht, dass ich meine Freizeit mit dem Sortieren und Katalogisieren seiner eigenen Bände verbringen sollte.

Nicht, dass es mir etwas ausmachte. Manche Menschen sind für die Bücher gemacht, und nur die Ahnungslosen glauben, es sei umgekehrt.

Ich legte den Stapel, den ich mitgebracht hatte, auf den Arbeitstisch zwischen den Fenstern und schob einen der Vorhänge ein kleines Stück beiseite. Auf der Straße zog ein tobender Mob vorüber. Viele Männer trugen Möbelstücke und Gemälde in goldenen Rahmen, andere Stehlampen und Stapel gefalteter Bettwäsche, zwei gar eine leere Kinderwiege. Sie mussten eines der anderen Herrschaftshäuser am Kanal geplündert haben, vielleicht die Villa der Sidorows. Wiktoria Sidorowa hatte erst vor wenigen Wochen entbunden.

Im Nachhinein wundere ich mich, dass ich mir kaum Sorgen um uns machte. Diese Menschen da draußen mochten durch verlassene Häuser randalieren, aber gewiss doch solche meiden, in denen es Zeugen gab. Schließlich war ich zu Hause, und irgendwo musste auch die Dienerschaft sein, dazu mein Onkel, meine Tante, natürlich meine Cousine Ofeliya. So dachte ich damals, Narr, der ich war, und es verrät viel über die Blauäugigkeit, mit der ich die Welt durch Bibliotheksfenster betrachtete.

Der Himmel hatte sich zugezogen, es sah nach starkem Regen aus. Vielleicht würden sich die Horden der Unzufriedenen bald von selbst auflösen, zurückgeschwemmt in ihre Viertel, in denen es tagsüber nach nasser Wäsche und Kohlsuppe roch und in den Nächten nach Schnaps und Erbrochenem.

Gerade nahm ich das oberste Buch vom Stapel, eine russische Ausgabe des *Kalevala,* die mir besonders am Herzen lag, als ein lautes Pochen erklang. Ein Netz von Rohren verbreitete es im ganzen Haus, erst recht, wenn man den Türklopfer wie einen Hammer benutzte. Oder wie einen Rammbock.

Ich warf einen erneuten Blick aus dem Fenster. Der Pulk der Plünderer war weitergezogen, mehr als einer oder zwei von ihnen konnten nicht am Portal sein. Keiner der Dienstboten machte Anstalten, die Tür zu öffnen – sicher fürchteten sie um ihr Leben –, also machte ich mich auf den Weg: an den Gemälden vorbei, die Treppe hinab, durch die Weite der Eingangshalle. Vom Leben in einem Palast träumt man nur, bis man selbst in einem wohnt. Kaum ein Tag, an dem ich mich nicht fortwünschte, in ein einsames Holzhaus in den Wäldern Kareliens, hinaus aus diesem Gemäuer der langen Wege, zugigen Fluchten und ungeheizten Säle.

Ich blickte durchs Guckloch, erkannte die breite Nase und das rote Haar und riss die Tür auf. »Falls du es auf Tischdecken abgesehen hast oder das Tafelsilber –«

»Artur!« Spiridon drängte sich atemlos an mir vorbei in die Eingangshalle. »Du musst weg von hier! Sofort!« Er trug ein gestreiftes Hemd und eine Lederjacke, wohl in dem Bestreben, wie einer der rebellischen Matrosen aus Kronstadt auszusehen, die mit den aufständischen Landarbeitern durch die Straßen zogen.

Ich drückte das Portal hinter ihm ins Schloss und nutzte den Moment, um mich zu sammeln. Ich kann nicht sagen, warum es das Auftauchen meines Freundes war, das mich aufrüttelte – ich hatte ja selbst gesehen, was draußen los war –, aber da war etwas in seinem Tonfall, das weit alarmierender war als sein poltriger Auftritt. Innerlich wurde mir eiskalt, und ein Zittern lief durch meine Beine. »Was ist passiert?«

Ungläubig starrte er mich an. »Du weißt es nicht?«

»Nun sag schon.«

Er schaute sich hastig in der Halle um. Erst einen Herzschlag später begriff ich, dass er diesmal nicht die wertvollen Bilder und Teppiche taxierte, sondern die anderen Hausbewohner suchte. Da fragte auch ich mich zum ersten Mal ernsthaft, wo eigentlich alle steckten.

Ofeliya musste wie immer in ihrem Zimmer sein – sie mochte den neuen Aufzug nicht, aber noch weit mehr hasste sie es, wenn die Diener sie aus dem Rollstuhl hoben und die Treppen hinabtrugen wie ein Kind. Sie war zweiundzwanzig, genauso alt wie ich, und es sprach Bände, dass Tante Xenia sie nach dem Unfall nicht ins Erdgeschoss umquartiert hatte. Stattdessen hatte sie Ofeliya jahrelang zugemutet, sich tragen zu lassen, bis sie ihr Zimmer im ersten Stock kaum noch verließ. Dass Onkel Alexej vor ein paar Monaten den modernen Gitteraufzug hatte einbauen lassen, änderte daran nicht das Geringste. Ofeliya blieb am liebsten allein und lebte nur auf, wenn ich vorbeikam, um ihr neue Bücher zu bringen.

Wo Xenia gerade steckte, vermochte ich nicht zu sagen, aber Alexej würde wohl im Arbeitszimmer sein, vielleicht auch im Rauchersalon, wo er eine seiner schrecklichen Havannas paffte. Ich konnte mir nicht vorstellen, dass er in Anbetracht der Szenen auf den Straßen zum Verlag gefahren war. Mein Onkel saß die Dinge gern aus, ganz gleich, ob es sich um das Unglück seiner Tochter oder den Aufstand der russischen Bauern handelte.

»Sie waren hier, als du weg warst«, sagte Spiridon mit tiefernstem Blick. »Die Geheimpolizei war bei euch im Haus.«

Ungläubig schüttelte ich den Kopf. »Hier?«

»Die Schweine von der Ochrana haben die Diener nach Hause geschickt, und dann haben sie sich deine Familie vorgenommen.«

Vielleicht hatte er ein falsches Gerücht aufgeschnappt. Es wurde viel geredet in diesen Tagen, stündlich machten neue Hiobsbotschaften die Runde. Doch Spiridon packte mich hart an den Schultern und machte dabei ein Gesicht, mit dem man guten Freunden beibringt, dass ihr bisheriges Leben vorüber ist.

»Wir müssen von hier verschwinden«, sagte er beschwörend. »Nicht in fünf Minuten, nicht in einer, sondern jetzt gleich!«

Mir wurde schwindelig, aber ich riss mich von ihm los, warf mich wortlos herum und rannte die Freitreppe hinauf.

»Artur!«, rief er mir hinterher. »Es ist zu spät!«

Ich hörte nicht auf ihn, nahm immer zwei Stufen auf einmal, erreichte den ersten Stock und bog in den Korridor, an dessen Ende Ofeliyas Zimmer lag.

Schon von Weitem sah ich, dass die Tür weit offen stand. Der Läufer auf dem Gang hatte Wellen geschlagen. Die Hausmädchen hatten Anweisung, die Teppiche stets glatt zu ziehen, damit sie kein Hindernis für Ofeliyas Rollstuhl darstellten.

Spiridons Schritte polterten die Stufen herauf, weit hinter mir in einer besseren Welt, in der die grausame Gewissheit kaum eine Ahnung gewesen war. »Artur, warte!«

Ich nahm den vertrauten Geruch ihres Zimmers wahr, noch ehe ich hineinstürmte, das leichte Parfüm, das sie immer benutzte, obwohl niemand außer mir zu ihr kam. Wie vom Schlag getroffen, blieb ich stehen. Der Rollstuhl lag umgeworfen vor ihrem Bett, in einem Meer aus Spiegelscherben. Einige der Bücher, die ich ihr letzte Woche mitgebracht hatte, waren über den Boden verstreut, als hätte sie jemand in maßloser Wut durch den Raum geschleudert. Wahrscheinlich derselbe, der ohne jeden Sinn auf das Rad des Rollstuhls eingetreten hatte. Gebrochene Speichen stachen in alle Richtungen.

Spiridon kam im Türrahmen zum Stehen. »Du kannst nichts für sie tun. Du weißt, was es bedeutet, wenn die Ochrana einen mitnimmt.« Er schien es nicht zu wagen, mir erneut eine Hand auf die Schulter zu legen oder auch nur in meine Reichweite zu kommen. »Sie sind alle drei tot.«

Ich drehte mich um, sah, wie er zusammenfuhr, als mein Blick den seinen kreuzte, dann drängte ich mich an ihm vorbei und lief zurück nach unten.

Im Salon fand ich Blut. Es waren nur wenige Spritzer, aber ich konnte mir vorstellen, dass sie von Hieben mit einem Schlagring stammten. Die Geheimpolizisten mussten Onkel Alexej, vielleicht auch Tante Xenia, damit bearbeitet haben. Doch vor allem dachte ich: Bitte nicht Ofeliya!

Spiridon, der einen halben Kopf größer war als ich und weit schneller, wenn es darauf ankam, tauchte neben mir auf. »Als ich davon gehört habe, bin ich sofort hergerannt!« Spiridon hörte oft solche Dinge, weil er die nötigen Verbindungen besaß und mit der Fälscherwerkstatt unter seinem Laden selbst jeden Tag Gefahr lief, in den Folterkellern und Kopfschusskammern der Ochrana zu landen. »Es heißt, man hätte eine Lieferung mit ein paar Hundert Büchern aus Deutschland abgefangen, die dein

Onkel dort hat drucken lassen. Irgendeine umstürzlerische Kampfschrift.«

»Mein Onkel ist doch kein Feind des Zaren!«, brüllte ich ihn an, als wäre das alles seine Schuld.

»Wenn die Ochrana ihn dafür hält, dann ist er jetzt einer.«

»Aber –«

Erneut ergriff er meinen Oberarm, und als ich mich losreißen wollte, gab er nicht nach. »Hör jetzt auf! Sie sind seit mindestens einer Stunde fort. Das heißt, dass es vorbei ist. Es tut mir leid, aber du weißt das so gut wie ich. Selbst wenn sie deinen Onkel noch ein wenig am Leben lassen, um ihn zu verhören, ist sein Todesurteil sicher. Und die Frauen …« Er musste den Satz nicht beenden, denn so ging es eben zu in den letzten Tagen der Zarenherrschaft. Gegner wurden ohne Gerichtsverhandlung exekutiert, ganze Familien ausgelöscht, nur auf den Verdacht hin, sie könnten mit Verschwörern im Bunde sein.

Kopfschüttelnd wollte ich abermals widersprechen, aber aus meiner Kehle kam nur Krächzen.

»Sie werden wiederkommen, um auch dich zu holen«, sagte Spiridon eindringlich. »Wer mit Büchern zu tun hat, ist doppelt verdächtig. Aber noch vor den Polizisten werden die Plünderer auftauchen, sobald sich draußen rumgesprochen hat, dass die Kalinins fort sind. Ich weiß nicht, ob du lieber ihnen oder der Ochrana in die Hände fallen willst.«

»Ich kann doch nicht so tun, als sei Ofeliya tot, ohne Gewissheit zu haben!«, widersprach ich.

»Du *hast* Gewissheit. Haben wir beide. Weil wir es dutzendfach über andere gehört haben, die sie abgeholt haben. Du kannst nicht einfach zur Polizei gehen und nachfragen. Aber ich versprech dir, dass ich mich umhöre.« Er zog mich mit sich, doch schon nach wenigen Schritten blieb ich stehen.

»Was ist jetzt wieder?«, fragte er scharf.

Ich konnte es ihm nicht erklären. Am liebsten wollte ich hinauf in das Zimmer laufen, in dem Mara bis vor drei Jahren gelebt hatte, um mich zu überzeugen, dass sie – nein, die *Erinnerung* an sie – dort in Sicherheit war. Dass keine Plünderer ihrer Präsenz im Haus etwas anhaben konnten.

Spiridon legte die Stirn in Falten. »Mara«, sagte er nur.

In einem unbedachten Augenblick hatte ich ihm erzählt, dass die Erinnerung an sie mich wie ein Gespenst verfolgte. Vielleicht in mehr als *einem* Augenblick. Vielleicht ein paarmal zu oft.

»Es ist nur –«, begann ich.

»Mara ist nicht mehr hier«, fiel er mir ins Wort. »Sie ist in Deutschland. Und du wirst bald bei ihr sein.«

Ich starrte ihn an. »Was?«

»Komm mit, und ich erklär's dir. Aber nicht hier.«

Mein Widerstand fiel in sich zusammen, aber da war noch etwas, das ich auf keinen Fall hierlassen würde. »Warte.«

Wieder die Treppen hinauf, zurück in die Bibliothek. Spiridon kam hinterher, ganz sicher wütend, aber diesmal ohne Widerspruch. Von der Tür aus sah er zu, wie ich das Buch vom Stapel nahm – die russische Übersetzung des *Kalevala,* das finnische Nationalepos mit den Heldenliedern Kareliens. Dann lief ich an ihm vorbei in mein Zimmer und zog aus einer Schublade eine Malerpalette mit getrockneten Farben. Beides, das Buch und die Palette, steckte ich in meine alte Schultasche aus Leder.

»War's das endlich?«, fragte Spiridon.

Ich nickte und rannte mit ihm nach unten, folgte ihm durch die Küche zur Dienstbotentür, hinaus auf die Gasse hinter dem Palais, dann durch die regennasse Kälte, fort vom Katharinenkanal und seinen makellosen Fassaden, tiefer in Spiridons Welt der kohledunstigen Hinterhöfe, knarrenden Falltüren und Kellerverstecke.

Wir hielten erst wieder an, als wir seinen Laden erreichten, gut zwanzig Minuten später. Das winzige Geschäft lag in einer Gasse hinter dem Heumarkt, eingepfercht zwischen einem jüdischen Schuster und einem Bestatter, der gerüchteweise nicht nur Leichen begrub, sondern alles, was für immer verschwinden sollte.

Spiridon verkaufte Kuriositäten und Antiquitäten, die allesamt aus der berühmten Wunderkammer Peters des Großen stammten. Jedenfalls behauptete er das mit unerschütterlicher Ernsthaftigkeit. Dass sein Laden in einer Gegend lag, in der besonders viele Zarenhasser lebten, war nur auf den ersten Blick ein Widerspruch. So sehr die Menschen sich den Sturz der Romanows wünschten, so gern schwelgten sie in Erinnerungen an alte Zeiten, die sie selbst nie erlebt hatten, schmückten ihre Quartiere mit Porträts toter Herrscher und Gemälden von Palästen in Schneelandschaften. Spiridon machte passable Geschäfte mit all diesem Nepp, verdiente aber den Großteil seiner Kopeken mit Fälschungen von Dokumenten und Urkunden.

Er schloss den Laden auf und schob mich hinein. Der Februar war mild für Petersburger Verhältnisse, es gab mehr Regen als Schnee, aber erst jetzt wurde mir klar, dass meine Kleidung völlig ungeeignet war für eine Flucht. Meine Jacke taugte für einen Spaziergang durch die Stadt, aber ganz sicher nicht darüber hinaus. Der Ofen verbreitete angenehme Wärme, ein Zeichen dafür, dass Spiridon tatsächlich Hals über Kopf aufgebrochen war, nicht mal das *Geschlossen*-Schild an der Tür hatte er umgedreht.

»In den Keller.« Er deutete auf die schmale Treppe an der Rückwand, halb verdeckt von einem Regal mit ausgestopften Tieren, chinesischen Blumenvasen, orientalischen Schnitzereien und ein paar Gläsern, in denen Nasen, Ohren und Finger schwammen. Peter der Große hatte einen ausgefallenen Geschmack gehabt. Dabei war noch gar nicht die Rede von dem Rosenkranz aus Glasaugen. Oder dem Vogelkäfig, in dem sich nackte Tänzerinnen aus Porzellan drehten, sobald man eine Kurbel betätigte. Erst recht nicht von dem Damensattel, der Ausbuchtungen an ungewöhnlichen Stellen hatte. Alles authentisch, behauptete Spiridon, wenn man ihn auf solche Geschmacksverirrungen ansprach, obwohl ich sicher war, dass er den Großteil in Hinterhofwerkstätten des Viertels herstellen ließ, nach eigenen Entwürfen, denn das Fälschen lag ihm im Blut.

Im Lagerraum am Ende der Treppe gab es eine geheime Tür, und als er sie öffnete, kam der Durchgang zur Werkstatt zum Vorschein. Darin befanden sich ein großer Tisch mit allerlei Papierstapeln, Stempeln, Tintenfässern und Federn, außerdem fünf Schreibmaschinen. Schwierige Arbeiten erledigte Spiridon an einem Pult mit erhöhtem Hocker.

»Setz dich.« Er deutete auf einen Schemel neben dem Tisch.

»Ich bleib lieber stehen.«

Er schloss die Geheimtür hinter uns, nahm eine Flasche Wodka und ein Glas aus einer Schublade und stellte beides auf den Tisch. »Trink was.«

»Deshalb bin ich nicht hier.«

»Du hast gerade deine Familie verloren. Auch wenn du keine allzu große Liebe für Alexej Michailowitsch und Xenia Wladimirowna gehegt hast, wird dich das Ganze mitnehmen. Wenn nicht jetzt, dann schon bald. Also trink lieber.«

Ich rührte die Flasche nicht an. »Ich kann nicht glauben, dass sie Ofeliya etwas antun. Sie ist gelähmt, verdammt!« Mir zog sich die Kehle zu. Rasch rieb ich mir mit dem Handrücken über die Augen.

Spiridon füllte das Glas und drückte es mir in die Hand. »Der ist nicht schlecht. Und er hilft.«

Diesmal gab ich nach. Ich schmeckte nicht mal, was ich trank. Es hätte Wasser sein können oder Pferdepisse. Schon beim dritten Schluck wurde ich ruhiger.

»Du musst die Stadt verlassen«, sagte er noch einmal. »Und ich weiß auch, auf welchem Weg.«

»Ich kann nicht einfach weglaufen.«

»Weglaufen ist das *Einzige,* was du tun kannst. Andernfalls stirbst du, genau wie Ofeliya und ihre Eltern. Du bist Bibliothekar, ein Intellektueller, das macht dich verdächtig. Aber vor allem verwaltest du die Privatbibliothek deines Onkels, und wenn sie dort auch nur ein, zwei anrüchige Bücher entdecken, reicht das. Und sie werden was finden, das tun sie immer.«

Ofeliyas Gesicht tanzte zwischen blutroten Glutpunkten hinter meinen Augenlidern. Meine Cousine war einmal eine vielversprechende Ballerina gewesen, mit Auftritten auf den größten Bühnen der Stadt, bis das Rad einer Droschke ihre Beine zertrümmert hatte. Als meine Tante mich vor neun Jahren ins Haus geholt hatte – nach dem Tod meiner Mutter, ihrer Schwester –, war Ofeliya noch ein Mädchen voller Lebenslust und Ehrgeiz gewesen. Der Unfall hatte ihre Zukunft zerstört, ihre Hoffnungen und Träume. Und was davon übrig geblieben war, hatte ihr jetzt die Ochrana genommen.

Der Gedanke, dass die Geheimpolizei sie verschleppt und in einem ihrer Verhörräume erdrosselt hatte, war so erschütternd, dass ich ihn von mir wies wie einen unheilvollen Brief, dessen Annahme man verweigert, wohl wissend, dass der Inhalt einen früher oder später einholt.

»Da liegt ein Schiff im Hafen«, sagte Spiridon. »Die *Saltan.* Sie ist bis unters Deck voll mit Flüchtlingen, die ins Deutsche Reich und nach Frankreich gebracht werden. Wohlhabende Familien, deutschstämmige Geschäftsleute mit gewissen Verbindungen, reiches Patriziergesindel. Alle aus diesem oder jenem Grund auf der Abschussliste.«

»Dann wird man das Schiff versenken«, sagte ich überzeugt. »Es wird nicht mal die offene See erreichen.«

»Doch, wird es. Weil ein paar der Leute an Bord jeden bestochen haben, der eine Kanone bedienen kann. Und ihre Befehlshaber noch dazu. Ein paar hohe Militärs sind neuerdings Besitzer prächtiger Paläste, mit Brief und Siegel und allem Drum und Dran. Das ist der Preis, den man zahlt, wenn einem keine Wahl mehr bleibt.«

»Ich hab nichts, mit dem ich irgendwen bestechen könnte.«

»Was glaubst du, wer für die meisten von denen falsche Papiere angefertigt hat?«, fragte er.

»Und?«

»Dafür haben sie mir einen Platz auf der *Saltan* reserviert.«

»Gute Reise.«

»Nur dass nicht ich an Bord gehe, sondern du.«

»Red keinen Unsinn.«

Er zog eine Schublade auf und nahm einen Umschlag heraus. »Das sind die Dokumente, die ich damals für Mara und dich gemacht habe.«

Salz in eine alte Wunde, die nie ganz verheilt war. Im Winter 1913, vor über drei Jahren, hatte ich den Plan gefasst, gemeinsam mit Mara das Land zu verlassen. Ich hatte Spiridon gebeten, Papiere für uns beide zu fälschen. Aber dann hatte sich das Ganze als große Torheit erwiesen. Weder ich noch Spiridon – Gott segne ihn dafür – hatten die Papiere jemals wieder erwähnt. Bis zum heutigen Tag.

»Nimm sie«, sagte er. »Vielleicht wirst du sie gar nicht brauchen, weil man euch nicht kontrolliert. Aber falls doch, hast du sie dabei. Und wenn du nach Leipzig kommst und Mara findest, könnt ihr damit nach Amerika gehen oder sonst wohin.«

Ich wusste, dass er das nur sagte, um mich aufzumuntern. Mara würde nirgends mit mir hingehen. Die Erinnerung an sie mochte mir auf Schritt und Tritt folgen, doch die wahre Mara aus Fleisch und Blut hatte sich damals für ein besseres Leben entschieden.

»Du hast mir stundenlang von den Briefen erzählt, die sie dir geschrieben hat«, fuhr Spiridon fort. »Über Leipzig, die Stadt der Bücher, mit all den Tausenden und Abertausenden von Verlagen, Buchhandlungen und Antiquariaten. Selbst wenn du sie dort nicht findest, klingt das nach einem Ort wie für dich gemacht.«

»Wir sind im *Krieg* mit Deutschland«, erinnerte ich ihn.

»Deutschland ist voller Russen, die nach 1905 dorthin immigriert sind. Laut deinen Papieren« – er wedelte mit dem Umschlag – »war dein Vater Deutscher.«

»Mein Vater war ein –«

»Spielt keine Rolle«, sagte er. »Wenn du dich nicht allzu dämlich anstellst, halten sie dich vielleicht *nicht* für einen Spion, und dann kannst du gehen, wohin du willst. An der Front fallen auch die deutschen Männer in Scharen, also werden sie in ihrer Bücherstadt Bibliothekare brauchen. Und du sprichst ihre Sprache fließend.«

Mein Onkel hatte Ofeliya, Mara und mich auf die Petrischule geschickt, die Deutsche Schule von Petersburg. Bis zum Ausbruch des Krieges war Deutschland Russlands wichtigster Handelspartner gewesen, und noch immer war der Warenverkehr nicht gänzlich versiegt. Hinzu kamen enge Blutsverwandtschaften. Die Zarin, weite Teile des Adels und des Beamtentums waren deutscher Abstammung, unter Bildungsbürgern war die Sprache weitverbreitet. Gerade deshalb brodelte seit Jahren in den ärmeren Schichten ein Hass auf alles Deutsche. Viele glaubten selbst jetzt noch, mitten im Krieg, die Regierung sei von Deutschen unterwandert, der Zar erhalte Befehle vom Kaiser, und die teutonische Elite verdiene gut daran, das gemeine Volk auf den Schlachtfeldern zu verheizen.

»Ich hab nicht mal vernünftige Kleidung«, sagte ich.

»Wir finden irgendwas von mir. Das genügt für die Überfahrt.«

Ich musterte ihn eindringlich. »Warum tust du das?«

»Wir sind Freunde.«

»Die bringen dich um, wenn sie's rausfinden.«

»Die bringen mich auch um, wenn sie diese Werkstatt finden.« Er grinste breit. »Aber dazu wird es nicht kommen. Die Revolution ist nicht mehr aufzuhalten. Wenn erst die Bolschewisten an der Macht sind, kräht kein Hahn mehr nach jemandem wie mir.«

»Seit wann bist du Bolschewist?«

»Ich bin das, was gerade nötig ist, um am Leben zu bleiben.« Er deutete mit einem Nicken auf die falschen Stempel und Vordrucke. »Ich mach das hier seit Jahren. Ich weiß, wie man Ärger loswird. Und du verstehst halt was davon, Bücher von einem Platz zum anderen zu tragen. Dafür muss man sich nicht schämen.«

»Vielen Dank.«

Spiridon lächelte. »Überhaupt trifft sich das ganz gut, weil du mir dann gleich einen Gefallen tun kannst.«

»Was für einen Gefallen?«

Er drückte mir den Umschlag mit den Dokumenten in die Hand, griff noch einmal in die Schublade und zog eine flache Pappschachtel hervor. Sie war mit einer Kordel umschnürt und mit einem roten Siegel gesichert.

»Nimm das hier mit«, sagte er.

»Was ist da drin?«

»Ein Buch. Jedenfalls soll mal eins draus werden.«

Ich nahm die Schachtel entgegen und schüttelte sie behutsam. Ein Papierstapel rutschte darin hin und her, kaum kleiner als die Verpackung. »Deine Memoiren?«

»Bring das nach Leipzig«, erwiderte er. »Dort wird man es veröffentlichen, hier bei uns ist es zu gefährlich.«

Argwöhnisch klopfte ich auf den Deckel. »Ist das so ein Pamphlet wie das, das sie meinem Onkel untergeschoben haben?«

»So was in der Art, ja.«

»Und ich soll das über die Grenze bringen?«

»Übers Meer. Das ist ein Unterschied. Und in Deutschland wird es niemanden kümmern.«

»Wer hat das geschrieben?«

»Leute, die bald sehr einflussreich sein werden.«

»Revolutionäre.«

»Wenn du so willst.« Er nickte. »In Leipzig ist es sicher, es wird dort gesetzt und gedruckt. Du gibst es einem Mann namens Iwan Iwanowitsch Petrow. Das ist alles. Danach hörst du nie wieder davon.«

Obwohl sich in meinem Kopf alles drehte und mich das volle Bewusstsein meines Verlusts jeden Augenblick einholen musste, war ich doch klar genug, um zu wittern, dass diese ganze Sache zum Himmel stank. »Wer genau zahlt für diese Überfahrt? Und warum bringst du das hier nicht selbst nach Deutschland?«

Spiridons Miene war ernst, zeigte aber keine Spur von Hinterlist. »Vielleicht hätte ich das sogar, wenn du nicht viel dringender von hier verschwinden müsstest als ich. Diese Schachtel wird dir das Leben retten. Und mir übrigens auch, wenn alles nach Plan läuft, das Buch gedruckt wird und diese Leute an die Macht kommen.«

»Das ist Bockmist, Spiridon! Es gibt hundert Wege, so ein Manuskript aus dem Land zu schmuggeln.«

»Sollen sie es vielleicht mit der Post schicken? Es ist Krieg, das hast du ja ganz richtig festgestellt. Und du hast gerade erlebt, was passiert, wenn sie so was an der Grenze abfangen. Die verfolgen es zurück, die Ochrana taucht auf, und dann geht es nicht nur mir an den Kragen, sondern auch Leuten, die wirklich was verändern könnten.«

Ich schüttelte die Schachtel heftiger. »Was genau steht da drin?«

»Ich hab's nicht gelesen.«

»Nicht mal den Titel?«

»*Die Pläne der Ewigen.* Genügt das?« Er deutete auf eine Uhr, die an der Werkstattwand tickte. »Die Zeit drängt. Das Schiff legt bald ab.«

Ich traf eine Entscheidung. »Das Schiff fährt ohne mich.«

Seine Augen blitzten wutentbrannt auf. »Hast du den Verstand verloren?«

»Ich muss Gewissheit haben, dass Ofeliya nicht mehr lebt.« Ich knallte die Schachtel so fest auf den Tisch, dass die Stempel in ihrem Halter klapperten. »Vorher kann ich hier nicht weg. Und falls sie noch lebt, muss ich sie irgendwie da rausholen.«

»Sie ist tot, Artur!«

»Das werde ich dann rausfinden.« Ich wandte mich zum Gehen, die Ledertasche mit meinen letzten Besitztümern fest unter die Achsel geklemmt. Das *Kalevala.* Und die Farbpalette, die Mara mir damals zum Abschied geschenkt hatte.

»Wer bedeutet dir mehr?«, fragte Spiridon, als ich an ihm vorbeitrat. »Mara oder Ofeliya? Wen von beiden möchtest du wiedersehen?«

Ich wirbelte zornig herum. »Meinst du das ernst?«

Ein scharfer Geruch erinnerte mich an den Farblöser, den Mara beim Malen ihrer rätselhaften Selbstporträts benutzt hatte. Vielleicht war eines der Gefäße umgefallen, als ich die Schachtel auf den Tisch geschlagen hatte. Spiridon benutzte alle möglichen Chemikalien, um seinen Dokumenten künstliche Patina zu verleihen.

»Ofeliya lebt nicht mehr«, sagte er in einem Tonfall, der so gnadenlos war wie die Häscher der Ochrana. »Mara dagegen ist wohlauf, und sie ist in Leipzig. Du bist ein Dummkopf, wenn du das nicht begreifst.«

Ich wollte etwas erwidern, erfüllt von Stolz und empörter Selbstgerechtigkeit, doch dann drehte ich mich nur mit einem Kopfschütteln um und ging zur Tür. Sicher meinte er es gut. Aber ich war verwirrt, und ich trauerte, und beides führte zu einem Gemütszustand, dem mit Vernunft nicht beizukommen war.

Als ich die Hand nach dem Türgriff ausstreckte, packte Spiridon mich von hinten. »Tut mir leid«, sagte er leise.

Ich schrie wütend auf, als er mir ein Tuch aufs Gesicht presste. Scharfer Gestank stieg mir in die Nase. Röchelnd versuchte ich, mit der Tasche nach ihm zu schlagen, doch da legte sich schon ein Schleier über meine Sinne, flirrend von Farben und nicht einmal unangenehm, weil er mich an Maras Palette erinnerte.

Ich spürte noch, wie meine Knie nachgaben, während Spiridon mich festhielt, und ich dachte, wie zuvorkommend das von ihm war, weil er doch alle Hände voll zu tun hatte. Ein Kribbeln schoss meinen Hals empor, und als es meine Kehle erreichte, versanken die Farbpunkte in Schwärze wie Kieselsteine in einem dunklen Teich, und ich selbst stürzte hinterher, verlor sie aus den Augen und war bald ganz von Finsternis umgeben.

2

Das Erwachen war viel schlimmer als mein Taumel in die Bewusstlosigkeit. Man hat davon gelesen und glaubt es zu kennen: Die Dunkelheit teilt sich wie Vorhänge, man steigt gemächlich empor, nimmt wie im Halbschlaf dieses und jenes wahr, reibt sich die Augen und ist wieder bei Sinnen.

Alles Unfug.

In Wahrheit gibt es keine Vorhänge, man entschwebt auch keinem wohligen Schlummer. Die Wirklichkeit bricht mit brutaler Gewalt über einen herein, und in meinem Fall war es eine, die ich niemandem wünsche. Abgesehen von Spiridon. Ihm sogar sehr.

Da waren Stimmen von Erwachsenen und klägliches Kindergeschrei, ein seltsames Halblicht voller Umrisse und verschwommener Gesichter, ein Geruch wie in einer Hundehütte, dazu ein tiefes, rhythmisches Wummern, das mich mehr beunruhigte als das Durcheinander ringsum. Denn auf wundersame Weise wusste ich trotz aller Benommenheit, was das Geräusch bedeutete.

Als Nächstes nahm ich wahr, dass jemand an mir zerrte. Nein, nicht an mir – an meiner Jacke. Irgendwer versuchte, sie mir auszuziehen. Dabei war es nicht mal *meine* Jacke. Die hier hatte ein dickes Futter aus Fell, was vermutlich der Grund war, warum der andere es darauf abgesehen hatte.

Ich brachte ein protestierendes Keuchen zustande, stieß die Hände flach gegen einen Menschen und sah jemanden zurückstolpern und davonhuschen. Schwankend richtete ich den Oberkörper auf. Das war keine gute Idee, denn etwas schien von innen gegen meine Stirn zu stoßen, eine Kugel, die durch meinen Schädel rollte wie durch einen Roulettekessel.

Ein niedriger Raum voller Menschen. Männer und Frauen saßen auf dem Boden, meist in kleinen Gruppen, dazu viele Kinder jeden Alters. Es gab zwei runde Spiegel, die sich bei näherem Hinsehen als nachtschwarze Bullaugen entpuppten, und ein paar Kojen, auf denen sich sitzende Menschen aneinanderdrängten. Schlafen würde darauf wohl keiner, ganz sicher nicht im Liegen.

Falls – außer dem Jackendieb – jemand Notiz davon nahm, dass ich aufgewacht war, so verbargen sie alle es hinter Mienen, in denen sich Trauer und Fassungslosigkeit die Waage hielten. Manche weinten, andere starrten schicksalsergeben ins Leere. Die meisten waren gut gekleidet, als hätten sie sich auf diese Reise gründlich vorbereitet. Auch ich war mit dem Nötigsten versorgt worden. Meine Sachen rochen nach Spiridons Laden, nach staubigen Schränken und Siegelwachs. Am liebsten hätte ich sie mir vom Leib gerissen, aus Wut über das, was er mir angetan hatte.

Wahrscheinlich hatte er mir das Leben gerettet, aber ich war noch nicht bereit, das zu akzeptieren. Zumal dieses Schiff kein sicherer Ort war. Wenn alle Kabinen aussahen wie diese hier, dann war der Kahn hoffnungslos überladen, und wir steuerten hinaus auf eine Ostsee, in deren Tiefen ein gnadenloser U-Boot-Krieg tobte. Selbst ich, der ich mein Lebtag keinen Fuß auf ein Deck gesetzt hatte, wusste, dass die Unterseeflotte der Deutschen keinen Unterschied machte zwischen zivilen Dampfern und Marinekreuzern.

Ich tastete umher und fand einen Lederkoffer, an dem mein Kopf gelehnt hatte. Auch deshalb tat mein Nacken so weh. Mühsam zog ich ihn hinter mir hervor, öffnete die beiden Schnallen und klappte vorsichtig den Deckel nach oben, nur ein kleines Stück, damit keiner der anderen hineinsehen konnte. In Anbetracht der Enge war das zum Scheitern verurteilt, aber ich erwartete auch nicht, dass im Koffer Goldschmuck und Geldbündel lagen – oder *irgendetwas,* das jemanden hier hätte interessieren können. Andererseits hatte man meine Jacke stehlen wollen. Die Regeln von Anstand und Zivilisation waren in unserer Heimat zurückgeblieben.

Unter dem Deckel lagen ein brauner Wollpullover und eine Wechselhose, die mir mit Sicherheit zu groß war. Dazu ein Stoffbeutel, in dem ein Stück Seife, eine Schachtel Zahnpulver und eine hölzerne Zahnbürste steckten; hoffentlich kein gebrauchtes Stück aus Spiridons Laden. Darunter lag die versiegelte Pappschachtel mit dem Manuskript, hinter der Kordel klemmte ein gefaltetes Papier. Als ich die Schachtel ein wenig anhob, entdeckte ich am Grund des Koffers mein Exemplar des *Kalevala* und Maras bunte Farbpalette.

Mit einem Aufatmen zog ich den Zettel hervor und las, was Spiridon in seiner schönen Fälscherhandschrift geschrieben hatte.

Ich wünsche dir eine gute Reise, stand da, als wäre ich zu einer Wochenendfahrt auf einem Wolgadampfer aufgebrochen. *Die wichtigsten Dinge hast du bestimmt schon im Koffer gefunden. Unter dem Stoff im Deckel ist ein Armeemesser befestigt, das du hoffentlich nicht brauchen wirst. Bring die Schachtel ungeöffnet zu Iwan Iwanowitsch Petrow nach Leipzig. Ich hoffe, dass du findest, was du suchst. Dein Freund (der wirklich dein Freund ist, auch wenn du daran gerade zweifelst) S.*

Das Messer war da, die Scheide mit ein paar Tropfen Leim am Deckel befestigt. Ich überlegte, es unter meine Jacke zu stecken, aber das hätten alle mitangesehen, und ich wollte kein Misstrauen wecken. Ohnehin schien hier jeder jeden zu belauern, und das nicht ohne Grund. Wir alle waren mit dem Wissen aufgewachsen, dass Augen und Ohren der Geheimpolizei allgegenwärtig waren. Man musste nicht krankhaft misstrauisch sein, um sie auch hier zu vermuten. Jeder war ein potenzieller Spion.

Ich klappte den Kofferdeckel zu, schloss die Schnallen und kämpfte mich unsicher auf die Beine. Das Schiff und ich, wir schwankten beide, aber ich packte den Koffer und ging mit Schlagseite zur offenen Kabinentür, zwischen den Menschen am Boden hindurch, die alle zu mir aufblickten, als täte ich etwas ganz und gar Unbegreifliches.

»Frische Luft«, murmelte ich im Ton einer Entschuldigung, als ich einer Frau mit Kleinkind auswich, und sofort sagte jemand: »Verboten.« Ich muss ziemlich begriffsstutzig dreingeschaut haben, denn der Mann fügte hinzu: »Keiner von uns darf an Deck.«

Ich nickte ihm zu, als hätte ich verstanden, trat aber trotzdem hinaus auf den Gang und sah rechts und links weitere Türen, die meisten offen. Auch hier draußen hielten sich Menschen auf, einige tuschelten, andere lehnten stumm an den Wänden und starrten mich an.

Ich fand eine Treppe, die aufwärts führte. Niemand hielt mich auf, als ich die Eisenstufen emporstieg, in einer fremden Felljacke und mit einem Koffer, der nicht mir gehörte. Auf einer Reise, die nicht meine war. Die Nachwirkungen des Betäubungsmittels waren noch nicht völlig verflogen, und so kam mir die Treppe viel länger vor, als sie tatsächlich war, so als stiege ich vom Grund des Meeres auf, durch einen Turm aus gestapelten Schiffswracks, der von dort unten bis zur Oberfläche reichte. Es roch nach Maschinenöl und den Körpern vieler Menschen, obwohl jetzt keine mehr um mich waren. Ich war allein auf der Treppe, und für einen Augenblick dachte ich wirklich, sie nähme kein Ende, bis ich an eine Metalltür kam. Als ich benommen zurückblickte, waren da nicht mehr als fünfzehn Stufen.

Ich rechnete damit, dass der Ausgang verschlossen war, um das Menschenvieh in seinen Pferchen zu halten, doch die Klinke klemmte nur für einen Moment. Eiskalte Seeluft drang mir entgegen. Draußen herrschte Düsternis, vereinzelte Lampen glühten milchig in einem dichten Nebel, der sogar das Stampfen der Motoren und das Meeresrauschen dämpfte. Alle Lichter waren kurz über dem Boden hinter der geschlossenen Reling angebracht.

Ich drückte die Tür hinter mir zu, atmete tief durch und blickte mich um. Das Deck entlang der Reling war verlassen. Zwischen klobigen Aufbauten befanden sich Schneisen, zu dunkel, um darin Einzelheiten zu erkennen. Abgesehen von den kleinen Lampen, die kaum zur Orientierung genügten, gab es keine Beleuchtung. Die *Saltan* wollte nicht schon aus der Ferne von feindlichen

Schiffen erspäht werden. Unvermittelt stellte ich mir vor, wie der Nebel aufriss und der Bug eines deutschen Schlachtschiffes auf uns zukam, doppelt so hoch wie der Dampfer, und fortan wurde ich das Bild nicht mehr los.

Ich trat an die Reling, stellte den Koffer ab und legte beide Hände auf das eisige Geländer. Handschuhe besaß ich nicht, aber die schmerzhafte Kälte tat mir gut, vertrieb meine Müdigkeit und half, ein paar klare Gedanken zu fassen. Damit kehrte die Trauer um Ofeliya zurück, auch um meinen Onkel und meine Tante, obgleich ich nie große Zuneigung für die beiden verspürt hatte. Auf seine Weise hatte Alexej es gut mit mir gemeint. Xenia hingegen hatte nie einen Zweifel daran gelassen, dass sie eine Last in mir sah, die sie nur aus verwandtschaftlicher Verantwortung erduldete.

Ich nahm die Hände von der Reling und hob den Koffer auf. Langsam ging ich ein paar Schritte, näherte mich einer der dunklen Schneisen zwischen den Aufbauten und hörte von dort plötzlich Laute, ein leises Stöhnen und Stoßen, das Klatschen von Fleisch auf Fleisch.

»Nicht da lang«, raunte eine Männerstimme links von mir im Nebel. »Da treiben es zwei im Stehen. Weiter hinten ist noch ein Paar. Unten sind zu viele Menschen, und sie kennen das Schiff noch nicht gut genug, um die warmen Verstecke zu finden.«

Ich versuchte, zu erkennen, wer da gesprochen hatte, aber ich sah nur einen breitschultrigen Umriss, geisterhaft im wabernden Dunst.

»Sie tun es aus Verzweiflung«, sagte der Mann, »nicht aus Leidenschaft.« Dann trat er zurück in die Nebelschwaden und wurde wieder eins mit ihnen.

Ein wenig konsterniert drehte ich mich um und ging in die andere Richtung, fort von den beiden in der Schneise und hoffentlich nicht geradewegs zu den anderen, von denen der Mann gesprochen hatte. Ich war sicher, dass alle an Bord mit Ängsten zu kämpfen hatten, und jeder bewältigte sie auf seine Weise. Trotzdem war ich heilfroh, allein zu sein und nur Verantwortung für mich selbst zu tragen.

Weiter vorn erkannte ich vage eine weitere Gestalt im Nebel, nicht dieselbe wie gerade eben. Eine Silhouette mit Hut und langem Mantel stand an der Reling und blickte hinaus in die Nacht. Eine Zigarette glühte in der Finsternis. Nach mehreren Zügen wurde sie in weitem Bogen hinaus ins Nichts geschleudert. Die Gestalt blieb noch einen Augenblick stehen, dann fuhr sie mit einem Ruck herum und trat zurück ins Schiff.

Mir wurde erst jetzt bewusst, dass ich beim Anblick der Silhouette stehen geblieben war. Da war ein Gefühl von Gefahr gewesen, das von dem Unbekannten ausging. Mir war, als hätte sich der Dunst in mein Inneres vorgetastet, während ich die schwarze Gestalt im Nebel beobachtet hatte. Nun hielt er mein Herz gepackt und ließ nicht mehr los.

»Rauchen verboten«, sagte hinter mir die Männerstimme von vorhin. »Die Deutschen halten Ausschau nach Lichtern. Du willst nicht, dass uns der gute Kaiser Wilhelm wegen einer Zigarette versenkt.«

Ich drehte mich zu ihm um. »Ich rauche nicht. Ich will nur nicht länger da unten zwischen all den Menschen sein.«

»Irgendwann wirst du wieder runtergehen müssen. Hier draußen frierst du dir die Eier ab.« Er war nicht groß, hatte aber Schultern wie ein Ochse. Sein Haar wucherte wild unter der Matrosenmütze hervor. Wahrscheinlich war er nicht viel älter als ich, höchstens Mitte zwanzig, auch wenn seine grobschlächtigen Züge die Schätzung erschwerten.

»Was ist mit den U-Booten?«, fragte ich. »Sind die nicht viel gefährlicher als die Schiffe?«

Er nickte. »Die sind wie Haifische. Alle denken, dass sie die Maschinen hören, aber ich glaube, sie wittern unsere Angst. Die lockt sie an.«

»Dann wird das hier nicht gut gehen. Weil ich nämlich eine Scheißangst vor ihnen habe.«

Ein Grinsen teilte sein Gesicht, berührte fast die starken Wangenknochen. »Die hab ich auch.«

»Bist du Matrose?«

»Wer weiß. Vielleicht auch nur ein blinder Passagier, der eine Matrosenmütze gestohlen hat. Wie heißt du?«

»Artur«, sagte ich.

»Nur Artur?«

»Genügt das nicht?«

»Von mir aus kannst du dich schöne Wassilissa nennen.« Er hob die Hände, und für eine Sekunde dachte ich, er wollte mich packen. Aber dann schien es sich doch nur um eine Art expressives Schulterzucken zu handeln, was an der enormen Länge seiner Arme liegen mochte; sie reichten fast bis zum Deck, was seinen Bewegungen etwas Linkisches, Unbeholfenes verlieh. Mit seinen Pranken hätte er mich ohne Mühe über die Reling werfen können.

»Was ist in dem Koffer?«

»Alles, was ich noch hab.«

»Dann hoffe ich mal, es sind Diamanten und Saphire, weil er nicht besonders schwer aussieht. Alle anderen, die an Bord gekommen sind, haben ihren halben Hausrat zur Mole geschleppt. Der Kapitän hat Befehl gegeben, fast alles am Hafen zurückzulassen. Und diejenigen, die protestiert haben, mussten dableiben. Gab ja noch genug andere, die mitwollten.«

»Also will er Menschenleben retten, nicht Reisekisten«, sagte ich. »Klingt vernünftig.«

Sein Blick hing noch immer an meinem Koffer. »Du bist ein armer Schlucker.«

»So sieht's aus. Viel Erfolg also, falls du mich ausrauben willst.«

Der seltsame Matrose lachte leise, dann schaute er sich um, so als fürchtete er, irgendwer könnte uns beobachten. Innerlich war ich noch immer gegen einen Angriff gewappnet und fragte mich, ob ich ihm zuvorkommen sollte. Aber das würde ein schreiend ungerechter Kampf werden.

»Ich wette, da sind Bücher drin«, sagte er.

»Nur eines.«

»Wie heißt es?«

»*Kalevala*«, antwortete ich. »Das ist –«

»Das Nationalepos der Finnen«, fiel er mir ins Wort. »Uralte Heldenlieder aus Karelien. Ein Arzt namens Elias Lönnrot ist durch die karelischen Dörfer gezogen und hat sie sich von den Alten vorsingen lassen. Später hat er sie nachgedichtet, in seinen eigenen Versen. Man könnte also darüber streiten, wie authentisch sie sind und ob sie wirklich als Nationaldichtung taugen.«

Ich hatte angenommen, dass er bestenfalls Trinklieder aus Hafenkaschemmen kannte, und war beeindruckt. »Ich schätze mal, das bestimmen nicht wir, sondern die Finnen.«

»Besser so. Und nett zu lesen sind sie ja.«

»Nett?«

Wieder stieß er dieses raue Lachen aus. »Sei nicht gleich eingeschnappt, mein Freund. Wenn's dein Lieblingsbuch ist, will ich's nicht schlechtmachen.« Er schien einen Augenblick nachzudenken, dann sagte er: »Und falls du dich aufwärmen willst, hätte ich ein Versteck anzubieten.«

»Willst du mir da die Kehle durchschneiden?«

»Nicht, solange du keine finnischen Heldenlieder singst.«

»Mach ich nicht.«

»Ich hab auch Wodka da, gegen die Kälte.«

»Übertreib's mal nicht mit der Gastfreundschaft.«

»Ist ja nicht meiner. Ich hab ihn dem letzten Trottel gestohlen, der dumm genug war, mir in meine Mörderhöhle zu folgen.«

Widerwillig musste ich grinsen. Zumindest erschien mir seine Mörderhöhle um einiges einladender als die überfüllte Kabine, in der ich mich um einen Platz am Boden streiten musste.

»Eben wollte einer meine Jacke klauen«, sagte ich.

»Die passt mir nicht.« Er schlenkerte mit den langen Armen und klopfte sich selbst auf die Schultern. »Hab aber überlegt, ob ich sie mir zum Schlafen um die Füße wickeln könnte.«

»Wenn du schwörst, deine stinkenden Füße von meiner Jacke fernzuhalten, geh ich mit.«

Er wiegte den Kopf von einer Seite zur anderen, als müsste er nachdenken. Dann schienen seine kleinen Augen im Halbdunkel aufzuglühen. »Also los.«

Ich rührte mich nicht von der Stelle. »Das war kein Schwur.«

»Herrjemine.« Wieder fuchtelte er unbeholfen mit seinen Pranken in der Luft. »Ich schwör's beim Leben von Jack London. Ist mein Lieblingsautor.«

Ich zog den Koffer ein weniger enger an mich. »Der hat sich im letzten Jahr umgebracht.«

Ihm fiel die Kinnlade runter. »Damit macht man keine Scherze.«

»War auch keiner. Ich geb dir Brief und Siegel darauf, dass er tot ist.«

»Das hab ich nicht gewusst.« Er wirkte ehrlich betroffen, und nun tat er mir fast leid. Die Tatsache, dass er während der Flucht aus dem zaristischen Russland einem Fremden gegenüber einen Autor pries, der überzeugter Sozialist gewesen war, hatte etwas Herzerwärmendes.

»Die Grundlage des Sozialismus ist der Staub der Straße«, zitierte ich einen Satz von London.

»Der Staub der *alltäglichen* Straße«, verbesserte er mich. »So viel Zeit muss sein.«

Da blieb mir nichts übrig, als nachzugeben. »Du bist ein Bolschewist, der Abenteuerbücher mag. Ich schätze, damit kann ich leben.«

Ein Lächeln ließ sein Gesicht im Nebel aufleuchten. »Dann komm, Artur-mit-dem-*Kalevala.*« Er deutete auf eine schmale Eisentür mit der Aufschrift *Kein Zutritt.* »Du musst mir alles erzählen, was du über den Tod des alten Jack weißt. Zeit genug werden wir ja haben.«

Ich folgte ihm ins Schiff, auf eine Treppe, die so schmal war, dass er den Oberkörper leicht drehen musste, um nicht zwischen den rostfleckigen Wänden stecken zu bleiben. »Wie heißt du überhaupt?«, fragte ich auf halbem Weg nach unten.

»Grigori«, sagte er. »Zukünftiger Goldsucher, Schatzgräber, Musketier und Walfänger. Grigori Gomorov, zu deinen Diensten.«

3

1928

Was Liette auf dem Dachboden fand, veränderte alles.

Sie war elf und hatte noch keine Erfahrung mit Momenten, die wie ein Fallbeil auf ein Leben herabkrachen und es entzweischneiden: in die Jahre vor diesem Augenblick und jene danach. Manchmal geschieht der Schnitt auch verstohlen und kaum merklich. Dann schleicht sich das Schicksal wie ein Halsabschneider heran und führt seine Klinge mit der Präzision eines Chirurgenskalpells. Das sind die Einschnitte, die auf den ersten Blick nichts beenden, aber immer etwas Neues beginnen lassen. Wenn wir nach vielen Jahren über die Narbe streichen, spüren wir keinen Schmerz, aber noch immer tiefe Verwunderung darüber, wie es jemals dazu kommen konnte.

Der Augenblick, der Liettes Leben eine andere Richtung gab, kam im Mai des Jahres 1928, in einem menschenleeren Hotel an der Côte d'Azur, auf einem spinnwebenverhangenen Dachboden mit unergründlichen Schatten und den Grabstätten vergessener Gegenstände.

Sie war die Haupttreppe in Rot und Gold hinaufgestiegen, die das Château Trois Grâces wie eine Schlagader durchzog, hatte durch eine der verborgenen Tapetentüren das Labyrinth der Personalgänge betreten und die schmucklosen Steinstufen zum Speicher genommen. Er hatte mehrere Zugänge, einen gar an der Außenseite, durch den mit einem Seilzug Möbelstücke heraufgehievt werden konnten. Derjenige jedoch, den sie benutzt hatte, war schmal und besaß eine Aura der Heimlichkeit, wie gemacht für ein Mädchen auf der Suche nach Beschäftigung, nach Ablenkung von seiner Einsamkeit.

Liettes blaues Kleid war mit Spinnweben überzogen wie ein Baum im Altweibersommer, gepudert vom Staub vergangener Jahrzehnte. Bevor sie die alten Reisekisten mit den unverständlichen Beschriftungen entdeckte, umrundete sie Türme aus gestapelten Stühlen, trotzte dem bösen Blick blasser Ahnenporträts und schlug graue Laken beiseite, um eine Abkürzung unter den Tischen hindurch zu nehmen. Dahinter stellte sie fest, dass es eine Art Pfad von der anderen Seite des Speichers gab, dem sie hätte hierher folgen können; aber das wäre kein Abenteuer gewesen, nicht mal eine Expedition, nur ein Weg, der jedem offen stand.

Schließlich schälte sich eine Pyramide aus dem Staubdunst, ein Berg aus Kisten und Koffern. Liette würde die echten Pyramiden nie zu sehen bekommen, denn ihre Haut vertrug keine Sonne. Da kam ihr das Gebilde auf dem Speicher gerade recht, ein Monument aus Quadern und Rechtecken, das sie erklimmen konnte wie Ägyptologen die alten Pharaonengräber.

Viele der Reisekisten waren bunt beklebt mit den Zeichen zahlreicher Grenzüberquerungen. Die Oberflächen waren angeschlagen und verkratzt vom dutzendfachen Verladen und Stapeln in Zugwaggons und den Laderäumen großer Schiffe. Liette stellte sich vor, dass sie alle schon mit dem Orient-Express und der Bagdadbahn gereist waren, mit majestätischen Luftschiffen und knatternden Propellermaschinen. Jede dieser Kisten mochte den Angriffen von Zulukriegern und Krimtataren getrotzt haben, war mit Säbeln verteidigt und von Banditen geplündert worden. Dann waren sie hier verstaut und vergessen worden, und nun lag es an ihr, Liette Chevalier, jüngste Archäologin, Doktorin, ach was, Professorin der Société française d'archéologie, das Geheimnis ihrer Herkunft zu lüften.

Sie schob die Ärmel nach oben, klopfte die Bewohner des Speichers von ihrem Kleid und wappnete sich für die Ersteigung.

Liette wohnte seit vier Wochen im Château Trois Grâces, und es waren sechs weitere geplant, ehe sie zu ihren Eltern nach Paris zurückkehren würde. Das Hotel gehörte zur Hälfte ihnen, aber geführt wurde es von Liettes Onkel Gabriel Chevalier, den ihr Vater einmal einen »verdammten Versager« geschimpft hatte, als er geglaubt hatte, Liette höre nicht zu. Die Chevaliers führten mehrere große Buchhandlungen in der Hauptstadt und ein paar kleinere im Norden, und wäre es nach ihnen gegangen, wäre das Hotel längst verkauft worden. Ein wohltätiger Vorfahr hatte es als Refugium für hungerleidende Schriftsteller errichtet, war mit seinen drei Geliebten eingezogen – denen das Trois Grâces seinen Namen verdankte – und innerhalb weniger Jahre pleitegegangen. Sein Sohn hatte ein Hotel daraus gemacht und es zusammen mit seinen Buchhandlungen an Liettes Vater und dessen Bruder vererbt.

Gabriel sperrte sich gegen einen Verkauf, obgleich das Haus seit Jahren rote Zahlen schrieb. Er sei Hotelier aus Leidenschaft, beteuerte er gern, und tatsächlich sah er mit seinen feinen schwarzen Anzügen und dem federstrichdünnen Oberlippenbart auch aus wie einer. Doch selbst Liette wusste, dass ihr Onkel zu viel Zeit in den Casinos der Côte d'Azur verbrachte, in Cannes und Nizza und Monaco. In der Hauptsaison war das Hotel gut besucht, von September bis April wimmelte es hier von Reichen und Schönen – und von abgebrannten Künstlern, die sich mit Aplomb und großen Gesten von der besseren Gesellschaft aushalten ließen.

Liette war nur zweimal während der Saison hier gewesen, ansonsten in den ruhigen Monaten zwischen April und August, wenn in den meisten Hotels an der französischen Riviera der Betrieb ruhte. Im Sommer galt die Küste als zu heiß, dann zogen die wohlhabenden Nichtstuer an die Promenaden der Normandie, während hier unten Stille einkehrte, die Steinstrände verödeten und auf den Bergstraßen wieder das Blöken der Ziegen das Knattern der Automobile ablöste.

Dass Liette das Frühjahr hier verbrachte, hatte mit ihrer Krankheit zu tun – salzige Seeluft tue ihr gut, hieß es – und mit den Streitereien ihrer Eltern, die eine Weile für sich sein wollten, um ihr Leben zu sortieren. Liette hatte nichts dagegen einzuwenden. Sie mochte den Süden, auch wenn sie manchmal Mühe hatte, die Menschen zu verstehen. Sie sprachen hier rauer und langsamer als in Paris, fast schwerfällig, und sie rollten das R auf eine Weise, als kämen sie selbst aus fernen Ländern.

Doch solche Fremdheit verblasste angesichts der Exotik von Liettes Dachbodenfund. Vor allem die mysteriösen Beschriftungen auf den Reisekisten ließen ihr keine Ruhe, waren sie doch in Buchstaben verfasst, die sie nicht lesen konnte. Immerhin wusste sie, dass es sich um russische Schrift handelte, denn die sah man noch immer überall an der Küste, an verlassenen Geschäften, auf alten Speisekarten, sogar auf manchen Wegweisern, die zu Hotels und einsamen Buchten führten. Bis zum Großen Krieg waren viele reiche Russen nach Südfrankreich gekommen, um im warmen Mittelmeerklima zu überwintern; viele hatten sogar ihre Dienerschaft mitgebracht. Heute jedoch gab es hier nur noch wenige von ihnen, und sie kamen nicht mehr als Gäste mit tiefen Taschen, sondern verdingten sich als Kellner und Gärtner und Zimmermädchen.

Wie es aussah, war der Kofferberg rund um einen Turm aus Kisten aufgehäuft worden, was ihm die spitze Form verlieh. Liette zog die Schuhe aus und begann ihren Aufstieg. Die Kisten im Kern des Berges erschienen ihr stabiler als die nachgiebigen Lederkoffer rundherum, aber sie vertraute darauf, dass sie selbst leicht genug war und am Ende alles gut gehen würde.

Doch bald gab der erste Koffer nach, ein zweiter platzte unter ihrem Knie auf, und im nächsten Augenblick purzelte sie inmitten von Wäsche und Staub zurück zum Boden. Dort knallte sie auf die Schulterblätter und stieß sich den Hinterkopf. Wütend schrie sie auf, fühlte sich in ihrer Bergsteigerehre gekränkt und rappelte sich gleich wieder auf. Mit finsterer Miene betrachtete sie den Schlamassel.

Mehrere Koffer hatten sich geöffnet, manche der morschen Lederbänder waren gerissen. Allerlei Kleidungsstücke waren herausgefallen, einige noch gefaltet. Darunter waren teure Stoffe, viele in dunklen Farben, von Gold- und Silberfäden durchwirkt. Andere waren weiß wie Gletschereis, das nun in pistengleichen Bahnen die Schräge herabfloss.

Liette überlegte, kurzerhand alles zurückzustopfen, auch wenn es schwerfallen würde, jedes Wäschestück dem richtigen Koffer zuzuordnen. Das stachelte ihre Neugier erst recht an, weil es jetzt keine Entschuldigung mehr gab, *nicht* in jede Kiste und jeden Koffer zu sehen. Vielleicht konnte sie auch das eine oder andere anprobieren. Vor allem mit ein paar Hüten liebäugelte sie, die aus einer umgestürzten Kiste gefallen waren. Sie waren groß genug, um ihr blasses Gesicht vor der Sonne zu schützen.

Gerade wollte sie sich ans Aufräumen machen, als ein Knirschen erklang. Ein Koffer gab unter der neu verteilten Last nach, dann brachen weitere Teile der Pyramide zusammen. Der Kistenturm im Zentrum geriet ins Schwanken, fiel polternd zur Seite und sorgte endgültig für heilloses Durcheinander. Liette sprang zurück, um nicht unter Gepäckstücken begraben zu werden. Kurz erwog sie, sich aus dem Staub zu machen und so zu tun, als wäre sie nie hier gewesen.

Doch als der Dunst sich setzte, entdeckte sie, was hinter der Pyramide zum Vorschein gekommen war. Dort standen drei, vier weitere Reisekisten und davor, wie der Thron eines vorzeitlichen Königs, ein Rollstuhl.

Er sah zierlich aus, fast kindlich, und Liette dachte, dass es lustig sein musste, durch die verlassenen Flure des Hotels zu fahren und auszuprobieren, wie schnell sie damit um die Ecken biegen konnte. Das Sticheln ihres schlechten Gewissens ignorierte sie, als sie kurzerhand über die Trümmerlandschaft bis zu dem Rollstuhl kletterte. Durch ein Dachfenster fiel ein Lichtstrahl und beschien einen eingenähten Schriftzug auf der Rückenlehne.

Sie wusste nicht, was das bedeutete, ob es sich um den Hersteller oder den Besitzer handelte, doch etwas an den fremdartigen Zeichen faszinierte sie. Sie strich mit der Fingerspitze darüber, versuchte, das Wort laut vorzulesen, scheiterte aber schon am zweiten Buchstaben. War das ein D? Ein P? Oder keines von beidem?

Sie versuchte, den Rollstuhl anzuheben, und war überrascht, dass er nicht allzu schwer war. Unter Ächzen und Stöhnen zog sie ihn über das Schlachtfeld aus Koffern und Wäsche, bis er schließlich auf dem schmalen Weg stand, der sich durch die Dachbodenlandschaft zum Ausgang schlängelte.

Ein paar Minuten später bugsierte sie den Stuhl eine Treppe hinunter ins Obergeschoss des Haupttraktes, schob ihn in die Mitte des langen Korridors und ließ sich mit einem erschöpften Seufzen hineinfallen. Die lederne Sitzfläche knirschte und war eher unbequem. Vorsichtig legte sie die Hände um die Speichenräder und schob sich nach vorn.

Es machte weit weniger Spaß, als sie gehofft hatte, und als sie das Ende des ersten Korridors erreichte, begannen ihre Arme wehzutun. Trotzdem manövrierte sie unbeholfen um die Ecke und machte sich bereit für den nächsten langen Gang zwischen den hohen, weißen Zimmertüren.

Vom anderen Ende des Korridors kam ihr mit weiten Schritten ihr Onkel entgegen. Selbst auf diese Entfernung sah sie, dass er missbilligend die Stirn runzelte.

»Wo hast du denn das Ding her?«

»Vom Dachboden.« Kurz überlegte sie, aufzustehen, blieb dann aber sitzen und rollte weiter auf ihn zu, nun schon ein wenig geschickter, wenn auch noch immer quälend langsam. »Du hast gesagt, ich darf da oben spielen.«

»Spielen, ja, aber nicht das alte Gerümpel hier runterschaffen, wo es im Weg steht, bis irgendwer, also ich, es wieder nach oben schleppen muss.«

»Weißt du, wem er mal gehört hat?«

»Der stand hinter den Kisten in der Ecke, oder?«

Sie blieb vor ihm stehen. »Hinter denen mit der russischen Schrift.«

Gabriel roch nach Pomade und süßlichem Rosenwasser. »Manche Familien aus Russland kamen jedes Jahr, ein paar blieben monatelang, und dann war es einfacher, das Gepäck einfach einzulagern, statt es jedes Mal wieder mitzunehmen. Der Rollstuhl hat wohl einer ihrer Töchter gehört.«

»Dann hat sie den Rollstuhl nicht hiergelassen, weil sie wieder laufen konnte?«

Wenn ihr Onkel lächelte, hoben sich die Enden seines schmalen schwarzen Schnurrbarts. Es sah aus, als täte sich ein Spalt zwischen Nase und Oberlippe auf, und aus irgendeinem Grund musste Liette dabei immer an Fische und ihre Kiemenschlitze denken. »Das hier war ein Ersatzrollstuhl. Diese russischen Adeligen und Geschäftsleute hatten viele Dinge doppelt und dreifach, weil sie gar nicht wussten, wohin mit all ihrem Geld.«

»Warum kommen sie heute nicht mehr her?«

Er trat hinter sie, packte die Griffe und drehte den Rollstuhl mit ihr darin um, bis sie wieder zum anderen Ende des Korridors blickte. Dann schob er sie zurück in die Richtung, aus der sie gekommen war. »In dem Jahr, in dem du geboren bist, 1917, gab es in Russland eine große Revolution. Erst musste der Zar zurücktreten, und ein paar Monate später haben Lenin und seine Leute die Macht übernommen. Die Bolschewisten waren nicht gut auf die Reichen zu sprechen, weil die meisten den Zar unterstützt hatten. Darum haben sie viele von ihnen ins Gefängnis gesteckt.« Er zögerte kurz. »Manchmal auch Schlimmeres.«

»Die haben sie umgebracht?«

Er schob den Rollstuhl um die Ecke in den nächsten langen Flur. Dabei wurde er schneller, wahrscheinlich weil er sie möglichst rasch loswerden wollte. Das war nichts Neues. Nur deshalb hatte er ihr erlaubt, auf dem Dachboden herumzustöbern.

»Haben sie?«, fragte sie, als er keine Antwort gab. »Sie umgebracht?«

»Ich fürchte, ja. Das waren schlimme Zeiten. Hoffen wir mal, dass so was nicht noch mal passiert.« Für sie klang das, als wüsste er viel mehr darüber, hielte es aber für unangebracht, mit einer Elfjährigen darüber zu sprechen.

»Haben die sie erschossen?«

»Wer weiß.«

»Oder aufgehängt?«

»Schon möglich.«

Sie erinnerte sich an etwas, das sie einmal in einem Buch gelesen hatte. »In Frankreich haben sie den Adeligen bei der Revolution die Köpfe abgeschlagen.«

Gabriel seufzte. »Ich glaube, das haben sie in Russland nicht gemacht.«

»Aber so oder so sind jetzt alle tot«, stellte Liette fest, »und das Gepäck auf dem Dachboden brauchen sie nicht mehr.«

Er brachte den Rollstuhl zum Stehen. »So ähnlich sieht es hier an der Küste in einigen Hotels aus. Seit 1917 stehen überall die eingelagerten Kisten mit den Sachen der Russen rum, die niemand mehr abholen wird. Keiner hat so recht gewusst, was damit passieren sollte, also einigten sich alle darauf, das Gepäck zehn Jahre lang nicht anzurühren, für den Fall, dass doch noch jemand auftauchen und Anspruch darauf erheben würde. Erst dann sollten die Koffer geöffnet und die Kleidung der Heilsarmee übergeben werden.«

»Aber es sind jetzt schon elf Jahre, hast du gesagt.«

Er zuckte die Achseln. »Ich hab das Zeug da oben vergessen. Ob zehn, elf oder zwölf Jahre, am Ende macht das keinen Unterschied.«

»Was ist mit den anderen Dingen?«

»Was für andere Dinge?«

Sie klopfte auf die Armstützen des Rollstuhls. »So was wie das hier. Oder Spielzeug. Und Schmuck.«

Sein Schnurrbart zuckte leicht, obwohl er diesmal nicht lächelte. »Ich kann mir kaum vorstellen, dass da irgendwas Wertvolles ist. Teure Kleidung ist das eine, aber die Familienjuwelen haben sie bestimmt nicht hiergelassen.«

»Weil jemand sie stehlen könnte?«

»Bei uns wird nicht gestohlen«, sagte er.

»Dann wären sie hier ja in Sicherheit.«

Er trat hinter sie und begann wieder zu schieben, diesmal mit einem harten Ruck. »Frauen wollen ihren Schmuck gern zeigen. Sie lassen ihn nicht ein Jahr in einer Kiste liegen, schon gar nicht in einem anderen Land, wo sie nicht an ihn rankommen.«

Liette schwieg, bis sie die Tür erreichten, hinter der die Treppe zum Dachboden lag. Sobald Gabriel anhielt, sprang sie aus dem Rollstuhl. »Ich bring ihn wieder hoch«, sagte sie. »So was ist kein Spielzeug. Das war dumm.« Der Gedanke, dass die Besitzerin des Rollstuhls tot sein könnte, ermordet mit all den anderen reichen russischen Familien, ließ sie schaudern.

»Ich mach das schon«, sagte Gabriel. »Das Ding ist viel zu schwer für dich.« Warum hatte sie das Gefühl, dass er nur einen Blick auf die Kisten werfen wollte, die sie gefunden hatte?

Rückwärts zog er den leeren Rollstuhl die Stufen hinauf, während Liette ihm wortlos folgte. Sie bedauerte, dass sie ihm über den Weg gelaufen war. Dabei hatte sie sogar gewusst, dass er um diese Zeit seinen Rundgang durch alle Flure des Hotels machte. Obwohl keine Gäste da waren, bestand er darauf, täglich nach dem Rechten zu sehen. Es könne Wasserrohrbrüche geben, hatte er ihr erklärt, oder Kabelbrände. Besser, man behalte immer alles im Blick.

Ein paar Minuten später standen sie vor dem Berg aus aufgeplatzten Koffern und umgefallenen Kisten.

»Du liebe Güte!«, entfuhr es Gabriel, was sie ihm kaum verübeln konnte. Jetzt, da sie das Tohuwabohu mit seinen Augen sah, erschien es ihr viel schlimmer als zuvor. »Hast du das angerichtet? Natürlich hast du's! Es ist ja sonst keiner da.«

»Ich räume alles wieder auf«, sagte sie hastig. »Ich versprech's.«

Sein tiefes Luftholen schien eine Standpauke anzukündigen. Aber dann ließ er nur die Schultern sinken und winkte ab. »Eigentlich ist es egal. Die zehn Jahre sind längst abgelaufen, jetzt können wir damit tun, was wir wollen. Und wenn dich der Kram beschäftigt, dann spiel halt damit.«

»Wirklich?«

»Ja, mach nur.«

Er hatte *beschäftigt* gesagt, nicht *interessiert,* und sie wusste genau, worin der Unterschied lag. Ihre Eltern hatten ihn genötigt, Liette für zehn Wochen bei sich aufzunehmen, und sie verstand sehr wohl, dass das für einen alleinstehenden Mann wie ihn eine Herausforderung war. Zum Glück war das Hotel sehr groß, sodass sie sich tagsüber kaum über den Weg liefen; ohnehin verbrachte Liette die meiste Zeit über im Büchersalon. Manchmal übertrug Gabriel ihr einfache Aufgaben, ließ sie Silber polieren oder irgendwelchen Kitsch abstauben, aber die meiste Zeit behelligte er sie nicht. Sie machte es umgekehrt genauso. Am liebsten waren ihr die Tage, an denen sie ihn gar nicht zu sehen bekam, außer morgens beim Frühstück und beim Essen am Abend; und selbst das ließ er häufig ausfallen, weil er außer Haus war. Wichtige Geschäftsbesprechungen, behauptete er. Liette war es nur recht, denn dann tischte ihr die schweigsame Köchin, die auch außerhalb der Saison für die beiden sorgte, das Abendessen im Salon auf und nicht wie sonst an der langen Tafel, an der Liette und Gabriel sich an entgegengesetzten Enden gegenübersaßen wie ein altes Ehepaar. Dort fühlte sie sich einsamer als allein zwischen all den Büchern, die sie stapelweise verschlang und die in ihren Augen das Allerbeste an ihrem Aufenthalt im Château Trois Grâces waren. Liegen gebliebene Bücher, vergessene Bücher, ungeliebte Bücher – Liette las sie alle und war sich bewusst, dass die meisten davon keineswegs für ein Mädchen ihres Alters gedacht waren. Was die Lektüre nur noch aufregender machte.

»Nur eines«, sagte Gabriel, bevor er sie einmal mehr sich selbst überließ. »Falls du doch noch irgendwelchen Schmuck findest, dann bringst du ihn zu mir. Wir schließen ihn im Tresor ein, für den Fall, dass jemand danach fragt.« Er dachte kurz nach, dann fügte er hinzu: »Das gilt auch für Uhren. Überhaupt alle Dinge, die wertvoll sein könnte. Bargeld sowieso.«

»Kommt in den Tresor«, bestätigte Liette und salutierte wie ein treuer Soldat. Natürlich wusste sie, dass das alles früher oder später im Casino landen würde.

»Wo es hingehört«, sagte Gabriel mit einem Lächeln und ging.

Tagelang tanzte sie in viel zu großen Abendroben und Ballkleidern über den Dachboden, setzte Hüte mit Gestecken und Haarreife auf, hüllte sich in Seidenschals und Überwürfe und betrachtete sich dabei in einem halb blinden Spiegel, den sie unter einem Laken entdeckt hatte. Es gab auch Stücke, die ihr passten, weil sie vermutlich Mädchen ihres Alters gehört hatten, aber in ihnen fühlte sie sich unwohl, weil ihr jedes Mal der Gedanke kam, dass sie die Kleidung eines ermordeten Kindes trug.

Nirgends entdeckte sie Schmuck und Juwelen, nicht mal eine Taschenuhr oder einen einzelnen Geldschein. Da kam ihr der Verdacht, dass ihr Onkel schon vor Jahren alles von Wert geborgen hatte, lange vor der vereinbarten Frist, und sie nahm sich vor, ihm gegenüber verschwiegener zu sein und ihre Funde mit keinem Wort mehr zu erwähnen, ganz gleich, wie belanglos sie erscheinen mochten.

Am Abend des dritten Tages stieß sie hinter den Kisten auf einen weiteren Koffer, der ein wenig abseits stand, halb verborgen hinter Terrakottatöpfen und einem Engel aus Gips. Als sie die Schnallen öffnete, war ihr für einen Moment, als stiege ihr der Geruch von Ölfarben entgegen, doch der Eindruck verging, ehe sie sicher sein konnte. Oben im Koffer lagen ein paar weiße Kleider, darunter ein gefalteter Mantel und schließlich ein grober Kittel, ganz steif und übersät mit brüchigen Farbspritzern; einige sahen aus wie pures Gold. Sie hob ihn heraus und roch daran, doch was immer sie vorhin wahrgenommen hatte, hatte sich bereits verflüchtigt.

Tief unten fand sie das Buch und den Mondstein.

Sie steckten in einem großen Papierumschlag. Als Liette ihn öffnete und ausschüttete, fiel als Erstes ein Anhänger heraus, ein runder weißer Stein in einer schlichten silbernen Einfassung.

Dem folgte ein brauner Lederband, der in einem Schuber aus dünnem Holz steckte, nicht viel größer als ihre Hand. Er war straff mit einer fingerdicken Kette umwickelt und gesichert mit einem Vorhängeschloss. Der Schuber war schmucklos, nur in der Mitte des Buchrückens befand sich ein Kreuz. Eine Bibel, dachte Liette, oder ein Gebetbuch. Ohne große Hoffnung versuchte sie, die Kette zu verschieben, aber sie war so festgezogen, dass sie sich keinen Millimeter bewegte.

Sie legte das Buch beiseite und betrachtete noch einmal den eingefassten Stein. Kreisrund und milchig weiß. Die Oberfläche war sehr glatt, fast wie Glas. Sie rieb erst mit dem Finger darüber, dann berührte sie ihre Wange damit in einer sanften Kreisbewegung. Das fühlte sich gut an, fast wie ein Streicheln.

Sicherheitshalber blickte sie über die Schulter, doch da war niemand mit ihr auf dem Dachboden. Am Morgen hatte sie Gabriel in seinem Wagen davonfahren sehen und war am Fenster stehen geblieben, bis das Brummen des Motors hinter den Pinien verklungen war. Sie war allein, und trotzdem blieb das unbehagliche Gefühl, dass sich ihr jemand näherte, Schritt um Schritt um Schritt.

Hastig steckte sie den Mondstein in die Tasche ihres Kleides, nahm auch das Buch im Schuber mit und verließ den Dachboden.

Stunden später, gegen drei Uhr in der Nacht, erwachte sie und hörte, wie der Wagen ihres Onkels die lange Auffahrt heraufkam. Wie immer hielt er auf dem großen Vorplatz, der im Winter voller Luxuskarossen stand, heute aber verlassen im Mondlicht lag. Als der Motor erstarb, kehrten sofort die vertrauten Geräusche zurück: das Schnarren der Zikaden und das Rauschen der Wellen, die unterhalb des Hotels an die Felsen schlugen. Eine Weile lang hörte sie nichts anderes, dann erklangen Schritte draußen auf dem Flur. Vor ihrer Tür hielten sie inne, gleich darauf fiel ein schwacher Lichtfächer ins Zimmer. Gabriel streckte den Kopf herein und vergewisserte sich, dass sie im Bett lag und schlief. Eine halbe Minute lang blieb er stehen und atmete leise. Sie hatte ihn niemals betrunken erlebt und glaubte auch jetzt nicht, dass er es war. Er habe zu viele Sorgen, hatte er einmal beim Frühstück gesagt, in einem seiner vielen Anfälle von Selbstmitleid, und er habe Angst, dass der Alkohol sie noch größer machen würde. Warum um alles in der Welt er das seiner elfjährigen Nichte erzählte, wusste wohl nur er selbst.

Schließlich drückte er die Tür leise zu. Sie hörte ihn davongehen, hinüber zu seinen eigenen Räumen am Ende des Flurs. Seine Tür klapperte, dann herrschte Stille.

Den nächsten Tag verbrachte sie im Büchersalon. Die schweren Samtvorhänge waren wie immer zugezogen, um Liettes empfindliche Haut vor dem Sonnenlicht zu schützen. Zu Beginn ihres Aufenthalts im Hotel hatte sie sich gefragt, ob die Gefahr durch die südliche Sommersonne nicht größer war als die Heilkraft der Seeluft, aber solange sie sich an die Regeln hielt – geschlossene Vorhänge, keine Ausflüge vor der Dämmerung –, war alles in Ordnung.

Bis zum Abend las sie den gesamten *Oliver Twist,* sah und hörte niemanden außer der Köchin und fieberte dem Einbruch der Dunkelheit entgegen. Als die Uhr schließlich neun schlug, versank die Sonne endlich hinter der Küste. Liette lugte durch einen Spalt im Samt und sah den Himmel feuerrot über dem Mittelmeer lodern. Sie wartete noch eine Viertelstunde, dann zog sie sich eine dünne Jacke über und verließ das Hotel durch eine der Terrassentüren an der Seeseite. Wenn niemand sie verriegelte, würde sie sich von außen wieder aufdrücken lassen.

Liette trug eine weiße Umhängetasche, in der das Buch vom Dachboden und der Mondstein steckten. Bei jedem Schritt spürte sie die Kanten des Holzschubers und die Kette an ihrem Oberschenkel. Das Automobil ihres Onkels, ein dunkelgrüner Renault Monasix, stand auf dem Vorplatz, also war Gabriel irgendwo im Hotel. Sie hatte seine Erlaubnis, abends ins Freie zu gehen – irgendwann musste sie ja an diese frische Luft, wegen der sie hier war –, doch manchmal dachte sie, dass er vielleicht an einem der Fenster stand und zu ihr herabsah.

Das Hotel war ein weißer Prachtbau, der sich oberhalb der Felsen am Rand eines Pinienwaldes erhob, drei Etagen hoch und überragt von einem einzelnen Turm, in dem sich die teuerste Suite befand. Im Winter wohnten dort oben amerikanische Filmstars mit ihren Familien und Kindermädchen, berühmte Sängerinnen verbarrikadierten sich mit ihren schneidigen Liebhabern, und Künstler wie Pablo Picasso malten in den hellen Zimmern ihre Modelle.

Liette überquerte die riesige Terrasse und blieb an einem wuchtigen Steingeländer stehen. Von hier reichte die Sicht viele Kilometer weit an der Küste entlang. Rechts sah sie die Lichter von Juan-les-Pins, links erstreckte sich eine Bucht aus Geröll und flachen Felsschollen, auf denen die Gäste in der Urlaubssaison ihre Badetücher ausrollten.

Jenseits davon, am anderen Ende der Bucht, stand ein weiteres Bauwerk, etwas kleiner als das Hotel, aber nicht weniger eindrucksvoll, ein verschachteltes Ensemble neugotischer Erker und spitzer Dächer in Weiß und Grau. Hinter keinem der hohen Fenster brannte Licht.

Dreimal hatte Liette sich dorthin gewagt, trotz des ausdrücklichen Verbots ihres Onkels. Die Villa Eisenhuth stand leer, und das schon seit vielen Jahren. Eine deutsche Familie hatte sie in den

Zehnerjahren als Winterrefugium erbauen lassen, doch kaum war das Haus eingerichtet gewesen, hatte der Krieg ihnen einen Strich durch die Rechnung gemacht. Ab dem Sommer 1914 konnten Deutsche nicht mehr nach Frankreich einreisen, die Armeen standen sich bald darauf an der Front in Giftgaswolken gegenüber. Die Villa war unter Zwangsverwaltung gestellt worden, und das Gebäude verwaiste. Auch nach dem Krieg hatte keiner der Eisenhuths Ansprüche geltend gemacht. Es hieß, sie seien alle tot.

Bei Liettes Besuch im letzten Jahr war sie abends auf das umzäunte Gelände geschlichen, hatte den verwilderten Park durchquert und versucht, ins Innere des Hauses zu blicken. Die Fenster im Erdgeschoss waren alle vergittert und von innen verhängt, die Türen verschlossen und mit Ketten gesichert.

Sie war auf einen Baum geklettert und hatte durch ein Fenster im ersten Stock geschaut. Im Inneren hing dichter Nebel, womöglich derselbe, der jeden Morgen vom Meer an den Felsen heraufwaberte und sich wie Schneewehen um die Fundamente der Villa legte. Liette stellte sich vor, wie er ins Haus kroch, durch die verlassene Eingangshalle, eine Treppe hinauf und einen Gang hinunter in das Zimmer, das ihrem Ausguck im Baum gegenüberlag. Und wenn sich dann der Morgennebel auflöste und die Sicht aufs Mittelmeer gläsern klar wurde, blieb ein Teil davon im Haus zurück, hinter dem Fenster im ersten Stock, eine Wand aus milchigem Grau. Liette war noch zweimal zurückgekehrt, immer wieder in den knorrigen Baum, stets in der Abenddämmerung, und jedes Mal hatte der Nebel in der Villa auf sie gewartet.

Bei ihrem letzten Besuch hatte sie geglaubt, etwas hinter dem Dunst zu erkennen.

Eine Wand aus Büchern, eine Bibliothek.

Und davor die Gestalt einer Frau, reglos auf den Knien und mit tief gesenktem Kopf. Wie eine Aufziehpuppe, die darauf wartete, erweckt zu werden.

Liette hatte wie versteinert auf ihrem Ast gesessen und minutenlang nicht gewagt, sich zu bewegen, aus Angst, die Frau könnte den Kopf heben und sie ansehen. Sie hatte sich davor gefürchtet, in ein leeres Gesicht zu blicken, ein weißes blankes Oval wie der Mondstein, geformt aus bleichem Nebeldunst.

Schließlich hatte sie ihre Erstarrung überwunden, war vom Ast in die Tiefe gesprungen und, so schnell sie konnte, fortgelaufen. Danach war sie nicht mehr zurückgekehrt, obwohl sie sich oft vorgenommen hatte, einen weiteren Blick durch das Fenster zu werfen, auf die Bücher der Bibliothek im Nebel. Und auf das dunkle, hockende Ding, das dort auf sie wartete, auf einen Zuruf über den Abgrund hinweg, der es unter Knacken und Knirschen aus seiner Totenstarre reißen würde.

Heute, ein Jahr später, lag die Villa Eisenhuth noch immer halb vergessen am anderen Ende der Felsenbucht, unbewohnt und lichtlos, und Liette musste sich von ihrem Anblick lösen, um endlich zu tun, was sie sich für diesen Abend vorgenommen hatte.

Zwischen den vorderen Pinien lief sie in einem Bogen zur Auffahrt des Trois Grâces. Unter ihren Füßen knirschten braune Nadeln. Sie mochte den Geruch, vor allem nach den heißen Tagen, wenn der Boden sich aufgeheizt hatte und der Duft noch würziger als sonst in die anbrechende Nacht aufstieg.

Wo die Hotelauffahrt endete und in die schmale Küstenstraße mündete, gab es kein Tor, nur ein großes Schild, das den Weg zum Château Trois Grâces wies. Die breiten Kronen der Pinien verbargen einen Großteil des Gebäudes, einzig der Turm mit seinem Spitzdach war zu erkennen, wenn man wusste, wo man danach suchen musste.

Zwanzig Minuten lang wanderte Liette an der Straße entlang nach Westen. Währenddessen kam ihr aus Juan-les-Pins nur ein einziges Automobil entgegen und hupte blechern, als der Fahrer sie in der anbrechenden Dunkelheit fast übersah. Schließlich machte die Straße eine enge Kurve. Inmitten der Biegung lag ein Aussichtspunkt, mit Blick auf die Lichter des Ortes und der vereinzelten Schiffe draußen auf dem Meer.

Ein scharfer Seewind trieb die Rufe der Zikaden landeinwärts, fort von Liette und dem kleinen Platz aus festgestampftem Erdreich, an dessen Ende ein Schild das beste Panorama der Küste anpries. Daneben stand ein einzelnes Fahrzeug mit straff gespanntem Verdeck, ein deutscher Subventionslastwagen aus dem Krieg, den es als gebrauchtes Vehikel nach Südfrankreich verschlagen hatte. Hinter den hohen Scheiben des Fahrerhauses waren Vorhänge zugezogen worden, aber durch den Stoff erkannte Liette schwachen Lichtschein. Auf dem Beifahrersitz lag ein schmales Buch mit schmucklosem Deckel. Die Buchstaben des Titels waren fast verblichen, aber Liette wusste, was dort stand. *Umbra Vitae.*

»Maxim?«, rief sie, als sie vor dem Lastwagen stehen blieb. »Ich bin's, Liette.« Sicherheitshalber klopfte sie ans Glas und spürte, wie viel kälter es war als die laue Abendluft.

Jemand bewegte sich im Inneren, ein Rascheln erklang. Liette rief kein zweites Mal, sondern wartete geduldig, bis der Vorhang über der Beifahrertür beiseitegeschoben wurde und ein Gesicht auf sie herabsah. Der Mann lächelte, gab ihr mit einem Wink zu verstehen, ein Stück zurückzutreten, und öffnete die Tür.

»'n Abend, Liette«, sagte er. »Ich hab mir schon gedacht, dass du auftauchst. Komm rein.«

Maxim und seine fahrende Leihbücherei machten alle zwei Wochen an dem Aussichtspunkt halt, immer an einem Dienstag. Er tingelte das ganze Jahr über an der Küste entlang, hielt auf den Marktplätzen der Dörfer und vor abgelegenen Hotels und verlieh seine Bücher an alle, die zu ihm kamen. Im Herbst und Winter waren die meisten seiner Kunden Urlauber, die sich bei ihm mit Lektüre eindeckten, während das Geschäft im Frühjahr und Sommer sehr viel schleppender lief und allein auf die Einheimischen und Zugezogenen angewiesen war. Die meisten Bücher in Maxims Bestand waren französische Literatur, aber er hatte auch zwei Kisten mit Romanen auf Russisch, aus der Zeit, als noch mehr von seinen Landsleuten die Côte d'Azur bevölkert hatten.

Er hatte schulterlanges dunkelblondes Haar, das im Abendlicht aschgrau wirkte, und behauptete, jünger zu sein, als er aussah.

Aber Liette, für die alle Erwachsenen über dreißig alt waren, machte sich darüber keine Gedanken. Viel wichtiger war ihr Maxims große Liebe zu den Büchern, ein Gefühl, das sie nur zu gut kannte. Als sie ihren Eltern im letzten Jahr von ihm und seiner Leihbücherei erzählt hatte, hatte ihr Vater die Nase gerümpft und ihre Mutter sorgenvoll die Stirn gekräuselt. Wie sich später herausstellte, hatten sie Gabriel eingeschärft, Liette von dem merkwürdigen Russen und seinem Lastwagen fernzuhalten, wohl aus Angst, er könnte sie ins Innere zerren und Gott weiß wohin verschleppen. Aber wie üblich hatte Gabriel sich nicht um die Wünsche der beiden geschert, Liette stattdessen ein paar warnende Worte mit auf den Weg gegeben und sie ziehen lassen, weil sie alt genug sei, um selbst Verantwortung zu übernehmen. Was sie natürlich ganz genauso sah.

»Du hast beim letzten Mal gar keine Bücher ausgeliehen«, sagte Maxim, als sie über den Sitz kletterte und ihm nach hinten auf die Ladefläche unter der Plane folgte. Hier drinnen roch es immer nach Büchern, nie nach Mensch, was vielleicht daran lag, dass Maxim auf dem engen Raum selbst den Geruch von Papier und Buchbinderleim angenommen hatte, von Ledereinbänden und Leinendeckeln. Meist schlief er auch zwischen den Bücherkisten, weil er sich hier, wie er sagte, am wohlsten fühle, auch wenn Liette den Verdacht hegte, dass er sich ein Pensionszimmer nicht leisten konnte. Er benutzte einen Schlafsack und eine Bastmatte, denn Platz für eine Liege gab es nicht, und er wusch sich an Brunnen und Bächen. Manchmal kam er auch bei Bauern unter, mied aber die Hütten der Fischer, selbst wenn sie ihn zu sich einluden. Er ertrage den Geruch nicht, hatte er Liette erklärt.

Die Bücherkisten waren in zwei Reihen zu beiden Seiten der Ladefläche gestapelt, immer drei übereinander, und mit dicken Tauen festgezurrt. Wenn Maxim auf einem Markt haltmachte und das Wetter es zuließ, baute er sie rund um den Wagen am Boden auf. Bei Regen aber empfahl er den Leuten einzelne Bücher, die er für sie von der Ladefläche holte, und meist lag er mit seinen Vorschlägen richtig. Er führte Liebesromane, die alte Mütterchen in Wallung brachten, und Abenteuerbücher für die Jugendlichen, die von einem Leben jenseits der Küste träumten. Er verlieh Bände über ferne Gestirne und Ratgeber für müde Gelenke, Sammlungen antiker Mythen und philosophische Schriften, außerdem Bücher über Pferdezucht und Bootsbau, über Kräuterkunde und bildende Kunst. Nur politische Texte müsse man woanders suchen, hatte er einmal gesagt, zum Beispiel am Grunde einer Kloake, denn da gehörten seiner Meinung nach die allermeisten hin.

»Ich hab was mitgebracht«, sagte Liette, als sie sich im schmalen Mittelgang der Ladefläche gegenübersaßen. Ein paar Kerzen brannten in hohen Gläsern und warfen zuckende Schatten auf die Innenseite der Plane. Maxim musste draußen geraucht haben, vorhin, bevor sie angekommen war, denn nun bemerkte sie, dass er nach Zigaretten roch, über dem vertrauten Bücherduft.

Er trug eine braune Hose und ein weißes Hemd, dazu Hosenträger und ein rotes Halstuch, mit dem er ein wenig verwegen aussah wie ein Freiheitskämpfer. Sein Gesicht war schmal und ausgezehrt, und er hatte kleine Falten, die wie Blitze aus seinen Augenwinkeln schossen.

»Ich war auf dem Dachboden«, sagte sie, »und da hab ich was gefunden.«

Sein Lächeln wirkte freundlich, aber auch erschöpft. Er sah immer müde aus, und sie schob es darauf, dass sie ihn nur abends sah, nachdem er den ganzen Tag lang Kisten gestapelt oder seinen klapprigen Wagen über endlose Serpentinen gelenkt hatte.

»Ich möchte wetten, es ist ein Buch«, sagte er.

Sie nickte und erzählte ihm vom Fund der Kisten, verschwieg jedoch, dass sie tagelang mit fremden Hüten vor dem Spiegel getanzt hatte, weil ihr das sehr kindisch erschien. Schließlich griff sie in ihre Umhängetasche, nahm den Mondstein heraus und legte ihn auf seine ausgestreckte Hand.

Maxims Lächeln flackerte kurz wie die Kerzenflammen, dann

verschwand es ganz. Mit den Fingerspitzen der Linken berührte er die Oberfläche des Steins, strich langsam darüber, hob den Anhänger auf und betrachtete ihn von allen Seiten.

»Ist der wertvoll?«, fragte Liette.

Er gab keine Antwort. Stattdessen schien er nach einer Inschrift oder Prägung zu suchen, während er die silberne Rückseite im Kerzenschein vor- und zurückkippte.

»Nicht sehr«, sagte er. »Nicht wie ein Diamant oder so.« Er schluckte, dann bat er: »Zeig mir, was du da noch hast.«

Sie war ein wenig enttäuscht, wollte es sich aber nicht anmerken lassen und reichte ihm die Tasche. »Sieh selbst.«

Er nahm sie entgegen, zögerte jedoch, hineinzugreifen.

»Es beißt nicht«, sagte sie. »Versprochen.«

Maxim runzelte die Stirn, fasste in die Tasche und zog das Buch heraus. Die Kette, die um den Schuber geschlungen war, glühte im Flammenschein wie Gold. Liette fiel auf, dass er das Buch zwischen den Fingerspitzen hielt, ganz vorsichtig, als fürchtete er, eine allzu feste Berührung könnte es zerstören.

»Gott noch mal, Liette …«

»Was ist damit?«

Er betrachtete ihr Fundstück von allen Seiten. »Du hast es da nicht rausgenommen, oder?«

»Wie denn? Es war ja kein Schlüssel dabei. Außerdem hätte ich es nicht kaputt gemacht. Ich geh immer gut mit Büchern um.«

»Das weiß ich.«

»Ist es eine Bibel?«

»Ich kann genauso wenig hineinsehen wie du.« Das klang ein wenig halbherzig, so als wollte er nicht zugeben, dass er mehr darüber wusste.

»Aber du glaubst, dass es wertvoll ist. Sonst würdest du es nicht so anfassen, als wär's ein rohes Ei.«

»Wertvoll ist etwas nur, wenn man einen anderen kennt, der einem eine Menge Geld dafür bezahlt. Aber es ist ganz sicher einzigartig.«

Zweifelnd verzog sie das Gesicht. »Ein Buch mit einem Kreuz drauf? Davon liegen in allen Kirchen jede Menge rum.«

»Das hier ist etwas anderes.«

Sie nickte. »Sonst hätte nicht irgendwer eine Kette drumgewickelt.«

»Der Besitzer hat verhindern wollen, dass das Buch von jemandem geöffnet wird, der nicht weiß, was es damit auf sich hat.«

Sie erinnerte sich an diese Art von Büchern aus Romanen. »Ein Zauberbuch? Oder ein verfluchtes Buch? Vielleicht bringt es Unglück, wenn man es öffnet. Oder man befreit etwas … so wie einen Flaschengeist.«

»An die Sorte Geister glaube ich nicht. Aber an der Sache mit dem Unglück könnte was dran sein. Draußen steht ein Kanister mit Wasser, daneben liegt ein Stück Seife. Ich möchte, dass du dir gründlich die Finger wäschst.«

»Aber –«

»Jetzt gleich.«

Das ärgerte sie ein wenig, aber sie tat, was er verlangte. Sie kletterte hinaus, schaute sich suchend um und entdeckte den Kanister ein Stück weit entfernt neben einem Felsen. Das feurige Rot war vom Himmel ins Meer geflossen und trieb am fernen Horizont davon. Von Osten kroch tiefe Dunkelheit über die Küste.

Der graue Blechkanister war voll und sehr schwer. Mühsam goss sie sich Wasser über die linke Hand, benutzte die Seife und hatte Schwierigkeiten, sie sich wieder von den Fingern zu waschen, weil der Griff des Kanisters nun so rutschig war. Schließlich wischte sie den Rest einfach an ihrem Kleid ab.

Sie hatte angenommen, dass Maxim verhindern wollte, dass sie das Buch beschmutzte, wie ein Kind mit Marmelade an den Fingern. Als sie sich umdrehte, fuhr sie zusammen. Er war lautlos herangekommen, stand plötzlich hinter ihr.

»Tut mir leid, das wollte ich nicht.« Er seifte sich die Hände ein und reinigte sie gründlich mit Wasser aus dem Kanister. Dann zog er eine zerdrückte Packung Zigaretten aus der Hosentasche, klopfte eine heraus und steckte sie an. Er hatte noch nie vor Liettes Augen geraucht.

Sie mochte ihn und seinen Bücherlastwagen, hatte viele Stunden bei ihm verbracht und lange Gespräche über Literatur geführt. Sie hatte sich dann immer viel älter und so ernst genommen gefühlt. Jetzt aber hatte sie das Gefühl, dass er sie bewusst wie ein Kind behandelte, dem man besser nicht die Wahrheit sagte. Normalerweise war er nicht wie die anderen Erwachsenen, doch heute schien er etwas hinter seinem Erwachsensein zu verstecken. Ein Geheimnis, das er ihr auf keinen Fall verraten wollte.

»Was ist das für ein Buch?«, fragte sie.

Statt einer Antwort fragte er: »Würdest du es mir ausleihen?«

»Du willst es haben?«

»Nur bis ich wieder herkomme. Ich würde es gern jemandem zeigen, der mir mehr darüber sagen kann.«

»Wem?« Sie fand, dass sie ein Recht darauf hatte, das zu erfahren.

»Einem Chemiker. Er leiht manchmal Bücher von mir. Nicht über Chemie, aber er kennt sich aus.«

»Was sollte er über mein Buch wissen?« Sie nannte es ganz bewusst *mein* Buch, damit er das nicht vergaß. Erwachsene vergaßen gern die Dinge, die ihnen nicht passten, vor allem, wenn sie Gefahr liefen, sich vor Kindern rechtfertigen zu müssen.

»Er kann vielleicht etwas zum Alter deines Buchs sagen«, antwortete Maxim. »Ich will es dir nicht stehlen, und ich werde es auch nicht zu Geld machen, falls du das befürchtest. Ich schwör's dir bei allem, was mir lieb und heilig ist.«

»Ich weiß nicht, was dir lieb und heilig ist.«

»Na, du, zum Beispiel.« Mit einem Grinsen trat er die Zigarette am Boden aus. »Ich würde dir nie was wegnehmen, das du nicht freiwillig hergibst.«

»Auch nicht das Buch?«

»Auch das nicht. Aber du hast es hergebracht, weil du mehr darüber erfahren willst. Und dafür brauchen wir einen Fachmann. Ich bin nur jemand, der Bücher verleiht.«

Sie wusste, dass er schwindelte. Maxim wusste mehr über Bücher als jeder andere Mensch, den sie kannte, einschließlich ihrer Eltern, und die führten immerhin ein Dutzend Buchhandlungen. Für die beiden war Literatur vor allem eine Ware. Früher hatten auch sie viel gelesen, aber je mehr Zeit die Läden beanspruchten, desto häufiger redeten sie nur noch über die Preise von Büchern, nicht über das, was darin stand. Sie waren glücklicher gewesen, als sie nur ein einziges Geschäft gehabt hatten, den kleinen Laden in der Rue de Condé. Den hatten sie gleich nach ihrer Hochzeit eröffnet und zu zweit darin Bücher verkauft, Jahre vor der Erbschaft und der vielen Büroarbeit, die damit einherging.

»In spätestens zwei Wochen bin ich wieder hier, und dann kann ich dir hoffentlich mehr über das Buch erzählen«, sagte Maxim.

Sie tat, als müsste sie überlegen, was ihr schon im nächsten Moment ein wenig albern vorkam. Als wollte sie ihn mit seinen eigenen Waffen schlagen. »Bibeln sind sowieso langweilig. Gebetbücher auch. Nimm's ruhig mit.« Nun musste auch sie lächeln. »Aber wenn es so viel wert ist wie ein Piratenschatz, dann teilen wir. Zwei Drittel für mich, ein Drittel für dich.«

»Klingt gerecht«, sagte er.

»Und den Mondstein will ich behalten.«

»Der ist bei dir am allerbesten aufgehoben.«

Sie gingen zurück zum Lastwagen, und Maxim kletterte hinein. Er brauchte ziemlich lange, ehe er mit dem Anhänger zurück zur Tür kam. Sie war sicher, dass er ihn gründlich abgewischt hatte, wie ein gestohlenes Schmuckstück, das ein Dieb von Fingerabdrücken säubert. Als er ihn ihr reichte, sagte er: »Kann ich deine Tasche hierbehalten? Du bekommst sie zurück, wenn ich wiederkomme.«

Tatsächlich hing sie mehr an der Tasche als an dem dummen Gebetbuch, aber sie nickte. »Na klar.«

»Pass gut auf den Stein auf.«

»Wenn ich wieder zu Hause in Paris bin, mach ich ihn an eine Kette und trage ihn am Hals. Aber hier lieber nicht. Mein Onkel will, dass ich ihm alles gebe, was irgendwas wert sein könnte.«

Maxims Miene verdüsterte sich, und seine Stimme klang sehr kühl. »Natürlich will er das.«

»Er kann dich auch nicht leiden«, sagte sie grinsend

Er hob die Schultern, was wohl bedeuten sollte, dass ihr Onkel ihm den Buckel runterrutschen könne. Sie sah das genauso. Gabriel war kein böser Mensch, nur ein schwacher, und weil er wusste, dass sie das wusste, mochten sie einander nicht.

»Noch was«, sagte Maxim, bevor sie sich wieder auf den Weg machte.

»Ja?«

»Du hältst dich doch noch immer von diesem Haus fern, der Villa Eisenhuth?«

»Jetzt klingst du wirklich wie er.«

»Nein, im Ernst, Liette. Geh nicht dorthin.«

»In die Bibliothek im Nebel?«

»Nicht mal in den Park. Und schon gar nicht ins Haus.«

»Aber was, wenn es von oben bis unten voller Bücher ist?«

»Dann gehören sie jemandem, der nicht will, dass du darin herumstöberst. Deshalb sind die Fenster vergittert. Und vielleicht wird das Haus sogar bewacht.«

Sie hatte ihm erzählt, dass sie durch das Fenster im ersten Stock Bücherregale gesehen hatte. Die kauernde Gestalt hingegen hatte sie mit keinem Wort erwähnt. Genauso wenig wie die Gitter vor den Fenstern. War Maxim also schon selbst dort gewesen?

»Die Villa ist kein guter Ort«, sagte er. »Und es haben keine guten Menschen darin gewohnt.«

Sie ließ einen Augenblick vergehen, dann senkte sie ihre Stimme zu einem Flüstern. »Heute wohnen da Gespenster.«

Er presste die Lippen aufeinander, bis sie fast weiß waren. Dann nickte er traurig und schickte sie fort.

4

1957

Für Thomas Jansen begann diese Geschichte mit einem geheimnisvollen Schreiben in einer feinen, ausdrucksstarken Handschrift, das ihn anwies, zu einer bestimmten Uhrzeit an einem gewissen Ort zu erscheinen, gefolgt von einer Drohung, die er nicht ignorieren konnte.

Der Umschlag glitt unter der Tür seines Hotelzimmers im Château Trois Grâces hindurch, just in jenem Moment, als er den Blick vom weißen Rücken einer Dame nahm, die gerade seinem Bett entstieg. Einen Moment lang bedauerte er, was er ihr in wenigen Minuten antun würde, aber dieses Gefühl hielt nur an, bis sie sich zu ihm umdrehte und er wieder die Kälte in ihren schönen Augen sah, Augen, die früher weit Schlimmeres als ihn inspiziert hatten. Natürlich würde sie in Tränen ausbrechen, wenn er tat, was er tun musste – doch bevor es so weit war, wollte er den mysteriösen Umschlag vom Boden fischen und lesen, was auf dem Papier darin stand. Das war die alte Reporterneugier, die er auch in seinem zweiten Leben als Riviera-Lebemann und Gentleman-Ganove nie abgelegt hatte. Ebenso wenig wie seine gesunde Vorsicht.

»Es ist so unerträglich heiß«, sagte sie mit einem Seufzen. Einige ihrer rot gefärbten Haare waren auf den zerwühlten Kissen zurückgeblieben. Thomas würde später den Zimmerservice bitten, das Doppelbett frisch zu beziehen und das Bad zu reinigen, falls sie die Dusche benutzte. Aber wie er sie einschätzte, war sie dreist genug, ungewaschen in das Zimmer zurückzukehren, das sie sich eine Etage tiefer mit ihrem Ehemann teilte. Vielleicht würde sie auch gleich zum Felsenpool über dem Meer gehen, seit Jahrzehnten eine der Attraktionen des Trois Grâces, selbst zu jenen Zeiten, als sich hier noch nicht der Jetset die goldenen Klinken in die Hand gegeben hatte.

»So heiß«, sagte sie wieder, und nun fragte er sich ernsthaft, ob das eine jener Anzüglichkeiten sein sollte, die sie für dezentes Flirten hielt und mit denen sie ihn geradezu genötigt hatte, sie auf sein Zimmer einzuladen. Von unten drang das Geschrei verwöhnter Kinder und ihrer reichen Eltern durchs Fenster herein.

Trotz der Hitze war seine Besucherin gleich nach ihrem Höhepunkt wieder zu der berechnenden Eisskulptur geworden, die er erstmals vor drei Tagen in der Cocktailbar des Hotels angesprochen hatte. Zuvor hatte er sie eine Woche lang beobachtet und sich für sie in Pose geworfen, ganz der mysteriöse, gut aussehende, allein reisende Deutsche, dem sie nicht widerstehen konnte. Er hatte ihr Beuteschema schon vor Monaten recherchiert und sein Bestes gegeben, ihre Erwartungen zu erfüllen. Allein schon, weil er den Schock auf ihren Zügen sehen wollte, wenn sie die Wahrheit erfuhr über das, was er über sie wusste.

»Hast du gehört, dass in den Großstädten das Wasser knapp wird?«, fragte sie, während sie sich von der Bettkante erhob und nackt hinüber zum Fenster ging. Graziös passierte sie den Tisch, auf dem seine Schreibmaschine stand, daneben ein hoher Stapel mit leeren Seiten. Es gab auch ein paar beschriebene, aber die hatte er sicherheitshalber in der Schublade verschwinden lassen. Zum einen, weil ihn der magere Anblick deprimierte, zum anderen, weil das große Epos seiner Kriegserinnerungen sie nun wirklich nichts anging.

»Stand in der Zeitung«, beantwortete er ihre Frage und ging zur Tür. Als er den Umschlag aufhob, zündete sie am Fenster eine Zigarette an.

»Nicht rauchen«, sagte er. »Sei so gut.«

Sie nahm einen tiefen Zug. »Was stört dich daran?«

Dass ich nachher nicht nur deinen Geruch loswerden muss, dachte er bei sich, sondern auch diesen Qualm, der mich an deinen Atem an meinem Gesicht erinnert, an meinem Hals. Und an eine andere Art von Qualm, für die du mal verantwortlich warst.

Aber natürlich sagte er nichts dergleichen, zuckte nur mit gequältem Lächeln die Schultern und ging zum Fenster, an dem sie stand. Mit einem Ruck zog er den Hebel nach unten und riss es auf.

Quiekend sprang sie zurück. »Wenn mein Mann mich von unten sieht!«

»Deshalb mach die Zigarette aus.«

Sie schaute sich hilflos um, dann drückte sie die Glut in den nächstbesten Blumentopf. »Zufrieden?«

Er schloss das Fenster wieder. »Danke.«

In seiner linken Hand hielt er noch immer den Umschlag, und er brannte jetzt vor Neugier, dachte aber auch, dass er schlimmstenfalls von ihrem Mann sein könnte, der Satisfaktion im Morgengrauen von ihm einforderte, und nicht auf dieselbe Weise wie sie.

»Du warst eben noch so nett zu mir.« Ihr schmollender Unterton war so falsch wie ihre Wimpern und ihr harmloses Lächeln. »Warum bist du jetzt nicht mehr nett, du böser, schöner Mann?«

Er warf einen bedauernden Blick auf den unbeschrifteten Umschlag, dann ging er zum Schreibtisch und legte ihn neben die Maschine. Dort befand sich ein zweiter Umschlag, sehr viel größer und dicker, weil er Unterlagen enthielt, die eine Menge darüber aussagten, wer diese Frau wirklich war und was sie vor Jahren getan hatte – Dinge, die sie vielleicht vergessen wollte, auch durch Treffen wie dieses. Oder aber sie waren ihr schlichtweg egal, solange nur niemand davon wusste.

Nun, Thomas wusste davon. Und in einer Minute würde er ihr androhen, dass auch der Rest der Welt erfuhr, dass ihr Arbeitsplatz einmal die Kommandantur des Konzentrationslagers Ravensbrück gewesen war, wo sie als Stellvertretende Oberaufseherin die Befehle des SS-Sturmbannführers Fritz Suhren ausgeführt hatte.

Die erste Reaktion würde Überraschung sein, gefolgt von Zorn und schließlich dem Versuch, sein Mitleid zu erregen. So war es immer. Mal gab es mehr Wut, mal mehr Wehklagen, und manchmal schlug eine mit den Fäusten auf ihn ein, was er ihnen nicht übel nahm. Erpresst zu werden war nicht schön, auch wenn man selbst sehr viel Schlimmeres getan hatte. Mit den Kratzspuren der Fingernägel konnte er leben, mit der Verachtung sowieso, aber wirklich unangenehm wurde es, wenn sie ihre Vergangenheit leugneten und er gezwungen war, sie mit Details aus ihren Akten zu konfrontieren. Einzelheiten über die Listen mit Todgeweihten, die sie angelegt hatten, oder die Namen der Schwangeren, die sie ins Gas geschickt hatten. Das hasste er noch mehr als den Sex mit ihnen.

Vor Jahren hätte er wohl die Vorstellung, mit Frauen wie ihnen ins Bett zu gehen, als abwegig abgetan. Doch dann hatte er begriffen, dass die meisten von ihnen ihre bürgerliche Tarnung nicht mehr von der Wirklichkeit unterscheiden konnten. Es brauchte gewisse Maßnahmen, um die Tür dorthin einen Spalt weit zu öffnen. Um sie empfänglicher zu machen für die Wahrheit und die möglichen Konsequenzen. Der Sex hatte sich als das verlässlichste Mittel herausgestellt, ihre Maskeraden zu lockern – um sie dann herunterzureißen, wenn sie am wenigsten damit rechneten.

Er wusste, zu was ihn das in den Augen Dritter machte. Aber das war der Preis, den er zu zahlen bereit war. Er hatte seine eigene Maske, und wie die meisten dieser Frauen trug er sie ohne Reue.

Sie war eine attraktive Frau Anfang vierzig, die behaupten würde, sie sei damals zu jung gewesen, um zu begreifen, was sie tat. Das waren die Lügen, die er wieder und wieder zu hören bekam: Wir wussten es nicht besser. Wir waren naiv. Wir hatten keine Wahl. Wir wären sonst selbst getötet worden.

Aber vor allem: Ich war doch so jung.

Sie hier war genauso und doch anders. Noch eine Spur abgebrühter und arroganter, perfekt in der Rolle der braven Bankiersgattin, in der sie seit Jahren brillierte. Am Ende – nach der Wut und dem Wehklagen – würde sie sehr aufgeschlossen sein, um *die se Sache* aus der Welt zu schaffen. Diesen halb vergessenen Fleck auf ihrer blütenweißen Weste. Den Makel, den sie vielleicht sogar aufregend fand, ein wenig verwegen, ach, diese dunklen Geheimnisse.

Er würde anbieten, ihr die Dokumente auszuhändigen, gegen eine substanzielle Summe, die ihr Mann problemlos besorgen konnte. Sie würde mit Thomas' Zusage seines Stillschweigens leben müssen, und natürlich mit dem Wissen, dass es weitere Kopien an einem sicheren Ort gab, die umgehend bei der Presse landeten, falls ihm etwa zustieß, ein Unfall oder ein Unglück, das man bei gewissen Leuten in Auftrag geben konnte. Er würde auf Barzahlung bestehen, natürlich, denn in ihren Kreisen war eine Blitzanweisung hier ins Hotel kein Problem; das Geld würde binnen ein, zwei Stunden verfügbar sein. Er würde es mit höflichem Lächeln entgegennehmen und wie üblich zwei Drittel davon an eine Stiftung für die Kinder von Holocaust-Opfern überweisen. Mit dem Rest würde er seinen Aufenthalt im Trois Grâces – oder einem anderen Nobelhotel an der Côte d'Azur, aber eigentlich am liebsten in diesem hier – um einen Monat verlängern, womöglich auch mehr. Und später würde er vom Fenster aus zusehen, wie eine Limousine sie und ihren kreidebleichen Gatten abholte und zum Flughafen nach Nizza brachte, während er selbst ein üppiges Abendessen bestellte, weil er es nun wieder ein wenig lockerer angehen konnte mit der Diät und der durchtrainierten Figur.

Und schließlich würde er an seine Schreibmaschine zurückkehren und wieder an seinem großen Roman arbeiten, oder den Memoiren, oder was auch immer dieses Chaos aus Erinnerungen an die Zeit in Russland, die endlosen Märsche durch die Kälte und das große Sterben irgendwann einmal werden würde. An guten Tagen redete er sich ein, dass er mit seinem Drittel der Einkünfte die Schriftstellerei finanzierte, die seine wahre Bestimmung war, die Arbeit an jenem einen großen Text, den er sich aus der Seele reißen musste, die Wahrheit aus dem Munde von einem, der dabei gewesen war. An den schlechten Tagen war ihm bewusst, dass es Tausende andere gab, die dasselbe über sich und ihre Erinnerungen dachten, und den einen oder anderen, der sogar das nötige Talent besaß, daraus ein *gutes* Buch zu machen. Dann war er nah daran, sich einzugestehen, dass er vielleicht ein wenig zu verliebt war in das Luxusdasein an der Côte d'Azur und dass sein Manuskript eine Last war, keine Berufung, und dass er all das finanzierte, indem er Mörderinnen ausnahm, die er in seinem früheren Leben als Reporter auf der Anklagebank hätte sehen wollen und um nichts in der Welt in seinem Bett.

Aber sein Leben war nun einmal, was es war. Er hatte seine Journalistenkarriere aus freien Stücken beendet und das hier dafür bekommen. All die Monate in teuren Hotels mit jedem erdenklichen Komfort, Mittagsschlaf am Pool und Abendessen mit Meerblick, Massagen am Nachmittag und danach den ersten Whiskey. Wer wollte sich da schon über nächtelanges Wachliegen, Gewissensbisse und Ekel vor sich selbst beschweren? Selbstmitleid war der einzige Luxus, den er sich nicht gönnte. Er hatte seine Entscheidung getroffen, und nun lebte er damit.

Bis es irgendwann vorbei sein würde. Was früher oder später passieren mochte.

Die Frau mit den roten Haaren, dem schönen Hals und all den anderen Vorzügen, mit denen Ungeheuer die Welt gern blendeten, sah ihn an, als erwartete sie eine Entschuldigung dafür, dass er ihr das Rauchen verboten hatte.

Als keine kam, fragte sie: »Fickst du mich dann wenigstens noch mal?«

»Ja«, sagte er, nahm den größeren Umschlag vom Tisch und zeigte ihr die Dokumente.

5

Später, nachdem alles geregelt war, lag Thomas am Pool, der in die Felsen unterhalb des Hotels geschlagen worden war, las *The Guns of Navarone* und blinzelte gelegentlich in die Abendsonne. Als er gedankenverloren das Segel einer Jacht am Horizont beobachtete, fiel ihm der weiße Briefumschlag wieder ein, der unter seiner Tür aufgetaucht war.

Zuletzt war die Situation ein wenig eskaliert, es hatte Geschrei und Handgreiflichkeiten gegeben, Morddrohungen, das ganze Repertoire der geübten Femme fatale. Aber dann war das Bargeld binnen einer Stunde beim Concierge eingetroffen, Thomas hatte das Vereinbarte erhalten, die Dame ebenfalls, und dann waren sie und ihr Ehemann mit versteinerten Mienen abgereist.

Er klappte das Buch zu, legte das Badetuch zusammen und kehrte zurück in sein Zimmer. Das Bett war bereits frisch bezogen und die zertrümmerte Vase ausgetauscht worden. Das Trinkgeld, das er dafür auf der Kommode deponiert hatte, war unberührt. Er würde es den Zimmermädchen morgen früh persönlich übergeben müssen, damit sie es annahmen.

Der weiße Umschlag lag, akkurat gerade gerückt, neben der Schreibmaschine. Er war zugeklebt, es stand kein Name darauf, und er war völlig geruchsneutral. Alles in allem waren das weder gute noch schlechte Zeichen. Thomas benutzte den goldenen Brieföffner, der zum Hotelinventar gehörte, und zog ein gefaltetes Blatt heraus. Die Handschrift war weiblich, aber nicht verspielt, der Text auf Französisch.

Monsieur Jansen, stand da, *wir sollten uns unterhalten. Kommen Sie um acht Uhr in mein Haus. Sie finden es am Ende des Fußweges durch den Pinienwald. Ich lege die Hunde an die Ketten. Liette Chevalier.*

Er hatte auf dem Hotelgelände noch niemals Hunde bellen hören, die man an Ketten legen musste, und er war ziemlich sicher, dass es auch keine hinter dem Pinienwald gab. Offenbar war das ihre Art von Ironie.

Sie hatte neutrales Briefpapier verwendet, doch er wusste auch so, wer sie war. Liette Chevalier gehörte das Château Trois Grâces, sie selbst trat aber kaum in Erscheinung. Zwar gab es einen Herrn im schwarzen Anzug, der sich als Hoteldirektor aufspielte, aber er war nur ein gut bezahlter Organisator der alltäglichen Abläufe, während sie im Hintergrund die Entscheidungen traf. Thomas hatte sich über die Geschichte des Trois Grâces informiert, ehe er es zu seiner bevorzugten Sommerresidenz erkoren hatte, und so wusste er, dass Liette Chevalier die Alleinerbin des Hotels war und vor Jahren eine Reihe Buchhandlungen im Norden verkauft hatte, die sich seit drei Generationen im Familienbesitz befunden hatten. Es gab keine Bilder von ihr – zumindest waren ihm keine untergekommen –, keine Skandale, überhaupt keine Geschichten aus ihrem Privatleben. Sie schien nicht an den ausschweifenden Partys und üppigen Empfängen im Hotel teilzunehmen, und falls sie sich je unter die Gäste mischte, wurde sie von niemandem erkannt.

Auch Thomas hatte etwas übrig für Diskretion, und gerade deshalb hatte er eigentlich kein Interesse daran, ihr zu begegnen. Er war nicht der einzige alleinstehende Mann, der es sich im Hotel gut gehen ließ, und es gab eine ganze Reihe, für die die Bezeichnung Playboy weit zutreffender war. Er schleppte keine jungen Dinger ab, nahm keine greisen Witwen aus, verhielt sich stattdessen still und zurückhaltend. Seine Manieren waren makellos, er trank regelmäßig, aber selten zu viel – und dann machte ihn der Alkohol noch schweigsamer –, und er schlug niemals über die Stränge. Man sah ihn lesend oder in Gedanken versunken beim Frühstück, am Pool, beim Abendessen. Manchmal unterhielt er sich mit dem Concierge oder einem der Gärtner, gab den Bedienungen und Zimmermädchen großzügige, aber niemals prahlerische Trinkgelder und beherrschte die gepflegte Konversation über Nichtigkeiten. Im Sommer verbrachte er meist viele Wochen hier, im Winter ließ er sich seltener blicken. Dann und wann kreiste er mit seinem Wasserflugzeug über dem Hotelgelände, und deswegen kannte er auch das einsame Haus am Ende des Pinienwaldes, auf halber Strecke zu der leer stehenden Villa am anderen Ende der Bucht. Es war ein Bungalow, abgesehen von der Lage völlig unscheinbar, und er nahm an, dass Letzteres auch auf sie zutraf. Liette Chevalier. Ein hübscher, aber kein extravaganter Name. Wahrscheinlich keine extravagante Frau.

Aber.

Ich lege die Hunde an die Ketten.

Sollte das eine Drohung sein? Wie viel wusste sie über das, was er an Tagen wie diesem in ihrem Hotel trieb?

Die Antwort lag auf der Hand: natürlich alles.

Weil der Concierge ihr Bericht erstattet hatte über die Blitzüberweisungen an Ehepaare, die kurz darauf überstürzt abgereist waren. Und dass die dazugehörigen Damen Stunden zuvor mit dem stillen Deutschen gesehen worden waren, bei Unterhaltungen an der Bar, draußen im Park, gemeinsam im Aufzug. Wenn Liette Chevalier ihr Leben allein in ihrem Haus verbrachte, hatte sie gewiss genug Zeit und Muße, eins und eins zusammenzuzählen. Dann war sie Thomas – und vermutlich jedem anderen Gauner in ihrem Hotel – längst auf die Spur gekommen.

Ich lege die Hunde an die Ketten.

Und unausgesprochen zwischen den Zeilen: *Tauchen Sie um acht Uhr nicht auf, lasse ich sie los.*

Liette Chevalier.

Er hatte einen Feind.

Kurz vor acht folgte er dem schmalen Weg, der zwischen den Pinien nach Osten führte. Die Nachmittagsglut hatte den Waldboden aufgeheizt, und nun stieg der aromatische Duft Südfrankreichs mit solcher Intensität daraus auf, dass Thomas selbst nach all den Jahren noch das Gefühl hatte, er müsse innehalten, die Augen schließen und einfach nur ein paar Stunden einatmen.

Der Weg führte durch ein Tor in einem massiven Metallzaun, an dem ein großes Schild mit der Aufschrift *Privat* hing. Es stand offen. Nachdem er es passiert hatte, drückte er es hinter sich zu.

Bald sah er rechts des Weges zwischen den Stämmen die Bucht und das azurblaue Meer, die Sonne stand noch am Himmel. Ein Motorboot mit einem Wasserskifahrer zog an der Küste vorüber, auf dem Weg zur Anlegestelle des Trois Grâces. Die letzten Badenden machten sich gerade auf den Weg zum Hotel, der Felsstrand war so gut wie verlassen.

Der Bungalow lag gerade weit genug hinter den Klippen, um von der Bucht aus nicht sichtbar zu sein. Die Bäume schienen hier dichter zu stehen, ein Netz aus Schatten lag über dem kleinen Vorplatz und der terrakottafarbenen Fassade. Es gab keine übermäßige Dekoration, nur zwei lebensgroße Bulldoggen aus Stein, die sitzend neben der Haustür Wache hielten.

Die Tür stand einen Spaltbreit offen.

»Kommen Sie rein!«, rief eine Stimme aus dem Inneren. »Und machen Sie bitte hinter sich zu. Die letzten Sonnenstrahlen kommen von Westen und scheinen sonst genau durch die Tür.«

Er trat in einen weiten Raum, der sich durch das gesamte eingeschossige Haus zog. Im Inneren roch es genauso wie draußen im Wald, nach Pinienholz und Kräutern und dem Seewind, der durch eine offene Terrassentür hereinwehte. Sie war Teil einer Glasfront, die die gesamte Rückwand einnahm. Dichte rote Vorhänge waren beiseitegezogen worden, und so konnte er über die Terrasse hinweg den östlichen Bogen der Bucht, die verlassene Villa und das Meer sehen.

Es gab ein paar Zimmertüren zu beiden Seiten und eine moderne offene Küche, aber vor allem waren da Bücherregale, die alle Wände bedeckten und dicht gefüllt waren, größtenteils mit bunten Taschenbüchern.

In der Nähe der Terrassentür stand eine moderne Sitzgruppe aus weißem Leder, und dort erwartete ihn die Hausherrin. Sie war einen Kopf kleiner als er, hatte dunkelblondes, halblanges Haar und sehr grüne Augen. Ihre schräg stehenden Brauen verliehen ihrem Blick einen gestrengen Ernst, der ihn mehr beunruhigte, als er wahrhaben wollte.

»Danke, dass Sie meiner Einladung gefolgt sind.«

»Gab es eine Alternative?«

Einen Augenblick lang sah sie verblüfft aus. »Natürlich. Sie hätten einfach verschwinden können.«

»Ich fühle mich sehr wohl in Ihrem Hotel.«

»Das wird den Direktor freuen.«

»Ich fürchte, er hält nicht besonders viel von mir.«

»Möglich. Aber falls er Sie das spüren lässt, sollte ich ein ernstes Wort mit ihm reden.« Sie deutete auf einen der Sessel und nahm selbst im Schneidersitz auf dem Sofa Platz. »Bitte.«

Der Tisch zwischen ihr und dem Sessel war leer, sie bot ihm kein Getränk an.

Als er ihr gegenübersaß, musterte sie ihn durchdringend. Sie hatte volle Lippen, ihr Mund war eine Spur zu breit. Etwas daran ließ sie unnahbar erscheinen, als wäre da ein leichter Zug von Missachtung in ihrer Miene. Sie trug eine weite, helle Leinenhose, ein weißes, wallendes Hemd, und sie verzichtete auf Make-up. Ihre Füße waren nackt, die Nägel unlackiert.

Unverhofft begann sie zu lächeln, und ein wenig fühlte sich das an wie der Moment, in dem das erste Licht aus einem Projektor auf eine Leinwand fällt. Thomas war fasziniert von dem Wandel, der da mit ihrem Gesicht vorging.

»Sie haben Angst, dass ich Sie bei der Polizei verpfeife«, sagte sie amüsiert. »Nur deshalb sind Sie hier.«

»Ich würde gern jede Form von Aufsehen vermeiden.« Es hatte

keinen Zweck, irgendetwas abzustreiten. Auch widerstrebte ihm das, weil er zwar die Missbilligung seiner Mittel nachvollziehen konnte, aber ganz und gar hinter dem Endergebnis stand. Er schämte sich nicht dafür. Und er reichte einen Großteil seiner Einkünfte weiter an die Opfer. Das machte ihn nicht zum moralischsten aller Wohltäter, aber er sah sich nicht als schlechten Menschen. Womöglich war sein Gefühl für Gerechtigkeit vor Jahren ein wenig aus dem Gleichgewicht geraten. Zuerst, als man ihn als halbes Kind zum Kämpfen nach Russland geschickt hatte, und dann erneut während seiner Zeit als Journalist, als er hatte mitansehen müssen, wie viel zu viele Nazis ungestraft davonkamen.

»Wissen Sie«, sagte sie, nachdem ihr Lächeln verblasst und der Ernst in ihre Züge zurückgekehrt war, »nicht die falsche Entscheidung, die man trifft, ist die interessanteste. Sondern immer die Entscheidung danach.«

Für ein paar Sekunden dachte er darüber nach, ehe er langsam nickte, weil er verstand, was für ein Spiel sie spielte. »Und Sie wollen mir die Möglichkeit dazu geben? Eine richtige Entscheidung zu treffen?«

»Hab ich schon. Sie sind hier. Glückwunsch, den ersten Schritt haben Sie getan.«

»Bewerten Sie das mal nicht über. Ich bin einfach nur neugierig, was Sie wirklich von mir wollen. Sie hätten mich ganz einfach vor die Tür setzen können. Ich kenne jeden Einzelnen Ihrer Sicherheitsleute im Hotel, auch wenn die Herrschaften sich große Mühe geben, wie Kellner oder Hausmeister auszusehen. Und ich weiß, jeder von denen könnte mir eins auf die Nase geben, dass mir Hören und Sehen vergeht.«

Liette schüttelte den Kopf. »Sie sollten sich nicht kleiner machen, als Sie sind. Ich weiß, dass Sie während Ihrer Zeit als Reporter als gefährlicher Mann galten. Gefährlich jedenfalls für diejenigen, die gern vergessen wollten, wie viel Dreck sie am Stecken haben.«

Sie hatte ihn durchleuchten lassen oder das sogar selbst erledigt. Das war nicht schwer. Seine Reportagen für *Stern* und *Quick* und

Spiegel waren in Bibliotheken archiviert. Er hatte Artikel an große Tageszeitungen verkauft und ein lukratives Angebot des Bayerischen Rundfunks angenommen, ohne den Posten je anzutreten, weil er von einem Tag auf den anderen ein neues Leben begonnen hatte. All das war dokumentiert und öffentlich einsehbar.

»Sie wissen, wer ich bin – schön.« Er hätte jetzt wirklich gern einen Whiskey gehabt, und wahrscheinlich wusste sie auch das ganz genau. Sie hatte Einblick in seine Rechnungen und kannte die Uhrzeit, zu der er sich für gewöhnlich den ersten genehmigte. »Und was fangen wir damit jetzt an, Sie und ich?«

Missbilligend hob sie eine dieser strengen Augenbrauen. »Ist das der Tonfall, mit dem Sie all diese Frauen herumkriegen?«

»Möchten Sie ein paar Tipps?«

»Was ich möchte, ist Ihre Hilfe. Aber in einem anderen Bereich Ihrer Kompetenzen.«

Das kam nicht ganz so überraschend, wie sie womöglich glaubte. Natürlich wollte sie etwas von ihm, sonst hätte sie ihn weiter ignoriert oder zum Teufel gejagt. »Dann lassen Sie mal hören.«

»Ich benötige Informationen über jemanden.«

»Ich bin kein Privatdetektiv.«

»Die haben leider die Angewohnheit, käuflich zu sein. Erst recht, wenn man sich mit jemandem anlegt, der aller Wahrscheinlichkeit nach über ein beträchtliches Vermögen verfügt.«

»Versuchen Sie nicht gerade, mich zu kaufen?«

»Nein, da missverstehen Sie mich. Ich biete Ihnen kein Geld. Ich *erpresse* Sie, so wie Sie es mit diesen Frauen getan haben. Wenn Sie mein Angebot ausschlagen, lasse ich Sie auffliegen. Ich melde der Polizei, wer Sie sind und was Sie tun, und ich werde mich an die Presse in Deutschland wenden. Dann wird bald jede potenzielle Kandidatin wissen, vor wem Sie sich in Acht nehmen muss.«

Das ärgerte ihn, aber es verdarb ihm nicht gänzlich die Laune, weil sie beide wussten, dass es dazu nicht kommen musste. Er stieß ein leises Seufzen aus und gab sich vorerst geschlagen. »Wer interessiert Sie denn so sehr?«

»Kommen wir also ins Geschäft?«

»Was für eine Erpressung wäre das, wenn mir eine Wahl bliebe?«

Das brachte sie zum Lächeln. »Ich lerne gerade noch, wie so was funktioniert.«

»Sie machen das schon ganz gut. Wie wahrscheinlich das meiste, das Sie sich vornehmen. Man kann Ihnen ansehen, dass Sie die Dinge sehr verbissen angehen. Vielleicht ein bisschen zu verbissen.«

»Ach, dieser verflixte Ehrgeiz, ich weiß.«

»Also?«

Sie strich sich eine Strähne aus dem Gesicht, drehte den Oberkörper zur offenen Terrassentür und deutete nach draußen. »Die Villa am Ende der Bucht ist Ihnen sicher schon aufgefallen.«

Er zuckte die Achseln. »Lässt sich nicht vermeiden. Ziemlich eindrucksvolles Anwesen. Wirkt unbewohnt, jedenfalls im Sommer. Das Dach ist an ein paar Stellen beschädigt, was dafür spricht, dass auch der Rest nicht mehr allzu gut in Schuss ist. Niemand verscheucht die Vögel von den Fensterbänken, und was man vom Garten sehen kann, scheint verwildert zu sein.«

Sie nickte. »Viele unserer Gäste erkundigen sich danach, weil es natürlich eine Immobilie ist, mit der man eine Menge anstellen könnte.«

»Wem gehört sie?«

»Bis zum Krieg – dem ersten, wohlgemerkt – einer deutschen Verlegerfamilie aus Leipzig. Die Bauarbeiten waren 1913 beendet. Ganz mieses Timing.«

»Hat man da nicht absehen können, dass ein Krieg zwischen Deutschland und Frankreich vor der Tür stand?«

»Es gab Anzeichen, aber offenbar hat man die Gefahr falsch eingeschätzt. Und wenn die Arbeiten an so einem Haus einmal begonnen haben, bricht man sie nicht einfach ab. Soweit ich weiß, haben diese Leute die Villa nur ein paar Monate lang nutzen können, vom Herbst 1913 bis Anfang 1914. Danach wurde es schwierig für Deutsche, nach Frankreich einzureisen, und ab dem Sommer unmöglich. Eine Weile lang hat sich keiner um das Haus gekümmert, und nach dem Krieg wurde es unter Zwangsverwaltung gestellt.«

»Enteignet.«

Sie nickte. »Aber eigentlich spielte das keine Rolle mehr.«

»Wieso?«

»Weil die ganze Familie im Jahr 1917 ums Leben gekommen ist. Oder *fast* die ganze Familie, und da wären wir dann bei meinem Problem.«

Er horchte auf. »Ich werde niemanden für Sie umbringen.«

Ihr Lachen klang angenehm, fand er, auch wenn sie sich über ihn lustig machte. »Ich möchte Sie nicht als Meuchelmörder anheuern.«

»Verraten Sie mir den Namen dieser Familie?«

»Eisenhuth«, sagte sie. »Frederik Eisenhuth, Ilna Eisenhuth, dazu zwei Söhne, Demian und Albin. Der eine ist im Krieg gefallen. Außerdem gab es noch eine Schwiegertochter, Mara Eisenhuth.«

»Und alle sind im selben Jahr gestorben? Ein Bombenangriff oder so was?«

Sie schüttelte den Kopf. »Sie sind in Leipzig gestorben, dort gab es im Ersten Weltkrieg keine Luftangriffe. Falls noch Akten über das Ende der Eisenhuths existieren, liegen die jetzt in Archiven der DDR, und an die kommt man nicht ran.«

»Schon gar nicht als westdeutscher Journalist.«

»Ich weiß. Es ist auch unwichtig, wie genau die Eisenhuths ums Leben gekommen sind. Ihre Verlage und Druckereien wurden verkauft, und das Vermögen verschwand innerhalb kurzer Zeit in irgendwelchen dunklen Kanälen.«

Er musterte sie mit neu erwachtem Interesse. »*Sie* wollen diese Villa.«

»Schon möglich«, sagte sie mit verschmitztem Lächeln. »Ich kenne den zuständigen Minister, er verbringt gern seine Ferien hier. Aber ich werde die Villa dem Staat nur abkaufen, wenn ich ganz sicher sein kann, dass nicht im Nachhinein jemand auftaucht, der Anspruch darauf erhebt und mich in einen jahrelangen Rechtsstreit verwickelt. Ich löse die Dinge gern auf direkte Weise, nicht über Anwälte und Behörden.«

»Das ist mir aufgefallen.«

»Angeblich hat die Schwiegertochter damals überlebt.«

»Maria Eisenhuth?«

»Mara. Das ist ein russischer Name. Sie kam aus Sankt Petersburg nach Leipzig.«

»Das immerhin haben Sie also schon rausgefunden.«

»Da hieß sie noch Mara Kalinina. Und das Interessante ist, dass die Kalinins Stammgäste in unserem Hotel waren. Genau wie die Eisenhuths, bis sie ihre Villa dort drüben beziehen konnten. Die Kalinins und die Eisenhuths kannten sich, haben sich vielleicht sogar hier bei uns kennengelernt, wer weiß.«

»Und nun glauben Sie, Mara Eisenhuth könnte eines Tages vor Ihrer Haustür stehen, falls Sie die Villa wirklich kaufen.«

»Deshalb sollen Sie sie finden. Ich will wissen, ob sie noch lebt. Was sie so treibt. Ich will mit ihr reden, und das so schnell wie möglich.«

Er sah sie einen Moment lang an, dann brach er in schallendes Gelächter aus. »Sie sind wirklich clever. Sie verkaufen mir das nicht als Job, sondern als Geschichte. Sie glauben, ich kann das nicht ablehnen, weil ich –«

»Weil Sie mal ein guter Reporter waren. Und Neugier nicht einfach abstirbt wie ein erfrorener Zeh.«

Er grinste sie an, durchaus mit ehrlichem Respekt vor dem, was sie da tat. Und er sah auch *ihre* Zehen, schmal und ebenmäßig, ausgesprochen hübsche Zehen.

Dass sie ihn belog, stand außer Frage. Er war nur nicht sicher, was von all dem die Lüge war, die sich irgendwann als der Haken des Ganzen herausstellen würde. Denn dass es einen Haken gab und Thomas vermutlich bereuen würde, dass er nicht einfach abgereist war, daran hatte er nicht den geringsten Zweifel.

Aber er *war* neugierig. Nicht auf Mara Eisenhuth oder Mara Kalinina, oder wie auch immer sie sich heute nennen mochte, so sie denn nicht längst tot war.

Seine Neugier galt Liette Chevalier.

»Und«, fragte sie mit listigem Lächeln, »sind Sie dabei?«

6

Das Archiv des Trois Grâces befand sich im Keller, und weil die Sonne bereits untergegangen war, gingen sie durch den Pinienwald zurück zum Hotel. Unterwegs plauderte Liette recht unbefangen über ihre Krankheit, die sie zwang, sich vom Sonnenlicht fernzuhalten.

»Aber es bringt mich nicht gleich um«, sagte sie leichthin, »ich bin kein Vampir. Also machen Sie sich keine Hoffnungen, mich auf diese Weise loszuwerden.«

»Mir war nicht bewusst, dass das nötig sein könnte.«

»Warten Sie's ab. Ich werde Sie bei Ihren Recherchen begleiten.«

Thomas blieb stehen. »Im Ernst?«

Sie drehte sich zu ihm um, und er sah bereits an ihrem Blick, dass er mit jedem Widerspruch auf Granit beißen würde. »Das ist Teil unserer Abmachung.«

»Nicht bis vor zehn Sekunden.«

»Hätte es einen Unterschied gemacht, wenn ich es früher erwähnt hätte?«

Er kämpfte gegen seinen Ärger an. »Es gibt einen Punkt, an dem eine verdammte Abmachung genau das ist: abgemacht. Und dann ändert man sie nicht. Schon gar nicht einseitig.«

»Seien Sie nicht albern. Ich hab Sie in der Hand. Ich mache die Regeln.«

Er setzte sich wieder in Bewegung. »Dafür mag ich Sie jetzt ein gutes Stück weniger.«

Sie blieb neben ihm, während sie ihren Weg zum Hotel fortsetzten. Die Lichter der vielen Fenster leuchteten zwischen den dunkeln Stämmen der Pinien, aber wenn er zu lange hinsah, schienen sie zu flimmern, auf und ab zu tanzen wie ein Schwarm Glühwürmchen.

»Es wundert mich, dass Sie überhaupt in Erwägung gezogen haben, mich zu mögen«, sagte sie.

»War ja auch ein Fehler.«

»Und ein dummer.«

»Ich werde bestimmt viel bei Sonnenschein arbeiten müssen.«

Sie lachte leise. »Tagsüber begleite ich Sie mit Kopftuch und Sonnenbrille. Die vermummte Frau an Ihrer Seite. Dürfte mal eine interessante Abwechslung für Sie sein.«

»Ich glaube, Sie schätzen mich falsch ein.«

»Oh, ich schätze Sie goldrichtig ein. Ich weiß genau, wer Sie sind. Und damit wir uns nicht falsch verstehen: Die Frauen, denen Sie das antun, verachte ich zutiefst. Im Grunde haben diese Biester jede Demütigung, jede erdenkliche Strafe verdient. Ich weiß nur noch nicht, ob *Sie* das alles verdient haben.«

»Das Geld?«

»Die Erniedrigung. Denn machen wir uns doch nichts vor: Stolz sind Sie nicht auf das, was Sie tun.«

»Woher –«

»Sie können nicht schlafen. In Ihrem Zimmer brennt Licht bis zum Morgengrauen und manchmal auch die ganze Nacht hindurch. Und dann tauchen Sie beim Frühstück auf und sehen aus wie jemand, der kein besonders glückliches Leben führt.«

Er zog eine gequälte Grimasse. »Warum spielen Sie nicht allein die Detektivin?«

»Hier im Hotel habe ich überall Augen und Ohren«, sagte sie lächelnd. »Darüber hinaus bin ich leider auf Ihre Dienste angewiesen.«

»Mir war nicht klar, dass das Trois Grâces ein Überwachungsstaat ist.«

»Ach, seien Sie nicht so dramatisch. Es lässt sich kaum vermeiden, dass ich weiß, was hier vorgeht. Ich rede regelmäßig mit meinen Angestellten, auch mit den Zimmermädchen und den Kellnern.«

»Und ich dachte, Sie sitzen geheimnisvoll als graue Eminenz

in Ihrem Hexenhaus im Wald, und keiner weiß, wie Sie aussehen.«

Wieder dieses Lachen, das mühelos darüber hinwegtäuschte, dass sie vermutlich jedes Wort genau abwog. »Für einen Reporter sind Ihre ersten Einschätzungen nicht besonders treffsicher.«

Auf dem Vorplatz des Hotels herrschte das übliche Kommen und Gehen. Der uniformierte Portier verabschiedete die Gäste, die zu den Restaurants der Umgebung oder den Casinos von Cannes und Nizza aufbrachen. Autotüren wurden zugeschlagen, Motoren röhrten auf. Eine Familie kehrte von einer Droschkenfahrt zurück, die Kinder kreischten durcheinander.

»Wir nehmen einen anderen Weg.« Liette führte Thomas zu einer Seitentür, um die sich wilder Wein am Haus emporrankte. Wenig später folgten sie einem verlassenen Personalkorridor bis zu einer Treppe in die Keller des Hotels. Von irgendwoher wehten Küchengerüche heran und dumpfes, unverständliches Stimmengewirr. Beides verschwand erst, nachdem sie die Stufen hinabgestiegen waren.

Was sie Archiv genannt hatte, entpuppte sich als staubiger Raum voller Aktenordner und Kartons. Schnellhefter aus Pappe und lose Blätter lagen auf einem Tisch verstreut, auf dem offensichtlich immer neue Lagen aus Papieren aufgehäuft wurden, ohne die alten wegzusortieren.

»Es müsste alles da sein, bis zurück zur Jahrhundertwende«, sagte sie. »Wahrscheinlich sogar darüber hinaus.«

»Das wirkt nicht sehr … archiviert«, stellte er mit zweifelndem Blick auf den Tisch fest.

»Das Hotel ist damals von meinem Onkel geführt worden, und der war nicht sehr, sagen wir mal, gut organisiert. Aber wenn wir gründlich suchen, sollten wir Unterlagen aus der Zeit finden, als die Eisenhuths und die Kalinins hier abgestiegen sind.« Sie deutete auf ein Regal im hinteren Teil des Kellerraumes. »Da stehen die alten Rezeptions- und Reservierungsbücher. Und hier drüben die Ordner mit den Rechnungen des Restaurants und der Bars.« Sie stieß ein Seufzen aus. »Eigentlich hätte das alles längst mal ausgemistet werden müssen.«

Thomas ging hinüber zu den Regalen und überflog die handschriftlichen Etiketten der Ordner und Registraturkästen. Auf den zweiten Blick stellte sich heraus, dass die meisten Jahrgänge durchaus chronologisch sortiert waren und die einzige größere Lücke in den Jahren zwischen dem Beginn des Zweiten Weltkriegs und der Wiedereröffnung des Hotels Ende der Vierziger klaffte. Vielleicht hatten sie Glück.

Schweigend machten sie sich an die Arbeit und kämpften sich durch Berge von Papier. Bald waren Thomas' Mund und Nase trocken vom Staub der Jahrzehnte. Hin und wieder warf er einen Blick hinüber zu Liette, die verbissen die endlosen Zeilen der Reservierungen durchging, während er selbst zunehmend lustlos Restaurantbelege aus den Jahren 1913 und 1914 kontrollierte.

Schließlich hatten sie gefunden, was sie benötigten, um die Aufenthalte der Familien Eisenhuth im Trois Grâces zu rekonstruieren. Demnach war die Verlegerfamilie aus Leipzig erstmals 1904 im Hotel abgestiegen, letztmalig im Herbst 1913. Allerdings gab es Belege für zahlreiche Abendessen im Januar und Februar 1914. Offenbar hatten die Eisenhuths zu diesem Zeitpunkt zwar bereits in der Villa am Ende der Bucht gewohnt, waren aber weiterhin zum Essen ins Trois Grâces gekommen.

»Hatten die in so einem Haus keinen eigenen Koch?«, fragte Thomas verwundert. »Bei einem Anwesen dieser Größe sollte man meinen, dass die mit ihrem ganzen Personal angereist sind, oder?«

Liette zuckte die Achseln. »Vielleicht nicht in Zeiten, in denen das Geschrei nach einem Krieg immer lauter wurde. Oder ihnen hat das Essen hier im Hotel einfach gut geschmeckt, wer weiß.«

Anhand der Restaurantreservierungen – die in anderen Ordnern abgelegt waren als die Rechnungen – ließ sich rekonstruieren, dass sich die Eisenhuths an vielen Abenden bis zum Jahr 1914 einen Tisch mit den Kalinins aus Sankt Petersburg geteilt hatten.

Aus den Zimmerbuchungen wiederum wurde ersichtlich, dass die Kalinins noch zwei Jahre länger an die Côte d'Azur gereist waren, bis zum Februar 1916.

»Frankreich und Russland waren im Ersten Weltkrieg Verbündete gegen die Deutschen«, sagte Thomas nachdenklich, während er die Jahreszahlen betrachtete. »Von daher war es für die Kalinins zumindest politisch unbedenklich, weiterhin Ferien in Südfrankreich zu machen. Aber wie sind die damals hergekommen? Es wurde doch überall in Europa gekämpft.«

»Per Schiff und mit dem Zug«, sagte Liette. »Es gab sichere Routen, weil die Schlachtfelder weiterwanderten, jedenfalls in Südeuropa und in Kleinasien.«

»Trotzdem klingt das ziemlich lebensmüde, nur um ein paar Wochen Urlaub zu machen.«

»Die Russen sind damals monatelang geblieben, wenn sie es sich leisten konnten. Viele der reichen Familien haben hier überwintert, da hat sich die lange Reise schon gelohnt. Und vielleicht waren die Leute damals einfach ein bisschen mutiger.«

»Oder verrückter.«

»Und dann kamen sie plötzlich gar nicht mehr«, fuhr sie fort. »Viele der russischen Adels- und Industriellenfamilien sind 1917 von den Bolschewisten ausgelöscht worden. Böse Ironie, oder? Da reisten sie quer durch das brennende Europa in die Ferien, unter Gefahr für Leib und Leben, um dann zu Hause von den eigenen Landsleuten massakriert zu werden.«

Thomas blätterte weiter in den alten Rezeptionsunterlagen. »Hier hätten wir auf jeden Fall alle Namen beisammen. Alexej Michailowitsch Kalinin und Xenia Wladimirowna Kalinina, dazu die Kinder Ofeliya, Mara und Artur.«

Als er aufblickte, kaute Liette auf ihrer Unterlippe.

»Alles in Ordnung?«, fragte er.

Sie nickte, aber ihre Stirn lag weiterhin in Falten. Ein wenig zu schnell blickte sie zurück auf die Papiere vor sich auf dem Tisch. »Und aufseiten der Eisenhuths die Eltern Frederik und Ilna, dazu die beiden Söhne Demian und Albin.« Sie atmete tief durch. »Das ist dann unsere Dramatis Personae, nicht wahr?«

Er beobachtete sie noch einen Augenblick länger, dann nickte er. »Sieht so aus, ja. Und diese Mara hat einen der Eisenhuth-Söhne geheiratet?«

»Genau. Als die Eisenhuths 1917 ums Leben kamen, war Mara offenbar schon Teil ihres Clans.«

»Und dann die Alleinerbin. Klingt fast ein wenig zu simpel.«

»Nicht zu vergessen, dass ihre eigene Familie im selben Jahr von den Bolschewisten ermordet wurde«, fügte Liette hinzu.

Er rieb sich die brennenden Augen. »Wissen wir das mit Sicherheit?«

»Zumindest sind sie nie wieder aufgetaucht. Wie viele andere russische Familien hatten sie kistenweise Gepäck hier im Hotel eingelagert, das war damals so üblich. 1916 waren sie zum letzten Mal hier, dann stand das ganze Zeug über zehn Jahre auf dem Dachboden. Das Gleiche ist in vielen Hotels an der Côte d'Azur passiert. Irgendwann wurde alles ausgemistet und guten Zwecken gestiftet.« Sie zögerte einen Moment, dann fuhr sie fort. »Ich hab die Koffer der Kalinins Ende der Zwanziger selbst gesehen.«

»Da müssen Sie noch ein Kind gewesen sein.«

»Ja, aber ich erinnere mich ganz genau. Vor allem wegen des Rollstuhls.«

Thomas sah sie aufmerksam an. »Welcher Rollstuhl?«

»Dem von Ofeliya Kalinina. Sie muss gelähmt gewesen sein oder sonst wie krank. Deshalb war ein Rollstuhl hier im Hotel deponiert, zusammen mit all den anderen Sachen. Ihr Name stand darauf. Als Kind hab ich damit gespielt.« Eine Furche erschien zwischen ihren strengen Augenbrauen. »Sehen Sie mich nicht so an. Ich war elf.«

Thomas lächelte. »Natürlich.«

Sie begann, im Raum auf und ab zu gehen. »Ohne Einsicht in die Leipziger Akten werden wir nie erfahren, was mit den Eisenhuths passiert ist. Fest steht nur, dass beide Familien 1917 umgekommen sind. Könnte ein Zufall sein, in solchen Zeiten. Aber ausgerechnet die Verbindung zwischen beiden, Mara Kalinina beziehungsweise Mara Eisenhuth, war die einzige Überlebende. Alle um sie herum waren nach dem Krieg tot.«

Thomas musste sich eingestehen, dass das alles ihn zunehmend faszinierte. »Und Sie befürchten nun, diese Mara könnte Anspruch auf die Villa erheben, die Sie dem französischen Staat abkaufen wollen.«

Sie nickte eine Spur zu steif.

Das also ist die Lüge, dachte er. Sie war auf der Suche nach Mara Eisenhuth, aber er hätte seine Hand dafür ins Feuer gelegt, dass es dabei nicht allein um das leer stehende Haus auf den Felsen ging.

Er beugte sich über den Tisch und notierte die Namen aller Beteiligten in zwei Spalten auf einem Spiralblock, den er bei seinen Grabungen in den Papiermassen entdeckt hatte. Den Namen Mara unterstrich er so fest, dass der Bleistift fast die Seite durchstieß.

EISENHUTH	KALININ
Frederik	Alexej
Ilna	Xenia
Demian	Ofeliya
Albin	Artur
	Mara

Dann richtete er sich auf und verschränkte die Arme. »Ich könnte versuchen, in Deutschland mehr über die Eisenhuths in Erfahrung zu bringen. Wenn sie Verlage und Druckereien besessen haben, wird es auch im Westen irgendwelche Unterlagen darüber geben.«

Sie blieb stehen und sah ihn verwundert an. »Das bieten Sie von sich aus an?«

»Sie wollten doch meine Hilfe, oder? Und vielleicht springt wirklich eine Geschichte dabei heraus.«

»Ich dachte, Sie sind kein Reporter mehr.«

Kurz war er in Versuchung, ihr von seinen Bemühungen zu erzählen, ein Buch zu schreiben. Vielleicht war es an der Zeit, seine Kriegserlebnisse ruhen zu lassen und sich ein neues Thema zu suchen. Eines, das ihn nicht persönlich betraf und keine alten Wunden aufriss. Zwei befreundete Familien aus verfeindeten Ländern, beide im selben Jahr ausgelöscht, dazwischen eine mysteriöse Frau – damit konnte er etwas anfangen, eine ganze Menge sogar.

»Ich will mir diese Villa aus der Nähe ansehen«, sagte er.

Liette schüttelte den Kopf. »Seit Jahren ist da drüben alles abgesperrt, an den Zäunen hängen Warnschilder voller Totenköpfe. Angeblich droht alles zusammenzubrechen.«

»Sie wollen ein baufälliges Haus kaufen?«

»Das Haus ist nicht das Problem, die Bausubstanz ist solide. Es ist der Untergrund. Die Felsen, auf denen die Villa steht.«

»Wie das?«

Falls sie ihn anlog, tat sie es diesmal recht überzeugend. »Im Zweiten Weltkrieg, als die Côte d'Azur von den Nazis besetzt war, haben sich dort deutsche Soldaten eingenistet. Der Kommandant über diesen Teil der Küste mit seinen Männern. Als die Befreiung losging, haben Schiffe die Villa unter Feuer genommen. Die Deutschen haben schnell kapituliert, und wie durch ein Wunder ist das Haus kaum in Mitleidenschaft gezogen worden. Dafür hat der Fels darunter ein paar üble Treffer abbekommen. Seitdem heißt es, die ganze Klippe könnte in sich zusammenfallen, wenn sie nicht aufwendig abgestützt wird. Aber das nimmt natürlich keiner auf sich, bevor die Besitzverhältnisse geklärt sind.«

Er machte jetzt keinen Hehl mehr aus seiner Skepsis. »Nur damit ich das richtig verstehe: Sie wollen ein Haus kaufen, das vielleicht beim nächsten Sturm ins Meer stürzt? Das wollen Sie mir allen Ernstes weismachen?«

Trotz blitzte in ihren grünen Augen. »Es gibt Methoden, die Felsen zu sichern. Tatsächlich ist das an vielen Stellen an der ganzen Küste gemacht worden. Man treibt Schächte in das Gestein und gießt sie mit Stahlbeton aus – oder so in der Art. Ich bin keine Ingenieurin.«

»Klingt teuer.«

»Geld ist genug da. Aber verstehen Sie jetzt, warum ich nicht will, dass zu guter Letzt jemand auftaucht und das alles für sich beansprucht?«

»Ich dachte, der Minister ist Ihr Freund.«

»Ein *Gast.* Und er wird sich hüten, offiziell Partei zu ergreifen und sich in problematische Immobiliengeschäfte an der Côte d'Azur verwickeln zu lassen. Das hat schon mehr als eine Karriere beendet.«

Lange sah er sie wortlos an, und sie hielt seinem Blick eisern stand mit jener Mischung aus Trotz und Charme und unterdrückter Wut, die ihn irritierte.

»Sagen Sie mir die Wahrheit«, bat er schließlich. »Wenn ich Ihnen helfen soll, dann muss ich wissen, um was es hier wirklich geht.«

Sie blickte ihm noch ein paar Sekunden länger in die Augen, dann seufzte sie leise. »Als Kind bin ich ein paarmal dort rübergeschlichen und habe von einem Baum aus in ein Fenster im ersten Stock geschaut. Da drinnen ist eine Bibliothek. In meiner Erinnerung ist sie voller Nebel, auch wenn die Luft draußen klar war. Seitdem träume ich von diesem Nebelzimmer und seinen Büchern. Mir geht es nicht um den Wert der Immobilie oder um das Grundstück, und die hübsche Aussicht kenne ich in- und auswendig. Aber diese Bibliothek … In meinen Träumen wandere ich an den Regalen entlang, streiche mit den Fingern über die Buchrücken. Ich weiß sogar, wie sie riecht. Und es wird von Jahr zu Jahr intensiver, so als wollten mir die Bücher eine Botschaft schicken.« Erschöpft hielt sie für einen Augenblick inne. »Ich weiß, wie das klingt, Sie müssen's gar nicht erst sagen«

»Warum brechen Sie dann nicht zusammen mit mir dort ein, und wir holen die Bücher raus? Vorausgesetzt, sie sind überhaupt noch da, und die Nazis haben kein Freudenfeuer zur Sonnwendfeier damit veranstaltet.«

Sie schenkte ihm einen Blick, der ihm deutlich zeigen sollte, dass er von etwas sprach, von dem er nicht die geringste Ahnung hatte. Was nicht stimmte. Er liebte Bücher, vor allem die alten, die bereits eine eigene Geschichte erzählten, bevor man sie aufschlug, und er hatte als Student auch deshalb so viel Zeit in Bibliotheken verbracht, weil er sich keine behaglichere Umgebung vorstellen konnte.

»Eine Bibliothek ist so viel mehr als nur die Bücher in ihren Regalen«, sagte sie. »Sie ist ein Kosmos, ein ganzes Universum. Wir könnten die Bücher aus diesem Haus holen, aber nicht die Bibliothek. Um sie zu besitzen, muss ich das Haus besitzen. Ich weiß nicht, ob Sie das verstehen können. Vielleicht müssen Sie mir in dieser Sache einfach vertrauen.«

Natürlich verstand er sie. Zum ersten Mal in den letzten Stunden verstand er sie wirklich. Und er war überrascht, dass sie etwas in ihm berührte, was in seinem Leben seit langer Zeit keine Rolle gespielt hatte.

Und dennoch, warum auch immer, versuchte er es ein letztes Mal mit Vernunft. »Die Villa steht also seit vierzig Jahren leer – abgesehen von der Zeit im Krieg, als dort Soldaten gehaust haben, die aller Wahrscheinlichkeit nach nicht so viel von Büchern gehalten haben wie Sie und ich. Vielleicht ist das, wovon Sie träumen, nur noch ein leeres Zimmer mit feuchten Wänden und abblätterndem Putz.«

Sie stützte sich wieder auf die Tischkante und sah ihn an. »Dann werde ich die Wände trockenlegen und den Putz erneuern lassen. Und ich werde wieder Regale einbauen und Bücher hineinräumen. Sind Sie schon mal einem Traum nachgejagt, Thomas?«

»Das hab ich mir vor langer Zeit abgewöhnt.«

»Sie sollten wieder damit anfangen. Es macht weniger griesgrämig.«

»Vielleicht klettere ich erst mal auf diesen Baum und sehe mir *Ihren* Traum an.«

»Den Baum gibt es schon lange nicht mehr. Er ist bei dem Angriff verbrannt.«

»Dann geh ich rein. Ein paar Warnschilder werden mich davon kaum abhalten.«

»Die Türen sind verbarrikadiert und die Fenster vergittert.«

»Es gibt immer einen Weg. Verbote machen mir keine Angst.«

Sie holte tief Luft und fragte: »Und was ist mit Gespenstern?«

7

1917

»Du hast gesagt, du bringst mich in deine Mörderhöhle«, sagte ich. »Aber ich hatte keine Ahnung, dass du das wörtlich meinst.«

»Wenn's ums Morden geht, mache ich keine Scherze«, entgegnete Grigori Gomorov, mein neuer Gefährte an Bord der *Saltan.* »Das ist ein ernstes Geschäft.«

»Ich meinte den Teil mit der Höhle. Denn genau das ist das hier ja wohl.«

Der Raum, in den er mich gebracht hatte, war eine winzige Kammer, die nicht einmal echte Wände besaß. Stattdessen lag sie wie eingewoben inmitten eines Gewirrs aus Rohren und Leitungen, breiten und schmalen, aus deren undichten Schweißnähten dann und wann feine Dampffächer schossen. Das ewige Stampfen der Maschinen klang so tief im Rumpf des Schiffes sehr nah, war aber noch nicht laut genug, um eine Unterhaltung unmöglich zu machen. Trotzdem war ich nicht sicher, ob ich es hier tagelang aushalten würde. Zumal ich es dazu erst einmal mit *ihm* aushalten musste.

Neben ein paar Decken und Kissen, die er vermutlich aus einer der Kabinen gestohlen hatte, stand ein Blumentopf, in dem etwas wuchs, das wie eine Brennnessel mit Todessehnsucht aussah.

»Meine Minze«, sagte Grigori. »Ich liebe sie sehr. Wenn du ein Blatt abreißt, reiß ich dir deinen Arm aus.«

»Ein prachtvolles Exemplar«, behauptete ich enthusiastisch, ohne je einer Minze in freier Wildbahn begegnet zu sein.

Grigori ging zu ihr hinüber und streichelte sanft ein Blatt zwischen Daumen und Zeigefinger. »Sie hält nicht viel vom Reisen. Ich fürchte, sie ist seekrank.«

Seltsamerweise hatte ich bislang noch keinen Gedanken an Seekrankheit verschwendet, aber das Stichwort genügte, damit mich unvermittelt ein Anflug Übelkeit überkam. Grigori musste es mir ansehen, denn er hob drohend einen Finger.

»Wenn du auf meine Decken kotzt, isst du sie auf.«

»Die Decken?«

»Erst mal die Kotze. Wenn du dann noch Hunger hast, stopf ich gern auch die dreckige Decke hinterher.«

»Können wir über was anderes als Essen reden?« Dazu zählte ich in gewisser Weise auch seine Minze, wobei – das hatte ich begriffen – sie offenbar nicht als Nahrung gedacht war.

Grigori drehte den Topf ein wenig, so als gäbe es hier unten Sonnenschein, den es gleichmäßig einzufangen gelte. Dann deutete er auf den leeren Boden. »Setz dich. Von mir aus auf deinen Koffer, wenn du Angst hast, dass ich dir dein finnisches Buch klaue.«

»Ist eine russische Übersetzung.«

»Das ändert alles.«

Bevor ich mich auf den kalten Metallboden setzen konnte, schob er mir eine Decke herüber. Ich nickte ihm dankbar zu, faltete sie ein paarmal und ließ mich darauf nieder.

»Wenn sie den Maschinen mehr Dampf geben, wird es hier ziemlich warm«, sagte er. »Ist kein schlechter Ort, wirklich nicht.«

»Wieso hat dich hier noch niemand gefunden?« Ich war jetzt ziemlich sicher, dass die beiden blinde Passagiere waren, er und seine Minze.

Er stieß ein leises Stöhnen aus. »Erst mal haben die gerade ganz andere Sorgen als den einen oder anderen Passagier, der nicht hierhergehört. Etwa all die Beschwerden von Leuten, die eine Menge Geld für diese Überfahrt bezahlt haben und nun der Meinung sind, sie hätten dafür Luxuskabinen wie auf der *Titanic* verdient.

Na ja, ›wie auf der *Titanic*‹ sagt wahrscheinlich keiner, aber du weißt schon, was ich meine.« Er grinste schief und zeigte seine großen Zähne. »Und dann ist da der nicht unerhebliche Umstand, dass ich dem Kapitän mal das Leben gerettet habe und er mir was schuldig ist.«

»Das Leben gerettet?«

»Ja, bei unserer Flucht vor tollwütigen Kosaken. Da war er noch Flussschiffer auf dem Don und ich sein erster Kanonier.«

»Flussschiffe auf dem Don haben keine Kanonen. Sogar ich weiß das.«

»Jedenfalls waren da Kosaken und Musketen und Säbel und Nebel und überhaupt eine Menge Durcheinander.«

»Und da hast du ihm das Leben gerettet.«

»So hab ich's jedenfalls in Erinnerung.«

»Und du bist sicher, dass du das nicht gerade erfunden hast?«

»Sei nicht so ein Langweiler und erzähl mir lieber, wie es Jack London erwischt hat. *Wolfsblut* und *Lockruf des Goldes* hab ich geliebt. Und den *Seewolf* natürlich, wo wir schon von Schiffen im Nebel reden.«

Innerlich machte ich mich auf einiges gefasst, was die Fabulierfreude meines Wohltäters anging, aber wer würde schon kleinlich sein, wenn es um ein paar heroische Ausschmückungen einer Vita ging im Austausch gegen eine warme Unterkunft und die Gesellschaft einer Minze? Vielmehr überlegte ich, ob ich nicht selbst ein wenig dicker auftragen wollte, was Jack Londons Ende anging, entschied mich aber dann, bei der Wahrheit zu bleiben.

»Wie es aussieht, hat er sich auf seiner Farm in Kalifornien erschossen«, sagte ich. »Anderswo stand, dass er sich mit Morphium vergiftet hat, aber ich stelle mir lieber vor, dass er seine Lieblingspistole benutzt hat.«

Grigori nickte mit ernstem Gesicht. »Seh ich genauso. Der Mann war Goldgräber und Austernpirat und Gott weiß was noch. So einer bringt sich nicht mit einer Spritze um. Der nimmt das Schießeisen mit dem größten Kaliber, das er finden kann. Wahrscheinlich hat er vorher noch ein paar Indianer weggeblasen, die es auf seinen Skalp abgesehen hatten.«

»Ich glaube nicht, dass Jack London ein Problem mit Indianern hatte.«

»Indianer sind wie Kosaken«, behauptete er. »Reiten wie die Teufel und kennen keine Gnade mit Schwächlingen.«

Ich hob die Hände und gab mich geschlagen. »Jedenfalls heißt es, er hatte Angst vor dem Alter.«

Grigori schlug sich die Faust in die offene Hand. »Da hast du's. Der wahre Held geht aus freien Stücken, bevor er vergreist und klapprig ins Bett pinkelt. Ich werd's irgendwann genauso machen. Ein Revolver und eine Kugel mit meinem Namen darauf.«

Ich witterte eine Chance, das Thema auf ihn zu lenken und ein wenig mehr über diesen wunderlichen Möchtegernabenteurer und Traumtänzer zu erfahren. »Was hast du denn sonst so vor?«, fragte ich. »Ich meine, außer dir das Hirn wegzublasen, irgendwann.«

»Ich geh nach Frankreich. Die *Saltan* legt erst in Deutschland an, aber ich kann die Sprache nicht, und, im Ernst, wer will da gerade hin? Französisch dagegen sprech ich fließend … gut genug jedenfalls. Für eine Karriere als Meisterdieb auf den Dächern von Paris wird's schon reichen.«

»Hattest du nicht was von Musketier gesagt?«

»Das ist die Notlösung. Falls ich nicht schwindelfrei bin.« Erstmals verriet ein Leuchten in seinen Augen, dass er vielleicht nicht an *alles* glaubte, was er mir weismachen wollte. »So oder so, das Ziel ist Paris. Und die Liebe schöner Französinnen. Ich dachte da an eine taubstumme Geigenspielerin am Montmartre oder das Nacktmodell eines bedeutenden Malers.«

»Meinst du nicht, die gibt eher dem bedeutenden Maler den Vorzug?«

Grigori winkte mit seiner schwieligen Pranke ab. »Ich bezirze sie mit zarter Poesie und Berichten von meinen wilden Abenteuern.«

»Wie alt bist du?«

»Dreiundzwanzig.« Als er meinen Blick bemerkte, fügte er hinzu: »Was? Ich hab früh angefangen mit der Abenteurerei.«

»Immer begleitet von deiner treuen Minze?«

»Eigentlich bin ich ja Gärtner, das hab ich mal gelernt. Die Minze erinnert mich daran, dass ich so schnell wie möglich einen eigenen Garten brauche. Das ist der Plan, weißt du? Nach ein paar Jahren als Wüstling sesshaft werden und nur noch meine Pflanzen pflegen.«

Mir ging es im Grunde nicht anders, nur ohne die Jahre als Wüstling. Und mein Garten war eine Bibliothek wie die meines Onkels, aber mit den Büchern, die mich interessierten. Bücher voller Mythen und Sagen und Legenden, und darunter solche, die ich selbst schreiben wollte: neue Sammlungen mit den Heldenliedern Kareliens.

»Jedenfalls«, fuhr er fort, »bleib ich ganz sicher nicht in Russland, um da an die Wand gestellt oder an der Front verheizt zu werden.« Er stieß ein Schnaufen aus, das der Dampfmaschine in den Tiefen der *Saltan* Konkurrenz machte. »Was ist mit dir? Wie hat's dich an Bord verschlagen?«

»Ich will nach Leipzig.«

»Und was gibt's da?«

»Mehr Bücher als irgendwo sonst auf der Welt. Tausende von Verlagen und Buchläden. Nirgends sonst werden so viele Bücher hergestellt wie dort. Die Druckereien arbeiten sogar für russische Verlage. Zumindest haben sie das, bis irgendwer beschlossen hat, dass es eine gute Idee wäre, wenn Russland und Deutschland Krieg führen.« Ich wartete darauf, dass Grigoris Augen glasig vor Desinteresse wurden, aber stattdessen schien er aufmerksam zuzuhören. »Es gibt da einen Stadtteil, das Graphische Viertel … Das Paradies für alle, die Bücher lieben. Dort geht's um nichts anderes, nur um Bücher, Bücher, Bücher. Vierundzwanzig Stunden am Tag.«

»Hm«, machte Grigori.

»Hm, was?«

»Woher weißt du davon?«

»Mein Onkel hat einen Verlag in Sankt Petersburg. Er hat Bücher im Graphischen Viertel drucken lassen, und er kennt dort Leute.« Ich überlegte kurz, dann sagte ich: »*Ich* kenne dort auch Leute. Die haben mir davon erzählt.«

»Was für Leute?«

Nun fand ich seine Nachfragerei aufdringlich, auch wenn sie immerhin Interesse signalisierte. Für gewöhnlich wurde ich schweigsam, wenn ich befürchtete, dass ich andere langweilen könnte. Ich war gut darin, Dinge für mich zu behalten, mein Mitteilungsbedürfnis war kaum ausgeprägt. Umso erstaunlicher, dass ich gerade einem Wildfremden mein Herz ausschüttete.

»Ein Mädchen«, sagte ich nach kurzem Zögern.

»Hat sie einen Namen?«

»Mara.«

Grigori grinste. »Verliebt, also. Und nicht nur in Bücher.«

»Das ist eine komplizierte Geschichte.«

»Das sind sie immer. Ich hatte selbst ein paar davon.«

»Nicht so eine wie meine.«

»Lass mal hören.«

Ich stützte den Kopf in die Hände und schloss für einen Moment die Augen. »Vielleicht später.«

»Du wirst hier keine bessere Beschäftigung finden, als mit mir zu reden. Es sei denn, du willst den Jungs im Kesselraum beim Kohleschippen helfen. Allerdings wirst du mit den Ärmchen da nicht weit kommen. Wahrscheinlich stecken sie dich einfach in den Ofen. Die sind nicht zimperlich.«

»Wenigstens bin ich kein blinder Passagier.«

»Auch wieder wahr.« Er hob die Schultern und gähnte. »Dann erzähl mir halt später von deiner Mara.«

»Sie ist nicht meine –«

»Bist du nun in sie verliebt oder nicht?«

»Ich war's mal. Dann hab ich … Dinge über sie erfahren. Und

sie ist fortgegangen.« Sein Gähnen war ansteckend, aber ich fürchtete, dass ich Albträume bekäme, wenn ich jetzt einschlief. »Ich sag ja, die Sache ist kompliziert.«

Grigori nickte verständnisvoll. »Ich hab mal erfahren, dass eine Läuse hatte, in die ich verliebt war. Und nicht in ihren goldenen Locken.«

»Mara hatte keine Läuse!«

»War ja nur ein Beispiel. Für was, das die Dinge kompliziert macht.« Er schob die Ärmel seines Wollpullovers zurück und kratzte sich die haarigen Unterarme. »Aber ich kann dir was anderes erzählen. Über Deutschland. Weiß aber nicht, ob du danach nicht lieber mit mir nach Frankreich weiterfahren willst.«

Ich überlegte noch, ob ich das wirklich hören wollte, da fuhr er schon fort.

»Also«, sagte er. »Was auch immer dir diese Mara vorgeschwärmt hat, über Leipzig und all die Bücher und weiß der Himmel was noch ... Die Lage in Deutschland ist gerade ziemlich bescheiden. Ich hab mich schlaugemacht. Durch den Krieg geht alles vor die Hunde. Im letzten Winter sind Hunderttausende verhungert. Statt Kartoffeln und Brot essen sie jetzt Steckrüben. Suppe aus Steckrüben, Eintopf aus Steckrüben, wahrscheinlich machen sie sogar das Fleisch aus Steckrüben, wenn du weißt, was ich meine. Und keiner kann ewig von Steckrüben leben. Also ich nicht. Weiß aber nicht, wie es so mit deinem Appetit auf Steckrüben aussieht.«

Ich war schon jetzt satt, wenn ich an Steckrüben dachte. Das hatte auch sein Gutes.

»Für alles muss Ersatz herhalten«, fuhr er fort. »Speckstein für Seife, Nesselfaser für Baumwolle, Zuckerpampe für Honig. Und dann der Krieg selbst. Sieht nicht so gut aus für den Kaiser. Seit er den U-Boot-Krieg ausgerufen hat und auf Handelsschiffe schießen lässt, hat die Welt die Schnauze voll von ihm. Jetzt schicken sogar die Amerikaner Armeen über den großen Teich, damit der Irrsinn ein Ende hat.«

»Ich weiß viel zu wenig über den Krieg«, gestand ich. Ich hatte mich meist in der Kaiserlichen Bibliothek am Newski-Prospekt und in Alexejs Bücherzimmer verkrochen, um dem Elend da draußen zu entgehen. Abgesehen von den Tiraden meines Onkels beim Abendessen hatte ich wenig darüber gehört, und so war meine Kenntnis der Weltpolitik bescheiden. »Ich bin nicht mal sicher, wer genau gegen wen kämpft.«

Grigori zeichnete mit dem Finger etwas in die Luft, das womöglich Europa sein sollte. Oder eine Steckrübe. »Auf der einen Seite stehen die Mittelmächte – das Deutsche Reich, Österreich-Ungarn, Bulgarien und das Osmanische Reich. Und auf der anderen Seite haben wir Russland, Frankreich, England, Italien und Rumänien. Dazu kommen Verbündete wie Portugal, Australien, Kanada und jetzt auch noch Amerika. Eigentlich müsste der Krieg damit gelaufen sein, aber weil Deutschland nicht klein beigibt, kann sich das hinziehen, bis keine Deutschen mehr übrig sind.«

»Wegen der Rüben«, sagte ich.

»Ja, wenn ihnen die auch noch ausgehen, dann gute Nacht, Herr Kaiser. Oder die Munition. Oder Männer, die noch alle Arme und Beine haben. Viele werden's bald nicht mehr sein.«

Ich war also unterwegs in diese Höllenlandschaft, die er in den prächtigsten Farben ausmalte wie ein Hieronymus Bosch mit Affenarmen, und es begann mir tatsächlich Sorge zu bereiten, dass all das so gar nichts mit dem Bücherwunderland gemein hatte, das Mara in ihren Briefen heraufbeschworen hatte.

Aber vielleicht war Leipzig eine Ausnahme. Vielleicht sah es dort ganz anders aus.

Grigori hob einen Zeigefinger. »Und wenn du jetzt denkst, dass deine Bücherstadt viel besser dran sein könnte, weil … na, wegen der Bücher und so, dann kannst du ja mal versuchen, ein Buch zu essen, wenn du's ganz genau wissen willst.«

»Mara hat nicht gelogen«, verkündete ich standhaft. »Sie lebt bei einer steinreichen Familie, den Eisenhuths. Sie …« Ich hielt inne, weil es mir nicht leichtfiel, die nächsten Worte auszusprechen. »Und sie soll einen von ihnen heiraten.«

Grigori verdrehte die Augen und riss die Hände in die Höhe. »Na, da reden wir hier vom Untergang Europas, wenn für dich längst die ganze Welt auf dem Spiel steht!«

Ich stemmte mich auf die Füße. »Mir ist schlecht.«

»Kein Wunder.«

»Ich brauch jetzt frische Luft.«

Ich stolperte los und blieb prompt mit dem Koffer an einem der Rohre hängen.

»Nun lass das Ding doch hier!«, sagte Grigori. »Ich werde auch nicht reinschauen, versprochen.«

Ich verschwendete keinen Gedanken an den Inhalt – das *Kalevala,* das Messer, die Palette und Spiridons geheimnisvolles Manuskript – und warf den Koffer zurück in seine Richtung.

»Und nicht gegen den Wind kotzen!«, rief er.

Ganz gerührt von so viel Fürsorge wollte ich etwas erwidern, bemerkte aber, dass aus meinem Innersten gerade nichts Gutes käme, und machte mich schwankend auf den Weg nach oben.

Eine Viertelstunde später stand ich noch immer über die Reling gebeugt an Deck. Die Luft war fast zu kalt zum Atmen, aber wenn ich es doch tat, dann roch ich eine Mischung aus salziger See und Urin. Viele Passagiere erleichterten sich offenbar an Deck, weil der Zustand der Toiletten im Schiff mit jeder Stunde unzumutbarer wurde.

In der nebeligen Schwärze, die das Schiff umgab, sah ich ein fernes Aufleuchten, zwei-, dreimal hintereinander. Explosionen. Vielleicht ein Dampfer wie der unsere, der gerade von kaiserlichen Unterseeboten in Stücke geschossen wurde.

Galle schoss mir in den Rachen, und wieder spuckte ich und würgte, aber es kam nicht mehr viel, nur ein paar flatternde Fäden, die der Wind davontrug. Meine Beine fühlten sich an, als würde ich nie wieder laufen können, doch ich dachte, wenn ich jetzt einfach nachgab, auf die Knie und das Deck fiel, dann würde ich das Bewusstsein verlieren, und dann kämen die Albträume erst recht, kämen aus der schäumenden See am Rumpf emporgekrochen, ein wimmelnder Schwarm von Gesichtern mit Krabbenbeinen.

Ich drehte den Kopf zur Seite, weil ich nicht mehr in den Abgrund blicken wollte, und da sah ich ihn erneut, den Mann mit Hut und Mantel, wie er ein gutes Stück entfernt an der Reling stand und rauchte. Die Glut seiner Zigarette erschien mir gleißend hell, ein Stern mit Aureole in der Finsternis, und ich steigerte mich abrupt in die Furcht hinein, dass dieses Licht uns verriet, dass die U-Boote just in diesem Augenblick beidrehten und auf uns zurasten, unsichtbar in der Tiefe, und gerade ihre Torpedos ausspien, die uns in ein paar Sekunden erreichen würden.

»He da!«, wollte ich rufen, aber es wurde nur ein säurewundes Krächzen daraus, das wahrscheinlich nicht bis zu ihm hinüberwehte. Erkennen konnte er mich nicht, weil ich an einem dunklen Teil der Reling stand, und auch ich sah kein Gesicht, nur tiefe Schattenlöcher statt Augen. Auf Höhe seiner Stiefel brannte eine einzige Lampe tranig gelb und beschien die Gestalt von unten, ein Ahab im flatternden Mantel, ins Elmsfeuer seiner Besessenheit getaucht.

Erneut zog er an seiner Zigarette. Das Ende glühte hell auf, wie ein Signal in die Richtung, in der ich die Explosionen beobachtet hatte. Und dann noch einmal, noch heller, und der Nebel selbst schien aus der Schattenmaske des Mannes zu dampfen, als wäre er es, der uns damit umhüllte, ein sardonisches Versteckspiel mit dem Feind.

Ich nahm all meine Kraft zusammen und löste mich von der Reling. Ich würde hinübergehen, ihn zur Rede stellen, ihn fragen, ob er ein Verräter sei, ein Spion, dass er solch ein Leuchtfeuer entfachte, oder der Leibhaftige selbst, der uns erst in Gefahr brachte, um uns dann hinter seinem Schwefeldunst zu verbergen.

Aber gerade, als ich den zweiten oder dritten Schritt in seine Richtung machte, fiel eine Hand auf meine Schulter.

»Lass das bleiben«, flüsterte Grigori von hinten. »Den willst du nicht zum Gegner haben.«

Der Mann schien uns nicht wahrzunehmen, zog noch einmal an der Zigarette, warf sie ins Meer und ging zurück ins Schiff. Kurz meinte ich, dass er doch noch herübersah, in seinen Schattenaugen ein Aufblitzen wie von einer Messerklinge, dann schlug die Metalltür hinter ihm zu, und zurück blieben nur das Stampfen der *Saltan* und das Heulen des Seewinds auf dem eiskalten Deck.

»Man kann dich nicht allein lassen.« Grigori sprach längst nicht so laut wie sonst, die Stimme durchdrungen von etwas, das ich bei einem anderen für Angst gehalten hätte. »Ich dachte, du bist vielleicht ins Meer gefallen, da bin ich hoch, um dich zu suchen.«

»Wer war das?«, fragte ich, ohne den Blick von der Tür zu nehmen, durch die der Mann verschwunden war, so als könnte er jeden Moment daraus hervorspringen wie ein Kastenteufel.

»Keiner, mit dem du dich anlegen solltest.«

»Wer, Grigori!«

Er drehte mich an den Schultern zu sich um und verzog das Gesicht, als er mich ansah. Peinlich berührt wischte ich mir mit dem Ärmel übers Kinn.

»Unten gibt's Wasser zum Waschen«, sagte er zwischen dampfenden Atemstößen.

»Danke, Mütterchen.«

»Stinkend kommst du mir nicht auf meine Decken.«

»Erst will ich wissen, wer der Mann ist.«

Er zögerte noch immer, dann ließ er mich los und blickte hinaus in den Nebel, als kämen von dort noch mehr dunkle Spukgestalten heran. »Ein Offizier der Geheimpolizei. Ziemlich hohes Tier in der Ochrana, soweit ich weiß.«

Ich schloss für einige Atemzüge die Augen, als sich alles um mich drehte. Grigori packte mich am Oberarm, weil er wohl dachte, die Seekrankheit raffe mich dahin, doch das war nicht der Grund für die Schwindelattacke.

»Sein Name«, sagte ich tonlos. »Den kennst du doch, oder?«

»Timur Feodorowitsch Volonoff.«

Ich lehnte mich rückwärts gegen die Reling.

»Alles in Ordnung?«

»Volonoff.« Das Wort klang wie ein scharfes Ausatmen. Tatsächlich hatte ich mir geschworen, diesen Namen nie wieder über die Lippen zu bringen.

Seine Augen verengten sich, und ich glaubte darin Zweifel zu erkennen, ob es wirklich eine gute Idee gewesen war, sich meiner anzunehmen. »Du kennst ihn?«

»Das ist es nicht, was du wissen willst«, erwiderte ich nach kurzem Schweigen. »Sondern ob er *mich* kennt. Und mich vielleicht bei dir suchen würde.«

»Könnte das denn passieren?«

Ich schüttelte den Kopf, nach außen hin hoffentlich weit überzeugter, als ich mich in Wahrheit fühlte. »Er kann mich nicht erkannt haben. Zu dunkel.«

»Du wärst fast zu ihm rübergegangen, wenn ich dich nicht –«

»Ja«, unterbrach ich ihn scharf. »Und danke dafür. Wirklich.«

»Himmel, Arsch und Zwirn!«

»Warum fährt ein Offizier der Ochrana mit auf diesem Schiff?«, fragte ich. »Sollte er nicht zu Hause sein und die Feinde des Zaren jagen?«

Grigori beäugte mich misstrauisch. »Vielleicht jagt er die ja hier bei uns. Wird höchste Zeit, dass du mir alles über dich erzählst.«

»Warum verlässt er Russland?«

»Weil auch da alles vor die Hunde geht!«, entfuhr es Grigori. »Jedenfalls für ihn und seinesgleichen. Der Zar wird sich nicht mehr lange halten, und wenn erst die Neuen an die Macht kommen, dann stellen sie alle an die Wand, die irgendwas mit der Geheimpolizei zu tun hatten. *Und* ihre Kinder, Eltern und gottverdammten Goldfische!«

»Volonoff ist auf der Flucht?« Als ich ihm begegnet war, war er mir nicht wie ein Mensch erschienen, der vor irgendetwas davonlaufen würde.

»Muss keine Flucht sein.« Grigori senkte wieder die Stimme. »Er könnte auch einen Auftrag haben.Und der hat nicht zufällig mit dir zu tun, oder?«

»Ganz sicher nicht.«

»Es heißt«, sagte er nun fast genüsslich, »keiner versteht sich so gut aufs Foltern wie er. Am liebsten lähmt er seine Opfer mit Nervengift und schneidet ihnen bei vollem Bewusstsein die Augenlider ab.« Er betrachtete mich prüfend. »Deine sind aber noch dran.«

Meine Hände zitterten, seit Volonoffs Name gefallen war, und jetzt spürte ich ein heftiges Pochen im Hals, als mein Herzklopfen in den Schlagadern vibrierte. »Er ist nicht wegen mir hier. Wirklich nicht.«

Grigori fluchte leise vor sich hin. »Es heißt, dass eine Menge von unseren Geheimpolizisten im Deutschen Reich untergetaucht sind. Früher sind sie hin, um zu spionieren, und heute, weil sie schon lange vorher gewusst haben, was zu Hause passieren würde. Jetzt machen sie gemeinsame Sache mit der deutschen Polizei, bespitzeln sich gegenseitig, liefern andere ans Messer und verraten Staatsgeheimnisse – sie tun einfach alles, um am Leben zu bleiben. Vielleicht ist Volonoff einer von denen.«

»Ein Überläufer?«

»Sag's doch noch lauter, dann bringt er uns gleich beide um, Herrgott noch mal!« Grigori deutete auf die Tür, durch die ich aus den Tiefen des Schiffes emporgestiegen war. »Geh'n wir wieder runter. Hier hat sogar der Nebel Ohren.«

Ich sah niemanden sonst an Deck, was aber nichts zu bedeuten hatte, weil der Dunst immer dichter wurde und Bug und Heck verschluckt hatte. Wabernde graue Hände tasteten aus den Schneisen zwischen den Aufbauten.

Von irgendwoher rollte Donner heran.

»Da draußen gehen sie wieder auf die Jagd«, sagte Grigori. »Jeden kann's erwischen, jederzeit.«

Ich ballte die Hände zu Fäusten, nur damit sie zur Ruhe kamen, aber stattdessen kroch das Zittern an meinen Armen herauf und erfasste meinen ganzen Oberkörper.

»Wenn wir unten sind, erzählst du mir alles«, sagte Grigori, und diesmal klang es wie ein Befehl. »Was mit deiner Familie passiert ist.«

Ich nickte resigniert.

»Wer diese Mara ist.«

Noch ein Nicken.

»Und, vor allem, was du mit Volonoff zu schaffen hast.«

8

Mara war ich zum ersten Mal im Sommer 1913 begegnet, fast vier Jahre vor meiner Flucht aus Sankt Petersburg.

Zu jener Zeit lebte ich seit fünf Jahren im Palais am Katharinenkanal. Meine Mutter war im Mai 1908 an einem Leiden gestorben, das sie seit ihrer Jugend gequält hatte. Ich erinnere mich an sie als eine Frau mit starkem Geist und schwachem Körper, der zuletzt zu einem leichenhaften Nichts abgemagert war, ein Bündel aus astdürren Gliedern, die mich schaudern ließen, wenn sie unter der Decke hervorfielen, als steckte schon kein Leben mehr darin. Weil ich keine Erinnerung an meinen Vater besaß – er hatte sich kurz nach meiner Geburt aus dem Staub gemacht –, war mein Leben stets um meine Mutter gekreist. Je schwächer sie wurde, desto mehr hatte ich ihr alles recht machen wollen. Als sie schließlich starb, hinterließ sie eine Leere, in der ich nicht nur sie selbst und ihre Zuneigung vermisste, sondern all die Aufgaben, die ich mir hatte stellen müssen, um uns beide durch den Alltag zu bringen. Dass sie Geld von ihrer Schwester Xenia erhalten hatte, nachdem sie nicht mehr in der Schreibstube arbeiten konnte, hatte ich immer gewusst und mich zugleich ein wenig geschämt für die Almosen dieser reichen Frau, die ich kaum kannte.

Man mag sich vorstellen, wie schwierig es war, als eben diese Frau mich in ihr Haus holte, weder aus Zuneigung zu meiner Mutter noch zu mir, sondern aus reinem Pflichtgefühl. Manch einer mag sagen, das sei mehr, als andere in meiner Lage erfahren haben, und das ist wahr. Trotzdem machte Xenia es mir schwer, aufrichtige Dankbarkeit zu fühlen, ließ sie mich doch bei jeder Gelegenheit spüren, dass ich am Katharinenkanal nur ein Gast war, kein echtes Familienmitglied, schon gar kein Stiefsohn, auch wenn sie mich nach außen hin oft als einen ausgab.

Mein wahrer Name war nie Artur Kalinin, weil Alexej und Xenia mich nicht adoptiert hatten. Wie einfach das für sie gewesen wäre, erfuhr ich erst später, als Mara ins Haus kam. Doch bis dahin gab ich mich mit der Lüge zufrieden, dass aus einem Neffen auf dem Papier kein Sohn werden konnte.

Bei offiziellen Anlässen nannten sie mich ihr Kind, trugen mich auch als Artur Kalinin in Gästebücher ein und schickten mich unter diesem Namen auf die Deutsche Schule, aber in meinem Ausweis – dem echten, nicht jenem, den Spiridon später für mich anfertigte – stand Artur Sergejewitsch Danilow. Er ging wie so vieles im Feuer der Februarrevolution verloren. Danilow habe ich mich danach nie wieder genannt.

Aber dies ist keine Aschenputtelgeschichte. Im Großen und Ganzen behandelten mein Onkel und meine Tante mich anständig, und bei allem, was ich ihnen vorhalten mag, war mangelnde Großzügigkeit keine ihrer Schwächen. Ich wuchs in ihrem prunkvollen Palais auf, inmitten einer beflissenen Dienerschaft und gebildeter Gespräche. Mein Onkel leitete einen Verlag, der nicht unbedeutend war, und so machten ihm viele Autoren und Dichterinnen ihre Aufwartung. Es gab Lesungen im großen Salon, wundervolle Kammerkonzerte und – bis zu Ofeliyas Unfall – private Ballettaufführungen in Anwesenheit namhafter Komponisten.

Und dann waren da natürlich die Bücher.

Ich liebte Alexejs Bibliothek seit dem Tag, an dem ich sie zum ersten Mal betreten hatte. Als ich Grigori an Bord der *Saltan* davon erzählte, beschrieb ich ihm die Reihen aus Buchrücken und die hohen Eichenregale in den prachtvollsten Einzelheiten. Hier aber will ich mich auf das Wesentliche beschränken, auf die überwältigenden Gefühle, die Alexejs Bücherschätze in mir weckten, die Liebe zum Duft des Papiers und der Einbände, die Demut vor dem geschriebenen Wort und die Hochachtung vor der Weite seines Wissens, das es ihm ermöglicht hatte, eine solche Sammlung aufzubauen.

Als ihm klar wurde, wie sehr mich die Bücher faszinierten, sorgte er für meine Ausbildung in der Kaiserlichen Bibliothek, und wenn ich sie auch nicht beenden konnte, werde ich ihm dafür immer dankbar sein. Alexej war kein Mensch ohne Makel, aber die Bücher schufen eine Verbindung zwischen uns, für die unsere Verwandtschaft nicht ausgereicht hatte. Er meinte es gut mit mir, und ich wusste, dass er mich manchmal in Schutz nahm, wenn Xenia mich einen Nichtsnutz nannte, der nichts als Bücher im Kopf hatte. Sie hegte wohl den stillen Verdacht, dass ich Ofeliya damit angesteckt hatte, denn die hatte bis zu meiner Ankunft am Katharinenkanal kaum Interesse an Literatur gezeigt.

Ofeliya war schon als junges Mädchen dem Ballett verfallen, und später sagten viele, es habe ihnen stets den Atem geraubt, wenn sie sie hatten tanzen sehen. Xenia war davon weniger begeistert gewesen, als man hätte meinen sollen. Statt stolz auf ihre Tochter zu sein, hatte Xenia stets bedauert, dass aus Ofeliya keine begabte Malerin geworden war. Denn die Malerei war Xenias eigene Leidenschaft, in ihrer Jugend hatte sie von einer großen Künstlerlaufbahn geträumt. Doch dann hatte ihr ein herzloser Lehrer klargemacht, dass ihr Können nicht über Kleckserei hinausginge, woraufhin sie erbost keinen Pinsel mehr angerührt hatte.

Umso erfreuter war sie gewesen, als ein wandernder Wahrsager aus Irkutsk ihr vor Ofeliyas Geburt prophezeit hatte, dass ihre Tochter ein wahres Wunderkind, ein Ausbund an malerischem Talent werden würde. Der Mann war gewiss ein listiger Fuchs und hatte in Erfahrung gebracht, was Xenia von ihm hören wollte. Für seine Voraussagen ließ er sich großzügig entlohnen, und als sich herausstellte, dass Ofeliyas einziges Interesse dem Tanzen galt, wanderte er schon längst anderswo.

Xenia hatte das Mädchen dennoch mit endlosen Stunden bei strengen Kunstprofessoren gemartert, ehe die älteren Herren sich ein Herz gefasst und ihr versichert hatten, dass Ofeliya zwar ein kluges Kind und ein wunderbarer Mensch sei, aber die Sache mit der Pinselei doch lieber lassen möge. Der gut gemeinte, aber fehlgeleitete Nachsatz, dass es doch erfreulich sei, wie sehr die Tochter nach der Mutter gerate, war hingegen ein Beleg dafür, dass akademische Kompetenz und Fingerspitzengefühl nicht zwangsläufig Hand in Hand gehen.

Verbittert überließ Xenia die Erziehung des Mädchens ihrem Mann, der dafür sorgte, dass Ofeliya Ballettunterricht bei den Besten bekam. Weder blutende Füße noch entzündete Sehnen konnten sie davon abhalten, bei jeder Gelegenheit ihre Pirouetten zu drehen, und bald galt sie als kommende Ballerina von Rang.

All dem hatte eine Droschke ein jähes Ende gesetzt. Beim Verlassen des Michailowski-Theaters war Ofeliya überrollt worden. Die Ärzte im Mariinskaya hatten mit Mühe eine Amputation beider Beine vermieden, doch ein Leben im Rollstuhl hatten auch sie nicht verhindern können.

Das war im Frühjahr 1912 gewesen, ein Jahr bevor Mara ins Palais am Katharinenkanal kam.

Grigori, der beileibe kein geduldiger Zuhörer war, drängte mich, endlich zur Sache zu kommen, und da ich ihm den Gefallen tat, will ich auch hier von jenem Tag im Sommer 1913 berichten, an dem mein Blick zum ersten Mal auf das Mädchen vor dem Wachsfigurenkabinett fiel, das Mädchen in einem Meer aus Selbstporträts.

Weil Samstag war, musste ich nicht zur Arbeit in die Bibliothek, und wie üblich missfiel es Xenia, dass ich meinen freien Tag mit Lesen verbrachte. So bestimmte sie, dass ich sie in die Stadt begleiten sollte, sie brauche dringend Hilfe beim Tragen, obwohl doch alles, was sie an diesem Morgen kaufen wollte, mühelos in ihrer Handtasche Platz gefunden hätte.

Unterwegs fragte sie mich über Ofeliya aus, denn sie wusste, wie nah wir beide uns standen. Ich denke schon, dass sie Ofeliya auf ihre Weise liebte, nur waren ihr dabei all die persönlichen Enttäuschungen im Weg. Stets stolperte sie über ihre eigenen Schwächen und suchte die Schuld dafür bei anderen. Gewiss litt sie mit ihrer Tochter, und ich bin sicher, sie hätte alles gegeben, um ihr Unglück ungeschehen zu machen. Zugleich verstand sie Ofeliyas Schicksal als einen Schlag gegen sich selbst, als einen Angriff höherer Mächte, den all ihre Konsultationen von Wahrsagern und Geisterbeschwörern nicht hatten vereiteln können. Jede Begegnung mit ihrer Tochter, jeder Blick in ihre traurigen Augen erinnerten sie an diese Niederlage. Vermutlich war das der Grund, warum sie lieber mit mir über Ofeliyas Befinden sprach als mit ihr selbst.

Viel verriet ich ihr nicht. Ofeliyas Geheimnisse waren bei mir sicher, und entsprechend übel war Xenias Laune an diesem Vormittag, trotz des strahlenden Sonnenscheins.

Die meisten Straßenkünstler saßen am anderen Ende des Apraxin Dwor, einer Markthalle zwischen Sadowaja-Straße und Fontanka-Kanal. Die ursprüngliche Holzkonstruktion war vor Jahrzehnten abgebrannt, jetzt stand dort ein Gebäude aus Stein und Tonziegeln, reichlich bedeckt mit Beschriftungen wie eine Jahrmarktsattraktion. Auf dem umliegenden Gelände hatten sich viele winzige Geschäfte und Handwerksbetriebe in Holzbuden angesiedelt, an die fünfhundert, hieß es, die ein Labyrinth aus schmalen Gassen bildeten.

Das alte, schlecht besuchte Wachsfigurenkabinett am hinteren Ende des Areals war geradezu umzingelt von anderen Gewerben, denen schon vor langer Zeit die Kundschaft abhandengekommen war: ein billiges Tanzkabarett, ein behördlich versiegeltes Wettbüro und ein Laden mit deutschen Spezialitäten, der seit Kriegsbeginn fürchten musste, dass man ihn in Brand steckte. Xenia kaufte dort gelegentlich Brot, aber vor allem kam sie wegen der Kartenleserin, die nebenan hinter einer dunkelblauen Tür mit Perlenvorhang residierte.

Ich musste gelangweilt im Freien warten, während sie sich Wunder versprechen ließ, und dabei entdeckte ich das Mädchen, das gegenüber vor dem Wachsfigurenkabinett saß. Damals war ich achtzehn, sie ein wenig jünger – sechzehn, wie ich später erfuhr –, und sie hatte die zerbrechliche Gestalt jener Kinder, die es mutterseelenallein aus dem Umland nach Sankt Petersburg verschlug. Die meisten von ihnen mussten zusehen, wie sie ohne Eltern über die Runden kamen.

Ich überquerte die Gasse und blieb vor ihr stehen. Sie saß im Schneidersitz auf einem leeren Beutel aus Sackleinen und war in die Arbeit an einem Gemälde vertieft, nicht größer als meine Faust. Dutzende ähnlicher Bilder lagen in säuberlichen Reihen vor ihr, rechteckige Holzplättchen ohne Rahmen, die alle dasselbe Gesicht zeigten.

»Das bist alles du«, stellte ich fest, nicht gerade geistreich, aber mit aufrichtiger Verwunderung.

»Gut erkannt«, sagte sie, ohne von ihrer Arbeit abzulassen. Sie benutzte eine Farbpalette und einen Pinsel, der in ihren langen Fingern noch feiner wirkte.

»Ganz schön selbstverliebt.«

Sie zuckte die Schultern. »Feine Herren kommen vorbei und bezahlen dafür. Manche nehmen gleich zwei oder drei, und ein paar kommen jede Woche, um sich eines der neuesten zu kaufen.«

Es waren beileibe keine anstößigen Bilder, nur ihr Gesicht in subtilen Variationen. Mal schien das Licht aus dieser, mal aus jener Richtung. Rotblonde Strähnen hingen ihr in die Stirn oder waren hinter die Ohren geschoben, aber immer fiel ihr langes Haar glatt über die züchtig bedeckten Schultern. Ihr Ausdruck wirkte ernst, konzentriert geradezu, so als versuchte sie, aus den Bildern heraus die Mienen der Betrachter zu lesen. Sie malte sich weder mit Schmollmund noch mit geröteten Wangen, nicht mit glänzenden Lippen oder kokettem Blick; nichts an diesen Bildern war darauf angelegt, aufreizend zu wirken.

»Verstehe«, sagte ich. »Du versprichst ihnen das Gegenteil von Gewöhnlichkeit gerade durch die *Betonung* des Gewöhnlichen.«

Ich hörte, wie sie schmunzelte, konnte es aber nicht sehen, weil sie beim Malen den Kopf gesenkt hielt.

»Aber«, fuhr ich fort, »wenn die Frage gestattet ist: Warum malst du dich auf allen Bildern mit goldenen Augen?«

Als sie den Blick hob und zu mir aufsah, rechnete ich einen Herzschlag lang damit, dass ihre Augen tatsächlich golden wären, so als lägen polierte Münzen darauf. Früher hatte man die Augen von Leichen mit Goldstücken bedeckt, als Tribut an den Fährmann ins Totenreich, und ich fragte mich, wohin wohl sie auf diese Weise mitgenommen werden wollte.

»Falsche Frage«, sagte sie. In Wahrheit waren ihre Augen hellblau, nahezu weiß wie die Eisschollen auf der Newa unter einem klaren Winterhimmel. »Alle wollen immer wissen, warum die Augen golden sind. Aber ich dachte, du bist anders.«

»Du kennst mich gar nicht.«

»Ich hab gesehen, wie du mit der reichen Frau die Straße heruntergekommen bist. Sie ist zu der Hellseherin da drüben gegangen – die übrigens in Wahrheit eine Melkerin aus Kaushta ist, mit Gicht in den Fingern, darum sitzt sie jetzt hier. Ich hab dir angesehen, dass du genau weißt, dass die Kartenlegerei nur Betrug ist, aber du hast nicht versucht, die Frau davon abzuhalten.«

»Es ist ihr Geld, nicht meins. Aber was hat das mit den goldenen Augen zu tun?«

»Sie ist nicht deine Mutter, oder?«

»Nein.«

Sie lächelte, was wirklich hinreißend aussah. »Hab ich mir gedacht. Du magst sie nicht.«

Ich wollte nicht zugeben, wie sehr mich ihre Gedankensprünge irritierten. »Sie hätte trotzdem meine Mutter sein können. Man muss seine Mutter nicht mögen.«

»Deine hast du sehr gemocht.«

Ich war sicher, dass sie einfach blind ins Dunkel feuerte, in der Hoffnung, dass irgendeine Kugel traf. Im Grunde war das dieselbe Taktik, die auch Wahrsager benutzten. Vielleicht gab es gar keinen großen Unterschied zwischen ihr und der Melkerin aus Kaushta. Vielleicht, so dachte ich, war die Melkerin ja *ihre* Mutter.

Sie verwirrte mich mit Absicht. Ich war überzeugt, dass das alles zu ihrer Strategie gehörte, um sich interessant zu machen und mir eines ihrer Bilder zu verkaufen. Wahrscheinlich machte sie es so bei jedem, der vor ihr stehen blieb.

»Also«, sagte ich in der festen Absicht, mich nicht fehlleiten zu lassen, »was wäre die richtige Frage gewesen?«

»Warum die Augen so golden sind.«

»Aber genau das hab ich doch gerade gefragt!«

»Hast du nicht.« Ihr Lächeln schien von ihrem Gesicht hinab auf die Bilder zu tänzeln, und für einen Augenblick war ich überzeugt, dass sie alle zu mir heraufläche lten. »Was du wissen wolltest, war, wieso ich die Augen golden male, obwohl meine doch blau sind. Stattdessen hättest du fragen sollen: Warum sind sie so golden, wenn es doch keine Farbe auf der Welt gibt, die perfektes Gold nachahmen kann?«

War das denn so? Ich kannte mich mit Büchern aus, mit geprägten Deckelbordüren, geschmücktem Vorsatz und farbigem Kapitalband. Über Malerei wusste ich so gut wie nichts.

Doch da kam mir ein Geistesblitz. »Beim Buchschnitt bestreicht man die Seitenränder mit Leim und legt Blattgold auf.«

»Sehe ich für dich so aus, als säße ich auf einem Haufen Gold?«

»Vielleicht bezahlen die feinen Herren ja gut«, gab ich eine Spur zu giftig zurück.

Sie schien es mir nicht übel zu nehmen. »Wenn du glaubst, dass ihnen meine Bilder so viel wert sind, dann hoffe ich wirklich, du kaufst auch eins.«

»*Ich* hätte gern eins«, sagte eine Stimme hinter mir. »Oder zwei. Ach, sagen wir, gleich fünf.«

Xenia trat neben mich und brachte den Geruch verbrannter Wunderkräuter mit sich. Sie betrachtete erst die Bilder, die auf dem Pflaster ausgebreitet lagen, dann die junge Malerin und schließlich wieder die goldäugigen Selbstporträts in ihrem stillen, schönen Ernst.

»Wie heißt du?«, fragte sie.

»Mara«, sagte das Mädchen, während es vom Boden aufstand.

»Du malst wirklich gut, Mara.«

»Vielen Dank. Möchten Sie wirklich fünf Bilder kaufen?«

Dasselbe fragte ich mich auch. Xenia gab viel Geld für Dummheiten wie Konsultationen und Sterndeutung aus, aber als Kunstmäzenin hatte ich sie noch nicht erlebt.

»Unbedingt«, sagte Xenia. »So eine Begabung muss gefördert werden. Ich habe selbst mal gemalt, weißt du.«

»Bestimmt viel besser als ich.«

»Du brauchst mir nicht zu schmeicheln, ich kaufe deine Bilder auch so.«

Fast meinte ich, Mara ein wenig erröten zu sehen. »Suchen Sie sich einfach welche aus.« Sie nannte einen Preis, den ich sofort in neue Bücher umrechnete, während Xenia nur nickte. Offenbar fand sie die Summe angemessen, denn sie zückte ihre Geldbörse und zählte die Kopeken in die offene Hand ab.

Mara deutete einen Knicks an, als sie das Geld entgegennahm. Er geriet ein wenig schief, aber gerade das verlieh ihr eine raue Anmut. Ich verkniff mir ein Grinsen, weil ich verstand, was Mara da trieb, und nun war ich überzeugt, dass wirklich eine Menge Männer ihre Bilder kauften. Hätte ich genug Geld gehabt, hätte ich selbst eines mitgenommen. Stattdessen tröstete ich mich damit, dass wir fortan ganze fünf davon im Haus haben würden.

»Bekomme ich Rabatt, wenn ich zehn nehme?«, fragte Xenia.

Mara zuckte nicht einmal. »Ich gebe nie Rabatt. In jedem dieser Bilder steckt ein Stück von meiner Seele. Der Preis dafür ist nicht verhandelbar, weil die Seele doch von Gott kommt.«

Nun grinste ich doch.

Xenia zahlte bereitwillig noch einmal dieselbe Summe, dann bückte sie sich und wählte sorgfältig zehn Bilder aus. Sie reichte mir eines nach dem anderen, wies mich an, beim Stapeln nur ja nicht die Farben zu verkratzen und auf dem Nachhauseweg nicht über meine ungeschickten Füße zu stolpern. Ich war achtzehn Jahre alt und stand da wie ein achtjähriger Tölpel.

»Falls ich noch mehr davon kaufen möchte, wo kann ich dich finden?«, fragte Xenia.

»Ich bin mal hier, mal dort.« Mara klang auf ganz reizende Weise flatterhaft. »Aber wenn man mich sucht, dann findet man mich auch.«

»Lebst du hier in der Stadt?«

»Seit ein paar Jahren. Geboren bin ich in einem Dorf, ein paar Tagesreisen von hier.«

»Und deine Familie lebt auch hier?«, fragte Xenia.

»Meine Familie ist tot. Ich bin allein auf der Welt.«

»Das ist traurig«, sagte Xenia, aber es klang fast hoffnungsvoll. »Ein Wunderkind wie du sollte nicht ohne Zuhause sein. Nicht ohne eine Mutter.«

Mara schenkte ihr ein scheues Lächeln, kreuzte kurz meinen Blick und ließ sich wieder auf dem leeren Beutel nieder. »Vielen Dank für Ihre Großzügigkeit«, sagte sie. »Ich hoffe, die Bilder machen viel Freude.«

Und *ich* hoffte, das war nicht auf mich gemünzt.

Xenia schien Mühe zu haben, sich von ihr loszureißen, und insgeheim ging es mir nicht anders. Trotzdem setzte ich mich als Erster in Bewegung, zwei Stapel mit Porträts an meine Brust gepresst und sehr bemüht, nicht in die goldenen Augen zu blicken.

Xenia verabschiedete sich und ging vorneweg, wie immer, weil sie gar nicht anders konnte.

Ich warf einen Blick über die Schulter und bemerkte, dass Mara uns nachsah.

Und die Goldfarbe?, formte ich stumm mit den Lippen.

»Wenn wir uns wiedersehen.« Ihr Flüstern war so leise, dass ich es nicht hätte hören dürfen, und doch hallten ihre Worte in meinen Ohren nach, auf dem ganzen Weg zum Katharinenkanal.

Es gelang mir, nicht über meine ungeschickten Füße zu stolpern, und ich achtete sorgsam darauf, dass die Porträts nicht verkratzten. In der Eingangshalle nahm eines der Hausmädchen die Bilderstapel entgegen und trug sie mit stoischer Miene hinauf in die Gemächer ihrer Herrin.

Während des Heimwegs hatte meine Tante gar nicht mehr aufhören können, von Maras Talent und Liebreiz zu sprechen. Hätte es nicht eigentlich an mir sein müssen, Mara mit Haut und Haaren zu verfallen? Nun, dazu komme ich noch.

Auch ich musste mit jemandem über sie reden, also ging ich zu Ofeliya.

Sie saß in dem Lesesessel am Fenster ihres Zimmers, eine Decke über die Beine gebreitet, und das Sonnenlicht schimmerte auf ihrem dunklen, gelockten Haar. Unter ihren schwarzen Augenbrauen schaute sie von einem Buch auf, das ich ihr vor ein paar Tagen aus der Kaiserlichen Bibliothek mitgebracht hatte, und schien sich nicht entscheiden zu können, ob ihr Blick nun vorwurfsvoll oder erfreut wirken sollte. »Ihr seid schon wieder da?«

»Fünf Stunden!«, platzte ich empört heraus. »Sie hat mehr Dinge angefasst, als sie je in ihrem Leben besitzen wird. Und sie hat einen *Palast* voll mit Dingen!«

Ofeliya schmunzelte. Ihre Stirn war voller Sommersprossen, nicht ihre Wangen, nicht die Nase, nur die Stirn. *Meine Sternzeichen,* nannte sie sie. Manchmal auch: *meine Sternennacht.* »Mutter ist keine besonders glückliche Frau, also gönn ihr den Spaß.«

Ich ließ mich erschöpft auf die Bettkante sinken. Meine Tante sah es nicht gern, wenn ich dort saß, und natürlich hatte Ofeliya aus genau diesem Grund alle anderen Sessel aus dem Zimmer räumen lassen. Ihre Aufsässigkeit kannte seit dem Unfall keine Grenzen. Entkommen konnte sie ihrer Mutter nicht, also sorgte sie dafür, dass Xenia ihr aus dem Weg ging.

Ich erzählte ihr von der Begegnung am Apraxin Dwor, ohne das fremde Mädchen genauer zu beschreiben, aber Ofeliya durchschaute mich natürlich sofort.

»Sie war sehr schön, nehme ich an. Und wenn du jetzt behauptest, du hättest nicht so genau hingesehen, dann steh ich auf und trete dir in den Hintern.«

»Sie war nicht unansehnlich, schätze ich.«

Sie äffte mich mit stummen Mundbewegungen nach. Ich nahm ein Kissen und warf damit nach ihr. Sie fing es lachend auf – mit den Armen war sie so flink wie eh und je – und schleuderte es mit aller Kraft zurück. Getroffen ließ ich mich nach hinten auf ihre Bettdecke fallen. Der Stoff roch nach der Salbe, mit der sie ihre Narben einreiben musste, und ich schämte mich für diesen Gedanken, weil es mir ungerecht erschien, dass selbst ihr Geruch immer an das erinnerte, was ihr zugestoßen war.

»Und ich wette«, sagte sie, »Mutter war ganz hin und weg von ihrer Malerei.«

»Hätte ich das besser nicht erzählt?« Ich setzte mich auf und hielt das Kissen fest. Tatsächlich hätte ich kein Wort darüber verloren, wäre ich nicht sicher gewesen, dass wir von Mara noch hören würden.

»Ach was«, sagte sie. »Ich kann damit umgehen, dass Mutter mich verachtet.«

»Sie verachtet dich nicht.«

»Sie verachtet, was aus mir geworden ist.«

Wir hatten schon viele Male darüber gesprochen, und es gab wenig, was ich dem noch hätte hinzufügen können. Stattdessen stand ich auf, ging vor ihrem Sessel in die Hocke und nahm ihre Hand. Ihre Finger waren kühl, und ich war sicher, hätte ich jetzt ihre Wange berührt, wäre auch sie eiskalt gewesen. Ofeliya fror oft, und ich fürchtete insgeheim, dass auch ihre Arme absterben könnten. Ich glaube, sie dachte dasselbe, ohne je ein Wort darüber zu verlieren. Stattdessen weigerte sie sich, ihre Hoffnungslosigkeit mit anderen zu teilen, sogar mit mir. Dabei klagte sie durchaus über Schmerzen, über den Unfall und die Versäumnisse der Vergangenheit. Aber niemals sprach sie davon, dass es in Zukunft noch schlimmer werden könnte.

Ihr Blick wurde sanft, während sie langsam ihre Hand in meiner drehte und damit meine Finger umfasste. »Von mir aus kann sie ins Haus holen, wen sie will, solange du nicht fortgehst.«

Es kam nicht oft vor, dass sie so deutlich wurde, obgleich ich wusste, wie ernst es ihr damit war. Ich liebte Ofeliya wie eine Schwester, und genauso lebten wir ja auch, wie Bruder und Schwester. Manchmal schien sie kurz davor, das infrage zu stellen, aber dann las sie in meinen Augen, was ich dachte, und behielt ihre Gedanken für sich.

»Glaubst du wirklich, Xenia würde das tun?«, fragte ich, obwohl ich die Antwort kannte. Ofeliya war überzeugt, dass ihre Mutter schon seit Monaten mit dem Gedanken spielte, ein Mädchen zu adoptieren, um es nach ihrem Geschmack zu formen.

»Sie tut's«, sagte Ofeliya. »Früher oder später wird sie mich einfach austauschen gegen jemanden, der ihren Vorstellungen gerecht wird.«

»Deine Mutter liebt dich.«

»Wie man eine Topfpflanze liebt – bis man eine mit schöneren Blüten findet und den besten Platz im Fenster für sie freiräumt.«

»Red doch nicht so.«

Aber sie war mir in Gedanken schon einen Schritt voraus und blickte grübelnd hinaus auf den Kanal, als könnte sie im Sonnenglast auf dem Wasser sehen, was uns allen bevorstand.

Am selben Abend belauschte ich ein Gespräch zwischen Xenia und Alexej im Jagdsalon.

Ich ging nicht oft dorthin, weil ich die ausgestopften Tiere verabscheute, darunter mehrere Jagdhunde, die Alexejs Vater persönlich präpariert hatte. Als Dank für ihre treuen Dienste, hieß es. Warum Alexej, der selbst keinerlei Interesse an der Jagd hatte, sie nicht fortschaffen ließ, blieb allen ein Rätsel. Seine Frau hielt ihn für lethargisch, Ofeliya für gleichgültig, aber ich glaubte, dass er gute Gründe hatte, die er nicht mit uns teilte. So hielt er es mit vielen seiner Entscheidungen, und darum neigte manch einer dazu, ihn zu unterschätzen.

»Wir brauchen keine andere Tochter«, sagte Alexej, als ich an der angelehnten Tür vorbeikam. Wie vom Blitz getroffen, blieb ich stehen. »Wir haben schon eine. Und zwar die beste, die man sich wünschen kann.«

»Ofeliya würde die Gesellschaft guttun!« Xenia war bereits in Rage, wie so oft, wenn die beiden miteinander sprachen. »Dieses Mädchen würde neues Leben ins Haus bringen. Und ich hätte jemanden, mit dem ich über Malerei reden kann. Über schöne Dinge.«

»Wenn du reden sagst, meinst du streiten«, sagte Alexej. »Selbst über Gemälde kannst du nicht einfach nur reden. Du willst sie zerfetzen mit deiner Meinung wie mit einer Mistgabel.«

»Es gab Zeiten, da hast du Diskussionen durchaus zu schätzen gewusst.«

»Bis ich genug davon im Verlag hatte. Bis es Mode geworden ist, dass jeder eine Meinung zu allem hat und sie lautstark kundtut, sogar gegenüber Vorgesetzten.« Wahrscheinlich meinte er *sogar gegenüber Ehemännern,* aber Xenia ließ es ihm durchgehen.

»Vielleicht bist du einfach nur ein schlechter Verlierer«, sagte sie.

»Ich gebe in dieser Sache nicht nach.«

»Die *Sache* ist ein Kind, das in bitterster Armut auf der Straße lebt, obwohl es etwas Besseres verdient hat!«

»Ein Kind, über das du nicht das Geringste weißt.«

»Mehr als du, und trotzdem hast du dir schon eine Meinung über sie gebildet, von der du nicht abrücken willst.«

So ging es eine Weile weiter, ein endloses Hin und Her gegenseitiger Gehässigkeiten, mal banal, dann durchaus geistreich in seiner Bissigkeit. Keiner machte Anstalten, klein beizugeben, darum hatte ich wenig Befürchtung, dass einer von beiden plötzlich aus dem Salon stürmen könnte. Ich lehnte neben der Tür an der

Eichentäfelung, hoffte, dass der Kammerdiener nicht auftauchte, und hörte aufmerksam zu.

»Hast du sie vorher jemals gesehen?«, fragte er. »Nur ein einziges Mal?«

»Ich weiß nicht, was das für –«

»Wahrscheinlich ist sie eine Zigeunerin. Und wenn du sie ins Haus holst, haben wir gleich die ganze Familie am Hals.«

»Sie hat keine Familie. Das hab ich dir gesagt.«

»Ja, das behauptet sie. Bis sie nachts die Tür aufschließt und die ganze Bande hereinlässt. Wir wären nicht die Ersten, die von solchen Leuten im Schlaf ermordet werden.«

»Mach dich nicht lächerlich! Sie ist nur ein Mädchen. Und sie ist rotblond. Natürlich ist sie keine Zigeunerin.«

»So oder so, eine Herumtreiberin.«

Einen Moment lang herrschte verbittertes Schweigen, und ich fürchtete schon, einer von ihnen würde nun doch erbost aus dem Zimmer stürmen und mich entdecken. Gerade wollte ich mich davonmachen, als Xenia abermals das Wort ergriff.

»Ich will sie hierhaben. Du hast den Jungen für deine Interessen. Laufend redet ihr über alte Bücher, bis mir die Ohren bluten. Und nun will ich Mara. Das ist mein gutes Recht, und du wirst mir das nicht verbieten.«

Erneut verging eine ganze Weile, ehe mein Onkel antwortete. »Und Ofeliya? Was soll sie denken, wenn du irgendein Mädchen ins Haus holst, weil deine eigene Tochter deinen Ansprüchen nicht genügt?«

»Ich *weiß* nicht, was Ofeliya denkt!«, gab sie scharf zurück. »Weil sie ihr Zimmer kaum noch verlässt, und wenn sie es tut, dann redet sie kein Wort mit mir. Sie will mich nicht als ihre Mutter.«

»Könnte das daran liegen, dass du sie nicht als Tochter willst?«

Ich rechnete damit, dass Xenia heftig widersprechen würde, aber dann sagte sie nur leise: »Alles, was ich will, ist ein glückliches Kind. Ofeliya wird nie wieder glücklich sein. Aber Mara verdient eine Chance.«

Das klang kaltherzig, so ganz nach Xenia, aber ich musste mir eingestehen, dass ich mir – bei aller Zuneigung zu Ofeliya – Mara in meiner Nähe wünschte. Die Vorstellung, das Mädchen vom Markt könnte im selben Haus wohnen, am selben Tisch essen, abends vor demselben Kaminfeuer sitzen, schnürte mir vor Aufregung fast die Luft ab. Ich wollte auf keinen Fall, dass sie endete wie die Melkerin aus Kaushta, alt und allein in einer düsteren Marktbude, wo sie ihr Geld mit Lügen verdiente. Ich wollte nur ihr Bestes, redete ich mir ein. Dass es ihr gut ging und der Wohlstand der Kalinins ihr ein glückliches Leben ermöglichte.

In Wahrheit unterschied sich mein Motiv nicht von dem meiner Tante. Es war der pure Eigennutz.

Und wohl auch deshalb machte mein Herz einen Satz, als Xenia Alexejs Widerspruch nicht gelten ließ und sagte: »Morgen schicke ich Artur los, damit er sie sucht und zu uns bringt.«

9

Jahre später, im Schiffsbauch der *Saltan,* machte Grigori keinen Hehl aus seiner Ungeduld. »Und?«, platzte er heraus. »Hast du sie gefunden?«

»Was denkst du denn?«

Feixend schlug er sich die Faust in die offene Hand. »Ein wahrer Held scheut keine Hürden, um seine Angebetete in Sicherheit zu bringen.«

»Nun ja«, sagte ich.

Er hob eine Augenbraue. »Das hast du doch getan, oder? Sie in Sicherheit gebracht?«

Ich gab keine Antwort, sondern versank in brütendem Schweigen. Ich bildete mir ein, ich hätte dazugelernt und wäre nun klüger als vier Jahre zuvor, als ich Mara zum Katharinenkanal gebracht hatte. Damals hätte ich behaupten können, dass ich sie nicht gefunden hätte, dass sie spurlos verschwunden wäre, verschollen im Moloch der Stadt. Es wäre einfach gewesen, Xenia zu belügen. Vielleicht sogar mich selbst.

»Du hast ein schlechtes Gewissen«, sagte Grigori.

Ich funkelte ihn böse an. »Die Kalinins sind tot!«

Einige Sekunden lang sah er mich durchdringend an, ehe er langsam nickte. »Aber das ist nicht deine Schuld.«

Ich wich seinem Blick aus.

»Oder doch?«, fragte er.

»Ich weiß es nicht.«

»Du würdest es wissen, wenn es so wäre.«

»So einfach ist das nicht.«

»Ich kenne solche Geschichten«, sagte er, ließ aber offen, ob er Romane meinte oder aus eigener Erfahrung sprach. »Wir können überspringen, dass du Himmel und Erde in Bewegung gesetzt hast, um sie aufzustöbern. Am Ende hast du sie gefunden, das ist das Wichtigste. Und du hast dich bis über beide Ohren in sie verliebt, deshalb bist du jetzt unterwegs zu ihr nach Leipzig.«

»So wie du das sagst, klingt es wie aus einem billigen Fortsetzungsroman.«

Er grinste breit. »Das sind die allerbesten!« Und dabei warf er einen liebevollen Blick auf seine Minze, als erhoffte er sich von ihr ein zustimmendes Nicken.

»Jedenfalls ist sie eingezogen«, sagte ich. Ich versuchte, mich an die Einzelheiten zu erinnern, aber tatsächlich waren die ersten Tage ihrer Ankunft im Palais ein Wirbel aus verwirrenden Gedanken, neuen Gefühlen und meinen Gewissensbissen gegenüber Ofeliya.

»Was hat deine Cousine dazu gesagt?«, fragte Grigori.

»Sie hat's mit Fassung getragen und sich in ihr Schicksal gefügt.«

Grigori legte die Stirn in Falten. »Sie muss doch wütend gewesen sein. Oder traurig.«

»Sie hat die Dinge hingenommen. Ihre Mutter war ihr egal, und wie wir alle hat sie schließlich angefangen, Mara zu mögen.«

»Aber Ofeliya war in dich verliebt!«

»Das hab ich nicht gesagt.«

»Nur mit anderen Worten.«

»Höfliches Feingefühl ist auch nicht deins, oder?«

Er rieb sich das Kinn, als müsste er darüber nachdenken. »Wie soll ich sonst erfahren, wie es weiterging?«

Beim Gedanken an Ofeliya sah ich wieder ihr leeres Zimmer vor mir, die Bücher, die jemand achtlos umhergeworfen hatte. Den Rollstuhl mit den zertretenen Speichen. Was für ein Mensch musste man sein, um einer gelähmten jungen Frau so etwas anzutun? Sie zu demütigen, zu verschleppen, sie vielleicht gar zu foltern für nichts und wieder nichts. Der Gedanke, dass die Ochrana sie mit einem Genickschuss oder der Garrotte hingerichtet hatte, drohte mir einmal mehr den Magen umzudrehen.

Jähzornig schlug ich mit der Faust auf ein heißes Rohr. Irgendwo knirschte Metall, dann schoss feiner Dampf aus einer Schweißnaht und bildete einen milchigen Fächer zwischen Grigori und mir. Er sagte nichts, sah mich nur durch den Dunst an, und erst als der Druck abfiel und aus dem Sprühen ein Tropfen wurde, ergriff er wieder das Wort.

»Tut mir leid«, sagte er. »Ich weiß nicht, ob ich das schon gesagt hab. Aber tut mir wirklich leid. Vor allem um das Mädchen.«

»Sie war kein Mädchen. Ofeliya war so alt wie wir. Eine Frau.«

»Ja, ja, natürlich.«

Ich stieß ein Seufzen aus. »Vielleicht wäre wirklich alles anders gekommen, wenn ich Mara damals nicht gefunden hätte.«

»Dann hätte deine Tante sie von jemandem suchen lassen, der so was besser hinbekommt.«

Ich riss mich zusammen und brachte ein abwesendes Nicken zustande. Als meine Mutter gestorben war, hatte ich mir selbst weisgemacht, dass Trauer nur die hässlichere Schwester von Selbstmitleid war. Und gegen Selbstmitleid kann man sich wehren. Man macht es sich bewusst und weist es von sich, hält einfach eine Weile durch, bis es wieder nachlässt, genau wie der Wasserdruck in dem Rohr.

»Mit Mara ist noch was anderes ins Haus gekommen«, sagte ich.

Grigori horchte auf. »So wie ein Geist?«

Ich schüttelte den Kopf. »Eine … Stimmung. Die Atmosphäre änderte sich. Ganz schleichend, über Monate hinweg. Ich dachte, es wäre was Gutes, weil es neu und anders war.«

»Aber das war es nicht?«

»Bis heute weiß ich das nicht. Es kam und es ging mit ihr. Es war fort, bevor ich es verstanden habe.«

Grigori kratzte sich das wirre Haar. »Aber du bist immer noch in sie verliebt.«

»Und ich hatte nie eine Chance, ihr zu sagen, was ich für sie empfinde.« Ich hielt kurz inne, dann sagte ich: »Eigentlich hatte ich tausend Chancen und hab sie nur nicht genutzt.«

»Darüber reden wir noch. Aber nicht jetzt.« Er gähnte herzhaft, und da wurde mir bewusst, dass auch mir fast die Augen zufielen. »Erst mal schlafen wir«, sagte er. »Falls uns die U-Boote nicht erwischen, ist morgen auch noch ein Tag.«

Aber wie sollte ich schlafen, wenn ich wusste, dass Volonoff in der Nähe war? Das Einzige, was uns trennte, waren ein Aderwerk aus Leitungen und ein paar Häute aus Stahl. Hätte ich seinen Namen geschrien, hätte er mich wahrscheinlich hören können.

Timur Feodorowitsch Volonoff.

Vielleicht selbst auf der Flucht. Oder auf der Jagd.

Grigori legte sich auf die Seite, das Gesicht zur Wand gedreht, und begann augenblicklich zu schnarchen. Ein paar Minuten später schoben sich seine Finger um den Topf der Minze, als wollte er im Schlaf ihre Hand halten.

Ich rollte mich zusammen, sah im trüben Licht den Koffer und dachte erstmals wieder an Spiridons Manuskript.

An das Manuskript und an das Messer.

10

1928

Vier Tage nachdem sie Maxim das Buch vom Dachboden mitgegeben hatte, fasste Liette sich ein Herz und beschloss, der Villa am Ende der Bucht einen weiteren Besuch abzustatten. Sie war lange nicht mehr dort gewesen, irgendwann im letzten Winter, aber sie hätte den Weg auch im Schlaf gefunden.

Erst musste sie durch den Pinienwald, dann über das kleine Plateau oberhalb der Felsen, fast genau in der Mitte der Bucht. Sie hatte sich oft gefragt, warum ihr Großvater das Hotel nicht an dieser Stelle errichtet hatte, denn von dort aus konnte man den gesamten Steinstrand überblicken. Sie fand, dass es der schönste Ort weit und breit war, und sie kam oft an den Abenden hierher, saß auf dem flachen Stein, der noch ganz aufgeheizt war vom Tag, horchte auf den Gesang der Zikaden in den Bäumen und auf das Rauschen der See unterm Sternenhimmel. Immer roch es hier nach dem Nadelteppich auf dem nahen Waldboden, nach wilden Kräutern und etwas, das an geriebene Mandeln erinnerte.

Heute Nacht aber lief sie weiter durch struppiges Buschwerk bis zu einem Weg, der von der Küstenstraße hinauf zur verlassenen Villa Eisenhuth führte. Noch immer konnte sie die beiden Furchen erkennen, die Automobile oder Droschkenräder einst in den Boden gewalzt hatten.

Die Villa war von einem hohen Metallzaun umgeben. Es gab eine Gittertür, die irgendwer vor langer Zeit aufgebrochen hatte. Sie hing schief in den Angeln, und manchmal, wenn es stürmte, konnte Liette das Quietschen der alten Scharniere über die ganze Bucht hinweg hören, wie ein fernes Weinen, das von dem leeren Haus herüberwehte.

Weiter vorn, den Weg hinab, gab es eine größere Zufahrt, das Tor war mit rostigen Ketten gesichert. Die schmale Gittertür hingegen führte auf einen Pfad, der sich durch den Park der Villa bis zum Haus wand. Buschwerk und Unterholz waren derart miteinander verwoben, dass nicht mehr zu erkennen war, ob es hier einmal Rasenflächen gegeben hatte.

Liette wollte auf dem schnellsten Weg zum Haus. Selbst den knorrigen Baum, von dem aus sie damals durch das Fenster im ersten Stock geblickt hatte, ließ sie links liegen. Nie und nimmer hätte sie sich eingestanden, dass sie Angst davor hatte, dasselbe zu sehen wie damals. Die kauernde Frau vor der Bücherwand, so reglos wie die tiefen Schatten, die unter den Dächern und Vorsprüngen an der Fassade nagten. Damals war sie davongelaufen, um niemals zurückzukehren. Doch nun war sie wieder hier, und zum ersten Mal wollte sie den Versuch unternehmen, das Haus zu betreten. Sie war klein und ihre Schultern schmal, und ganz sicher musste es irgendwo einen Spalt oder eine andere Öffnung geben, durch die sie sich ins Innere stehlen konnte.

Sie suchte, bis die Sterne am Himmel standen und sie eine der beiden Kerzen, die sie mitgebracht hatte, anzünden musste, um überhaupt etwas zu sehen. Die Nacht war seit jeher ihr Freund, vor ihr hatte sie keine Angst, aber das galt nicht für die verlassene Villa, und sie musste sich bewusst machen, dass die Dunkelheit darin dieselbe war, die sie überall sonst vor der Sonne schützte.

Die Kerzenflamme ließ die Schatten der Äste zum Leben erwachen, ständig tastete und fingerte etwas durch die Ausläufer ihres Blickfelds. Als sie endlich eine niedrige Klappe fand, durch die früher wohl Hunde oder Katzen gelaufen waren, stieß sie vor Erleichterung einen Seufzer aus. Das Holz war morsch, und sie musste nur dreimal dagegentreten, bis ein Riss entstand, durch den sie hindurchgreifen konnte. Den Rest erledigte sie mit den

Händen, riss sich die Haut an einem Splitter blutig und konnte schließlich ins Innere kriechen.

Der kurze Gang auf der anderen Seite führte in die ehemalige Küche, ein leerer Raum voller Anschlüsse für Wasserhähne und heller Umrisse von Becken, die einmal an den Wänden befestigt gewesen waren. Irgendwer hatte sie schon vor Jahren abmontiert, wahrscheinlich gleich nach dem Krieg, als die Leute keine Skrupel gehabt hatten, sich das Nötigste zu stehlen, erst recht aus einem Haus, das einmal Deutschen gehört hatte.

Nur mit der Kerze in der Hand, schlenderte sie durchs Erdgeschoss, folgte dem flackernden Lichtschein durch hohe Gänge mit Bogendecken, in denen die Geräusche ihrer Schritte vor und zurück wanderten, als liefe eine zweite, unsichtbare Liette vor ihr her, um dann und wann umzukehren und neben ihr zu gehen; durch weite, leere Säle, die mit Möbeln vielleicht nicht ganz so riesig und nutzlos gewirkt hätten; durch ein Kaminzimmer, in dessen offener Feuerstelle die Gerippe von Ratten lagen, die jemand dort zum Verbrennen aufgeschichtet hatte, nur um sie dann zu vergessen; durch eine Reihe leerer Durchgangszimmer, wo Feuchtigkeit schwarze Wolkenmuster an den Wänden gebildet hatte, ohne dass ersichtlich war, warum die Mauern gerade hier so nass waren; und dann durch eine Eingangshalle, von deren breiter, geschwungener Treppe jemand den Teppich gerissen hatte, der jetzt wie eine Schleppe lose über den Stufen lag.

Am Fuß der Treppe blieb sie stehen und überlegte, ob sie noch weitere Räume an der Seeseite erkunden oder sich lieber den ersten Stock vornehmen sollte. Die Finsternis hing in den Ecken wie Spinnenkokons, zu denen der schwache Schein ihrer Kerze nicht emporreichte. Selbst als sie begann, die Stufen hinaufzusteigen – ganz eng am schmiedeeisernen Geländer, neben der losen Teppichbahn –, drang das Licht nicht in alle Winkel der Stuckdecke vor, wo Schatten verschlungene Ornamente bildeten.

Liettes Vertrautheit mit der Nacht stand zwischen ihr und den kurzen Anflügen von Angst, wenn von irgendwoher ein Knarren oder Knirschen erklang wie von Schritten, die nicht ihre waren, oder von Türen, die langsam geöffnet wurden. Aber unheimliche Laute gab es überall, sogar zu Hause in Paris, wo sie jeden Zentimeter ihrer Wohnung kannte. Es sind nur Geräusche, sagte sie sich, und Geräusche tun niemandem etwas zuleide. Es ist der Wind. Es ist das Meer. Es sind die Jahre, in denen niemand über diese Böden gegangen ist, keiner die Türen und Fenster geöffnet hat.

Sie erreichte die erste Etage und versuchte, sich zwischen den Vorhängen aus Schatten zu orientieren. Erst zögernd, dann entschiedener schlug sie den Weg in jene Richtung ein, in der die Bibliothek liegen musste, das Nebelzimmer voller Bücher, der geheimnisvollste Ort dieses Hauses, das an Geheimnissen gewiss nicht arm war.

Sie dachte wieder an die geduckte Gestalt, die sie vom Baum aus durchs Fenster gesehen hatte. Vielleicht nur ein Sessel, sagte sie sich. Nur ein Ding, kein Mensch. Auf gar keinen Fall ein Mensch.

Alarmiert wurde ihr bewusst, dass sie eine Spur aus Wachs auf dem Boden hinterließ, nicht nur hier oben, sondern auch schon unten im Erdgeschoss, eine Perlenkette aus weißen Punkten, die sich über Marmor und Holzdielen zog.

Wieder ein Knirschen, diesmal lauter als alle vorangegangenen. Dann ein Quietschen. War ihr jemand durch die Gittertür im Gartenzaun gefolgt? Sicher nur der Wind, wie sonst auch, wenn sie die rostigen Scharniere über die Bucht hinweg hörte.

Als sie um eine Ecke bog, entdeckte sie am Ende eines kurzen Gangs eine hohe Doppeltür. Sie sah anders aus als die anderen, größer und schwerer, mit breiten Beschlägen, als hätte man ein Kirchenportal von weit her gebracht. Da ahnte sie, dass sie die Bibliothek gefunden hatte.

Sie wurde langsamer, während sie darauf zuging. Schließlich legte sie eine Hand auf das grobe Holz. Es fühlte sich kühl an, fast wie Stein. Die Türklinke war größer als ihre Hand und auf Höhe ihrer Augen. Mit einem Knirschen ließ sie sich hinunterdrücken. Trotzdem bewegte sich das Portal nicht, jemand hatte es abgeschlossen oder von innen verriegelt.

Es gab ein Schlüsselloch, groß genug, dass zwei ihrer Finger hineingepasst hätten. Zögernd beugte sie sich vor und presste das rechte Auge auf die Öffnung.

Der Raum dahinter lag im Dunkeln. Sie hatte erwartet, dass durchs Fenster wenigstens ein Schimmer von Mondlicht hereinfallen würde. Womöglich hatte jemand die Vorhänge zugezogen. Ganz vage meinte sie, Regalwände zu sehen, Fächer voller Bücher.

Instinktiv hielte sie Ausschau nach der Gestalt. Doch die Finsternis blieb undurchdringlich und bot ihr nicht einmal eine Täuschung an, eine Ahnung von etwas, nur Schwärze.

Hinter ihr erklangen Stimmen.

Liette fuhr herum und blickte den Gang hinab, zurück zur Ecke. Die Stimmen waren weit entfernt, nicht in diesem Flur, vielleicht nicht einmal im ersten Stock.

Sie löste sich von der Bibliothekstür und lief los, hielt an der Ecke kurz inne und lugte in den nächsten Gang. Es waren zwei Männer, wahrscheinlich im Erdgeschoss, auf keinen Fall vor ihr im Korridor, der bis zu der großen Treppe in der Eingangshalle reichte. Und da war Licht in der Ferne, ein huschender Schein an den Wänden.

Liette blies die Kerze aus und lief, so leise sie konnte, den Gang hinunter. Falls auf der Treppe jemand auftauchte, konnte sie mit etwas Glück in eines der offenen Zimmer huschen.

Ehe sie die Halle erreichte, erkannte sie die Stimme ihres Onkels.

Die zweite war die eines Fremden.

Geduckt schlich sie auf die Galerie und spähte durch das Geländer in die Tiefe. Ihr Onkel hielt eine Lampe, richtete sie aber gerade zu Boden, sodass der Mann, der ein paar Meter vor ihm stand, kaum zu erkennen war. Er schien teuer gekleidet, ein heller Anzug, weiß oder cremefarben, dazu ein modischer Hut mit breiter Krempe. Von oben konnte sie nur seine Mundpartie sehen, das rasierte Kinn und die goldene Kette eines Monokels, deren Ende unter seinem Jackett verschwand.

Die beiden sprachen über Opium aus dem Libanon und Frauen aus Nordafrika. Darüber, dass beides, das Opium und die Frauen, in einer der nächsten Nächte geliefert werden würden, mit einem Schiff, das *die Ware* an der Anlegestelle des Hotels abliefern sollte. Ein Schiff, das aus Algier kam, bemannt mit Männern aus Korsika.

Gabriel sprach den anderen immer nur als »Doktor« an, und er klang kleinlaut, fast unterwürfig.

»Mein Bruder wird mir das Hotel wegnehmen«, sagte er. »Dann ist es vorbei mit unseren Geschäften.«

»Überlassen Sie das mir«, sagte der Doktor.

»Wenn ihm und seiner Frau etwas zustößt, wird irgendwann diese kleine Plage alles erben.«

Die kleine Plage bin dann wohl ich, dachte Liette mit einem Kloß im Hals.

»Auch um die kann ich mich kümmern.« Dabei klang der Doktor so sachlich, als schriebe er ein Rezept aus, das den Patienten beruhigen sollte. Alles wird gut. Das hier wird Ihnen helfen. Tun Sie einfach, was ich Ihnen sage.

Liette verschluckte sich vor Schreck und unterdrückte ein Husten.

Der Doktor sah auf.

Er blickte haarscharf an ihr vorbei, und das gab ihr gerade genug Zeit, den Kopf zurückzuziehen. Unten herrschte jetzt Stille, dann erklangen Schritte. Sie näherten sich der Treppe. Blieben stehen.

»Müssen die Maßnahmen wirklich so drastisch sein?«, fragte ihr Onkel.

»Machen Sie sich keine Gedanken«, sagte der Doktor. »Sie stellen nur die Anlegestelle und das Hotel bereit. Die Frauen bleiben zwei oder drei Tage bei Ihnen, dann werden sie abgeholt. Vorher können meine Geschäftspartner aus dem Norden nicht hier sein.«

»Das Mädchen wird mitbekommen, dass fremde Frauen im Hotel sind.«

Darauf erwiderte der Doktor nichts, seine Schritte entfernten sich von der Treppe. Gabriel folgte ihm aus der Halle, und als sie wieder sprachen, waren sie zu weit entfernt, als dass Liette mehr als Gemurmel hätte verstehen können.

Sie rannte los, zurück in den Korridor und zum nächstbesten Zimmer mit einem Fenster nach Osten. Mit beiden Händen riss sie am Griff. Die Verriegelung gab nach, das Fenster schwang ein kleines Stück nach innen. Liette blickte verstohlen hinaus und wartete darauf, dass die beiden Männer im Freien auftauchten.

Über die Büsche hinweg sah sie noch etwas anderes.

Draußen vor dem Zaun, unweit der Gittertür, durch die sie das Gelände der Villa betreten hatte, stand ein Automobil. Ein weißes Cabriolet, schimmernd im Sternenlicht. Jemand saß auf dem Beifahrersitz und zog an einer glühenden Zigarette, die gleich darauf weggeworfen wurde, achtlos ins Unterholz neben dem Weg. Sofort wurde eine neue angezündet. Im Schein des Feuerzeugs erkannte Liette eine Frau mit hellblondem Haar, nackenlang und leicht gelockt. Ihr Lippenstift sah aus wie pures Gold.

»... schicke jemanden hin, der dafür sorgt, dass Sie der Direktor des Hotels bleiben«, erklang nun die Stimme des Doktors, und gleich darauf traten er und Gabriel unterhalb des Fensters aus dem Haus.

Liette duckte sich tiefer, ließ die beiden aber nicht aus den Augen, ebenso wenig wie die Frau, die gelangweilt eine Hand über den Rand der Beifahrertür hängen ließ, den Kopf in den Nacken gelegt, und Zigarettenrauch in die Nacht blies.

»Er ist immerhin mein Bruder«, sagte Gabriel.

Der Doktor blieb stehen und packte ihn am Arm. »Derselbe Bruder, der Ihnen alles wegnehmen will. Es geht um Ihre Existenz. Wollen Sie wirklich alles verlieren? Sie sind doch ein kluger Mann, Gabriel. Sie wissen, dass man gewisse Angelegenheiten frühzeitig regeln muss, bevor sie zu einem Problem werden. Und genau davon verstehe ich etwas. Die ersten Symptome erkennen und sofort gegensteuern. Vertrauen Sie mir, ich weiß, was das Richtige ist für Sie und Ihre Zukunft.«

»Sie werden ihn töten lassen«, sagte Gabriel leise, und Liette verstand ihn nur, weil selbst der Seewind den Atem anzuhalten schien.

»Jemand wird tun, was nötig ist«, erwiderte der Doktor. Und wieder: »Haben Sie Vertrauen.«

Damit schüttelte er Gabriel höflich die Hand und ging davon, wurde zwischen Büschen und Bäumen kurz unsichtbar, um dann am Automobil wieder aufzutauchen. Wortlos pflückte er der Frau die Zigarette von den Lippen und schnippte sie fort.

»Du bist ungezogen«, sagte sie, klang aber nicht verärgert, nur müde. Unverzüglich steckte sie sich eine neue an, während er um den Wagen ging und hinter dem Steuer Platz nahm.

Er sagte etwas vom Sterben, das Liette nicht verstand, zündete den Motor und ließ den Wagen den Weg hinabrollen. Liette hörte, wie er auf dem staubigen Platz vor dem großen Tor wendete, dann fuhren sie erneut vorüber, diesmal in Richtung der Küstenstraße.

Die ganze Zeit über stand ihr Onkel reglos in der Düsternis des Gartens und wandte dem Haus und dem Fenster den Rücken zu.

Sie werden ihn töten lassen.

Zitternd wartete sie darauf, dass er ging, und als er es endlich tat, ohne einen Blick zurück, da löste sie sich vom Fenster und stürmte hinaus auf den Gang, die Treppe hinunter und zurück zur Küche. Durch die Klappe gelangte sie wieder ins Freie.

Sie musste vor Gabriel am Hotel sein, falls er auf die Idee käme, nach ihr zu sehen. Auf keinen Fall durfte er auch nur ahnen, dass sie alles mitangehört hatte.

Vor der Gittertür sah sie eine der angerauchten Zigaretten der Frau auf dem Boden liegen. Sie hob sie mit spitzen Fingern auf, betrachtete die Spuren von goldenem Lippenstift und ließ sie wieder fallen. In einiger Entfernung hörte sie Gabriels scharrende Schritte, die sich auf dem Weg entfernten.

Diesmal nahm sie die Abkürzung am Rand der Klippe entlang, wich den Löchern und Spalten aus und nahm Schrammen von den Dornenzweigen in Kauf. Erst als sie auf halbem Weg das offene Plateau erreichte, konnte sie endlich schneller laufen, tauchte in die Schattengitter des Pinienwaldes und sah schließlich den Umriss des Hotels vor sich auftauchen. Alle Fenster waren dunkel, auch auf dem Vorplatz brannte kein Licht. Während der Sommerpause ließ ihr Onkel die Anlage unbeleuchtet, und nun wusste sie auch, dass es nicht nur darum ging, Kosten einzusparen.

Liette war nicht dumm, und wenn sie sich beim Frühstück langweilte, blätterte sie in der Tageszeitung. Dort war oft die Rede davon, was an der Küste vor sich ging. Marseille galt als Hochburg des Verbrechens, von dort aus wurde Opium in alle Welt geliefert. Zuvor brachte man es in kleinen Booten aus Nordafrika an Land, und wie es schien, war der Doktor einer der Männer, die den Nachschub garantierten.

Hinter einem der äußeren Pinienstämme blieb sie stehen. Links von ihr lagen die Felsen und das teerschwarze Meer, vor ihr die mondbeschienene Terrasse des Trois Grâces. Die weite Fläche war menschenleer, nur die Blätter der Palmen in ihren riesigen Kübeln wehten raschelnd im Wind. Gabriel würde wahrscheinlich den Haupteingang oder die Seitentür zur Küche benutzen. Von ihrem Platz aus konnte Liette beides nicht sehen, auch nicht den Vorplatz, über den er kommen würde, falls er weiter dem Weg gefolgt war.

Oder aber er war hinter ihr. Schlich sich vielleicht gerade heran und überlegte, wie er sie gleich heute Nacht aus dem Weg räumen könnte.

Die kleine Plage.

Sie warf einen Blick zurück, aber da waren nur die Pinien und die Schatten. Sie musste jetzt loslaufen, über die Terrasse zur Hintertür, die hoffentlich, hoffentlich, hoffentlich immer noch unverschlossen war.

Sie hielt die Luft an, während sie rannte, obwohl ihre Schritte viel lauter waren als ihr Atem. Sie schaute nicht mehr nach rechts oder links, nur geradeaus, und als sich die Glastür nach innen drücken ließ, stieß sie ein erleichtertes Seufzen aus.

Im Foyer des Hotels gab es Telefonapparate, aber auch die wurden abgeklemmt während der Monate, in denen keine Gäste kamen. Gabriel behauptete immer, er selbst brauche kein Telefon, denn wenn er mit jemandem in der Stadt reden wollte, mit Handwerkern oder Lieferanten, dann erledige er das persönlich. Um ihre Eltern zu warnen, musste Liette also von anderswo aus anrufen oder, besser noch, so schnell wie möglich nach Paris zurückkehren.

Sie war drauf und dran, sich sofort auf den Weg zu machen, als sie im Haus eine Tür klappern hörte. Gabriel war zurückgekehrt. Womöglich würde er sich nun auf den Weg zu ihrem Zimmer machen, um sich zu vergewissern, dass sie schlief.

Sie nahm eine der Dienstbotentreppen nach oben, stürmte den Korridor hinunter und riss die Tür zu ihrem Zimmer auf. Ihre Schuhe flogen in die Ecke, aber sie hatte keine Zeit mehr, das Kleid auszuziehen und in ihr Nachthemd zu schlüpfen. Sie hörte bereits die Schritte ihres Onkels auf dem Gang, als sie ins Bett schlüpfte und die Decke bis zum Kinn zog. Im letzten Moment drehte sie das Gesicht zur Wand und versuchte, ihren Atem und den trommelnden Herzschlag zu beruhigen, was aber alles nur noch schlimmer machte.

Als er die Tür öffnete, tat sie, als schreckte sie aus tiefem Schlaf auf. Dabei zog sie die Decke mit den Schultern nach oben und hoffte inständig, dass sie nicht herunterrutschte und ihr Kleid entblößte.

»Onkel Gabriel?« Ihre Stimme klang ganz rau vom hektischen Atmen durch den Mund.

Er stand nur da, eine Silhouette vor dem schwachen Licht des Korridors. Sie sah ihn nicken, ohne ein Wort zu sagen.

»Was ist los?«, fragte sie. »Ist was passiert?«

Er ließ sich Zeit, starrte sie an, als hätte er vergessen, wo er war und was er hier wollte. Vielleicht dachte er auch darüber nach, dass dies ein guter Zeitpunkt wäre, um sie zu erdrosseln und ihre Leiche im Meer zu versenken.

»Alles in Ordnung«, sagte er schließlich. »Schlaf weiter. Ich wollte dich nicht wecken.«

Sie schluckte, weil ihre Kehle wie zugeschnürt war. »Gute Nacht, Onkel Gabriel.«

»Gute Nacht, Liette.« Er stand noch für ein paar Sekunden da, ein Umriss im trüben Gegenlicht, dann schloss er die Tür. Sofort erfüllte Dunkelheit das Zimmer, und sie fragte sich, ob er wirklich draußen auf dem Flur war oder nicht doch bei ihr hier drinnen.

Sie zog an der Schnur ihrer Nachttischlampe und rechnete damit, dass er sich im selben Augenblick über sie beugte, sein Gesicht ganz nah an ihrem.

Das Licht ging an.

Außer ihr war niemand im Zimmer.

Auch draußen erklangen keine Schritte. Ihr war, als stünde er noch auf der anderen Seite der Tür, ganz nah am Holz, und lauschte. Vielleicht blickte er durchs Schlüsselloch herein, mit vorgebeugtem Oberkörper, erstarrt und atemlos, das pomadisierte Haar wirr in der Stirn und die Lippe vor Anspannung blutig gebissen.

In dieser Nacht machte sie kein Auge zu.

11

Am nächsten Tag war sie eine Gefangene der Sonne.

Sie wollte fliehen, nach Antibes oder Juan-les-Pins, aber bei Tageslicht wagte sie das nicht. Jetzt tat es ihr leid, dass sie nicht doch noch in der Nacht ihre Sachen gepackt hatte und fortgelaufen war. Stattdessen spielte sie mit dem Gedanken, ihrem Onkel furchtbares Heimweh vorzuspielen, damit er sie in den Autobus nach Nizza setzte, wo sie den *Train Bleu* nach Paris nehmen konnte, den berühmten Zug, der zwischen Calais und der Côte d'Azur pendelte, um Urlauber aus dem Norden ans Mittelmeer zu bringen.

Beim Frühstück ließ Gabriel sich nicht blicken, auch war sein Ende des Tisches nicht eingedeckt. Die Köchin erzählte ihr, ihr Onkel fühle sich nicht wohl und habe es vorgezogen, oben zu speisen.

Alle Telefonapparate im Foyer und im Büro waren tot. In ihrer Verzweiflung stellte Liette sich vor, Maxim käme in seinem Bücherlastwagen auf den Vorplatz gerollt, weil er sich um sie sorgte und nach dem Rechten sehen wollte, und dann würde er mit ihr nach Paris fahren, damit sie ihre Eltern warnen konnte.

Doch weder zeigte sich Maxim noch der Postbote, auf den sie im Stillen gehofft hatte, und dann ging auch noch die Köchin, und Liette blieb ganz allein mit Gabriel in den langen Gängen und zahllosen Zimmern des Trois Grâces.

Einmal meinte sie ihn irgendwo in den Fluren zu hören, und da versteckte sie sich, weil er es sich vielleicht anders überlegt hatte und nach ihr suchte. Dann schlug eine Tür in den oberen Stockwerken, und ihr kam der Gedanke, dass sie ihn dort einsperren könnte, mit einem der Schlüssel aus dem hohen Schrank im Büro.

Aber sie sagte sich, dass er da oben wahrscheinlich Ersatzschlüssel hatte, oder einfach die Tür mit dem Schürhaken seines Kamins aufbrechen könnte, und dann würde er sie mit genau diesem Haken jagen und finden und erschlagen.

Gegen Mittag setzte endlich die Erkenntnis ein, dass ihr keine andere Wahl blieb, als bis zum Sonnenuntergang zu warten und sich dann aus dem Hotel zu stehlen. Die Vorstellung, dass der Doktor schon heute seine Männer zu ihren Eltern schicken könnte, machte sie ganz verrückt, und sie weinte in ihr Kopfkissen, was sie gleich darauf kindisch fand. Und dann weinte sie gleich noch etwas mehr, weil sie verdammt noch mal ja auch ein Kind war und ihr das noch nie bewusster gewesen war als in diesen endlosen Stunden bis zur Abenddämmerung.

Als sie ein paar Sachen zusammenpacken wollte, bedauerte sie, dass sie Maxim ihre Umhängetasche geliehen hatte. Sie machte sich auf die Suche nach einem Ersatz und fand schließlich in der Küche einen Stoffbeutel, den die Köchin für Einkäufe auf dem Markt benutzte. Sie warf ein Messer hinein – keines der ganz großen, aber auch nicht das kleinste –, nach kurzem Überlegen auch einen Stift und einen Notizblock, dann kehrte sie zurück in ihr Zimmer. Dort packte sie ein Kleid und Unterwäsche ein und steckte zuletzt die Geldbörse dazwischen, die ihre Mutter ihr für Notfälle mitgegeben hatte, so als hätte sie geahnt, dass etwas Schlimmes passieren könnte.

Gabriel war draußen auf dem Vorplatz, als die Sonne die Berge berührte. Warum er sich gerade jetzt vor dem Hotel herumtrieb, wusste Liette nicht, und nach einer Weile verschwand er wieder im Haus. Sie atmete ein paarmal tief durch, um sich zu beruhigen, dann nahm sie den Beutel, lief leise den Gang vor ihrem Zimmer hinunter und über die Dienstbotentreppe hinab ins Erdgeschoss.

Ihr Onkel stand hinter der Rezeption und sortierte irgendwelche Papiere. Er bemerkte sie nicht, als sie vorsichtig um die Ecke sah. Mit klopfendem Herzen wartete sie darauf, dass er fortging, und am Ende wurde eine geschlagene Viertelstunde daraus, in der sie wieder und wieder damit rechnete, dass er sie doch noch entdecken oder zumindest nach ihr suchen würde.

Schließlich ging er nach hinten ins Büro, ließ aber die Tür offen, und so konnte sie ihn dort sehen, wie er sich an einem der Schränke zu schaffen machte, in denen er Gott weiß was aufbewahrte, Alkohol vielleicht.

Geduckt lief sie zur Rezeption und drückte sich eng daran entlang, gerade unterhalb der Kante, damit er sie von der anderen Seite aus nicht sehen konnte. Sie hörte ihn im Büro hantieren, Schubladen aufziehen, irgendetwas ausschütten, das nach Münzen klang. Oder nach Patronen.

Der Haupteingang war nah, doch sie fürchtete, dass Gabriel ihn bereits abgeschlossen hatte. Deshalb bog sie in den Seitengang zum Westflügel und huschte in einen der Salons, öffnete ein hohes Fenster und kletterte ins Freie. Fast lautlos zog sie es hinter sich wieder zu.

Der Kies knirschte unter ihren Schuhen, als sie loslief. Vielleicht tauchte Gabriel gerade hinter ihr auf, vielleicht rief er nach ihr, vielleicht *zielte* er auf sie. Aber sie machte nicht den Fehler, stehen zu bleiben, sondern rannte einfach weiter, über den Platz und den Weg zur Küstenstraße, rannte hinaus ins blaue Abendlicht und die anbrechende Nacht.

12

1957

Drei Jahrzehnte später machte sich Thomas Jansen bei strahlendem Sonnenschein auf den Weg zur verlassenen Villa der Eisenhuths.

Das Gelände war schon vor Jahren weiträumig abgesperrt worden, mit moosbewachsenen Betonblöcken an der Mündung des Pfades, der früher von der Küstenstraße zur Klippe geführt hatte; heute war er nur noch als zugewucherte Schneise im Unterholz zu erahnen. Gleich dahinter verlief ein zwei Meter hoher Holzzaun parallel zur Straße, auf dem verblichene Schilder vor Lebensgefahr warnten. Eine Texttafel schilderte den Kanonenbeschuss der Klippe im August 1944, als amerikanische Kriegsschiffe und Truppen die Côte d'Azur von den deutschen Besatzern befreit hatten. Damit auch jeder Tourist verstand, dass die Villa einsturzgefährdet war, hatte man den Text großzügig mit Totenschädeln garniert.

Thomas hätte von Liettes Bungalow aus an der Felskante entlanggehen können, doch bevor er das Gelände nicht von Nahem gesehen hatte, wollte er das Risiko nicht eingehen. Lieber näherte er sich der Villa von Norden, also von der Straße aus. Er war schon seit Längerem nicht mehr über Zäune geklettert und stellte nun fest, dass er es nicht verlernt hatte. Er trug ein weites Leinenhemd und eine robuste Jeans, keine Segeltuchhose, wie er sie sonst im Sommer bevorzugte; er hatte befürchtet, dass sie am Zaun zerreißen könnte.

Auf der anderen Seite folgte er der überwucherten Zufahrt. Er kannte die Villa bisher nur von Weitem, vom Hotel und vom Strand aus. Nun sah er sie zum ersten Mal aus der Nähe, ein beeindruckendes Beispiel detailverliebter Neugotik, wie sie zur Kaiserzeit hoch im Kurs gestanden hatte. Spitze Dächer krönten ein grau-weißes Märchenschloss voller Erker und Giebel, um das mehrere Zinnenreihen verliefen. Der Verfall verlieh den Fassaden Patina: ein großes, vorzeitig gealtertes Haus mit zu vielen Winkeln und blinden Fenstern.

Thomas entdeckte eine Hintertür, die weit offen stand. Sie war mit roher Gewalt eingetreten worden, augenscheinlich schon vor Jahren. Große Mengen halb verfaulten Laubs bildeten im Inneren einen knisternden Teppich, die Sommerhitze hatte die Blätter ausgedörrt.

Er war froh, dass er eine Taschenlampe mitgenommen hatte, denn die meisten Fenster waren von innen mit Brettern zugenagelt worden. An vielen hingen die Überreste verschimmelter Vorhänge, manche nur noch an einzelnen Befestigungen, was ihnen vor den Lichtspalten zwischen den Brettern die Silhouetten dürrer Kapuzengestalten verlieh.

Er fand Exkremente von Tieren, aber keine von Menschen. Das allein war noch kein Beweis dafür, dass nicht trotzdem Herumtreiber und Halbstarke in der Ruine hausten. Allerdings stieß er nirgends auf leere Flaschen oder Dosen, entdeckte keine zerknüllten Decken oder schmutzigen Matratzen. Wer immer die Tür eingetreten hatte, war schon lange fort. Die Schilder und Zäune zeigten offenbar Wirkung. Der Umstand, dass es bis zum nächsten Ort mehrere Kilometer waren und in unmittelbarer Nachbarschaft ein bewachtes Luxushotel lag, tat wohl ein Übriges, unliebsame Besucher fernzuhalten.

Und dann war da das Gefühl, das ihn erstmals überkommen hatte, als das Haus zwischen den Baumwipfeln aufgetaucht war, und das sich nun, da er allein durch das Halbdunkel der Gänge und Säle wanderte, verstärkte. Keine ominöse Spukhausaura, sondern die Ahnung eines zarten Vibrierens, von dem er erst annahm, es existiere nur in seiner Einbildung. Zu viele Warntafeln, zu viele Totenköpfe. Doch je länger er durch die hohen Räume streifte, desto häufiger schien es ihm, als bebte auch der Lichtkegel der Taschenlampe auf den alten Wandtäfelungen und Stuckdecken. Wenn das wirklich der morsche Untergrund war und die gesamte Klippe unter den Schritten eines einzelnen Menschen erzitterte, dann verstand er, warum niemand mehr herkam.

Er ließ das Erdgeschoss hinter sich und wandte sich den oberen Etagen zu. Die Bibliothek befände sich im ersten Stock, hatte Liette gesagt, und ihm grob den Weg beschrieben. Der Geruch nach Schimmel und feuchten Wänden folgte ihm die Treppe hinauf.

In der ersten Etage ging er langsam den Hauptgang hinunter, leuchtete in die offenen Zimmer und fand nichts als Leere und Staub. Er hatte sich den Zustand der Villa nach all den Jahrzehnten und der Besetzung durch die deutschen Soldaten schlimmer vorgestellt, aber es schien, als hätte der Kommandant des Stützpunkts seine Männer gut im Griff gehabt. Falls nicht jemand hinter ihnen aufgeräumt hatte, hatten sie kaum Spuren hinterlassen. Oder das Haus selbst hatte alle unliebsamen Überreste abgestoßen, wie eine Wunde, aus der Dreck und Splitter eiterten.

Er bog um die letzte Ecke und sah das Portal der Bibliothek vor sich, genau wie Liette es beschrieben hatte. Sie hatte ihn begleiten wollen, aber er hatte darauf bestanden, tagsüber herzukommen, einerseits, um sich ohne sie ein Bild von der Villa zu machen, andererseits, weil er nicht wollte, dass die Dunkelheit in dem leeren Haus seinen ersten Eindruck verfälschte.

Der Zugang zur Bibliothek stand ein Stück offen, gerade weit genug, dass sich ein Mensch von schmaler Statur hätte hindurchschieben können. Mit einem Ruck stieß er das Portal nach innen.

Der Saal war beeindruckend groß, zwei Etagen hoch, mit einer marmorweißen Kuppeldecke und einer hölzernen Galerie, die auf halber Höhe um den gesamten Raum führte. Zehntausende Bände standen dicht an dicht in den Regalwänden, ein Monument aus Papier und Leder. Die Jahre, die er während seines Studiums in Büchereien verbracht hatte, waren ihm in bester Erinnerung; trotzdem wollte sich das vertraute Gefühl von Geborgenheit nicht einstellen.

Stattdessen überkam ihn eine tiefe Beunruhigung, so als wäre dies kein Ort für jemanden, der der Literatur den Rücken gekehrt hatte für ein anderes Leben, das er nicht mochte und trotzdem einfach weiterlebte. Als wäre er nicht würdig, die Bibliothek zu betreten. Im Angesicht dieses Bollwerks aus Büchern überfiel ihn hemmungslose Überwältigung. Und plötzlich kamen ihm die Tränen, und er war froh, dass er allein hier war, denn er kam sich albern vor und verloren auf einem vorgezeichneten Pfad, der sich längst als Sackgasse erwiesen hatte.

Er versuchte, einen klaren Gedanken zu fassen, aber das Einzige, was ihm auffiel, war, dass hier drinnen keineswegs Nebel herrschte, anders als Liette geglaubt hatte. Die drei Fenster der Bibliothek waren aus Milchglas, und er begriff, dass das kleine Mädchen im Baum sich getäuscht haben musste, dass da gar kein Nebel gewesen war, nur der verschwommene Eindruck eines rätselhaften Inneren, von Büchern im Schatten, fast unsichtbar hinter dem trüben Glas.

Wie lange er auf der Schwelle gestanden und in die Bibliothek gestarrt hatte, hätte er später nicht zu sagen vermocht. Irgendwann machte er kehrt und zog das Portal hinter sich zu. Anfangs ging er zügig, dann lief er los, und zuletzt rannte er wie von Furien gehetzt, und erst als er im Freien war, entstand das Bild der Bibliothek erneut vor seinen Augen, in der Erinnerung viel schärfer, und da wurde ihm bewusst, dass er da oben noch etwas gesehen hatte.

Da waren Spuren nackter Füße gewesen.

Schmale, weibliche Spuren im Staub.

Die Sonne stand noch hoch am Himmel, als er zu Liettes Haus am Rand des Pinienwaldes zurückkehrte.

Er klingelte an der Haustür, doch sie öffnete ihm nicht. Auch nicht beim zweiten oder dritten Mal.

»Liette?«

Er trat ein paar Schritte zurück, wartete noch etwas und ging dann zum Rand des Plateaus. Von hier aus bot sich eine Aussicht über die gesamte Bucht, mit der Villa Eisenhuth am linken Ende und dem weißen Prachtbau des Hotels am rechten. Zwei Dutzend Urlauber lagen auf den Felsen in der Sonne, andere schwammen im glasklaren Meer. Ein paar Kinder planschten in der Brandung. Sobald es dunkel wurde, würden draußen auf den Schiffen die Lampen angehen, flirrende Lichtergirlanden unter dem Sternenhimmel.

Vom Hotel aus hätte er den bunten Hafen von Juan-les-Pins sehen können, an manchen Tagen sogar die Croisette von Cannes in der dunstigen Ferne, dahinter die Hänge mit den weißen Villen der Superreichen. Doch hier auf dem Plateau bot sich die Bucht als geschlossener Mikrokosmos dar, und so wie er Liette Chevalier einschätzte, war es genau das, was ihr daran gefiel.

Eine Viertelstunde lang regte er sich nicht, betrachtete das Land und das Wasser, so spröde und so schön. Dann bemerkte er aus dem Augenwinkel eine Bewegung zwischen den Pinien, hatte den verwischten Eindruck einer Gestalt, die sich gleich darauf in Luft auflöste. Nur ein Schatten, vielleicht, doch als Thomas ein, zwei Schritte machte, tauchte nichts hinter den Stämmen auf, was dem Umriss eines Menschen ähnelte, kein Flecken Dunkelheit, der ihn hätte täuschen können.

Das Hotel war nah und voller Gäste, vielleicht hatte einer von ihnen das *Privat*-Schild am Zaun ignoriert. Trotzdem wurde er den Eindruck nicht los, dass ihn jemand beobachtete. Jemand, der immer noch da war, irgendwo hinter den Stämmen – oder hastig hinüber zum Haus gehuscht war, im Schutz von Bäumen und Gebüsch.

Beunruhigt ging er zurück zum Bungalow, um noch einmal zu klingeln. Im Vorbeigehen bemerkte er, dass auf der Rückseite die

Glasschiebetür ein Stück weit offen stand. Stirnrunzelnd betrat er die Terrasse und rief durch den Spalt ins Wohnzimmer.

»Liette? Sind Sie da?«

Keine Antwort.

Er blickte sich kurz um, dann schob er sich durch den Spalt, drückte die Glastür hinter sich zu und ließ den Riegel einrasten, damit ihm niemand folgen konnte.

»Liette, ich komme jetzt ins Haus! Falls Sie gerade ein Bad nehmen, wäre das der Moment, in dem Sie sehr laut schreien sollten.«

Niemand schrie.

Er hatte nicht die Absicht, herumzuschnüffeln; er machte sich aufrichtige Sorgen um sie. Dabei hätte der Schemen im Wald alles Mögliche sein können – nicht zuletzt sie selbst. Sie war eine erwachsene Frau, lebte offenbar schon länger allein und kam bestens ohne seine Hilfe zurecht. Und er war, genau genommen, ein Einbrecher; jemand, der unaufgefordert in ihr Haus eingedrungen war. Wenn irgendwer ihn hier erwischte, schlimmer noch, falls ihr tatsächlich etwas zugestoßen war, dann würde man sich schnell auf einen Verdächtigen einigen.

Trotzdem ging er langsam durchs Wohnzimmer, an den Bücherregalen vorbei, in einen Flur, der wahrscheinlich zum Schlafzimmer und zum Bad führte.

Erneut rief er nach ihr.

Auf halber Strecke den Gang hinab kam er an einer angelehnten Tür vorbei. Als er vorsichtig durch den Spalt sah, fand er Stufen, die nach unten führten. Mit einem Keller hatte er auf dem Felsplateau nicht gerechnet.

»Liette?« Seine Stimme hallte nach, was erahnen ließ, dass sich dort unten mehr als nur ein Raum befand.

Um nichts zu übersehen, warf er einen flüchtigen Blick in das Schlafzimmer am Ende des Gangs, was sich auf merkwürdige Weise unanständiger anfühlte als vieles, was er in den letzten Jahren getrieben hatte. Das Bett war nicht gemacht, niemand lag darin. Er ging daran vorbei zum Bad, und auch dort war sie nicht.

Er kehrte zurück zur Kellertreppe und stieg langsam hinunter. Er hatte noch immer die Taschenlampe dabei, stellte aber fest, dass er sie nicht brauchte, weil sich am Fuß der Treppe ein langer Gang öffnete, unter dessen Decke in weiten Abständen Lampen brannten. Wenn er sich nicht täuschte, führte der Tunnel in die Richtung des Hotels. Wahrscheinlich hatte Liette ihn anlegen lassen, damit sie bei Tag hinüber ins Trois Grâces gehen konnte, ohne sich dem Sonnenlicht auszusetzen.

Langsam bewegte er sich vorwärts. Der Gang machte eine leichte Biegung – vermutlich wegen der Bodenbeschaffenheit oder aus Stabilitätsgründen so nah am Rand der Klippen –, deshalb konnte er nicht weiter als zehn oder zwölf Meter sehen. Alle paar Schritte blieb er stehen und horchte, hörte aber nichts als seinen eigenen Atem. Anfangs waren die Wände aus behauenem Stein, dann folgte unverputztes Mauerwerk. Das Kabel für die Lampen verlief straff gespannt unter der Decke.

Als er schließlich eine Treppe erreichte, die aufwärts führte, hatte er keinen Zweifel, dass sich dort oben das Trois Grâces befand. Tatsächlich endeten die Stufen vor einer unverschlossenen Eisentür. Dahinter lag ein enges, fensterloses Treppenhaus, gewiss nicht für Gäste gedacht. Aber er war kein gewöhnlicher Gast, immerhin wurde er von der Direktorin persönlich erpresst.

Die Stufen führten mehrere Stockwerke hinauf. In jeder Etage gab es eine massive Tür, die ersten waren verschlossen. Das Trois Grâces hatte drei Geschosse, nur der zentrale Turm besaß ein viertes. Vor zwei Wochen hatte Thomas im Foyer mitangehört, dass die beiden oberen Etagen des Turms wegen eines Wasserschadens geschlossen waren.

Doch die vierte Tür ließ sich öffnen. Vorsichtig blickte er durch den Spalt in einen kurzen Korridor. An den Wänden hingen Ölgemälde in goldenen Rahmen, auf dem Parkett lagen Perserteppiche. Am anderen Ende befand sich ein Aufzug, daneben das Haupttreppenhaus. In der Mitte des Gangs führte eine Doppeltür in die Suite.

Er glitt hinaus auf den Flur, blieb vor dem Eingang der Suite stehen und horchte. Keine Stimmen von Handwerkern, auch kein Lärm von Trockengeräten, stattdessen eine Frau, die leise etwas sagte, das er nicht verstand, und eine zweite – Liette –, die darauf antwortete. Dann näherten sich von innen Schritte.

Eilig lief er zum Haupttreppenhaus und schob sich an dem schmiedeeisernen Geländer die oberen Stufen hinunter. Sie waren mit dickem rotem Teppich belegt. Als er sich umdrehte und über die oberste Stufe zurück in den Gang blickte, sah er sie, wie sie gerade aus der Suite trat und leise die Tür hinter sich schloss. Er fand, dass sie niedergeschlagen wirkte, fast als hätte sie geweint. Dann wandte sie ihm den Rücken zu und ging zurück zu dem schmalen Treppenhaus, das in den unterirdischen Gang führte. Er hörte das Zufallen der schweren Tür, dann einen Schlüssel, der auf der anderen Seite umgedreht wurde.

Er fragte sich, wer in der Suite wohnte und so auf Geheimhaltung bedacht war, dass man den anderen Gästen einen Wasserschaden vorgaukelte. Vielleicht war das bei gewissen Persönlichkeiten nicht unüblich, und sicher wurden in Hotels wie diesem weit extravagantere Wünsche erfüllt. Aber ein Gast hätte sie kaum zum Weinen gebracht.

Seine Sorge um sie wich jetzt Misstrauen; zudem blieb die Tatsache, dass sie ihn erpresste. Falls das Geheimnis in der Suite privater Natur war, konnte es nicht schaden, wenn er darüber Bescheid wusste, sobald sie ihm das nächste Mal damit drohte, seine eigenen Unternehmungen auffliegen zu lassen.

Kurz erwog er, noch einmal an der Tür zu horchen, aber er wusste, dass es nicht ausreichte. Er musste sehen, wen oder was sie hier oben versteckte. Erst recht, falls es einen Zusammenhang mit der Villa und den beiden Familien gab, den Eisenhuths und Kalinins. Liettes Besessenheit von der Bibliothek nahm er ihr ab, aber er glaubte nicht, dass das alles war. Was immer sie ihm verheimlicht hatte, mochte mit dem zu tun haben, was sie in diesem Turm verbarg.

Sie hatten vereinbart, dass er ihr bei seiner Rückkehr aus der Ruine Bericht erstattete, doch nun entschied er, sie erst einmal warten zu lassen. Langsam ging er die Stufen hinunter, die Sohlen fast lautlos auf dem dicken Teppich, und plante seine nächsten Schritte.

Ein paar Stunden später, als die meisten Gäste beim Abendessen saßen oder in Cocktailgarderobe die Bar auf der Hotelterrasse bevölkerten, kehrte Thomas zurück in den Turm, stieg über die armdicke goldene Kordel, die man quer über die Treppe zu den oberen Etagen gespannt hatte, und schlich vorsichtig die letzten Stufen hinauf. Von der Rückseite des Trois Grâces drang gedämpft die Musik einer Jazzkapelle herauf, und hin und wieder hörte er Stimmen aus den angrenzenden Fluren. Als er das Ende der Treppe erreichte, begann im Liftschacht neben ihm die Kabine zu rumoren, hielt zwei Etagen tiefer und rührte sich nicht mehr.

Angespannt ging er auf die protzige Doppeltür der Suite zu. Sein Blick wanderte über die goldenen Intarsien, geschmacklich abgestimmt auf die Vorlieben arabischer Despoten und prunksüchtiger Hollywoodstars. Nicht Liettes eigener Stil – ihr Haus kannte er jetzt besser, als ihm lieb war. Dass er ungebeten in ihre Privatsphäre eingedrungen war, war ihm noch immer unangenehm, und nun stand er kurz davor, etwas Ähnliches wieder zu tun. Aber das hier war nicht *ihr* Schlafzimmer.

Er presste das Ohr ans Holz und horchte, hörte nicht den leisesten Laut und legte behutsam die Hand auf die Messingklinke. Sie war gut geölt und ließ sich lautlos nach unten drücken, wie es an einem Ort wie diesem zu erwarten war. Auch die Scharniere gaben keinen Ton von sich, als er die Tür ein kleines Stück nach innen drückte.

Auf den ersten Blick war da nichts als Dunkelheit. Als seine Augen sich daran gewöhnt hatten, bemerkte er einen schwachen

Lichtschimmer von der Seite, die er nicht einsehen konnte. Langsam schob er sich ins Innere.

Die Suite war teuer, aber nicht so groß wie in anderen Hotels dieser Preisklasse, weil der Platz im Turm beschränkt war. Auf der Etage waren vier Räume untergebracht: ein winziges Foyer, ein luxuriöses, aber nicht gerade geräumiges Bad, ein Schlafzimmer und ein größerer Aufenthaltsraum mit wuchtigem Schreibtisch. Thomas kannte den Grundriss, weil er sich vor ein paar Jahren die Suite im ersten Stock des Turms hatte zeigen lassen. Damals hatte er alles über den Ort herausfinden wollen, in dem er in Zukunft viel Zeit verbringen würde. Er erinnerte sich an goldene Wasserhähne, Telefone mit Samtüberzug, eichenholzverkleidete Fernsehgeräte und ein paar andere neumodische Spielereien.

Mit aufeinandergepressten Lippen betrat er das kleine Vorzimmer. Der Lichtschein, den er wahrgenommen hatte, fiel durch die offene Tür des Aufenthaltsraumes. Ganz leise schloss er den Eingang hinter sich, horchte noch einmal auf Stimmen und andere Laute und überwand die paar Meter bis zum Durchgang.

Die Fenster waren geschlossen, vielleicht wegen der Musik auf der Terrasse, aber die Vorhänge standen weit offen. Der Blick auf das schwarze Mittelmeer unter einem weiten Sternenhimmel, dazu das zweite Firmament aus Booten und Jachten und die hell erleuchteten Häfen von Juan-les-Pins und Cannes hätten ihn beeindruckt, wäre da nicht etwas anderes gewesen, das seine ganze Aufmerksamkeit auf sich zog.

Es gab hier keinen Schreibtisch wie im zweiten Stock, dafür ein großes Bett aus weißem Stahlgestänge auf Gummireifen. Die einzigen Lichtquellen im Zimmer waren ein paar technische Geräte am Kopfende. Ihr schwacher Schein fiel auf das Gesicht eines alten Mannes, der mit geschlossenen Augen dalag, die Decke bis zur Brust gezogen.

Thomas wollte gerade näher herantreten, als ihm auffiel, dass da noch ein Lichtstreifen war, unter der geschlossenen Tür zum Nebenzimmer, und dass sich dort etwas regte. Blitzschnell glitt er zurück in den Vorraum. Die Tür wurde geöffnet, jemand kam heraus. Er hörte Schritte, dann wurden zwei Knöpfe an den Geräten gedrückt, eine Frauenstimme flüsterte etwas, das russisch klang, straffte die Decke und zog sich wieder in das andere Zimmer zurück.

Thomas atmete tief durch. Das musste die Frau gewesen sein, mit der er Liette am Nachmittag hatte sprechen hören. Eine Krankenschwester oder Pflegerin des Patienten im Bett.

Er hatte genug gesehen. Vorsichtig drückte er die Klinke der Doppeltür nach unten und stahl sich hinaus auf den Flur. Der Lift war wieder in Bewegung. Thomas zog die Tür hinter sich zu und ging mit zügigen Schritten zur Treppe.

Der Anblick des alten Mannes hatte ihn überrascht. Das Erstaunlichste aber war, dass ihn nun schon zum zweiten Mal dieses verwirrende Schuldgefühl beschlich, wie in Liettes verlassenem Schlafzimmer und beim Blick in ihr Bad.

Nichts von alldem hier ging ihn etwas an.

So wenig wie die Villa Eisenhuth.

Aber wie immer kam er nicht gegen die Verlockung von Rätseln an, die Suche nach Antworten, den Drang, zu verstehen. Es war wie eine Krankheit, die er sich immer wieder von Neuem einfing.

Liette hatte ihn mit ihren Geheimnissen infiziert.

13

In der Dunkelheit des Pinienwaldes, auf dem Weg zu ihrem Haus, sah er abermals die Gestalt.

Diesmal gab es keinen Zweifel, dass es sich um einen Menschen handelte, so verstohlen wie am Nachmittag, schemenhaft vor den hellen Fenstern des Bungalows. Trotz der schwülen Abendhitze trug der Fremde einen dunklen Mantel und einen Hut. Das Tor im Zaun zwischen Hotel und Wald war unverschlossen gewesen, aber Thomas hatte niemanden vor sich auf dem Weg gesehen. Womöglich war der andere also aus der entgegengesetzten Richtung gekommen, vom Ende der Bucht, wo sich die Villa als schrundiger Fleck vom Sternenhimmel abhob.

Thomas näherte sich dem Vorplatz des Bungalows. Die Gestalt war hinter dem Haus verschwunden. Er war nicht sicher, ob sein Kommen bemerkt worden war, darum rannte er los, an der Seitenwand vorbei, und bog um die Ecke zur Terrasse.

Niemand war da.

Die große Schiebetür aus Glas war geschlossen. Im Inneren brannte Licht, fiel aber nur durch einen Spalt zwischen den Vorhängen. Leise Pianomusik, so makellos, dass er nicht sicher war, ob sie von einer Schallplatte kam oder ob Liette selbst spielte.

Mit pochendem Pulsschlag blickte er sich auf dem Gelände hinter der Terrasse um. Der Pinienwald umschloss das Anwesen in einem Halbkreis, zur Felskante hin wurde der Baumbestand dünner und ging in mannshohes Buschwerk über. Dahinter erhoben sich die zerrupften Umrisse von Zedern. Trotz seiner Anspannung nahm er den Geruch des warmen Bodens wahr, durchweht von einem Hauch Eukalyptus.

Der finstere Wall aus Büschen und Bäumen war wie schwarze

Tinte, die den gesamten Vordergrund verschluckte. Die Gestalt mochte davorstehen, vielleicht auf ihn zukommen, und doch hätte er sie nicht sehen können, weil dort alles dunkel in dunkel war.

Etwas bewegte sich, halb links von ihm, wo die Bäume wieder enger beieinanderstanden. Doch als er genauer hinschaute, mit verkniffenem Blick und geballten Fäusten, war die Finsternis erneut zu Reglosigkeit erstarrt.

Eine Minute, vielleicht auch länger, stand er da und versuchte, die Schwärze zu durchdringen. Sein Herz pumpte wie verrückt, und er spürte ein Pulsieren im Hals, das fast schmerzhaft war. Wind strich über das kleine Plateau und durch die Zweige. Draußen auf dem Meer erklang das Signal eines großen Schiffes wie Walgesang.

Das Klavierstück brach ab.

Er sah einen fahlen Punkt in der Dunkelheit des Waldes, als hätte jemand eine Münze an einen Stamm genagelt, ein schwaches Reflektieren des Lichtscheins vom Haus. Daneben schimmerte noch etwas, auf derselben Höhe, und dann bewegten sich beide um eine Winzigkeit, aber der Abstand zwischen ihnen blieb gleich.

Zu niedrig über dem Boden für die Augen eines Menschen. Zu weit auseinander für eine Katze oder einen Fuchs.

Die Musik begann von Neuem. Diesmal hatte er das Knacken einer aufgesetzten Nadel gehört. Oder einen brechenden Zweig im Unterholz.

Die blassen Punkte starrten ihn an. Vor seinem inneren Auge erschien das Bild eines Menschen, der auf allen vieren am Boden kauerte wie ein Sprinter vor dem Startschuss, den Mantel über sich gebreitet wie schwarze Schwingen, bereit, im nächsten Moment auf ihn zuzuschnellen.

Die Flecken erloschen.

Dann raschelte etwas, weiter entfernt im Dickicht. Wahrscheinlich wimmelte es hier nur so von Tieren, die nachts auf die Jagd gingen.

Mit einem Ruck drehte er sich zur Glastür um. Hob die Hand

zum Klopfen, besann sich eines Besseren und wandte sich nach links, um zurück zum Vorplatz und zur Haustür zu gehen.

Noch in der Drehung sah er etwas aus dem Augenwinkel.

Eine Bewegung hinter dem Glas. Vielleicht hatte Liette ihn bemerkt. Aber da war nur ein dunkler Vorhang, der sich nicht regte.

Das Spiegelbild einer schwarzen Silhouette schoss auf ihn zu, ein Verschieben der Umrisse vor dem Sternenhimmel. Ehe er herumwirbeln konnte, traf ihn etwas hart im Nacken. Er wurde nach vorn geworfen, krachte seitlich mit dem Kopf gegen die Glasscheibe, prallte zurück und wollte sich umdrehen, aber da erwischte ihn ein zweiter Hieb. Er ging zu Boden, spürte seinen Oberkörper aufschlagen, lag hilflos auf der Seite, für Sekunden nicht in der Lage, sich zu rühren, starrte geradeaus und sah, dass die Welt um neunzig Grad gekippt war.

Jemand stand unmittelbar vor ihm. Schwarze Stiefel und Hosenbeine, der Saum eines Mantels. Dann spürte er eine Stiefelspitze in seinem Magen. Er krümmte sich, konnte nicht schreien, nicht mal mehr atmen, erwartete den nächsten Tritt, diesmal höher, vor seine Brust oder gleich ins Gesicht.

Aber die Gestalt hielt inne, als Licht aus dem Inneren über die Terrasse fiel. Gleich darauf wirbelte sie herum, und Thomas sah sie davonlaufen, immer noch um neunzig Grad verkantet, ein Mensch in der Horizontalen, der auf einen senkrechten Horizont zulief und mit dessen Schwärze verschmolz.

Er hörte Liette etwas sagen, war aber zu benommen, um mehr als den Klang ihrer Stimme zu erkennen. Er meinte Besorgnis herauszuhören, womöglich auch Wut, dann half sie ihm hoch, legte sich seinen Arm um die Schulter und bugsierte ihn fluchend ins Haus. Als sie ihn losließ, um rasch die Schiebetür zu schließen, hätte er beinahe das Gleichgewicht verloren, hielt sich an einer Sofakante fest und brachte ein Röcheln zustande, ehe ihm abermals schwarz vor Augen wurde.

Irgendwann erwachte er auf dem Sofa, ein kariertes Spültuch mit Eis auf der Stirn, obwohl er dort gar keinen Schlag abbekommen hatte. Vielleicht hatte sie ihn damit wecken wollen, was ihm immer noch lieber war als Ohrfeigen. Wahrscheinlich hatte sie die schon ausprobiert. Seine rechte Wange brannte.

Nach zehn Minuten saß er aufrecht und schrumpfte das schmerzhafte Wummern in seinem Magen durch pure Willenskraft auf einen winzigen Punkt zusammen, der sich wie ein hundsgemeiner Nadelstich anfühlte, ihn aber atmen ließ, ruhig und regelmäßig.

»Wer war das?«, fragte er mit brüchiger Stimme, nicht das Erste, was er über die Lippen brachte, aber der erste klare Gedanke, den er fasste. Da hatte sie schon eine Weile mit ruhiger Stimme auf ihn eingeredet, als spräche sie mit einem Kind. Oder einem Vollidioten.

»Weiß ich nicht«, sagte sie. »Ich dachte, das könnten Sie mir vielleicht sagen.«

Er versuchte, den Kopf zu schütteln, was eine mäßig gute Idee war. Hatte er eigentlich zu Abend gegessen? Plötzlich schien das eine besonders wichtige Frage zu sein.

»Ich bin hier noch nie überfallen worden«, sagte sie.

»Sind Sie ja auch jetzt nicht. Sondern ich.«

»Warum schleichen Sie nachts auf meiner Terrasse herum?«

»Ich dachte, ich erwische Sie in Unterwäsche.«

»Ich wusste gleich, dass Sie diese Sorte Mann sind.«

»Genau genommen bin ich die Sorte, die Sie vor einem Einbrecher beschützen wollte. Und dafür selbst eine aufs Maul bekommen hat.«

»Ein Held also.«

»Offenbar der beste, den Sie finden konnten«, sagte er. »Jedenfalls hatte ich den Eindruck. Ansonsten hätten Sie sich an jemanden gewandt, der so was beruflich macht.«

»Sie waren immerhin mal Reporter.«

»Das Gerücht, dass Reporter als Detektive taugen, haben irgendwelche Schmierfinken in die Welt gesetzt. Wahrscheinlich Ex-Reporter.« Er rieb sich mit beiden Händen über das Gesicht, in der

Hoffnung, dass das seine Lebensgeister wecken würde. »Ständig lese ich das in Büchern: Reporter decken Verschwörungen auf, erleben wilde Abenteuer, werden k. o. geschlagen und sind sofort wieder auf den Beinen. Als wäre es das, was man bei der Zeitung lernt.«

Sie zuckte die Achseln. »Mit zehn Fingern tippen ist auch schon was.«

»Ich tippe mit zwei. Aber schnell. Und manchmal fast blind.«

»Zu irgendwas müssen Sie ja taugen.«

»Whiskey ist dabei manchmal hilfreich«, sagte er.

»Wollen Sie einen?«

»Ich dachte schon, Sie fragen nie.«

Sie schenkte ihm ein Lächeln – das erste an diesem Abend – und ging hinüber zu einem Schrank. Er sah noch ein wenig verschwommen, aber als sie zurück in die Schärfe trat, hielt sie ein halb volles Glas in der Hand. Er nahm es entgegen und trank einen Schluck.

»Aus Irland«, sagte er.

»Ist das eine Beschwerde?«

»Nein. Vielen Dank.« Er nippte noch einmal daran, fühlte sich schon ein wenig besser und sah jetzt, dass sie in dem offenen Schrank eine beeindruckende Sammlung von Flaschen aufbewahrte. »Waren Sie das eben, die Klavier gespielt hat? Das war schön.« Er war ziemlich sicher, dass es eine Schallplatte gewesen war – obwohl da tatsächlich ein Klavier in der Ecke stand –, aber aus irgendeinem Grund wollte er ihr ein Kompliment machen.

»Können wir jetzt über den Mann reden, der Sie überfallen hat?«, fragte sie.

»Er ist aus dem Wald gekommen.«

»Ja«, sagte sie, »das sollte er besser. Sonst wäre er an den Felsen heraufgeflogen, und das würde mich *wirklich* beunruhigen.«

Er verkniff sich ein Grinsen, auch weil er wusste, dass das Nächste, was er sagte, sie aufregen würde. »Ich glaube, ich hab ihn schon heute Nachmittag gesehen. Nachdem ich in der Villa war. Ich wollte Ihnen davon erzählen, aber Sie waren nicht zu Hause.«

»Das kommt vor.«

»Sie sind durch Ihren Privattunnel rüber ins Hotel gegangen.« Er beobachtete genau ihre Reaktion. »Sie sind oben im Turm gewesen. In der Suite. Bei dem alten Mann.«

Sie presste die Lippen aufeinander und sah ihn lange an.

»Sie sind in mein Haus eingebrochen«, sagte sie schließlich.

»Nicht nur in Ihres. Auch in das der Eisenhuths. Und das fanden Sie ganz in Ordnung. Also kommen Sie mir jetzt nicht mit Anstand.«

»Sie waren hier drinnen«, stellte sie in gefährlich ruhigem Tonfall fest, »haben alles durchsucht und sind dabei auf den unterirdischen Gang gestoßen.« Ihre rechte Augenbraue zuckte nach oben. »Waren Sie auch in meinem Schlafzimmer?«

»Verdammt, wo denken Sie hin? Selbst ich hab meine Grenzen.«

»Wie zum Teufel kommen Sie dazu, hier einfach reinzugehen?«

»Die Terrassentür war offen.«

Sie lachte ihm kalt ins Gesicht. »Das war sie ganz bestimmt nicht. Glauben Sie, ich geh aus dem Haus und lasse hier alles offen stehen?«

»Wenn Sie's nicht waren, dann jemand anderes. Ich würde wetten, es war derselbe Kerl, der gerade vor Ihrem Fenster herumgeschlichen ist.«

Sie kreuzte die Arme vor der Brust und schien einen Schauder zu unterdrücken. »Er war vor Ihnen hier drinnen, glauben Sie?«

Thomas nickte. »Und *er* war bestimmt in Ihrem Schlafzimmer. Vielleicht sogar im Bad. Weil er's nämlich nicht so mit Anstand hat wie ich.«

Sie wandte sich ab, entfernte sich nachdenklich ein paar Schritte, fuhr dann herum und kam sehr viel schneller wieder auf ihn zu. »Sie sind mir also gefolgt, bis hinauf in die Suite?«

»Wer ist der Mann da oben?«, fragte er.

»Ist nicht Ihre Angelegenheit.«

»Er hat damit zu tun, oder? Warum Sie so besessen sind von

dieser Villa. Und von dieser Russin. Mara.« Das war ein Schuss ins Blaue, und wahrscheinlich wusste sie das genau. Aber irgendwie musste er sie aus der Reserve locken, wenn ihm das nicht mal mit Einbrüchen gelungen war.

Zu seiner Überraschung redete sie diesmal nicht um den heißen Brei herum. »Er heißt Maxim«, sagte sie. »Er ist ein alter Freund von mir. Er hat mir mal das Leben gerettet, als ich noch sehr jung war. Und jetzt ist er krank und wird bald sterben. Die Ärzte geben ihm nicht mehr lange. Ich will, dass er es in seinen letzten Tagen so gut wie möglich hat, deshalb habe ich ihn hier untergebracht.«

»Sie zahlen auch die Behandlung?«

Sie nickte, und die Trauer in ihrem Blick wirkte aufrichtig. Er wurde nicht schlau aus ihr und traute ihr nicht über den Weg, aber jetzt und hier war sie ehrlich.

»Erzählen Sie mir, wie dieser Maxim in all das verwickelt ist.«

Sie zögerte nur ein paar Sekunden. Es schien nicht ihre Art zu sein, die Dinge auf die lange Bank zu schieben, und das gefiel ihm an ihr. Aber es war nicht gut, sie zu mögen. Und ganz sicher mochte *sie* ihn kein bisschen, was zu einem gewissen Ungleichgewicht führte. Er musste gut aufpassen, wenn er das hier heil überstehen wollte.

»Ich erzähl Ihnen von ihm«, sagte sie schließlich. »Aber vorher will ich wissen, was Sie in der Villa gesehen haben. Und davor zeige ich Ihnen etwas.«

»Dann sind wir also noch Verbündete?«

»Was denn sonst?«, fragte sie mit gerunzelter Stirn.

Als er nicht gleich eine Antwort gab, ging sie zu dem Schrank mit den vielen Flaschen, räumte jede einzeln heraus auf den Boden und öffnete mit einem Schlüssel ein Geheimfach in der Rückwand.

Er sagte noch immer nichts. Aber im Stillen staunte er.

»Hier«, sagte sie und reichte ihm einen Stapel gewellter, sepiagetönter Fotografien. »Ich habe noch mal unten im Archiv gewühlt, und dabei hab ich die hier gefunden.«

Eine ganze Reihe Menschen war darauf zu sehen, junge und ältere. Fast immer in Abendgarderobe, auf einigen Bildern auch am Meer in der albernen Bademode, die man zu Beginn des Jahrhunderts getragen hatte.

»Die Eisenhuths und die Kalinins«, sagte sie. »Wir haben also jetzt die Gesichter zu den Namen.«

Sie setzte sich neben ihn auf das Sofa und legte die Spitze ihres Zeigefingers auf eines der Fotos.

»Und das hier«, sagte sie, »ist Mara.«

14

1917

Deine Tante hat diese Mara also zu euch ins Haus geholt, weil ihr die eigene Tochter nicht mehr gut genug war.« Grigori sah aus, als hätte er zu viel von dem alten Zwieback gegessen, den er mit an Bord der *Saltan* gebracht hatte. »Verdammte Hexe.«

»Ofeliya war in ihren Augen niemals gut genug«, entgegnete ich mit leisem Seufzen. »Auch nicht vor dem Unfall.«

»Weil sie nicht malen konnte?«

»Weil sie keine bessere Version von Xenia selbst war. Der Rollstuhl hat das nur besiegelt.«

»Verdammte Hexe«, murmelte Grigori erneut. »Noch Zwieback?«

»Ich hatte schon, danke.«

»Wir könnten auch versuchen, was aus der Kombüse zu klauen.«

»Du glaubst, das ist besser?«

»Aus irgendwas müssen sie den Eintopf ja machen, den sie an die Leute verteilen. Im Zweifelsfall schmeckt es besser als das, was der Smutje daraus zusammenpanscht. Paar Karotten oder so.«

Ich schüttelte den Kopf. Die Portion Eintopf, die ich jemanden auf den Gängen hatte essen sehen, bestand dem Geruch nach aus Hühnerschnäbeln und alten Federn. Auf alles, was aus dieser Kombüse kam, konnte ich dankbar verzichten.

Grigori hob die Schultern und biss unverzagt in seinen versteinerten Zwieback. »Immerhin, der ist auch nicht schlecht.«

Ich lehnte mich gegen eines der Rohre, die unseren Unterschlupf umgaben. Ständig war ich in Erwartung, dass ein Matrose aus dem Maschinenraum vorbeikäme und uns verscheuchte. Jedenfalls war es das, womit ich Grigori meine dauernde Nervosität erklärte.

Der wahre Grund war ein anderer.

Grigori hatte mehr über Volonoff wissen wollen, aber ich mochte nicht über den Geheimpolizisten sprechen, so als bestünde die Gefahr, ihn damit heraufzubeschwören. Seit ich wusste, dass der rauchende Mann an der Reling Timur Feodorowitsch Volonoff war, wagte ich mich nicht mehr an Deck. Selbst beim Gang zu einer der verdreckten Toiletten trug ich das Armeemesser, das Spiridon mir in den Koffer gepackt hatte. Volonoff würde es mir wahrscheinlich im Handumdrehen abnehmen und mir damit die Kehle durchschneiden, trotzdem fühlte ich mich damit ein wenig besser als ohne Waffe.

Grigoris Kauen klang, als mahlte er Marmorstaub zwischen den Backenzähnen. Nach endlosen Minuten würgte er den letzten Rest hinunter, trank ein wenig Wasser und goss einen weiteren Schluck in den Topf der Minze.

»Wenigstens fütterst du *sie* nicht mit Zwieback«, sagte ich verdrossen.

»Musst ja keinen essen«, erwiderte er. »Mehr für mich. Erzählst du mir jetzt, warum Mara in Leipzig ist und du hier bei mir und an meiner delikaten Wegzehrung rummäkelst?«

Die Erinnerung daran schmerzte noch immer. »Das war alles mal ganz anders geplant. Vor drei Jahren wollte ich mit Mara durch Karelien reisen. Sie spricht die Sprache, weil sie von dort kommt, und sie hätte für mich übersetzen können, während ich alles aufgeschrieben hätte.«

»Ihr wolltet durchbrennen?«

Ich zögerte. »Na ja, ich wollte das, schätze ich. Was sie wollte, weiß ich nicht.«

»Weil du sie gar nicht gefragt hast«, stellte Grigori fest.

»Hm.«

»Durch Karelien zu reisen klingt ja auch ziemlich dämlich. Keiner will da hin. Da gibt es nichts als Bäume und Wasser.«

Verärgert verzog ich das Gesicht. »Dämlicher als in Paris ein Musketier zu werden? Im zwanzigsten Jahrhundert?«

Er winkte ab. »Was dir an Romantik fehlt, machst du leider nicht durch Fantasie wett, mein Freund.«

Tatsächlich hatte ich mir die Reise mit Mara durch Karelien überaus romantisch vorgestellt, aber ich wollte nicht versuchen, ausgerechnet Grigori davon zu überzeugen. Wochen und Monate auf einsamen Landstraßen, auf endlosen Wiesen und in tiefen Wäldern, vorbei an den märchenhaften Seen und immer wieder im Gespräch mit den Menschen, die dort lebten, abgeschieden in ihren Dörfern, die noch heute aussahen wie im Mittelalter. Karelien, um das viele Kriege geführt worden waren, an die sich kaum noch jemand erinnerte, weil sich nur die wenigsten an das Land selbst erinnern konnten. Und gerade zog ein weiterer Konflikt herauf, ein Bürgerkrieg der Finnen, der dann wohl auch auf Karelien – die Grenzregion zwischen Finnland und Russland – übergreifen würde.

Und trotzdem blieb die Reise dorthin ein Traum, den ich eines Tages wahr machen wollte. In Karelien alt zu werden war eine schöne Vorstellung. Die Heldenlieder des *Kalevala* hatten mir mehr über das Leben im Land der tausend Seen erzählt als all die unheilschwangeren Zeitungsartikel über die Gegend, die ich in den vergangenen Jahren archiviert hatte.

»Also, noch mal.« Grigori hatte die Schuhe ausgezogen und die Beine ausgestreckt. Seine Wollstrümpfe waren weiß-rot gestreift. »Warum ist Mara nach Leipzig gegangen, und du hast zu Hause Bücher gestapelt?«

»Sie ist verkauft worden.«

»Verkauft!«

»Sozusagen.«

»Wie eine Haremsdame?«

»Nein, Grigori«, sagte ich betont, »nicht wie eine *Haremsdame.*

Wie jemand, der ausgewählt wurde, eine Geschäftsbeziehung zu festigen, und zwar durch eine Hochzeit.«

»So ungefähr hab ich das gemeint.«

Und wie hätte wohl Mara selbst das gesehen, wenn man sie danach gefragt hätte? Ich würde es herausfinden, sobald ich sie wiedersah, in Leipzig, das noch immer tausend, zweitausend Kilometer entfernt lag. Die Vorstellung deprimierte mich.

»Eine Hochzeit«, sagte Grigori. »Davon wolltest du mir erzählen.«

Ich schüttelte den Kopf. »Soweit ich weiß, hat die Hochzeit noch gar nicht stattgefunden.«

»Nach all der Zeit? Ich denke, Mara ist seit drei Jahren dort?«

»Ja. Aber in ihren Briefen hat sie geschrieben, sie sollte erst … vorbereitet werden.«

»Vorbereitet.« Er schüttelte fassungslos den Kopf. »Was meint sie damit?«

»Schule. Bildung. Die Sitten in einem feinen Haus. So was.«

»Wer bringt seiner Braut gute Sitten bei, bevor er sie heiratet?« Grigori kratzte sich am Schädel.

»Es gibt Leute, die auf diese Dinge Wert legen.«

»Mir wäre 'ne Frau mit schlechten Sitten lieber.« Mit seinem breiten Grinsen sah er nun wirklich wie ein Matrose aus. »Auf jeden Fall heißt das doch, dass es noch nicht zu spät ist!«

Ich zuckte mit den Schultern.

»Woher kannten die Kalinins diese Deutschen?«, fragte er.

»Aus Südfrankreich. Da haben sie sich kennengelernt. Lange bevor Mara eine Kalinin wurde. Auch bevor sie mich bei sich aufgenommen haben. Und danach haben sie sich dort mindestens einmal im Jahr wiedergesehen, immer im Winter. Ich war selbst ein paarmal mit ihnen dort.«

Grigori verschränkte die Arme vor seiner gewaltigen Brust. »Wir haben Zeit. Wir haben Wasser. Wir haben allerbesten Zwieback. Also, mein Freund, erzähl mir von Frankreich.«

15

Im Januar 1914, als ich zum fünften Mal mit den Kalinins nach Frankreich aufbrach, lebte Mara seit einem knappen halben Jahr bei uns. Nachdem ich sie aufgespürt und ins Palais gebracht hatte, war alles ganz schnell gegangen. Mein Onkel, der zuvor noch so ablehnend gewesen war, wurde von Maras Charme und Liebreiz überrumpelt. Tatsächlich brachte sie es fertig, dass jedermann sie umgehend gernhatte. Alexej verabschiedete sich von all seinen Zweifeln und ehernen Vorsätzen und hieß sie am Katharinenkanal willkommen. Sie brachte das wenige mit, das sie besaß – ihre Palette, ihre Farben und Pinsel, ein Buch, das sie wie ihren Augapfel hütete, und ihr einziges Schmuckstück, einen großen Mondstein.

Innerhalb weniger Tage stand fest, dass sie bleiben würde. Keiner im Haus hätte sie wieder zurück auf die Straße schicken wollen. Selbst Ofeliya, die nun wirklich allen Grund gehabt hätte, Mara zum Teufel zu wünschen, lud sie gleich in ihr Zimmer ein und rollte kurz darauf kichernd neben ihr durch die Gänge des Palais, während sie ihr jeden Winkel ihres neuen Zuhauses zeigte. Es war, als hätte Mara einen Bann gesprochen, der uns in Zuneigung zu ihr vereinte. Vielleicht, weil sie nie forderte, immer genügsam erschien und zur rechten Zeit das Richtige sagte oder tat.

Ich kam meinen Pflichten nach wie immer, sowohl in der Kaiserlichen Bibliothek als auch im Bücherzimmer meines Onkels, und doch hatte ich das Gefühl, viel Zeit mit ihr zu verbringen, weil sie oft auftauchte, wenn ich gerade Stapel balancierte, Titellisten bearbeitete oder Exlibris-Schildchen in die Bücher klebte. Dann stand sie plötzlich neben mir, war interessiert, aber nie aufdringlich, und sie scherzte und lachte, wie man es lange nicht mehr im Hause Kalinin gehört hatte. Meist hatte sie getrocknete Farbe an den Fingern.

Mein Onkel schickte sie, wie zuvor Ofeliya und mich, auf die Petrischule, wo sie in Windeseile passables Deutsch lernte. Und nach nicht einmal drei Monaten eröffnete Xenia uns, dass Mara adoptiert werden und bald den Namen Kalinina tragen würde.

Es war das erste Mal, dass mich ein leichtes Unbehagen überkam, ein Stich von Eifersucht, weil man mir niemals die Adoption angeboten hatte. Zwar gaben Alexej und Xenia mich gern als ihren Sohn aus, wenn wir in die Oper gingen, auch auf den Reisen nach Südfrankreich, aber auf dem Papier blieb ich Artur Sergejewitsch Danilow. Ich lächelte höflich, als Xenia uns mit großem Tamtam davon erzählte, und ich freute mich für Mara, aber insgeheim hatte ich ein paar Wochen lang daran zu kauen. Ofeliya durchschaute mich natürlich, und auch Mara sprach mich darauf an, aber ich versicherte ihnen, dass dies eine gute Nachricht sei und dass Maras Adoption rein gar nichts mit mir zu tun habe.

Wie sich herausstellte, hatte Alexej auf Xenias Betreiben hin eine Menge Beziehungen spielen lassen. Als reicher Verleger pflegte er gute Verbindungen zur kulturellen Elite und ihren Vertretern in der Bürokratie. Er hatte sich beharrlich mit Dummköpfen verbrüdert, hatte für gute Zwecke gespendet und Bestechungsgelder gezahlt, und so hatte schließlich an einem Freitag im Herbst ein Bote Maras Papiere mit ihrem neuen Namen überbracht: Mara Alexejewna Kalinina.

Ihre Porträts mit den goldenen Augen waren mittlerweile im ganzen Haus zu finden, nicht weil sie das so wollte, sondern weil Xenia darauf bestand, die Salons, das Esszimmer und andere Räume damit zu bestücken. Mara schien das unangenehm zu sein, und so begann sie, andere Gesichter als ihr eigenes zu malen, erst natürlich uns, ihre neue Familie, dann auch den geschmeichelten Kammerdiener, die fluchende Köchin und die aufgeregten Hausmädchen. Rasch ging sie dazu über, Menschen von der Straße zu porträtieren, frei aus der Erinnerung oder indem sie am Fenster saß und die nichtsahnenden Passanten malte, die am Katharinenkanal flanierten. Sie war ungeheuer schnell, erfasste die wichtigsten Merkmale innerhalb von Sekunden und brachte die Ölbilder in kurzer Zeit auf die kleinen Holzplättchen, von denen sie nicht lassen wollte. Zwar hatte Xenia ihr Leinwände und teures Papier bringen lassen, aber Mara bestand darauf, auf Holz zu malen, und bald stellte das niemand mehr infrage.

Manchmal kamen Bekannte meiner Tante oder Geschäftsfreunde meines Onkels, um sich von dem neuen Wunderkind malen zu lassen. Mara erfüllte diese Aufgabe mit Bravour. Einmal berichtete Alexej beim Abendessen von einem Papierfabrikanten aus Nowgorod, der so glücklich über sein Porträt war, dass er einem Vertrag zugestimmt hatte, von dem er zuvor nichts hatte wissen wollen. Xenia erzählte, dass viele Damen der Gesellschaft Maras Bilder in den höchsten Tönen priesen und dass man sie immer wieder drängte, Mara möglichst bald ein Privatstudium bei einem der berühmten Petersburger Maler zu ermöglichen.

Davon aber wollte Mara nichts wissen. Damals dachte ich, sie sträubte sich, weil sie glaubte, kaum etwas von diesen alten Herren mit ihren verknöcherten Gewohnheiten lernen zu können. Alexej schien das ganz recht zu sein, da er so das Geld für den teuren Unterricht sparte, und selbst Xenia war letztlich wohl froh, dass Mara möglichst viel Zeit im Palais verbrachte, abgesehen von den Stunden in der Schule.

Einen großen Unterschied gab es zwischen Maras Selbstporträts und allen übrigen Bildern: Die goldenen Augen reservierte sie einzig für ihr eigenes Gesicht, niemand sonst bekam sie, auch nicht Ofeliya und ich, wenn sie uns malte – was ohnehin nur wenige Male vorkam, da keiner von uns großen Wert darauf legte und Mara uns auslachte, weil wir angeblich Grimassen schnitten, wenn wir keine Lust hatten.

Bis zum Beginn des Jahres 1914 – fünf Monate nach ihrer Ankunft im Palais – schien Mara sich gut bei uns eingelebt zu haben. Anders in der Schule: Obwohl die Lehrer sie lobten und ihre Noten gut waren, ging sie ungern dorthin, was weniger am Lernen als an der Gesellschaft so vieler Gleichaltriger lag. Sie machte keinen Hehl daraus, dass sie die anderen Mädchen für dumme Gänse hielt und für die Jungen nichts als Verachtung übrighatte, erst recht, wenn sie unbeholfen um Maras Aufmerksamkeit buhlten. Womöglich sah sie in ihnen auch schon all jene erwachsenen Männer, die irgendwann am Apraxin Dwor verstohlen und mit hochgestellten Kragen die Bilder eines jungen Mädchens kaufen würden.

Unsere Reisen nach Frankreich hatten für gewöhnlich von November bis Februar, manchmal bis März stattgefunden, aber in diesem Jahr kamen Alexej ein paar geschäftliche Notfälle dazwischen, und so brachen wir erst im Januar auf, unmittelbar nach Neujahr. Mein Onkel mietete stets einen halben Waggon der ersten Klasse – für uns fünf, seinen fleißigen Sekretär, den Kammerdiener, zwei Zofen und ein Mädchen für alles. Außerdem hatte uns ein Privatlehrer für Mara begleiten sollen, aber sie gelobte, mithilfe von Büchern zu lernen, und so blieb uns das erspart.

Die Fahrt von Moskau nach Paris in einem russischen Luxuszug und von dort mit dem *Train Bleu* nach Nizza dauerte mehrere Tage, aber sie war so komfortabel, dass man den Eindruck hatte, man befände sich vom ersten Moment an in einem rollenden Hotel.

Wie viele andere Russen, die in Südfrankreich überwinterten, hatten auch wir vieles von dem, was wir benötigten, in Kisten auf dem Dachboden des Hotels eingelagert. Und trotzdem brachten wir eine Vielzahl von Koffern und Taschen mit, vor allem mit neuen Kleidern für Xenia, Ofeliya und Mara, aber auch mit unseren Büchern, Maras Malutensilien und dem üblichen Kleinkram, der sich immer erst als verzichtbar entpuppte, nachdem man ihn quer durch Europa kutschiert hatte.

Wie in den früheren Jahren dauerte es einen halben Tag, bis wir uns in unseren Zimmern im Château Trois Grâces eingerichtet hatten. Die meiste Arbeit schulterten der Kammerdiener, die Zofen und das Dienstmädchen, aber Mara und ich halfen ihnen, und Ofeliya saß mit schlechtem Gewissen dabei und weigerte sich stur, sich früher als wir anderen ans Meer bringen zu lassen.

Es dämmerte bereits, als wir zum Wasser hinunterstiegen. Ofeliya wurde von Angestellten des Hotels die Treppe zum Steinstrand hinabgetragen, in einem Korbsessel, der wie der Thron einer antiken Königin auf einer Felsscholle platziert wurde, auf der auch wir unsere Matten und Handtücher auslegten.

Wir hatten Mara bereits von den Eisenhuths erzählt, den alten Freunden von Alexej und Xenia, auch von der Villa, die sie am anderen Ende der Bucht hatten bauen lassen. Ofeliya und ich hatten im vergangenen Winter von Weitem den Rohbau gesehen, die ersten Mauern des Anwesens, aber das hatte uns nicht ansatzweise auf den Koloss vorbereitet, der sich nun in einem guten Kilometer Entfernung auf der Klippe erhob. An ihrem Fuß schlug die Brandung gegen die Felsen, als versuchte sie unermüdlich, wolkige Salzskulpturen zu erschaffen.

»Ziemlich protzig.« Ofeliya wollte wohl unbeeindruckt klingen, aber ein Staunen konnte auch sie nicht verhehlen.

»Das ist keine gottverdammte Villa«, sagte Mara, die gern fluchte, wenn sie mit uns allein war, »das ist ein Schloss!«

Sie trug einen schwarzen Badeanzug, der die Hälfte ihrer Oberschenkel bedeckte, und auch der Ausschnitt war züchtig eng gefasst. Trotzdem hatte ich Mühe, so zu tun, als ließe mich der Anblick kalt, während ich in Wahrheit am liebsten nur sie angestarrt hätte, keine dummen Häuser, nicht einmal das herrliche Panorama des Mittelmeers vor unseren Füßen. Es war das erste Mal, dass ich sie in etwas anderem sah als in einem ihrer weißen Kleider.

»Frederik Eisenhuth ist besessen von Märchen«, sagte Ofeliya. »Seine Verlage und Druckereien in Deutschland veröffentlichen zwar alles Mögliche, aber er selbst hat diesen Märchenbuch- und Prinzessinnenfimmel. Deshalb hat er sich hier so ein Dornröschenschloss hingesetzt.« Sie sagte das mit einer Herablassung, die so gar nicht nach der Ofeliya klang, die ich kannte, und ich fragte mich, ob ihre schlechte Laune noch andere Gründe hatte. Meine Nervosität, zum Beispiel, während ich nur eine Armlänge entfernt von Maras nackten Beinen auf den Felsen saß.

»Du hast die Eisenhuths noch nie gemocht«, sagte ich.

»Du etwa?«

»Der Alte ist gar nicht so übel. Und es geht ihm nicht um Prinzessinnen. Er hat die größte Sammlung von Märchen- und Sagenbüchern im Deutschen Reich, und im letzten Jahr hat er erzählt, dass er sich hier eine zweite Bibliothek einrichten lässt, eine, die noch größer ist als die in Leipzig.«

»Was will er hier mit so vielen Büchern?« Mara strich sich eine Strähne hinters Ohr, aber dort hielt sie nur wenige Augenblicke, ehe sie wieder im warmen Abendwind flatterte.

»Er will sich hierher zurückziehen und die Geschäftsführung Demian überlassen.«

Mara blickte noch immer zu den spitzen Türmen und weiß-grauen Fassaden der Villa hinüber. »Demian ist der ältere der beiden Söhne, richtig?« Xenia hatte ihr während der Fahrt von den Eisenhuths erzählt, aber wie wir anderen hatte Mara nur mit einem Ohr zugehört.

Ofeliya unterdrückte ein Gähnen, während sie nickte. »Demian müsste jetzt zweiundzwanzig sein, Albin neunzehn, vielleicht knapp zwanzig. Und beide sind auf unterschiedliche Weise unerträglich.«

Ich grinste sie herausfordernd an. »Dein Vater sähe es gern, wenn du dich sehr viel besser mit Demian verstehen würdest.«

»Kann er vergessen«, gab sie giftig zurück.

Mein Onkel hatte sich bereits vor Jahren in den Kopf gesetzt, dass es strategische Vorteile brächte, wenn aus der Freundschaft zwischen Eisenhuths und Kalinins auch eine familiäre Bindung würde. Allerdings hatte Ofeliya nie einen Zweifel daran gelassen, was sie von der Vorstellung hielt, Demian mehr als ein höfliches Lächeln zu schenken. Und ich kannte Demian gut genug, um zu wissen, dass er eine junge Frau im Rollstuhl bestenfalls bemitleiden, aber ganz sicher nicht umwerben würde.

»Er wäre eine gute Partie«, stichelte ich weiter.

»Das hättest du gern. Damit ihr mich los seid.«

Ich wusste, dass sie das nicht ernst meinte, trotzdem sagte ich: »Eigentlich geht's mir nur darum, dass du mich dann möglichst schnell nach Leipzig einlädst. Von mir aus gib ihm danach den Laufpass und such dir einen stattlichen Bojaren.«

Mara horchte auf. »Was ist so toll an Leipzig? Ich weiß nicht mal genau, wo das ist.«

»Mit der Eisenbahn zwei, drei Stunden südlich von Berlin«, sagte Ofeliya. »Alles dreht sich da nur um Bücher. Artur hat zu Hause noch nicht genug davon.«

Ich wollte halbherzig widersprechen, aber Mara war schneller. »Trotzdem«, fragte sie, »warum gerade Leipzig?«

»Weil nirgends so viele Bücher verlegt und gedruckt werden wie dort«, sagte ich und sah Ofeliya über meinen eifrigen Enthusiasmus schmunzeln. »Es gibt da ein paar Tausend Verlage, Buchhandlungen, Druckereien, und was sonst so nötig ist, um Bücher herzustellen und unter die Leute zu bringen.«

»Schriftsteller?«, schlug Mara mit feinem Lächeln vor.

»Die bestimmt auch, aber die hausen ja überall.« Ich nahm mich zusammen, um nicht allzu sehr ins Schwärmen zu geraten. »Allein die Vorstellung von so vielen Büchern an einem Ort! All die Lager und die Buchläden und die vollgestopften Antiquariate.«

»Klingt, als wärst du schon mal da gewesen«, bemerkte Ofeliya spitz.

»Wäre ich auch, wenn du Demian geheiratet hättest. Aber du denkst ja immer nur an dich.«

Lachend warf sie ein Handtuch nach mir, das über ihren nackten Beinen gelegen hatte. Die Narben auf ihren Oberschenkeln und Waden glänzten silbrig wie Eisblumen. Um die zerstörten Knie saßen Gestelle aus Metall, die für Stabilität sorgten; manchmal, wenn sie genug davon hatte und sich weigerte, sie zu tragen, fielen die Beine selbst im Sitzen einfach zur Seite um.

Mara nahm das Handtuch aus meinem Schoß, sprang auf und brachte es Ofeliya zurück. »Was ist mit dem anderen? Diesem Albin?«

»Der träumt von einer Karriere beim Militär«, sagte ich verächtlich. »Ich meine, alle reden davon, dass es Krieg geben wird, und Albin Eisenhuth wünscht sich nichts mehr, als Soldat zu sein.«

»Das tun gerade viele«, sagte Ofeliya.

»Ja. Viele Idioten.«

Ofeliya wandte sich an Mara. »Wenn du Albin heute Abend triffst, sag nur nichts Schlechtes über Kaiser Wilhelm. Im letzten Jahr hat Albin sogar versucht, sich den gleichen Schnauzbart wachsen zu lassen. Was kläglich in die Hose ging.«

Ich lachte bei der Erinnerung an das zerzauste Gewächs, das wie Seetang über Albins Oberlippe gehangen hatte. »Demian hat ihn von morgens bis abends damit aufgezogen, bis er ihn wieder abrasiert hat.«

»Wir waren alle froh, dass wir ihm und seinem Kaiserbart nicht mehr beim Suppeessen zusehen mussten.« Ofeliya schüttelte sich bei der Vorstellung.

»Und die Mutter?«, fragte Mara.

Ofeliya verdrehte die Augen. »Ilna.«

Ich strich eine Fliege von meinem Oberschenkel und wünschte insgeheim, es wäre Maras. »Ilna Eisenhuth … sagen wir mal so: Sie und Xenia verstehen sich blendend. Die Freundschaft der Kalinins mit den Eisenhuths hat zwei Säulen. Die eine ist die Geschäftsbeziehung der Männer. Beide sind Verleger, aber Alexej hat keine eigene Druckerei und lässt Teile seiner Bücher in Leipzig bei den Eisenhuths herstellen. Und die zweite sind die Frauen, die beide verhinderte Malerinnen sind. Darüber haben sie sich kennengelernt. Die beiden saßen oben auf der Hotelterrasse und haben versucht, die Bucht zu malen. Und bei beiden war das Resultat, sagen wir mal, nicht so weltbewegend.«

»Verstehe.« Mara spähte konzentriert hinüber zur Villa, als hoffte sie, Ilna Eisenhuth hinter den Zinnen zu sehen. Plötzlich hellten sich ihre Züge auf, sie ergriff meine Hand und zog mich vom Handtuch auf die Füße. »Komm mit ins Wasser!«

Ich trug ein leichtes Hemd über der Badehose, das ich erst ausziehen musste. Dabei fing ich Ofeliyas Blick auf und das Lächeln, das sie mir schenkte, wie so oft mit einer Spur von Traurigkeit. »Geht schon«, sagte sie. »Ich hab meinen Spaß, sobald ihr in die Seeigel tretet.«

Mara hielt inne. »Seeigel?«

»Du erkennst sie, wenn du einem begegnest.«

»Ich mag Igel.«

»Die Sorte nicht.«

»Sie zieht dich nur auf«, sagte ich. »Hier sind nur ganz selten welche.« Ich wollte jetzt um jeden Preis mit ihr schwimmen, ganz gleich, welche Ungeheuer unter der Oberfläche lauerten.

Mara zögerte kurz, dann fuhr sie abrupt herum, rannte trotz unserer Warnrufe die letzten paar Schritte bis zum Rand der Felsen und stürzte sich – ohne zu wissen, wie tief das Wasser an dieser Stelle war – kopfüber in die Brandung.

Denn so war sie. So war Mara.

Beim ersten Abendessen im gediegenen Restaurant des Trois Grâces führte meine Tante Mara wie eine Heilige vor, im weißen Kleid und mit silbernem Reif in ihrem langen, glatten Haar. Ich sah, dass Ofeliyas Stirn glänzte und die der beiden Eisenhuth-Söhne nicht minder, wenn auch aus anderen Gründen.

Xenia, nie verlegen um Aufdringlichkeiten, schlug vor, Mara möge doch am nächsten Tag die Villa besuchen und alle Eisenhuths porträtieren, was vor allem bei ihrer Freundin Ilna großen Zuspruch auslöste. Aber auch Demian und Albin – zu denen ich noch kommen werde – wirkten angetan von der Aussicht, dieses zauberhafte Geschöpf durch die Hallen ihres Märchenschlosses wandeln zu sehen. Ich verschluckte mich fast bei der Vorstellung, wie die beiden um Maras Zuwendung wetteifern würden, und sah zu Ofeliya hinüber, die mit detailverliebter Obsession ein Stück Lamm auf ihrem Teller zerteilte, als wäre es das Gesicht ihrer Mutter.

Alexej und Frederik, ganz die Patriarchen, täuschten gar nicht erst Interesse an den Plänen ihrer Gattinnen vor und ließen sich nur widerwillig aus einem Gespräch über Papierpreise, Druckkosten und neue Vertriebswege reißen, das sie seit dem ersten Moment ihres Wiedersehens vereinnahmte. Beinahe verzweifelt wünschte ich mir, sie würden mir Gelegenheit geben, daran teilzunehmen, zumal ich hoffte, mich irgendwann mit Frederik Eisenhuth über seine Liebe zu Märchen und Sagen austauschen zu können, vermutete ich doch eine Verwandtschaft zu meiner eigenen Begeisterung für die Heldengesänge des *Kalevala* und die russischen Bylinen, mittelalterliche Mythen mit historischem Hintergrund. Beide, dachte ich, müssten eigentlich auch ihn interessieren.

Mara ließ die Bewunderung der Männer und das Getue der Damen mit charmanter Lässigkeit von sich abperlen, nippte am Champagner, trank ihr Glas aber nicht leer, aß gerade so viel, dass es nicht unhöflich erschien, und wandte sich so schnell wie möglich wieder Ofeliya und mir zu, während wir mit wachsender Belustigung beobachteten, wie Demian und Albin einander mit vergeblichen Versuchen übertrumpften, Maras Augenmerk auf sich zu ziehen.

Schließlich endete der Abend mit der förmlichen Einladung, Mara möge morgen hinüber zur Villa kommen, und natürlich zeigte Ilna Eisenhuth genug Anstand, Ofeliya und mich zum Mitkommen aufzufordern. Xenia und Ilna waren durch und durch egoistisch, und keine von beiden schien jemals etwas zu tun, das nicht ihren eigenen Interessen diente. Ich hatte bereits früher gedacht, dass Ilna, nicht meine Mutter, Xenias Schwester hätte sein sollen. Dass die beiden einander gefunden hatten, schien geradezu unausweichlich.

Am nächsten Morgen machten wir uns zu dritt auf den Weg zur Villa Eisenhuth. Ein Pferdegespann des Hotels brachte uns ans andere Ende der Bucht, erst über die Auffahrt des Trois Grâces zur Küstenstraße, die damals noch gepflastert war, um dann einen guten Kilometer weiter östlich die Abzweigung zur Villa zu nehmen. Natürlich hätten Mara und ich den Weg zu Fuß zurücklegen können, aber Ofeliyas Rollstuhl wäre auf dem holperigen Grund nicht weit gekommen.

Als wir die Villa erreichten, verschlug uns ihr Anblick die Sprache. Ofeliya war in einem Petersburger Palais aufgewachsen, und ich hatte immerhin ein Drittel meines Lebens dort verbracht, doch das Anwesen der Eisenhuths sahen wir nicht nur mit unseren, sondern mit Maras Augen: die üppige Architektur, das Schneeweiß und Nebelgrau der Fassaden, all die Zinnenreihen und verwunschenen Turmspitzen. Es war überwältigend, und manchmal frage ich mich, ob alles, was später kam, nicht in diesem einen Moment begann, bei Maras erstem Blick auf die ehrfurchtgebietende Villa Eisenhuth.

Mara und Ofeliya trugen die sommerliche Mode der Saison. Im Sitzen kam sie bei Ofeliya nicht recht zur Geltung, zumal sie dunkle Farben bevorzugte, heute ein sattes Nachtblau. Mara hingegen trug wieder Weiß: ein kurzes Röckchen über einem knöchellangen, engen Rock – eine Kombination, die gerade angesagt war, jedoch nicht an jeder Frau so makellos wirkte wie an ihr –, dazu ein schulterfreies Oberteil mit leichtem Tüll. Ihre Malutensilien steckten in einer großen Umhängetasche.

Beide hatten Hüte mit langen Federn dabei, die sie jedoch nicht aufsetzten, und ich war froh, als sie sie mit dem Kutscher zurück ins Hotel schickten und es nicht zu meiner Aufgabe wurde, darauf achtzugeben.

Ich selbst trug lange Sommerhosen, ein helles Hemd und – dem Anlass des Besuchs entsprechend – meine beste Krawatte.

Das Jackett hielt ich über dem Arm, es war zu warm dafür, und ich wollte auch nicht förmlicher wirken als die beiden Brüder, die uns auf dem Platz vor der Villa erwarteten.

Demian war ein wenig größer als Albin, hellblond, mit kantigem Kinn, das auf manche besonders männlich wirken mochte, ihn aber sonderbar eckig erscheinen ließ, *zu* eckig, um schön zu sein. Sein eindrücklichstes Merkmal parkte im Hintergrund nahe des Portals: ein Rolls-Royce Silver Ghost Cabriolet, mit dem er, wie er beim Essen erzählt hatte, quer durch Frankreich angereist war, »solange das noch möglich ist«. Ich hatte nichts übrig für Automobile, auch weil auf dem schlechten Pflaster von Sankt Petersburg noch immer mehr Kutschen als motorisierte Wagen fuhren. Und doch musste ich mir eingestehen, dass der Silver Ghost einiges hermachte. Auch auf meine Begleiterinnen verfehlte er seine Wirkung nicht.

Demians jüngerer Bruder Albin trug einen Anzug mit goldenen Schulterkordeln, offenbar um den Eindruck einer Uniform zu erwecken. Ich fand das lächerlich, und zugleich tat er mir fast leid, weil er sich für Mara derart herausgeputzt hatte, die das natürlich vollkommen kaltließ. Was er sich dabei gedacht hatte, blieb sein Geheimnis, denn ihm konnte schwerlich entgangen sein, dass hier drei Russen zu Besuch kamen, Angehörige jenes Volkes also, das zu bekämpfen er kaum erwarten konnte. Albin war blond wie sein Bruder, durchaus gut aussehend, wenn auch auf dem besten Weg, dies durch all die Schmisse zunichtezumachen, die er sich bei Kämpfen seiner schlagenden Verbindung eingefangen hatte. Etwas Tragisches umwehte ihn in seinem Geltungsdrang, dessen Ursache wohl vorrangig die Abgrenzung von seinem selbstbewussteren Bruder war.

Die beiden führten uns in die Halle und von dort aus durchs Haus, das mich in seiner labyrinthischen Verschachtelung gleichermaßen irritierte wie faszinierte. Ich hätte gern die Bibliothek gesehen, doch ausgerechnet die wurde uns zu meiner Enttäuschung vorenthalten. Zuletzt betraten wir einen lichtdurchfluteten Saal, dessen Fenster und Glastür hinaus auf eine große Terrasse mit hinreißender Aussicht blickten. Hier hieß uns die Mutter der beiden willkommen. Ilna Eisenhuth hatte bis zur letzten Minute alles vorbereitet: Farben, Pinsel, Staffelei, eine neue Palette, ein leicht erhöhter Sitz für jene, die sich porträtieren ließen, und ein Tischchen mit Getränken. Aus Höflichkeit legte Mara ihre Tasche ungeöffnet beiseite und benutzte ausschließlich jene Utensilien, die für sie bereitlagen.

Es dauerte keine zwei Minuten, da hatte Albin das Gespräch auf den drohenden Konflikt in Europa gelenkt. Demian verdrehte im Hintergrund die Augen. Ich merkte mir nicht viel von dem, was Albin sagte. Im Groben ging es um die angebliche Rechtmäßigkeit der deutschen Kriegsziele, die strategische Gebietserweiterung, die sich eigentlich ja gar nicht gegen Russland, sondern gegen Frankreich richtete. Ausschlaggebend seien dabei vor allem Rohstoffvorkommen im französischen Erzbecken Longwy-Briey, außerdem Ansprüche an das Großherzogtum Luxemburg und Teile Belgiens. Manche Regionen Frankreichs müssten dem Deutschen Reich einverleibt werden, behauptete er, denn jeder Narr könne doch sehen, dass es für die Stabilität Europas von größter Wichtigkeit sei, die Franzosen in die wirtschaftliche Abhängigkeit der Deutschen zu bringen. Darum sei es geboten, möglichst schnell den Handel zwischen London und Paris zu unterbinden, Belgien zu einem Vasallenstaat zu machen und sowohl die flämische wie auch die französische Küste mit all ihren wichtigen Militärhäfen zu besetzen.

Albin redete und redete, während Mara als Erste seine Mutter porträtierte. Wie erwartet, ließ Demian Ofeliya links liegen, was ihr ganz recht zu sein schien; auch mir schenkte er nicht mehr Beachtung als unbedingt nötig.

Mir graute bei der Vorstellung, die nächsten paar Stunden zusehen zu müssen, wie sich die beiden Gockel für Mara in Pose warfen, und so bat ich alsbald, mich zu entschuldigen, und schlenderte hinaus auf die Terrasse, zu dem steinernen Geländer über der schäumenden Brandung.

»Du hast also deinen Spaß«, spöttelte Ofeliya hinter meinem Rücken. Auf den glatten Fliesen rollte sie fast lautlos neben mich an die Brüstung.

»Ich würde gern die Bibliothek sehen«, sagte ich.

»Ich würde gern alles brennen sehen«, entgegnete sie. Wir sprachen wieder Russisch, das weder Ilna noch ihre Söhne verstanden. Nur Frederik Eisenhuth beherrschte unsere Sprache.

»Du kannst sie nicht ausstehen«, sagte ich.

»Ilna ist wie ein Spiegelbild meiner Mutter. Fehlt nur noch, dass sie dieselbe Frisur tragen.«

»Ich seh da keinen großen Unterschied.«

»Weil du ohnehin nur Augen für eine hast.«

Mein erster Impuls war, zu widersprechen, aber dann wandte ich den Kopf und sah zu ihr hinab, sah den Glanz in ihren Augen und brachte es nicht übers Herz, sie zu belügen.

»Tut mir leid«, sagte ich, »ich bin ein Trottel.«

Sie schüttelte den Kopf, blickte aber noch immer aufs Meer hinaus. In der Tiefe schlugen die Wellen gegen die Felsen. »Ich versteh dich ja. Sie ist bezaubernd. Und ich kann ihr nicht mal böse sein, weil sie die beste Freundin ist, die ich mir wünschen kann. Ich hab sie gern, und wie könnte ich da erwarten, dass es dir anders geht.«

»Als sie zu uns gekommen ist«, sagte ich, »da hast du dir gewünscht, dass du sie nicht ausstehen kannst, oder?«

»Ich *konnte* sie nicht ausstehen. Bis sie vor mir stand.«

Ich lehnte mich mit den Ellbogen auf die Brüstung und schaute über die See zum Horizont. Weiße Segel sprenkelten das tiefe Blau. Der Wind schmeckte salzig, doch nicht einmal er konnte den Geruch der ersten Mimosenblüten vertreiben. Eine Möwe flog auf uns zu, schien abzuwägen, ob es hier etwas zu holen gab, und schlug einen Haken nach links in Richtung Nizza.

»Wäre es besser gewesen, wenn ich damals behauptet hätte, ich hätte sie nicht gefunden? Es wäre ganz einfach gewesen.« Da war etwas, das ich ihr über meine Suche nach Mara gern erzählt hätte, aber ich wollte sie nicht beunruhigen. Ich war jemandem begegnet. Jemandem, der mir Fragen gestellt hatte über die Kalinins und ganz besonders über Ofeliya.

»Nein«, sagte sie, »ich bin ja froh, dass sie da ist. Meistens, jedenfalls. Sogar jetzt. Stell dir mal vor, meine Mutter hätte die Eisenhuths genötigt, nur dich und mich einzuladen. Wir wären beide an unserem Schweigen erstickt.«

Ich lächelte. »Zumindest sind sie jetzt beschäftigt.«

»Und auch *das* weiß Mara genau.« Ofeliya manövrierte den Rollstuhl eine Vierteldrehung herum und blickte zurück zur offenen Glastür des Saals. »Sie hält uns die beiden vom Hals. Aber es macht ihr auch Spaß.«

»Sie verachtet Demian und Albin«, sagte ich entschieden.

Ofeliya brachte ein belustigtes Glucksen hervor. »Sie spielt mit ihnen. Wie eine Spinne, während sie überlegt, welche Fliege sie zuerst aussaugt.«

»Ich glaube nicht, dass hier irgendwer an jemandem saugen möchte.«

Ihr Lächeln wurde noch breiter. »Dann sieh dir mal Albins Gesichtsausdruck an.«

»Ich verzichte.«

Kurzerhand packte ich die Griffe des Rollstuhls und schob sie langsam an der Brüstung entlang, fort vom Saal, den überlauten Stimmen der Eisenhuth-Brüder, Ilnas aufgesetztem Lachen und der konzentrierten Ruhe, mit der Mara sie malte, ohne mehr als das Nötigste zu sagen. Ich war überzeugt, dass sie diese Leute nicht ausstehen konnte und nur tat, was von ihr verlangt wurde. So wie zu Hause, wenn Xenia und Alexej ihre Freunde und Geschäftspartner malen ließen.

»Ist dir mal aufgefallen, wie leise Mara sich bewegt?«, fragte Ofeliya, als wir fast das Ende der Terrasse erreicht hatten.

»Wie, leise?«

»Manchmal scheint sie fast zu schweben.«

Ich war sicher, dass Ofeliya das nur so empfand, weil sie selbst an den Rollstuhl gefesselt war. »Hör lieber auf, irgendwas in ihr zu sehen, nur weil du selbst das nicht sein kannst«, sagte ich. »Mara ist nicht perfekt.«

»Aber verdammt nah dran.«

»Niemand mag perfekte Menschen.«

»Mein Philosoph«, sagte sie mit einem Augenrollen. »Aber zum Vögeln sind sie gut genug.«

Ich prustete los. »Hast du das wirklich gesagt?«

»Was denn?«

»Das.«

»Vögeln?«

»Herrje, Ofeliya.«

»Ich seh's euch doch an, jedem Einzelnen von euch Kerlen.«

»Ich hab noch kein einziges Mal daran gedacht, mit ihr zu ... also, das eben.« Und das war die Wahrheit. Ich bewunderte Mara, vielleicht liebte ich sie sogar – natürlich tat ich das –, aber bis zu diesem Augenblick hatte ich mir nie vorgestellt, mehr zu tun als verstohlen ihre Haut zu berühren. Sie war wie ein Kunstwerk im Museum, das man auf keinen Fall anfassen darf, weil es sonst vielleicht vom Sockel stürzt.

»Die beiden da drinnen denken jedenfalls an nichts anderes«, sagte Ofeliya.

»Ich bin nicht wie die.«

Abrupt packte sie ihre Reifen und brachte uns beide zum Stehen. Über die Schulter sah sie zu mir auf. »Nein«, sagte sie, »bist du nicht. Und niemand weiß das besser als ich.«

Ich brachte ein verlegenes Lächeln zustande. »Wir hätten gar nicht herkommen sollen.«

Ofeliya zuckte grinsend die Schultern. »Übrigens hast du auch so nichts verpasst. Frederiks Prinzessinnenbibliothek ist noch gar nicht voll bestückt. Papa hat gesagt, jeden Tag werden kistenweise neue Bücher angeliefert.«

»Dann hoffe ich mal, Demian und Albin werden dazu verdonnert, jede einzelne die Treppe raufzuschleppen.«

Sie hob dezent den Finger und deutete auf ihre Wange. »Gib mir einen keuschen Kuss, Cousin. Hierhin.«

Das tat ich, sehr gern sogar.

Es war einer der letzten Augenblicke, in denen ich glaubte, dies alles könnte ein gutes Ende nehmen.

Unterhalb der Brüstung schrien Möwen, aber wir sahen keine einzige von ihnen.

16

Lächeln!«, befahl der Fotograf auf Russisch. Er stamme wie wir aus Sankt Petersburg, hatte er gesagt, sei nach dem Blutsonntag von 1905 emigriert und lebe jetzt im neunten Jahr an der Côte d'Azur. »Lächeln Sie für künftige Generationen, damit sie sich an Ihrem Antlitz erfreuen können.«

Er machte sein Bild, dankte mit großem Gestus und verschwand wieder im Trubel der Party. Das Trois Grâces war berühmt für seine ausschweifenden Empfänge, und so blieben sie auch mir nicht erspart. Das bedeutete Frack, weiße Weste und Fliege, die guten Manschettenknöpfe, saubere Rasur, schwarze Lackschuhe und, dank der mitgereisten Dienerschaft, makellose Bügelfalten.

»Das meint der nicht ernst, oder?«, fragte Mara.

»Dass sich künftige Generationen an meinem Antlitz erfreuen könnten?«

Sie schenkte mir einen strafenden Blick. »Dass sich in Zukunft jemand für *irgendeinen* von uns interessieren könnte.«

»Wir werden ja sehen«, sagte Demian, der mit einem Mal neben uns stand und Mara ein volles Glas anbot. »Champagner?«

Sie schüttelte den Kopf.

»Ich nehm's«, sagte Ofeliya.

Demian reichte ihr das Glas mit einer überzogenen Verbeugung. Sie nahm es und stürzte den Champagner in einem Zug hinunter. »Besorgst du uns mehr davon?«, fragte sie. »Ich bin zu nah am Boden. Wenn ich winke, sehen mich die Kellner nicht. Da bin ich wohl auf deine galante Unterstützung angewiesen.«

Verdutzt blickte Demian erst sie an, dann mich, so als erwartete er von mir Unterstützung.

»Bring mir bitte auch eines mit«, sagte ich. »Wenn du schon mal unterwegs bist.«

»Und ich würde einen von diesen kleinen Gemüsespießen nehmen«, sagte Mara. »Aber ohne Oliven.«

Demian nickte verdattert, dann drängte er sich durch die Menge davon.

Ein, zwei Sekunden lang sahen wir einander an, dann brachen wir in Gelächter aus. Die Kapelle vorn auf der Bühne spielte lauter, immer mehr Paare wirbelten über die Tanzfläche. Ofeliya saß wie zufällig mit dem Rücken zu ihnen. Korken ploppten, und irgendwo zischte Tischfeuerwerk.

Demian kam zurück und brachte uns, worum wir ihn gebeten hatten. Mara belohnte ihn mit ihrem zauberhaftesten Lächeln, parierte aber seinen Versuch, Konversation zu betreiben, mit höflichem Desinteresse. Ich fragte mich mal wieder, woher eine gerade mal Siebzehnjährige dieses Selbstvertrauen nahm.

Die Stimmung blieb gelöst und erreichte unverhofft einen Höhepunkt, als Demian erwähnte, dass Albin sich beim Weg in sein Zimmer sturzbetrunken in den nagelneuen Aufzug des Hotels erbrochen hatte. Wir konnten gar nicht anders, als ihn für diese frohe Botschaft mit unserer Aufmerksamkeit zu belohnen, sogar Ofeliya, die erklärte, zwei von uns müssten sie später die Treppe hinauftragen, weil sie diesen Aufzug heute Nacht ganz sicher nicht mehr benutzen würde. Mara fragte Demian nach seiner Automobilfahrt von Leipzig nach Südfrankreich. Er erzählte farbenfroh und detailverliebt, klang aber nicht prahlerisch, sondern wie jemand, der aufrichtiges Interesse an Land und Leuten hatte und leidenschaftlich gern auf Reisen ging. Selbst Ofeliya hörte ihm zu, verzichtete auf bissige Bemerkungen, stellte neugierige Fragen und erhielt freundliche, zugewandte Antworten.

Unsere Laune wurde immer besser und erhielt erst einen Dämpfer, als Xenia auftauchte, in Kaschmirseide und Edelsteinen, mit einem glamourösen Paar im Schlepptau, das sie uns unbedingt vorstellen wollte.

»Doktor Arkadij Baranow«, sagte sie, »und seine Begleiterin Ulita Glinka.«

Die beiden waren das, was ich mir immer vorgestellt hatte, wenn jemand von reichen Russen auf ihrer großen Tour durch Europa gesprochen hatte. Ulita Glinka war weiß blondiert, zu stark geschminkt und behängt mit aufdringlichem Goldschmuck, sprach allerdings leise und ernsthaft, was in einem seltsamen Kontrast zu ihrem aufdringlichen Anputz stand. Sie mochte Ende zwanzig sein, soweit das unter all dem Make-up auszumachen war, und damit um einiges jünger als der Doktor, den ich auf Mitte vierzig schätzte. Baranow trug einen weißen Anzug, sommerlich weit geschnitten, und ein Monokel, mit dem er meist nur herumspielte, statt hindurchzusehen. Beide machten den Eindruck, auffallen zu wollen, und damit gehörten sie ganz und gar in Xenias soziales Beuteschema. Sie liebte Paradiesvögel, wie sie diese Leute nannte, obwohl sie Vögel eigentlich hasste und sich das Paradies gewiss als einen Ort vorstellte, an dem für niemanden Platz war außer für sie selbst und wo die Himmelschöre unablässig ihren Namen sangen.

Doktor Baranow, so wurde uns erklärt, sei ein berühmter Mediziner, der in Paris einige Erfolge auf dem Gebiet der Xenotransplantation errungen habe und nun an der Côte d'Azur ein Domizil für seine neue Klinik suche. Ein großes Gebäude am Meer sollte es sein, mit zahlreichen Zimmern und einer weiten Außenfläche.

»Xenotransplantation«, sagte Demian. »Was genau habe ich mir darunter vorzustellen?«

Natürlich hatte ich mir dieselbe Frage gestellt, genau wie alle anderen, hatte aber nicht gewagt, sie laut auszusprechen, um nicht dumm dazustehen. Demian hingegen war vermutlich genau aus diesem Grund als Nachfolger seines Vaters vorgesehen: Er schämte sich nicht, Wissenslücken zuzugeben, insofern die Möglichkeit bestand, sie umgehend zu schließen. Später sollte ich verstehen, dass genau dies eines der Merkmale erfolgreicher Geschäftsleute ist. Sie haben den Mut, laufend dazuzulernen, statt stillschweigend in bequemer Unwissenheit zu verharren.

Baranow, der sehr straffe Haut und beinahe weibliche Lippen hatte, lächelte in die Runde. »Die Xenotransplantation«, begann er, »praktiziert den Austausch tierischer und menschlicher Organe. Vor allem ist sie die beste Methode zum Erhalt der Jugend.«

Mara nippte an ihrem Glas, wobei vielleicht nur ich bemerkte, dass sie nicht wirklich trank. »Mir war gar nicht bewusst, dass der Menschheit die Jugend ausgeht. Sie steht doch quicklebendig vor Ihnen.«

Xenia wurde aschfahl und schenkte ihr einen rügenden Blick, während Ofeliya und ich uns in unserem angeheiterten Zustand ein Kichern nicht verkneifen konnten. Demian lachte schallend, was ich als vergebliche Buhlerei um Maras Sympathien abtat, bis ich bemerkte, dass sie ihm verstohlen zulächelte.

»Wie Sie natürlich sehr gut wissen, junge Dame«, sagte Doktor Baranow in gönnerhaftem Großmut, »geht es mir nicht um die Jugend im Allgemeinen, sondern um den Erhalt des Jungseins. Sogar die Verjüngung eines gealterten Körpers liegt im Bereich des Möglichen, wenn es mir gelingt, meine Forschungen voranzutreiben.«

Demian hob skeptisch eine Augenbraue. »Dann wollen Sie in Ihrer Klinik also ernsthaft forschen, und nicht für viel Geld etwas gegen die Falten und Tränensäcke wohlhabender Kundschaft tun?«

Ulita Glinka tänzelte ein paar Schritte davon, um drei Gläser vom Tablett eines vorbeieilenden Kellners zu fischen. Eines trank sie umgehend aus und stellte es zurück, mit den anderen beiden kam sie zu uns zurück.

Baranow blieb sehr ernst. »Ich bin Chirurg, Herr Eisenhuth, kein Quacksalber, der den Leuten Cremes und Pülverchen andreht. Die Xenotransplantation ist eine wissenschaftliche Methode, der eine große Zukunft bevorsteht.«

Ulita drückte ihm ein Glas in die Hand und strahlte in die

Runde. »Er transplantiert Affenhoden. In Männerkörper. Auch in sehr männliche Männerkörper wie Ihren, Herr Eisenhuth. Er schneidet ihr Skrotum auf, setzt ihnen in Scheiben geschnittene Hoden potenter Menschenaffen ein und näht den ganzen Spaß wieder zu. Wie eine Roulade.«

Für einen Moment verschlug uns das die Sprache.

Baranow lächelte gezwungen. »Das ist die etwas ordinäre Zusammenfassung eines langwierigen und höchst diffizilen Prozesses, mit dem ich in London und Paris überaus erfolgreich war.«

»Ich hätte jetzt doch gern eine Olive«, sagte Mara. »Oder zwei.«

»Sehr große«, sagte ich.

»Wie Affeneier«, ergänzte Ofeliya.

Xenia wechselte im Sekundentakt die Farbe und wollte sichtlich im Boden versinken, während Demian fast an seinem Gelächter erstickte. Aus seinen Augenwinkeln quollen Tränen.

Baranow blieb gelassen. »Sie sind nicht die Ersten, die so reagieren. Ich verstehe das. Skrotum, Affenhoden – in Ihrem Alter sind das sicher vergnügliche Reizworte. Aber glauben Sie mir, wenn Sie älter sind, werden Sie die Aussicht auf eine Verjüngung auf jede erdenkliche Weise zu schätzen wissen.«

»Demian«, sagte Ofeliya mit Unschuldsmiene, »warum verkauft ihr dem Herrn Doktor nicht eure Villa? Groß genug ist sie doch.«

Demian trocknete sich die Wangen mit einem Ärmel. »Zum Zwecke der seriösen Wissenschaft wäre mein Vater dazu sicher bereit.«

Baranow schien entschlossen, sich durch keinen Affront aus der Ruhe bringen zu lassen. »Ich kenne Ihr Anwesen, Herr Eisenhuth. Leider entspricht es nicht den Anforderungen. Ich benötige ein großes Außengelände für Käfige, in denen ich bis zu fünfzig Affen halten kann. Das kommt auf Ihrem Grundstück nicht infrage.«

»Sehr bedauerlich«, sagte Demian. »Ich hätte die Kosten für den Villen-Spleen meines Vaters gern auf einen anderen abgewälzt.«

Der Doktor bot seiner blonden Begleiterin den Arm zum Unterhaken. »Falls Sie anderswo auf ein entsprechendes Objekt stoßen, denken Sie bitte an mich. Sie alle.« Damit nickte er uns zu und führte Ulita davon. Nur kurz blieb er noch einmal vor Xenia stehen. »Und wenn ich Ihnen einen gut gemeinten Rat geben darf, meine Liebe: Kehren Sie mit Ihrer Familie lieber nicht nach Russland zurück. Es könnte dort bald sehr ungemütlich werden.«

Und weg waren sie, verschluckt vom Getümmel, nur ein weiteres Paar zwischen vielen.

»Was war das denn?«, fragte ich, nachdem wir ihnen eine Weile sprachlos nachgeblickt hatten.

Xenia räusperte sich. »Ihr habt euch unmöglich benommen. Ihr alle. Auch du, Demian. Von dir habe ich das am wenigsten erwartet.«

Er wurde ein wenig rot und murmelte eine halbherzige Entschuldigung.

»Also«, sagte Ofeliya, der schon lange egal war, was ihre Mutter von ihr dachte, »von Affeneiern und Männersäcken haben *nicht* wir angefangen.«

»Ofeliya!«

Mara kam ihrer Stiefschwester zu Hilfe. »Auch der Vergleich mit der Roulade kam nicht von uns.«

»Ihr wisst genau, was ich meine!« Xenia hantierte hilflos in der Luft, als suchte sie dort nach Worten, um ihrem Ärger Ausdruck zu verleihen. Dann aber winkte sie ab und rauschte in gestelzter Empörung davon.

Ofeliya hob verdutzt beide Brauen. »Das war erstaunlich einfach.«

»Sie lässt es euch durchgehen«, sagte Demian. »Oder sie weiß, wann es besser ist, nicht länger über Hoden zu reden. Effizienz durch Schadensbegrenzung.«

Mara legte den Kopf leicht schräg und beobachtete ihn von der Seite. Ich erwartete eine spitze Bemerkung, aber sie wirkte mit einem Mal nachdenklich.

»Wir sollten mehr trinken«, schlug ich vor und erntete großes Hallo von Ofeliya und Demian.

Mara beugte sich zu ihm und sagte ganz leise etwas, und erst, als ich mich umwandte, um einen Kellner heranzuwinken, glaubte ich, die Worte wie ein fernes Echo zu verstehen.

»Was macht all der Alkohol mit *deiner* Effizienz?«

Ich dachte, dass ich mich getäuscht haben musste.

Ich täuschte mich bei vielen Gelegenheiten.

Diese hier war keine davon.

ഗ

Der Abend war noch lange nicht vorüber, wir alle tranken munter weiter – alle bis auf Mara –, und irgendwann nach Mitternacht stand ich mit einem Mal wieder neben Ulita Glinka. Oder sie neben mir.

Der Doktor war nirgends zu sehen.

»Dringende Geschäfte«, sagte sie, als sie bemerkte, dass ich mich umsah. »Hier sind eine Menge Leute, von denen er sich eine Finanzierung seiner Klinik erhofft.«

Dafür, dass ich nicht mal nachgefragt hatte, fand ich das sehr offenherzig.

»Sie hätten schon noch gefragt«, sagte sie. »Ich spüre so was. Deshalb bin ich manchmal schneller mit den Antworten als andere mit ihren Fragen.«

Ich hatte sie vorhin für betrunken gehalten, aber davon war jetzt nichts mehr zu spüren.

»*Mein* Geschäft«, fuhr sie fort und las offenbar wirklich meine Gedanken, »ist die Wahrheit.«

»Was genau machen Sie?«

»Ich bin Wahrsagerin.«

»Natürlich.«

»Sie können's ruhig glauben. Ein Viertel der Leute hier im Saal war schon mal als Kundschaft bei mir. Natürlich inkognito.«

»Ernsthaft?«

Sie lächelte. »Sie könnten mich auch besuchen kommen. Ich arbeite in meinem Apartment in Nizza, aber ich mache auch Hausbesuche.«

»Ist sicher ein interessanter Beruf.«

»Ich hab ihn mir nicht ausgesucht. Ich bin mit der Gabe geboren worden. Schon als Kind wusste ich, was mal aus mir werden würde.«

»Und ich dachte, so was passiert nur Feuerwehrmännern.«

Sie musterte mich mit einer Mischung aus Erheiterung und Empörung. Bevor sie etwas erwidern konnte, schob Ofeliya sich neben mich, und da waren auch wieder Mara und Demian, die ich für eine Weile aus den Augen verloren hatte.

»Sie ist Theosophin«, sagte Ofeliya.

»Stört Sie das?«, fragte Ulita geradeheraus.

Meine Cousine schüttelte den Kopf. »Glauben Sie, was Sie wollen. Geht mich nichts an.«

»Das Wunderbare an der Theosophie ist ja gerade, dass man mit ihrer Hilfe die Weisheit nicht allein durch Glauben, sondern durch Gelehrsamkeit erlangt«, sagte Ulita. »Das unterscheidet sie von einer schlichten Religion und macht sie zu einer Wissenschaft.«

Ofeliya verlor bereits das Interesse. »Wie auch immer.«

»Wenn Sie Wahrsagerin sind«, mischte Demian sich ein, »dann können Sie uns die Karten legen, stimmt's? Oder in unseren leeren Gläsern lesen.«

Ulita schenkte ihm ein rätselhaftes Lächeln, das sie vermutlich sehr genau einstudiert hatte. »Wenn Sie etwas über Ihre Zukunft erfahren wollen, Herr Eisenhuth, dann kann ich Ihnen helfen.«

»Ach, Leute, bitte«, sagte Ofeliya.

Demian schien jedoch durchaus interessiert. »Was würde so was kosten?«

Ich hielt das für keine gute Idee und sah, wie Mara leicht die Augen zukniff, als versuchte sie, Ulitas Maskerade aus Schminke und Selbstgewissheit zu durchschauen.

»Für Sie und Ihre Freunde?«, fragte Ulita. »Hier und heute gar nichts. Nach zwölf berechne ich kein Honorar mehr.«

»Wir sollten das lassen«, sagte ich.

Demian aber ließ nicht locker. »Was brauchen Sie dafür? Karten? Teeblätter? Ihre Kristallkugel?«

»Tote Katzen?«, schlug Ofeliya vor. »Frische Eingeweide?«

»Nur Ihre Hand«, sagte Ulita.

Demian sah von einem zum anderen. »Was meint ihr?«

»Tu's nicht«, sagte ich.

»Man braucht schon ein wenig Courage dafür«, erwiderte er. Ich war nicht sicher, ob er mir damit Feigheit unterstellen wollte oder ob er sich nur selbst Mut machte. Nach seinem Enthusiasmus der letzten Minuten wirkte er mit einem Mal zögerlich.

Mara kam ihm zuvor. »Dann mache ich den Anfang.«

Ofeliya rollte mit den Augen. »Du liebe Güte.«

»Hier.« Mara streckte Ulita ihre rechte Hand entgegen, sehr schmal und glatt und heute mal ohne Farbkleckse.

Die Wahrsagerin blickte ihr erst in die Augen, dann am Hals hinab auf den Mondsteinanhänger, der in ihrem Ausschnitt lag, kaum weißer als Maras Haut.

Die Kapelle spielte noch immer laut und schnell, nur wenige Meter entfernt brodelte es auf der Tanzfläche. Vorhin hatte ich mehrere Paare beim Kokainschnupfen beobachtet. Nicht weit entfernt von uns beugte sich ein Mann im halb offenen Hemd nach hinten und tat, als spielte er auf einer unsichtbaren Trompete. Eine junge Frau beklatschte ihn unter schrillem Gelächter.

Um Ulita Glinka und uns schien der Lärm dumpfer zu werden, als entstünde da eine unsichtbare Mauer zwischen uns und dem Rest des Saales. Wir waren nah an den Türen zur Terrasse, aber nicht ganz am Rand der Menge, und von allen Seiten von Feiernden umgeben. Und doch hätte das Gefühl, abseits zu stehen, kaum intensiver sein können.

Zu meiner Überraschung machte Ulita keine große Schau aus dem, was sie tat. Wortlos ergriff sie Maras Hand, strich einmal mit ihren Fingerspitzen darüber, als kehre sie etwas herunter, und betrachtete dann eingehend die Lebenslinie, oder was auch immer sie dort sah.

Ofeliya machte ein Gesicht, als wäre sie auf einen Kindergeburtstag geraten und hätte keine andere Wahl, als beim Topfschlagen mitzumachen.

Nach einer Weile nickte Ulita bedächtig, ließ Maras Hand los und deutete auf Demian. »Jetzt Sie.«

»Was haben Sie gesehen?«, fragte Mara.

Das interessierte mich nun allerdings auch.

»Warten Sie«, sagte Ulita, ergriff Demians Hand und wiederholte die Bewegung mit den Fingerspitzen. Dann beugte sie sich vor, tiefer über die Handfläche als bei Mara, und runzelte die Stirn. Beim besten Willen konnte ich mir nicht vorstellen, dass sie einem von uns etwas Schlechtes prophezeien würde, darum hielt sich meine Sorge in Grenzen. Um Demian sowieso.

Als ich kurz den Blick von den beiden löste, entdeckte ich Albin, der mit ernster Miene im Hintergrund aus dem Gedränge getreten war und nun ganz nah bei seinem Bruder stand, ohne dass der ihn beachtete.

»Wie lange kennen Sie beiden sich schon?«, fragte Ulita, ohne von Demians Hand aufzusehen.

»Wer?«

»Sie und Mara Alexejewna.«

Mara runzelte die Stirn, aber gewiss nicht so sehr wie ich. Selbst Ofeliyas Miene verdüsterte sich.

»Zwei Tage«, sagte Demian.

»Nur flüchtig«, ergänzte Mara.

»So.« Ulita sprach ganz ruhig und ernst. »Sie werden heiraten.«

Die Zeit blieb stehen, die Welt auch, überhaupt alles blieb stehen. Vor allem mein Herzschlag, genauso fühlte es sich an.

»Wen?«, fragte Demian, was begriffsstutzig klang, aber womöglich nur der Versuch war, die Form zu wahren und Ulita eine Chance zu geben, das Gesagte zurückzunehmen, irgendetwas zu erfinden, das ihren Worten einen anderen Sinn gab. *Irgendjemanden* heiraten. *Irgendwann* heiraten.

»Sie, Demian Eisenhuth, werden Mara Alexejewna Kalinina heiraten.« Ulitas Stimme klang wie ein Dolchstoß, und dann schraubte sie die Klinge genüsslich noch tiefer in die Wunde. »Sie werden Mara aus ihrer Familie reißen, fort von allen, denen sie etwas bedeutet« – ich wechselte einen Blick mit Ofeliya –, »und das wird Konsequenzen haben.«

Demian zog seine Hand von Ulita fort, als hätte er sich an ihr verbrannt.

»Was für Konsequenzen?«, fragte Mara.

Das war ihre erste Frage? Und nicht, wie Ulita überhaupt auf solch einen Blödsinn kam?

Ein Lächeln spielte um die Mundwinkel der Hellseherin, und da begriff ich, was sie getan hatte. Es war die Rache dafür, dass wir Baranow verspottet hatten, die Retourkutsche für unser albernes Verhalten. Am Ende spielte es keine Rolle, ob sie die Wahrheit sagte oder nicht – der Zweifel war gesät. Sie musste bereits vorhin erkannt haben, dass Mara diejenige war, die uns alle verband, unsere Schwachstelle, das Eichenblatt auf unseren Schultern. Jeder von uns vergötterte sie, auf die eine oder andere Weise, sogar Ofeliya.

Erst jetzt sah ich über Demians Schulter hinweg, dass Albin totenbleich geworden war. Und dass etwas mit seinem Gesicht geschah. Dass sich etwas darüberlegte wie das Spiegelbild einer Grimasse, ein zorniger Nachtmahr, der zwischen ihm und uns stand, nur für einen Augenblick, und dann wieder verwehte. Albin warf sich herum und eilte durch die Menge davon.

Ulita schenkte uns allen ein unschuldiges Lächeln, verabschiedete sich mit einem Nicken in die Runde und wich rückwärtsgehend zurück, als würde sie an Fäden gezogen und von der Wand aus Menschen verschluckt.

Ich wollte nicht hören, was irgendwer zu sagen hatte, weder Spott noch Beteuerungen, weder Lüge noch Wahrheit. Ohne ein weiteres Wort wandte ich mich ab, eilte hinaus auf die Terrasse im weißen Mondlicht, an die frische Seeluft, unter einen gleichgültigen Sternenhimmel, um allein zu sein, so weit wie möglich fort von allen anderen.

ꝏ

Niemand folgte mir.

Irgendwann wurde mir klar, dass ich eben doch gehofft hatte, Mara würde mir nachlaufen und diesen haarsträubenden Unfug abstreiten, mit einem Lachen und einer frechen Bemerkung, und alles würde wieder sein wie zuvor. Vor der Begegnung mit Ulita Glinka und Doktor Baranow. Vor unseren kindischen Späßen, die uns jetzt auf die Füße gefallen waren, schwer wie Grabsteine.

Ich stand so weit weg von den Glastüren zum Saal wie nur möglich, aber die Musik war hier draußen trotzdem zu hören, lauter als das nächtliche Meer mit seinen fernen Lichtern von Dampfern oder Kriegsschiffen oder den Augen von Seeungeheuern. Mir war schwindelig, ich schob es auf den Alkohol und wusste es doch besser.

Am Rand des Lichtscheins standen Paare, manche eng umschlungen, andere wohl noch im Gespräch darüber, ob sie nun gemeinsam nach oben gehen wollten oder nicht. Im Trois Grâces stiegen viele Alleinstehende ab, reiche Damen mit ihren blutjungen Gesellschafterinnen, rüstige Witwer und reiche Hinterbliebene, und an Abenden wie diesen wurden die Karten neu gemischt, fanden sich Fremde zum Stelldichein oder schworen einander ewige Liebe, betört vom Rauschen der Brandung und vom Duft der Pinien, den glasklaren Sternbildern und der Atmosphäre aus Tanz und Musik und der schützenden Dunkelheit des Gartens.

Als sich mir von hinten Schritte näherten, erkannte ich die eines Mannes. Ich fürchtete, es wäre Demian – oder schlimmer noch Albin –, aber stattdessen war es der Vater der beiden, Frederik Eisenhuth.

Er trat neben mich, stellte sein Weinglas auf der breiten Steinbalustrade ab und atmete tief durch.

»Diese Abende«, sagte er nur.

Er war ein hochgewachsener Mann mit vollem grauem Haar und Backenbart, makellos gekleidet, mit dem gold-blauen Siegelring seiner Familie am Finger und mit Mitte fünfzig beinahe so ansehnlich wie seine Söhne. Ich kannte ihn als etwas poltrigen, gesellschaftlich unberechenbaren Patriarchen, der oft Gespräche durch Eifer und Lautstärke an sich riss und mit einer diebischen Freude vorgab, nicht zu bemerken, dass die übrigen Beteiligten sich innerlich wanden. Er hielt gern Reden, war ein guter und ausladender Tänzer und genoss die überlebensgroßen Gerüchte über sich, wie jenes, laut dem er sich mit drei Gewerkschaftern seiner Druckerei einen Faustkampf geliefert, mühelos gewonnen und alle drei großmütig weiterbeschäftigt hatte.

Somit war anzunehmen, dass er nicht als sensibler Tröster zu mir kam.

»Du interessierst dich also für Märchen«, sagte er nach kurzem Schweigen. »Alexej hat mir davon erzählt.«

Ein wenig überrumpelt versuchte ich, meine Gedanken zu sortieren. »Für mündliche Überlieferung und ihre Verschriftlichung. Sagen, Legenden, auch Märchen, natürlich.« Das klang, als wollte ich klüger erscheinen als er, obwohl es so nicht gemeint war. Sofort wünschte ich mir, ich hätte meine Antwort nicht so neunmalklug formuliert.

Ihn schien das nicht zu kümmern. »Ich habe lange darüber nachgedacht, was mich so an all dem fasziniert«, sagte er. »Irgendwann habe ich es dann verstanden. Die alten Geschichten sind wie eine Brücke zu einer fremden Kultur, die wir sonst niemals begreifen könnten. Euch Russen habe ich erst über eure Märchen verstanden. Vorher konnte ich euch nicht mal leiden.«

Seine Ehrlichkeit ließ mich schmunzeln. »Ich schätze, *ich* kann uns auch nicht leiden.« Die Worte waren heraus, bevor ich darüber nachgedacht hatte. Aber es war die Wahrheit. Seit ich mich erinnern konnte, hatte ich mir gewünscht, ein anderer zu sein, anderswo zu leben. Erst als ich die Stelle in der Bibliothek angetreten hatte, hatte ich begonnen, mich in meiner Umgebung wohlzufühlen. Wahrscheinlich ist auch das eines der Wunder, die Bücher wirken können. Weil sie uns an ferne Orte führen, lassen sie uns den Ort, an dem wir sind, auf neue Weise wertschätzen. Zumindest tolerieren.

Frederik nickte hinaus aufs Meer. »Russland ist wie ein Geisterschiff, dem man auf hoher See begegnet. Man klettert hinauf, schaut über die Reling und sieht an Deck immer wieder die gleichen verrückten Kapitäne, die einen endlosen Kreislauf blutiger Meutereien niederschlagen. Und wer am Ende noch aufrecht steht, der verhungert.« Er wandte mir das Gesicht zu. »So funktioniert Russland. Es ist ein Spuk, der stets von Neuem durch die Geschichte geistert. Und begriffen habe ich das erst durch die Märchen und Mythen. Die Essenz von Russland ist selbst nur ein Märchen. Und als Märchen mag ich euch.« Ehe ich etwas erwidern konnte, fügte er hinzu: »Im Grunde gilt das aber für alle Länder. Deshalb beinhaltet ein Zimmer voller Märchen und Sagen immer die ganze Welt. Umfassender kann eine Bibliothek nicht sein.«

Ich wünschte mir, ich wäre nüchterner gewesen, um all dem besser folgen zu können. Aber allein die Konzentration, die er mir abforderte, zwang mich dazu, klarer zu werden.

»Dasselbe gilt auch für Menschen«, fuhr er fort. »Eure Mara ist wie der Feuervogel. Du kennst die Geschichte, oder? Der Vogel stiehlt die Äpfel im Garten des Zaren, aber was der Zar auch versucht, er bekommt den Vogel nicht zu fassen.«

»Deshalb sendet er seine Söhne aus«, sagte ich, »und sie fangen den Feuervogel für ihn ein.« Ich biss mir auf die Zunge, als mir klar wurde, dass er das als böswillige Unterstellung missverstehen könnte.

Aber Frederik lachte laut auf. »Ich dachte dabei eher an Xenia, die dich losgeschickt hat, um Mara in Sankt Petersburg zu finden. Dein Onkel hat mir davon erzählt.«

Was blieb mir übrig, als zu nicken? Genauso war es gewesen. Und vielleicht hatte er recht: Mara *war* wie der Feuervogel im Märchen. Jemand würde versuchen, sie in einen goldenen Käfig zu sperren.

Er musterte mich, schien mich abzuschätzen. »Wie alt bist du?«

»Bald neunzehn.«

»Du willst bestimmt nicht für immer der Laufbursche von Xenia und der Bibliothekar von Alexej bleiben. Was hast du vor mit deinem Leben?«

Ich war kurz davor, ihm zu gestehen, dass mich solch ein Thema in meinem jetzigen Zustand überforderte. Aber wahr war eben auch, dass ich mir gewünscht hatte, mit ihm unter vier Augen zu sprechen, über Märchen, seine Sammlung, die neue Bibliothek in der Villa. Falls das hier meine einzige Chance dafür war, dann musste ich sie ergreifen. Und wenn es stimmt, dass im Wein die Wahrheit liegt, dann war Aufrichtigkeit gerade meine schärfste Waffe.

»Eines Tages möchte ich durch Karelien wandern und die alten Heldenlieder aufschreiben«, sagte ich. »Genau wie Elias Lönnrot, als er das –«

»Als er das *Kalevala* geschrieben hat«, fiel er mir ins Wort. »Was stimmt denn mit seiner Version nicht?«

»Oh, ich liebe das *Kalevala.* Das tue ich wirklich. Aber Lönnrot war Dichter, und er hat die Tradition seiner Dichtung untergeordnet. Ihm ging es so sehr um seine eigenen Verse wie um die Sammlung der alten Geschichten. Ich glaube, dass er deshalb vieles ausgelassen hat, bestimmt auch umgeschrieben und verändert. Karelien hütet diesen Schatz von Mythen und Sagen, der absolut einzigartig ist, und in Wirklichkeit ist er bestimmt noch viel größer als das, was Lönnrot veröffentlicht hat.«

Frederik schien beeindruckt. »Du möchtest die Originale sammeln.«

Ich nickte heftig. »Sammeln und nacherzählen, aber so, wie die Alten sie heute noch singen, nicht wie Lönnrot sie in sein Versmaß gepresst hat.«

Er drehte sich um und lehnte sich mit dem Rücken gegen die Brüstung. »Ich muss dich um Verzeihung bitten, Artur. Ich habe dich einen Laufburschen genannt, und ich dachte, wenn ich dich nach deinen Zielen frage, dann sagst du so was wie: Ich werde stellvertretender Direktor der Kaiserlichen Bibliothek. Was nun wirklich keine Schande wäre, natürlich nicht. Aber ich habe deine Ambitionen unterschätzt.« Er schüttelte langsam den Kopf. »Ein neues *Kalevala.* Größer und authentischer als jemals zuvor. Und *lesbar,* was schon mal ein großer Vorteil wäre.« Um seine Mundwinkel spielte ein jungenhaftes Grinsen. »Das ist in der Tat ein ziemlich größenwahnsinniges Vorhaben. Du bräuchtest einen Verleger dafür. Einen, der zu schätzen weiß, was du da planst. Und der überhaupt erst mal eine Ahnung hat, wo er auf der Landkarte nach Karelien suchen muss.«

Ich sah ihn mit offenem Mund an. »Meinen Sie damit –«

Er hob eine Hand. »Eines nach dem anderen. Aber ja, das wäre etwas, das mich interessieren könnte. Und bevor ich eine solche Expedition finanziere …«

Expedition finanzieren. Das hatte er wirklich gesagt.

»… müsste ich sicher sein, dass du wirklich das Zeug dazu hast. In einem meiner Verlage in Leipzig wird gerade eine große Neuausgabe russischer Märchen vorbereitet. Fünf dicke Bände, neu übersetzt, reich illustriert. Das ist nichts, womit wir eine Menge Geld verdienen werden, aber ich hänge sehr daran. Zwei meiner Lektoren sind seit fast anderthalb Jahren damit beschäftigt, und es wird wohl mindestens noch mal so lange dauern. Fähige Leute, aber ich denke, sie könnten Unterstützung gebrauchen. Von jemandem, der fließend Russisch und Deutsch spricht.«

Mir war schwindelig, und das konnte unmöglich allein an den paar Gläsern liegen, die ich geleert hatte. Es fiel mir schwer, Schritt zu halten mit dem, was er da sagte.

»Das wäre eine Gelegenheit, dich zu beweisen. Zu zeigen, dass du das Talent und die Ausdauer für Größeres besitzt. Was hältst du davon?«

Was ich davon hielt? Am liebsten hätte ich mein Glück über die Brüstung geschrien, bis auch der letzte Bootsmann dort draußen am dunklen Horizont hören konnte, welch große Zukunft mir bevorstand.

»Ist das Ihr Ernst?«, fragte ich.

»Hätte ich sonst davon angefangen? Und keine Sorge, ich bin nicht betrunken … jedenfalls nicht so betrunken, dass ich mich morgen nicht mehr an das erinnern könnte, was wir besprochen haben.«

Ich musste mich zusammenreißen, musste mir wirklich alle Mühe geben, um ihm in diesem Augenblick nicht um den Hals zu fallen. »Es wäre mir eine große Ehre«, sagte ich so gefasst wie eben möglich.

Er streckte mir seine Hand entgegen. »Dann schlag ein.«

Das tat ich. Er hatte eine so große Hand, dass ich die Geschichte vom Gewerkschafterfaustkampf auf der Stelle glauben mochte.

»Selbstverständlich«, sagte er, nachdem ich ihn endlich losgelassen hatte, »müssen Alexej und Xenia ihr Einverständnis geben. Aber ich denke, das sollte nicht allzu schwierig werden.«

Nun, wenn er das so sah. Mein ganzer Körper stand unter Strom, und ich wollte nicht das kleinste bisschen Energie an Sorgen verschwenden. Nicht jetzt, nachdem mir Leipzig und das Graphische Viertel schon zu Füßen lagen wie die Felsen dort unten in der Brandung.

Leipzig. Und dann, irgendwann, Karelien.

Sein plötzliches Grinsen verriet, dass ihm ein neuer Gedanke gerade eine diebische Freude bereitete. »Wir sollten es ihnen *jetzt* sagen.«

»Was?« Panik war ein zu harmloses Wort für das, was mich befiel. »Warum denn jetzt? Ich sollte sie schonend darauf vorbereiten, ein bisschen diplomatisch sein. Ich weiß, wie ich die beiden –«

»Diplomatisch?« Er lachte mir ins Gesicht, nicht gemein, nicht einmal überheblich, aber vielleicht war seine Ehrlichkeit ja noch viel schlimmer. »Nichts, was ich im Leben erreicht habe, habe ich diplomatisch erreicht. Man knallt den Leuten die Verträge auf den Tisch, sie machen ein wenig Getue und unken herum, aber am Ende fügt sich alles zum Besten. Glaub mir, mein Junge, ich weiß, wie man so was erledigt.«

Und damit warf er sein leeres Glas über die Brüstung, fuhr herum und eilte mit großen Schritten hinüber zum Saal.

Ich hörte, wie das Glas auf die Felsen traf. Es zerbarst in tausend Stücke.

17

Es wurde ein Fiasko. Natürlich.

Frederik Eisenhuth riss meine Zieheltern aus einer Unterhaltung mit dem Hoteldirektor über dessen baldige Pensionierung und verkündete lautstark, dass ich, Artur Sergejewitsch, ihn nach Leipzig begleiten und dort ein neues, besseres Leben im Schoße seiner Verlage beginnen würde.

Jemandem unverhofft einen Vertrag auf den Tisch zu knallen, mag kurzfristig den Verhandlungsspielraum erweitern; ihm jedoch vor Zeugen eine Schrotflinte in den Rachen zu stoßen und abzudrücken, fällt zwangsläufig auf den Schützen zurück. Und genau das war es, was Frederik tat.

Mein Onkel und meine Tante waren sichtlich vor den Kopf gestoßen, ich selbst hochnotpeinlich berührt, und Frederik lachte nur und redete weiter, während er wie üblich die Reaktionen aller anderen ignorierte. Ofeliya, noch blass von der Begegnung mit der Wahrsagerin, schien in ihrem Rollstuhl zu verkümmern wie ein Vergissmeinnicht.

Einzig Mara strahlte übers ganze Gesicht und schien sich aufrichtig für mich zu freuen. Sie kam herüber, während ich noch schreckensstarr dastand, und flüsterte mir ins Ohr, dass sie mit mir reden wolle. Allein. In ihrem Zimmer.

Ich hörte noch, wie Alexej sich zwang, ein vergrätztes »Ich werde darüber nachdenken« zu murmeln, dann zog Mara mich an der Hand mit sich, und ich war so froh, der grässlichen Situation zu entrinnen, dass ich weder an Ofeliya dachte noch an die Blicke der Eisenhuth-Söhne. Meine eigene Meinung in dieser Sache schien ohnehin niemanden zu interessieren, also sollten Frederik und mein Onkel das miteinander ausmachen.

Ein paar Minuten später schloss Mara die Tür zu ihrem Zimmer auf, schob mich hinein und warf sie hinter uns wieder zu.

Mit einem hohen Quietschen fiel sie mir um den Hals und drückte sich an mich. Ich spürte ihren warmen Atem an meinem Ohr. »Wirst du dich wohl freuen!«

»Ich weiß nicht«, stammelte ich. »Alexej wird mich nicht gehen lassen.«

Sie rückte von mir ab und packte mich an den Oberarmen. Eine tiefe Furche stand zwischen ihren Augenbrauen. »Natürlich wird er das! Er zeigt es vielleicht nicht immer, aber er will nur dein Bestes. Erst recht, wenn es mit Büchern zu tun hat.«

»Hast du nicht die Gesichter der beiden gesehen?«

»Ja, aber die machen sie aus ganz und gar unterschiedlichen Gründen. Xenia ist neidisch, vielleicht gönnt sie dir dein Glück nicht, aber letztlich ist es nicht ihre Entscheidung – was für sie bestimmt das Schlimmste daran ist. Und dein Onkel wäre gern früher eingeweiht worden –«

»Ich weiß es doch selbst erst seit zwei Minuten!«, fiel ich ihr ins Wort.

»Und«, fuhr sie unbeirrt fort, »er wird sich von seinem alten Freund überreden lassen, wenn es dem wirklich ernst damit ist.«

»Ja. Wenn.«

Ihre hellblauen Augen blitzten auf. »Daran hast du Zweifel?

Ich wich einen Schritt zurück und warf die Arme in die Höhe. »Herrgott, natürlich hab ich Zweifel! Ich bin genauso überrumpelt worden wie die beiden.«

»Aber es ist genau das, was du immer wolltest!«

»Eigentlich wollte ich …« Im letzten Moment brach ich ab, weil ich für heute genug von unerfüllten Träumen hatte.

Sie stemmte die Hände in ihre Taille. »Was?«

Ich trat an ihr vorbei und ging tiefer ins Zimmer, als wäre ich auf der Suche nach etwas, das gerade jetzt von größter Wichtigkeit wäre. »Ich hab dir mal von Spiridon erzählt.«

»Dein Freund, der Fälscher.«

»Mein Freund, der Kuriositätenhändler. Mit einer kleinen Werkstatt für dies und das im Keller.«

Ihr linker Mundwinkel wanderte neckisch nach oben. »Wissen Alexej und Xenia eigentlich, dass du mit Verbrechern verkehrst?«

»Nein, und das sollte auch so bleiben.«

»Enterben können Sie dich ja nicht.«

Ich nahm ein Kissen von einem Sessel und warf es in ihre Richtung. Ziemlich formvollendet fing sie es auf und schleuderte es doppelt so heftig zurück. Sie war gut in Kissenschlachten, und noch besser darin, Ofeliya gewinnen zu lassen, ohne dass die es bemerkte. Das sollte sie bei mir gar nicht erst versuchen, also warf ich ihr das Kissen mitten ins Gesicht.

Sie wurde nach hinten geschleudert und krachte mit dem Rücken gegen die Wand. Benommen blieb sie stehen, den Blick gesenkt.

»Mara!« Besorgt sprang ich vor, hielt sie fest und versuchte, ihr in die Augen zu sehen. »Das wollte ich nicht.«

Sie begann wieder zu lächeln, aber diesmal sah es ein wenig traurig aus. »Was wolltest du dann?«

»Dass wir zusammen weggehen. Mit falschen Papieren, die Spiridon für uns gemacht hat. Damit sie uns nicht finden, falls sie nach uns suchen.«

Nun war es also heraus.

Gleich darauf begriff ich, dass sie mich *natürlich* hatte gewinnen lassen. Und dass sie es getan hatte, damit ich das Nachdenken vergaß und endlich mit der Wahrheit herausrückte.

»Entschuldige«, sagte ich hastig, »war eine kindische Idee.«

Ich ließ sie los und wollte zurückweichen, weil ich das Gefühl hatte, es nun endgültig vermasselt zu haben. Aber sie ergriff blitzschnell meine Hand und hielt mich fest. Ihr Brustkorb hob und senkte sich rasend schnell, und ich sah die feine blaue Ader an der Seite ihres weißen Halses pochen.

»Wohin?«, fragte sie nur.

»Karelien«, sagte ich wie aus der Pistole geschossen.

Das Knistern, das gerade noch in der Luft gehangen hatte, verpuffte. Sie runzelte die Stirn und sah mich lange an. »Warum gerade dorthin?«

»Wegen des *Kalevala.* Ich will –«

»Ja, ich weiß. Die Heldenlieder und Legenden. Aber warum willst du mit *mir* dorthin?«

»Weil du die Sprache sprichst.«

Sie schwieg und richtete den Blick zu Boden.

»Alles in Ordnung?«, fragte ich.

Erst schien es, als wollte sie nicht antworten, aber dann kehrte ihr Lächeln zurück, das Pochen der Schlagader, die Wärme in ihren Fingern. Als erwachte sie wieder zum Leben. »Hat Spiridon die Papiere schon fertig?«

»Ich weiß, ich hätte dich fragen sollen. Natürlich hätte ich das. Und überhaupt –«

»Hat er?«

»Ja.« Ich brachte das Kunststück fertig, das nicht kleinlaut klingen zu lassen, wenigstens in meinen Ohren. »Schon vor ein paar Wochen.«

»Wann hättest du mir davon erzählt?«

»Wenn … wenn ich sicher gewesen wäre, dass du mich nicht auslachst.«

»Hab ich dich jemals ausgelacht?«

»Ständig.«

»Aber nicht wegen so was.« Auch das Grinsen war wieder da, dieses listige Tunichtgutgrinsen, das sie aus dem Nichts hervorzaubern konnte wie ein Herzass. »Du hättest was sagen sollen.«

»Vielleicht, ja.«

»Jetzt ist es zu spät.«

Ich schluckte. »Ist das so?«

Sie nickte heftig. »Weil du nämlich von Leipzig aus dorthin aufbrechen wirst.«

»Ach, hör auf. Der Zug ist abgefahren. Ich hätte Alexej dazu bringen können, irgendwie, aber nicht auf diese Weise. Frederik hat einfach beschlossen, dass es so passieren wird, und er dachte, die beiden zu fragen sei reine Formsache.«

Sie kam wieder näher. »Setz dich.«

»Wohin?«

»Auf die Bettkante, Dummkopf.«

Ich gehorchte. Zu Hause hatte ich mehr als einmal auf ihrem Bett gesessen. Aber das hier fühlte sich anders an.

Sie setzte sich neben mich und presste ihren Oberschenkel an meinen. Gedankenlos, nahm ich an. »Jetzt spiele ich mal die Wahrsagerin.« Sie griff über meinen Schoß hinweg nach meiner linken Hand und zog sie zu sich herüber. Ich wusste nicht so recht, wohin mit der anderen, die ziemlich nutzlos auf meinem Bein lag und dabei mit dem kleinen Finger das ihre berührte.

»Was diese Frau da gesagt hat …«, begann ich.

»Pst«, machte sie. »Das war nur Unsinn. Sie hat sich was ausgedacht, um uns zu spalten. Das war ihre Rache für die Geschichte mit dem Doktor … So, das hier ist die Lebenslinie.« Sie stocherte mit dem Zeigefinger in meiner Handfläche herum, und ich hätte ihr auch dann geglaubt, wenn sie behauptet hätte, dort sei eine Landkarte von Bengalen erschienen. »Aber die Lebenslinie interessiert uns nicht. Wir wollen nicht wissen, wann wir sterben und mit wem.«

»Nur mit dir.« Vielleicht hätten wir damit beginnen sollen, mir den Mund zuzunähen, damit ich nicht noch mehr Blödsinn verzapfte.

Sie blickte auf. »Bist du sicher?«

Ich nickte.

Für ein paar Sekunden verkniff sie die Lippen, machte »Hm-hm« und nickte dann ebenfalls. Schließlich blickte sie wieder hinab auf meine Hand. »Ich sehe hier eine Menge Bücher. Eine ganze Stadt der Bücher und Passagen. Ich denke, das ist Leipzig.«

»Ja, Nostradamus. Was für eine Überraschung.«

»Still! Du reist also nach Leipzig. Und du wirst die falschen Papiere noch brauchen.«

»Nur ich?«

»Das ist deine Hand, nicht meine. Ich kann nicht in meiner eigenen lesen.«

»Logisch.«

»Und ich sehe eine Landschaft aus Wäldern und Seen.«

»Karelien.«

»Einen großen See. Ein langer Steg führt vom Ufer zu einer kleinen Insel. Darauf steht ein großes Gebäude aus Holz, mit vielen Türmen und spitzen Kuppeln.« Haarsträhnen glitten ihr in die Stirn, aber sie strich sie nicht zurück wie sonst. Es wurden immer mehr, bis ihr Gesicht dahinter verschwand. »Überall Patriarchenkreuze mit zwei Balken. Eine Bibliothek. Und darin ein ganz besonderes –«

Mit einem leisen Aufstöhnen ließ sie meine Hand los und sprang auf.

Ich lachte nervös. »Ein was?«

Sie erschien mir noch bleicher als sonst, die Haust fast transparent, als wäre sie über weißes Porzellan gespannt. »Nichts«, sagte sie. »Karelien. Du wirst hinfahren.«

So ganz verstand ich nicht, was sie mit dieser Schau bezweckte. Meine Hoffnung bestätigen, meine Sorgen zerstreuen? Aber warum dann plötzlich diese Unruhe?

Ich seufzte leise. »Du wirst schon recht haben.«

»Hab ich.« Sie hatte sich wieder gefangen, brachte sogar ein zartes Lächeln zustande. »Geh nach Leipzig, dann wirst du auch nach Karelien reisen.«

Jemand klopfte an die Tür.

Wir wechselten einen kurzen Blick.

»Ja?«, fragte sie laut.

»Ich bin's. Demian.«

»Das hier ist das Zimmer einer Dame.«

»Deshalb klopfe ich hier und nicht bei dem alten Polen nebenan.«

Sie zuckte die Achseln, als ich fragend gestikulierte, dann ging sie zur Tür und öffnete. »Artur ist auch hier. Er wird meine Unschuld beschützen, falls du ein Barbar und Vandale bist.«

Er nickte mir über ihre Schulter hinweg zu. »Die Vandalen *waren* Barbaren.«

»Und sie haben eine Menge Römerinnen geschändet«, sagte Mara.

»Deswegen bin ich heute nicht hier. Ich wollte dich einladen.«

»Ulita ist schuld«, sagte ich und stand vom Bett auf. »Jetzt lässt er nicht mehr locker.«

Demian lächelte, vielleicht eine Spur verärgert, aber ganz eindeutig war das nicht. Er sieht sich als Sportsmann, dachte ich. Ich hasste Sportsmänner.

»Du musst schon sagen, wozu du mich einladen willst.« Mara machte keine Anstalten, ihn hereinzubitten, klang aber auch nicht allzu abweisend.

»Zu einer Fahrt im Automobil an der Küste entlang. Gleich morgen früh. Die Straße ist spektakulär und die Aussichten unglaublich. Du könntest dein Malzeug mitnehmen.«

»Ich male keine Landschaften.«

»Dann mal mich vor der Landschaft.«

War es das, was man in Deutschland unter Charme verstand? Ich wäre jede Wette eingegangen, dass sie ihn dafür eiskalt abblitzen ließ.

»Einverstanden«, sagte sie.

Er hob eine Braue, offenbar erstaunt, dass es so leicht gewesen sein sollte. »Gut.«

»Unter einer Bedingung.«

»Welcher?«

»Artur wird uns begleiten.«

Ich sog scharf die Luft ein.

Diesmal wirkte Demians Lächeln nicht mehr ganz so sportlich. »Damit keiner auf falsche Gedanken kommt?«

»Weil ich es so will«, sagte sie. »Wir drei im Automobil, die Küste entlang. Gute Laune, Sonnenschein, die perfekte Sommerfrische im Winter. Du darfst uns einen Picknickkorb packen. Und vielleicht nehme ich wirklich was zum Malen mit.«

Demian straffte die Schultern. »Das klingt schön.«

»Das *wird* schön.« Sie blickte sich zu mir um, ein verschmitztes Lächeln auf den Lippen. »Was hältst du davon?«

»Mir wird schlecht in Automobilen.«

Sie winkte ab. »Nur in Kurven.«

Demian grinste mich an. »Da gibt es sehr viele Kurven. Hunderte.«

»Ich freu mich schon«, sagte ich.

Mara nickte, erst in meine, dann in seine Richtung. »Also sind wir uns einig? Aufbruch um neun?«

18

Die Vormittagssonne blitzte auf der langen Motorhaube des Silver Ghost, während Demian ihn geübt um scharfe Felsnasen und über schwindelerregende Steinbrücken lenkte. Die goldene Corniche mit ihren malerischen Seitenwegen und versteckten Parallelrouten machte ihrem Ruf, der Traum kühner Automobilisten zu sein, alle Ehre, auch wenn ich recht gut ohne das Geschüttel und Getöse hätte leben können.

Mara saß neben Demian auf dem Beifahrersitz, ich hinter den beiden auf der breiten Rückbank. Sie trug Matrosenhosen und einen gestreiften Trikotsweater, der die Arme unbedeckt ließ, dazu eine sehr französische, kreisrunde Mütze, die sie aber meist in ihrem Schoß festhielt, weil der Fahrtwind sie sonst in die Abgründe zwischen den Felsen getrieben hätte. Um ihren Hals lag die Kette mit dem Mondsteinanhänger, die sie nur zu besonderen Gelegenheiten anlegte.

Vom Hotel aus hatten wir eine halbe Stunde bis Nizza gebraucht und waren die Promenade entlanggefahren, vorbei an den berühmten Palasthotels mit ihren strahlend weißen Tempelfassaden, den Verkehrsinseln voller Palmen und der Geschmacksverirrung des Casino de la Jetée, der Karikatur eines maurischen Kalifenpalasts, auf Pfählen in die Bucht gebaut wie eine Piratenfestung. Demian bot weltmännisch an, einen der teuren Tearooms zu besuchen, aber Mara wollte nichts anderes als fahren, fahren, fahren, ihr langes Haar im Wind flattern lassen und die Sonne auf der Haut spüren.

Am Morgen hatte sie sich von mir die Schultern und den Hals einölen lassen, und sie hatte dasselbe für mich getan. Ich fand, dass wir damit bestens gewappnet waren, nicht nur gegen die Sonne, sondern auch gegen jeden Annäherungsversuch, den Demian unternehmen mochte. Immerhin hatte ich ihre wunderbaren Schultern gestreichelt, bevor sie in sein Cabriolet gestiegen war, und sie hatte dabei die Augen geschlossen und leise geseufzt.

Hinter Nizza ging es ein Stück steil bergauf, und Demian erklärte, dass die untere Küstenstraße die unattraktivste sei, weil dort immer mehr Häuser und Hotels entstünden und viel Schönes unter aufgewirbeltem Straßenstaub verschwände. Deshalb bog er bald ab und fuhr hinauf ins Gebirge. Die Fahrbahn wurde holperiger und die Aussicht spektakulärer, eine Abfolge unglaublicher Panoramen.

Wir rollten durch eine lichtgesättigte Landschaft aus roten Felsen zur Linken und dem tiefblauen Meer zur Rechten, und natürlich hatte Demian nicht übertrieben: Es *waren* Hunderte Kurven, und während ich an Übelkeit litt und bemüht war, das nicht zu zeigen, jauchzte und jubelte Mara vorn auf dem Beifahrersitz, riss die Arme empor, wenn sich eine neue Aussicht auftat, und winkte mit ihrer Mütze den Hirten und Bauern zu, die auf Stöcke gestützt am Wegrand warteten, bis der Silver Ghost in seiner Staubwolke vorübergezogen war wie ein Unwetter aus der Zukunft.

Immer wieder hielt Demian an, deutete auf Inselchen im Meer, auf fantastische Felsformationen an den Bergflanken oder auch nur auf Ziegen, die vor ein paar Pinien grasten. Er ließ keinen Zweifel daran, wie sehr er diese Landschaft liebte, eine Liebe, wie ich sie wohl für die Bücher empfand und Mara für ihre Malerei – oder das Leben. Denn immer mehr schien es mir das zu sein, was sie am allermeisten genoss: das reine, unbeschwerte Leben.

»Der Gedanke, das alles nicht mehr wiederzusehen, macht mich wahnsinnig«, rief Demian über den Fahrtwind hinweg. »Meine Eltern haben Albin und mich mit hierhergenommen, seit wir klein waren.«

Was ihn keineswegs davon abgehalten hatte, Albin *nicht* mitzunehmen, als der von unserem Ausflug erfahren hatte. Albin war gerade aus dem Hotel hinaus auf den Vorplatz geeilt, als Demian

Gas gegeben hatte. Ich war sicher, dass er seinen Bruder im Spiegel bemerkt hatte, doch weder Mara noch ich hatten ihn darauf angesprochen. Letztlich waren wir alle froh, den Tag nicht mit Albin verbringen zu müssen.

»Aber du *wirst* das alles wiedersehen«, sagte Mara.

»Wenn kein Wunder geschieht und irgendwer den Krieg verhindert, dann ist das alles andere als sicher«, widersprach er. »Deutsche und Franzosen werden sich auf dem Schlachtfeld die Köpfe einschlagen, von euch Russen ganz zu schweigen, und dann wird es ein für alle Mal vorbei sein mit Urlaub an der Côte d'Azur und Picknickfahrten auf der Corniche.«

Ich beugte mich zwischen den Sitzen vor. »Es hat schon früher Kriege zwischen Franzosen und Deutschen gegeben. Napoleon hat die deutschen Fürstentümer überrollt und ist bis weit hinein nach Russland marschiert. Und sieh dir an, was nur ein paar Jahrzehnte später daraus geworden ist: Deutsche sonnen sich vor seiner Haustür am Meer, und Frankreich und Russland sind zu Verbündeten geworden. Die Dinge werden ständig auf den Kopf gestellt. Selbst wenn es Krieg gibt, ist der in ein paar Jahren wieder vergessen. Die Küste wird immer noch dieselbe Küste sein, und du kannst dein Cabriolet abstauben und wieder quer durch Europa fahren.«

Sein Blick traf meinen im Rückspiegel. »Ich wäre sehr froh.«

»So wird es kommen«, pflichtete Mara mir bei.

»Es sei denn«, sagte Demian, »wir sind dann alle tot. Weil das vorkommen soll in Kriegen.«

»Ach, Schnickschnack!« Mara winkte mit der Mütze ab. »Das meiste wendet sich zum Guten. Daran glaub ich ganz fest.«

»Aus Erfahrung?«, fragte er.

Ich war gespannt, was sie darauf antworten würde.

Sie legte den Kopf in den Nacken, schloss die Augen und lächelte der Sonne entgegen. »Manchmal muss man nachhelfen. Aber ja, aus Erfahrung.«

Ich betrachtete ihr Profil, den Schwung ihrer Stirn, die hellen

Augenbrauen, ihre hohen Wangenknochen und die feine, hübsche Nase. Als ich wieder nach vorn sah, bemerkte ich, dass Demian mich im Rückspiegel musterte. Natürlich wusste er, was ich für Mara empfand. Spätestens jetzt wusste er es ganz genau.

»Was passiert mit dem Haus?«, fragte Mara, während er und ich noch im Spiegel die Klingen kreuzten. »Mit eurer Villa und all den Büchern, die dein Vater gerade hineinbringen lässt?«

»Vater hat lange so getan, als ließe sich der Krieg einfach ignorieren«, sagte Demian. »Als könne man sich aussuchen, ob er einen überhaupt betrifft oder nicht.«

»Er ist Geschäftsmann«, sagte ich, »da müsste der Krieg ihn schon aus finanziellen Gründen interessieren. Die Wirtschaft wird einbrechen, wenn es wirklich dazu kommt. Seine Drucker und Lagerarbeiter werden an die Front geschickt. Vielleicht sogar …« Das war unbedacht gewesen, aber Demian nahm den Faden sofort auf.

»Vielleicht sogar seine Söhne«, sagte er. »Und was die Villa angeht: Wir können sie nicht einpacken und mitnehmen. Vater hat es zu seinem erklärten Ziel gemacht, sie fertig einzurichten, in der Hoffnung, dass alles nur halb so schlimm kommt. Wir werden ja sehen.«

»Da vorn!«, rief Mara. »Der Aussichtspunkt. Halt da mal an.«

Demian lenkte den Silver Ghost auf ein kleines Felsplateau rechts der Straße. Hier machten wir unser Picknick, sprachen über erfreulichere Dinge, und schließlich packte Mara ihre Staffelei aus, platzierte Demian auf einem Stein und malte sein Porträt vor einem Hintergrund aus nebulösem Blau und Weiß.

Derweil ging ich bis zur Felskante und sah ein gutes Stück unter uns eines der pittoresken Dörfer, von denen es hier unzählige gab. Ich begann zu verstehen, warum Demian dies alles so sehr liebte und darum trauerte, noch ehe es endgültig verloren war. Bis vor Kurzem hatte ihm die Welt zu Füßen gelegen – er hatte das Geld, die Verbindungen, dieses unglaubliche Haus auf den Klippen –, und nun wurde über seinen Kopf hinweg entschieden, dass es vorbei sein sollte. Er war durch seine Abstammung begünstigt, keine Frage, doch in diesem Augenblick tat er mir leid. Ich verstand ihn, verstand seine Frustration und seine Hilflosigkeit.

Ich drehte mich um und beobachtete Mara beim Malen. Ihre Porträts waren nicht mehr ganz so klein wie damals am Apraxin Dwor, aber noch immer nicht viel größer als meine Hand. Anders als in der Villa malte sie Demian nun auf eine ihrer Holzscheiben, und tatsächlich wurde es ein völlig anderes Bild. Das Porträt im Haus war zweckmäßig gewesen, durchaus gelungen, aber nur ein Abbild wie eine Fotografie. Dagegen schien der Demian, der nun unter ihrem Pinsel Gestalt annahm, vor Stolz und Lebenslust zu glühen, seine Augen strahlten, das Lächeln war gewinnend und ein wenig schmerzerfüllt zugleich. Heute malte sie ihn so, wie wir ihn kennengelernt hatten, mit all seiner Überheblichkeit, aber auch seiner Verzweiflung.

Nachdem sie fertig war, wollte er es sehen, aber sie sagte, es müsse erst trocknen, und vielleicht sei noch etwas nachzuarbeiten. Er könne es später haben, aber nicht sofort.

»Jetzt du«, sagte sie zu mir. Sie wusste, dass ich ihr nicht gern Modell stand, deshalb bat sie mich nur selten darum.

»Muss das wirklich sein?«

»Sei kein Spielverderber und setz dich.«

Demian grinste. »Wir haben noch Wein, falls du dir Mut antrinken musst.«

Schicksalsergeben setzte ich mich auf den Stein und blickte in dieselbe Richtung wie er vorhin, auf einen der rotbraunen Berghänge. Aber Mara schüttelte den Kopf.

»Sieh mich an«, sagte sie.

Ich drehte den Kopf ein wenig und beobachtete, wie sie mich malte, ihren verbissenen, fast gequälten Ausdruck dabei, Kinn und Wangen von der Sonne gerötet, die Lippen zu schmalen Strichen gepresst. Sie saß breitbeinig auf dem kleinen Schemel, den sie mitgebracht hatte, der weite Stoff der Matrosenhose spannte zwischen ihren Schenkeln. Sie war barfuß, und ich konnte ihre

Waden sehen, weil die Hosenbeine hochgerutscht waren. Beim Malen glitt sie kaum merklich vor und zurück, so hoch konzentriert war sie, und auf ihrer Stirn glänzten Schweißperlen.

Demian stand derweil am Abgrund und blickte wortlos aufs Meer hinaus, genau wie ich gerade eben noch, und ich fragte mich, ob auch er sie so gesehen hatte, wie ich es nun tat, so beharrlich, so besessen, erfasst von einer Zielstrebigkeit, die sie nichts anderes sehen, hören, wahrnehmen ließ als ihn und mich, diese wehrlosen Gesichter auf Holz, ganz und gar ihrem Zauber erlegen.

19

Flirrende Tage vergingen mit Sonnenbaden und Nichtstun, mit Ausflügen in die Casinos und die letzten Dörfer voller Unschuld, bevor bald andere kommen würden wie wir und später noch weit mehr davon.

Die Eisenhuths erschienen wie immer zum Abendessen im Hotel, tagsüber sahen wir sie kaum. Das Einrichten der Villa war ein Rennen gegen die Zeit, wohl auch gegen die Vernunft, und abends beschwerte sich Ilna Eisenhuth ein ums andere Mal über die endlose Flut von Bücherkisten, die Tag für Tag angeliefert wurden. Ihr Mann spottete über mächtige Stoffballen und eine Armee französischer Näherinnen, die in der ganzen Villa dabei waren, Vorhänge zu nähen, um die riesigen Fenster mit Meerblick abzudunkeln, damit Ilnas kostbare Möbel und Polsterbezüge nicht in der Sonne bleichten.

Demian war nonchalant wie immer, manchmal wechselte er Blicke mit Mara, manchmal auch mit mir, so als teilten wir ein Geheimnis, das irgendwie dort oben auf dem Berg zwischen uns geboren worden war, obgleich ich nicht so recht wusste, welches das sein sollte. Sein Bruder Albin lud Mara zum Tee in die Villa ein, aber soweit ich weiß, ging sie nie hin, und wenn doch, erzählte sie nichts davon. Sie blieb nie so lange unten am Meer wie Ofeliya und ich, wegen der starken Sonne, die ihrer hellen Haut nicht guttat, und dann malte oder las sie in ihrem Zimmer oder machte Spaziergänge durch den schattigen Pinienwald über der Bucht. Manchmal sah ich sie dann von unten zwischen den Stämmen umherstreifen, die weißen Schemen ihrer Sommerkleider, wechselnd zwischen Licht und Schatten.

Niemand sagte mir in dieser Zeit, ob bezüglich meiner Anstellung in Leipzig eine Entscheidung gefallen war, und ich fragte auch nicht danach, auf kindische Weise überzeugt von dem Aberglauben, dass ich meine Antwort von selbst bekommen musste, denn alles andere verhieße Unglück.

Sechs Tage nach unserer Fahrt auf der Corniche erhob sich Frederik Eisenhuth abends beim Essen und klopfte viel zu laut mit dem Messer gegen sein Weinglas. An der Tafel, die wir uns wie üblich mit den Eisenhuths teilten, verstummten die Gespräche. Alle sahen ihn an.

»Jetzt!«, flüsterte Ofeliya mir aufmunternd zu, obwohl ich wusste, dass ihr bei der Vorstellung, ich könnte fortgehen, alles andere als munter zumute war.

Frederik begrüßte uns als seine »lieben Freunde« und sprach darüber, dass dies ein besonderes Jahr sei und eine Bedrohung über Europa schwebe, die jeden von uns betreffe. Politischer wurde er nicht, weil das beim Essen tabu war und es ihn wohl auch nicht interessierte. Aber er erwähnte, dass seinen Firmen großer Schaden drohte, wenn es zum Schlimmsten käme. »Deshalb müssen Demian und ich unerwartet schon früher zurück nach Leipzig. Ich habe meiner lieben Frau und Albin freigestellt, noch einige Wochen hierzubleiben, aber die beiden haben sich entschieden, uns zu begleiten. Der Verwalter ist instruiert, damit die Arbeiten im Haus in unserem Sinne fortgeführt werden.«

Alexej, der offenbar nichts davon geahnt hatte, schien freundschaftlich protestieren zu wollen, aber Xenia legte ihre Hand auf seine. Offenbar ahnte sie früher als wir anderen, dass da noch etwas kommen würde.

»Keiner von uns allen weiß, wann wir uns hier wiedersehen werden«, fuhr Frederik fort, »ein Gedanke, der mich mit großer Wehmut erfüllt. Vielleicht schon im nächsten Jahr, vielleicht erst Gott weiß wann. Doch so oder so: Morgen müssen wir abreisen.«

»Schon morgen!«, entfuhr es Alexej.

Frederik nickte. »Es lässt sich nicht vermeiden. Zu Hause warten zu viele Dinge, die geregelt werden müssen. Demian wird vieles davon übernehmen, aber ich will ihn damit jetzt nicht allein lassen.«

Alexej seufzte. »Die Arbeit geht immer vor.«

Demian erhob sich mit einem Räuspern von seinem Platz. »Ich möchte auch etwas sagen.«

Ofeliya saß rechts von mir, Mara zu meiner Linken. Beider Köpfe fuhren herum. Demians Platz befand sich meinem gegenüber, und so konnte ich genau beobachten, wie er dastand, das Glas in der Hand und sehr gefasst, sehr selbstsicher. An seiner Seite saß Albin mit einem gekünstelten Lächeln auf den Lippen, beide Hände flach auf dem Tisch, wobei der Siegelring an seiner rechten Hand in einem leisen Rhythmus gegen den Tellerrand stieß.

»Bitte«, sagte Frederik auffordernd und nahm wieder Platz. »Die schlechten Nachrichten hätten wir hinter uns gebracht, komm du jetzt mit den guten.«

Wir lachten höflich, wobei in mir alles taub war, wie gelähmt vor Anspannung.

»In den vergangenen Wochen sind wir alle uns wieder einmal nähergekommen«, sagte Demian, »und ganz gleich, was die Zukunft bringen wird, so kann sie doch keinen Keil zwischen unsere Familien treiben. Davon bin ich felsenfest überzeugt.«

Alexej und Frederik klopften zustimmend mit den Fingerknöcheln auf die Tischplatte. Auch an den Nebentischen gab es jetzt immer mehr Zuhörer, während sich die Kellner fernhielten, um nicht zu stören.

»Ich möchte auch gar kein langes Gerede machen, zumal wir hier nicht unter uns sind.« Verhaltenes Gelächter an den anderen Tischen. »Wir alle – nun, fast alle – waren schon viele Male hier, und im Großen und Ganzen wissen wir, was uns erwartet. Die Landschaft, das Meer, die Gastfreundschaft all dieser tadellosen Menschen. Wahrscheinlich kommt niemand von uns in Erwartung großer Überraschungen hierher, ganz im Gegenteil, wir mögen ja gerade das Wohlvertraute, das Wissen um die Beständigkeit dieser Gegend.«

Ich begann jetzt zu verstehen, warum sein Vater ihn trotz seiner Jugend zum Nachfolger aufgebaut hatte. Ich war ein wenig neidisch auf seine Gabe, so frei und flüssig reden zu können, und ich betrachtete ihn mit einer Mischung aus Faszination und eifersüchtiger Abneigung.

»Doch diesmal«, sagte er, »hätte die Überraschung kaum größer sein können. Denn jemand ist in unsere Runde getreten, den wir noch nicht kannten. Eine neue Tochter, Schwester, Freundin, die uns alle mit ihrem Liebreiz für sich eingenommen hat.«

Ofeliyas Hand fiel unter dem Tisch auf meinen Oberschenkel und krallte sich fest. Ich war viel zu überrumpelt, um eins und eins zusammenzuzählen, und falls ich es doch tat, ja, vielleicht schon Gewissheit hatte, worauf das alles hinauslaufen würde, so hat die Erinnerung meine Befindlichkeiten vollständig ausgelöscht. Vielleicht gab es gar keine. Vielleicht war ich längst völlig leer.

»Liebe Mara«, sagte Demian, »du hast in dieser kurzen Zeit alle meine Gedanken beherrscht und mein Herz erobert. Die Vorstellung, morgen abzureisen und dich vielleicht niemals wiederzusehen, ist mir unerträglich. Deshalb will ich nicht länger herumstammeln wie ein Schuljunge, obwohl es wirklich den größten Mut erfordert, so freiheraus zu sagen, was mich bewegt: Mara, meine Liebe, ich möchte dich bitten, meine Frau zu werden und mich und meine Familie nach Leipzig zu begleiten.«

Ebenso gut hätte er den Fleischspieß von der Silberplatte nehmen und geradewegs durch mein Auge rammen können. Weder die Tat noch die Art und Weise ihrer Ausführung hätten mich unvorbereiteter getroffen als seine Worte. Ich wusste nicht, wie ich reagieren sollte, also bemühte ich mich um ein Lächeln, so als hätte das Angebot mir gegolten, nicht Mara, die noch immer reglos an meiner Seite saß und wohl gerade nach einem Ausweg suchte.

Ein Wabern aus Ohs und Ahs geisterte durch den Saal. An einem der Nebentische begann jemand zu klatschen, wurde zurechtgewiesen und verstummte wieder.

Ganz langsam wandte ich den Kopf zur Seite, um Mara anzusehen. Dabei streifte mein Blick die versteinerte Miene Xenias, ein graues Basaltgesicht, erstarrt in unterdrücktem Entsetzen. Augenscheinlich hatte auch sie nicht die leiseste Ahnung gehabt.

»Hört, hört«, sagte Alexej, aber es klang schwachbrüstig und nicht besonders erfreut.

Mara hatte noch nichts gesagt, sich nicht mal bewegt, und als ein paar Sekunden vergangen waren, ergriff Demian erneut das Wort, nun merklich nervöser. »Natürlich setzt dies das Einverständnis unserer alten Freunde voraus, Alexej und Xenia. Also bitte ich erst dich, Alexej, um die Hand deiner Tochter.«

Ofeliya gab neben mir ein leises Stöhnen von sich, das wohl nur ich hören konnte. Es war noch nicht lange her, da hatte ihr Vater gewollt, dass Demian *sie* zur Frau nahm, aus geschäftlicher und freundschaftlicher Verbundenheit. Am Ende spielte es für die Zukunft des Verlags keine Rolle, ob sie oder ihre Adoptivschwester Demian Eisenhuth heiratete. Und weil sie ihn ohnehin nie gewollt hatte, hätte das alles hier für sie eine gute Nachricht sein können – wäre damit nicht die gnadenlose Gewissheit verbunden gewesen, dass sie auch hier ganz und gar austauschbar war.

Alexej stieß ein Räuspern aus, tupfte sich mit der Serviette die Lippen und schien nachdenken zu müssen. Was mich wunderte. Bis ich sah, wie hart sich die Hand meiner Tante auf dem Tisch um seine schloss. Mara war in ihren Augen ganz allein *ihr* Kind. Und sie war nicht bereit, sie schon nach wenigen Monaten aufzugeben.

Doch Alexej zog seine Hand von ihr fort. Ihr Blick dabei sprach Bände. Ich hatte noch nie erwogen, dass die beiden einander nicht nur nicht mögen, sondern regelrecht hassen könnten. Jetzt hatte ich daran nicht den geringsten Zweifel.

Mara schwieg noch immer.

»Mein lieber Demian, liebe Eisenhuths«, sagte Alexej, »da wir gerade von Überraschungen sprachen – das ist ja nun wirklich eine.«

Mir gegenüber rückte Albin wieder und wieder sein Besteck gerade, ohne hinzusehen. Sein leises Lachen schlängelte sich über den Tisch und schien jeden anzuzischen, der es bemerkte.

»Und weil ich ein Mann mit modernen Ansichten bin, und obwohl von meiner Seite aus meiner Zustimmung zu dieser wunderbaren Verbindung nichts im Wege steht« – wenn er weiter so ausschweifend formulierte, nur um nicht auf den Punkt kommen zu müssen, würde ich sehr laut schreien und gar nicht mehr aufhören können –, »will ich mich erst festlegen, wenn ich weiß, wie Mara sich entschieden hat. Schließlich ist es ihr Glück, um das es hier geht.«

Ofeliyas Fingernägel stachen noch tiefer in mein Bein. Natürlich hätte er dasselbe niemals gesagt, wenn Demians Antrag ihr gegolten hätte. Denn um ihr Glück hätte sich in diesem Fall niemand geschert. Das verkrüppelte Mädchen und der steinreiche Erbe – wie hätte sie da nicht glücklich sein können?

Mara erhob sich neben mir vom Stuhl. Ihre Finger berührten die Tischplatte, als stützte sie sich darauf, aber tatsächlich stand sie ganz frei da, ganz erhaben.

»Ich bin sehr gerührt von deinen Worten, Demian, und unendlich froh über die freundliche Aufnahme, die ihr alle mir habt angedeihen lassen.« Hatte sie das auswendig gelernt? Hatte sie *gewusst,* was heute Abend geschehen würde? Nein, sicher schmierte sie ihm nur Honig ums Maul. »Und die Wahrheit ist, dass ich gar nicht nachdenken muss, weil dein Angebot mich so glücklich macht. Ja, Demian, ich möchte nichts mehr, als deine Frau zu sein.«

»So eine Scheiße«, flüsterte Ofeliya.

Albin sackte auf seinem Stuhl zusammen, nur ganz kurz, während sein Blick wieder über das Besteck tastete und auf dem Messer verharrte.

Rundum begannen die Menschen zu applaudieren, und ich entdeckte einen Ausdruck wahrhaftiger Erleichterung und kindlicher Freude auf Demians Zügen, als ich von Albin zu ihm blickte und dann wieder zu Mara.

Sie lächelte mit leicht geröteten Wangen, und da sah ich sie wieder auf dem Beifahrersitz des Cabriolets, die Arme emporgerissen, das lange Haar zerzaust vom Wind, so gefangen in der Glückseligkeit dieses Augenblicks, dass ich es schon da hätte wissen müssen, mit allergrößter, allerletzter Gewissheit.

Demian eilte um den Tisch, beugte vor Mara das Knie und küsste ihre Hand, während der Applaus im Saal immer lauter wurde und ich gegen einen Brechreiz ankämpfte, der mir die Kehle zuschnürte. Ofeliya murmelte etwas an meinem Ohr, aber ich verstand sie nicht, verstand nichts von alldem, bis Mara und Demian sich umarmten, gar nicht so scheu und unvertraut, wie man hätte erwarten können, und dann klopfte Frederik wieder mit dem Messer ans Glas und bat alle um Ruhe.

Ofeliya nutzte den Augenblick und raunte: »Und wenn sie das für dich tut? Damit ihr zusammen nach Leipzig gehen könnt?«

Mir bleib keine Zeit, diesen Gedanken in seiner ganzen Tragweite auch nur zu erwägen, denn nun ergriff Frederik das Wort. Im Rest des Saals setzte sich das allabendliche Raunen der Tischgespräche fort, die meisten Gäste richteten ihre Aufmerksamkeit wieder auf ihre eigenen Themen.

»So, meine Lieben, das war aufregend, nicht wahr?« Frederik grinste in die Runde, ohne wahrzunehmen, dass sein jüngster Sohn in wütender Eifersucht versank und auch ein paar von uns anderen an dem zu kauen hatten, was gerade geschehen war. »Dann lasst uns die neuen Pläne jetzt und hier besiegeln. Mara wird uns, das Einverständnis ihrer Eltern vorausgesetzt, schon morgen nach Leipzig begleiten. Genau wie Artur, den wir wie sie in unserer Familie willkommen heißen wollen.«

Als mein Name fiel, riss mich das aus meiner Lähmung, aber ich brauchte noch einmal ein, zwei Atemzüge, um zu begreifen, dass es wirklich um mich ging.

»Na also«, flüsterte Ofeliya, die gute, liebevolle Ofeliya, die ihr eigenes Unglück meisterte, indem sie sich bedingungslos für mich freuen wollte.

»Nun«, sagte Alexej, »das sind wirklich große Neuigkeiten, und natürlich stimmen wir zu, dass die beiden –«

»Nein!«

Es war das schärfste, entschiedenste Nein, das ich in meinem ganzen Leben vernommen habe.

Xenia saß stocksteif auf ihrem Platz, den Rücken gerade, die Lippen blutleer. »Ich werde nicht zwei Kinder auf einmal verlieren«, sagte sie auf diese gefährliche, sehr direkte Weise, die stets dazu führte, dass mein Onkel umgehend alle Gegenwehr aufgab. Zuletzt hatte ich das erlebt, als sie darauf bestanden hatte, Mara ins Haus zu holen. Und nun tat sie es wieder. »Ich werde Maras Glück nicht im Wege stehen, denn ich bin –«

»Ihre *Mutter*«, murmelte Ofeliya verächtlich.

»– ihre Mutter. Aber Artur ist wie unser einziger Sohn, unser Fleisch und Blut, und er ist uns lieb und teuer. Dir, Alexej, als Helfer mit deinen kostbaren Büchern, und mir als Unterstützung in so vielen Dingen.«

Ich war ihr immer eine Last gewesen, das hatte sie mich Tag für Tag spüren lassen. Es ging nicht um meine Unterstützung. Schon gar nicht um ihr Fleisch und Blut. Es ging ihr einzig um Rache an Alexej, der ihr Mara weggenommen hatte, so empfand sie das wohl. Und weil er ihren Wunsch ausgeschlagen hatte, würde sie den seinen vereiteln.

»Deshalb habt bitte Verständnis, wenn ich darauf bestehen muss, dass Artur bei uns bleibt. Er gehört nach Sankt Petersburg, dort ist sein Zuhause.«

Ich starrte sie an, innerlich so kalt vor Hass und heiß vor Zorn, dass ich wusste, über meine Lippen würde kein vernünftiges Wort kommen. Stattdessen zwang ich mich, den Blick von ihr zu nehmen, den Triumph in ihren Augen zu ignorieren – oder war es Schmerz über Maras Verlust, und ich war ihr völlig egal? – und lieber meinen Onkel anzusehen, meine letzte Hoffnung.

Er zögerte noch, womöglich selbst überrascht von dieser unverhohlenen Herausforderung vor aller Augen.

»Nun denn«, sagte er schließlich, »dann soll es so sein. Mara reist morgen mit euch ab, und Artur kehrt mit uns nach Hause zurück. Er wird seine Lehre in der Kaiserlichen Bibliothek beenden, und danach wollen wir sehen, wie es weitergeht.«

Niemand fragte mich etwas. Niemand sah mich auch nur an. Alle wandten ihre Aufmerksamkeit wieder dem glücklichen Paar an meiner Seite zu.

Alle bis auf Ofeliya.

»Ich hoffe, Mutter stirbt«, flüsterte sie.

Aber bis dahin sollten noch drei Jahre vergehen.

20

Im stählernen Herzen der *Saltan* tätschelte Grigori die Minze. »Und das war's?«, fragte er. »Einfach so?«

»Noch nicht ganz«, sagte ich.

Irgendwo im Schiff brüllte jemand Befehle. Das kam häufig vor, und jedes Mal zuckte ich zusammen, weil ich fürchtete, Volonoff könnte mit einem Trupp seiner Geheimpolizisten auftauchen. Es war eine absurde Angst. Hätte er gewusst, dass ich auf demselben Schiff war wie er, hätte er schon früher versucht, mich zu finden.

»Aber Mara ist am nächsten Tag mit ihnen nach Deutschland aufgebrochen?«, fragte Grigori. »Ganz schön Hals über Kopf.«

»Der Krieg stand vor der Tür«, sagte ich. »Es hatte keinen Zweck, Entscheidungen auf die lange Bank zu schieben. Schon kurze Zeit später wäre es so gut wie unmöglich gewesen, von Sankt Petersburg aus nach Leipzig zu reisen.«

»Es sei denn, man bucht eine gemütliche Schiffspassage, so wie wir beide«, sagte er feixend, und ich fragte mich, was passieren musste, damit er seine gute Laune verlor. »Wie war denn der Abschied?«

Ich verzog das Gesicht. »Du bohrst gern in der Wunde, was?«

»'tschuldigung.«

»Ich steckte ja mittendrin in der ganzen Misere, und trotzdem hat es sich angefühlt, als würde ich nur dabeistehen und zusehen. Natürlich hat's eine große Verabschiedung vor dem Hotel gegeben. Mara hat mir ihre Palette geschenkt. Dann sind sie von zwei Wagen abgeholt und nach Nizza zum Bahnhof gebracht worden. Demian ist allein in seinem Silver Ghost nach Hause gefahren, offenbar war es ihnen dann doch zu unschicklich, Mara mit ihm allein zu lassen.«

»Sie war wie alt? Siebzehn?«

»Ja, knapp. Ich hab damals einfach nicht fassen können, dass sie sich innerhalb von ein paar Tagen in Demian verliebt haben soll.«

»Hat sie ja auch nicht«, sagte Grigori. »Sie wollte sein Geld. Erst hat sie es sich bei euch bequem gemacht, und dann, als sich eine noch bessere Möglichkeit ergeben hat, hat sie zugegriffen. So sind die Frauen.«

»Scheinbar kennst du eine Menge.«

»Das weiß ich aus Büchern.«

»Büchern, die von Männern geschrieben wurden.«

Er warf die Arme in die Höhe. »Wenn ich nicht mal mehr glauben kann, was in Büchern steht, was denn dann?«

Es war zwecklos, also wechselte ich wieder das Thema. »Wir haben auf dem Vorplatz gestanden und zugesehen, wie die Wagen in einer Staubwolke davonfuhren. Ich konnte Xenia nicht in die Augen sehen, weil ich ihr am liebsten an die Gurgel gegangen wäre. Und Alexej ist wiederum mir aus dem Weg gegangen, weil er genau wusste, was er mir angetan hat.«

»Und die Eisenhuths?«

»Ich hab keinen von ihnen je wiedergesehen.«

»Aber Mara hat dir Briefe geschrieben, hast du gesagt.«

»Ein paar, ja. Dass sie sich eingelebt hat und es ihr gut geht. Vor allem hat sie mir die Stadt beschrieben, das Graphische Viertel, all die Buchhandlungen und Verlagsgebäude. Sie ist viel spazieren gegangen und hat sich alles angesehen. Manchmal hat sie an den Rändern der Briefe kleine Skizzen von Fassaden gemacht, die ihr besonders gut gefallen haben. Das war neu, vorher hat sie ja nur Gesichter gemalt.«

»Hast du den Eindruck gehabt, dass sie glücklich ist?«

»Das hat sie behauptet.« Ich überlegte einen Moment. »Ich weiß nicht, ob das die Wahrheit war. Manchmal hab ich daran gezweifelt, aber dann dachte ich, dass das reines Wunschdenken ist. Dass ich vielleicht nur wollte, dass sie unglücklich ist, damit sie bald zurückkommt. Oder …« Ich schämte mich ein wenig dafür. »Oder dass ihr klar wird, was für einen Fehler sie gemacht hat.«

»Hat sie das denn?« Grigori musterte mich eindringlicher als zuvor. »Ich meine, objektiv betrachtet hat sie alles richtig gemacht. Eine Waise von der Straße, die ziemlich rasant die gesellschaftliche Leiter raufgepurzelt ist … Ich seh daran nicht viel, das falsch sein könnte.«

»Sie liebt ihn nicht.«

»Behauptest du.«

»Sie hat ihn gerade mal ein paar Tage gekannt, als er ihr den Antrag gemacht hat!«

Grigori nickte weise. »Aber jetzt kennt sie ihn seit drei Jahren und ist immer noch dort.«

Als hätte ich daran nicht schon selbst gedacht. Eine Million Mal.

»Mitten im Krieg hätte sie nicht fortgehen können, selbst wenn sie gewollt hätte«, sagte ich. »Und wenn die Zustände im Deutschen Reich wirklich so schlimm sind, dann erst recht nicht.«

»Sind sie«, behauptete er. »Die Menschen verhungern auf den Straßen. Da überlegt man sich zweimal, ob man die Sicherheit einer reichen Familie und ihrer kuscheligen Villa aufgibt.«

»Ich muss selbst mit ihr reden.«

»Natürlich musst du das«, sagte er. »Wie lief's denn mit dir und deiner Tante nach dieser Sache?«

Ich schnaubte verächtlich. »Weißt du, was Xenia noch getan hat?«

»Woher, wenn du's mir nicht erzählst?«

»Nachdem Mara und die Eisenhuths fort waren, ist Xenia zusammengebrochen. Ganz großes Theater mit Tränen und Ohnmacht und Riechsalz. Wir haben sie in einen Sessel im großen Saal gesetzt, mit Blick aufs Meer, und da hat sie uns dann erzählt, dass sie beim Packen etwas aus Maras Koffern genommen hatte.«

Grigori horchte auf. »Sie hat ihr was geklaut?«

»Zwei Dinge«, sagte ich. »Als Mara zu uns ins Haus gekommen

ist, hatte sie nicht viel dabei. Ein paar Kleidungsstücke, ihre Palette und die Farben, dann eine Halskette mit einem Mondsteinanhänger und ein altes Buch. Vor allem daran hat sie gehangen, niemand durfte es anfassen. Ich habe selbst nur einmal einen kurzen Blick darauf geworfen. Für mich sah's aus wie eine Bibel in einem Schuber aus Holz.«

»Ist sie religiös?«

Ich schüttelte den Kopf. »Überhaupt nicht.«

»Vielleicht ein Familienerbstück.«

Ich zögerte, ehe ich antwortete. »Vielleicht.«

Grigori schien mein Zaudern nicht bemerkt zu haben. »Und das Buch hat Xenia aus Maras Gepäck genommen?«

»Das Buch und den Mondsteinanhänger.«

»Als Andenken?«

»Nein. Zu Hause hatte Xenia Andenken in rauen Mengen, vor allem all die Bilder, die Mara gemalt hatte. Aber Xenia ging es um was anderes. Uns hat sie erzählt, sie hätte es getan, weil sie hoffte, dass Mara die beiden Dinge vermissen und deshalb schneller zu uns zurückkommen würde. Aber ich glaube, in Wahrheit war es ihre Art von Rache. So wie sie verhindert hat, dass ich nach Leipzig gehe, um sich an meinem Onkel zu rächen, hat sie Mara das Buch und den Anhänger weggenommen, um sich an ihr zu rächen.«

Grigori schnaufte. »Für sie war es ein Verrat, dass Mara sie verlassen hat.«

»Ja. So war meine Tante. Sie konnte es nicht ertragen, wenn sie ihren Willen nicht bekam, und dann wurde sie gehässig und bösartig. Ofeliya hat das natürlich am besten gewusst, und sie hat es auch als Erste durchschaut. Sie hat es Xenia direkt ins Gesicht gesagt, und darauf gab es erst recht eine Menge Geschrei und … ach, du kannst es dir denken.«

»Trotzdem seid ihr noch weiter in Frankreich geblieben?«

»Bis Ende Februar.«

Grigori zählte es an den Fingern ab. »Fünf, sechs Wochen, also.«

Ich nickte. »Mit Alexej und Xenia habe ich in der Zeit nur das Nötigste geredet. Aber Ofeliya und ich haben zusammen Ausflüge gemacht und sogar versucht, noch mal die Villa der Eisenhuths zu besuchen, um einen Blick in Frederiks Bibliothek zu werfen. Aber der Verwalter hat uns nicht reingelassen.« Ich zuckte mit den Schultern. »Durch all das sind Ofeliya und ich uns näher gekommen als jemals zuvor.«

»Und Mara?«

»Der erste Brief kam noch in Frankreich an, dann war für eine Weile Ruhe.« Ich streckte Arme und Beine, die vom langen Sitzen auf dem Boden steif geworden waren. »Schließlich kam der Tag der Abreise, und wie immer haben wir einen Teil unserer Sachen in Kisten und Koffer gepackt, die auf den Dachboden des Hotels geschafft wurden. Zusammen mit dem Zeug von all den anderen Russen, die dachten, dass sie irgendwann wiederkommen würden. Und ich hab das Gleiche getan wie Xenia: Im letzten Moment hab ich den Mondstein und das Buch aus ihrem Gepäck genommen, beides in einen großen Umschlag gesteckt und Maras Namen draufgeschrieben. Dann bin ich hoch auf den Speicher geschlichen und hab ihn in einem unserer Koffer deponiert. Ich hab Xenia einfach nicht gegönnt, dass sie damit durchkommt. Sie hatte Mara bestohlen, und nun hatte ich *sie* bestohlen. Und irgendwann, so hatte ich mir das jedenfalls vorgestellt, würden wir alle wieder im Trois Grâces sein, die Kalinins und die Eisenhuths, und dann würde ich Mara die Sachen zurückgeben.«

Grigori brummte etwas und sagte: »Aber dazu ist es nicht mehr gekommen.«

»Nein. Das Buch und der Mondstein müssten noch immer auf dem Dachboden des Hotels liegen – zumindest bis irgendwer auf die Idee kommt, die Kisten zu plündern. Wer weiß, ob ich noch mal dorthin komme. Oder Mara.«

»Hat sie in ihren Briefen nach den Sachen gefragt?«

»Ich hab ihr geschrieben, dass Xenia den Stein und das Buch aus ihrem Gepäck gestohlen hatte und ich sie im Hotel versteckt habe. Mara hat nie was dazu gesagt. Vielleicht war das alles auch gar nicht mehr so wichtig für sie, sie hat sicher eine Menge neuer Dinge, die viel kostbarer sind. Und gut möglich, dass sie mit ihrer Vergangenheit ohnehin nichts mehr zu tun haben will.«

»Mit dir, meinst du.«

»Mit mir. Und mit dem, was früher passiert ist, bevor sie zu uns kam.«

Grigori schien nachhaken zu wollen, doch im selben Augenblick stoppten die Maschinen der *Saltan.* Von einer Minute zur nächsten erstarben alle Geräusche des Schiffes, das Knirschen und Fauchen der Getriebe verstummte, und das majestätische Wummern der Schraube brach ab. Hier und da waren ein paar letzte Befehle zu hören, dann senkte sich Stille über den Dampfer.

Instinktiv senkte ich meine Stimme zu einem Flüstern. »Was zum …?«

Grigori führte den Zeigefinger an die Lippen und stand auf. Er trat an mir vorbei in den schmalen Gang aus Rohren, der aus unserem Versteck zu den Maschinenräumen führte. Dort blieb er stehen und horchte.

»Kommen sie her?«, wisperte ich.

Er schüttelte den Kopf. »Ich glaube nicht.«

Wieder horchten wir hinaus ins Labyrinth der Stahlkammern und Gänge. Irgendwer musste gerade in den überfüllten Kabinen der Passagiere für Ruhe sorgen, sonst wäre längst Panik ausgebrochen. Mein Nacken versteifte sich vor Anspannung, und meine Schläfen pochten.

Grigori kam zurück und ließ sich neben der Minze nieder.

Mit trockenen Lippen formte ich eine stumme Frage.

»U-Boote«, flüsterte er. »Sie müssen ganz in der Nähe sein. Wenn sie uns hören, sind wir tot.«

21

1928

Nach ihrer abendlichen Flucht aus dem Hotel war Liette bis nach Juan-les-Pins gelaufen, hatte die Promenade und den Sandstrand links liegen lassen und die kleine Polizeistation aufgesucht. Das Dorf – eigentlich ein Vorort von Antibes, der einzig zur Unterbringung von Urlaubern aus dem Boden gestampft worden war – bestand vorrangig aus einigen Hotels und teuren Villen; die Kriminalität beschränkte sich auf unbezahlte Rechnungen und betrunkene Pöbeleien.

Entsprechend gelangweilt war der einzige Polizist, der an diesem Abend seinen Dienst in der Wache versah. Natürlich glaubte er kein Wort von dem, was da aus der Elfjährigen hervorsprudelte, die kaum über seinen Tresen blicken konnte und dabei einen prall gefüllten Beutel an sich drückte wie ein Stofftier. Sie erzählte vom Mordkomplott gegen ihre Eltern, von den Heimlichkeiten ihres Onkels und dem Treiben eines mysteriösen Doktors, dessen Namen sie nicht kannte. Am Ende bat sie der Polizist, auf einem Stuhl neben dem Eingang Platz zu nehmen, während er alles Nötige in die Wege leiten wollte. Sie sah ihn hinter einer Scheibe nach dem Telefon greifen, und etwas an seiner Miene verriet ihr, dass er versuchen würde, ihren Onkel anzurufen, und sie fragte sich, ob der sie belogen hatte, als er behauptet hatte, alle Telefonleitungen des Hotels seien den Sommer über stillgelegt. Sie wollte es nicht darauf ankommen lassen.

Als der Polizist sich wegdrehte und mit der Vermittlung sprach, sprang Liette auf und rannte aus der Polizeiwache hinaus in die Nacht, blinzelte entschlossen die Tränen aus ihren Augen und sah verschwommen den Autobus, der auf der anderen Straßenseite unter einer Laterne stand. Der Motor lief bereits, er würde jeden Augenblick losfahren.

Zwei Minuten später saß sie auf einem Platz am Fenster und sah zu, wie die Polizeistation hinter ihr kleiner wurde. Bis zuletzt wartete sie darauf, dass der Polizist herausgerannt kam und ihr nachlief, den Fahrer durch Winken – oder einen Schuss in die Luft – zum Stehen brachte und Liette in Handschellen in eine Zelle steckte, wo ihr Onkel sie abholen würde, um sie ein für alle Mal zum Schweigen zu bringen.

Doch stattdessen rollte der Bus mit knatterndem Motor über die Ortsgrenze und an den endlosen Pinienwäldern vorüber, die dem Dorf seinen Namen gaben. Im fahlen Licht der Scheinwerfer sahen sie aus wie ein Spalier aschgrauer Knochenskulpturen.

Es war längst stockdunkel, und dies war der letzte Bus, der sich an diesem Abend auf den Weg über die Küstenstraße Richtung Nizza machte. Liette hatte ihre Fahrkarte mit zitternden Fingern bezahlt. Der Fahrer hatte sie mit zerfurchter Stirn gemustert, kein Wunder, und noch immer traute sie ihm nicht über den Weg, hielt es für möglich, dass er sie unterwegs einer Polizeistreife übergeben oder gar am Hotel absetzen würde. Aber nach ein paar Minuten passierten sie die Zufahrt zum Château Trois Grâces, ohne an Geschwindigkeit zu verlieren, und da fühlte sie sich zum ersten Mal ein wenig sicherer, nicht mehr so gehetzt, und sie war versucht, kurz die Augen zu schließen, nur für eine Weile, denn ihre Beine und Füße taten weh, und sie war so schrecklich müde, viel müder als jemals zuvor in ihrem Leben.

Eine Erschütterung weckte sie, ein Schlagloch auf der Küstenstraße, und dann wurde der Bus langsamer. Sie brauchte ein paar Sekunden, um zu begreifen, dass sie bereits ein gutes Stück weitergekommen waren und sie zwei oder drei Haltestellen verschlafen hatte. Diese hier lag zwischen den Ortschaften, eine unscheinbare Einbuchtung im Hang, beleuchtet von einer einzelnen Lampe. Auf der anderen Seite, zum Meer hin, verlief ein schmaler Standstreifen, dahinter ging es steil bergab. Ein Schild verriet, dass irgendwo dort unten eine Herberge lag, wahrscheinlich ein Bauernhaus, dessen Bewohner sich ein Zubrot verdienten.

Der Bus hielt an. Niemand stieg ein oder aus. Ohnehin gab es neben Liette nur drei weitere Fahrgäste an Bord, zwei alte Frauen und einen Mann, dessen Gesicht sie nicht sehen konnte, weil er es unnatürlich weit zur Seite gedreht hatte, so als wäre sein Kopf abgeschraubt und falsch wieder aufgesetzt worden. Niemand schenkte ihr Beachtung.

Sie wollte gerade die Augen schließen, als sie am Rand des Laternenscheins etwas im Halbdunkel entdeckte, einen kantigen Umriss. In einer Schneise in der Böschung hinter der Haltebucht, wo sich ein Feldweg den Berg hinaufschlängelte, stand ein Lastwagen mit geschlossener Plane und dunklen Scheiben.

Aufgeregt schob sie sich von der Sitzbank, nahm sicherheitshalber ihren Beutel mit und lief durch den Mittelgang zum Fahrer. »Können Sie bitte kurz warten? Ich muss mal.«

Er wandte ihr nicht das Gesicht zu, als er sagte: »Ich hab hier einen Fahrplan, an den ich mich halten muss.«

»Geht wirklich ganz schnell. Ich schwör's.«

Er stieß ein Seufzen aus, dann deutete er zur Tür. »Aber beeil dich. Wenn du in drei Minuten nicht wieder da bist, fahr ich los.«

Sie musste sich mit ihrem ganzen Gewicht auf den schwergängigen Türgriff stützen, um ihn nach unten zu drücken. Dann sprang sie ins Freie und lief ein Stück am Bus entlang, um die Schneise mit dem Lastwagen zu erreichen. Dabei sah sie den Mann mit dem verdrehten Kopf über sich am Fenster. Er hatte die Stirn fest ans Glas gedrückt, aber sie konnte nicht erkennen, ob er schlief oder wach war und sie beobachtete.

Sie umrundete Maxims Lastwagen und klopfte an die Scheibe der Fahrertür.

»Maxim?«

Sie versuchte es erneut, bekam aber keine Antwort. Nichts regte sich im Inneren. Auf dem Armaturenbrett sah sie das verblichene Buch liegen, das er ständig mit sich herumtrug, *Umbra Vitae*. Sie rüttelte am Griff. Abgeschlossen. Vielleicht hatte Maxim sich ein Zimmer in der Herberge weiter unten am Hang gegönnt. Kurz überlegte sie, dort hinunterzulaufen, aber das Risiko, ihn nicht anzutreffen, war zu groß. Es gab hier noch andere Bauernhäuser, vielleicht Freunde von ihm, bei denen er unterkommen konnte. Sie aber musste so schnell wie möglich nach Paris, um ihre Eltern zu warnen.

Der Busfahrer hupte. Einen Moment später ließ er den Motor an.

»Ich komm schon!«, rief sie.

Hastig kramte sie in ihrem Stoffbeutel, fand Stift und Papier und schrieb schnell eine Nachricht für Maxim. Sie sei allein unterwegs nach Nizza, um dort den Zug nach Paris zu nehmen. Ihr Onkel sei mit Verbrechern im Bunde, die ihre Eltern ermorden lassen wollten. Während sie das in zwei Sätzen aufschrieb, konnte sie dem Polizisten kaum noch böse sein: Es klang wirklich wie etwas, das sich ein Kind ausdachte, um Aufmerksamkeit zu erregen.

Wieder hupte der Bus. Sicher zum letzten Mal.

Sie schob den Zettel halb in den Schlitz zwischen Fenster und Tür, packte ihren Beutel und rannte zurück zum Bus.

»Na, endlich!«, sagte der Fahrer mürrisch. »Das hier ist ein öffentliches Verkehrsmittel, und die Leute legen Wert auf Pünktlichkeit.«

Mit rasendem Atem und hämmerndem Herzen ging sie nach hinten, während der Bus losschaukelte. Kurz vor ihrem Platz überlegte sie es sich anders, kehrte zurück nach vorn und ließ sich mit angezogenen Knien auf der Bank hinter dem Fahrer nieder. Der Mann mit dem aufgeschraubten Kopf war ihr nicht geheuer, eigentlich überhaupt niemand in diesem Bus, aber hier vorn spürte sie ihre Angst nicht ganz so heftig wie weiter hinten.

Alle paar Kilometer hielten sie an. Niemand sonst bestieg den

Bus, und so erreichten sie Nizza am späten Abend. Die beiden Frauen stiegen am Stadtrand aus, Liette erst am Bahnhof. Als sie sich von der Haltestelle entfernte, sah sie, dass auch der Mann den Bus verließ. Einen Moment lang blieb er stehen, dann wandte er sich in die entgegengesetzte Richtung und ging schwankend davon.

Das Bahngleis, von dem aus der *Train Bleu* über Paris nach Calais fuhr, war verlassen. Der ganze Mut, der sie bislang aufrecht gehalten hatte, sackte in ihren Magen wie ein Ziegelstein. Es hätte nicht viel gefehlt, und sie wäre nach allem doch noch in Tränen ausgebrochen. Da aber entdeckte sie eine Tafel, auf der mit Kreide geschrieben stand, dass der *Train Bleu* heute von einem anderen Gleis abfuhr, da er mit Verspätung aus Monte-Carlo einträfe.

Sie rannte hinüber, und da stand er, eine lange Kette aus metallblauen Schlafwagen mit Goldleisten, dazwischen die hübscheren Waggons mit Zugrestaurant und Salons. Liette war schon viele Male mit dem *Train Bleu* gefahren, zuletzt ohne Begleitung, deshalb hatte sie keine Scheu davor, allein in den Zug zu steigen. Die Schaffner und Stewards waren gerade dabei, die letzten Gepäckstücke der Passagiere einzuladen. Liette entdeckte eine Familie mit mehreren Kindern und zwängte sich hinter ihnen in den Zug, damit niemand Fragen stellte. Den Fahrschein konnte sie später beim Schaffner kaufen, hoffte sie, und wenn nicht, würde man sie hoffentlich trotzdem bis Paris mitnehmen, um sie ihren Eltern zu übergeben.

Die Türen wurden geschlossen, jeden Augenblick musste der Zug losfahren. Viele Engländer und Amerikaner waren an Bord, auch ein paar Deutsche und Russen. Liette entdeckte ein leeres Schlafabteil, das erst ab Cannes reserviert war. Sie vergewisserte sich, dass niemand sie beobachtete, dann schlüpfte sie hinein und drückte die Tür hinter sich zu. Man würde sie bald bemerken, aber sie war ein Kind, und man würde ihr eine Menge durchgehen lassen, das wusste sie von ihren früheren Fahrten. Kinder verirrten sich ständig in diesem Zug, landeten auf der Suche nach ihren

Eltern in falschen Abteilen oder tauchten in den Salonwagen auf, in denen sie wegen der berüchtigten Glücksspiel- und Alkoholexzesse nichts verloren hatten.

Sie legte ihren Beutel ab und stellte sich ans Fenster, gerade rechtzeitig, um zu sehen, dass jemand draußen am Zug entlanglief.

»Maxim?«

Sie packte den Fenstergriff, hängte sich mit ihrem gesamten Gewicht daran und zerrte die Scheibe eine Fingerlänge nach unten. Der Rahmen klemmte.

»Maxim!«

Er blieb stehen, hatte sie gehört, konnte sie aber nirgends entdecken.

Ein Ruck ging durch den Zug, dann setzte er sich langsam in Bewegung.

»Maxim! Hier bin ich!«

Sein Blick raste umher, und erst jetzt sah sie, wie verschwitzt er war. Also hatte er doch nicht in einem der Bauernhäuser geschlafen, sondern war vielleicht nur kurz in den Büschen verschwunden, als sie den Zettel für ihn hinterlassen hatte. Aber jetzt war er hier. Und der Zug fuhr los.

Ihre Blicke kreuzten sich, als sie aufgeregt mit den Armen winkte. Er lief neben ihrem Fenster her.

»Liette!«

»Meine Eltern –«, begann sie, aber er schüttelte heftig den Kopf.

»Ich komm nicht mehr in den Zug rein! Aber ich sorge dafür, dass dir in Paris jemand hilft!« Die Hälfte seiner Worte erriet sie mehr, als dass sie sie hörte.

»Wer denn?«, brüllte sie gegen das Glas.

Der Zug wurde immer schneller und lauter.

»Was?«

»Wie erkenn ich ihn?«

»Er wird« – ein lautes Pfeifen – »verraten!«

»Ich versteh dich nicht!«

Er hatte jetzt Mühe, mit dem Waggon Schritt zu halten, und war völlig außer Atem. »Er wird dir … meinen wahren Namen verraten!«

Hatte er das wirklich gesagt? Seinen wahren Namen?

»Du heißt gar nicht Maxim?«

Er schüttelte den Kopf.

»Aber ich kenn deinen wahren Namen nicht!« Sie presste ihr Gesicht ans Fenster, weil er allmählich zurückblieb.

Seine Lippen öffneten und schlossen sich. Er rief ihr etwas zu, aber sie verstand keinen Ton.

»Ich kann dich nicht hören!«

Und dann sah sie ihn auch nicht mehr, denn der Bahnsteig endete, und Maxim war von einer Sekunde zur nächsten fort. Draußen glitt nur noch eine braune Ziegelwand vorüber wie die Mauer einer Gruft, erleuchtet von den vorüberfahrenden Abteilen. Die Räder quietschten und kreischten, und Liette betrachtete ihr Spiegelbild in der Scheibe, sehr schmal und weiß wie das einer Toten. Sie sah verzweifelt aus, nun wirklich wie das verlorene Kind, das sie nicht sein wollte. Sie war allein, und sie hatte Angst, aber sie war auch von einer Entschlossenheit erfüllt, die einen Erwachsenen überrascht hätte. Vor allem ihren Onkel.

Und diesen Doktor. Den Mann, der ihre Eltern töten wollte.

Sie schob die Scheibe mit aller Kraft aufwärts, bis sie oben gegen den Rahmen knallte. Der Lärm von draußen wurde dumpfer, die Räder ratterten schneller. Es roch nach dem Kohledampf der Lokomotive, der durchs Fenster hereingeweht war. Wieder erklang ein hohes Pfeifen, der Zug nahm Fahrt auf und stampfte durch die Nacht nach Westen.

Eine Weile lang saß Liette allein in dem dunklen Abteil und grübelte. Sie hatte das Licht ausgeschaltet, damit kein Schaffner hereinkam. Ob das eine gute Idee war, wusste sie nicht, sie wollte nur so lange wie möglich in Ruhe gelassen werden. Falls man sie trotzdem fand, hatte sie genug Geld dabei. Doch vielleicht würde jemand nachbohren, warum ein junges Mädchen ganz allein den Nachtzug nahm und nicht von seinen Eltern dem Steward ihres Schlafwagens anvertraut worden war, so wie man es hier üblicherweise handhabte.

Der Zug hielt in kurzer Folge mehrere Male, immer wieder polterten Schritte und Gepäck draußen auf dem Gang, und dann sah sie das Bahnhofsschild von Cannes und wusste, dass sie ihr Abteil verlassen musste. Sie wollte nicht daraus vertrieben werden, also packte sie ihren Stoffbeutel, schob die Geldbörse ganz nach unten und machte sich auf den Weg Richtung Speisewagen.

Die meisten Abteiltüren waren geschlossen, aus vielen erklangen Stimmen. Ein uniformierter Steward – es gab einen für jeden Wagen des *Train Bleu* – kam ihr entgegen und trug mehrere Champagnerflaschen.

»Um diese Zeit solltest längst du im Bett liegen, junge Dame«, sagte er.

»Da liegen meine Eltern und wollen mich gerade nicht dabeihaben«, erwiderte sie.

Er rümpfte die Nase. »Welcher Wagen?«

»Sieben«, gab sie zurück. Sie wusste, dass es den gab, weil sie auf der Hinreise darin gefahren war.

Er nickte und schob sich an ihr vorbei. »Aber lauf nicht bis zu den Salonwagen, das ist nichts für dich.«

»Bestimmt nicht.«

Ein paar Minuten später wehte ihr Zigarrenrauch entgegen, und dann betrat sie den ersten der rollenden Salons, mit langer Bar und dicht besetzten Bridgetischen, an denen jene, die in den Casinos an der Küste noch nicht genug verloren hatten, ein letztes Mal ihr Glück versuchten. Männer in dunklen Anzügen, Frauen in Abendgarderobe, Berufsspieler und ewige Verlierer, Gesellschaftsdamen, die auf ihre Chance warteten, und Kurtisanen, die sich ihre Dienste in den diskreten Schlafabteilen teuer bezahlen ließen. Es wurde viel getrunken, geflucht, zu laut gelacht und mit weißem Pulver der guten Stimmung nachgeholfen. Liette hatte eine ungefähre Vorstellung von dem, was hier geschah, und sie wusste, dass man sie nicht lange dulden würde. Stoisch zwängte sie sich zwischen all den schwitzenden, parfümierten Körpern hindurch, bis sie das Ende des Waggons erreichte. Im Speisewagen würde sie sicherer sein, vielleicht gab es dort sogar Kinder, zwischen denen sie nicht weiter auffallen würde.

So weit aber kam sie nicht. Erst einmal folgte ein weiterer Wagen voller Abteile, ein Steward verschwand gerade auf der anderen Seite mit einer leeren Getränkekiste. Der Gang vor den Abteiltüren lag verlassen da, und Liette beeilte sich, um ihn möglichst schnell hinter sich zu bringen.

Sie hatte die ersten drei oder vier passiert, als hinter ihr eine Tür geöffnet wurde. Zigarettenqualm holte sie ein. Sie drehte sich nicht um. Jemand machte einen Schritt auf den Gang und hielt inne. Dann folgte er ihr.

»Verlaufen?«, fragte eine Männerstimme. »Brauchst du Hilfe?«

Sie ging weiter und dachte an das Küchenmesser in ihrem Beutel.

»Ich rede mit dir.«

Eine Hand packte sie im Nacken und drehte sie um. Sie wollte sich wehren, war aber für einen Moment so starr vor Schreck, dass sie keine Kraft dafür aufbrachte.

Er war alt, jedenfalls nach ihrer Schätzung, hatte fettiges, gelbliches Haar und dasselbe verrückte Leuchten in den Augen, das sie bei denen gesehen hatte, die im Salon das Pulver benutzten.

»Komm rein zu mir«, sagte er. »Dann vertreiben wir uns ein bisschen die Zeit.« Er hatte aufgebissene Lippen. An seinem Hals prangte eine lange Kratzspur.

Sie riss den Mund auf, um zu schreien, aber da presste er schon seine stinkende Hand auf ihr Gesicht. Sie schlug nach ihm, kräftig genug, dass er aufstöhnte, doch er packte sie am Haar, riss sie halb herum und knallte sie mit dem Ohr gegen die Wand neben der

Abteiltür. Sie trat nach hinten, versuchte, sich aus seinem Griff zu winden, in seine Finger zu beißen, ihn irgendwie abzuschütteln.

Und dann war er fort.

Sie taumelte zurück, stieß gegen das große Fenster in ihrem Rücken und verstand nicht, was geschehen war. Seine Abteiltür stand einen Spalt weit offen, und sie glaubte, ihn dahinter zu hören, schwer atmend, fast röchelnd.

Zwei Polizisten hatten am Ende des Waggons den Gang betreten. Der vordere blickte über die Schulter, während er sich mit dem anderen unterhielt.

Geh zu ihnen, flüsterte ihre innere Stimme. Sie beschützen dich. Nur deshalb sind sie hier.

Aber nun packte sie eine Höllenangst davor, dass die beiden sie an der nächsten Station aus dem Zug bringen und am Morgen zurückschicken würden, ganz gleich, was sie ihnen erzählte. Sie war eine Ausreißerin, und das musste in den Augen der Männer bedeuten, dass man ihr nicht glauben konnte. Dass sie alles erzählen würde, nur damit man sie gehen ließ. Sie war schon als Lügnerin gebrandmarkt, bevor sie den Mund aufmachte.

Die Polizisten kamen näher.

Sie blickte auf den Türspalt. Dort drinnen war sie sicher vor ihnen. Nicht sicher vor dem Mann, aber der würde sie vielleicht wieder hinauswerfen, wenn sie sich heftig genug wehrte, und dann würden die Polizisten fort sein und sie selbst ein Stück näher an Paris, fast bei ihren Eltern.

Die Männer lachten, während sie herankamen.

»Komm rein«, drang ein Flüstern durch den Spalt. »Denen kannst du nicht trauen.«

Sie streckte die Hand nach der Tür aus. Sie musste sie nur nach innen drücken und hineinschlüpfen. Diesmal würde sie nicht mit dem Rücken zu ihm stehen. Sie konnte sich verteidigen, zumindest lange genug, bis die Polizisten wieder weg waren. Und während sie noch draußen standen, würde er nichts tun, weil sie sonst vielleicht schrie, und das wollte er gewiss nicht.

»Ich meine es gut mit dir«, wisperte es im Dunkeln. »Hier bist du sicher.«

Sie konnte seinen Umriss sehen. Er stand ein wenig gebeugt, wie ein verwachsener Zwerg im Märchen.

Sein Finger schob sich aus dem Spalt, krümmte sich und lockte sie heran.

Die Uniformierten blieben stehen. Lachten schon wieder.

Liettes Hand berührte die Tür.

Der eine Polizist blickte in ihre Richtung. Die Belustigung floss von seinen Zügen, darunter war sein Gesicht wie aus Glas.

Der Mann zog von innen die Tür ein wenig weiter auf. Sie konnte sein sichelscharfes Lächeln sehen. Ganz freundlich jetzt, als wäre er auf ihrer Seite.

Hinter ihr flog die Tür des nächsten Abteils auf.

»Da bist du ja!« Eine Frauenstimme. »Das ist doch die falsche Tür! Kann man dich denn nie allein lassen?«

Die beiden Polizisten redeten jetzt nicht mehr. Beide sahen herüber.

»Komm schon rein!«, sagte die Frau.

Liette sah immer noch die Uniformierten an. Das Lächeln im Türschlitz war verschwunden, im nächsten Augenblick schloss sich der Spalt.

»Alles in Ordnung?«, fragte der eine Polizist.

»Ja, ja, ich hab mir nur Sorgen um meine Tochter gemacht.«

Ihre Tochter. Liette wandte langsam den Kopf.

Goldener Lippenstift. Weißblonde Haare.

»Hier rein«, flüsterte die Frau ihr zu. Auch sie roch nach Zigaretten, aber nicht so widerlich wie der Mann im Abteil nebenan. Aromatisch nach Tabak, wie eine frisch geöffnete Packung.

»Falls Sie was brauchen, können wir Ihnen den Steward schicken, Madame«, sagte der erste Polizist. Beide kamen langsam näher.

»Sie sollten das Kind um diese Uhrzeit nicht allein im Zug herumlaufen lassen«, sagte der andere. »Wirklich nicht.«

»Vielleicht sollten Sie sich eher mal in den Salons umsehen, statt mir gute Ratschläge zu geben«, gab die Frau verärgert zurück. Sie packte Liettes Schulter und schob sie an sich vorbei in das Schlafwagenabteil. »Gute Nacht, meine Herren!«

Damit knallte sie die Tür zu und schnitt die Erwiderung der Männer ab. Dann herrschte Ruhe. Die beiden bewegten sich nicht von der Stelle. Liette wartete angespannt auf ihr Klopfen, auf ein kräftiges Pochen mit den Fäusten.

Dann endlich entfernten sich ihre Schritte.

Niemand sonst war hier, Liette war mit der Fremden allein. Sie wich vor ihr zurück, tiefer in das Abteil, bis ihr Rücken gegen die geschlossenen Vorhänge vor dem Fenster stieß.

»Wie heißt du?« Die Frau trug eine elegante Bluse und einen knielangen Rock, darunter Seidenstrümpfe mit Naht.

»Paula«, sagte Liette.

»Wirklich?« Das klang fast amüsiert. »Ich bin auch mal ausgerissen. Ganz schön lange her.« Wenn sie sprach, sah es aus, als würden die goldenen Lippen kurz aneinander haften bleiben. Sie schienen sich stets einen Sekundenbruchteil zu spät voneinander zu lösen, als wären sie mit Sirup bestrichen.

»Ich bin nicht ausgerissen«, sagte Liette, und zumindest das war keine Lüge. »Ich fahre nach Hause.«

»Hast du eine Fahrkarte?«

Auf gar keinen Fall würde sie das Geld in ihrem Beutel erwähnen. »Natürlich.«

»Und wo willst du hin?«

»Nach Dijon.«

»So. Dann bist du im richtigen Zug.«

»Ich weiß. Ich bin ja nicht dumm.«

Die Frau runzelte die Stirn. »Warum bist du so kratzbürstig?«

»Der Mann nebenan hat versucht, mich zu sich reinzuziehen. Er wollte mich anfassen. Mir irgendwas antun.«

Die Miene der Frau verfinsterte sich. »Er hat's auch bei mir versucht. Ich hab ihm die Eier gequetscht. Deshalb nimmt er sich jetzt lieber kleine Mädchen vor, die sich nicht wehren können.«

»Ich hab mich gewehrt.«

Das brachte die Frau zum Lächeln. Sie trat auf Liette zu und streckte die Hand nach ihr aus. Liette glaubte schon, sie wollte ihre Wange tätscheln. Stattdessen aber griff sie nach ihrer Halskette. Bevor Liette das Hotel verlassen hatte, hatte sie das kleine Kreuz, das immer daran gehangen hatte, gegen den Mondstein vom Dachboden ausgetauscht. Er war eigentlich zu schwer für die dünne Kette, jetzt schnitt sie im Nacken ein.

»Das ist ein schöner Stein«, sagte die Frau, als sie ihn nachdenklich in der Hand wog. »Fast wie ein Stück vom Mond, oder? Keine Angst, ich nehm ihn dir nicht weg.« Nachdem sie ihn von beiden Seiten betrachtet hatte, steckte sie ihn zurück in Liettes Ausschnitt. Die kühle Rückseite rutschte an ihrem Brustbein hinab, unter ihrem Kleid war sie völlig verschwitzt. Ihr Puls raste noch immer.

»Wie heißen Sie?«, fragte Liette.

»Wenn ich dir meinen wahren Namen verrate, verrätst du mir dann deinen?«

»Ja.«

»Ich bin Ulita«, sagte die Frau. »Ulita Glinka.«

»Ist das ein russischer Name?«

»Stimmt.«

»Aber Sie sprechen nicht wie die anderen Russen.«

»Ich lebe schon lange in Frankreich.«

»Wo wohnen Sie?«

»In Nizza.«

»Und wo fahren Sie hin?«

»Nach Paris.« Sie schmunzelte. »Das sind ganz schön viele Fragen, obwohl ich immer noch auf eine ehrliche Antwort von dir warte.«

Liette atmete scharf aus. »Ich heiße Mara.«

»Mara, so, so.«

»Mara Vidal.«

Die Frau verengte die Augen ein wenig, aber vielleicht sah das auch nur in der schwachen Beleuchtung des Abteils so aus. »Ich kann dir aus der Hand lesen, wenn du das möchtest.«

Ein lautes Pochen ertönte. Nicht an der Tür, sondern durch die Wand zum Nachbarabteil.

»Oh, dieser Drecksack!« Ulita wirbelte herum, beugte sich über das schmale Bett und hämmerte mit der Faust gegen die Wand. »Hey, Scheißkerl! Halt die Finger still, oder ich hol die Polizei! Mal sehen, was die bei dir so findet!«

Sie wartete einen Moment ab, und als keine Erwiderung kam, auch kein weiteres Pochen, drehte sie sich wieder zum Fenster um.

Liette hatte die Gelegenheit genutzt, war an ihr vorbeigeschlüpft und stand jetzt kurz vor der Tür.

Ulita betrachtete sie lächelnd. »Hast du Angst vor mir?«

»Nein.«

Ulitas Hand schoss vor und packte Liettes Finger. »Dann lass mal sehen.«

Liette wollte sich losreißen, aber die Frau hielt sie fest. Dabei lächelte sie noch immer. »Ich will dir nicht wehtun. Wirklich nicht.«

Liettes Atem ging jetzt so schnell, als wäre sie die letzten Minuten gerannt, und ihr Herz schlug kräftiger als vorhin auf dem Gang. Aber sie zwang sich zur Ruhe, holte ein paarmal tief Luft, brachte sogar ein Nicken zustande. Langsam öffnete sie die Faust und zeigte Ulita die Handfläche.

»Eigentlich ist das Licht hier zu schlecht«, sagte die Russin.

»Sind Sie so was wie eine Hexe?«

»Eine Wahrsagerin.«

»Dann ist alles wahr, was Sie sagen?«

Ulita lachte leise. Liette konnte sehen, wo der goldene Lippenstift endete und die rote Haut in ihrem Mund begann, als wäre ihr Gesicht nur eine Maske und darunter etwas anderes verborgen. »Vieles ist wahr«, sagte sie. »Und manches wird noch wahr werden.«

»Ich glaube nicht an so was.«

»Das solltest du aber.«

Ulita wischte mit den Fingerspitzen ihrer Linken sanft über Liettes offene Hand, dann beugte sie das Gesicht ein wenig tiefer herab. Dabei presste sie die goldenen Lippen aufeinander. Ein Lächeln wie aus Metall.

Liette überlegte, dass sie nur einen Schritt nach hinten machen musste, dann wäre sie an der Tür.

»Es ist zu dunkel«, sagte Ulita und ließ Liettes Hand los. Nun sah sie sehr ernst aus, als wäre da etwas, das sie beunruhigte.

»Ich möchte gehen.«

Die Russin betrachtete sie. Eine einzelne Furche stand zwischen ihren Augenbrauen. »Keiner hält dich gefangen.«

»Sie sind unheimlich.«

»Unheimlicher als das Ungeheuer, das dich gerade in seine Höhle ziehen wollte?«

»Anders unheimlich.«

Ulita lächelte nun nicht mehr, aber sie wirkte auch nicht verärgert. Nur nachdenklich. Fast traurig. »Ich habe deinen wahren Namen gesehen.«

»Mara Vidal«, sagte Liette.

»Und auch noch mehr.«

»Ich dachte, hier ist es zu dunkel?«

Ulita schüttelte sachte den Kopf. »Nicht *hier*«, flüsterte sie.

Liette wirbelte herum, riss die Tür auf und rannte.

22

Am nächsten Abend fuhr der Zug in den Gare du Nord ein. Die Lichter von Paris hatten ihn schon seit einer Weile begleitet, erst die dürren Fensterketten der Vorstädte, dann das geballte Gleißen des Zentrums.

Liette hatte die Nacht auf einer defekten Toilette verbracht, wo man sie bis zum frühen Morgen unbehelligt gelassen hatte. In der Dämmerung war sie zum Speisewagen gegangen, hatte sich wie selbstverständlich zu einer englischen Familie mit drei kleinen Kindern gesetzt und den Eltern, die gutes Französisch sprachen, erzählt, dass sie allein unterwegs sei, wie schon viele Male zuvor. Sie reicherte das Ganze mit ein paar Episoden ihrer früheren Fahrten an, und so stellte niemand ihre Worte in Zweifel. Selbst die Schaffner ließen sie nach dem Personalwechsel am Morgen in Ruhe, weil sie annahmen, sie gehöre zu den Engländern. Erst als es zu hell wurde, zog sie sich wieder in eine Ecke des Zuges zurück, wo sie keinen direkten Sonnenstrahlen ausgesetzt war.

Als der Zug endlich Paris erreichte – nur eine weitere Station auf dem Weg nach Calais an der Nordseeküste –, lief Liette ins Freie und tauchte im Gewimmel am Bahngleis unter. Sie hielt den Kopf gesenkt, weil sie fürchtete, irgendwer könnte sie verfolgen, auch wenn es dafür weder vernünftige Gründe noch Anzeichen gab. Sie hatte kaum geschlafen und war übernervös, ihre Knie zitterten, und sie hatte das Gefühl, sich erst an den festen Boden unter ihren Füßen gewöhnen zu müssen.

Einmal sah sie in dem Meer aus Gesichtern einen kleinen schwarzen Hut auf weißblondem Haar, und sie meinte, goldene Stahlkiefer schnappen zu hören, auf und zu, auf und zu, auch wenn das womöglich nur das Klappern von Absätzen war.

Aus dem beleuchteten Bahnhof eilte sie hinaus in die Dunkelheit, die in Paris durch all die Lampen nur übertüncht wurde. Die Nacht war allgegenwärtig, selbst auf den erleuchteten Boulevards, so als triebe das Licht wie ein Ölfilm auf tiefschwarzem Wasser.

Ein Taxi brachte sie ins Quartier Saint-Germain-des-Prés im sechsten Arrondissement. Als sie die Seine überquerten, lag die Unruhe längst wie ein Joch um ihren Hals. Zu dem schrecklichen Zittern gesellten sich Bauchschmerzen. Immer wieder ertappte sie den Fahrer dabei, wie er sie im Rückspiegel beobachtete. Wahrscheinlich wunderte er sich, dass ein so junges Mädchen spätabends allein unterwegs war, aber er stellte keine Fragen. Trotzdem waren ihr seine Blicke unangenehm, und sie wünschte sich, endlich zu Hause anzukommen. Nur noch wenige Minuten, ein Klacks nach der langen Reise, aber je näher sie ihrer Straße kamen, desto schlimmer wurde das Rumoren in ihrem Magen, bis sie Angst hatte, sich übergeben zu müssen.

Die Straßen hier im Viertel waren von der neuen Stadtplanung unter Napoleon III. verschont geblieben, manche waren schmal und verwinkelt, und so sah sie erst, dass etwas nicht stimmte, als das Taxi um eine Ecke bog und fast in eine kleine Menschenmenge hineinfuhr, die sich auf der Straße versammelt hatte.

Der Fahrer verlangte sein Geld und sagte, hier gebe es kein Durchkommen, den Rest müsse sie zu Fuß gehen. Ihr Herz schlug so hoch oben in ihrer Kehle, dass sie daran zu ersticken meinte. Beinahe hätte sie ihren Beutel auf der Rückbank liegen lassen, der Mann rief ihr nach, und sie musste erneut in den Wagen klettern, um ihn herauszuholen. Dann stand sie endlich im Freien, vor einer Mauer aus Menschen, und irgendwo weiter vorn sprach ein Mann in eine Flüstertüte und befahl den Leuten, zurückzutreten und Platz zu machen.

Bis zu ihrem Haus waren es noch zwanzig, dreißig Meter, und sie wusste plötzlich, dass die Ursache des Trubels dort zu finden war. Wusste es mit so schmerzhafter Gewissheit, dass ihr schwindelig wurde und sie beinahe in die Arme einer Frau gefallen wäre, die auf sie aufmerksam wurde und besorgt etwas sagte, das Liette nicht verstand. Stattdessen drängte sie weiter, schob sich zwischen den Menschen hindurch, zu klein, um über ihre Schultern sehen zu können, und zu sehr unter Schock, um Fragen zu stellen. Einige Leute hatten ihre Mäntel über Schlafanzüge und Nachthemden gezogen, und sie waren ganz außer sich. »In dieser Gegend!«, sagten manche entrüstet, und »Kaum vorstellbar!« und »Nicht möglich!«, und dann war da wieder die Männerstimme, die blechern durch die Flüstertüte sprach und forderte, zurücktreten, bitte, die Polizei ist hier, niemand hat etwas zu befürchten.

Liette zwängte sich durch die vordere Reihe und sah zwei Autos mit weißer Aufschrift, sah Männer in Uniform, die durch eine offene Haustür ein und aus gingen, im Inneren auf der Treppe polterten, und sie sah ein Gedränge von Umrissen hinter den Fenstern im ersten Stock, wo alles hell erleuchtet war, das Wohnzimmer, das Schlafzimmer, ihr eigenes Kinderzimmer, und im selben Moment spürte sie einen Schrei hinten im Hals, der aber nicht kam, nur ein Schluchzen, das immer heftiger wurde, ihr die Luft nahm und den Boden unter den Füßen wegzog.

»Liette?«

Eine Nachbarin, deren Name ihr nicht einfiel und wohl auch nie mehr einfallen würde, hatte sie entdeckt und schob sich rabiat zwischen den Schaulustigen hindurch auf sie zu.

»Kleine!«, rief sie. »Liette, mein Kind!« Sie klang, als spräche sie gegen ihren Willen, als wäre sie jetzt lieber anderswo, nicht in der Nähe von Liette und all dem hier, sondern weit, weit entfernt. Aber dann ging sie neben ihr in die Hocke, raffte dabei ihren Morgenmantel zusammen und sah lächerlich aus mit ihrem Haarnetz, das sie wohl ganz vergessen hatte, oder es war ihr egal, so wie Liette gerade alles egal war, das *nicht* dort oben in der Wohnung stattfand.

»Wir hatten alle solche Angst um dich«, sagte die Nachbarin, »weil keiner wusste, wo du steckst. Bist du weggelaufen? Hast du was gesehen?«

Sie redete noch weiter, stellte Fragen, als wäre sie von der Polizei, aber Liette blickte an ihr vorbei zur Tür, wo jetzt Männer etwas Großes, Langes ins Freie trugen, eine Kiste aus fleckigem Holz, weil sie bestimmt nicht zum ersten Mal zum Einsatz kam, sondern immer, wenn so etwas geschah. Als *wäre* so etwas schon einmal geschehen. Als wäre dies nicht das erste und einzige Mal, dass Liette ihre Eltern verlor.

»Mama?«, kam es tonlos über ihre Lippen. »Papa?«

»Oh, mein Schatz«, sagte die Nachbarin, und nun quollen ihre Augen über vor Tränen, und sie wollte Liette an sich ziehen, sie von dem Haus und den Sargträgern wegdrehen, aber Liette ließ das nicht zu, wand sich und wehrte sich und sah immer noch hin, ohne sich von der Stelle zu rühren, auch nicht als dem ersten Sarg ein zweiter folgte und beide unter die Plane eines Lastwagens geschoben wurden wie übrig gebliebenes Obst am Markttag.

»Mama«, flüsterte sie noch einmal und krallte ihre Hände in den Stoffbeutel.

»Liette, Süße, du musst jetzt –«

»Ich muss gar nichts!«, schrie sie die Frau an. »Ich muss überhaupt nichts!«

»Wir sollten dich zu den Polizisten bringen, wirklich, und vielleicht kannst du heute Nacht bei uns bleiben, wenn sie es erlauben.«

Liette wollte nicht in eine fremde Wohnung, nur in ihre eigene, und deshalb ließ sie die Frau einfach stehen und ging weiter, zwischen zwei Polizisten hindurch, die sie gar nicht bemerkten, weil sie so sehr damit beschäftigt waren, all die Erwachsenen fernzuhalten, auch die Nachbarin, die jetzt auf einen von ihnen einredete, ohne dass er ihr wirklich zuhörte. Sonst hätte er sich vermutlich nach Liette umgedreht und sie festgehalten, bevor sie den Lastwagen mit den beiden Särgen erreichte. Hätte sie gegen ihren Willen weggeführt und irgendwem in Obhut gegeben, den sie noch weniger kannte als die Nachbarin, und natürlich wollte sie nichts von alldem, wollte nur sicher sein, wer in diesen Kisten lag, vielleicht ja auch die Einbrecher, die ihr Vater mit dem alten Armeerevolver erschossen hatte, den er in der unteren Schublade des Kleiderschranks aufbewahrte. Vielleicht saßen ihre Eltern oben im Wohnzimmer, ganz verdattert über das, was geschehen war, darüber, dass da jemand bei ihnen eingedrungen war, um Gott weiß was zu tun, aber, was ein Glück, die Tat war im letzten Augenblick abgewendet worden, dank des Revolvers und ein paar Kugeln.

»Wahrscheinlich hat er seine Frau erstochen«, sagte jemand hinter Liette, aber natürlich sprach er nicht mit ihr, sondern mit einem anderen Mann, »und sich danach selbst umgebracht.«

Liette hätte vor Erleichterung fast einen kleinen Satz gemacht, denn nun war klar, dass das gewiss nicht ihre Eltern sein konnten. Ihr Vater hätte ihrer Mutter niemals etwas angetan, trotz aller Meinungsverschiedenheiten über die Buchhandlungen und darüber, dass früher alles besser war, die Bücher, die Arbeit, das Leben. Manchmal stritten sie, so wie alle das taten, aber niemals *wirklich* schlimm, und auf keinen Fall hätte es einen Grund gegeben, mehr zu tun, als die Stimme zu erheben, was beide hassten, vor allem im Nachhinein, wenn ihnen leidtat, was sie gesagt hatten, und sie sich bemühten, die Dinge wieder geradezurücken und weiterzumachen wie bisher. Irgendwen zu erstechen wäre keinem von ihnen je in den Sinn gekommen, das war absurd, und deshalb war das eine gute Nachricht.

Liette begann trotzdem zu weinen, denn sie wusste, dass dies ein Abend war, an dem gute Nachrichten nicht existierten, und dass sie sich selbst belog, wie dumm sie doch war, nur ein Kind, das gedacht hatte, es könnte dem Schicksal in den Weg treten wie einem lahmen Esel, der einfach stehen bleiben oder sich abwenden würde. Aber nichts war stehen geblieben, die Verbrecher waren schneller gewesen als sie, schneller als der Zug, und wahrscheinlich war nur ein Anruf nötig gewesen, um jemanden zu schicken, ein Anruf dieses Doktors bei jemandem in Paris: Sorg dafür, dass sie schweigen, nimm das Messer und lass es so aussehen, als hätte der Mann die Frau umgebracht und dann sich selbst.

Sie drehte sich um und lief davon, nicht dorthin, wo die Nachbarin stand und noch immer auf den Polizisten einredete, der ihr nicht zuhören wollte, sondern in die entgegengesetzte Richtung, zum anderen Ende der Straße, wo sich ebenfalls Menschen drängten, um einen Blick zu erhaschen auf die Tragödie dieser Ehe, die so übel geendet hatte; und ja, man habe es schon manches Mal geahnt, wenn der Mann aus der Tür gekommen sei und nicht gegrüßt habe, da sei wohl schon Böses in seinem Kopf vorgegangen, und vielleicht habe er da schon das Messer dabeigehabt, und man selbst habe großes Glück gehabt, dass man nur leise den Kopf geschüttelt und nichts gesagt habe, sonst wäre man wohl ebenfalls abgeschlachtet worden, mit fünfzig, sechzig Stichen, so werde es ja erzählt, regelrecht in Stücke geschnitten, ein Drama, ein wirkliches Drama, aber man selbst sei eben davongekommen, anders als die arme Frau, und war da nicht ein Kind gewesen, ein kleines Mädchen, das arme Ding, herrje.

Liette rannte einfach in den Pulk hinein, stieß zwei Menschen auseinander, stürmte weiter, schob und drängelte, aber das fiel kaum jemandem auf, weil ja alle schoben und drängelten, wenn auch in die andere Richtung, wo es etwas zu sehen gab.

Und dann hielt jemand sie fest, am Oberarm, ziemlich grob sogar, und als sie durch ihre Tränen emporblinzelte, sah sie wildes Haar und ein riesiges, breites Gesicht auf Schultern, die von einer Straßenseite zur anderen reichten, so kam es ihr vor. Mörderschultern, ein Mördergesicht, und sie war sicher, dass dies der Mann war, der vom Doktor geschickt worden war, die Bestie, die für all das verantwortlich war.

Sie wollte schreien, aber der Mann sagte: »Dein Freund hat mich geschickt, dein Freund Maxim.«

Sie hatte den Mund noch immer geöffnet, der Schrei war nur einen Herzschlag entfernt, aber sie sah ihn noch einmal an, sah dasselbe wie zuvor, eine Verbrechervisage, einen Unhold, wie er im Buche stand. Ihr war schlecht und schwindelig, und die Trauer war ihr dicht auf den Fersen und würde sie jeden Augenblick einholen, und vielleicht war es dann ja egal, wenn der Kerl auch sie umbrachte, weil, wo sollte sie hin, wie sollte es weitergehen, ihr Leben und alles, das jetzt bedeutungslos war.

»Er heißt nicht wirklich Maxim«, sagte der Mann. »Er heißt Artur. Das ist sein wahrer Name.«

Artur?, dachte sie und flüsterte: »Maxim.«

»Ja, du kennst ihn als Maxim«, sagte das Ungetüm geduldig, »aber so heißt er nicht wirklich. Er hat mich angerufen und ein Telegramm geschickt, alles beides, um ganz sicherzugehen. Und das war auch gut so, denn jetzt bin ich hier, um dich zu beschützen.«

»Mich zu beschützen?« Sie war so benommen wie in den Sekunden vor dem Einschlafen, wenn sich alles nicht mehr real anfühlte und vielleicht schon Traum war.

»Die Männer, die deinen Eltern das angetan haben, sind bestimmt noch in der Nähe. Möglich, dass sie gerade nach dir suchen. Wir müssen hier weg.«

Sie wollte etwas sagen, widersprechen, aber es spielte keine Rolle mehr, also schwieg sie, blickte sich um, suchte nach Männern mit Messern, sah aber nur Schaulustige und Polizisten, all diese Menschen, mit denen sie nichts zu schaffen haben wollte.

»Ich bin Grigori«, sagte der Mann mit den breiten Schultern und dem breiten Gesicht, und überhaupt war alles an ihm breit, auch seine Nase und die vorspringende Stirn und vor allem seine Oberarme, so breit wie Baumstämme, gar nicht wie die eines Menschen. »Ich bin ein Freund von Artur. Und jetzt auch ein Freund von dir, wenn du einverstanden bist.«

»Ich will hier nicht mehr sein«, sagte sie.

»Musst du nicht.« Damit legte er einen Arm um sie, ganz sanft und doch bestimmt, und dann führte er sie fort, ohne dass jemand sie bemerkte, weil alle nur die Toten sehen wollten, nicht die Lebenden, und die beiden gingen davon, und Grigori machte sein Versprechen wahr, und er wurde ihr Freund.

23

1957

Nun wissen wir also, wie sie ausgesehen haben«, sagte Thomas, während er die Fotos betrachtete, die Liette im Archiv des Hotels gefunden hatte. »Die Eisenhuths und die Kalinins. Eigentlich ganz normale Leute, oder?«

»Wenn Sie sehr reiche Leute für normale Leute halten«, sagte Liette, »dann vielleicht.«

»Sind Sie nicht auch ziemlich reich?«

»Halten Sie mich für normal?«

Er lächelte. »Jedenfalls für mutig, wenn es Sie völlig kaltlässt, dass da draußen jemand herumschleicht, der schon mindestens einmal in Ihr Haus eingebrochen ist. Und mich zusammengeschlagen hat. Wobei ich verstehen kann, dass Sie *das* nur am Rande bekümmert.«

Nun erschien tatsächlich ein Hauch Sorge in ihrem Blick. »Geht's Ihrem Kopf wieder besser?«

»Tut weh. Aber ich werd's überleben.«

»Und Ihrem Bauch?«

»Der Whiskey hilft.«

»Ich merk's mir.«

»In Ihrem Schrank stehen eine Menge Flaschen.«

»Für Besuch.«

»Bekommen Sie oft welchen?«

Sie schloss für einen Moment die Augen, dann lehnte sie sich mit einem tiefen Durchatmen zurück, setzte zum Sprechen an und überlegte es sich anders. Mit einem Ruck sprang sie vom Sofa auf, trat an die Vorhänge und blickte durch einen Spalt hinaus in die Nacht. Ganz so kalt ließ sie der Unbekannte da draußen offenbar doch nicht.

»Haben Sie eine Waffe im Haus?«, fragte Thomas.

»Sie haben gesagt, Reporter sind keine Detektive. Aber mit einer Waffe können Sie trotzdem umgehen?«

»Ich war im Krieg.«

»Ja, natürlich waren Sie das. Entschuldigen Sie.«

»Ich hab mich nicht darum gerissen, wenn Sie's genau wissen wollen.«

»Wo haben Sie gekämpft?«, fragte sie.

»Erst in Russland, dann in den Westkarpaten. Dort bin ich angeschossen worden und in einem Lazarettzug zurück nach Deutschland geschickt worden. Ich lag eine Weile im Krankenhaus, danach haben sie mich zur Wachmannschaft desselben Zugs abkommandiert. Damit ging's dann wieder nach Osten, zweimal hin und zurück. Bis der ganze Spuk endlich vorbei war.«

Sie verschwand wortlos im Flur Richtung Schlafzimmer. Er hörte sie dort ein Möbelstück verrücken und ein wenig hantieren. Als sie zurück ins Wohnzimmer kam, hielt sie eine kleine, abgegriffene Pistole in der Hand. »Die ist geladen«, sagte sie, »aber seit einer Ewigkeit nicht mehr abgefeuert worden.« Sie legte sie vor ihm auf die Fotos wie ein Erinnerungsstück.

Er zögerte, dann fragte er: »Darf ich?«

»Sicher. Wahrscheinlich geht sie nach hinten los, also versuchen Sie lieber nicht, mich zu erschießen.«

Er schenkte ihr ein gequältes Lächeln, hob die Pistole auf und untersuchte sie. »Sieht für mich okay aus.«

»Die hat mal jemand im Hotel unterm Kopfkissen liegen lassen. Und dann natürlich nie danach gefragt. Ich dachte, sie ist vielleicht defekt, aber irgendwann hab ich sie ausprobiert. Da hat sie noch funktioniert. Ist allerdings auch schon wieder einige Jahre her.«

Mit der Pistole in der Hand, blickte Thomas zu den geschlossenen Vorhängen. Er hatte sich einmal geschworen, nie wieder eine Schusswaffe in die Hand zu nehmen, geschweige denn, damit auf Menschen zu zielen. Zugleich fragte er sich, was er getan hätte, wenn er die Pistole vorhin schon gehabt hätte. Wäre er in der Lage gewesen, abzudrücken? Der Krieg war zwölf Jahre her, und früher hatte er häufig Albträume davon gehabt, aber nicht mehr, seit er gegen jene vorging, die damals die Verantwortung getragen hatten. Seitdem kam es ihm vor, als wäre der junge Mann, an den er sich vage erinnerte, ein anderer gewesen, nicht er selbst. Vielleicht war das ja sein ganz persönlicher Albtraum: dass es ihn zweimal gab, den Jungen in seiner Erinnerung und den Mann, der er jetzt war. In den letzten Jahren war ihm der eine so fremd geworden wie der andere.

Er legte die Waffe zurück auf den Tisch, neben die Fotos. Die Nähe der Pistole bereitete ihm keine Sorgen, aber es ging auch kein Gefühl der Beruhigung davon aus.

Liette hatte seine Reaktion genau beobachtet, und er fragte sich, was ihr durch den Kopf ging. Immerhin schien sie ihm fürs Erste zu vertrauen. »Können wir jetzt wieder über die Bilder sprechen?«, fragte sie.

»Erzählen Sie mir erst mal von dem alten Mann. Diesem Maxim.«

Sie schwieg für einen Moment. Dann mochte ihr einfallen, dass sie ihm gerade eine geladene Waffe überlassen hatte. Wie viel gefährlicher konnte die Wahrheit sein?

»Tatsächlich heißt er nicht Maxim, sondern Artur«, sagte sie schließlich. »Artur Danilow. Aber in gewisser Weise bleibt er für mich immer Maxim, weil das der Name ist, unter dem ich ihn kennengelernt habe. Vor vielen Jahren ist er vor der Revolution aus Sankt Petersburg geflohen und irgendwann hier in Frankreich gestrandet.«

»Sie haben gesagt, dass er Ihnen das Leben gerettet hat. Was ist passiert?«

»Da war ich noch ein Kind. Jemand hat meine Eltern ermordet

und hatte es auch auf mich abgesehen. Artur hat dafür gesorgt, dass mir nichts zugestoßen ist.«

Sie wirkte sehr gefasst, als hätte sie längst damit abgeschlossen. Trotzdem sagte er: »Das tut mir leid.«

»Ist lange her. Das war zwischen den Kriegen, Ende der Zwanziger.«

»Wer hat das getan?«

»Es hatte mit dem Hotel zu tun. Ein Streit ums Erbe ... und noch ein paar andere Dinge. Der Mann, der dafür verantwortlich war, ist auch auf den Fotos.« Sie deutete auf die verstreuten Bilder von den Feierlichkeiten im Hotel. Sie waren über vierzig Jahre alt, und doch schienen sie der Schlüssel zu den Ereignissen der Gegenwart zu sein.

Thomas hob abwehrend die Hand. »Warten Sie, eines nach dem anderen. Der alte Mann ... Artur ... er hat sie also gerettet. Und aus Dankbarkeit haben Sie ihm jetzt die Suite im Turm überlassen und bezahlen diese Frau, die sich um ihn kümmert.«

»Die Pflegerin, den Arzt, einen Haufen Medikamente, und was er sonst noch braucht. Er liegt im Sterben. Viel Zeit bleibt ihm nicht mehr. Er ist schon seit drei Monaten da oben.«

»Was hat er mit der Villa Eisenhuth zu tun?« Thomas saß auf dem Sofa, während sie zunehmend nervös durchs Zimmer streifte. »Denn deshalb reden wird doch über ihn, oder? Weil sich das alles hier um ihn dreht. Was Sie mir über das Haus und die Bibliothek erzählt haben –«

»Ist alles wahr«, fiel sie ihm gereizt ins Wort. »Ich will diese Bibliothek erhalten. Sie waren doch drüben. Was haben Sie gesehen?«

»Eine Menge alte Bücher.«

»Und sonst?«

»Was meinen Sie?«

»Menschen? Irgendwen?«

Er schüttelte den Kopf. »Alles verlassen. Aber Sie hatten recht, das Haus scheint baufällig zu sein. Ich hatte den Eindruck, dass es unter meinen Füßen vibriert.« Um ein Haar hätte er *zum Leben erwacht* gesagt.

Damit schien sie sich vorerst zufriedenzugeben. Er nahm an, dass sie selbst dort gewesen war und etwas ganz Ähnliches erlebt hatte.

»Es stimmt schon«, sagte sie, »das Haus ist nicht alles, worum es hier geht. Ihr Auftrag lautet, Mara Kalinina zu finden.«

Er nickte. »Sie haben gesagt, dass sie Anspruch auf die Villa erheben könnte. Oder war das auch gelogen?«

»Nein, sie ist die Alleinerbin«, sagte sie. »Oder zumindest war sie das mal. Aber ich suche sie noch aus einem anderen Grund. Als Artur zum letzten Mal klar sprechen konnte, hat er mich gebeten, Mara zu ihm zu bringen. Er will sie ein letztes Mal sehen.«

»Waren die beiden ein Liebespaar?«

»Ich weiß es nicht. Aber ich würde es mal vermuten.«

»Gerade eben haben Sie gesagt, er heißt Artur Danilow. Eines der Kalinin-Kinder in den alten Hotelunterlagen und auf den Fotos heißt ebenfalls Artur.«

»Derselbe Mann. Nur dass er in Wahrheit niemals den Namen Kalinin getragen hat. Sie haben ihn bei sich aufgenommen wie einen Sohn, aber sie haben ihn nie adoptiert. Im Gegensatz zu Mara. Andernfalls wären die beiden Stiefgeschwister. Doch so weit ist es nie gekommen.«

Thomas ließ sich gegen die Sofalehne sinken. »Nehmen wir mal an, die beiden hatten was miteinander. Und nun will Artur sie wiedersehen, bevor er das Zeitliche segnet.« Er bemerkte den schmerzlichen Ausdruck auf ihren Zügen, aber Schmerzen hatte er auch, und das hatte er ihr zu verdanken.

»Uns läuft die Zeit davon«, sagte sie. »Ich bin schon einmal zu spät gekommen und musste danach mit den Konsequenzen leben. Ich will nicht, dass das noch mal passiert.«

Insgeheim horchte er auf, hakte aber nicht nach. Stattdessen fragte er: »Warum haben Sie nicht gleich gesagt, dass es hier um den letzten Wunsch eines alten Mannes geht?«

»Ich hab Sie wohl nicht für sentimental genug gehalten.«

»Ein wenig Sentimentalität tut uns allen gut, finden Sie nicht?«

Sie hob eine Augenbraue. »Haben Sie das auch diesen deutschen Frauen erzählt? Ich bin sicher, das waren ganz herzergreifende Gespräche.«

»Ach, hören Sie auf«, fuhr er sie an. »Sie haben mich erpresst, Sie sind selbst kein Engel.«

Einen Moment lang stand offene Wut zwischen ihnen, die scheinbar aus dem Nichts gekommen war. Thomas bedauerte das, aber er fand, dass sie kein Recht hatte, ihm Vorhaltungen zu machen. Und er war sicher, dass sie es umgekehrt genauso empfand. Für sie war er ein Gauner, wahrscheinlich Schlimmeres. Was ihn irritierte, war die Tatsache, dass ihm das bis vor wenigen Tagen nichts ausgemacht hätte. Warum also begann er jetzt, sich dafür zu schämen?

»Sie haben materielle Gründe vorgeschoben, weil Sie mich für einen Materialisten halten«, sagte er.

Sie erwiderte nichts darauf, und das war auch nicht nötig.

»Aber mir ist es bei diesen Frauen nie allein um Geld gegangen«, fügte er hinzu.

»Reden Sie es sich nur schön.«

»Ich bin nicht stolz darauf.«

Sie winkte ab. »Das ist Ihre Angelegenheit. Ich wollte nicht mit Ihnen über Moral und Unmoral diskutieren.«

»Ich hab's verdient.«

»Was?«

»Dass Sie mich für ein Arschloch halten.«

So viel Selbsterkenntnis schien sie zu überraschen. »Okay.«

»Ich helfe Ihnen trotzdem, wenn Sie wollen.«

»Verraten Sie mir, warum?«

»Abgesehen von der Erpressung? Bevor ich hier gelandet bin, habe ich für gute Geschichten gelebt. Alles drehte sich immer nur darum. Aber als Reporter ist man selbst nie ein Teil dieser Geschichten, und vielleicht war ja genau das mein Problem. Als ich dann mit dieser anderen Sache angefangen habe, hier bei Ihnen im Hotel und anderswo, da steckte ich plötzlich mittendrin. Nur waren das wahrscheinlich die falschen Geschichten. Die von Artur und Mara dagegen kommt mir vor, als wäre es die richtige.«

Sie verschränkte die Arme und musterte ihn.

»Von mir aus gehen Sie danach zur Polizei«, sagte er. »Aber ich finde Mara für Sie. Und für den alten Mann.«

Sie sah aus, als läge ihr eine sarkastische Bemerkung auf der Zunge, und er hätte es ihr nicht mal verdenken können. Aber dann zuckten ihre Mundwinkel, und ihr Blick ließ den seinen nicht los, als wäre sie dabei, ihn zu durchleuchten.

»Gut«, sagte sie schließlich. »Und es bleibt dabei: Wir machen das gemeinsam.«

»Also nachts?«

»Nach Anbruch der Dunkelheit.«

Er holte tief Luft. Sie kam herüber und streckte ihm die Hand entgegen. Thomas schlug ein.

»Dann zeige ich Ihnen jetzt, wer meine Eltern auf dem Gewissen hat.« Sie setzte sich neben ihn auf das Sofa. »Der Name dieses Mannes hier« – sie senkte den Zeigefinger auf eine der Fotografien, auf denen ein ganzer Pulk von Menschen zu sehen war – »ist Arkadij Baranow. Und die blonde Frau neben ihm heißt Ulita Glinka.«

Thomas sah sich den Mann genauer an, aber er war nur einer von vielen auf dem Bild, ein distinguierter Herr in weit geschnittenem weißem Sommeranzug, mit Schlips und Monokel. Sein schütteres Haar war zurückgeölt.

»Sagt mir beides nichts.«

»Baranow lebt nicht mehr. Er kam als halbseidener Chirurg aus Russland nach Frankreich und hat seiner Kundschaft eine dubiose Verjüngungskur in Aussicht gestellt. Er hat eine Menge Schulden gemacht, um eine Luxusklinik an der Côte d'Azur zu finanzieren, aber kurz vor der Eröffnung ist ihm das Geld ausgegangen. Da hat er sich notgedrungen auf anderen Geschäftsfeldern betätigt – in erster Linie Drogenschmuggel und Menschenhandel. Innerhalb von knapp zehn Jahren ist er zu einem der führenden Kriminellen hier an der Küste geworden. Das Trois Grâces wurde damals in den Sommermonaten geschlossen, und während dieser Zeit landeten unten in der Bucht die Boote aus Nordafrika, die Baranows Ware brachten. Mädchen aus Marokko und Drogen aus Beirut. Mein Onkel hat damals das Hotel geleitet und beides im Hotel zwischengelagert, er steckte mit Baranow unter einer Decke. Das Problem war, dass das Trois Grâces zur Hälfte meinen Eltern gehörte, und die bestanden darauf, es zu verkaufen. Vielleicht haben sie geahnt, was hier vorging. Aber in erster Linie brauchten sie Kapital, um ihre Buchhandlungen im Norden zu erhalten, und das Hotel hat damals mehr Geld gekostet, als es eingebracht hat. Baranow wollte das nicht zulassen und ließ sie beseitigen.«

Thomas hatte sie nicht aus den Augen gelassen, während sie sprach, und er war sicher, dass sie die Wahrheit sagte. Das alles mochte lange her sein, aber das Leid in ihrem Blick war echt und jetzt wieder sehr gegenwärtig.

»Und Baranow ist tot?«

»Ja. Er wäre heute ein sehr alter Mann, Ende achtzig.« Sie deutete wieder auf das Foto, diesmal auf die blonde Frau an der Seite des Russen. Deutlich jünger als er, durchaus attraktiv, aber im Vergleich zu den anderen Frauen auf den Bildern auf billige Weise aufgetakelt. »Ulita Glinka war seine Geliebte. So eine Art Hellseherin mit Verbindungen in die höchsten Kreise. Sie hat vielen reichen Menschen eine Menge Geld aus den Taschen gezogen.«

Thomas verengte die Augen, um das Gesicht der Frau genauer zu betrachten. »Sicher nicht in einem Zelt auf dem Jahrmarkt, oder?«

»In einem teuren Apartment in Nizza«, sagte Liette. »Dort lebt sie heute noch. Sie müsste jetzt um die siebzig sein.«

»Und welche Rolle hat sie –«

»Warten Sie.« Sie wischte die Bilder auf dem Tisch durcheinander wie ein Kind, das Spielkarten mischt. Dabei kam eine andere Fotografie zum Vorschein.

Es schien sich noch immer um dieselbe Party in einem Saal des Hotels zu handeln. Kein gestelltes Foto, nur ein Schnappschuss, was zu jener Zeit bedeutete, dass die Aufnahme längst nicht so scharf war wie die anderen. Der Nachwuchs der Eisenhuths und Kalinins hatte sich in einem Halbkreis versammelt, alle mit Gläsern in der Hand, und dazwischen stand Ulita Glinka. Sie betrachtete gerade die ausgestreckte Hand eines der beiden Eisenhuth-Söhne.

»Der hier ist Demian Eisenhuth, richtig?«, fragte Thomas.

Liette nickte. »Ulita liest ihm aus der Hand. Und ich wüsste zu gern, was sie ihm da weissagt.« Sie zog ein anderes Foto hervor. Dieselbe Szene, ein wenig später. Ulita hielt immer noch Demians Hand fest, doch sie sah nicht ihn an, sondern eine junge Frau mit langem glattem Haar. Sie stand mit dem Rücken zur Kamera, doch Thomas war sicher, dass es sich um dasselbe Mädchen handelte, das Liette ihm auf den anderen Fotos gezeigt hatte.

Mara Kalinina.

»Sehen Sie Ulitas Lächeln?«

Es war verschwommen, aber ja, er konnte es sehen. »Sie lächelt Mara an«, sagte er leise.

Liette beugte sich näher an das Bild. »Wäre interessant zu wissen, wie gut die beiden sich kannten. Und ob die Glinka wohl auch Maras Zukunft gesehen hat.«

»Wenn Ulita Glinka noch lebt, können wir sie fragen.«

Liettes Gesicht hellte sich auf. Ein aufgeregtes Glitzern stand in ihren Augen. »Gut, dann fahren wir nach Nizza.«

»Jetzt gleich?«

Sie nickte, nahm die Pistole vom Tisch und steckte sie ein.

Kurz darauf rasten sie in Liettes rotem Porsche 356 mit offenem Verdeck durch die Dunkelheit. Sie saß mit hellem Kopftuch und großer Brille hinter dem weißen Dreispeichenlenkrad und nahm die Kurven der Küstenstraße mit dem Selbstvertrauen einer Blinden, die sich in der sicheren Umgebung ihrer vier Wände bewegt.

»Bisschen schnell, oder?«, rief er mit einem Kloß im Hals. »Es ist dunkel. Und dann die Kurven.«

»Seien Sie kein Langweiler. Ich fahre diese Strecke ständig bei Nacht. Genau genommen nur bei Nacht.«

»Was ist mit Gegenverkehr?«

»Sehen Sie welchen?«

»Sie ja auch nicht. Wegen der Kurven.«

Sie lachte verwegen in den Fahrtwind. Selbst am Abend – es war nach elf – kühlte sich die Sommerhitze kaum ab. Rechts von ihnen funkelte das Mondlicht wie eine Landebahn aus Quecksilber auf der teerschwarzen Weite des Mittelmeers.

Thomas' rechte Hand klammerte sich neben seinem Bein um den Rand des Sitzes. »Wir sollten uns über den Mann auf Ihrer Terrasse unterhalten. Allerdings würde das besser gehen, wenn wir verstehen könnten, was der andere sagt.«

Sie lachte ihn aus, verringerte aber das Tempo. Der röhrende Motor wurde nur unerheblich leiser. »Sind Sie denn sicher, dass es ein Mann war?«

»Jedenfalls hat er einen kräftigen Eindruck gemacht.«

»Das sagen Sie nur, weil er Sie niedergeschlagen hat.«

Obwohl er es nicht so gemeint hatte, fühlte er sich ertappt. »Vielleicht. Aber ich verstehe nicht, warum Sie sich keine Sorgen machen.«

»Hier tauchen immer mal Einbrecher auf. Manche Häuser stehen wochenlang leer, da lässt sich das kaum vermeiden. Normalerweise ziehen diese Leute zum nächsten weiter, sobald sie merken, dass jemand zu Hause ist.«

»Der hier war schon nachmittags in Ihrem Haus –«

»Und hat nichts gestohlen.«

»– und er ist trotzdem am Abend zurückgekommen. Weil er es vielleicht auf Sie selbst abgesehen hat, nicht auf Ihr Tafelsilber.«

»Dann hätte er mir doch was antun können, als Sie am Boden lagen. Stattdessen ist er weggelaufen. Und in mein Haus eingebrochen ist ja nicht nur er.« Sie warf ihm einen Seitenblick zu, obwohl ihm viel lieber gewesen wäre, wenn sie sich auf die Straße konzentriert hätte. »Ich weiß, dass Sie in meinem Schlafzimmer waren. Und in meinem Bad.«

Ein wenig verdattert entschied er, den Einwurf zu ignorieren. »Sie sehen das alles zu locker.«

Sie zeigte ihm ein breites Grinsen. »Ich lebe seit über zwanzig Jahren an der Côte d'Azur, an einem der beliebtesten Flecken Frankreichs. Wenn ich jedes Mal in Panik geraten würde, wenn ein Fremder auf meinem Grundstück auftaucht, hätte ich längst schlimme Magengeschwüre. Oder ständig so schlechte Laune wie Sie.«

Er hob eine Hand und gab sich geschlagen. »Von mir aus. Dann erzählen Sie mir von Ulita Glinka.«

Endlich drosselte sie das Tempo fast um die Hälfte. »Sie war mal eine dieser mysteriösen Persönlichkeiten, von denen es hier an der Küste nur so wimmelt. Eine glühende Verehrerin von Helena Blavatsky und ihrer Theosophie. Sagt Ihnen das was?«

»Vage.«

»Eine okkulte Heilslehre aus dem neunzehnten Jahrhundert. Nach dem Tod der Blavatsky haben andere sie weiterentwickelt. Im frühen zwanzigsten Jahrhundert wurde sie noch mal populär, zusammen mit Geisterbeschwörungen, Tischrücken, dem ganzen Kokolores. Ulita Glinka war anfangs Blavatsky-Puristin, hat aber schnell begriffen, dass sich mit Budenzauber Geld machen lässt, und die Sache dann nicht mehr ganz so eng gesehen. Sie ist vor allem als Wahrsagerin in Erscheinung getreten, erst in London und Paris, dann in Nizza. Manche haben auch behauptet, sie sei eine russische Geheimagentin, und dass sie ihre Hellseherei nur benutzt hat, um einflussreiche Kunden auszuhorchen. Sie wissen schon, Politiker, Industriebarone … Angeblich sind sogar die Grimaldis zu ihr gekommen. Aber das ist alles lange her. Spätestens der Zweite Weltkrieg hat den Leuten endgültig die Geisterflausen ausgetrieben, und Madame Glinka musste kleinere Brötchen backen. Vielleicht war sie ja auch ganz froh darüber, dass sie bei einigen Leuten in Vergessenheit geraten ist.«

»Aber sie arbeitet nach wie vor als Wahrsagerin?«, fragte Thomas.

»Ja. Außerdem bastelt sie Kreuzworträtsel für esoterische Zeitschriften, hat man mir erzählt. Als ehemalige Gangsterbraut sieht es mit ihrer Rente wahrscheinlich nicht allzu rosig aus.«

»Haben Sie mal persönlich mit ihr gesprochen?«

»Das ist lange her. Da war sie noch mit Baranow zusammen.«

»Hat Sie Ihnen aus der Hand gelesen?«

Sie zögerte kaum merklich, vielleicht auch nur, weil die nächste Kurve besonders scharf war. »Sie hat's versucht. Ich war damals noch ein Kind. Einem kleinen Mädchen sagt man normalerweise voraus, dass es einen reichen Mann heiratet, drei Kinder bekommt und neunzig Jahre alt wird. Aber dazu konnte sie sich wohl nicht durchringen. Also hat Sie's gelassen.«

»Sie meinen, Sie wollte Ihnen nicht sagen, dass Sie etwas Schlechtes in Ihrer Zukunft gesehen hat?«

Sie blickte kurz über die Fahrertür hinweg zur Seite, dann wieder nach vorn. »Das war an dem Tag, als meine Eltern ermordet wurden. Vielleicht hat sie mich erkannt und gewusst, was gerade geschah. Oder sie hat es wirklich in meiner Hand gelesen. Wer weiß.«

Abrupt trat sie auf die Bremse. Dabei verlief die Straße jetzt schnurgerade entlang einer langen Reihe Zypressen.

»Was ist los?«, fragte Thomas.

»Haben Sie den Metallkasten gesehen? Seit ein paar Monaten stellen sie überall diese Radarfallen auf, um die Geschwindigkeit zu messen. Ist der neueste Schrei, um den Leuten das Geld aus der Tasche zu ziehen. Noch profitabler als die Hellseherei.«

Thomas hatte noch nie von Radarfallen gehört, aber bei ihrer Fahrweise glaubte er ihr, dass sie sich mit solchen Dingen auskannte. »Vielleicht wollte man Ihnen voraussagen, dass Sie uns beide umbringen, wenn Sie weiter so fahren wie vorhin.«

Sie lächelte und beschleunigte erneut. Der Porsche wurde wieder lauter. Die nächste Kurve nahm sie so schnell, dass Thomas auf der durchgehenden Sitzbank fast gegen sie rutschte. Mit einem Ausdruck resignierter Verzweiflung heftete er den Blick auf den Mittelsteg der Windschutzscheibe, in der Hoffnung, dass er bald wieder zu Atem käme.

Das gelb erleuchtete Straßenlabyrinth von Nizza empfing sie mit sommerlichem Abendtrubel. Touristen flanierten zwischen Restaurants und Bars über die Boulevards. Zwischen der Mündung des Var und der Altstadt reihten sich Art-déco-Villen und Belle-Époque-Paläste in berückender Fülle aneinander, das Vermächtnis all jener Aristokraten und Fabrikanten, die einst aus England und Russland an die Côte d'Azur geströmt waren. Die ersten Besucher hatten im achtzehnten Jahrhundert auf das Gerücht vertraut, die südfranzösische Seeluft sei ein Heilmittel gegen Tuberkulose; ihre Grabmäler schmückten heute die Friedhöfe von Nizza und Cannes. Dann waren die Russen gekommen und wieder verschwunden, gefolgt von den Amerikanern, die sich im Krieg einen Vorgeschmack geholt und danach den Entschluss gefasst hatten, ihre Ferien an der französischen Riviera zu verbringen. Mittlerweile reisten die Urlauber auch wieder aus ganz Westeuropa an, die Briten, die Deutschen, die Schweden. Sie alle spazierten auf der Promenade, erklommen den Schlossberg und bestaunten die Jugendstilfassaden im Quartier des Musiciens.

Liette lenkte den Porsche tief in die Altstadt und parkte vor einem Palais, das vermutlich einmal das Heim einer schwerreichen Familie gewesen war; heute hatte man es in zahlreiche Apartments aufgeteilt. Neben der Tür hing eine lange Reihe Schilder, auf keinem fand Thomas den Namen Glinka.

»Es ist das oberste«, sagte Liette. »Sie wohnt unterm Dach.«

Argwöhnisch sah er sie an. »Sie sind nicht zum ersten Mal hier.«

Sie druckste kurz herum, dann nickte sie. »Ich war ein paarmal kurz davor, bei ihr zu klingeln, aber dann hab ich es doch nie getan.«

»Was ist heute anders?«

»Ich schicke Sie vor. Sie wissen, wie man sich böse alte Frauen gefügig macht.«

»Die meisten waren nicht alt. Nur böse.« Er beugte sich vor, um die Buchstaben im Schein der Straßenlaterne zu entziffern. »Da steht *Theo S.*«

Sie zuckte mit den Schultern. »Dann wollen wir mal hoffen, dass ihre Vorhersagen einfallsreicher sind.«

Er machte ein paar Schritte rückwärts auf das Straßenpflaster und sah an der schmutzigen Fassade hinauf. Kabel waren in armdicken Bündeln über den bröckelnden Putz gespannt. »Hinter den oberen Fenstern brennt Licht.«

Liette drückte auf den Klingelknopf. »Sie brauchen wegen der Uhrzeit kein schlechtes Gewissen zu haben. Nicht bei ihr.«

»Dass Sie keines haben, war mir schon klar.«

»Ulita Glinka hat Schlimmeres verdient als eine gestörte Nachtruhe.«

»Wieso sollte Sie uns reinlassen?«

»Weil Sie Ihre Kundschaft immer erst im Dunkeln empfängt. Das ist Teil der Show, die sie veranstaltet.«

Der Türöffner summte und Liettes Gesichtsausdruck sagte wortlos: »Na bitte.« Sie durchquerten ein muffiges Foyer und machten sich an den Aufstieg. Die breite Steintreppe führte fünf Etagen hinauf und hatte in den oberen Stockwerken lange keinen Besen mehr gesehen. Thomas bemerkte, dass Liette immer nervöser wurde.

»Sie wünschen?«, rief eine heisere Stimme.

Er beugte sich übers Geländer, konnte aber oben niemanden sehen.

»Beratung«, erwiderte Liette laut.

Eine Tür schlug zu. Dann herrschte Stille.

Thomas legte die Stirn in Falten und flüsterte: »Hat Ihnen jemand erzählt, das sei so was wie das Codewort?«

»Ihnen ist doch auch nichts Besseres eingefallen, oder?«

»Vielleicht wär's das, wenn Sie nicht gleich losgebrüllt hätten. Am besten, Sie überlassen das Reden einfach mir.«

Empört öffnete sie den Mund, aber da erreichten sie schon den oberen Treppenabsatz und blickten auf die geschlossene Wohnungstür. Es gab kein Namensschild, nur einen Türklopfer in Gestalt eincs Faungesichts. Die spitzen Zähne und gefletschten Lippen waren einmal golden lackiert gewesen, aber davon waren nur noch gelbliche Farbsplitter übrig wie der Zahnersatz eines Unfallopfers.

Thomas betätigte den Klopfer. »Madame Glinka?«

»Ich kenne Sie nicht«, erklang ihre Stimme von der anderen Seite. Es gab einen Türspion, dahinter regte sich etwas im Gegenlicht.

»Sie wurden uns wärmstens empfohlen«, sagte er geschmeidig. »Genau genommen sind Sie unsere letzte Hoffnung.«

Liette verdrehte die Augen.

»Falls Sie Kinder wollen, dann bin ich die Falsche«, kam es krächzend durch die Tür. »Es gibt schon zu viele keifende Blagen auf der Welt.«

»Eigentlich geht es um Geld«, sagte Thomas. »Für Sie und für uns.« Er war sicher, dass sie das überzeugen würde.

»Hauen Sie ab!«

Liette stieß ein Seufzen aus, schob Thomas kurzerhand beiseite und baute sich vor dem Türspion auf. »Sie kennen mich. Wir beide sind mal zusammen Zug gefahren, vor fast dreißig Jahren. Sie haben mich vor dem Mann im Abteil nebenan gerettet, als er mich zu sich reinziehen wollte. Dann haben Sie sich meine Hand angeschaut und dort etwas gesehen, das Sie mir nicht verraten wollten. Ich habe Ihnen einen falschen Namen genannt, aber Sie haben –«

»Ich habe deinen wahren Namen in deiner Hand gelesen und nie vergessen. Du bist Liette Chevalier.«

Thomas warf ihr einen verblüfften Blick zu.

Der Schlüssel wurde umgedreht, dann schwang die Tür nach innen. »Kommt rein. Ich will nicht, dass das ganze verdammte Haus zuhört.«

»Da unten war niemand«, sagte Thomas.

»Das *Haus,* hab ich gesagt, nicht die Leute. Die gehen mir am Arsch vorbei.«

Sie war kleiner, als sie auf den Fotos gewirkt hatte, und hatte etliche Pfunde zugelegt. Ihr Gesicht jedoch war unverkennbar dasselbe, faltiger und teigiger als 1914, aber mit hellen, wachen Augen und einem Lächeln, das einmal bezaubernd gewesen sein mochte. Das schüttere Haar war blondiert mit breitem grauem Ansatz, und ihr roter Lippenstift hatte sich in die Fältchen rund um den Mund verästelt. Sie trug ein schlichtes schwarzes Kleid, das bis zu den Knöcheln reichte, und goldene Hausschuhe, die vorn spitz zuliefen und mit arabischen Mustern bestickt waren.

»Geradeaus«, sagte sie und schloss die Tür.

Während sie den langen Flur hinuntergingen, flüsterte Liette: »Ich wette, hier gibt's Katzen.«

»Nur als Futter für den Raben«, sagte Ulita hinter ihnen. »Ich hasse die Biester.«

Als sie in den großen Raum am Ende des Korridors traten, hob in einer Ecke wildes Krächzen an. Dort saß, in einer deckenhohen Voliere, ein gewaltiger Rabenvogel mit graugelbem Schnabel und stechendem Blick.

»Wie heißt er?«, fragte Thomas.

»Warum willst du das wissen? Er wird ohnehin nicht mit euch reden.«

»Tut er doch gerade«, sagte Liette.

»Mit mir«, widersprach die Russin. »Er will, dass ich euch rauswerfe. Vom Balkon.«

Thomas hatte eine üppige Möblierung, goldene Bilderrahmen und haufenweise esoterischen Hokuspokus erwartet, aber falls sie so etwas besaß, befand es sich in den anderen Zimmern. Dieser

Raum war schlicht eingerichtet, mit einem runden Tisch und sechs Stühlen, zwei hohen Sesseln, die einander gegenüberstanden, und einer Kommode mit sehr vielen Schubladen. Die Wände waren pechschwarz gestrichen, ebenso wie die Decke und das Parkett; Bilder gab es keine. Neben dem Tisch lag ein abgewetzter Perserteppich, und über den schwarzen Lack auf den Holzdielen zogen sich Pfade aus Kratzspuren, weil Ulita beim Gehen die Füße kaum hob. Überhaupt schien ihr das Laufen schwerzufallen, sie war außer Atem und sah erschöpft aus. Vielleicht lungenkrank, dachte Thomas, vielleicht auch nur alt und bequem.

»An den Tisch«, kommandierte sie.

Der Rabe schrie etwas, das fast genauso klang.

»Er redet wie ein Papagei«, sagte Liette, während sie Platz nahmen.

»Nein«, widersprach Ulita, »wie ein Mensch. Weil er mal einer war.«

»Ach«, sagte Thomas.

»Haben Sie ihn verwandelt?«, fragte Liette.

Ulita setzte sich ihnen gegenüber und verschränkte die Finger. In den Tisch war eine Glasplatte eingelassen, unter der schwarz-weiße Fotografien der Côte d'Azur lagen wie willkürlich hingestreut. Auf einigen Bildern war ein großes Haus mit flachem Dach zu sehen, hoch über einer zerklüfteten Felsküste. Thomas bemerkte, dass Liette ein paar Sekunden länger hinsah. Auf einem anderen war das Gebäude von Nahem zu sehen, an seinem Fuß mehrere Käfige, weit größer als der des Raben. Die Bilder waren derart verblichen, dass nicht zu erkennen war, ob etwas hinter den Gittern saß.

Aus einem Fach unter dem Tisch zog Ulita ein Blatt Papier hervor. Als sie es zu Thomas hinüberschob, sah er, dass es sich um ein ausgerissenes Kreuzworträtsel aus einer Zeitschrift handelte. Es war gerade mal groß genug für ein Dutzend Wörter.

»Schenke ich euch«, sagte sie. »Füllt es aus. Manchmal werden dann Wünsche wahr.«

Thomas blickte ein wenig ratlos auf das Papier, ehe Liette es zu sich zog. »Ist das so was wie eine Beschwörung?«, fragte sie. »Etwas passiert, wenn man die richtigen Wörter einträgt?«

»Die richtigen Wörter in der richtigen Reihenfolge«, sagte Ulita. »Sonst passiert gar nichts.«

»Aber die Spalten sind nicht nummeriert.«

Ulita hob die Schultern. »Ist wie ein Glücksspiel. Und es kann auch schiefgehen. Eure Entscheidung, ob ihr es versuchen wollt.«

Stirnrunzelnd faltete Liette das Blatt zusammen und steckte es ein.

Ulita wandte sich an Thomas. »Bist du Deutscher?«

Ihr Französisch war akzentfrei, während sein eigenes zwar fließend war, manche Aussprachen aber dennoch seine Herkunft verrieten.

Er nickte. »Thomas Jansen.«

»Bist du ihr Mann? Ihr Freund? Ihre Affäre?«

»Nur ein Bekannter.«

»Bekannte hatte ich auch mal. Eine Menge davon. Was wollt ihr?«

Liette ging sofort in die Offensive. »Sie waren einmal die Geliebte von Arkadij Baranow.«

Ulita nickte, als wäre dieses Thema keine Überraschung. »Das ist lange her. Wenn ihr mir daraus einen Strick drehen wollt, kommt ihr viele Jahre zu spät. Als nach seinem Tod alle seine Geschäfte aufgeflogen sind, hab ich drei Jahre im Gefängnis gesessen, wegen angeblicher Beihilfe. Eine Farce war das. Ich wusste, was er tat, aber ich hatte nichts damit zu tun.«

»Sie haben davon nicht finanziell profitiert?«

»Er hat im Restaurant bezahlt und mir dann und wann Schmuck geschenkt. Das Essen konnte ich nicht zurückgeben, aber die Klunker hat alle der Staat einkassiert. War nicht schade drum. Arkadij war kein besonders geschmackssicherer Mann.«

»Sie haben damals *goldenen* Lippenstift getragen«, sagte Liette.

»Selbstverständlich. Anfang des Jahrhunderts war Lippenstift viel mehr als irgendeine Schminke. Die britischen Suffragetten haben ihn getragen, als sie fürs Frauenwahlrecht und die Gleichberechtigung in den Hungerstreik getreten sind. Er war ein Symbol für Progressivität und neues Selbstbewusstsein. Das hast du nicht gewusst, oder?« Ulita verzog den Mund. »Nein, natürlich nicht.«

Eins zu null für sie, dachte Thomas.

»Aber du warst ja auch noch ein Kind«, fügte sie hinzu.

Wieder schrie der Rabe etwas, ahmte den Klang ihrer Stimme nach, ohne verständliche Worte zu formen.

Liette rückte ein Stück auf ihrem Stuhl nach vorn, bis ihr Oberkörper die Tischkante berührte. »Als ich in Ihrem Zugabteil war, da haben Sie gewusst, dass Baranow den Befehl gegeben hat, meine Eltern zu ermorden.«

»Erst mal hatte ich gar keine Ahnung, wer du warst. Aber dann hab ich in deiner Hand ein tiefes Dunkel gesehen, eine große Bedrohung. Und einen Namen. Aber ich wusste nicht, dass es eine Verbindung zwischen dir und Arkadij gab. Vielleicht, wenn ich mehr Zeit gehabt hätte, wer weiß …«

Thomas fürchtete, dass sie auf diese Weise nichts aus der Russin herausgekommen würden, also ging er mit einer harmlosen Frage dazwischen. »Wann sind Sie nach Frankreich gekommen?«

»1905, gleich nach der ersten Revolution. Oder dem *Versuch* einer Revolution. Viele haben Russland damals verlassen, um nicht im Gefängnis oder in einem Massengrab zu landen.«

»Was hatten Sie denn zu befürchten?«

»Der okkulte Untergrund stand auf der Abschussliste. Man hielt uns für Freimaurer, und dem Zaren war zugetragen worden, dass die Freimaurerei vom Geheimdienst der Engländer unterwandert war.«

»Wieso das?«

»Es hat Menschen gegeben, die behauptet haben, die Freimaurer wären eine Erfindung der Briten, um die Verbindung zwischen Frankreich und Russland zu sabotieren. England hat diese Allianz gefürchtet, weil sie der Ausdehnung des Empires im Weg stand.

Der eine Imperialist ist nie ein Freund des anderen, das war schon immer so. Und weil manchen Beratern des Zaren der Einfluss der Freimaurer und Theosophen in Sankt Petersburg und Moskau verhasst war, redeten sie Nikolaus ein, dass der britische Geheimdienst dahintersteckt, um einen Keil in die russisch-französische Freundschaft zu treiben. Nach der gescheiterten Revolution von 1905 kam es deshalb zu einer ersten großen Welle von erleuchteten Exilanten. Viele sind nach Westeuropa gegangen, nach Berlin und Paris, nach Lissabon und London. Deshalb gibt es dort noch heute okkulte Zirkel, die von Russen gegründet wurden. Eine Menge ist allerdings kurz nach dem Zweiten Weltkrieg verschwunden.«

»Was hatte der Krieg damit zu tun?«, fragte Liette.

»Sagen wir, viele von uns hatten damals keine hohe Meinung von den Juden. Russen haben den Antisemitismus nach Westeuropa gebracht – jedenfalls in der extremen Ausprägung des zwanzigsten Jahrhunderts –, und nach dem Krieg behielt man diese Meinung besser für sich. Haben Sie von den *Protokollen der Weisen von Zion* gehört? Oder von einer Schrift mit dem Titel *Das Geheimnis der Juden?* Beide postulieren die jüdische Weltverschwörung, und beide sind im Auftrag russischer Drahtzieher entstanden. Verbreitet wurden sie aber vor allem im Westen, ganz gezielt, um den Hass gegen die Juden zu schüren und die Gesellschaft ins Chaos zu stürzen. Vielleicht auch noch aus einem Dutzend anderer Gründe, und Sie sehen ja, es hat funktioniert. Hitler und die Nazis haben die *Protokolle* für bare Münze genommen, obwohl sie Beweise hatten, dass es sich um eine Fälschung gehandelt hat und kein Wort davon von einem Juden geschrieben wurde. Man glaubt eben, was man glauben will.«

»Haben Sie in Deutschland gelebt?«, fragte Thomas.

»Für kurze Zeit, in Berlin. Aber das war nur eine Station auf der Durchreise.«

»Sagt Ihnen der Name Eisenhuth etwas?«

Für einen Augenblick schien sie der Themenwechsel zu irritieren, dann wanderte ihre rechte Augenbraue nach oben. »Diese Deutschen mit der verrückten Villa auf den Felsen? Ja, ich erinnere mich an sie. Nicht sehr gut, aber ich weiß, dass sie oft im Trois Grâces waren.« Sie nickte in Liettes Richtung. »Vor deiner Geburt.«

»1914 haben Sie auf einer Party im Hotel einem der Eisenhuth-Söhne aus der Hand gelesen«, sagte Thomas. »Demian Eisenhuth. Es gibt ein Foto davon.«

Sie schien nachzudenken, mit ernster Miene und konzentriertem Blick, und er hoffte, dass Liette jetzt nichts sagte, was die alte Frau erneut provozierte. Doch auch Liette beobachtete nur schweigend, was sich da auf den Zügen der Russin abspielte.

»Ein stattlicher junger Kerl«, sagte Ulita schließlich. »Groß und blond und sehr reich. Eine gute Partie. Ich hab ihm vorausgesagt, dass er dieses Mädchen heiraten würde. Die Kleine aus Sankt Petersburg.«

»Mara Kalinina«, sagte Liette.

Die Wahrsagerin wiederholte die beiden Silben sehr langsam und bedächtig. »Mara … Ich sollte sie nicht Kleine nennen. Ihr Schatten war größer als sie, wenn ihr versteht, was ich meine.«

Thomas und Liette wechselten einen Blick.

»Was bedeutet das?«, fragte er die alte Frau.

»Da war etwas, das hinter ihr ging. Wie ein Schatten, aber nicht ihr eigener. Der Schatten einer Tat. Wie ein Albtraum, der sie nicht mehr losließ. Der Schatten war längst zu ihrem Schicksal geworden, sie konnte ihm nicht entkommen.«

Er nahm an, dass sie in die kryptische Sprache ihrer Prophezeiungen verfiel, weil es so am einfachsten war, viel zu sagen, ohne wirklich etwas zu sagen.

»Was für eine Tat soll das gewesen sein?«, fragte Liette. »Etwas, das Mara selbst getan hat?«

Ulita nickte. »Aber wenn du wissen willst, was genau das war – ich weiß es nicht. Ich sehe die Zukunft, nicht die Vergangenheit. Und in Demians Zukunft überstrahlte Mara alles andere. Es war nicht schwer, das zu erkennen. Ich glaube, sie alle haben es bereits gewusst und wollten es nicht wahrhaben. Es war einfacher, mir eine Lüge zu unterstellen, als die Wahrheit zu akzeptieren.«

»Mara Kalinina hat Demian Eisenhuth tatsächlich geheiratet«, sagte Liette.

»Ich sagte doch, dass ich es gesehen habe.«

Thomas fixierte die Russin mit festem Blick. »Wissen Sie, wo Mara heute ist?«

»Darum geht es euch? Ihr sucht dieses Mädchen?«

»Sie müsste heute um die sechzig sein.«

»Ich habe sie nie wiedergesehen. Wenn ich an sie denke, sehe ich sie als junge Frau, fast noch ein Kind. Sie hatte diese hellblauen Augen und langes rotblondes Haar. Sie kann damals nicht viel älter als sechzehn gewesen sein.«

»Zu der Zeit durften Mädchen in Deutschland mit sechzehn heiraten, Männer mit zwanzig«, sagte Liette. »Die beiden hätten von Rechts wegen vielleicht noch ein Jahr warten müssen, nicht viel länger. Und es gab Ausnahmegenehmigungen. Und trotzdem wurde die Ehe erst 1917 geschlossen, gut drei Jahre nachdem Sie den beiden hier in Frankreich begegnet sind.«

Ulita hob beide Handflächen, ohne die Unterarme vom Tisch zu nehmen. »Darüber weiß ich nichts.«

Thomas sah Liette an und dachte: Und warum weißt *du* plötzlich so viel darüber? Sollte es nicht meine Aufgabe sein, diese Dinge für dich herauszufinden?

Der Rabe schlug mit den Flügeln und stieß einen schrillen Schrei aus. Ulita runzelte die Stirn und blickte zu ihm hinüber.

»Was hat er denn?«, fragte Thomas.

Ein zweiter Schrei, noch lauter als der erste. Das Flügelschlagen wurde zu Raserei.

»Es ist der Schatten«, sagte Ulita so leise, dass es fast im Getöse des Vogels unterging. »Der Rabe will mich warnen.«

Thomas sah Liette an und las auch in ihren Augen nur Ratlosigkeit.

»Sie meinen, Mara könnte herkommen?«, fragte Liette. »Zu Ihnen?«

Ulita sprang auf und warf dabei den Stuhl nach hinten. Mit zitternder Hand deutete sie zur Tür. »Geht jetzt. Sofort!«

Als sie aufstanden, wurden die Schreie des Raben zu einem anhaltenden Kreischen. Mit dem Schnabel hämmerte er auf die Tür des Käfigs ein.

»Glauben Sie, dass Mara hier ist? In Nizza oder in der Nähe?«

Die Stimme der alten Frau klang immer höher und heiserer. »Raus hier! Verschwindet!«

Sie verließen den Salon mit den schwarzen Wänden und gingen den Flur hinab zur Wohnungstür. Ulita folgte ihnen in einigem Abstand, so als wollte sie ihnen nicht mehr zu nahe kommen.

Als sie ins Treppenhaus traten, versuchte Thomas es noch einmal: »Warum haben Sie solche Angst vor Mara?«

»Vor ihr?« Ulita stieß ein Lachen aus, das fast wie hysterisches Weinen klang. »Der Rabe warnt mich nicht vor ihr. Ihr Schatten folgt jetzt auch euch!«

Damit schlug sie die Tür zu. Das Geschrei des Vogels begleitete Liette und Thomas auf dem Weg nach unten, und selbst auf der Straße hörten sie es durch das geschlossene Fenster. Die Nacht schien erfüllt von seinem Krächzen und Kreischen und dem wilden Schlagen seiner Schwingen.

Sie hatten gerade den Wagen erreicht, als über ihnen Glas zerbrach. Nur wenige Meter entfernt prasselten Splitter herab und zersprangen in Kristallfontänen auf dem Pflaster.

»Da oben«, sagte Liette.

Der riesige Rabe schoss aus dem leeren Fensterrahmen, eine gefiederte Furie im Schwefelschein der Straßenlaternen, stieg in die Schwärze zwischen den Sternen empor, schrie ein letztes Mal auf und war fort.

24

Statt zurück zum Trois Grâces zu fahren, nahmen sie sich zwei Zimmer in einem einfachen Hotel in der Altstadt, nur wenige Straßen entfernt. Mitternacht war vorüber. Der mürrische Mann an der Rezeption schien wenig erpicht darauf, weitere Gäste aufzunehmen, erst recht, nachdem er Liette gleich zweimal hatte versichern müssen, dass die Vorhänge in ihrem Zimmer dunkel und dicht seien und sie am Morgen auf gar keinen Fall von Sonnenstrahlen geweckt werden würde.

Die Zimmer befanden sich im ersten Stock, wiesen beide zur Straße hinaus, lagen aber nicht nebeneinander. Das von Thomas war am einen Ende des Flurs, das von Liette am anderen.

Während der Fahrt hatten sie über das gesprochen, was geschehen war; beide waren ratlos. Nun standen sie auf dem kahlen Hotelflur, die Zimmerschlüssel mit den schweren Anhängern in den Händen, und Liette zog das zusammengefaltete Kreuzworträtsel aus ihrer Hosentasche.

»Ich denke, ich lasse es mal drauf ankommen«, sagte sie.

»Sie wollen es lösen?«

»Ich kann eh nicht schlafen. Für gewöhnlich bin ich nachts auf den Beinen. Und ich hab kein Buch dabei.«

Es war seine Idee gewesen, in Nizza zu bleiben, weil er am Morgen noch einmal zu Ulita zurückkehren wollte, um allein mit ihr zu reden. Er glaubte, dass er mehr aus ihr herausbekommen konnte, wenn er sie ohne Liette besuchte. Die Vorgeschichte der beiden, der Tod von Liettes Eltern, stand jedem besonnenen Gespräch im Weg. Geheimnisse erfuhr man am ehesten unter vier Augen, und vielleicht war das ihre letzte Chance. Er wollte sich nicht geschlagen geben, und genau deshalb hatte sie ihn doch dabeihaben wollen: Wenn ihn etwas als Reporter ausgezeichnet hatte, dann seine Beharrlichkeit.

»Wie wird das morgen laufen?«, fragte er. »Bleiben Sie bis zur Dämmerung im Hotel oder –«

Sie unterbrach ihn mit einem Kopfschütteln. »Mit Verdeck, Kopftuch und Sonnenbrille wird das schon gehen. Und ich hab eine langärmelige Jacke dabei. Ich hab's Ihnen doch schon einmal gesagt: Ich zerfalle nicht zu Staub.«

»Wann haben Sie es zuletzt versucht?«

»In die Sonne zu gehen? Lange her. Zwanzig Jahren bestimmt.«

»Was passiert dann? Falls die Frage nicht zu indiskret ist.«

Sie lachte leise auf. »Ich traue Ihnen eine Menge indiskrete Fragen zu, aber das ist keine.« Sie schob den Ärmel ihrer Bluse nach oben. Der Unterarm war mit blassen braunen Flecken bedeckt, wie Sommersprossen, fand er, kaum schlimmer. »Es ist nicht die Mondscheinkrankheit, falls Sie das gedacht haben. Bei mir geht's um Pigmentstörungen, hohes Hautkrebsrisiko, manchmal Schwächeanfälle, so als würde mir die Sonne alle Energie entziehen. Die Hälfte der Ärzte, bei denen ich als Kind war, hat nur eine empfindliche Haut diagnostiziert und den Rest für Einbildung gehalten. Die andere wollte mich für irgendwelche Testserien monatelang in Kliniken stecken. Das haben zum Glück meine Eltern verhindert. Also lebe ich mit den Symptomen, aber ich falle nicht gleich tot um oder explodiere, wenn mich die Sonne doch mal für ein paar Minuten erwischt.«

»Da bin ich erleichtert. Ich müsste das sonst der Polizei erklären. Und ich mag die Polizei nicht besonders.«

Amüsiert verzog sie den Mund. »Sind Sie je angezeigt worden? Von diesen Nazi-Frauen, meine ich.«

»Ein-, zweimal. Aber dann sind sie zur Vernunft gekommen und haben die Anzeigen zurückgezogen.« Sein Magen verkrampfte sich bei dem Gedanken. Das war neu. »Können wir bitte aufhören, darüber zu reden?«

Sie musterte ihn, jetzt wieder ernster. »Sicher.«

In einem der nächsten Zimmer räusperte sich jemand lautstark, wahrscheinlich waren die Wände hellhörig. Die beiden lächelten einander an, dann nickte Thomas.

»Gute Nacht«, sagte er. »Wie auch immer die bei Ihnen aussehen mag.«

Sie winkte mit Ulitas Kreuzworträtsel. »Schlafen Sie gut.«

Er wandte sich um und ging den Flur hinunter zu seinem Zimmer. Während er die Tür aufschloss, hörte er, wie sie am anderen Ende das Gleiche tat. Als er sich beim Eintreten umdrehte, um die Tür zu schließen, war ihre bereits zu.

Er hatte das Bedürfnis, vor dem Schlafengehen zu duschen, so als hätte er sich bei der Wahrsagerin mit irgendetwas beschmutzt. Er überlegte, ob sie wohl Flüche aussprach, aber dagegen würden auch Wasser und Seife nicht helfen. Trotzdem stand er lange unter der Brause. Er trocknete sich mit dem großen Badetuch in der Wanne ab, trat vor den Spiegel über dem Waschbecken und wischte mit dem Handrücken eine Schneise in die beschlagene Oberfläche.

Sein nasses Haar sah sehr dunkel aus. Er drehte sich um eine Winzigkeit nach links und wollte es hinter sein Ohr schieben.

Auf seiner rechten Schulter saß der Rabe.

Mit einem Aufschrei taumelte Thomas zurück, riss die Tür auf und stolperte ins Zimmer. Die heiße, feuchte Luft folgte ihm aus dem Bad, und für einen Augenblick war er sicher, dass da noch etwas anderes in den dichten Schwaden war, eine schmale Gestalt, die am Boden gekauert hatte, die ganze Zeit über hinter ihm. Langsam richtete sie sich auf.

Eine Hand tastete nach seiner nackten Schulter, während er zurückwich – nur seine eigene, die nach dem Vogel suchte, aber der war nicht da, natürlich nicht. Das Bad war leer, er sah die gegenüberliegende Wand aus weißen Fliesen und das Badetuch auf dem Waschbeckenrand; aus dem Augenwinkel hätte man es vielleicht für ein hockendes, buckliges Ding halten können.

Vor dem Fenster flatterten Schwingen.

Er stieß einen Fluch aus, schnappte sich sein Hemd, streifte es im Gehen über und öffnete den Vorhang einen Spaltbreit.

Unten auf der Straße, im Schein einer Laterne, stand eine schwarze Gestalt mit Mantel und Hut. Sie hatte den Kopf in den Nacken gelegt und blickte reglos zu ihm herauf.

Die heiße Luft aus dem Bad war ihm durch das winzige Zimmer gefolgt und legte sich auf die Scheibe. Hastig fuhr er mit der Hand darüber. Der Platz unter der Laterne war leer.

In Windeseile zog er sich an, riss die Zimmertür auf und lief zum Treppenhaus. Augenblicke später stürmte er durch das kleine Foyer, vorbei an der verlassenen Rezeption und zur Tür. Durch die offene Bürotür sah er, dass der Mann vom Empfang zusammengesunken am Schreibtisch saß, den Kopf auf die Arme gelegt.

Die Hoteltür war nicht abgeschlossen. Thomas riss sie auf und lief hinaus auf die schmale Altstadtgasse. Die Laterne war die einzige weit und breit. Falls dort jemand gewesen war, hatte er genug Zeit gehabt, sich in die Dunkelheit außerhalb des Lichtkegels zurückzuziehen.

Er beugte sich vor, stützte die Hände auf die Knie und atmete tief durch. In der Ferne heulte eine Feuerwehrsirene, jaulte eine Weile durch die nächtlichen Straßen und verstummte. Dann eine zweite, aus einer anderen Richtung. Schließlich wieder Stille.

Langsam drehte er sich um und ging zurück zum Eingang, schaute sich ein letztes Mal um und betrat das Foyer. Der Mann am Schreibtisch schlief noch immer.

Als er den ersten Stock erreichte, sah er einen Lichtstreifen unter der Tür am anderen Ende des Flurs. Er ging darauf zu, hob die Hand, um zu klopfen, ließ sie dann aber wieder sinken. Im Inneren war kein Laut zu hören. Womöglich war Liette doch schon eingeschlafen.

Als er zu seinem Zimmer ging und hinter sich abschloss, fragte er sich, ob sie das Kreuzworträtsel gelöst hatte.

In der Pension gab es kein Frühstück, also trank er unterwegs einen Kaffee, der nach verbranntem Holz schmeckte, und aß irgendein süßes Gebäck, an das er sich schon nach dem letzten Bissen nicht mehr erinnerte. Vor der Bäckerei verlor eine fahrige alte Dame die Leine ihres Pinschers, das Tier riss aus, und Thomas nahm die Verfolgung auf. In einer Sackgasse bekam er den Kleinen zu fassen und brachte ihn zurück zu seiner Besitzerin. Die war überglücklich, ignorierte Thomas' Protest und kaufte ihm zur Belohnung ein weiteres Stück Gebäck – »Essen Sie, das ist besser als das andere« –, und siehe da, sie behielt recht, und seine Laune besserte sich erheblich. Als er weiterging, kam es ihm vor, als könnte dies ein wirklich guter Tag werden.

Er nahm an, dass Liette noch schlief, und weil er ohnehin allein mit Ulita sprechen wollte, hatte er sie nicht gestört. Er wurde nicht schlau aus ihr, ertappte sich aber dabei, dass er über diesen Umstand weit häufiger nachdachte, als ihm lieb war. Sie gab ihm das Gefühl, etwas Sinnvolles zu tun, auch wenn er beim besten Willen nicht hätte sagen können, was genau das war. Einem sterbenden alten Mann den letzten Wunsch zu erfüllen und Mara zu finden, war das eine. Sie musste heute eine gestandene Frau um die sechzig sein, und wahrscheinlich hatte sie viel zu erzählen, auch über den Untergang der Familie Eisenhuth; ob sie jedoch ausgerechnet mit ihm darüber sprechen würde, war zweifelhaft. Es gab eine Menge Wenn und Aber in dieser Geschichte, doch gerade das war es, was ihn reizte. Er hatte Zeit, konnte es sich leisten, und – da tauchte sie schon wieder auf – er mochte Liette Chevalier. Vielleicht gerade, weil sie nach allem, was sie über ihn wusste, nichts für ihn übrighaben konnte. Er hatte selbst nicht viel für sich übrig, und er fühlte sich wohl in der Gesellschaft von Menschen, die das akzeptierten.

Bevor er um die letzte Ecke bog, bemerkte er den Geruch von Asche. Sofort dachte er an die Feuerwehrsirenen, die er in der Nacht gehört hatte. Dann fiel sein Blick auf die Absperrung, die quer über die Gasse verlief, wanderte an der Fassade des Palais hinauf und blieb an den rußgeschwärzten Fenstern im Dachgeschoss hängen. Ob das Dach selbst in Mitleidenschaft gezogen worden war, konnte er von hier unten aus nicht erkennen. Ein Wagen der Feuerwehr – kein Löschzug, sondern ein Kleintransporter voller Technik – stand vor der Toreinfahrt des Palais. Ein paar Menschen hatten sich an der Absperrung versammelt und diskutierten, was in der Nacht passiert war.

Thomas gesellte sich zu ihnen, gab sich als der Reporter aus, der er einmal gewesen war, stellte aber wenige Fragen, weil er alles Nötige aus den aufgebrachten Gesprächen erfuhr. Er musste nur zuhören, eins und eins zusammenzählen und sich alle Mühe geben, nicht verdächtig zu erscheinen, obwohl er seine Beine kaum spürte und etwas Eisiges in seinem Nacken saß. Vielleicht der Schatten, von dem Ulita gesprochen hatte – der Schatten, der Mara verfolgte und womöglich nun auch ihn.

Die alte Frau im Dachgeschoss sei bei einem Feuer in ihrer Wohnung ums Leben gekommen, sagten die Leute, etwa gegen ein Uhr nachts. Die anderen Menschen im Haus hätten höllisches Glück gehabt, dass die Feuerwehr die Flammen so schnell hatte löschen können, trotz der engen Gassen und der Höhe und all dem.

»Wie war ihr Name?«, fragte er, obwohl er die Antwort kannte.

»Ulita Glinka«, sagte eine Frau.

»Ist sie mit einer brennenden Zigarette eingeschlafen?«

»Das tun sie immer, oder?« Sie wirkte nicht überzeugt davon. »Verbrennt jemand mitten in der Nacht, dann war's die Raucherei. Als hätte jemand ein Tonband vorgespult, den Lungenkrebs übersprungen und gleich die beste Stelle abgespielt.«

Thomas sah sie verblüfft an, machte sich in Gedanken eine Notiz und blickte zu dem Fenster, das der Rabe zerbrochen hatte. Der Ruß darüber sah aus wie eine schwarze Spur von etwas, das aus dem Fenster hinauf aufs Dach geklettert war.

Er musste mit diesem Unsinn aufhören, sich auf die Fakten konzentrieren. Aber natürlich war es gerade dieser Unsinn, der seine Reportagen oft so viel besser gemacht hatte als die vieler anderer, und er konnte nicht aus seiner Haut.

Schließlich kam ein Nachbar dazu, der im Flüsterton behauptete, er kenne jemanden bei der Polizei, und nun sollten sich alle mal festhalten, denn die Wahrheit sei dies: Offenbar sei die verrückte Russin ermordet worden. Jemand habe sie in einen alten Perserteppich eingerollt, ihre Füße mit Feuerzeugbenzin übergossen und angezündet.

Es gab ein wenig Tohuwabohu, alle redeten durcheinander, wobei das meiste um die Frage nach dem Warum kreiste. Der Nachbar wusste sonst nichts, sonnte sich aber in der Aufmerksamkeit, und Thomas beschloss, schleunigst zurück zur Pension zu gehen und Liette zu wecken.

Er kannte das Warum. Auf ähnlich grobschlächtige Weise hatte man in den Kriegen Zivilisten gefoltert, von denen man sich Auskunft über Widerstandskämpfer erhofft hatte. Die meisten waren am Rauch ihres verbrannten Fleisches erstickt, der durch die Teppichröhre zum Gesicht aufstieg, aber vorher war ihnen Zeit für ein paar Antworten geblieben.

Er fragte sich, welche Antworten Ulita Glinka ihrem Mörder gegeben hatte.

Als er die Pension erreichte, saß Liette mit Kopftuch und Sonnenbrille in der dunkelsten Ecke des Foyers, bereit zum Aufbruch. Sein Mund war trocken und seine Stimme heiser, als er ihr von Ulitas Tod berichtete und von der Gestalt, die er vom Fenster aus unter der Laterne entdeckt hatte, vermutlich dieselbe Gestalt in Hut und Mantel, die um Liettes Haus geschlichen war. Offenbar war sie ihnen nach Nizza gefolgt.

Obwohl Liettes riesige dunkle Brille die Hälfte ihres Gesichts bedeckte, hatte er den Eindruck, dass sie erschüttert war. Auf dem Nachhauseweg müsse er ihr alles ganz genau erzählen, und ja, sie werde langsam fahren, damit sie alles verstehen könne, und überhaupt werde auch das Verdeck des Porsches dafür sorgen, dass der Lärm nicht so schlimm werde wie auf der Hinfahrt. Er fand es bemerkenswert, dass sie sich über derartige Dinge sorgte, aber dann dachte er, dass eben jeder anders mit solch einer Nachricht umging.

Und dann log er sie an.

»Ich habe an Ihre Tür geklopft, nachdem ich wieder oben war«, sagte er, »aber Sie haben nicht aufgemacht. Sind Sie doch gleich eingeschlafen?«

Sie zögerte nur einen Herzschlag lang, dann sagte sie: »Ich bin spazieren gegangen. Das mache ich oft in der Nacht, erst recht in einer fremden Umgebung.«

»Haben Sie die Feuerwehr gehört?«

»Ja, aber ich hab mir nichts dabei gedacht.«

»Ich auch nicht«, sagte er, und das stimmte. Also waren sie beide um ein Uhr nachts draußen gewesen. Nur dass er gleich wieder nach oben gegangen war. »Haben Sie das Kreuzworträtsel gelöst?«

»Ja, hat nicht lange gedauert.«

»Und, ist Ihr Wunsch in Erfüllung gegangen?«

Sie schüttelte den Kopf. »War wohl die falsche Reihenfolge.«

Wie ein Glücksspiel, hatte Ulita gesagt. Auch sie hatte in dieser Nacht kein Glück gehabt.

Als sie gerade losfahren wollten, tauchten zwei Polizisten in Zivil auf. Der eine klopfte ans Fenster, und als Liette die Scheibe herabließ, zeigte er seinen Ausweis und erklärte, es sei nötig, ein paar Fragen zu beantworten. Und zwar im Präsidium.

Sie mussten den beiden hinterherfahren. Wie aus dem Nichts tauchte ein Streifenwagen auf und setzte sich hinter sie.

In der Tat zerfiel Liette nicht zu Staub, und während der Fahrt sah Thomas kein einziges Mal ihre Augen hinter der schwarzen Brille, so als wäre da nichts als tiefer Schatten.

25

1917

Die *Saltan* war nicht versenkt worden, und jetzt stampfte sie wieder durch die nebeligen Küstengewässer der Ostsee, dem Deutschen Reich entgegen, dessen Unterseeboote sie mehr fürchtete als irgendetwas sonst.

Je länger wir unterwegs waren, desto öfter dachte ich an die *Saltan* wie an ein lebendes Wesen. Die *Saltan* schleicht durch den Nebel. Die *Saltan* hält den Atem an. Die *Saltan* fürchtet den Feind.

»Hör mal«, sagte Grigori, »du musst mir jetzt doch noch den Rest erzählen.«

»Da ist nicht mehr viel zu erzählen«, sagte ich. »Mara ist mit den Eisenhuths nach Leipzig gegangen, und wir fuhren ein paar Wochen später zurück nach Sankt Petersburg. Das weißt du alles schon.«

»Das mein ich nicht. Sondern das dazwischen – das, was du ausgelassen hast.«

»Das hast du so gewollt. Damit es schneller geht. Du bist nicht der geduldigste Mensch, Grigori Gomorov.«

»Ja, aber jetzt hab ich's mir anders überlegt.« Grigori fegte Zwiebackkrümel von seinem Schoß. »Ich meine die Sache im Sommer davor, nachdem ihr Mara zum ersten Mal begegnet seid. Als Xenia dir den Auftrag gegeben hat, sie wiederzufinden und ins Palais zu bringen. Ich stell mir vor, dass das nicht so einfach war. Ist immerhin Sankt Petersburg, und da gibt's 'ne ganze Menge Menschen.

Auch 'ne Menge Straßenmaler und Waisenmädchen und komische Leute wie dich und mich.« Sein Grinsen war so übergroß wie alles an ihm. »Und dann ist da noch der Kerl von der Geheimpolizei, wegen dem du dir fast in die Hose machst, und der bisher noch gar nicht aufgetaucht ist in all dem, was du so erzählt hast.«

Das stimmte, Volonoff fehlte noch in der Geschichte. Und ich war froh gewesen, seinen Namen nicht erwähnen zu müssen. Am Ende aber war er eben doch ein Teil davon. Und zu jenem Zeitpunkt, tief in den Eingeweiden der *Saltan,* konnte ich nicht ahnen, dass Volonoffs Rolle mit grausamer Unausweichlichkeit noch sehr viel größer werden würde.

»Gut«, sagte ich nach kurzem Abwägen, »ich erzähl's dir. Aber gib mir vorher noch was von deinem scheußlichen Zwieback.«

Er kramte in seinem Beutel und reichte mir drei granitharte Scheiben. »Sind auch noch keine Maden dran.«

»Das ist erfreulich.«

»Jedenfalls nicht an der oberen. Die unteren hab ich mir nicht angeschaut.«

Ich knabberte an einer Ecke und hatte das Gefühl, mir alle Zähne abzubrechen. Schließlich goss ich ein wenig Wasser darüber, was den Zwieback nicht schmackhafter, aber hoffentlich essbar machen würde. »Ich weiß nicht, wie du das Zeug kauen kannst«, sagte ich mürrisch.

»Hab kräftige Kiefermuskeln.«

»Die hast du jedenfalls nicht vom langen Reden über dich selbst.«

»Da gibt's ja auch nicht viel zu reden.«

Ich schenkte ihm einen zweifelnden Blick. »Irgendwann wirst du mir erzählen müssen, was dich auf dieses Schiff verschlagen hat. Abgesehen von der Sorge, an die Front geschickt zu werden.«

»Aber genauso war's. Angst vor Krieg und Lust auf Abenteuer. Im Gegensatz zu vielen anderen hab ich begriffen, dass das kein Widerspruch ist.«

Seufzend konzentrierte ich mich wieder auf die monumentale

Aufgabe, den Zwieback genießbar zu machen. Mein Magen knurrte, und ich sah schon kommen, dass ich doch noch verfaultes Obst aus der Kombüse besorgen musste.

»Irgendwas stimmt doch nicht mit dieser Mara«, sagte Grigori. »Ich spür das im kleinen Finger.« Dabei hatte er gar keine *kleinen* Finger, denn selbst seine kleinsten waren doppelt so breit wie meine.

In der Tat stimmte eine ganze Menge nicht mit Mara, und ich hatte mir die allergrößte Mühe gegeben, die Augen davor zu verschließen. Wie hätte es auch anders sein können bei dem, was ich für sie empfand.

Grigori blieb beharrlich. »Sie hat Dreck am Stecken. Ganz sicher hat sie das.«

Dreck am Stecken klang so harmlos. Als hätte sie ein paar Mohrrüben gestohlen, vielleicht ein Schmuckstück.

Und die Wahrheit?

26

Damals, im Sommer 1913, ein gutes halbes Jahr vor Demians Heiratsantrag in Frankreich, waren Xenia und ich Mara erstmals am Apraxin Dwor begegnet, in dem Irrgarten aus Holzbudengässchen rund um die Markthalle am Fontanka-Kanal.

Dorthin also machte ich mich nun abermals auf, gleich nachdem meine Tante beschlossen hatte, Mara ins Palais und in unsere Familie aufzunehmen. An diesem Tag entschied sich mein Schicksal, ohne dass ich auch nur eine Ahnung von der Tragweite meiner Taten gehabt hätte. Für einen Achtzehnjährigen war ich entsetzlich naiv.

Es war schon früher Abend, als ich mit der Trambahn zur Markthalle fuhr. Die Sonne stand tief, ihre Strahlen reichten nicht mehr zwischen die langen Reihen der Buden hinter der Halle. Um diese Zeit war das größte Gedränge vorüber, aber auf den Hauptwegen waren noch Leute unterwegs, auch einige der Musikanten und Possenreißer, die bald weiterziehen würden in jene Teile der Stadt, in denen Oper und Theater ein zahlungskräftigeres Publikum auf die Straßen lockten.

Aus der Gosse stieg säuerlicher Gestank auf, eine Mischung aus menschlichem Urin und Pferdeäpfeln. Ein Stück weit begleitete mich ein Mann ohne Beine, der sich auf seinen muskulösen Armen vorwärtsbewegte und mit den Zähnen eine Blechschüssel hielt, die er auffordernd in meine Richtung schwenkte. Eine einzelne Münze klapperte darin.

Zügig durchquerte ich das Labyrinth der Buden und sah schon von Weitem, dass Maras Platz vor dem Wachsfigurenkabinett leer war. Genau hier hatte sie gesessen, ich fand ein paar getrocknete Farbspritzer im Staub. Das Kabinett war bereits geschlossen, die

Holzläden der benachbarten Buden heruntergeklappt. Nur der Perlenvorhang auf der anderen Seite des Weges raschelte, der Eingang zu dem engen Verschlag, in dem die Melkerin aus Kaushta ihre Wahrsagerdienste anbot. Eine gichtgeplagte Hand teilte die Perlenschnüre, dann blickte auf halber Höhe der Tür ein verhärmtes Gesicht ins Freie. Die Frau ging so weit vorgebeugt, dass ich fürchtete, sie könnte vornüberfallen.

»Du suchst das Mädchen«, stellte sie fest. »Sie hat dir den Kopf verdreht.«

Ich wollte entrüstet verneinen, aber sie verbot mir mit ihrer verwachsenen Hand das Wort.

»Alle verfallen ihr und den sonderbaren kleinen Bildern, die sie von sich selbst malt.«

Eines davon hatte ich in meine Jackentasche gesteckt, für den Fall, dass ich mich zu ihr durchfragen musste. Aber die Melkerin hatte mir an der Nasenspitze angesehen, wen ich zu finden hoffte. Womöglich las sie auch die verzweifelte Getriebenheit in meinem Blick, denn auf dem Weg hierher war meine Irritation über Xenias Entscheidung, das Mädchen ins Haus zu holen, einer nervösen Erregung gewichen. Je länger ich an Mara dachte, desto mehr wünschte auch ich mir, sie zu finden und zu uns zu holen. Die Vorstellung, mit ihr zusammenzuleben, barg noch immer eine große Verunsicherung – aber sie war auch überaus aufregend.

»Wo ist sie hin?«, fragte ich die Frau.

»Sie bleibt nie lange an einem Ort, sagen die Leute. Mal ist sie hier, dann wieder anderswo. Abends geht sie in die schlechten Viertel, heißt es. Da kann man sie finden, aber sie malt da nicht, sondern zeigt ihre Haut und andere Dinge.« Sie lachte gackernd, und da wusste ich, dass sie mich belog, aus keinem anderen Grund als purer Gehässigkeit. Wahrscheinlich war ihr das hübsche Mädchen auf der anderen Seite des Weges schon lange ein Dorn im Auge, so als erinnerte Maras Schönheit sie zu sehr an das, was sie selbst mal hatte sein wollen.

»Sie sind keine Wahrsagerin«, sagte ich wütend, »und das nicht nur, weil die Wahrheit das Allerletzte ist, was aus Ihrem Maul kommt. Früher haben Sie Kühe gemolken, und jetzt melken Sie reiche Idioten, die dumm genug sind, Ihnen Geld nachzuwerfen.«

»Ach, hau schon ab.« Schnaubend drehte sie sich zu ihrem Perlenvorhang um. »Such nach ihr, und du findest nichts als dein Unglück.«

Ich winkte ab und machte mich auf den Weg.

Vor der Markthalle nahm ich eine Droschke und ließ mich in jene Gegend bringen, in der es selbst in der Abenddämmerung schon Nacht zu sein schien, wo Feuerbecken neben den Eingängen von Spelunken brannten und die Matrosen der großen Schiffe ihre Heuer verprassten. Als die Alte von den schlechten Vierteln gesprochen hatte, war mir nur dieses eingefallen; gewiss gab es noch andere, in denen es am Abend hoch herging. Aber irgendwo musste ich anfangen.

Ich verstand eine Menge von Büchern und nicht das Geringste vom Leben. Ich kannte Geschichten über Viertel wie dieses, wusste genau, wie sich ein Geächteter aus dem Sherwood Forrest in solchen Gegenden verhielt. Doch ich hatte keine Ahnung, wie man das im wirklichen Leben anstellte, wo ein Faustschlag nicht nur ein wenig benommen machte, sondern den Kiefer brach, die Nasenwurzel in die Hirnrinde trieb und Augäpfel platzen ließ wie Weintrauben.

Einmal hatte ich das Gefühl, dass mich jemand verfolgte, ein Mann in dunklem Mantel und mit schwarzem Hut, aber davon gab es hier so viele, dass ich den Gedanken wieder verwarf. Ich hatte geglaubt, ihn bereits bei meiner Abfahrt vom Apraxin Dwor bemerkt zu haben. Aber dann hätte er mir in einer Droschke durch die Stadt gefolgt sein müssen, und mir fiel beileibe kein Grund ein, warum irgendwer das tun sollte.

Ich hatte seit heute Morgen keinen Schluck Wasser getrunken, und vielleicht war ich schlicht ausgetrocknet, was mich benommen und unvorsichtig machte. Verstohlen beobachtete ich Huren und Halunken, Spieler und Rausschmeißer, und immer wieder sah ich Musiker und Maler, aber niemals war Mara darunter. Weil es rasch dunkler wurde, fand ich mich allmählich mit dem Gedanken ab, unverrichteter Dinge nach Hause zurückzukehren. Es war unverantwortlich von meiner Tante gewesen, mich kurz vor Einbruch der Dunkelheit loszuschicken, aber natürlich hatte sie dabei nicht an diesen Ort gedacht, sondern an die Marktbuden und vielleicht an die Oper, vor der sich abends bedürftige Künstler versammelten.

Von all den neuen Eindrücken, den Lockungen und Bedrohungen war ich überfordert, und mir wurde schwindelig. Ich irrte durch die Gassen, hielt Ausschau nach Mara und fürchtete zugleich, sie zu übersehen, während mein Blick orientierungslos über Gesichter und Gebäude geisterte.

Eine Hand packte mich von hinten am Oberarm, stieß mich in eine stinkende Schneise zwischen Ziegelmauern und zerrte mich herum.

»Nicht wehren!«, warnte mich der Mann. »Und auf keinen Fall schreien! Wer in dieser Gegend Aufmerksamkeit erregt, macht sich keine Freunde.«

»Wer sind Sie?« Mein Arm tat weh, wo er mich festhielt, und das riss mich aus der seltsamen Trance, in die ich bei meiner Wanderung durch das Viertel verfallen war.

»Volonoff«, sagte der Fremde. »Polizei.«

Er trug keine Uniform, sondern einen schwarzen Mantel, der fast bis zum Boden reichte, außerdem einen Hut, den er tief in die Stirn gezogen hatte. Seine Augen waren klein, die Wangenknochen vorspringend, der Mund ein schmaler Strich. Pockennarben bedeckten seine Haut, die einen ungesunden grauen Teint hatte. Erst später wurde mir klar, dass dies nicht am schwachen Licht der Laternen gelegen hatte, sondern weil er viel Zeit in Kellern verbrachte, in denen Menschen mit Ketten an festgeschraubte Stühle gefesselt wurden.

»Du wirst nicht weglaufen.« Sein scharfer Tonfall verriet, dass er daran gewöhnt war, andere herumzukommandieren.

»Werde ich nicht«, bestätigte ich, nicht sicher, ob das die Wahrheit war. Aber falls ich mich nicht täuschte und Volonoff zur Ochrana gehörte – in diesen Tagen war die Geheimpolizei überall –, dann ging es hier ohnehin am allerwenigsten um die Wahrheit. Von meinem Freund Spiridon, der im Umgang mit Polizisten Erfahrung hatte, wusste ich, was man tun musste: Immer nur sagen, was sie hören wollten. Dann hatte man vielleicht eine Chance, so eine Begegnung ohne bleibende Blessuren zu überstehen.

»Was wollen Sie von mir?«

»Dein Tonfall gefällt mir nicht, Junge.«

»Tut mir leid.«

»Ich schlag dir die Zähne ein, wenn mir nicht gefällt, wie du redest.« Er sagte nicht »*was* du redest«, weil es darum noch gar nicht ging. Erst das Wie, dann das Was. Auch darauf hatte Spiridon mich vorbereitet.

»Warum wollen Sie mich schlagen?«

»Weil ich's kann. Und den passenden Ausweis in der Tasche habe. Möchtest du wirklich, dass ich ihn raushole?«

»Ich möchte nicht, dass Sie irgendwas rausholen, nur weil Sie's können.«

Er versetzte mir eine Backpfeife, die es in sich hatte, aber immerhin benutzte er nicht die Faust. Als die Sterne vor meinen Augen verblassten, sah ich, dass er lächelte.

»Bist ein schlagfertiger Junge. Fast geschwätzig, wie's scheint. Das trifft sich gut.«

Er musste mir ansehen, dass die Aussicht auf mehr Gewalt Wirkung zeigte, denn er ließ meinen Arm los, blieb aber so nah vor mir stehen, dass keine Handbreit Luft zwischen uns blieb. Sein Atem roch nach Zigarettenrauch, sein Haar nach Pomade.

»Wie kann ich behilflich sein?« Ich hoffte, dass das höflich genug klang.

»Schon besser. Du magst eine Gefahr für Land und Leute sein, aber du lernst schnell dazu.«

»Eine Gefahr für –« Ich musste kräftig schlucken. »Wie kommen Sie auf so was?«

»So wird's in meinem Protokoll stehen, nachdem ich dich mitgenommen und verhört habe«, sagte er mit dieser Stimme, die noch schneidender und bösartiger klang, wenn er lächelte. »Ein Aufrührer. Ein Verschwörer gegen den Zaren. Jemand, der dringend verschwinden sollte. So wird es da stehen, in meiner Handschrift und mit meiner Signatur. Und weil ich ein erfahrener Offizier mit vielen Ermittlungserfolgen bin, wird es niemand in Zweifel ziehen. Vielleicht bekomme ich sogar einen Anruf vom Sekretär des Zaren, der sich persönlich bei mir bedankt, weil ich eine Bedrohung für unser Land aus dem Verkehr gezogen habe.«

»Sie können damit aufhören«, sagte ich. »Ich hab's verstanden.«

»Hast du das?« Sein Gesicht kam meinem noch näher. Ich konnte nicht zurückweichen, weil mein Hinterkopf bereits gegen die Ziegelmauer stieß. »Wir werden sehen, ob du alles verstanden hast. Deine Bereitschaft zur Kooperation wird's zeigen.«

Man sagte den Agenten der Ochrana gern nach, dass sie ungebildete Schläger waren, aber das war nicht der Eindruck, den ich von Volonoff hatte. Ich machte mir fast in die Hose vor Angst, aber es gelang mir, zumindest äußerlich halbwegs die Fassung zu bewahren.

»So, Junge«, sagte er, »nun lass uns mal zur Sache kommen.«

Ich nickte.

»Du wohnst am Katharinenkanal im Palais der Familie Kalinin. Dein Name ist aber nicht Kalinin, sondern Danilow. Du bist nur ein Neffe aus armen Verhältnissen, den sie bei sich aufgenommen haben.« Er starrte mich aus diesen tückischen Augenschlitzen an. »Bisher alles richtig?«

»Ja, das stimmt.«

»Du gehst jeden Tag in die Kaiserliche Bibliothek und machst da deine Lehre.« Er leierte die Namen meiner Vorgesetzten herunter, und ich hatte den bösen Verdacht, dass er mit einigen von ihnen über mich gesprochen hatte. Jedenfalls war das der Eindruck, den er erwecken wollte, und er hatte Erfolg damit: Er säte Zweifel an Männern, die immer gut zu mir gewesen waren. Noch ein bewährter Trick der Ochrana.

»Aber«, sagte Volonoff, und es war ein sehr lang gezogenes Aber, »eigentlich bist du mir egal. So egal wie eine Spinne, der ich die Beine ausreiße, bevor ich den Rest ganz langsam mit meiner Zigarette röste. Das verstehst du doch, oder?«

»Ich kann Spinnen auch nicht leiden«, sagte ich.

Das brachte ihn wieder zum Lächeln, und ich wappnete mich für eine weitere Ohrfeige oder Schlimmeres. Doch diesmal verzichtete er darauf. »Aber würdest du einer Spinne auch die Beine ausreißen? Alle acht und jedes einzeln?«

»Nein, würde ich nicht.«

»Und das ist der Unterschied zwischen uns. Du fügst nicht gern Schmerzen zu, weil du selbst große Angst vor Schmerzen hast. Ich bin da anders. Ich seh gern zu, wenn einer sich windet und ihm die Scheiße an den Beinen runterläuft.« Er berührte seine Nasenspitze mit dem Zeigefinger. »Die hier funktioniert nicht besonders gut. Ich kann's nicht riechen, weißt du? Die Leute können sich bepissen und bekotzen, und ich riech's einfach nicht.«

»Klingt nach einem echten Vorteil für Sie.«

Er nickte bedächtig. »Das ist es. Das ist es wirklich. Wenn du also die Hosen voll hast, wenn wir hier fertig sind, dann werde ich es nicht mal bemerken. Ich danke dem lieben Gott, dass er bei der Vergabe empfindlicher Nasen einen großen Schritt an mir vorbei gemacht hat. Vielleicht hat er gewusst, dass ich so ein Defizit für eine gute Sache verwenden würde. Er ist ja allwissend, sagen die Leute.«

»Bestimmt hat er das gewusst«, sagte ich, weil ich dachte, dass ihm das gefallen würde.

Zufrieden wiegte er den Kopf. »Also, mein Junge, kommen wir noch mal zu den Kalinins.«

Er wurde unterbrochen, weil am Bürgersteig vor der Schneise eine Droschke zum Stehen kam. Der Mann auf dem Kutschbock – Zylinder und saphirblauer Mantel – blickte herüber, und Volonoff gab ihm mit einem Handzeichen zu verstehen, dass er weiterfahren sollte. Sogleich setzte sich das Gespann wieder in Bewegung.

Es hieß, dass viele Agenten der Geheimpolizei sich als Kutscher der zahllosen Mietdroschken tarnten. So fiel es ihnen leicht, vertrauliche Gespräche mitanzuhören, und sie kannten alle Ziele der Menschen, die offiziellen und die geheimen. Die Ochrana nutzte das als Druckmittel, denn Gewalt war nur eines ihrer Werkzeuge. Erpressung war mindestens genauso beliebt.

Obwohl ich von all dem gehört hatte, tat ich verblüfft. »Den haben Sie ja gut im Griff«, sagte ich, um ihm zu schmeicheln. Noch eine von Spiridons Lektionen. Allerdings hatte er auch erwähnt, dass die Schmeichelei nach hinten losgehen konnte: Die einen sprangen darauf an, die anderen fühlten sich, als würde man sie bestechen wollen. Meine Chancen standen fünfzig zu fünfzig.

Volonoff sah mir in die Augen, bis sich mein Magen zu etwas zusammengezogen hatte, das so klein und hart wie ein Stück Kohle war. »Warum zum Teufel sollte ich meine Männer nicht im Griff haben?«, fragte er lauernd.

»Ich hab nicht gewusst, dass das einer Ihrer Männer war«, sagte ich hastig. »Ich dachte, das war nur ein Kutscher.«

»Willst du mich für dumm verkaufen?«

»Nein, nein … wirklich nicht.«

Er gab mir eine zweite Ohrfeige. Meine Wange fühlte sich an, als platzte die Haut auf, und mir schossen Tränen in die Augen. Ich blinzelte, damit er es nicht sah, aber natürlich war sein Blick geschult für jede noch so kleine Schwäche. Sein Lächeln war so ölig wie sein Haar.

»Die Kalinins«, begann er von Neuem.

»Hm-hm«, machte ich.

»Leute, die mit Büchern zu tun haben, stehen immer mit einem Fuß im Gefängnis. Das ist dir doch klar, oder?«

Was blieb mir übrig, als abermals zu nicken?

»Alexej Michailowitsch Kalinin besitzt einen Verlag«, erklärte er, als wüsste ich nichts davon, »genau genommen sogar zwei. Einen hier bei uns und einen im Deutschen Reich, in …?«

»In Leipzig«, sagte ich.

Er grinste. »Sehr gut. In Leipzig. Er hat also gute Verbindungen dorthin. *Zu* gute Verbindungen, wenn du mich fragst. Das schmeckt nach Verrat. Nach Spionage.«

Ich hätte dagegenhalten können, dass unzählige russische Betriebe Beziehungen nach Deutschland unterhielten, dass es in Sankt Petersburg vor deutschen Geschäftsleuten nur so wimmelte und dass umgekehrt sehr viele Russen von deutschen Importen profitierten.

»Darüber weiß ich nichts«, sagte ich. »Ich arbeite nicht im Verlag. Ich bin Bibliothekar.«

»Und ihr redet nie am Esstisch darüber?«

Ich schüttelte den Kopf. »Keine Gespräche übers Geschäft beim Essen. Xenia Wladimirowna hat dazu eiserne Regeln aufgestellt. Auch mein Onkel hält sich daran.«

»Aber ihr fahrt jedes Jahr nach Frankreich und trefft dort eure deutschen Freunde.«

Es war keine Überraschung, dass die Ochrana auch unter Russen im Ausland ihre Zuträger hatte. Vielleicht erstattete ihr sogar einer aus unserem Haus Bericht, der Kammerdiener, eine der Zofen oder gar Alexejs Sekretär.

»Sie meinen die Eisenhuths«, sagte ich.

Diese Antwort schien ihn zufriedenzustellen. »Die Eisenhuths. Einflussreiche Leute sind das, mit sehr viel Geld. Verlage, Druckereien, haben ihre Finger sogar in ein, zwei Tageszeitungen. Das heißt, sie machen Politik. Sprecht ihr mit ihnen über Politik? Über russische Politik?«

»Nicht, wenn ich dabei bin.«

»Dann sind also beim Essen nicht nur Gespräche über Geschäfte, sondern auch über Politik verboten?« Wieder dieser lauernde Unterton.

»Xenia Wladimirowna –«

»Führt ein strenges Regime, wie mir scheint.«

»Das tut sie.«

Abermals starrte er mich an, als wollte er mich mit Blicken an die Mauer nageln. Dann wurde seine Miene milder, und er sagte: »Nun gut, darüber werden wir beide uns gewiss noch das eine oder andere Mal unterhalten. Wir möchten doch nicht, dass Spione unsere Staatsgeheimnisse irgendwelchen Deutschen verraten, nicht wahr?«

»Nein, auf keinen Fall.«

»Aber was ist mit der Tochter?«, fragte er unvermutet. »Der jungen Ofeliya.«

»Was soll mit ihr sein?« In meine Furcht mischte sich ein Anflug von nahezu körperlichem Widerwillen.

»Pflegt auch sie Kontakte zu Deutschen? Oder zu anderen Fremden?«

»Ofeliya ist gelähmt. Sie verlässt kaum ihr Zimmer.«

Der Geheimpolizist nickte langsam. »Sie empfängt also keine Besucher?«

War das sein Ernst? Wollte er einem Mädchen im Rollstuhl andichten, eine Spionin zu sein? »Niemals«, sagte ich. »Sie empfängt nie irgendwen. Sie liest sehr viel. Ich bringe ihr Bücher aus der Bibliothek mit.«

»Früher hab ich sie oft tanzen sehen«, sagte er. »Sie war wirklich eine begnadete Tänzerin. Ihr hätte Weltruhm gebührt, so gut war sie. Und so wunderschön dabei.«

Es fiel mir schwer, meine Verachtung zu verbergen. »Sie sitzt im Rollstuhl. Sie wird nie wieder tanzen. Seit ihrem Unfall bekommt sie Privatunterricht. Sie verlässt so gut wie nie das Haus.«

Er schien kurz nachzudenken. »Dieser Unterricht, hält den ein Lehrer oder eine Lehrerin?«

»Ein überaus gewissenhafter und gestrenger älterer Herr.«

»Den werde ich mir ansehen müssen.« Volonoff senkte die Stimme, und allmählich fragte ich mich, ob er noch bei Verstand war. »Ein Lehrer könnte der ideale Überbringer geheimer Botschaften sein. Hinein und hinaus aus dem Haus.«

»Ofeliya ist keine Spionin!« Das hatte ich sehr laut gesagt und überaus gereizt. Und kurz durchfuhr mich der Gedanke, dass er es genau darauf angelegt hatte. Er wollte, dass ich die Geduld verlor, um mir einen Angriff anzudichten.

Seine rechte Hand schoss vor und legte sich um meinen Hals. Geschickt drückte er mir die Luft ab, ohne allzu viel Gewalt anzuwenden. Ich wollte ihn fortstoßen, doch seine linke Faust kam mir zuvor und schlug in meinen Solarplexus. Meine Knie gaben nach. Mit dem Griff um die Kehle hielt er mich ohne ersichtliche Mühe auf den Füßen.

»Ich erkläre dir, was jetzt geschehen wird«, sagte er mit tückischer Ruhe. »Du wirst mir deinen Schlüssel aushändigen. Den Schlüssel, mit dem du das Palais betrittst. Egal, ob durch die Vorder- oder Hintertür.«

Ich wollte etwas entgegnen, bekam aber keinen Ton heraus.

»Dann werde ich einen Abdruck von diesem Schlüssel anfertigen, von der einen und von der anderen Seite. Danach bekommst du ihn zurück. Machst du mir keine Schwierigkeiten, lasse ich dich gehen. Nicht für immer, natürlich. Wir beide werden uns wiedersehen. Du wirst mir dann und wann Fragen beantworten über das Leben im Haus der Kalinins. Und ich werde vielleicht großzügig sein und dich nicht als Verräter oder Geheimbündler ins Gefängnis werfen. Was hältst du davon?«

Er ließ meinen Hals los. Ich brach vor ihm in die Knie und schnappte nach Luft.

»Ich …«, brachte ich hervor, aber es klang wie ein Krächzen. »Ich hab keinen Schlüssel dabei.«

Er packte mein Haar und riss meinen Kopf zurück, sodass ich zu ihm aufblicken musste. »Was sagst du da?«

»Sie können mich durchsuchen. Ich hab keinen Schlüssel. Wirklich nicht.« Natürlich hatte ich keinen. Im Palais wimmelte es von Dienstboten. Wenn ich eintreten wollte, benutzte ich den

Türklopfer, und sofort war jemand zur Stelle, der mir öffnete. Meist mit einer Verbeugung, was mir zuwider war. Damals sollten noch ein oder zwei Jahre vergehen, ehe ich das Haus fast nur noch durch den Dienstboteneingang betreten würde.

Volonoff zog mich hoch, klopfte meine Jacke ab, griff in alle Taschen und behandelte mich wie eine Puppe, von der er keinen Widerstand erwartete. Oder wie eine Leiche.

Schließlich ließ er von mir ab und stieß einen leisen Fluch aus. »Du wirst dir einen Schlüssel besorgen«, sagte er. »Denn wenn wir zwei uns wiedersehen, was schon sehr bald sein könnte, dann werde ich dich wieder danach fragen. Und dann sollte besser alles zu meiner Zufriedenheit verlaufen. Verstanden?«

Ich gab keine Antwort.

»Hast du mich verstanden, Artur Sergejewitsch Danilow?« Er gab mir einen brutalen Stoß, der mich abermals gegen die Wand krachen ließ.

Ich murmelte ein »Ja«, das mir mit größerem Widerwillen über die Lippen kam als irgendeines der Worte zuvor.

Ein Klicken ertönte, als ließe er die Klinge eines Klappmessers im Griff verschwinden. Er musste es die ganze Zeit offen in der Manteltasche getragen haben.

»Gut«, sagte er. »Wir verstehen uns.«

Ich erwartete, dass er abermals zuschlagen würde, nur zur Warnung, aber er ließ es mit einem verächtlichen Lächeln gut sein, drehte sich um und ging.

Ich stand da, den Oberkörper vorgebeugt, und übergab mich vor meine Füße.

Als ich die Schneise schließlich verließ, war Volonoff längst fort. Eine Droschke rollte vorüber, ihr Fahrer drehte langsam den Kopf, vielleicht um mich im Auge zu behalten.

Ich brauchte einen Moment, um mich zu orientieren, dann schlug ich schwankend den Weg zum Heumarkt ein.

27

Es ist keine Schande, vor einem Offizier der Ochrana im Dreck zu liegen«, sagte Spiridon, nachdem ich ihm alles berichtet hatte. »Das ist schon den Allerbesten passiert. Mir, zum Beispiel.«

»Ich hab nicht im Dreck gelegen.«

»Du hast Kotze auf deinen Schuhen.«

»Weil ich nicht im Liegen gekotzt hab, sondern im Stehen.«

Spiridon klopfte mir auf die Schulter. »Guter Mann. Immer standhaft bleiben.«

Ich streifte seine Hand ab. »Das hier ist kein Spaß, verdammt! Dieser Volonoff hat mir gedroht. Mir und meiner ganzen Familie. Und er hat gesagt, dass er jetzt öfter auftauchen wird. Dass ich ihm Informationen über irgendwelche Spionagetätigkeiten besorgen soll, die es nicht gibt. Mein Onkel ist kein Spion. Und Ofeliya schon gar nicht!«

Spiridon fuhr sich durch die roten Locken. »Weißt du das ganz genau?«

»Hast du sie noch alle?«

»Ich red nicht von Ofeliya. Aber dein Onkel hat nun mal wirklich enge Verbindungen nach Deutschland.«

»Genauso wie halb Sankt Petersburg! Ich bin auf die Deutsche Schule gegangen, fast alle meine Lehrer dort kamen aus Deutschland. Ich spreche die Sprache, ich hab deutsche Bücher gelesen.«

»Vielleicht denkt Volonoff ja, dass du der Spion bist.«

»Du machst dich über mich lustig.«

Er schüttelte den Kopf. »Könnte doch eine Art Test sein, oder? Wenn du ihm Informationen lieferst, bist du unschuldig. Aber wenn du dich weigerst, ist das der Beweis, dass du mit den Deutschen unter einer Decke steckst.«

Ich geriet allmählich in Rage. »Was für ein schwachsinniger Beweis soll das denn sein? Es *gibt* keine Informationen!«

»Volonoff könnte das egal sein. Vielleicht will er nur rausfinden, ob du bereit bist, irgendwas zu erfinden und deine Familie in die Pfanne zu hauen, um deinen Kopf aus der Schlinge zu ziehen.«

»Ich versteh nicht mal die Logik von dem, was du da redest, geschweige denn –«

Er hob beschwichtigend die Hand. »Schon gut, beruhig dich wieder. Ich versuche nur, so zu denken wie Volonoff.«

»Der Mann ist irre!«

Spiridon ließ sich auf den gepolsterten Stuhl hinter seiner improvisierten Ladentheke fallen. Sein Geschäft mit den angeblichen Kuriositäten aus der Wunderkammer Peters des Großen war so vollgestopft mit Kram und Gerümpel, dass für eine richtige Theke gar kein Platz blieb. Er verschränkte die Arme vor der Brust und sah mich bedeutungsvoll an. »Hast du eigentlich eine Ahnung, wer dieser Volonoff ist?«

»Nicht die geringste.«

»Dann klär ich dich mal auf. Timur Feodorowitsch Volonoff ist nicht einfach irgendein Offizier der Ochrana. Er hat da echten Einfluss. Der mag nicht bis zum Zaren selbst reichen, aber ganz sicher bis zu Leuten, die wiederum einen Draht zum Zaren oder zu seinen Beratern haben. Volonoff war früher mal ein Anführer der Schwarzen Hundertschaften und ein hochrangiges Mitglied des Bundes.«

Mir wurde schon wieder schwummrig. »Was für ein Bund?«

»Der Bund des russischen Volkes.« Er reckte demonstrativ eine Faust in die Luft. »Für Glauben, Zar und –«

»Und Vaterland«, fiel ich ihm ins Wort. Natürlich kannte ich die Parole, man hörte sie überall in der Stadt. Die Schwarzen Hundertschaften setzten sich aus zahlreichen nationalistischen und monarchistischen Organisationen zusammen, deren Mitglieder für Pogrome an der jüdischen Bevölkerung und Massakern an ehemaligen Revolutionären und Kritikern des zaristischen Staatsapparates verantwortlich waren. Die größte dieser Vereinigungen war der Bund des russischen Volkes. In seinem Namen wurden Hetzschriften gegen Juden veröffentlicht, Bolschewisten diffamiert und Zweifler an der Monarchie auf Linie gebracht.

»Volonoff gingen die Methoden des Bundes nicht weit genug«, sagte Spiridon. »Er ist ausgetreten, aber wahrscheinlich hat er sich mit Leuten zusammengetan, die sehr viel entschlossener und skrupelloser vorgehen als seine alten Freunde.«

Ich starrte ihn an. »Warum um alles in der Welt weißt du so was?«

Er deutete in den hinteren Teil des Ladens, wo die Falltür zu seiner geheimen Fälscherwerkstatt lag. »Hast du eine Ahnung, wie groß das Risiko ist, bei all dem hier an die falschen Leute zu geraten? Da taucht irgendwer auf, will eine bestimmte Urkunde oder irgendein Papier, und ehe du dichs versiehst, steckst du mit Staatsfeinden unter einer Decke und landest am Galgen. Das würde ich gern vermeiden. Deshalb kenn ich meine Pappenheimer.«

»Bist du Volonoff mal begegnet?«

»Nein. Und auch das würde ich gern vermeiden.«

»Wunderbar.« Ich verschränkte die Hände hinter dem Kopf, klappte die Unterarme über die Ohren und ging hektisch zwischen überquellenden Kisten und prallvollen Regalen auf und ab. »Und nun hab ich den Drecksack am Hals. Dabei bin *ich* kein Verbrecher.«

Spiridon grinste. »Ich seh mich auch eher als Rebell.«

Ungeduldig winkte ich ab. »Der Kerl hat's auf mich abgesehen.«

Er richtete sich abrupt auf. »Glaubst du, er weiß, dass du hier bist?«

»Was? Nein! Ich war vorsichtig.«

»Aber er wusste eine Menge Zeug über dich.« Nun klang er ernsthaft besorgt. »Wenn du ihn hergeführt hast –«

»Hab ich nicht. Es ist dunkel draußen. Ich hab mich durch drei volle Kneipen gezwängt und bin in der letzten durch die Hintertür raus.«

»Er hat dich vielleicht schon länger beschatten lassen.«

Ich warf die Hände in die Höhe. »Ich geh ja gleich wieder, in Ordnung?«

Spiridon atmete durch, dann schüttelte er langsam den Kopf. »Schon gut, tut mir leid. Ich bin einfach vorsichtig geworden.«

»Vorsichtig?« Ich deutete auf das Wirrwarr seiner dubiosen Waren. Zu meiner Linken stand eine schwarz lackierte Kiste mit zweiunddreißig durchnummerierten Ziehfächern, keines größer als eine Streichholzschachtel. Ich wusste, dass in jeder davon ein Zahn lag. Angeblich hatte Peter der Große sie eigenhändig seinen Fürsten gezogen, aus purem Vergnügen an der Zahnmedizin. Auf der anderen Seite standen Gläser mit Föten, von denen Spiridon gern behauptete, sie seien uneheliche Kinder des Regenten. Dessen Sammelleidenschaft sei sogar so weit gegangen, dass in seiner Wunderkammer eine Gruppe kleinwüchsiger und missgebildeter Menschen leben musste, damit er und seine Gäste sich an ihnen ergötzen konnten; als einer von ihnen gestorben war, hatte der Zar ihn ausstopfen lassen. Immerhin, einen präparierten Zwerg hatte ich in Spiridons Laden noch nicht entdeckt. Ich hatte allerdings auch nicht in *jedem* Winkel nachgesehen.

»Du behauptest doch«, sagte ich, »dass der ganze Kram aus dem Palais im Sommergarten stammt. Das macht dich entweder zum Betrüger oder zum Dieb. Und das nennst du vorsichtig?«

Spiridon wischte den Einwurf mit einer Handbewegung fort. »Gewisse Risiken lassen sich nicht vermeiden. Und selbst wenn die Dinge hier nicht alle ganz authentisch sind, so wurden sie doch von örtlichen Künstlern mit viel Hingabe und Liebe zum Detail erschaffen.«

Ich seufzte schicksalsergeben. »Irgendwie muss ich sie finden.«

»Das Mädchen?«

»Wen sonst?«

Er streckte mir die offene Hand entgegen. »Zeig mir mal ihr Bild.«

Stirnrunzelnd sah ich ihn an, dann verstand ich. Örtliche

Künstler, hatte er gesagt. Vielleicht ließ Mara sich ja über einen von ihnen ausfindig machen. Ich zog das kleine Holzplättchen mit ihrem Selbstporträt aus der Jacke und reichte es ihm. »Hier.«

Er hielt es in den Schein einer Stehlampe. Maras Goldaugen reflektierten das Licht und hellten sein Gesicht auf. Da bemerkte ich, dass er lächelte.

»Was?«, fragte ich.

Spiridon sprang auf, drängte mich zur Seite und schob sich in einen schmalen Gang zwischen den Regalen. Er ging in die Hocke, suchte erst in einem der unteren Fächer, dann in einem weiter oben. Er klappte den Deckel zweier Kisten auf und kramte darin, ehe er in der dritten fündig wurde.

»Sie ist die Großmutter von Peter dem Großen«, sagte er.

»Und sonst geht's dir gut?«

»Sieh mal.« Er zog einen handgroßen goldenen Bilderrahmen aus der Kiste und reichte ihn mir. Das Gesicht auf dem kleinen Gemälde war dasselbe wie auf Maras Porträt, sogar die Augen glühten golden.

»Willst du mir weismachen, Mara wäre der Geist einer Frau aus dem siebzehnten Jahrhundert? So was wie ihre Wiedergängerin?«

Spiridon brach in schallendes Gelächter aus. »Du kannst so herrlich dämlich sein, Artur Sergejewitsch. Natürlich ist sie nichts dergleichen. Würdest du dieses Bild hier kaufen wollen, dann würde ich natürlich Stein und Bein schwören, dass es Peters Großmütterchen darstellt. Aber weil du mein guter Freund und schwer von Begriff bist, sag ich dir freiheraus, dass ich das Bild vor nicht mal einem Jahr gekauft habe. Auf der Straße, von einem Mädchen. Ich hab nicht mehr dran gedacht, aber jetzt, wo ich sie sehe … Das ist sie.«

Ich schnappte mir das Bild, das ich ihm gegeben hatte, und gab ihm dafür das gerahmte Porträt zurück. »Wo bist du ihr begegnet?«

Spiridon legte das Bild mit großer Geste zurück in die Kiste, klappte den Deckel zu und schob sie ins Regal. »Ich hab sie danach noch ein paarmal gesehen, nicht oft, aber immer am Abend und immer am selben Ort. Geschmack hast du ja. Sie war wirklich ganz bezaubernd.«

»*Wo,* Spiridon?«

Er tätschelte mir mit gespielter Großherzigkeit die Wange. »Es ist eben am besten, wenn du mit deinen Sorgen immer erst zu mir kommst. Spiridon Petrowitsch weiß immer den allerbesten Rat.«

»Du verdammter …!«

»Bei den Puppen«, unterbrach er mich grinsend. »Sie sitzt oft vor dem alten *Puppentheater.*«

Die Fassade wirkte heruntergekommen, an vielen Stellen war Putz abgeplatzt. Das Schild mit der schlichten Aufschrift *Puppentheater* war vor einer Weile aufgefrischt worden, aber auf halber Strecke war offenbar die Farbe ausgegangen, sodass die letzten Buchstaben noch immer bleich und vergraut aussahen. In zwei Schaukästen hingen Plakate von Aufführungen; sie waren vergilbt und rollten sich an den Ecken nach oben. Vielleicht wurden seit Jahren dieselben Stücke gespielt.

Mara war nirgends zu sehen. Nicht auf den Stufen zum Eingang. Nicht auf dem Bürgersteig. Auch nicht auf der anderen Straßenseite.

Eine Menge Passanten strömte vorüber, weil dies eine der belebteren Nebenstraßen der Altstadt war. Doch niemand warf auch nur einen beiläufigen Blick auf das schäbige Puppentheater, das aussah, als hätte es sich in den Spalt zwischen einem kleinen Varieté und einer gut besuchten Gaststätte gezwängt.

Ich stieg die Stufen hinauf und klopfte an das leere Kassenfenster. Weil dahinter Licht brannte und der Vorhang nicht zugezogen war, nahm ich an, dass jemand da sein musste. Während ich wartete, sah ich mir eines der Plakate aus der Nähe an. Es zeigte zwei nackte Gliederpuppen, der Mann auf allen vieren, die Frau mit einem Stock oder Zepter in der Hand. Die Zeichnung war expressionistisch verfremdet, Schatten bedeckten die anstößigsten Stellen.

Als ich mich umdrehte, stand hinter der Scheibe ein alter Mann mit Zylinder und beobachtete mich stumm.

»Guten Abend«, sagte ich.

»Die Vorführung hat schon begonnen.«

»Ich hätte nur gern eine Auskunft.«

Er nickte zu dem Schaukasten hinüber. »Da stehen alle Anfangszeiten.«

Ich zog Maras Porträt aus der Tasche und presste es ans Glas. »Ich suche dieses Mädchen.«

»Du bist nicht von der Polizei«, sagte er, nachdem er das Bild gerade mal mit einem Seitenblick gestreift hatte. »Zu jung. Siehst auch nicht aus wie ein Raucher. Alle Polizisten, die ich kenne, rauchen.«

»Dann merk ich mir das besser«, sagte ich betont locker, schauderte aber innerlich, weil sofort die Erinnerung an Volonoffs Zigarettenatem zurückkehrte.

»Was willst du von der?« Er hob die Hand und drückte den Zeigefinger von innen gegen das Glas.

»Sie sitzt manchmal hier und malt.«

»Ist nicht verboten. Und uns soll's recht sein, dadurch bleiben die Leute stehen. Sie ist auch nicht die Einzige.«

»Kommt sie jeden Tag?«

»Mal ist sie da, mal nicht.«

»Ich will ihr nichts Böses, keine Sorge. Ganz im Gegenteil.«

Missbilligend zog er die Nase hoch. »Und was wäre dann wohl das Gute, das du von ihr willst?«

»Ich will meine Schulden bei ihr bezahlen.«

»Wie viel?«

»Ich glaube nicht, dass Sie das was –«

»Hör mal, ich zieh jetzt gleich den Vorhang zu. Gerade läuft die letzte Vorstellung für heute. Du kannst ja morgen wiederkommen, vielleicht bist du dann höflicher.«

»Sie hat mir das Bild hier mitgegeben«, sagte ich, »obwohl ich kein Geld hatte. Ich hab ihr versprochen, es ihr so schnell wie möglich zu bezahlen. Ist kein Vermögen, aber es ist das, was ich mir leisten kann.«

»Deine Jacke sieht gar nicht so billig aus.«

Ich verstand, worauf das hinauslief. »Wie viel wollen Sie?«

»Kauf eine Eintrittskarte.«

»Das ist alles?«

Er nickte. »Aber für einen von den guten Plätzen.«

»Einverstanden.« Ich schob ihm die Münzen durch den Spalt unter der Scheibe und erhielt im Gegenzug eine Karte, die er von einer Spule abriss.

»Ich sollte das eigentlich nicht tun«, sagte er. »Aber wenn du der Kleinen wirklich Geld schuldest, dann hat sie's sich bestimmt verdient. Und wenn du lügst, wird sie mit dir schmalem Hemd schon fertig. Ich hab's gesehen, gleich hier vorn auf der Straße. Sie hat mal einen vermöbelt, der ihr dumm gekommen ist. Am Ende hat er Rotz und Wasser geheult und gebettelt, dass sie ihn gehen lässt.«

»Sie hat ihn festgehalten?«

Der Mann lachte, aber darin schwang eine Spur Verunsicherung mit, so als wäre er selbst nicht sicher, was genau er da mitangesehen hatte. »Sie hat ihm ein Messer an den Hals gehalten und gedroht, dass sie ihn kaltmacht. Und ich hab's ihr geglaubt. Er auch. Hat rumgeflennt und um Verzeihung gebettelt. War kein schöner Anblick.«

»Nun, dazu hat sie bei mir keinen Grund.«

»Besser wär's«, sagte er und deutete zum Eingang. »Du kannst reingehen.«

»Was? Nein, ich wollte gar nicht –«

»Du hast eine Eintrittskarte, oder? Also geh zu ihr.«

Ich sah ihn verblüfft an. »Sie ist da drinnen?«

»Schaut sich die Spätvorstellung an, wie fast jeden Abend. Sie ist die Einzige im Saal. Auch wie fast jeden Abend.« Warnend hob er einen Zeigefinger. »Aber ich behalte dich im Blick, verstanden?«

Ich nickte ihm ein wenig steif zu und betrat das Theater. Das Foyer war schmal und lang, es roch nach Mottengift und kaltem Zigarrenrauch. An den roten Stofftapeten waren weitere Plakate aufgereiht, die Daten lagen viele Jahre zurück. In einem üppigen Rahmen hing eine vergilbte Fotografie, die eine Gruppe von Puppenspielern mit ihren Figuren zeigte; erst beim zweiten Hinsehen wurde mir klar, dass es sich um eine Familie handeln musste, Vater, Mutter und vier Söhne. Die Puppen sahen aus, als besäßen sie ein Eigenleben, und schienen spöttisch in die Kamera zu grinsen.

Ich stieg eine breite Treppe hinunter und betrat durch einen blutroten Vorhang den Saal. Er war größer, als ich erwartet hatte. Nachdem sich meine Augen an die Düsternis gewöhnt hatten, entdeckte ich einen einzigen Kopf über den Stuhllehnen, vorn in der dritten Reihe. Der Rest des Saals war menschenleer.

Auf der Bühne tanzten zwei Holzpuppen einen bizarren Tanz, aber es gab keine Musik, nicht mal von einem Grammofon. Die Rückseite der Bühne war pechschwarz, und erst als ich langsam durch den Seitengang nach vorn ging, erkannte ich, dass sich die beiden Puppenspieler dort oben bei den Puppen befanden. Sie trugen schwarze Kleidung, auch ihre Gesichter waren verhüllt. Vor dem dunklen Hintergrund blieben sie nahezu unsichtbar. Nur manchmal sah es aus, als würden die Puppen zwei übergroße Schatten werfen, die sofort wieder mit der Finsternis verschmolzen.

Die Figuren waren nackt wie auf dem Plakat, eine Frau und ein Mann aus schmalen Holzgliedern. Soweit ich sehen konnte, wurden sie mit Stöcken bewegt. Der Mann hatte eine geschnitzte Erektion, übergroß wie eine Karikatur, die bei dem merkwürdigen stummen Tanz immer wieder gegen die Hüften der Puppenfrau stieß. Als sie sich einmal in meine Richtung drehte, entdeckte ich, dass man ihr eine klaffende Vagina in den hölzernen Leib gebohrt hatte, rot umrandet wie eine Zielscheibe.

Ich hatte schon Puppenspiele besucht, als Kind mit meiner

Mutter und später zwei mit Ofeliya, aber das waren Märchen und Possen gewesen, nicht zu vergleichen mit dem, was hier auf der Bühne geschah.

Als ich die dritte Reihe erreichte, sah ich von der Seite, dass Mara den Oberkörper vorgebeugt hatte. Ihre Ellbogen ruhten auf der Lehne des vorderen Sitzes. Sie wirkte angespannt, hoch konzentriert, und hatte nur Augen für die Puppen und die beiden schwarzen Schemen, die sie umschlichen. Ich betrat die Reihe, aber sie schien mich erst zu bemerken, als ich mich neben sie setzte.

»Guten Abend«, flüsterte sie und wandte das Gesicht gleich wieder zur Bühne.

»Guten Abend. Du scheinst nicht überrascht zu sein, dass ich hier bin.«

»Viele Leute gehen gern ins Theater.«

»Anscheinend nicht in das hier.«

»Tagsüber sind es ein paar mehr, aber die letzte Vorstellung am Abend hab ich fast immer für mich allein.«

»Dann tut's mir leid, dass ich störe.«

Nun warf sie mir doch ein kurzes Lächeln zu. »Keine Sorge, ich weiß ja schon, was passiert.«

Ich blickte hinauf zu der grotesken Erektion und der höhlenartigen Vagina. »Was für eine Art Theater ist das?«

»Das letzte seiner Art. Früher gab es hier in der Stadt noch mehr Puppentheater für Erwachsene, aber heute spielen die meisten nur noch Stücke für Kinder.«

»Ich dachte, du bist erst ein paar Jahre in Sankt Petersburg.«

Sie nickte. »Man hat mir davon erzählt.«

Die Puppen wandten sich dem leeren Saal zu und tanzten jetzt nebeneinander, mit ruckartigen, weit ausgreifenden Bewegungen, zu denen echte Menschen nicht fähig gewesen wären. Es machte die ganze Szene noch absonderlicher. Die einzigen Laute waren die samtweichen Schritte der Puppenspieler und das leise Klappern der Holzglieder.

»Stört es sie nicht, wenn wir reden?«, fragte ich leise.

Sie strich ihr langes Haar hinter die Schulter. »Hören wir doch einfach damit auf und sehen uns den Rest an.«

Das klang nach einer Rüge, und so fügte ich mich. Irgendwann musste die merkwürdige Darbietung schließlich vorüber sein. Doch je länger ich hinsah, desto hypnotischer fand ich den Tanz der Puppen, und dann kamen weitere hinzu, erst zwei, dann vier, bis es auf der Bühne nur so von ihnen wimmelte. Und zwischen ihnen bewegten sich die schwarzen Puppenspieler, jene schattenhaften Götter, die das Schicksal der Holzkreaturen lenkten und zugleich von ihnen gezogen wurden, bis nicht mehr erkennbar war, wer hier die Macht über wen besaß.

Zu meinem Erstaunen endete der frenetische Tanz nicht mit einer Vereinigung der Puppen, sondern geradezu gesittet mit einer Hochzeit. Der Frau wurde ein weißer Schleier übergeworfen, bevor die beiden gemeinsam vor eine Priestergestalt traten, die schweigend die Arme über ihnen ausstreckte und beschwörende Bewegungen vollzog. Dann setzte ihnen der Priester Kronen aus Rentiergeweihen auf. Wie aus dem Nichts wurde eine Bahn aus rotem Stoff ausgerollt, auf der alle Puppen davontänzelten, und ich fragte mich im Stillen, ob es ein Fluss aus Blut war und diese Zeremonie keine Hochzeit darstellte, sondern eine Opferung. Manches daran kam mir bekannt vor, vor allem die Geweihkronen und das Muster auf dem Gewand des Priesters. Beides hatte ich schon auf alten Buchillustrationen gesehen.

Ein Vorhang senkte sich vor die Bühne, doch Mara blieb sitzen. »Das ist ein sehr altes Ritual«, sagte sie. »Aus meiner Heimat, aus Karelien.«

Immer wieder Karelien. Als wäre mein Schicksal untrennbar damit verbunden.

»Woher genau kommst du?«, fragte ich.

»Aus einem kleinen Dorf in der Nähe des Ladogasees. Es hatte nicht mal einen Namen, oder zumindest keinen, der jemals benutzt worden wäre. Es gab keine anderen Dörfer in der Nähe, mit denen man es hätte verwechseln können. Nur ein Mönchskloster, einen halben Tagesmarsch entfernt.«

Für mich klang das, als käme sie geradewegs aus einer der alten Geschichten, die ich so liebte. »Und da hast du dich allein auf den Weg nach Sankt Petersburg gemacht?«

»Ich hatte keine andere Wahl.«

Ich wartete darauf, dass sie das näher erläuterte, aber nun schwieg sie und sah wiederum mich erwartungsvoll an.

»Und jetzt möchtest du wissen, warum ich hier bin«, sagte ich.

»Es wäre höflich, das zu erklären, ja.« Wieder flirrte dieses kurze Lächeln über ihr Gesicht, so als meinte sie nicht ernst, was sie sagte. Aber natürlich hatte sie eine Erklärung verdient.

»Meine Tante, Xenia Wladimirowna … sie möchte dir einen Vorschlag machen.«

»Möchte sie noch mehr Bilder kaufen?« Sie deutete auf eine große Tasche, die auf dem leeren Platz zu ihrer Linken stand.

»Nein. Sie will dir anbieten, bei uns zu wohnen. In unserem Palais am Katharinenkanal.«

Da war keine Spur von Überraschung in ihren Zügen, nicht das leiseste Erstaunen darüber, dass so ein Angebot aus dem Nichts an sie herangetragen wurde. Mit plötzlichem Unwohlsein fragte ich mich, ob sie wohl schon öfter solche Offerten erhalten hatte, von den »feinen Herren«, wie sie sie genannt hatte. Dann würde sie mich womöglich für einen von ihnen halten, oder eher – und das war fast noch schlimmer – für ihren willigen Laufburschen.

»Was soll ich da tun, am Katharinenkanal?«, fragte sie.

»Nichts«, entfuhr es mir viel zu hastig. »Also, nicht *nichts*, sondern einfach nur … wohnen, schätze ich. Xenia will dich in unsere Familie aufnehmen. Sie hat dasselbe mit mir gemacht, nachdem meine Mutter tot war.«

»Aber du bist ihr Neffe. Mich kennt sie gar nicht.«

»Sie bewundert deine Malerei.«

Mara stieß ein kurzes Lachen aus. »Weil sie selbst gern malen würde und es nicht kann. Deshalb soll ich bei ihr wohnen? So was wie ihre Tochter sein?«

»Sie hat schon eine Tochter. Ofeliya.«

Nun klang sie fast ein wenig gereizt. »Offenbar reicht ihr die nicht. Kann Ofeliya etwa auch nicht malen?«

Auch ich spürte einen Anflug von Verärgerung. »Sie kann nicht laufen. Ofeliya ist gelähmt.«

Wir schwiegen beide für ein paar Atemzüge, dann sagte sie in weicherem Tonfall: »Tut mir leid. Das ist ein wirklich großzügiges Angebot.«

Jetzt wird sie es ablehnen, dachte ich.

»Und ich würde gern bei euch wohnen«, sagte sie. »Wirklich sehr gern.«

Für einen Augenblick war ich überfordert. »Ich weiß, das kommt sehr plötzlich und klingt vielleicht merkwürdig, sogar ein bisschen verdächtig, aber ich –«

»Nein«, unterbrach sie mich. »Ich vertraue dir. Vielleicht noch nicht deiner Tante, aber dir. Du bist ein guter Mensch, das kann ich spüren. Du würdest mich nicht irgendwelchen Schurken zuführen wie die Hälfte der Kerle da draußen.« Sie nickte zum Ausgang, und da verstand ich, dass dieses Theater mehr war als nur ein allabendlicher Rückzugsort. Es war ihr Versteck vor einer Welt, die ihr übel mitgespielt hatte. Denn was sonst würde die Welt wohl mit einem jungen Mädchen tun, das mutterseelenallein aus der Provinz in einen Moloch wie Sankt Petersburg gekommen war?

»Meine Tante meint es wirklich ernst«, sagte ich. »Man kann ihr manches vorhalten, aber nicht, dass sie sprunghaft ist. Wenn sie sich etwas in den Kopf gesetzt hat, dann hält sie daran fest. Das hier ist kein Abenteuer für sie, und sie wird dich auch nicht wieder fortschicken.« Kurz schoss mir durch den Kopf, dass ich mich sehr weit für Xenia aus dem Fenster lehnte, ausgerechnet für sie. Aber es war die Wahrheit. Ich mochte meine Tante nicht, aber sie hatte ihre guten Seiten. Eine davon war die Entschiedenheit, mit der sie einmal gefasste Entschlüsse durchsetzte.

Ein Wallen ging durch den hohen Vorhang. Niemand zeigte sich oder sprach nur ein Wort.

»Wir müssen gehen«, sagte Mara. »Reden wir draußen weiter.«

Als wir in das menschenleere Foyer traten, war auch das Kassenhaus verlassen. Es schien, als wären alle fort und hätten das Theater Mara und mir anvertraut. Einen Moment lang geisterte mir die Vorstellung durch den Kopf, dass die Silhouetten auf der Bühne wahrhaftige Schatten gewesen waren und die Puppen nun mit offenen Augen im Dunkel standen, still und reglos bis zum nächsten Tag.

Mara zog die Eingangstür mit einer Selbstverständlichkeit hinter sich zu, als wäre sie hier zu Hause.

»Darf ich deine Tasche tragen?«, fragte ich.

»Wenn du magst.«

Als ich sie schulterte, hörte ich es darin klappern. Maras Malutensilien und ihre Porträts. Vermutlich ihr gesamter Besitz. Wo sie wohl schlief? Aus Anstand wagte ich es nicht, diese Frage zu stellen.

»Ich war noch nie am Katharinenkanal«, sagte sie. »Führst du mich hin?«

»Deshalb bin ich ja hier. Wir können auch eine Droschke nehmen.«

Sie schüttelte den Kopf. »Lass uns laufen. Dann können wir uns unterhalten.«

Mein Herz schlug ein wenig schneller. »Gern.«

Ich nahm an, dass sie mich weiter über Xenia, Alexej und Ofeliya ausfragen würde, doch sie schien etwas ganz anderes wissen zu wollen.

»Was hast du mit Karelien zu tun?«, fragte sie, als wir uns auf den Weg durch die dunkle Altstadt machten.

»Wie kommst du darauf?«

Ihr Lachen machte sie noch schöner. »Du verbirgst deine Geheimnisse nicht besonders gut vor anderen. Jedenfalls nicht vor mir.«

Mehr brauchte es nicht. Bereitwillig erzählte ich ihr von meinem Traum, eines Tages durch Karelien zu ziehen und die alten Geschichten niederzuschreiben.

Ihre Miene wurde immer ernster, bis ich begann, mir Sorgen zu machen. »Du findest mich jetzt sicher sehr wunderlich«, sagte ich vorsichtig.

Sie schüttelte den Kopf. »Das ist es nicht. Nur ein paar böse Erinnerungen.«

»Tut mir leid.«

Sie streifte mit ihrer Hand die meine. »Du kannst nichts dafür. Das war der Wind.«

»Der Wind?«

»Die Stürme dort sind unheimlich.« Sie überlegte kurz. »Es hat mit den Wäldern zu tun. Und mit der Einsamkeit.«

»Was ist passiert?«

Sie schwieg für ein paar Schritte, dann senkte sie den Blick, und auch ihre Stimme klang viel bedächtiger als zuvor. »Sie sind alle in den Sturm gegangen. Die Leute aus meinem Dorf. Mitten in der Nacht haben sie die Häuser verlassen und sind hinaus ins Dunkel.« Sie hielt kurz inne, ehe sie hinzusetzte: »Und er hat sie mitgenommen. Jede Frau und jeden Mann und alle Kinder.«

»Sie sind alle gestorben?«

»Ich hab sie nie wiedergesehen«, antwortete sie. »Die Stürme jagen durch die Wälder und stöbern wer weiß was auf. Und manchmal klingt es, als wären da Rufe, die einem etwas befehlen. Stimmen, draußen im Heulen des Windes. Deshalb sind alle hinausgegangen. Sie haben die Rufe gehört und haben gehorcht.«

»Nur du nicht?«, fragte ich ungläubig.

»Ich war nicht da. Ich war bei den Mönchen.«

»In dem Kloster?«

Sie nickte.

»Das Kloster ist eine halbe Tagesreise von deinem Dorf entfernt, hast du gesagt. Wenn du nicht dabei warst, woher weißt du dann so genau, was passiert ist?«

»Der Sturm ist auch über das Kloster hinweggefegt. Ich konnte die Stimmen darin hören. Da wusste ich, was geschehen war. Als ich am nächsten Morgen zurück ins Dorf lief, war es verlassen. Nur die Tiere waren noch da.«

»Wie kann das sein?«

»Offenbar war der Ruf nicht für sie bestimmt«, sagte sie mit großem Ernst. »Ich hab sie freigelassen, bevor ich fortgegangen bin. Das war alles, was ich tun konnte. Im nächsten Dorf habe ich den Leuten dann erzählt, was passiert ist. Keiner hat mir geglaubt. Aber ich wette, sie sind trotzdem hingegangen und haben die Kühe und die Ziegen eingefangen. Und die Pferde, natürlich. Als ob sie sich die hätten entgehen lassen.«

Ich wollte ihr glauben, trotz aller Ungereimtheiten und Zweifel. Sie hätte mir erzählen können, dass sie bis gestern noch Flügel getragen hatte, und ich hätte auch das ernsthaft in Betracht gezogen.

»Warum warst du in dem Kloster?«

»Mein Vater hat mich hingebracht. Er wollte mich nicht mehr bei sich haben. Die Mönche haben ihm dafür eine Kuh gegeben.«

»Großer Gott.«

»Ich sollte für sie arbeiten, vor allem in der Küche. All die Dinge tun, die ihnen lästig waren. Aber einer von ihnen hat mich mit in seinen Kräutergarten genommen, und ich durfte auch in der Bibliothek helfen. Sie haben mich von morgens bis abends schuften lassen, aber das hat mir nichts ausgemacht.«

»Trotzdem bist du fortgegangen.«

»Weggelaufen. Ich war ihre Gefangene.« Sie zögerte kurz, schien das Nächste sorgfältig abzuwägen. »Ihre Dienerin. Und ich war dreizehn. Aber ich habe auch vieles gelernt. Alles über Farben und die Ikonenmalerei. Vieles über Bücher. Und über Kräuter.«

»Deshalb die Sache mit der Goldfarbe?«

»Ja«, sagte sie lächelnd. »Von den Mönchen habe ich mir abgeschaut, wie man das richtige Gold mischt. Und noch anderes.« Sie schwieg einen Moment. »Das waren die guten Dinge. Die Bücher und die Farben.«

»Und die schlechten?«

Sie winkte ab. »Jetzt bist du dran.«

Wir schlenderten eine schmale Seitenstraße hinunter. Hier war es ruhiger als in dem Viertel, in dem ich sie gefunden hatte, und es waren weniger Nachtschwärmer unterwegs. Die Gaslaternen zischten lauter, sobald wir einer nahe kamen, und ich bemerkte, dass Mara in Abständen stirnrunzelnd zum dunklen Himmel blickte, als wäre da etwas, das nur sie sehen konnte.

»Frag einfach«, sagte ich.

»Wie war das, in eine neue Familie zu kommen und dort zu leben?«

»Verwirrend.« Das war das erste Wort, das mir in den Sinn kam, obwohl es nur einen kleinen Teil der Gefühle zusammenfasste, die mich in den ersten Tagen nach meiner Ankunft im Palais heimgesucht hatten. Es war Jahre her, aber ich erinnerte mich gut, wie konfus ich gewesen war. Und wie verloren, bis Ofeliya ihre Zurückhaltung aufgegeben hatte und wir Freunde geworden waren.

Mara schien das zu genügen, vielleicht weil es ihrer Erwartung entsprach. Wir bogen aus der Gasse auf eine breitere Straße. Hier waren wieder Droschken unterwegs, auch vereinzelte Fußgänger, aber anders als auf den steinernen Gassen vorhin waren hier Räder und Schritte kaum zu hören. Wir befanden uns auf einer der Straßen, die mit Holzquadern gepflastert waren. Der Boden federte kaum merklich, viele der Quader waren angefault und hatten sich mit Feuchtigkeit vollgesogen wie Schwämme.

»Spürst du das?«, fragte Mara. »Als ginge man über Leichen.«

Ich hatte gerade sagen wollen, dass sich der Boden wie etwas Lebendiges anfühlte. Warum überraschte mich nicht, dass sie darin etwas Totes sah?

»Die meisten Männer im Dorf waren Holzfäller«, sagte sie. »Und es war ihr größter Stolz, dass die Stämme, die sie geschlagen haben, nach Sankt Petersburg gebracht wurden. ›In der Stadt des Zaren pflastern sie die Straßen mit unserem Holz‹, haben sie immer gesagt, so als wäre das ganze Zarenreich auf ihrer Hände Arbeit gebaut. Als wären sie das Fundament von allem. Sie kamen sich so schrecklich wichtig vor.«

»Es gibt nicht mehr viele Straßen mit Holzpflaster in der Stadt«, sagte ich. »Überall reißen sie das Holz aus dem Boden und verlegen Pflastersteine aus Granit, weil die viel länger halten.«

Sie lächelte, und diesmal lag darin eine tiefe Genugtuung. »Ich weiß. Und ich frage mich, was die Männer aus dem Dorf wohl gesagt hätten, wenn sie erfahren hätten, dass die Straßen aus ihrem Holz die schlechtesten und meistgehassten der ganzen Stadt sind. Dass jeder hier, der Tag für Tag über fauliges Holz laufen muss, das stinkende Zeug verteufelt, und mit ihm alle, die dafür verantwortlich sind.«

Wir kannten uns gerade mal wenige Stunden, und schon bekam ich einen Vorgeschmack auf die Intensität, mit der sie andere hassen konnte.

»War dein Vater Holzfäller?«

»Ja.«

»Und andere, die nicht gut zu dir waren?«

»Die auch.«

Ich musterte sie erneut, diesmal ganz unverhohlen, und plötzlich hatte ich das Gefühl, sie schon früher irgendwo gesehen zu haben. Vielleicht nicht sie persönlich. Vielleicht jemanden, der ihr ähnlich sah. Oder eines ihrer Porträts, womöglich sogar das aus Spiridons Laden. Ich nahm mir vor, ihn zu fragen, ob es mal in der Auslage gelegen hatte. Und ich wunderte mich, dass mir das zuvor nicht aufgefallen war, am Apraxin Dwor oder vorhin im Theater.

Über uns in der Nacht erklang ein Rauschen, als wehte ein Sturmwind über die Dächer hinweg, und dann ertönte gellendes Geschrei – ein Schwarm Wildgänse, eine endlose Formation, die kreischend über die Stadt hinwegzog.

Etwas geschah mit Mara.

Erst bemerkte ich, dass sie stehen blieb, und als ich mich umdrehte, sah ich, dass ihr Gesicht, das eben noch so lebhaft gewesen war, zu einer Maske erstarrte. Ohne ein Wort sprang sie zur Seite und zog sich in einen Hauseingang zurück, so tief hinein, als wollte sie die Tür mit ihrer Schulter nach innen drücken.

Ich lief zu ihr. »Was ist los?«

Sie schwieg, blickte in die Dunkelheit über den Dächern und zitterte am ganzen Leib.

Die Wildgänse erfüllten die Nacht mit hysterischem Keifen.

Ein, zwei Straßen weiter feuerte irgendein Dummkopf einen Schuss ab, wahrscheinlich in die Luft, und das machte es nur noch schlimmer.

Mara sank auf die oberste Stufe, zog die Knie an, schlug die Arme darum und machte sich ganz klein.

Es dauerte mehrere Minuten, ehe die letzte Gans vorüber war und das Geschrei allmählich leiser wurde. Irgendwann verklang es vollends in der Ferne.

Sie atmete einige Male tief durch, dann entspannte sie sich langsam. Ich streckte ihr die Hand entgegen, um ihr aufzuhelfen, aber sie schlug sie aus und erhob sich aus eigener Kraft.

Das waren nur Gänse, wollte ich sagen und verkniff es mir im letzten Moment, weil es einen guten Grund für ihr Verhalten geben musste.

Verraten hat sie ihn mir nie, nicht in dieser Nacht und auch nicht später. Das tat ein anderer, und ich habe ihm kein Wort geglaubt.

28

Mara zog bei uns ein.

Sie brachte nichts als die große Tasche mit, in der sie ihre Habseligkeiten transportierte – die Palette, ihre Farben und Pinsel, ein oder zwei Dutzend ihrer Porträts und ein paar einfache Kleidungsstücke. Den Rest bekam ich erst im Lauf der nächsten Monate zu sehen: ein Buch in einem hölzernen Schuber und mit einer Kette gesichert, außerdem ein ovaler Mondsteinanhänger, den sie hütete wie ihren Augapfel.

Von einer früheren Unterkunft war nie die Rede, auch nicht von Dingen, die sie von dort hätte holen müssen. Es war, als wäre sie geradewegs aus den karelischen Wäldern zu uns gekommen, wie etwas, das der Nordwind dort aufgelesen und zum Katharinenkanal getragen hatte.

Ich will mich nicht mit Einzelheiten ihres Alltags aufhalten. Manche habe ich schon früher erwähnt, andere spielen für das, was ich erzählen will, keine Rolle. Mara wurde in der Petrischule angemeldet, ließ aber jeden wissen, wie sehr sie es dort hasste. Nach ein paar Wochen erbarmte Xenia sich ihrer und stellte Ofeliyas alten Privatlehrer wieder ein, dessen Unterricht Mara widerwillig über sich ergehen ließ. Weil sie schon sechzehn war, versuchte er, ihr in einem Rundumschlag eine gewisse Allgemeinbildung zu verpassen; wobei sie keineswegs ungebildet war und in einigen Bereichen über Wissen verfügte, das sie sicher nicht auf der Straße aufgeschnappt hatte. »Von den Mönchen gelernt«, sagte sie, als ich sie darauf ansprach, »und ein paar Dinge angelesen.«

Alexej wurde ihr mehr und mehr gewogen, bis er keinen Hehl mehr aus seiner Zuneigung machte und einmal gar beim Abendessen verkündete, was für eine Bereicherung Mara für das Haus

Kalinin sei. Ofeliya, die sich zu diesem Zeitpunkt bereits mit Mara angefreundet hatte, lächelte dazu, obwohl ich sicher war, dass Bemerkungen wie diese ihr einmal mehr ihr Schicksal als minderwertige Tochter vor Augen führten.

Überhaupt, Ofeliya. Wie alles andere ertrug sie Maras Einzug mit stoischer Duldsamkeit. Es dauerte nicht lange, da verbrachten die beiden viel Zeit miteinander, bis ich fast ein wenig eifersüchtig wurde, weil ich tagsüber zur Arbeit in die Kaiserliche Bibliothek musste, während sie daheim immer vertrauter miteinander wurden. Allerdings erzählte mir Ofeliya einmal, dass Mara mit ihr nicht über ihre Vergangenheit sprach, weder über die Zeit auf der Straße noch über ihre Kindheit in Karelien. Mara hingegen ließ sich alles über die Familie erzählen, und ich fragte Ofeliya nur halb im Spaß, ob Mara womöglich eine Agentin der Ochrana sei, eine Spionin, die geschickt platziert worden war, um meinen Onkel zu beobachten. Die Begegnung mit Volonoff spukte mir noch immer im Kopf herum, auch wenn ich seither nichts mehr von ihm gehört hatte und ihn vorerst auch nicht erwähnte.

Drei, vier schlaflose Nächte lang steigerte ich mich in den Gedanken hinein, dass Mara zu ihm gehörte. Dann wurde mir klar, dass ich mich in eine riesengroße Dummheit verrannte. Mara war keine Geheimpolizistin und kein Lockvogel, keine zaristische Spionin und ganz sicher keine Handlangerin Volonoffs.

Mara war etwas anderes.

Sie und ich waren uns nahe, soweit das eben möglich war, denn nun waren wir beinahe Geschwister, nicht leiblich und nicht einmal auf dem Papier, aber doch gemessen an unseren Lebensumständen. Vom ersten Tag an schwärmte ich für sie, aber meist waren wir zu dritt – Mara, Ofeliya und ich –, und in gewisser Weise war das gut so, denn ich hätte mich in jenen ersten Wochen wie ein Verräter gefühlt, wenn ich mich allzu sehr Mara zugewandt und dafür meine Cousine vernachlässigt hätte.

Aus dem Kopf aber ging sie mir nie. Zumal da noch immer das Gefühl war, sie bereits früher irgendwo gesehen zu haben. Ich sprach mit Spiridon darüber, und er beteuerte, dass er ihr Porträt nie offen im Laden angeboten habe, weil er es schlichtweg vergessen habe, bis ich auf der Suche nach ihr mit dem Gegenstück vorbeigekommen war.

Woher also kannte ich sie?

Ich zermarterte mir das Hirn darüber, grübelte in die eine und die andere Richtung, führte eine Strichliste mit Frauen, die ihr ähnlich sehen mochten, von flüchtigen Bekanntschaften und Damen, die ich hier und da auf der Straße sah, bis hin zu Mädchen, mit denen ich zur Schule gegangen war, und den höheren Töchtern aus Alexejs und Xenias Bekanntenkreis. Doch da war keine, die wie sie aussah. Keine, die ihr das Wasser reichen konnte.

Und dann, eines Nachts, schreckte ich aus dem Schlaf auf und wusste es.

Am nächsten Morgen eilte ich ohne Frühstück in die Kaiserliche Bibliothek am Newski-Prospekt, ignorierte die lange Liste an Aufgaben, die mein Vorgesetzter für mich vorbereitet hatte, und lief hinauf ins Zeitungsarchiv im Dachgeschoss. Zeitungen wurden in der Bibliothek stiefmütterlich behandelt, weil der zuständige Archivar kurz vor der Pensionierung stand und Mühe mit dem Sehen hatte. Ein paar Wochen lang hatte ich ihm assistiert und mein Möglichstes getan, sein Archiv auf Vordermann zu bringen.

Bei meinen Recherchen über das heutige Karelien hatte ich in der Archivkartei einige Verweise auf Artikel gefunden, die in der *St. Petersburger Zeitung*, der *Rigaschen Rundschau* und im *St. Petersburger Herold* erschienen waren. Um mir ein Bild von den aktuellen Zuständen zu machen, hatte ich die meisten davon gelesen.

Neben kurzen Texten über Grenzstreitigkeiten zwischen Russland und Finnland, steigende Futtermittelpreise und Rangeleien um Großgrundbesitz und Holzschlagrechte gab es auch eine Handvoll Artikel über Kriminalfälle, die kurzzeitig über die Grenzen Kareliens hinaus für Aufsehen gesorgt hatten. Darunter war der Fall eines jungen Mädchens namens Alia, das aus der bettelarmen Region östlich des Ladogasees stammte. Alia stand unter dem Verdacht, während einer Feierlichkeit zu Ehren eines orthodoxen Festtags die Bewohner ihres Dorfes vergiftet zu haben. Angeblich hatte sie dem Eintopf, der an diesem Tag an alle ausgegeben worden war, ein Gift beigemischt. Weil reichhaltiges Essen hier eine Seltenheit war, hatten alle von dem Eintopf gegessen. Nach kurzer Zeit waren die Menschen zusammengebrochen und an Ort und Stelle gestorben, die meisten aufgrund der Vergiftung, einige auch, weil sie an ihrem Erbrochenen erstickt waren. Ein paar Neugeborene und Kleinkinder, die hilflos zwischen den Leichen zurückgeblieben waren, waren in derselben Nacht von Wölfen und anderen Tieren geholt worden.

Offenbar gab es nur zwei Überlebende: einen Tagelöhner namens Tichon Kasakow, dem man die Teilnahme am Fest aufgrund eines Diebstahls verwehrt hatte, und das Mädchen, »zwölf oder dreizehn Jahre alt«, das spurlos verschwunden war. Die Anschuldigung, dass sie hinter dem Massaker steckte, fußte auf der Aussage des Tagelöhners. Ihm hatten die Behörden einen solchen Anschlag offenbar nicht zugetraut, wegen »angeborener Einfalt« – so stand es da – und weil man ihm zugutehielt, dass er einen Tagesmarsch auf sich genommen hatte, um die Behörden zu informieren. Der Mann hatte unter Eid behauptet, beobachtet zu haben, wie das Mädchen Alia nach einem Streit mit anderen Dorfbewohnern etwas in den Eintopf schüttete. Wie genau er das mitangesehen haben wollte und was ihn so sicher gemacht hatte, dass es sich dabei um das Gift handelte, waren nur zwei von vielen Fragen, die der Artikel unbeantwortet ließ. Außerdem, so hatte der Mann behauptet, habe sie die Dorfkirche angezündet. Keines der übrigen Häuser, nur die Kirche. Er hatte eine Beschreibung des Mädchens abgegeben, auf deren Grundlage wiederum eine erstaunlich detaillierte Federzeichnung der Gesuchten angefertigt worden war. Diese Zeichnung war unter dem Artikel abgedruckt.

Es gab keinen Zweifel, dass es sich dabei um Mara handelte.

Ich las den kurzen, sachlich gehaltenen Text mehrere Male,

suchte dann im Archiv nach Folgeartikeln, konnte aber keinen finden. Entweder war nie wieder über Alia und den Mord an den achtundsechzig Dorfbewohnern berichtet worden, oder aber man hatte die entsprechenden Ausgaben nicht aufbewahrt – was angesichts der Vernachlässigung des Archivs kaum verwunderlich gewesen wäre. Deshalb machte ich mich daran, die Vollständigkeit der drei Zeitungen zu überprüfen, und fand in den folgenden sechs Monaten keine Lücken. Wahrscheinlich war der Fall einfach in Vergessenheit geraten, was die Vermutung nahelegte, dass man Alia nie gefunden hatte.

Da ich mich so schnell nicht geschlagen geben wollte, durchforstete ich das Archiv nach dem Namen des Tagelöhners und wurde fündig. Ein gewisser Tichon Kasakow, der von sich behauptete, er sei einmal einer der besten Jäger Kareliens gewesen, hatte eine Weile in Sankt Petersburg einen regen Handel mit Geweihen und ausgestopften Raubtieren betrieben, die er ausschließlich an Vertreter der städtischen Oberschicht geliefert hatte. In dem Artikel machte er sich mit erschreckender Einfalt darüber lustig, dass viele Reiche seine Dienste in Anspruch nähmen, um vor anderen ihres Standes als Bärenjäger und Wolfsfänger aufzutrumpfen und mit Trophäen zu prahlen. Dabei nannte er gleich mehrere Namen von Kunden, darunter den des stellvertretenden Bürgermeisters und einiger Mitglieder der Verwaltung.

Einen Monat später war eine Glosse erschienen, in der sich der Verfasser über Tichon Kasakows Plaudereien lustig machte und berichtete, dass Kasakow von höchster Stelle die Jagdlizenz entzogen worden war und er nun gezwungen sei, seinen Lebensunterhalt als Arbeiter im städtischen Schlachthof zu verdienen. So ergehe es einem, wenn man einen angesehenen Politiker als Prahlhans verunglimpfe. Und selbstverständlich bedauere die Zeitung zutiefst, einem Betrüger und Lügner aufgesessen zu sein.

Das alles war ein gutes Jahr her. Und natürlich war es denkbar, dass es sich nicht um denselben Tichon Kasakow gehandelt hatte. Doch die Übereinstimmungen – von seiner karelischen Herkunft bis hin zum Vorwurf der infamen Lüge – brachten mich zum Nachdenken. Vielleicht war dies wirklich der Mann, der einst das Mädchen Alia des zigfachen Mordes beschuldigt hatte, ohne dass jemand überprüft hatte, ob nicht er selbst der Mörder gewesen war.

Ich hatte fast den ganzen Tag mit meinen Recherchen verbracht und handelte mir eine saftige Rüge ein, weil so viel anderes liegen geblieben war. Ein paar Tage lang ließ ich das alles sacken, nahm aber immer wieder die Federzeichnung zur Hand, die ich – das muss ich zu meiner Schande gestehen – mitsamt dem Artikel aus der Zeitung gerissen hatte. Die Ähnlichkeit mit Mara war unbestreitbar. Das Bild reihte sich nahtlos in all die Selbstporträts von ihr ein, die Xenia auf Kaminsimsen im Palais verteilt hatte. Ich überlegte, sie Ofeliya zu zeigen, nahm dann aber Abstand davon, weil ich Mara nicht denunzieren wollte. Falls dies ihr großes Geheimnis war, dann war es nun auch das meine.

Über eine Woche lang schlief ich schlecht, war bei der Arbeit nachlässig und verbrachte zu viel Zeit damit, die Dinge im Kopf hin und her zu wenden. Nach allerlei Selbstzweifeln, fadenscheinigen Erklärungsversuchen und Albträumen von vergiftetem Essen beschloss ich, den naheliegendsten Schritt zu tun: Ich fragte Mara, ob sie etwas über eine gewisse Alia aus Karelien wisse – und über das geheimnisvolle Massensterben der Menschen in einem Dorf nahe des Ladogasees.

An einem Samstagnachmittag bat ich sie ins Bücherzimmer meines Onkels, weil ich wusste, dass wir dort ungestört sein würden. Alexej war an den meisten Wochenenden im Verlag, Xenia kam nie hierher, und Ofeliya verließ sich darauf, dass ich ihr alle Bücher aufs Zimmer brachte, die sie interessieren könnten. Ich platzierte Mara auf einem der Sessel vor dem Kamin, setzte mich ihr gegenüber und reichte ihr den zerknitterten Zeitungsausriss.

Stirnrunzelnd betrachtete sie die Zeichnung, las den Artikel gleich zweimal, hob schließlich den Blick und sah mich schweigend an.

Als ich die Stille kaum mehr ertrug, fragte ich: »Und?«

Ihr prüfender Blick ging mir durch und durch. »Du glaubst, dass ich das bin.«

»Du siehst doch die Zeichnung, oder?«

Sie klang weder wütend noch vorwurfsvoll, nur ein wenig traurig. »Wie lange trägst du das schon mit dir rum?«

»Zwei Tage«, schwindelte ich.

Sie wedelte mit dem zerknitterten Papier. »Das sieht aus, als hättest du es seit mindestens einer Woche in der Tasche.«

»Bist du es, das Mädchen auf dem Bild?«

Da lächelte sie. »Natürlich.«

Mein Mund war so trocken, dass ich das Gefühl hatte, die Lippen mit Rasierklingen öffnen zu müssen.

»Aber das Mädchen in dem Artikel?«, fuhr sie fort. »Nein, ich heiße Mara, nicht Alia.«

»Warum behauptet dieser Mann dann, sie habe so ausgesehen wie du?«

Sie musterte mich, als könnte sie nicht glauben, wie einfältig ich war. »Da gibt es ein paar Ungereimtheiten an diesem Kerl, oder? Zum Beispiel muss man sich doch fragen, warum jemand, der zugibt, von den Dorfbewohnern als Dieb überführt worden zu sein, nicht wenigstens in den Verdacht geraten ist, selbst der Mörder dieser Menschen zu sein.«

Das sah ich genauso.

»Und warum steht hier nicht, womit genau sie vergiftet wurden?«, fragte sie. »Wäre es eines der üblichen Gifte gewesen, die man im Wald findet – sagen wir mal, Wolfswurz –, dann hätte man das doch festgestellt. Stattdessen kein Wort dazu.«

Auch das war eine Tatsache.

Sie stand auf, kam zu mir herüber und setzte sich auf die Armlehne des Sessels. Ihr rechtes Bein berührte mein Knie. Sie trug eines der weißen Kleider, die Xenia ihr gekauft hatte, und der feine Stoff war so dünn, dass sich ihr langer Oberschenkel deutlich darunter abzeichnete.

»Aber eines kann ich dir erklären«, sagte sie. »Diese Zeichnung. Wonach sieht sie aus?«

»Nach deinen Selbstporträts.«

»Und wer hat sie wohl angefertigt?«

Ich riss verwundert die Augen auf. »Du etwa?«

Da lachte sie lauthals. »Natürlich, du Meisterdetektiv. In all den Wochen, die ich gebraucht habe, um von Karelien nach Petersburg zu kommen, musste ich irgendwie Geld verdienen. Ich habe Ställe ausgemistet, Stiefel geputzt, bei einer Hochzeitsfeier gekocht – übrigens ohne irgendwen zu vergiften –, und ich habe gezeichnet. Mit Bleistift und Tusche, weil ich keine Farben hatte. Einmal hat mich so ein Schreiberling angesprochen, der die großen Zeitungen hier in der Stadt mit Geschichten aus dem Norden beliefert. Er hatte meine Bilder auf einem Markt gesehen und fragte mich, ob ich ihm eine Zeichnung machen könnte, basierend auf einer Beschreibung. Offenbar war das dieselbe, die der Tagelöhner der Polizei gegeben hatte. Ein Mädchen mit langem, glattem Haar, hohen Wangenknochen und hellen Augen.«

»Und da hast du dich selbst gezeichnet?«

»Ich hatte ja keine Ahnung, dass dieser Kerl einen Steckbrief daraus machen würde.«

Es war eine so simple, so einleuchtende Erklärung, dass ich mich fragen musste, warum ich nicht selbst darauf gekommen war. Zugleich klang sie konstruierter als jede, die sich ein wahrer Meisterdetektiv hätte einfallen lassen.

Auf der Armlehne saß sie höher als ich und blickte auf mich herab. »Was wirst du jetzt tun?«

»Nichts«, sagte ich. »Was denkst du denn? Dass ich damit zu Xenia laufe oder zu Alexej?«

Sanft schüttelte sie den Kopf. »Das hab ich nicht gedacht.«

Am liebsten hätte ich sie auf meinen Schoß gezogen und geküsst, aber ich tat nichts dergleichen. Stattdessen sprang ich auf, um einen klaren Kopf zu bekommen. Ich redete mir ein, dass ich nachdenken musste. Aber musste ich das wirklich? Sie hatte mir eine Erklärung gegeben, eine gute, solide Erklärung, die auf keinen Fall absurder war als die Vorstellung, dass sie als Dreizehnjährige achtundsechzig Menschen ermordet hatte.

»In diesem Kloster«, begann ich.

Sie hob die Augenbrauen. »Ja?«

»Da hast du im Kräutergarten geholfen, oder?«

»Das stimmt.« Sie legte den Kopf schräg und lächelte wieder. »Da wuchsen Salbei und Fenchel und Sauerampfer. Kein Gift, das ganze Dörfer ausrottet.«

Um sie nicht ansehen zu müssen, wandte ich mich den Regalen zu. Die Nähe von Büchern hat mir schon immer Ruhe und Trost gespendet. »Warum warst du dort bei den Mönchen?«

»Das hab ich dir schon erzählt. Mein Vater wollte mich loswerden.«

»Aber wieso? Warum tauscht ein Mann seine Tochter gegen eine Kuh ein?«

Sie schwieg eine Weile, bis ich mich umdrehte, um nachzusehen, ob sie noch da war. Sie saß unverändert auf der Armlehne des Sessels, hatte ein Knie angezogen und den Fuß auf die Sitzfläche gestellt.

»Du glaubst, alles über Karelien zu wissen, weil du das *Kalevala* gelesen hast«, sagte sie. »Aber in Wahrheit weißt du nicht viel darüber. Nicht, wie die Menschen dort leben müssen. Und wie sie miteinander umgehen.«

»Ich wollte nicht anmaßend sein. Tut mir leid.«

Lautlos stand sie auf und kam langsam auf mich zu. Der federleichte Stoff ihres Kleides schien in der Düsternis zu leuchten. »Mein Vater hatte Angst vor mir.«

Ich rührte mich nicht von der Stelle. »Angst?«

»Vor dem, was ich den anderen Leuten im Dorf hätte erzählen können. Über das, was er redete, wenn er am Abend betrunken war. Was er mit mir machen wollte. Was er mit mir machen *würde,* eines Tages.«

»Er hat –«

»Nur davon geredet«, unterbrach sie mich. »Er hat mich geschlagen, und das taten die meisten Väter im Dorf mit ihren Kindern. Aber er hat mich nie auf diese Weise angefasst, von der er … die er sich ausgemalt hat.« Unmittelbar vor mir blieb sie stehen. Der Duft ihres Haars und ihrer Haut war stärker als jener der Bücher. »Nachts habe ich oft gehört, wie er im Schlaf davon gesprochen hat. Er hat davon geträumt. Von mir geträumt. Aber er hat es nicht getan, weil er Angst hatte, dass ich es den anderen erzähle. Sein guter Ruf war ihm wichtig. Und als ihm klar wurde, dass ich Bescheid wusste, weil er im Suff alles ausgeplaudert hatte, da wollte er mich weghaben. Fort von sich und raus aus dem Dorf. Er hat mich zum Kloster mitgenommen, angeblich um dort Holz abzuliefern. Aber stattdessen hat er mich abgeliefert. Und die Mönche haben mich dortbehalten.«

»Hast du nicht sofort versucht, wegzulaufen?«

»Zwei- oder dreimal. Aber da war ich elf Jahre alt. Ich hatte Angst allein in den Wäldern, und ich dachte, dass mir ohnehin keine Wahl blieb, als wieder ins Dorf zu gehen. Das wollte ich nicht. Noch nicht. Also kehrte ich jedes Mal ins Kloster zurück und blieb schließlich dort, bis der Sturm kam. Da erst bin ich ins Dorf gelaufen, und als dort niemand mehr war, immer weiter nach Süden.« Sie senkte den Blick, was nicht oft geschah. »Vielleicht war es ja genau das, was hatte passieren müssen. Irgendetwas Schreckliches, damit ich bereit war, mich auf den Weg zu machen. Hierher, nach Sankt Petersburg. Und zu euch.«

Ich versuchte, in ihren blauen Augen zu lesen. Doch ebenso gut hätte ich in einen Spiegel schauen können, denn eigentlich ging es nur darum: War ich bereit, ihr zu glauben, ganz gleich, was wirklich in den Wäldern geschehen war? *Wollte* ich ihr so sehr glauben, dass die Wahrheit keine Rolle spielte?

»Du willst wissen, ob es dasselbe Dorf war«, sagte sie. »Das Dorf von Alia. Darüber denkst du doch nach, oder?«

»War es dasselbe?«

»Ist das denn wichtig?«

Ja, natürlich!, wollte ich sagen, aber eigentlich war es längst egal. Dasselbe Dorf oder ein anderes Dorf. Menschen, die der Sturm geholt hat oder die vergiftet wurden. Am Ende waren es nur irgendwelche Leute, die ich nicht gekannt hatte und die mir nicht näher waren als all die anderen Toten, über die ständig in den Zeitungen geschrieben wurde. Was immer vor drei Jahren in Karelien passiert war, interessierte niemanden mehr. Nicht einmal die Polizei schien noch nach dem Mädchen zu suchen. Der Bericht war ohne Folgen geblieben, und die Zeichnung war nur ein Steckbrief mehr, an den sich am nächsten Tag niemand mehr erinnern konnte.

Das alles war vorbei. Und sehr weit weg.

Mara hingegen stand vor mir, keine Armlänge entfernt. Und obwohl sie es nicht aussprach, schien sie mich zu bitten, keine Fragen mehr zu stellen und nicht noch mehr Dämonen heraufzubeschwören, die wir hier nicht haben wollten.

Unsere Blicke blieben ineinander verschränkt wie Finger, die einander im Dunkeln gefunden hatten. Schließlich nahm ich ihr wortlos den Zeitungsausschnitt aus der Hand, ging hinüber zum offenen Kamin, zündete ein Streichholz an und sah zu, wie das Papier verbrannte. Sie trat von hinten neben mich, lehnte ihre Wange an meine Schulter und schaute gemeinsam mit mir in die Flammen.

Als nur noch Asche übrig war, trat sie einen Schritt zurück. Einen Augenblick später drehte ich mich um, sah die offene Tür und erkannte, dass ich wieder allein war.

29

Wochen vergingen, in denen Volonoff zu einer bösen Erinnerung verblasste. Irgendwann hörte ich auf, ihn in jeder dunklen Toreinfahrt und am Rand des Laternenscheins zu sehen. Selbst Spiridon fragte nicht mehr nach ihm, bis es sich anfühlte, als hätte meine Begegnung mit dem Ochrana-Offizier niemals stattgefunden, nur ein schlechter Traum, der sich aus dem Erleben eines anderen auf Spinnenbeinen in mein Gedächtnis geschlichen und dort eingewoben hatte.

Was blieb, war meine Scheu vor Droschkenfahrern. Ich reagierte geradezu allergisch, wenn einer neben mir anhielt, und ich hatte das Gefühl, dass sie mich unter den Krempen ihrer Zylinder beobachteten und jemandem Bericht erstatteten über jeden meiner Schritte.

Mara und ich redeten mehr als zuvor, aber nie wieder über das Dorf und den Sturm, und was damals geschehen war. Wir gingen gemeinsam in Museen, besuchten Kammerkonzerte, nahmen Ofeliya mit in die Oper. Ich sah Mara beim Malen zu und sie mir beim Sortieren der Bücher. Oft saß sie in Alexejs Bücherzimmer vor dem Kamin und las, auch wenn ich nicht dort war. Manchmal, wenn ich dazukam, ließ sie die Bände in den Regalen verschwinden, bevor ich die Titel lesen konnte. Stattdessen diskutierten wir über Bücher, die wir beide kannten, Romane von Dumas und Dickens, von Gogol und Dostojewski.

Im Oktober feierten wir im Kreis der Familie Ofeliyas Geburtstag. Von ihren Eltern bekam sie eine Ballerina aus der Kaiserlichen Porzellanmanufaktur, wobei die beiden vergessen hatten – oder ignorierten –, dass sie ihr im Jahr zuvor die gleiche Figur geschenkt hatten. Ofeliya blieb bewundernswert gelassen und bat den Hausdiener, das Ding hinauf in ihr Zimmer zu tragen. Insgeheim wünschte sie sich, er möge auf der Treppe stolpern und die Figur in tausend Stücke zerschlagen, und später erzählte sie uns davon und schämte sich dafür.

»Der Arme hätte sich das Genick brechen können«, sagte sie, als wir drei am Abend in ihrem Zimmer saßen und an dem scheußlichen Eierlikör nippten, den Xenia sich aus Deutschland schicken ließ. »Er wäre vielleicht gestorben, nur weil ich mir gewünscht habe, dass die verdammte Ballerina verschwindet.«

»Wenn du willst, werfe ich sie nachher in den Kanal«, schlug Mara vor.

»Oder ich verscherble sie an Spiridon«, sagte ich, »und von dem Erlös kaufen wir –«

»Mehr Eierlikör?«, fragte Ofeliya kichernd.

Ich verdrehte die Augen. »Bücher, wollte ich sagen.«

Wir redeten eine Menge Unsinn an diesem Abend, wie man das so tut, wenn man jung ist, Eierlikör sonst nur an Feiertagen trinkt und bereits weiß, dass man am nächsten Morgen schwören wird, das Zeug nie wieder anzurühren.

Mara sah noch bezaubernder aus als sonst. Sie trug wieder eines ihrer weißen Kleider und saß im Schneidersitz im Sessel, hatte den Saum über die Knie gerafft und ihn im Schoß ein wenig zusammengeschoben. Ich tat mein Bestes, nicht ständig auf ihre nackten Beine zu schauen oder ihre schmalen Füße anzustarren, nachdem sie die weißen Spitzensöckchen abgestreift hatte, die meine Tante ihr mitgebracht hatte.

Ofeliya saß ihr gegenüber in dem zweiten Sessel, während ich mit dem Rollstuhl vorliebnahm, gelegentlich vor- und zurückrollte und einmal fast nach hinten kippte, als ich beim Lachen den Kopf in den Nacken warf. Ofeliya lachte darüber nur noch lauter, mehr Eierlikör wurde ausgeschenkt, und irgendwann nach Mitternacht sagte Mara, sie müsse jetzt zu Bett gehen, sonst würde sie irgendwann im Sessel einschlafen, und sie sei ziemlich sicher, dass sie in ihrem Zustand schnarchen würde, und sie habe ja gelernt, dass das nicht damenhaft sei.

Ich behauptete, mir sei noch nicht nach Schlafen zumute, aber in Wahrheit wollte ich nur nicht die halbe Nacht wach liegen mit den Gedanken an Maras hübsche Waden und ihre tänzelnden Barfußschritte zum Zimmer hinaus. Auch Ofeliya war nicht müde genug fürs Bett, und so wechselte ich hinüber in den zweiten Sessel, der noch warm war von Maras Körper, und blickte mit Ofeliya durchs Fenster zu den Lichtern der Paläste auf der anderen Seite des Kanals und die messerscharfe Mondsichel, die am sternenklaren Himmel über der Stadt hing wie Poes kastilisches Pendel.

»Du musst dich um sie kümmern«, sagte Ofeliya mit einem Lächeln und klang doch gar nicht mehr heiter.

Überrascht blickte ich sie an. Auch sie sah wieder sehr hübsch aus mit ihren dunklen Ringellocken und dem langen, schlanken Hals.

»Wieso kümmern?«, fragte ich. »Hast du den Eindruck, das schafft sie nicht selbst?«

Ofeliya zuckte mit den Achseln. »Draußen auf der Straße macht ihr keiner was vor. Aber in der *besseren Gesellschaft*« – sie betonte das im Tonfall ihrer Mutter – »kann jemand wie sie leicht verloren gehen. Du kennst das doch aus den Romanen. Sie ist schön und klug und talentiert, und bald werden sich die Männer um sie reißen, die jungen *und* die alten, und dann wird sie anfangen, in jedem Sympathiebeweis die Möglichkeit eines Vorteils zu sehen. Sie ist klug, aber sie ist auch flatterhaft. Und vor allem glaubt sie, sie durchschaue alles und jeden und wittere eine Gefahr schon im Voraus. Aber da täuscht sie sich. Das gesellschaftliche Parkett ist gespickt mit Fallen, und wenn die zuschnappen, dann werden wir Mara verlieren.«

Das musste ich erst mal verdauen, aus mehreren Gründen. »Sag mal, wie alt bist du heute geworden? Achtzig?«

»Du mich auch«, erwiderte sie liebevoll. »Aber ich mein's ernst. Achte auf Mara, auch um deinetwillen.«

»Um meinet–«

»Ich bin gelähmt, aber nicht blind. Wir müssen darüber auch

nicht stundenlang reden. Ich wollt's nur loswerden. Pass auf sie auf. Und auf dich.«

Ihr Blick ließ mich nicht los, und obwohl das fast unmöglich war, hatte ich den Eindruck, dass sich der Mond wie zwei Sichelklingen in ihren Augen spiegelte. Das verlieh ihnen einen ungewohnten Glanz.

»Du täuschst dich«, sagte ich, und das klang genau nach der erbärmlichen Lüge, die es war.

»Du bist bis über beide Ohren in sie verliebt«, widersprach Ofeliya. Sie klang mitfühlend, was es nur noch schlimmer machte. Als hätte ich mir eine Krankheit eingefangen, die mich früher oder später in einen lallenden Idioten verwandeln würde. Verstellte ich mich derart schlecht, wenn Mara in meiner Nähe war? War es so offensichtlich?

»Und noch was«, fuhr sie fort. »Sie mag dich auch.«

»Warum sagst du das?«

»Weil es die Wahrheit ist. Und solange meine Mutter nicht auf die Idee kommt, dich zu adoptieren, steht dem ja auch nichts im Weg.«

Alles steht dem im Weg!, wollte ich entgegnen, denn genauso fühlte es sich an. Die Familie. Die gesellschaftlichen Zwänge. Auch Ofeliya, natürlich. Und meine gottverdammte Angst davor, mich lächerlich zu machen, vor Mara und allen anderen. Die Angst war das Allerschlimmste.

»Hat sie das gesagt?«, fragte ich.

»Dass sie dich mag? Vielleicht sogar in dich verliebt ist? Jeder Dummkopf kann das sehen, nur nicht der größte Dummkopf von allen.« Mit einem Ruck drehte sie den Kopf weg, sah wieder zum Fenster hinaus, und der Mond in ihren Augen glitzerte noch heller. »Ist auch egal«, sagte sie schließlich so leise, dass ich die Worte kaum verstand. »Ich hab's gesagt. Jetzt weißt du, dass ich Bescheid weiß. Und nun reden wir über was anderes.«

Ich schnappte nach Luft und zog in Erwägung, mein halbes Glas Eierlikör in einem Schluck hinunterzukippen. Schließlich sank ich in den Sessel, als hätte sie mich mit Fäusten traktiert. In gewisser Weise wäre das aufrichtiger gewesen. Denn dass sie wütend auf mich war, auf die Welt, auf ihr Schicksal, daran gab es keinen Zweifel. Ich wusste schon lange, was sie für mich empfand, und natürlich war ich auch dieser Wahrheit aus dem Weg gegangen, so wie allen anderen, die ich unter meinen alltäglichen Routinen begrub.

Weiß der Teufel, was mich ritt, als ich ihrer Aufforderung zum Themenwechsel ausgerechnet mit dieser Frage nachkam: »Kennst du einen Volonoff? Timur Feodorowitsch Volonoff?«

Zu meinem Erstaunen musste sie nicht einmal nachdenken. »Der Polizist?«

»Geheimpolizist.« Ich versuchte, in ihrer Miene zu lesen, aber so leicht machte sie es mir nicht.

»Was ist mit dem?«, fragte sie.

»Bist du ihm mal begegnet?«

»Früher, aber das ist ein paar Jahre her.«

»Was hat er gewollt?«

Sie stellte ihr Glas ab und beugte sich vor. »Was ist denn los mit dir?«

»Er hat mich auf der Straße angesprochen.« Ich war unsicher, wie viel ich preisgeben konnte, ohne sie in Gefahr zu bringen. »Er verlangt, dass ich ihm Informationen über deinen Vater liefere.«

»Die Ochrana interessiert sich für Papa?«

»Sieht ganz danach aus.«

»O nein.«

»Er hat auch nach deiner Mutter gefragt. Und nach dir.«

Jetzt stand offene Angst in ihrem Gesicht. Jeder in Russland fürchtete die Ochrana, ganz besonders in Sankt Petersburg, wo der Zar nah und die Überwachung durch die Geheimpolizei noch dichter war als anderswo. »Er hat nach *mir* gefragt?«

Ich nickte. »Woher kennst du ihn?«

Gewiss musste sie darüber nicht nachdenken, trotzdem ließ sie ein paar Sekunden vergehen. »Als ich noch getanzt habe, da ist er manchmal zu den Aufführungen gekommen. Irgendwann fing er an, mir Blumen und Karten in die Garderobe zu schicken. Schließlich ist er selbst aufgetaucht. Mit seinem Ausweis war das ja kein Problem, niemand hätte auch nur im Traum daran gedacht, ihn abzuweisen.«

»Er kam in die Umkleide der Tänzerinnen?«

»Er ist nicht einfach reinmarschiert. Er stand vor der Tür und hat höflich darauf bestanden, dass ich rauskomme und mit ihm rede.«

Höflich, dachte ich. Natürlich. »Du hast das nie erwähnt.«

Sie hob die Schultern. »Glaubst du, er war der Einzige? Ballerinen bekommen ständig irgendwelche Blumen und Pralinen und sonst was geschickt.«

»Du warst fast noch ein Kind!«

Sie hob eine Augenbraue. »Nicht viel jünger als Mara heute.«

»Ja, ja.« Ich winkte ab. »Aber Volonoff muss da schon … keine Ahnung, bestimmt vierzig gewesen sein?«

»Viele Balletttänzerinnen haben deutlich ältere Verehrer. Und manche fühlen sich geschmeichelt und gehen darauf ein.«

»War er das denn? Dein Verehrer?«

Sie lehnte sich wieder zurück und lächelte traurig. »Ob er mich teuer ausgeführt hat und dann in irgendeiner Kutsche oder Absteige über mich hergefallen ist, so wie's oft bei den anderen Mädchen passiert ist? Nein. Er hat mich eingeladen, mehr als einmal, aber ich hab ihn abgewiesen.«

»Wie hat er darauf reagiert?«

Wieder zögerte sie, und allmählich fragte ich mich, ob sie die Sache bewusst herunterspielte. »Anfangs sehr anständig, als er wohl noch dachte, dass ich mich nur ziere. Dann, beim dritten oder vierten Versuch, wurde er sehr kühl. Danach hat er mich in Ruhe gelassen.«

»Hat er dir gedroht?«

Sie runzelte die Stirn. »Nein, wie kommst du darauf?«

»Er ist Geheimpolizist. Die tun den ganzen Tag nichts anderes, als allen zu drohen, die nicht spuren.«

»Es ging ja nicht um Staatsgeheimnisse. Er wollte mir an die Wäsche, das war alles.« Sie sagte das betont ungezwungen, aber ich wusste sofort, dass ihre Lässigkeit nur gespielt war.

»Aber es ist doch seltsam, dass er sich plötzlich für deine Familie und dich interessiert«, sagte ich.

»Was genau hat er denn gesagt?«

»Es geht ihm um die Beziehungen deines Vaters nach Deutschland. Vor allem zu den Eisenhuths.«

»Daran ist doch überhaupt nichts Verwerfliches! Die Hälfte aller Geschäftsleute in der Stadt treibt Handel mit deutschen Gesellschaften.«

»Die Ochrana scheint Bücher für gefährlicher zu halten als Stahl oder Lebensmittel.« Der Zauber des Abends war endgültig dahin, und daran trug allein ich die Schuld. Aber zurückrudern konnte ich jetzt nicht mehr.

»Schon möglich.« Ihr Stimme klang nachdenklich, doch etwas sagte mir, dass es nicht Alexejs Geschäftsbeziehungen waren, die sie beschäftigten. »Alles andere wäre auch völlig absurd.«

»Zum Beispiel?«

»Dass es irgendwas mit mir zu tun hat.«

»Und Volonoff hat wirklich nicht versucht, dir Angst zu machen, nachdem du ihn abgewiesen hast?«

»Ich nehme an, er hat einfach das Interesse verloren und sich an eine andere rangemacht.« Sie deutete auf ihre abgemagerten Beine. »Heute wird er heilfroh sein, dass ihm das hier erspart geblieben ist.«

»Red keinen Quatsch. Du bist immer noch –«

»Die zweittollste Frau, die du kennst?«, fiel sie mir ins Wort. »Du *kennst* nur zwei Frauen, Artur. Und du hast deine Wahl getroffen.«

»Du bist so was wie meine Schwester!«

Sie schenkte mir ein unglückliches Lächeln. »Ja, das bin ich dann wohl.«

Ich wich ihrem Blick aus und wünschte, meine Stimme wäre nicht so heiser. »Was für einen Eindruck hattest du von Volonoff?«

Wieder überlegte sie nicht lange. »Dass er einsam war. Und Angst hatte.«

»Angst, wovor?«

»Abgewiesen zu werden. Niemand mag das. Aber er vielleicht noch ein bisschen weniger als andere.«

Das war der eine Punkt, in dem wir völlig übereinstimmten. Volonoff war ein Mann, der eine Niederlage nicht akzeptieren konnte. Was er nicht bekam, sollte auch kein anderer besitzen.

Ich brachte es nicht über mich, sie an das zu erinnern, was mir seit Tagen nicht mehr aus dem Kopf ging. Volonoff gebot über ein Heer von Droschkenfahrern, sie waren seine Augen und Ohren in der Stadt. Droschkenfahrer wie jener, der Ofeliya überfahren und für immer verkrüppelt hatte.

Sie legte ihre Hände auf die Oberschenkel. »Am Ende ist es doch gut für ihn ausgegangen. Das hier will wirklich keiner.« Sie sagte das leise und mit jener Schicksalsergebenheit, die mich oft in Rage brachte. Aber nicht heute. Heute zerriss sie mir das Herz.

30

Du glaubst, *das* hat das Dreckschwein getan?« Grigoris Gesicht war krebsrot vor Erregung. »Volonoff hat dafür gesorgt, dass deine Cousine im Rollstuhl sitzt?«

Ich nickte. »Und jetzt hat er sie alle verschwinden lassen. Ofeliya, Alexej und Xenia. Vielleicht hat er befürchtet, dass bei einem Umsturz rauskommt, was er getan hat. Sobald der Zar nicht mehr an der Macht ist, wird die neue Regierung sich die Ochrana vornehmen. Niemand hat die Gegner des Zaren brutaler verfolgt als sie. Und das wird man sie spüren lassen. Man wird einer Menge Geheimpolizisten den Prozess machen. Die meisten werden am Strick enden oder standrechtlich erschossen, falls es wirklich zur Revolution kommt. Also wird es für sie höchste Zeit, so viele ihrer Verbrechen wie möglich zu verschleiern.«

Grigori schloss seine Hand so fest um den Topf mit der Minze, dass ich fürchtete, der Ton könnte zwischen seinen Fingern zerspringen. »Er hat seine Spuren verwischt«, sagte er zornig. »Und jetzt ist er hier an Bord der *Saltan* und setzt sich ab. In Deutschland und Frankreich gibt es genug Ochrana-Agenten, die ihn mit offenen Armen empfangen werden. Die alten Seilschaften aus Russland werden im Verborgenen einfach weiterexistieren.«

»Ja.«

»Und was willst du jetzt unternehmen?«

»Unternehmen? Vor allem werde ich beten, dass ich ihm nicht auf den letzten paar Seemeilen über den Weg laufe.«

»Aber was ist mit Rache?«

»Das hier ist keiner von deinen Abenteuerromanen, Grigori.«

»Wünschst du dir etwa nicht, dass er tot wäre?«

»Doch. Und viel Schlimmeres. Aber ich kann ihm nicht einfach auf dem Gang auflauern und von hinten die Kehle durchschneiden.«

Grigori ballte die Hand zur Faust und rieb sie in der anderen, als wollte er Steine darin zermahlen. »Ich könnte das für dich erledigen.«

»Ja, ja.«

»Im Ernst. Ich kann so was.«

»Gar nichts wirst du tun. Du bleibst hier unten, streichelst deine Minze und isst schimmeligen Zwieback. Ich will nicht schuld daran sein, dass dieser Kerl auch noch dich umbringt. Oder dass der Kapitän dich als Mörder über Bord werfen lässt.«

Mein neuer Freund grinste. »Ich bin geschickt, auch wenn ich nicht so aussehe. Es ist gar nicht so schlecht, wenn man hässlich ist und ein bisschen verbaut. Die Leute unterschätzen einen wie mich.«

»Dann bleibt das auch besser so.«

Seine kleinen Augen unter der vorgewölbten Stirn fixierten mich. »Wenn du meine Hilfe brauchst, lass es mich wissen, ja?«

»Nicht, um Volonoff zu töten.«

Eine vermeintliche Erkenntnis blitzte in seinem Blick auf. »Verstehe, du willst den Mistkerl selbst erledigen.«

Damit er Ruhe gab, nickte ich. »Genau. Irgendwann. Aber nicht auf offener See.«

»Wir müssten bald in Deutschland ankommen.«

»Da werd ich von Bord gehen, und du fährst weiter nach Frankreich.«

Er grübelte ein wenig, dann fragte er: »Willst du nicht doch mitkommen? Diese Mara ist nicht gut für dich. Für niemanden, wie's scheint. Und denk doch, Paris …«

»Ich denke an Leipzig und das Graphische Viertel und an die Bücher. Das ist eher was für mich als das Moulin Rouge und Montparnasse.«

»Das glaubst du jetzt. Aber nicht mehr, wenn du erst mal dort bist.«

»Lass gut sein.«

»Es geht dir noch immer nur um sie«, stellte er mit einem tiefen Seufzer fest.

Mir fiel darauf keine Erwiderung ein.

Grigori betrachtete mich wie ein exotisches Gewächs, dann gab er es auf, mich überzeugen zu wollen. »Aber das war bestimmt noch nicht alles, oder? Mara ist 1913 zu euch ins Haus gekommen. Was ist in den vier Jahren zwischen damals und heute passiert?«

»Dreieinhalb«, sagte ich. »Anfang 1914 haben wir in Frankreich die Eisenhuths getroffen, und Mara ist mit ihnen nach Leipzig gegangen. Alles in allem war sie kaum ein halbes Jahr bei uns.«

»Und seit drei Jahren ist sie in Deutschland. 'ne lange Zeit, wenn du mich fragst.«

»Ist es wohl.«

»Außer den paar Briefen hast du nichts mehr von ihr gehört?«

»Nein.«

Ich sah ihm an, was er dachte, und war froh, dass er es diesmal nicht aussprach. Ich hatte schon genug eigene Zweifel, da brauchte ich nicht noch jemanden, der sie schürte.

»Wie ging es mit Volonoff weiter?«, fragte er. »Wie oft hat er sich dich in den dreieinhalb Jahren vorgeknöpft?«

»Das ist das Kuriose. Ich hab ihn nie wiedergesehen. Nicht, bis er hier auf dem Schiff an der Reling stand.«

Grigori sah aus, als könnte er das nicht glauben. »Kerle wie der überlegen sich so was doch nicht einfach anders!«

»Dachte ich auch. Und bestimmt hat er mich nicht aus purer Nächstenliebe in Ruhe gelassen.«

»Er hatte Besseres zu tun«, sagte Grigori überzeugt. »Andere Schweinereien.«

»Ganz bestimmt. Im August 1914 hat Deutschland Russland den Krieg erklärt. Ich vermute mal, dass die Geheimpolizei schon vorher alle Hände voll zu tun hatte. Wahrscheinlich gab es eine Menge echter Spione, die beseitigt werden mussten. Volonoffs

Verdacht gegen meinen Onkel war immer nur vorgeschoben, wir alle waren wohl erst mal nicht mehr so wichtig für ihn.« Ich streckte und räkelte mich, weil die endlose Sitzerei in unserem Versteck meine Gelenke mit jedem Tag mehr versteifte. »Und dann gab es natürlich die Gerüchte. Man erzählte sich, Volonoff sei als Soldat in den Krieg gezogen und habe im Baltikum eines der grausamsten Regimenter angeführt. Mordbrenner und Vergewaltiger, die durch Estland, Livland und Kurland gezogen sind und jeden niedergemacht haben, der nicht russisch genug aussah.«

Grigori spie angewidert auf eines der heißen Rohre. Der Speichel verdampfte mit einem Zischen. »Warum wundert mich das kein bisschen?«

»Ich weiß nicht, ob es stimmt. Aber hin und wieder hab ich Geschichten darüber gehört. In den letzten Monaten auch über seine Rückkehr nach Sankt Petersburg. Aber weil ich ihn nie zu Gesicht bekommen habe, dachte ich, er ist immer noch im Krieg. Ich hab einfach gehofft, dass er krepiert.«

»Zu früh gefreut.«

»Allerdings.«

»Und das war alles?«

Ich war müde, hungrig und zunehmend ungeduldig, weil das Ende der Reise endlich absehbar war. Ich hätte die Sache einfach auf sich beruhen lassen und die letzten Stunden mit Grigori über Angenehmeres reden können, über die Geheimnisse von Paris und das Mysterium der französischen Mädchen, von denen er träumte.

»Eine Sache war da noch«, sagte ich.

»Ich hab's gewusst!«

»Im Frühjahr 1916, letztes Jahr, war ich wieder mal im Zeitungsarchiv der Kaiserlichen Bibliothek. Der alte Archivar lag daheim im Sterben, und irgendwer musste sich um die Arbeit kümmern, die sich da oben angehäuft hatte. Wochenlang saß ich allein unterm Dach, wurde allmählich krank von all dem Staub und hab mit den Tauben gesprochen, die sich irgendwo im Gebälk eingenistet hatten. Schließlich konnte ich gar nicht anders, als mir noch mal die Berichte von damals vorzunehmen, die Ausgaben aus der Zeit der Giftmorde in Karelien. Und in einer bin ich auf was gestoßen.«

Grigori rieb sich die Hände. »Ach ja?«

»Es hatte noch mehr Tote gegeben. In einem abgelegenen Kloster auf einer Insel im Ladogasee war eine geheimnisvolle Krankheit ausgebrochen und hatte alle Mönche dahingerafft, die dort gelebt hatten. Vierzehn, insgesamt. Ein Fischer von der anderen Seite des Sees hat sie gefunden. Ihm war vom Boot aus aufgefallen, dass ein Sturm eines der Dächer des Klosters abgedeckt hatte. Als auch nach einer Woche noch niemand versucht hat, das Loch wieder abzudichten, ist er misstrauisch geworden. Er konnte sehen, dass darunter Bücherregale standen, und obwohl er noch nie ein Buch in der Hand gehalten hatte, hat er sich wohl gedacht, dass der Regen dem Papier nicht guttut.«

»Ein Sturm«, murmelte Grigori. »*Der* Sturm, meinst du? Maras Sturm?«

Ich zuckte die Achseln. »Der Fischer ist rüber zur Insel gefahren und an Land gegangen. Da hat er sie alle gefunden. Der Fischer ist von der Insel geflohen und war überzeugt, dass er sich angesteckt hatte. Eine Woche lang hat er seine Hütte nicht verlassen, dann hat er sich endlich auf den Weg zur nächsten Polizeistation gemacht. Es hat dann noch mal ein paar Tage gedauert, bis sie die Leichen geborgen haben. Weil der Fischer keine Symptome gezeigt hat, ist man davon ausgegangen, dass die Krankheit nicht mehr ansteckend war. Die Mönche wurden auf der Insel beerdigt und das Kloster geschlossen.«

Grigori nickte, weil für ihn die Zusammenhänge völlig klar waren. »Mara hat das Gift erst an den Mönchen ausprobiert, und als sie gemerkt hat, dass es funktioniert, ist sie ins Dorf, um sich an ihrem Vater und den anderen zu rächen.«

»Aber warum?«, fragte ich. »Sie hat gesagt, ihr Vater hätte zwar davon fantasiert, sie zu vergewaltigen, nur wirklich getan hätte er es nie. Ja, das ist verwerflich. Aber ist es ein Grund, Dutzende Unschuldige umzubringen?«

»Sie hat gelogen«, sagte Grigori. »Erst hat ihr Vater sie begrapscht, dann die Mönche. Und sie hat's allen heimgezahlt. Auch den anderen Leuten im Dorf, die einfach weggeschaut haben.«

»Das vermutest du nur.«

»Du etwa nicht?«

Ich wurde still und dachte nach. Natürlich hatte auch ich mir all das in den schrecklichsten Einzelheiten ausgemalt. Es jedoch aus dem Mund einer anderen Person zu hören, machte es greifbarer. Realer.

Zumal Grigori nicht der Erste war.

»Nach zwei Jahren hatte ich gedacht, ich wäre allmählich über die ganze Sache hinweg«, sagte ich schließlich. »Aber durch den Zeitungsartikel bin ich wieder neugierig geworden und hab mich auf die Suche gemacht.«

Grigori zog den richtigen Schluss. »Nach dem einzigen Zeugen. Diesem Tagelöhner.«

»Tichon Kasakow. Erst angeblich Tagelöhner und Jäger in Karelien, dann Lieferant für Jagdtrophäen in Sankt Petersburg. Und zuletzt, nachdem er sich mit irgendwelchen Politkern angelegt hatte, ein einfacher Arbeiter im Schlachthof. Nur war der Schlachthof mittlerweile geschlossen.«

»Wie hast du ihn dann gefunden?«

»Kasakow war noch immer dort. Mittlerweile schwer krank und bettelarm. Der rechte Arm war abgestorben und faulte vor sich hin, weil er sich die Amputation nicht leisten konnte. Später hab ich gehört, dass er selbst versucht hat, ihn abzuschneiden, und dabei ist er verblutet.«

»Herrgott«, sagte Grigori.

»Als ich ihn aufgestöbert hab, lebte er vom Betteln und schlief mit anderen Obdachlosen in der Ruine des Schlachthofs. Bei einem Großfeuer war ein Teil des Dachs eingestürzt, aber es gab noch ein paar trockene Ecken, und da hab ich ihn gefunden.«

»Und er hat mit dir geredet?«

»War nicht mal schwer. Er brauchte Geld, also hab ich ihm welches gegeben. Erst mal hat er endlos davon geredet, dass in Karelien ein Krieg bevorstünde, bald werde dort Bruder gegen Bruder kämpfen. Ich hab ihm erzählt, dass ich gern dorthin reisen würde, aber ebenso gut hätte ich sagen können, ich würde gern mal dem Teufel einen Besuch abstatten. Er hatte so ein Kreuz um den Hals hängen, und daran hat er die ganze Zeit herumgerieben und immer mal wieder leise gebetet.«

»Hast du was aus ihm rausbekommen?«

Schaudernd erinnerte ich mich an die ausgebrannte Halle, zweimal so groß wie das Palais am Katharinenkanal. Erinnerte mich an den Gestank und das Elend, an umherschleichende Gestalten in der nassen Asche, alle krank und viele verstümmelt. Sie hatten ein Pferd geschlachtet, das sie irgendwo gestohlen hatten, und brieten die Stücke über einem offenen Feuer. Es gab apathische Frauen mit Neugeborenen, verbitterte Veteranen aus dem Krieg gegen Japan – ein ganzer Stamm gescheiterter Existenzen, der sich da um den ausgeweideten Pferdekadaver versammelt hatte. Ich hatte Angst, dass ich der Nächste sein würde, der am Spieß über dem Feuer endete, und ich fragte mich, warum die Polizei diesem Treiben kein Ende setzte. Aber dann hätte man die Leute versorgen und irgendwas mit ihnen *tun* müssen, und offenbar war es bequemer, sie einfach sich selbst zu überlassen. Kasakow war nur einer von ihnen, der Rattenjäger, wie sie in nannten, und da begriff ich, was sie sonst so aßen, wenn sie kein Pferd bekamen oder keinen Hund oder vielleicht einen Dummkopf wie mich.

Grigori sah mich noch immer erwartungsvoll an, also fuhr ich fort: »Nur in der Einsamkeit Kareliens könnte ein Kind ein ganzes Dorf ausrotten und ungestraft davonkommen, hat Kasakow behauptet. Er ist wohl auch kein wandernder Tagelöhner gewesen, wie es in den Zeitungen stand, sondern hat im Dorf eine Frau und eine kleine Tochter gehabt. Beide sind an dem Gift gestorben. Vielleicht stimmt das, vielleicht auch nicht, ich weiß es nicht. Alia ist nach ihrer Rückkehr kein normales Mädchen mehr gewesen, sie war mit Teufeln und Dämonen im Bunde, hat er gesagt.«

»Ihrer Rückkehr aus dem Kloster?«

Ich schüttelte den Kopf. »Offenbar ist sie schon früher fortgelaufen, vor ihrem Vater, und tagelang in den Wäldern verschwunden. Er ist angeblich nicht ihr richtiger Vater gewesen, sondern hat sie als kleines Kind im Wald gefunden und mit ins Dorf genommen, weil er keine Frau mehr hatte. Jemand musste ja das Haus putzen, hat Kasakow gesagt, aber ich bin nicht sicher, ob er nur das gemeint hat. Sie hat wohl nichts dabeigehabt bis auf einen Anhänger, einen Mondstein, und nicht mal ihren Namen hat sie gekannt. Ich weiß nicht, wie viel man ihm glauben kann. Er klang wie ein Verrückter. Oft ist Alia ihm in seinen Träumen erschienen, hat er behauptet, und da hat er gesehen, wie sie in den Wäldern der Baba Jaga begegnet ist. Alia ist mit der Alten um den Kessel getanzt, und die Hexe wär's auch gewesen, die ihr das Gift gegeben hat, mit dem sie die Menschen umgebracht hat.«

Grigori verzog das Gesicht. »Jemand, der von der Baba Jaga schwafelt, ist nicht gerade der verlässlichste Zeuge.«

»Das dachte ich auch.«

»Aber?« Grigori sah aus, als zweifelte er nun auch an meinem Verstand.

»Erstens hat er sie ja nur in seinen Träumen gesehen«, sagte ich. »Und zweitens hat er noch was erwähnt, nur nebenbei … Das Mädchen hat mit der Baba Jaga tanzen müssen, immer im Kreis um den Kessel, und dabei haben am Himmel Wildgänse geschrien wie hundert sterbende Kinder. Genauso hat er's gesagt. Wie hundert sterbende Kinder.«

»Und da hast du an die Wildgänse gedacht, vor denen Mara sich versteckt hat.«

Ich nickte.

Grigori winkte ab. »Das ist doch kein Beweis für gar nichts.«

»Jedenfalls hat Kasakow angeblich gesehen, wie das Mädchen am Tag der Feier ins Dorf zurückgekehrt ist und den Frauen angeboten hat, beim Kochen des Eintopfs zu helfen. Und dann hat er beobachtet, wie sie etwas in den Topf geschüttet hat, irgendein Pulver oder Staub.«

Grigoris Nasenflügel blähten sich, als er scharf ausatmete. »Das will er alles selbst gesehen haben? Und dann hat er nichts unternommen, als alle das Zeug gegessen haben, einschließlich seiner Frau und seiner Tochter?« Er schüttelte heftig den Kopf. »Ich sag dir, der Kerl hat dich nach Strich und Faden belogen.«

»Ich hab ihm eines von Maras Porträts gezeigt.«

»Und natürlich hat er sie erkannt.«

»Du hättest ihn sehen müssen! Er ist drei Schritte zurückgesprungen und dabei fast in den stinkenden Pferdekadaver gefallen. Er hat sie nicht nur erkannt, er war in Panik.«

»Die kann man spielen.« Grigori verschränkte die langen Arme vor der Brust. »Er hat dich an der Nase herumgeführt und dir alles erzählt, was du hören wolltest. Solche Leute tun das, wenn du ihnen Geld gibst.«

Ich stieß einen langen Seufzer aus. »Mag schon sein. Am Ende war ich nicht schlauer als vorher. Mara war Alia, und Alia war angeblich vom Teufel besessen oder von der Baba Jaga, oder Kasakow hatte einfach nur den Verstand verloren. Es spielt ja auch gar keine Rolle mehr.«

»Weil du trotzdem zu ihr gehen wirst.«

»Ja«, sagte ich. »Ich geh zu ihr.«

Wir schwiegen miteinander, jeder in trübe Gedanken versunken, und dann, ein paar Stunden später, erreichte die *Saltan* den Hafen von Travemünde.

31

1957

Sie können gehen«, sagte der Polizist, als sich Thomas und Liette von ihren Stühlen auf dem Flur des Präsidiums erhoben. »Aber bleiben Sie in der Gegend. Möglich, dass sich noch Fragen ergeben.«

»Sie hatten schon eine ganze Menge Fragen«, sagte Thomas. Nach der Vernehmung hatte man sie anderthalb Stunden ohne Erklärung auf dem Gang sitzen lassen, und er war es leid. Das Warten, die Überheblichkeit, den schlechten Kaffee.

Liette trug noch immer die Sonnenbrille, nur den Hut hatte sie im Inneren des Gebäudes abgesetzt. Sie wandte sich zur Treppe am Ende des Korridors. »Hören Sie auf damit«, warnte sie ihn leise. »Ihn zu provozieren, ist nicht besonders hilfreich.«

Der Polizist reichte Liette beide Ausweise, so als wäre Thomas gar nicht mehr anwesend. »Hier. Wir wissen ja, wo wir Sie finden können.«

Liette nickte. »Die Rezeption des Trois Grâces ist rund um die Uhr besetzt. Man wird Sie jederzeit zu mir durchstellen.«

Sie waren bereits den halben Flur hinuntergegangen, als rechts von ihnen eine Bürotür geöffnet wurde. Einer der beiden Männer, die sie vor dem Hotel abgepasst hatten, erschien im Türrahmen. »Kommen Sie bitte noch einen Moment rein.«

Thomas platzte der Kragen. »Man hat uns gesagt, wir wären hier fertig.«

»Ja. *Nachdem* wir uns noch mal kurz unterhalten haben.«

»Kurz unterhalten?« Thomas sog scharf die Luft durch die Nase ein. »Wir haben gerade –«

»Bitte«, unterbrach ihn der Polizist. Er hatte sich ihnen als Kommissar vorgestellt, aber Thomas hatte den Namen bereits vergessen. Die hohe Stirn des Mannes glänzte von der Hitze in den Büros, sein Hemd hatte Schweißflecken unter den Achseln. Aus dem Zimmer drang der Geruch von kaltem Zigarettenrauch.

Im Inneren empfing sie dämmeriges Halblicht. Die Jalousien waren geschlossen. Schon bei der Vernehmung hatte Liette darauf bestanden.

»Setzen Sie sich.« Der Kommissar schloss die Tür, trat hinter seinen Schreibtisch, blieb selbst aber stehen. »Sie haben vorhin bei unserem Gespräch einen Namen erwähnt. Mara Kalinina.«

Sie hatten erzählt, dass sie auf der Suche nach ihr waren, um die Besitzverhältnisse einer Immobilie zu klären, für die Liette sich interessierte. Und dass sie aufgrund alter Fotografien aus dem Archiv des Trois Grâces angenommen hatten, dass Ulita Glinka und Mara Kalinina sich kannten. Soweit entsprach das alles der Wahrheit. Thomas hätte sich lieber als Kunde der Hellseherin ausgegeben, aber Liette war der Meinung gewesen, dass jede unnötige Lüge Gefahren barg. »Polizisten wittern Lügen«, hatte sie gesagt, und er war nicht sicher, ob diese Erkenntnis auf persönlicher Erfahrung oder den Kriminalromanen in ihren Bücherregalen beruhte.

»Mara Kalinina heißt heute vielleicht Mara Eisenhuth«, sagte Liette. »Wir wissen es nicht genau.«

»Kein Mensch weiß genau, welchen Namen sie heute benutzt«, sagte der Kommissar resigniert. »Ob einen von diesen beiden oder irgendeinen anderen.«

Thomas und Liette wechselten einen Blick. »Sie kennen sie?«

»Ich nicht. Aber ein ehemaliger Kollege von mir hat vor Jahren viel Zeit damit verbracht, bei der Suche nach ihr halb Frankreich auf den Kopf zu stellen.«

Thomas musterte ihn argwöhnisch. »So etwas dürften Sie uns gar nicht erzählen, oder?«

»Sagen wir, ich schulde diesem Kollegen noch was. Und ich habe gerade mit ihm telefoniert. Über Mittag macht er für gewöhnlich ein Nickerchen und legt den Hörer neben das Telefon. Deshalb musste ich Sie so lange warten lassen. Aber jetzt kann er es gar nicht erwarten, mit Ihnen zu sprechen.«

Thomas sah erneut zu Liette, die im Halbdunkel mit ihrer riesigen Sonnenbrille wie eine Schauspielerin aussah, die sich inkognito in die Vorführung ihres eigenen Films geschlichen hatte. »Hier stimmt was nicht«, sagte er.

Der Kommissar beugte sich vor und stemmte beide Fäuste auf den Schreibtisch. »Legen Sie's nicht darauf an, dass ich mich über Sie ärgere, Monsieur Jansen. Ich tu das hier nicht für Sie und schon gar nicht für mich, sondern nur für einen alten Freund, vor dem ich eine Menge Respekt habe.« Kurz blickte er zur Tür, als fürchtete er, jemand könne auf der anderen Seite stehen und lauschen. Er senkte die Stimme ein wenig. »Ich gebe Ihnen jetzt einen Namen und eine Adresse. Fahren Sie hin, und zwar gleich.«

»Warum hat Ihr Kollege nach Mara Kalinina gesucht?«, fragte Liette.

»Das fragen Sie ihn besser selbst.« Er zog eine Schublade auf, nahm ein Stofftaschentuch heraus und tupfte sich Schweiß von der Stirn. »Wissen Sie, wenn wir Polizisten in Pension gehen, dann sollten wir keine ungelösten Fälle mitschleppen. Ist schlecht für den Seelenfrieden, so seh ich das jedenfalls. Und diese Russin lässt ihm keine Ruhe. Der Fall ist verjährt, ich dürfte Sie beide nicht mal dazu befragen. Aber er kann einfach nicht lockerlassen. Ständig ruft er hier an und fragt, ob sie aufgetaucht ist. Geht allen gehörig auf den Zeiger. Die meisten glauben, er hat einen Dachschaden und dass es diese Frau nie gegeben hat. Denn Akten existieren zu diesem Fall auch keine mehr, wenn Sie verstehen, was ich meine.«

Liette sah Thomas an, dann wieder den Kommissar. »Er hat sie mitgenommen?«

Der Polizist verzog keine Miene, als er ihnen einen Zettel zuschob. »Es gibt keine Akten. Niemand interessiert sich für Mara Kalinina. Und dieses Gespräch hat nie stattgefunden.«

Der Name auf dem Zettel lautete Luc Benoit, und die Adresse führte sie zurück in die Altstadt, in schattendunkle Gassen unter bröckelnden Art-déco-Fassaden.

Vom Präsidium aus hatten sie ein Taxi zur Pension genommen, um Liettes Wagen abzuholen, und nun suchte sie nach einer Parklücke, möglichst nah bei dem Haus, in dem Benoit sie erwartete. Als Liette schließlich den Schlüssel abzog, legte Thomas ihr eine Hand auf den Unterarm. Ihre Jackenärmel waren lang, damit sie selbst am Steuer jeden Millimeter Haut bedeckten.

»Moment noch.«

Sie hatte wieder den Hut aufgesetzt und trug trotz der Hitze dünne Handschuhe. Über Nizza war ein Sommergewitter aufgezogen, die ersten Tropfen fielen auf die niedrige Windschutzscheibe und das Verdeck des Porsches.

»Gestern Nacht um eins, wo waren Sie da?«, fragte er.

Auf ihrer Stirn zog Verärgerung auf wie ein zweites Gewitter. »Spielen Sie jetzt auch Polizei?«

»Ich möchte nur ganz sicher sein, dass wir beide auf derselben Seite stehen.«

»Nicht Ihr Scheißernst, oder?«

»Diese Frau ist bei lebendigem Leib verbrannt worden.«

»Und Sie denken, das war ich? Dass ich sie in einen Teppich gerollt und ihre Füße angezündet habe?«

Er schüttelte den Kopf. »Warum sagen Sie mir nicht einfach, wo Sie waren?«

»Ich bin durch die Straßen gelaufen, ohne Ziel, ohne bestimmte Richtung. Einfach so. Das mache ich nachts, weil ich normalerweise tagsüber schlafe.« Sie zog ihren Arm zurück. »Wäre es Ihnen lieber, wenn ich bei Ihnen geklopft hätte?«

Er hielt ihrem zornigen Blick stand, auch weil er insgeheim nicht sicher war, ob ihm das nicht tatsächlich ganz recht gewesen wäre. Weil ihnen dann dieses Gespräch erspart geblieben wäre. Aber vielleicht wäre sie dann aus anderen Gründen wütend auf ihn, denn wie er sie einschätzte, hätte sie ihren nächtlichen Besuch später bereut. Und ganz sicher hätte sie ihm die Schuld daran gegeben.

Nein, das war unfair. Er hatte sich zu lange mit den falschen Frauen abgegeben. Liette war nicht im Entferntesten wie sie, dachte nicht wie sie, handelte nicht wie sie. Sie ähnelte überhaupt niemandem, den er bisher gekannt hatte.

»Schon gut«, sagte er sehr viel weicher. »Ich muss mich nur daran gewöhnen.«

»Woran?«

»Das hier mit jemandem zusammen zu machen. Ich bin nicht besonders gut in Teamarbeit. War ich noch nie.« Er war in seinem Job ein Einzelgänger gewesen und erst recht in dem, was er danach getrieben hatte. Je mehr Zeit er mit ihr verbrachte, desto häufiger schämte er sich für seine Vorgeschichte. Als sähe er sich selbst mit ihren Augen. Im Lauf der letzten Jahre hatte er den Maßstab für sein Tun verloren, und sich das einzugestehen, war kein erhebendes Gefühl.

»Sie lernen das«, sagte sie ernst. »Das mit dem Zusammenarbeiten. Geben Sie uns ein bisschen Zeit, und wir werden beide noch ganz gut darin.«

Es donnerte lautstark. Der Regen trommelte heftiger auf den Wagen. Vor den Fenstern stand eine graue Wand aus Wasserschlieren. Vom Gehweg und dem Haus dahinter war kaum noch etwas zu erkennen.

»Wenigstens scheint keine Sonne«, sagte er.

»Man muss auch mal Glück haben«, sagte sie, öffnete die Tür und trat in den strömenden Regen.

»Mara Kalinina«, sagte der alte Mann, als sie ihm durchnässt in seinem Wintergarten gegenübersaßen. Der Nachmittag war so düster wie ein Gewölbekeller. »Mara Eisenhuth. Mara Gaillard und Mara Monnier. Mara Chauvin, Mara Lefort und Mara Foucher.« Er legte eine Hand auf die fünf prall gefüllten Aktenordner, die bei ihrer Ankunft schon auf dem Tisch zwischen den Korbsesseln auf sie gewartet hatten. »Und ich bezweifle, dass das alle Namen waren, die sie im Laufe der Jahre getragen hat.«

»Sind das Decknamen?«, fragte Liette.

Luc Benoit schüttelte den Kopf. »Alle ganz legal durch diverse Eheschließungen. Sobald sie verwitwet war, hat es nie lange gedauert, bis sie sich den nächsten reichen Idioten geangelt hat.«

Thomas stieß ein leises Ächzen aus. »Sie hat all diese Ehemänner überlebt?«

»O ja. Und wahrscheinlich noch einige mehr.« Benoits Lächeln wirkte abgegriffen, so als hätte jemand einen Scherz gemacht, den er schon viele Male gehört hatte. Sicher hatte er dieses Gespräch schon oft geführt, mit Vorgesetzten, Kollegen, vielleicht jedem anderen Menschen in seinem Leben. Er war besessen von diesem Fall, das hatte er unumwunden zugegeben, kaum dass sie tropfend zur Tür hereingekommen waren. »In der Regel währte das junge Glück zwei Jahre, manchmal auch viel kürzer. Wenn Mara in diesem Rhythmus weitergemacht hat – also später, nachdem wir sie aus den Augen verloren hatten –, dann dürften noch einige dazugekommen sein. Falls nicht doch einer von den Kerlen schlau genug war, ihr nach der Hochzeitsnacht den Hals umzudrehen. Oder davor, was sogar *noch* ein wenig schlauer gewesen wäre.«

Der Regen hatte so schnell nachgelassen, wie er über die Stadt hereingebrochen war, doch noch immer wehten Tropfen an die Scheiben des Wintergartens. Er nahm die Hälfte einer kleinen Dachterrasse ein, dicht belagert von Giebeln, Kaminen und Fernsehantennen. Der bedeckte Himmel über ihnen zerfloss zu Bahnen aus Purpur und Tintenblau, weiße Blitze mäanderten durch das Unwetterdunkel im Norden.

»Wie lange haben Sie versucht, sie zu finden?«, fragte Thomas.

»Fast ein Vierteljahrhundert.« Benoit war ein kleiner, stämmiger Mann, der auf den gerahmten Fotos in der Wohnung oft mit einer ebenso kleinen, stämmigen Frau zu sehen war. Sein weißes Bürstenhaar war sehr dicht, die Lesebrille saß schief auf seiner rotblauen Nase. Er trug trotz der Sommerhitze ein kariertes Hemd mit Pullunder, und seine Lederschuhe waren blitzblank poliert. Aus einem Tonkrug hatte er ihnen Eistee eingeschenkt, als wären sie zu einem Familienbesuch hier, nicht wegen Mara Kalinina. Dabei wollte er über kaum etwas anderes sprechen.

»Sie haben es also auf die Villa abgesehen?«, fragte er an Liette gewandt.

»Mir gehört das Hotel gleich daneben«, sagte sie. »Irgendwann werden wir darüber nachdenken müssen, ob wir die Anlage vergrößern. Und in welche Richtung.«

»Das Château Trois Grâces«, sagte Benoit mit nachdenklichem Nicken. »Können Sie glauben, dass ich dort meine Hochzeit gefeiert habe? Damals waren die Preise noch erschwinglich. Aber, um ehrlich zu sein, das Hotel war reichlich runtergekommen. Man hatte uns davon abgeraten.«

Liette lächelte ein wenig gequält. »Mein Onkel hatte das Trois Grâces ziemlich abgewirtschaftet. Nach dem Krieg mussten wir unseren Ruf erst mühsam wiederherstellen.«

»Das sollte keine Beleidigung sein. Meiner Frau hat es gut gefallen. Ein Jahr vor ihrem Tod wollten wir noch einmal hin, nur für ein Wochenende, aber … nun, Polizisten sind keine Großverdiener.«

Thomas sah, wie Liette leicht errötete.

»Warum erzählen Sie mir nicht, wie Sie auf Ulita Glinka gestoßen sind?« Benoit sah von Liette zu Thomas. »Ich habe Jahrzehnte mit diesem Fall verbracht, aber der Name Glinka ist dabei kein einziges Mal aufgetaucht. Ich kenne sie natürlich, aber es gab nie eine Verbindung zu Mara Kalinina.«

Thomas deutete auf die Ordner. »Warum erzählen *Sie* uns nicht erst mal, was *Sie* über Mara wissen? Sie sind nicht mehr im Dienst, Monsieur Benoit. Und das da dürften gestohlene Akten sein. Ich schätze also, wir können auf Augenhöhe miteinander reden, nicht wie bei einem Verhör.«

Der alte Mann erwiderte Thomas' Blick mit betrübtem Ernst, ehe er die Mundwinkel zur Andeutung eines Lächelns hob. »Ich hatte nicht vor, Sie zu verhören, Monsieur Jansen.«

»Für einen Moment hat es den Eindruck gemacht.«

»Thomas«, sagte Liette mit leichtem Tadel.

»Schon gut«, sagte Benoit. »Ich erzähle Ihnen das Wichtigste. Über Maras Jugend wissen wir so gut wie nichts. Offenbar wurde sie im Alter von sechzehn von einem Ehepaar in Sankt Petersburg adoptiert, Alexej und Xenia Kalinin. Die beiden hatten bereits eine leibliche Tochter, Ofeliya. Woher Mara ursprünglich kam, ist nur das erste von vielen Rätseln. Ein paar Jahre später hat sie in Deutschland den Verlegersohn Demian Eisenhuth geheiratet. Was dann geschehen ist, bleibt ebenfalls mysteriös. Leipzig liegt heute in der DDR, und es gibt keine Zusammenarbeit zwischen der französischen und der ostdeutschen Polizei, keinerlei Akteneinsicht. Auch unsere Kollegen in Westdeutschland konnten uns nicht weiterhelfen. Falls es also noch Unterlagen über die Ereignisse von damals gibt, kommen wir nicht an sie ran. Ist aber auch möglich, dass im Krieg ohnehin alles vernichtet wurde, auf Leipzig gab es mehrere Luftangriffe.« Seine Stimme wurde heiser, und er trank einen Schluck von seinem Eistee. »Fest steht nur, dass Mara noch in den 1910er-Jahren zur Alleinerbin des Eisenhuth-Vermögens wurde. Da muss sie sehr jung gewesen sein, knapp zwanzig, vielleicht sogar jünger. Ich weiß nicht, was sie in den Jahren danach getrieben hat. Erst Ende der Zwanziger ist sie dann hier in Frankreich aufgetaucht und hat einen gewissen Jacques Gaillard geheiratet. Gaillard war fast dreißig Jahre älter als sie und Besitzer mehrerer Druckereien. Er verstarb im ersten Jahr nach der Hochzeit aus Gründen, die ein wenig diffus sind. Multiorganversagen, heißt es in den Akten. Und damit wären wir dann schon beim Beginn einer langen Reihe von Hochzeiten mit Männern, die nicht lange Freude an ihrer neuen Ehefrau hatten, sie dafür aber überaus großzügig in ihren Testamenten bedacht haben. Mal als Alleinerbin, mal mit erheblichen Anteilen. Jedes Mal hat sie alles schleunigst verkauft und ist dann für eine Weile von der Bildfläche verschwunden, ehe ihr Name auf der nächsten Eheurkunde auftauchte. Wir haben nie herausfinden können, ob sie das Geld verprasst oder irgendwo deponiert hat. Meine persönliche Vermutung ist, dass alles auf anonymen Konten in der Schweiz liegt. Aber wer weiß das schon.«

»Sie glauben, dass Mara diese Männer getötet hat«, sagte Liette.

»Auf die eine oder andere Weise.«

»Bei einem halben Dutzend Leichen wird man doch irgendeinen Hinweis gefunden haben«, sagte Thomas.

»Keinen einzigen. Nicht einer von ihnen starb durch erkennbare Fremdeinwirkung. Keine Verletzungen, keine Würgemale, keine kuriosen Treppenstürze. Nichts dergleichen.«

»Gift?«, fragte sie.

»Natürlich, das gute alte Gift.« Benoit lächelte. »Wussten Sie, dass das die häufigste Art und Weise ist, wie Frauen ihre Ehemänner loswerden? Ein paar Körner Rattengift ins Essen, winzige Dosen über einen längeren Zeitraum, und der Gatte ist Geschichte. Nur lässt es sich in der Regel selbst in kleinsten Mengen im Körper nachweisen, zumindest die gängigen Gifte, die hierzulande verfügbar sind.«

»Für genug Geld kommt man sicher auch an exotischere Gifte heran«, sagte Thomas.

Der ehemalige Polizist nickte. »Trotzdem sind sie in der Regel gut dokumentiert, auch durch die Kolonialzeit, wo man es mit einer Menge unbekannter Gifte zu tun bekam. Aber so oder so, ich gebe Ihnen recht: Ich denke auch, dass wir es mit einem ungewöhnlich perfiden Gift zu tun haben. Und einer ungewöhnlich perfiden Mörderin.«

»Wie lange ist es her, seit sie zuletzt in Erscheinung getreten ist?«, fragte Liette.

»Die letzte Ehe, von der wir wissen, ist 1945 geschlossen worden, gleich nach dem Krieg. Frederic Foucher, ein Literaturprofessor aus Paris, Erbe eines beträchtlichen Familienvermögens. Vermeintlicher Nazi-Kollaborateur während der Besatzungszeit, obwohl man ihm das nie so recht hat nachweisen können. Ein Großteil seines Vermögens hat er in seine außergewöhnlich wertvolle Bibliothek investiert. Sein Stadtpalais im sechsten Arrondissement war vollgestopft mit Büchern. Er starb gerade mal drei Monate nach der Hochzeit, es gab keine Kinder oder sonstige Verwandte, nur seine Frau Mara Foucher.«

»Hat sie nie versucht, eine ganz neue Identität anzunehmen?«, fragte Liette.

»Einmal … möglicherweise. Dazu komme ich gleich. Aber offiziell sind ja alle ihre Männer eines natürlichen Todes gestorben. Es gab also gar keinen Grund für sie, irgendetwas zu verschleiern. Wenn es nach meinen ehemaligen Vorgesetzten ginge, könnte man ihr schlimmstenfalls eine Pechsträhne nachsagen – und die ist nicht strafbar. Ihre Männer waren immer deutlich älter als sie, die meisten gesundheitlich angeschlagen. Tatsächlich gibt es ein paar Dinge, die sie alle verbinden: Reichtum, Krankheit, ein angekratzter Ruf – und eine ausgeprägte Liebe zur Literatur. Jeder besaß eine private Bibliothek von erheblichen Ausmaßen.«

»Sie mag also Bücher«, stellte Liette fest, und das klang fast, als entdeckte sie gerade Sympathien für Mara.

»Möglich, dass sie die Bücher als Türöffner benutzt hat«, sagte Thomas.

»Inwiefern?«

»Irgendwie hat sie diese Männer ja kennenlernen müssen. Und Bibliophile sind wahrscheinlich nicht die größten Partyhengste. Erst recht nicht solche mit … wie haben Sie das genannt, Monsieur Benoit? Mit angekratztem Ruf. Vielleicht hat sie sich auf Antiquariatsmessen rumgetrieben und die Bücher als Vorwand benutzt, um mit den Männern ins Gespräch zu kommen.«

Benoit schenkte ihm ein anerkennendes Lächeln. »Genau das

war auch mein Ansatz. Ich kann Ihnen nicht sagen, auf wie vielen dieser Messen ich war. Manchmal geh ich heute noch hin, erst recht seit dem Tod meiner Frau. Und immer halte ich die Augen offen.«

»Aber Sie sind Mara nie begegnet?«

»Kein einziges Mal. Als wäre sie ein Phantom. Manchmal ist es mir gelungen, ihre Spur wieder aufzunehmen, immer dann, wenn ich auf einen verdächtigen Todesfall gestoßen bin. Aber weil es sich ja offiziell nie um Verbrechen gehandelt hat, waren oft Monate, manchmal Jahre vergangen, und sie war längst mit dem Erbe über alle Berge. Und da sie nie zur Fahndung ausgeschrieben wurde, waren meine Möglichkeiten begrenzt. Es ist schwer genug, eine Kriminelle ausfindig zu machen – eine unbescholtene Bürgerin, die in keiner Verbrecherkartei auftaucht, kann sich einfach in Luft auflösen. Meine Chefs haben mich für verrückt erklärt und mir verboten, noch mehr Zeit auf den Fall zu verschwenden. Aber ich glaube immer noch, dass die Toten, die ich damals gefunden habe, nur die Spitze des Eisbergs waren.«

»Oder sie hatte *tatsächlich* nur Pech«, sagte Liette.

Thomas runzelte die Stirn. »Glaubst du das wirklich?«

Benoit schlug mit der flachen Hand auf die Ordner. »Ganz im Gegenteil. Diese Frau hat unfassbares Glück gehabt, wieder und wieder und wieder.«

Liette lächelte. »Vielleicht ist sie einfach sehr clever.«

»Oh, das ist sie«, erwiderte der alte Mann. »Sehr klug, sehr gebildet, sehr schön – noch dazu eine talentierte Malerin. Jedenfalls haben das die paar Bekannten ihrer Ehemänner behauptet, die ihr begegnet sind. Zweifellos eine außergewöhnliche Frau.«

Hätte Benoit nicht gerade noch behauptet, es mit einer Mörderin zu tun zu haben, hätte man meinen können, dass seine Besessenheit von Mara nicht allein mit Polizeiarbeit zu tun hatte. Sie war ein Phantom, das in den Gedanken des alten Mannes spukte wie ein Gespenst in einer Burgruine.

»Und nun sind Sie dran«, sagte Benoit. »Erzählen Sie mir, was Ulita Glinka mit Mara Kalinina zu tun hatte.«

Thomas schilderte ihm ihre Suche im Archiv des Hotels, den Fund der alten Fotografien und die Bilder, auf denen die junge Mara gemeinsam mit der Wahrsagerin zu sehen war. »Dass die beiden noch Kontakt haben könnten, war nur so eine Idee. Aber als wir Ulita Glinka auf sie angesprochen haben, schien sie Angst zu bekommen. Sie fing an, von einem Schatten zu reden, der Mara durchs Leben folgt.«

Benoit wirkte enttäuscht, dachte aber eine Weile über all das nach, ehe er langsam nickte. »Ulita Glinka war eine Ganovin. Wussten Sie, dass sie mal im Gefängnis gesessen hat?«

»Drei Jahre«, sagte Liette. »Sie hat's uns erzählt. Aber das hatte nichts mit Mara zu tun.«

Benoit schüttelte den Kopf. »Sie war eine klassische Gangsterbraut, damals, als es hier an der Küste noch verpönt war, sich mit Verbrechern einzulassen. Heutzutage ist das anders. Ansehen hat hier nur noch mit Vermögen zu tun, mit Pelzen und Schmuck und der Höhe des Trinkgelds, das man offen auf dem Tisch liegen lässt, damit es ja alle sehen. Woher das Geld kommt, spielt an der Côte d'Azur schon lange keine Rolle mehr. Und wenn Frauen wie Ulita Glinka es den Leuten wieder aus der Tasche ziehen, hält sich mein Mitgefühl in Grenzen. Sie war nur eine harmlose Hochstaplerin, die vor langer Zeit mit dem falschen Mann zusammen war.«

»Und Mara?«, fragte Liette. »Wenn Sie ihr nichts nachweisen konnten, dann war sie nicht mal das, oder? Man hat ihr nie den Prozess gemacht, also war sie nicht mal eine Kriminelle.«

Benoits Oberkörper stieß nach vorn. »Ich *weiß,* was sie ist! Deshalb lässt mir das alles keine Ruhe. Wenn hier jemand von einem Schatten verfolgt wird, dann bin ich das. Maras Schatten klebt an mir wie ein Gestank, den ich nicht loswerde.«

Thomas betrachtete den Stapel Aktenordner. »Haben Sie da drinnen Fotos von ihr? Die einzigen, die wir kennen, sind über vierzig Jahre alt.«

»Fotos«, wiederholte Benoit nachdenklich, und Thomas war sicher, dass er Nein sagen würde. Doch er täuschte sich. »Es gibt Fotos von ihr, eine Handvoll. Alle aus derselben Serie.«

In der Dunkelheit über den Seealpen zuckten Blitze, dann rollte ein Donner über die Stadt. Der Regen wurde wieder stärker, daumennagelgroße Tropfen trafen auf das Glas des Wintergartens.

Benoit schob die beiden oberen Ordner beiseite und schlug den darunter auf. Obenauf war ein abgegriffener Papierumschlag abgeheftet. Mit zitternden Fingern zog er vier schwarz-weiße Fotos heraus. Er warf auf jedes einen Blick, dann schob er sie über den Tisch.

Thomas hatte verschwommene Schnappschüsse erwartet, Bilder, auf denen Mara nur als Schemen zu erkennen war. Stattdessen waren sie gestochen scharf. Die Frau darauf posierte in einem eleganten schwarzen Anzug und mit weißer Bluse vor der Papierwand eines Fotoateliers. Umgeben war sie von einer Gruppe bizarrer Puppen, halb so groß wie sie, mit geschnitzten, kantigen Gesichtern. Sie wirkten auf verstörende Weise lebendig, weil ihre großen Augen genau in die Kamera blickten und dabei fast in den dämmerigen Schlagschatten des Scheinwerferlichts versanken. Mara hatte die Arme gespreizt, weit über die Puppen hinweg. Auf allen Bildern hielt sie den Kopf nach vorn gesenkt, sodass ihr langes, glattes Haar vor ihr Gesicht fiel und ihre Züge nur zu erahnen waren.

»Wann sind die aufgenommen worden?«, fragte Thomas.

»Steht auf der Rückseite.«

Thomas drehte die Bilder nacheinander um und fand auf allen den handschriftlichen Vermerk *08–1939*. Achtzehn Jahre her. Kein Atelierstempel, kein Name des Fotografen. Auch nicht der des Models.

»Und Sie sind sicher, dass das Mara ist?«, fragte Liette.

Das Getrommel des Regens übertönte beinahe den Donner, der in diesem Moment die Scheiben erzittern ließ.

»Die Fotos wurden im Haus eines Ehemanns gefunden«, sagte Benoit. »Ein Freund des Toten, noch so ein verschrobener Büchersammler, hat bestätigt, dass das hier unsere lustige Witwe ist. Er ist Mara nur ein einziges Mal begegnet, aber er war sich ganz sicher. Weitergeholfen hat mir das nicht.«

»Sich fotografieren zu lassen, ist kein Verbrechen«, sagte Liette.

»Nein«, bestätigte Benoit. »Das Einzige, was ich ihr jemals hätte nachweisen können, waren ein paar gefälschte Papiere auf den Namen Mara Schneider. Sie lagen in derselben Mappe, in der auch die Fotos steckten. Ich habe sie zu einem Fälscher aus Paris zurückverfolgen können, ebenfalls ein Russe, der vor Jahren nach Frankreich immigriert war. Als ich ihm einen Besuch abgestattet habe, hatte er seine Fälscherkarriere schon lange an den Nagel gehängt. Er betreibt seit Jahrzehnten einen kleinen Kuriositätenladen im Marais-Viertel und scheint sich aus allem rauszuhalten, was einem Ärger einbringt. Jedenfalls haben mir das die Kollegen aus Paris erzählt. Mir gegenüber hat er behauptet, er könne sich an keine Kundin von vor so vielen Jahren erinnern.« Benoits Lächeln verriet eine gewisse Sympathie für Kleinganoven dieses Schlags, vielleicht, weil er zu oft mit Verbrechern eines anderen Kalibers zu tun gehabt hatte. »Natürlich hat er mich nach Strich und Faden belogen, und ich hatte nichts gegen ihn in der Hand. Typen wie er würden lieber nackt über die Promenade des Anglais laufen, als einem Polizisten eine ehrliche Antwort zu geben.«

Unter Liettes nassen Strähnen floss fiebrige Röte von ihrer Stirn über die Wangen. »Und was, wenn es kein Polizist wäre, der ihm die Fragen stellt?«

Einmal hatte Thomas das Gefühl, dass ihnen die Wolkenschatten die Route Bleue hinauf folgten, den ganzen Weg von Nizza nach Paris. Liette jagte den Porsche über die Autobahn, als wäre sie auf der Flucht vor den Sonnenstrahlen, die immer wieder durch die Wolken stachen und Glutlöcher in die endlosen Weinberge des Burgunds brannten. Vor ihrer Abfahrt am Morgen hatte sie ihr

Gesicht mit einer starken Sonnencreme bestrichen, und sie trug wieder das Kopftuch und die dunkle Brille.

Vermutlich würden sie gegen acht Uhr abends in Paris ankommen, vorausgesetzt, der Verkehr rund um die Hauptstadt machte ihnen keinen Strich durch die Rechnung.

»Sie mögen sie«, sagte er.

»Mara?«

»Ja, natürlich Mara.«

»Dazu müsste ich sie kennen.«

»Irgendwas sehen Sie in ihr.«

Sie lachte. »Sie meinen, eine Frau, die sich gegen das Patriarchat stemmt, indem sie einen Ehemann nach dem anderen vergiftet? Nein, wohl eher nicht.«

»Falls es Ihnen um Gleichberechtigung geht, könnten Sie zur Abwechslung ja mal mich ans Steuer lassen.«

»Auf keinen Fall«, sagte sie grinsend. »Ich fange gerade an, das Fahren am Tag zu mögen.«

»Fahren Sie sonst wirklich nur nachts?«

»Meistens, ja. Und dafür müssen Sie mich nicht bemitleiden. Es gibt kaum was Schöneres, als in Sommernächten mit offenem Verdeck über die Corniche zu fahren.«

»Ich hab's gemerkt.«

Wieder musste sie lachen. »Sie hatten Todesangst.«

»Ich war vielleicht ein kleines bisschen verkrampft.«

»Sie vertrauen wirklich niemandem, oder?«

»Ich fange gerade damit an.«

»Stimmt nicht. Sie denken, ich sympathisiere mit einer Giftmörderin.«

»Ganz ehrlich?« Er zögerte einen Moment. »Ich hab sogar kurz überlegt, ob Sie Mara *sind.*«

Ihr Fuß rutschte vom Gas. »Spinnen Sie?«

»Ich weiß, dass Mara zwanzig Jahre älter sein müsste als Sie. Aber –«

»Aber Sie dachten, sie hätte sich vielleicht gut gehalten.«

»So ungefähr. Und so, wie Sie das sagen, klingt es wirklich dämlich.«

»Weil es eine dämliche Idee ist.«

Er hob beide Hände. »Ich geb's ja zu.«

»Gut.«

Thomas sah hinaus in die weite Hügellandschaft. Reihe um Reihe Weinreben, wohin er auch blickte. Nach einer Weile fragte er: »Was halten Sie von Benoit?«

»Er weiß nicht, was er mit seiner Zeit anstellen soll. Er hat seine Frau verloren, er ist zu alt für den Beruf, und er kann nicht von diesem Fall lassen, der eigentlich niemals einer war. Jedenfalls nicht auf dem Papier.«

»Ich glaube, ich versteh ihn ganz gut«, sagte er.

»Weil Sie selbst nicht wissen, wohin mit Ihrer Zeit? Deshalb helfen Sie doch mir und Maxim.«

»Ich hätte es sehr viel selbstloser klingen lassen«, sagte er mit einem Schmunzeln, »aber ja, damit hat es angefangen. Nur ist es jetzt nicht mehr ganz so einfach.«

»Benoit hat sie angesteckt«, sagte sie mit gekünstelter Grabesstimme. »Nun sind Sie dazu verflucht, bis in alle Ewigkeit auf Maras Spur zu wandeln.«

»Zusammen mit Ihnen.«

»Mit dir«, verbesserte sie ihn.

»Ja«, sagte er. »Mit dir.«

Hinter der Sonnenbrille erwiderte sie sein Lächeln. Er mochte den lakonischen Zug, den ihr Mund dabei bekam. »Ich war seit über fünfundzwanzig Jahren nicht mehr in Paris.«

»In Wirklichkeit ist es nicht halb so schön wie in den Filmen«, sagte er. »Und ich wette, bei dieser Affenhitze stinkt es wie die Pest.«

»Ich wusste, du bist kein Romantiker.«

Er blickte wieder aus dem Fenster. »Aber ich mag die verdammten Weinberge.«

»Ja«, sagte sie. »Die mag ich auch.«

32

1917

Eine Kompanie deutscher Soldaten bewachte den Hafen, als Dutzende Passagiere im Licht der Kohlebogenscheinwerfer von Bord der *Saltan* gingen. Vom Schiffsdeck aus beobachtete ich, wie sie dort unten in einer schmalen Schneise zwischen Uniformierten mit aufgepflanzten Bajonetten warten mussten, aufgereiht wie Vieh. Nach den Tagen und Nächten in der Enge des Schiffsrumpfs rochen wir alle, als hätte man uns aus Tierpferchen ans Tageslicht getrieben.

Am vorderen Ende der Menschenkette standen Soldaten und kontrollierten die deutschen Papiere der Flüchtlinge. Ich nahm an, dass mein Pass nicht die einzige Fälschung war, aber bisher hatten sie noch niemanden zu dem vergitterten Gefangenentransporter geführt, der hinter der Abfertigung für Illegale und Spione bereitstand.

»Du musst gehen«, sagte Grigori, der neben mir an der Reling stand. »Es wird höchste Zeit.«

»Hast du Volonoff gesehen?«

Er schüttelte den Kopf. »Vielleicht ist er noch bei den anderen unter Deck.«

Die meisten von denen, die nach Frankreich weiterfuhren, zeigten sich lieber nicht im Freien, aus Angst, den Soldaten könnte einfallen, sie alle zu überprüfen. Zwar hielt ich das für unwahrscheinlich – aus Sicht der Deutschen war es sinnvoller, diese Aufgabe den verhassten Franzosen zu überlassen –, aber ganz auszuschließen war es nicht. Immerhin mochten sich an Bord Persönlichkeiten befinden, die wichtig für das Bündnis zwischen Frankreich und Russland waren und bei einer Befragung Geheimnisse preisgaben. Doch auch den Soldaten war wohl daran gelegen, das lästige Einreiseprozedere so schnell wie möglich hinter sich zu bringen, um alle Flüchtlinge in den Zug nach Süden zu treiben.

Grigori umarmte mich zum Abschied, und ich hatte das Gefühl, dass er dabei seine langen Arme zweimal um mich wickeln wollte. Die paar Tage auf See bei Zwieback und dünner Suppe hatten mich ausgehungert, und als eine Brise den Geruch von Erbsensuppe herantrug, war das eine kulinarische Verheißung, bei der mir das Wasser im Mund zusammenlief.

»Wenn ich Volonoff begegne, bring ich ihn für dich um«, sagte Grigori, während er mich an seine gewaltige Brust presste.

»Das lässt du bleiben«, nuschelte ich in sein schmutziges Hemd. Als ich wieder freikam, fügte ich hinzu: »Ich will nicht schuld daran sein, dass er dir eine Kugel in den Kopf schießt.«

»Die Kugel, die ein Loch in diesen Dickschädel schießt, muss erst noch gegossen werden«, verkündete er. Wohl ein Zitat aus einem Roman, an das er hoffentlich nicht wirklich glaubte.

»Pass auf dich auf«, sagte ich. »Und grüß mir die Minze. Dass du sie ja heil nach Paris bringst.«

»Ich werd sie mit meinem Leben beschützen.« Zumindest damit war es ihm wohl vollkommen ernst. »Und wenn das alles hier vorbei ist, der ganze verflixte Krieg, dann essen wir mal wieder zusammen Zwieback.«

Ich hob meinen kleinen Lederkoffer vom Boden. »Wie soll ich dich finden?«

Er nannte mir den Namen eines Pariser Gästehauses, in dem er absteigen wollte. Wahrscheinlich kannte er es aus den *Drei Musketieren,* und es existierte seit zweihundert Jahren nicht mehr. Wir winkten uns ein letztes Mal zu, dann ging ich von Bord und reihte mich in die Schlange der deutschen Heimkehrer ein. Als ich kurz darauf noch einmal zur Reling blickte, war Grigori fort. Ich nahm es ihm nicht übel; ich wusste, dass er die Minze nicht gern allein ließ.

Es ging nur quälend langsam vorwärts. Ein paar Kleinkinder schrien in der Reihe, ansonsten herrschte gespenstische Stille. Niemand wollte auffallen. Deutschstämmige Familien, die in Sankt Petersburg herrschaftliche Palais bewohnt hatten, wurden hier wie Bittsteller behandelt, aber kaum jemand protestierte. Alle wollten nur endlich durch die Abfertigung, dann zur Suppenausgabe und hinüber zur Bahnstation, wo gerade Passagierwaggons an einen Güterzug angehängt wurden.

Bevor ich an die Reihe kam, fiel mir auf, dass die Überprüfung der Dokumente bereits unaufmerksamer vonstattenging als zu Beginn. Das weckte in mir die Hoffnung, dass auch mein Pass nicht allzu gründlich kontrolliert werden würde. Vor mir ging ein älterer Mann, der sich dem Uniformierten als Professor vorstellte, der in Petersburg Deutsch gelehrt hatte. Vor Nervosität hörte er gar nicht mehr auf zu reden, und als es schließlich an mir war, meine Papiere zu zeigen, schien der Soldat kein weiteres Bedürfnis nach Konversation zu haben. Ich betete stumm, dass er mich ohne weitere Nachfragen gehen ließ.

»Artur Schneider?«, fragte er.

Ich nickte. Das war der Name, den Spiridon in meinen Pass eingetragen hatte. Sofort trat mir der Schweiß auf die Stirn.

»Sind Sie krank?«, fragte der Mann.

»Nein, nur hungrig.«

»Hier steht, Sie sind in Leipzig geboren. Wie lange waren Sie in Russland?«

»Fast mein ganzes Leben.« Mein Deutsch war fließend, aber vermutlich bemerkte er einen leichten Akzent. »Ich war drei, als mein Vater eine Stellung in Sankt Petersburg angenommen hat. Vor zwei Jahren sind meine Eltern bei einem Unfall ums Leben gekommen.«

»Was für ein Unfall war das?«

»Ein Fährunglück auf der Newa. Achtunddreißig Menschen sind damals ertrunken.«

Er musterte mich, dann wieder den Pass. »Wann haben Sie den ausstellen lassen?«

»Vor zwei Jahren. Ich war selbst mit an Bord der Fähre. Nachdem man mich aus dem Wasser gezogen hatte, war der alte Ausweis nicht mehr zu gebrauchen.«

Der Uniformierte blickte jetzt noch grimmiger drein, und ich dachte, ich hätte etwas Falsches gesagt. Dann wurde mir klar, dass er an mir vorbei zur Essensausgabe schaute, wo gerade Rangeleien um die Blechnäpfe mit der Erbsensuppe ausbrachen. Drei Soldaten gingen dazwischen, mussten aber ihre Schlagstöcke nicht einsetzen, weil die Menschen viel zu schwach waren für körperliche Auseinandersetzungen.

Der Uniformierte fluchte leise und sah mich wieder an. Den Ausweis gab er mir noch immer nicht zurück. »Wohin wollen Sie?«

»Nach Leipzig«, sagte ich. »Da habe ich noch Verwandtschaft.«

»Wie wollen Sie dorthin kommen?« Das hatte er den alten Professor nicht gefragt, und der hatte immerhin München als Ziel angegeben.

»Man hat mir gesagt, dass uns der Zug nach Berlin bringt. Dort will ich mir eine Fahrkarte nach Leipzig kaufen.«

»Hat man Ihnen nicht gesagt, dass fast alle Eisenbahnen für den Transport von Truppen und Material verwendet werden?«

»Ich wusste nicht, dass es so schlimm ist.«

Hinter dem Mann lachte ein zweiter Uniformierter humorlos auf. »Schlimm? Du wirst dich wundern, Junge.«

Ich schluckte den Kloß in meinem Hals hinunter. »Irgendwie komm ich schon hin. Und wenn ich mir ein Fahrrad kaufe.«

»Drahtesel gibt's nur noch beim Schwarzhändler«, sagte der zweite Mann. »Das wird dich ordentlich was kosten. Wie viel hast du denn dabei?«

»Lass ihn«, sagte der Erste. »Soll er sein Glück versuchen.«

Endlich erhielt ich meine Papiere zurück.

»Gute Fahrt«, sagte der Mann. »Willkommen daheim.«

Und damit durfte ich weitergehen, mit zitternden Knien und weichen Beinen, und mit dem Gefühl, dass die Blicke der Männer mir länger folgten als jedem anderen vor mir. Erst wollte ich den kürzesten Weg zum Zug nehmen, aber dann war mein Hunger stärker als meine Angst. Ich stellte mich am Suppenwagen an und beobachtete dabei eine kurze Kolonne Automobile, die sich vom Hafengelände entfernte. Einige Passagiere hatten mehr Glück – oder mehr Einfluss – als wir anderen. Sie waren von Fahrern erwartet worden, die sie nun an ihre Ziele brachten.

Schließlich erhielt ich eine Blechschale, die nicht mal fingerhoch mit lauwarmem Eintopf gefüllt war. Ich verschlang alles in Windeseile, überwand meine Scham und leckte die letzten Reste vom Boden des Napfes.

Wie sich herausstellte, waren die beiden Waggons, die hinten an dem Güterzug hingen, so überfüllt, dass ich die ganze Fahrt über stehen musste, aufrecht gehalten von all den anderen, denen es genauso erging. Der Anstand gebot es den meisten, die Sitzplätze den Frauen und Alten zu überlassen. Trotzdem brach immer wieder irgendwo ein Streit aus, es gab Geschrei und kraftloses Geplänkel, doch am Ende waren alle schlichtweg zu erschöpft für ernsthafte Gewalt.

Der Zug fuhr die ganze Nacht hindurch. Viele von uns schliefen im Stehen, ein ständiger Wechsel von Einnicken und Aufschrecken, der letzten Endes anstrengender war als das Wachbleiben.

Wir erreichten Berlin nach Sonnenaufgang. Als ich den Zug verließ – weit draußen im Ödland zwischen den Gleisen, nicht im Inneren des Bahnhofs –, hätte ich mich am liebsten gleich hinter einen der Eisenbahnschuppen gelegt und geschlafen. Vielleicht wäre das die bessere Wahl gewesen, denn so landete ich nach einer Odyssee über das Bahnhofsgelände mit vielen anderen Gestrandeten auf dem Vorplatz, wo Polizisten dafür sorgten, dass sich niemand länger als nötig aufhielt. Aufgrund des Pferdemangels gab es nur wenige Droschken, und jemand erzählte mir, dass die Beschlagnahmung der Tiere durch das Militär nicht der einzige Grund dafür war: Offenbar waren viele Pferde während der Wintermonate geschlachtet und gegessen worden. Allmählich dämmerte mir, dass das bisschen Eintopf in Travemünde wohl für eine Weile meine nahrhafteste Mahlzeit bleiben würde.

Bald erfuhr ich, dass die Armen längst Suppe aus Sperlingen kochten, während jene, denen es besser ging, in der Woche Rübengemüse und Hering aßen und an den Sonntagen Hackbraten aus Haferflocken. In der Hauptstadt waren die Pocken ausgebrochen, Medikamente waren Mangelware, und der Benzinpreis war über zwei Mark geklettert. Deshalb gab es nur noch wenige private Automobile auf den Straßen, und der Soldat vom Hafen sollte recht behalten: Nirgends wurden Fahrräder angeboten, dafür umso mehr Frauen, und manchen sah man an, dass sie aus gutem Hause stammten.

Das Deutsche Reich stand vor dem Kollaps, und in jenem apokalyptischen Hungerwinter von 1917 rechnete wohl kaum jemand ernsthaft damit, dass der Krieg trotz aller Not noch weitere anderthalb Jahre toben würde.

Alles in allem brauchte ich für die zweihundert Kilometer nach Leipzig über eine Woche. Manche Strecken legte ich zu Fuß zurück, andere mit einem gestohlenen Fahrrad, das ich schließlich gegen eine Wurst eintauschte. Einmal nahm mich ein Fuhrwerk mit, das von zwei verhungerten Ochsen gezogen wurde, und am Ende verbrachte ich drei Tage auf dem Hof des Bauern, half ihm beim Ausheben einer Grube für verendetes Vieh, bekam dafür dünne Rübensuppe und altes Brot, aber auch endlich die Gelegenheit, mich zu waschen und meine Kleidung zu reinigen. Die Bäuerin stopfte Löcher in meiner Hose, und am zweiten Abend betranken wir uns heillos mit selbst gebranntem Schnaps. Am nächsten Morgen erwachte ich mit der Befürchtung, man hätte mich ausgeraubt, aber tatsächlich hatten die Bauersleute mir nur einen Rucksack gepackt, in dem sich alles befand, was ich besaß – auch das Messer, die Palette und die versiegelte Schachtel mit dem Manuskript –, dazu ein halber Laib Brot und eine Scheibe Haferhackbraten. »Besser für unterwegs als dein Koffer«, sagte die Bäuerin, und damit behielt sie recht. Ich dankte den beiden und machte mich mit dem Rucksack auf den Weg.

Jedem, mit dem ich sprach, erzählte ich dieselbe Geschichte: von meiner Geburt in Leipzig, dem Umzug nach Sankt Petersburg, dem Fährunfall und meiner glücklichen Heimkehr um Haaresbreite. Zugleich erfuhr ich ein wenig darüber, wie sich die Dinge in Russland entwickelt hatten. Nach tagelangem Chaos und Blutvergießen herrschte der Zar nur noch auf dem Papier. In Petrograd – meinem Sankt Petersburg – war eine provisorische Regierung eingesetzt worden. Alle Welt erwartete, dass Nikolaus II. in Kürze abdankte.

Viele Male dachte ich an Grigori an Bord der *Saltan* und hoffte, dass die deutschen Soldaten Wort gehalten und das Schiff nicht vor dem Hafen versenkt hatten. Es waren sonderbare Zeiten damals, bestimmt von erbitterter Feindschaft, die dann und wann jedoch auch ehrenvolle Gesten zuließ, was im nächsten Krieg völlig undenkbar gewesen wäre.

In den Nächten trauerte ich um Ofeliya, auch um Alexej und Xenia, doch bei Tag tat ich mein Möglichstes, die Ereignisse im Palais zu verdrängen. Noch in Berlin war es mir gelungen, ein Telegramm nach Leipzig an die Adresse der Eisenhuths zu schicken – »zu Händen Mara Kalinina«, weil ich hoffte, wünschte, betete, dass sie noch nicht Mara Eisenhuth hieß. Vielleicht lief ich einer Illusion nach, ihr letzter Brief lag lange zurück, und seitdem mochte sich vieles geändert haben. Trotzdem gab ich die Hoffnung nicht auf.

Und dann waren da ja immer noch die Stadt und die Bücher.

Ich erreichte Leipzig an einem frühen Freitagnachmittag. Ausgelaugt und müde wanderte ich durch eines der äußeren Viertel, fand schließlich eine Trambahnhaltestelle und fuhr bis zum

Hauptbahnhof. Auf der ganzen Strecke hielt ich die Augen offen, suchte nach all den Buchhandlungen, von denen Mara mir vorgeschwärmt hatte, fand aber nichts als kummervoll graue Fassaden, Krämerläden mit leeren Auslagen und Menschen, denen der Verzicht ins Gesicht geschrieben stand. Meine Stimmung sank – ich hatte mir Gott weiß welche Bücherwunder ausgemalt –, aber mir war auch bewusst, dass das Graphische Viertel mit all seinen Buchbetrieben im Osten der Stadt lag, ich aber von Norden kam. Noch also hatte ich die Gegend, in der sich Leipzigs literarische Produktion auf wenigen Quadratkilometern ballte, noch gar nicht betreten.

Am liebsten hätte ich sofort Spiridons Auftrag erledigt und *Die Pläne der Ewigen* dem mysteriösen Iwan Iwanowitsch Petrow übergeben; ich wollte das unselige Manuskript endlich loswerden. Aber weder wusste ich, wer der Mann war, noch wo ich ihn finden konnte. Zudem hatte ich die versiegelte Schachtel nun schon durchs halbe Deutsche Reich getragen, da kam es auf ein, zwei Tage mehr wohl auch nicht mehr an.

Mit dem wenigen Geld, das ich besaß, gönnte ich mir den Luxus einer Droschke, die mich zur Villa der Eisenhuths in der Karl-Tauchnitz-Straße bringen sollte. Zuvor aber bat ich den Kutscher, mich durchs Graphische Viertel zu fahren. Er warnte mich, dass dies die falsche Richtung wäre und wir einen großen Bogen um die Innenstadt machen müssten. Mir sei das recht, sagte ich, denn mein Wunsch, so rasch wie möglich Mara zu sehen, war seit meiner Ankunft in Leipzig ins Gegenteil umgeschlagen. Jetzt haderte ich im Stillen mit dem, was mich erwartete, und hatte Angst davor, wie sie auf mein Auftauchen reagieren mochte. Ich stellte mir vor, wie ich als ungeladener Gast in eine perfekte Familienidylle platzte, Maras unerwünschte Erinnerung an die Vergangenheit, ein totenblasser Banquo beim Bankett des Königs.

Zu Beginn der Fahrt blieb der Kutscher stumm, doch als ich erwähnte, woher ich kam, erzählte er mir auf Russisch, dass er aus Moskau stamme. Im ersten Moment verband uns das, aber dann dachte ich daran, dass es in Leipzig von Ochrana-Agenten nur so wimmeln sollte, und ich musste an die Droschkenfahrer denken, die Volonoff sich als Spione und Handlanger gehalten hatte.

Er sei 1906 nach Deutschland gekommen, sagte er, ohne die Gründe zu erwähnen. Bis der vermaledeite Krieg begonnen habe, habe er keine Schwierigkeiten mit den Deutschen gehabt oder sie mit ihm. Jetzt aber wittere jeder überall Verräter, und sein Pferd hätten sie auch schon ein halbes Dutzend Mal konfiszieren wollen – erst um es an die Front zu schicken, dann um es aufzufressen. Er habe Glück gehabt, weil er lange Zeit täglich einen ranghohen Beamten kutschiert habe, und der hätte ihm ein Dokument besorgt, das ihn vorerst vor dem Schlimmsten bewahrte. Aber wie lange das alles noch gut gehe, das wisse nur der Allmächtige.

Während er redete, konnte ich die Folgen des Krieges auf den Straßen beobachten. Überall verstümmelte Heimkehrer von der Front, Männer mit fehlenden Gliedmaßen und zerschossenen Gesichtern, lahme, geduckte, frühzeitig gealterte Phantome, die so grau wie die Schatten über die Gehwege schlichen.

»Jetzt stellen sie ständig das Gas ab«, sagte der Droschkenfahrer, »und andauernd fällt der Strom aus. Nachts werden die meisten Straßen verdunkelt, weil alle Angst haben, dass die Engländer mit Luftschiffen kommen und die Stadt bombardieren. Stockduster ist es dann. Die Leute fallen über die Bordsteinplatten oder in irgendwelche Löcher, weil nichts mehr repariert wird. Sind ja fast alle an der Front, die sich drum kümmern könnten. Und was sagt die Stadtverwaltung dazu? Fußgänger sollen im Dunkeln nah an den Fassaden gehen und am besten die Hand danach ausstrecken, damit sie nicht vom Weg abkommen.« Er verstummte verdrossen bis zur nächsten Kreuzung, dann sagte er: »Aber da, wo Sie hinwollen, junger Mann, ist davon nicht viel zu spüren. Die Karl-Tauchnitz-Straße liegt im Musikviertel, das ist die beste Gegend hier. Eine Villa neben der anderen, alle hinter hohen Zäunen, manche bewacht. Da wird das Geld immer noch in Säcken reingetragen, wenn Sie wissen, was ich meine. Tagsüber geht man ins Kaffeehaus und zum Tanztee, vor allem die jungen Dinger, und es gibt ja noch genug Lebemänner in der Stadt, die's irgendwie geschafft haben, zu krank für den Krieg zu sein. Die schütten natürlich keine Schlaglöcher zu, so wie's anständig wäre, sondern trinken und rauchen und buhlen um die Weiber.«

Ich murmelte etwas, von dem ich annahm, dass er es erwartete, denn mittlerweile war ich dankbar für seine Ausführungen, mochten sie noch so verbittert klingen.

»Aber wollen Sie das Allerbeste hören?«, fragte er.

Ich erwiderte, dass ich das Allerbeste gar nicht erwarten könne.

»Die Leipziger Messe«, sagte er. »Schon davon gehört?«

»Die Buchmesse?«

Er schüttelte den Kopf. »Die andere. Riesenveranstaltungen waren das vor dem Krieg. Zigtausende Menschen aus aller Herren Länder, gut fürs Geschäft, natürlich. Aber als es mit der Ballerei losging und die ersten Särge heimgebracht wurden, da dachte natürlich jeder, das war's jetzt. Keine Messe mehr, bis die Herren Politiker sich wieder geeinigt haben, irgendwann.«

Er gab dem Pferd die Peitsche, damit es schneller die Schienen einer näher kommenden Trambahn passierte.

»Aber was soll ich sagen? Gerade ist die Frühjahrsmesse vorbei, und da sind *fünfunddreißigtausend* Leute hingekommen. Fünfunddreißigtausend! Mitten im Krieg! Hier draußen auf den Straßen verhungern die Menschen, aber in der Messe lässt man sich's gut gehen und kauft und verkauft, als gäb's kein Morgen. Na ja, vielleicht gerade deshalb. Kein Morgen, der Krieg, Sie wissen schon … Zweieinhalbtausend Aussteller aus dem Reich und dem befreundeten Ausland, wie sie das nennen. Schweiz, Holland, Dänemark und so weiter. Jedenfalls waren sogar noch ein paar Tausend Besucher mehr da als im letzten Jahr. Ist das zu fassen? Hier in den Vierteln backen die alten Frauen Kuchen aus Sägespänen, und da drinnen verkaufen die Bonzen ihren Scheißdreck und machen einen Reibach.«

Ich wusste nicht so recht, was ich darauf sagen sollte. Also rümpfte ich nur kopfschüttelnd die Nase.

»Und hier«, sagte er unvermittelt, »fängt das Graphische Viertel an.«

An den Backsteinfassaden sah ich die ersten großen Beschriftungen von Verlagen, Druckereien und Buchbindereien. Die Luft war grau vom Rauch, den die hohen Schlote ausspien, und je tiefer wir ins Graphische Viertel rollten, desto mehr erschien es mir, als wäre Nebel aufgezogen. Schon den ganzen Tag über hatte keine Sonne geschienen, aber hier in den Straßen zwischen gigantischen Buchfabriken und winzigen Antiquariaten war es noch düsterer. Es roch nach Kohle und scharfen Chemikalien, vielleicht wegen der Druckerschwärze und dem Leim, die hier tonnenweise verarbeitet wurden. Lastwagen und Fuhrwerke holperten über das Pflaster, und ich stellte mir vor, dass sie voller Bücher waren, die von hier aus ins Deutsche Reich und in die Welt verschickt wurden.

»Paar Tausend Buchbetriebe gibt's hier«, sagte mein Fahrer. »Von den großen Verlagen wie Brockhaus und Reclam über Hunderte von Druckereien, Setzereien und Bindereien bis hin zu hundertfünfzig Buchhandlungen und zig Antiquariaten. Ich geh da selbst manchmal hin, die haben auch russische Bücher, falls Sie mal welche suchen.«

Die nächste halbe Stunde versank er in Schweigen, während wir durch die tiefen Straßen fuhren, immer im Schatten der mächtigen Ziegelbauten mit ihren neugotischen Ornamenten und Steinfiguren: Merkur mit seinem Schlangenstab und Minerva mit der Weltkugel, dazwischen Eulen und Adler und Fabelwesen, vom Greif bis zum Pegasus. Im letzten Jahrhundert war hier viel Geld verdient worden, und manche Verleger und Druckereibesitzer hatten für ihre Unternehmen wahre Paläste errichten lassen, domgleiche, fast sakrale Fassaden, hinter denen keine Glocken schlugen, sondern Dampf- und Druckmaschinen stampften. Arbeiterkolonnen strömten zum Schichtwechsel durch die Werktore, während gleich nebenan Musikalienhändler Notenhefte und Partiturbücher verkauften.

Es war, wie ich es erwartet hatte, und doch eine Welt davon entfernt. Im Dunst sah ich durch die Schaufenster deckenhohe Buchregale in heimeligem Lichtschein. Zugleich aber lehnten rauchende Arbeiter an den Backsteinfassaden der Druckereien und debattierten darüber, wie sie Essen auf die Tische ihrer Familien bringen sollten.

»Kennen Sie das Betriebsgelände der Firma Eisenhuth?«, fragte ich den Fahrer, als die vielen Figuren an den Fassaden längst zu wenigen verschmolzen und den Eindruck erweckten, dass mir ein paar von ihnen vorausliefen, um sich stets in neue Posen zu werfen, dieselben Gestalten von Haus zu Haus.

»Kenn ich«, sagte er. »Ist aber am anderen Ende vom Viertel. Woll'n Sie da auch hin?«

Ich wollte auch nach London und Paris und zum Mond, solange ich nur nicht an der Tür der Eisenhuths läuten und mich der Wirklichkeit stellen musste, die mich dort erwartete. Meine Gedanken wurden mit jeder Kreuzung finsterer, mein Herz schlug immer schneller, meine Zunge war so trocken wie Papier. Mara würde mich erst nicht erkennen, dann auslachen, und sie hätte recht damit, denn ich selbst war so lächerlich wie die ganze verfahrene Situation. Vielleicht würde sie mir die schlechten Nachrichten über Ofeliya übel nehmen, denn keiner mag Überbringer von Hiobsbotschaften.

»Was ist nun?«, fragte der Kutscher.

»Fahren wir ins Musikviertel.«

»Ich fahr dich auch bis zum Kyffhäuser, wenn du's bezahlen kannst.«

»Kann ich nicht.«

Er nickte wissend, weil er meine gestopften Hosen gesehen hatte, und ließ das Pferd nach rechts abbiegen. »Unterwegs zu einer Frau?«

Du liebe Güte. »Merkt man mir das so sehr an?«

»Hast sie lange nicht gesehen, was?«

»Woher –?«

»Und hast Schiss, dass sie einen anderen hat.«

»Sie *hat* einen anderen. Das weiß ich schon.«

Er pfiff durch die Zähne. »Dann hast du Mumm, das muss ich sagen.«

»Mumm?« Ich lachte kurz auf, und es klang wie ein Röcheln. »Ich mach mir fast in die Hose.«

»Ach was. In Liebesdingen der Wahrheit ins Auge zu sehen, dazu muss man Mut haben. Und dabei noch zu hoffen, dass man die Dinge drehen kann … das ist, als würde man blind in den Krieg ziehen, damit man den Feind nicht sieht.«

War Demian Eisenhuth mein Feind? Mein Gegenspieler? Erwartete ich nicht vielmehr, dass die Eisenhuths mich aufnahmen wie den Sohn eines alten Freundes? Frederik Eisenhuth hatte mir das Angebot gemacht, für ihn zu arbeiten, und wenn ich das Wiedersehen mit Mara überstand, ohne mich zum Narren zu machen, wollte ich ihn beim Wort nehmen.

Die Karl-Tauchnitz-Straße war so, wie der Kutscher gesagt hatte: Villa stand neben Villa, protzend mit der Pracht ihrer Giebel und Spitztürme. Die meisten erhoben sich nur wenige Meter neben der Straße, hinter schmiedeeisernen Zäunen und Hecken, und man konnte ahnen, dass an den Rückseiten Parks und Gärten lagen. Manche sahen aus wie die Theaterkulissen mittelalterlicher Festungen, andere wie Renaissanceattrappen, aber einige waren durchaus stilvoll, mit klaren Linien und geschmackvollen Ornamenten.

Die Leipziger Villa der Eisenhuths war zu meiner Überraschung keineswegs so überladen wie der Prunkbau an der Côte d'Azur. Es gab zwei Türme, jedoch keine umlaufenden Zinnenkränze; es gab Erker und Gauben, aber die Fassade war nicht so verwinkelt wie in Frankreich. Der Zaun war hoch und mit Spitzen besetzt, und irgendwo bellten große Hunde. Vielleicht auch auf einem Nachbargrundstück, denn sie zeigten sich nicht, als die Droschke anhielt und ich hinab auf den breiten Gehweg stieg. Ich bezahlte den Kutscher, er wünschte mir alles Gute, dann ließ er seinen Gaul weitertraben. Erst beim Absteigen hatte ich bemerkt, dass der Mann nur ein Bein hatte; das zweite endete eine Handlänge unter der Hüfte. Ob man ihn sonst in den Krieg geschickt hätte, um seine Landsleute zu töten?

Mit einem tiefen Durchatmen wandte ich mich dem Gittertor zu. Dahinter befand sich ein gefliester Weg bis zum Haus, zu beiden Seiten Ziergewächse. Ein Säulenvorbau im römischen Stil, darüber ein Balkon mit wuchtigem Steingeländer. Wilder Wein an der Fassade, die Fenster hoch, die Vorhänge dicht. Ein gemeißeltes Baujahr über dem Portal. Der Gott Merkur in einer Nische, den geflügelten Stab mit den Schlangen über den Kopf erhoben wie ein Schwert.

Ich suchte nach einer Möglichkeit, mich bemerkbar zu machen, als abrupt die Haustür aufgerissen wurde.

Das weiße Kleid.

Ihr rotblondes Haar.

»Ich hab dich mit goldenen Augen gesehen!«, rief Mara, als sie die Treppe herabsprang und auf mich zurannte. »In einem Traum, gleich nach deinem Telegramm!«

Zwischen uns das Gitter und ganze drei Jahre.

Ungeduldig streckte sie die Hände zwischen den Stäben hindurch und ergriff meine eiskalten Finger. Ihre Wärme schmolz die Zeit einfach fort. Hinter ihr eilte ein livrierter Diener mit einem Schlüsselbund heran.

»Mein Artur mit goldenen Augen«, sagte sie lächelnd. »Noch immer wie gemalt.«

33

Und alles war wie früher.
Nichts war wie früher.

Ihr Haar war noch immer lang und glatt, aber sie trug es jetzt hochgesteckt. Ihre klaren blauen Augen wirkten so aufgeweckt wie eh und je, doch darunter lag ein Schatten, als bekäme sie zu wenig Schlaf. Das Kleid war so weiß wie fast alle ihre Kleider daheim, jedoch mit feiner Spitze besetzt, die sie früher nicht gemocht hatte. Um den Hals trug sie einen silbernen Anhänger, aber nicht den Mondstein, der in einem Koffer auf dem Dachboden im Château Trois Grâces auf sie wartete. Ihr Lächeln war wie in meiner Erinnerung, nur kam es mir im Lauf der nächsten Stunden melancholischer vor, weniger verschmitzt.

Mein Artur, hatte sie gesagt.

Sie war meine Mara, ganz ohne Zweifel, doch war sie es auch nicht mehr.

Der Diener, der das Gittertor aufgeschlossen hatte, nahm naserümpfend meinen Rucksack in Empfang, während Mara meine Hand ergriff und mich durch den Säulenvorbau in eine große Diele führte, zwei Stockwerke hoch. Von hier aus schienen alle Räume des Hauses abzugehen, getrennt nur durch Glasschiebetüren. In die Decke der Halle war ein rundes Kuppelfenster eingelassen, alles war von Tageslicht durchflutet. Zur Rechten sah ich ein großes Speisezimmer mit Fresken an den Wänden, links eine Art Salon mit schweren Sitzmöbeln. Die weiße Treppe zum Obergeschoss fächerte nach unten hin auseinander und wirkte federleicht, wie aus Papier gefaltet.

Mara ließ meine Hand nicht los, während ich mich umsah. »Gefällt es dir?«

»Du gefällst mir«, sagte ich. Alle meine Gedanken an sie, die mich während der letzten drei Jahre beschäftigt hatten, entluden sich in diesen drei Worten.

Sie schien das zu spüren, denn sie umarmte mich fest und ignorierte die hochgezogene Braue des Dieners, der den Rucksack in einer Hand von seiner Livree fernhielt wie eine tote Ratte.

Er räusperte sich. »Wohin darf ich das bringen?«

Mara löste sich von mir und rollte verstohlen mit den Augen. »Wie wär's mit einem der Gästezimmer?«

»Dann bleibt der junge Herr für länger?«

»Der junge Herr ist mein Bruder«, sagte sie. »Und er bleibt, solange er mag.«

Der Diener gestattete sich ein Aufatmen, sicher weil die Erwähnung unserer angeblichen Verwandtschaft es weniger problematisch machen würde, seiner Herrschaft später von meiner Ankunft zu berichten. »Willkommen«, sagte er steif. »Ich bringe das Gepäck nach oben und lasse das Zimmer von den Mädchen herrichten. Wünscht der junge Herr ein Bad?«

Das war ein unverhohlener Hinweis auf meinen Geruch nach der Reise. Ich nahm es ihm nicht übel. Neben etwas Anständigem zu essen hatte ich Wasser und Seife bitter nötig.

»Später«, sagte Mara, noch ehe ich antworten konnte. Sie grinste mich an. »Mich stört nicht, wie du riechst.«

»O Gott, das heißt, ich stinke!«, entfuhr es mir.

Sie lachte laut auf. »Du riechst wie ein Mann, der einiges auf sich genommen hat, um bei mir zu sein. Das passiert hier nicht gerade häufig.«

Der Diener war schon auf der Treppe, aber ich war sicher, dass er kurz innehielt, weil er die Worte gehört hatte. Dann ging er weiter und verschwand hinter einer Balustrade im ersten Stock.

»Du hast gelogen«, flüsterte ich. »Ich bin nicht dein Bruder.«

»Du bist mein Artur«, sagte sie wieder, und endlich blitzte der Schalk in ihren Augen auf, genau wie in meiner Erinnerung. »Mach dir keine Gedanken. Die Eisenhuths wissen ja, wer du bist.«

»Das klingt, als wärst du selbst noch keine Eisenhuth.«

»Bald«, sagte sie. »Und jetzt, da du hier bist, musst du mein Trauzeuge sein.«

Das war ein Schlag in den Magen, aber ich war noch zu überwältigt von all dem Neuen, als dass ich mir anmerken ließ, was dieses *bald* in mir anrichtete. Zugleich aber dachte ich, dass es weit schlimmer hätte sein können. *Noch* war sie nicht verheiratet.

»Die anderen sind nicht hier«, sagte sie. »Wir haben also Zeit zum Reden. Wenn du magst, zeige ich dir das Haus.«

Ich war nicht mehr müde, nur hungrig. Trotzdem sagte ich: »Natürlich, gern.«

Sie musterte mich skeptisch. »Ach je, du hast Hunger. Ich bin eine furchtbare Gastgeberin.«

»Dafür ist später genug Zeit. Wirklich, ich möchte sehen, wie du jetzt lebst. Wo steckt denn Demian?«

»Bei der Arbeit, wie immer. Frederik hat die Geschäfte vollständig an ihn übergeben, und der Arme muss zusehen, wie er mit all dem zurande kommt.«

»Ja«, sagte ich und nickte hinauf in den Prunk der Diele, »der Arme.«

Sie knuffte mich mit glockenhellem Lachen. »Jemand muss das alles am Laufen halten. Frederik ist es mittlerweile egal, er interessiert sich nur noch für seine Märchenbücher, und die stehen alle in der Großen Bibliothek im Remisenhaus. Ilna dagegen weiß genau, dass der Reichtum der Familie jetzt von Demian abhängt, deshalb tut sie alles für sein Wohlergehen – und damit für ihr eigenes.«

Ich sah sie verwundert an. Das war eine Menge auf einmal, und in Anbetracht der Tatsache, dass ich erst wenige Minuten hier war, erschien es mir verblüffend ehrlich. »Und zu seinem Wohlergehen gehörst auch du?«

Sie gab keine Antwort, sondern zog mich mit sich in ein gewaltiges Wohnzimmer, das hinter Glasschiebetüren an der Stirnseite der Diele lag. Eine Wand war mit einem Gemälde in Pastelltönen bedeckt: Es zeigte die Bucht in Südfrankreich. Überall standen helle Möbel, ausladende Korbsessel und sandfarbene Teppiche. Weitere Glastüren führten auf eine große Terrasse und in den Garten. In einiger Entfernung stand dort ein kleineres Gebäude, zweigeschossig und weniger prachtvoll. Das musste die Remise sein, die Mara erwähnt hatte.

»Da drinnen waren mal Stallungen und die Kutscherwohnung«, sagte sie, als sie meinen Blick durch die Fenster bemerkte. »Aber das belegt jetzt alles Frederik mit seiner Bibliothek. Dass er nicht mehr nach Frankreich reisen kann, hat ihn hart getroffen. Er hat bis zuletzt nicht geglaubt, dass es so weit kommen könnte. Damals war sein Plan, die längste Zeit des Jahres dort unten zu verbringen, deshalb hatte er die wichtigsten Bücher dorthin schaffen lassen. Nun sind sie alle verloren, und er hat eine Menge Aufwand betrieben, um so viele wie möglich ein zweites Mal zu besorgen. Er hat so ziemliches jedes Antiquariat der Stadt eingespannt und ein Vermögen ausgegeben. Die Buchhändler lieben ihn jetzt sehr, seine Frau dafür ein gutes Stück weniger.«

Für einen Augenblick vergaß ich, was mich eigentlich hergeführt hatte. »Glaubst du, er zeigt sie mir?«

Sie hob die Schultern. »Frederik ist sehr eigen geworden. Ich war genau zwei Mal dort drüben, und damit wahrscheinlich öfter als alle anderen. Ilna interessiert sich nicht für seine Bücher, und Demian … Er hat nur noch die Verlage und die Druckerei im Kopf. Die Papierknappheit macht ihm mehr zu schaffen als irgendwas sonst.«

»Und Albin?«

Der letzte Rest ihres Lächelns verschwand. »Albin ist im Krieg. Das heißt, er *war* im Krieg. Im Moment ist er für eine Woche zurück auf Heimaturlaub. Und ich zähle die Tage, bis er endlich wieder verschwindet.«

»Klingt, als wäre er nicht erträglicher geworden.«

»Der Krieg hat ihn nur noch roher und grausamer gemacht. Außerdem …« Sie brach ab und senkte den Blick.

»Außerdem?« Ich ahnte schon, was los war.

»Es klingt seltsam, wenn ich selbst das sage.«

»Er ist immer noch eifersüchtig?«

»Neidisch trifft es besser. Neidisch darauf, dass seine Eltern Demian bevorzugen. Neidisch auf das Geld, das Demian verdient. Und neidisch, weil wir heiraten werden.«

»Das bin ich auch«, sagte ich leichthin, bereute es aber sofort, weil ich sah, wie ernst es ihr damit war. »Entschuldige, ich wollte mich nicht darüber lustig machen.«

Sie blickte mir lange in die Augen, und es sah aus, als wollte sie dazu etwas sagen. Doch dann wandte sie sich ab und ging zur Tür des Wohnzimmers. »Komm, ich zeig dir den Rest. Und dann sehen wir zu, dass du in der Küche was Ordentliches zu essen bekommst.«

Ich folgte ihr. »Es gibt also doch noch Lebensmittel.«

»Es gibt alles, wenn man es bezahlen kann. Und wenn man wie Ilna die richtigen Verbindungen hat.«

»Zu Schwarzhändlern?«

Sie blickte über die Schulter und legte den Finger an die Lippen. »Das solltest du hier lieber nicht zu laut sagen.«

»Ich merk's mir.«

Sie führte mich durch mehrere Salons und das Speisezimmer, gab in der Küche im Souterrain Bescheid, man möge eine Mahlzeit für mich vorbereiten, stieg dann die Treppe hinauf in den ersten Stock und zeigte mir den Schlaftrakt mit den Ankleidezimmern, die beeindruckende Kleine Bibliothek und die Arbeitszimmer von Demian und Frederik. Das Zimmer des Alten roch nach Staub und war wohl ewig nicht mehr benutzt worden. Zudem gab es hier oben einen Bildergang – ein langer Flur, behängt mit Gemälden – und ein orientalisches Zimmer mit samtenem Diwan.

»Ilna liebt den Orient«, sagte Mara. »Manchmal trägt sie draußen so eine Art Turban, der allerletzte Schrei. Demian nennt sie dann den kleinen Muck, was sie fürchterlich aufregt. Aber er könnte seine Mutter sonst wie nennen, und sie würde es ihm nicht ernsthaft übel nehmen.«

»Wo ist sie gerade?«

»Sich *kümmern,* wie sie das nennt. Sie besorgt dieses und jenes.«

»Bei den vierzig Räubern?«

»Die würden ihr aus der Hand fressen.«

Wir stiegen hinauf ins Dachgeschoss, wo sich die Dienstbotenräume und Gästezimmer befanden. Der Diener hatte einen kleinen, aber angenehm hellen Raum für mich ausgewählt und meinen Rucksack an den Bettpfosten gelehnt.

»Ist das hier in Ordnung?«, fragte Mara. »Es gibt ein größeres Gästezimmer im ersten Stock, aber das sieht eher aus, als wär's für alte Damen und ihre Pudel.«

»Das hier ist perfekt«, sagte ich lächelnd.

Sie wollte schon wieder vorauseilen, und ich hatte nicht zum ersten Mal das Gefühl, dass sie vor mir davonlief. Oder vor den Fragen, die ich ihr stellen könnte.

»Warte mal.«

Sie blieb stehen, zögerte einen Moment lang, dann drehte sie sich zu mir um.

»Wie geht's dir hier?«, fragte ich.

»Wie könnte es mir hier nicht gut gehen?«

»Ich hab gar nicht behauptet, dass es dir schlecht geht.«

Sie machte einen Schritt auf mich zu. »Falls du glaubst, dass man mich hier gefangen hält, dann kann ich dich beruhigen: So ist es nicht.«

»Auch das hab ich nicht gesagt.«

»Ich bin nicht blöd, Artur. Ich weiß, was du denkst. Das Haus, das Geld, der ganze Luxus. Du glaubst, ich hab mich von ihnen kaufen lassen.«

»Hast du?«

Wenn sie mir jetzt eine Ohrfeige gegeben hätte, dann hätte ich mir die redlich verdient. Aber sie neigte nur den Kopf und sah mich mit diesem Blick an, den ich beinahe vergessen hatte. Sie konnte furchtbar traurig aussehen, und dabei dachte ich wieder an das Mädchen auf der Straße, mit Pinseln und Palette, das seine Porträts an ältere Männer verkaufte.

»Ich spreche jetzt fließend Deutsch und solide Französisch«, sagte sie. »Sie haben mich zwei Jahre lang in ein Schweizer Internat geschickt, in der Nähe von Zürich, wo man mir beigebracht hat, wie man die perfekte Ehefrau wird. Ich bin gerade mal zwei Monate wieder hier, und ich lerne noch immer jeden Tag Vokabeln, Italienisch und Spanisch, und zwar, weil ich das *will,* Artur. Weil ich das für mich tue. Und die Eisenhuths sind es, die mir das ermöglichen. Nicht, weil sie mich zwingen, sondern weil *ich* sie dazu bringe.«

War das eine Antwort auf meine Frage? Ja und nein. Aber im Grunde wollte sie mir wohl nur sagen, dass es mir nicht zustand, sie zu verurteilen. Was mit ihr geschah und was sie tat, das war allein ihre Angelegenheit. Nicht meine. Nicht die ihres Bräutigams. Nicht die von irgendwem in diesem Haus.

Ich schluckte, während ich das verdaute, dann fragte ich: »Malst du noch?«

»Ich komme kaum dazu.«

»Vermisst du es nicht?«

Sie schürzte herausfordernd die Lippen. »Vermisst du etwa alles, was früher war?«

»Ja. Die Zeit mit dir. Und mit Ofeliya.«

Sie schloss kurz die Augen, dann nickte sie. »Wie geht es ihr?«

Diesmal wich ich ihrem Blick aus, gerade lange genug, dass sie begriff. »Ich wollte in Ruhe mit dir darüber reden.«

»Glaubst du, es wird noch ruhiger als hier?«

»Sie sind alle tot«, sagte ich so leise, als wäre da jemand, der die Wahrheit nicht hören sollte. In Wahrheit wollte wohl ich selbst sie nicht hören.

Ihr Gesichtsausdruck blieb so hart wie gerade eben, als sie mich zurechtgewiesen hatte. »Wie?«, fragte sie nur.

Ich erzählte ihr, was am Tag meiner Abreise geschehen war, von Spiridon, der im Palais aufgetaucht war, um mich zu warnen, von Ofeliyas zerstörtem Rollstuhl und dem Blut auf dem Boden des Salons, von meiner Vorgeschichte mit Volonoff, und was Ofeliya mir über ihn erzählt hatte, und dass er an Bord desselben Schiffes gewesen war, womöglich um vor der Rache der Revolutionäre zu fliehen, so sie denn wirklich an die Macht kommen sollten.

Mara wusste, was es bedeutete, von der Geheimpolizei verschleppt zu werden, und sie stellte nicht infrage, dass Ofeliya und ihre Eltern tot waren. Auch hier in Deutschland hatte man zuletzt von der Brutalität gehört, mit der die Anhänger des Zaren ihre Säuberungen vornahmen, so wie man ahnte, dass ihre Gegner bald mit derselben Grausamkeit zurückschlagen würden. Am Ende war es bedeutungslos, wer Russland regierte. Das alberne Klischee der Matroschkapuppe: Unter dem alten Despoten kam immer nur ein neuer zum Vorschein.

Mara nahm mich in den Arm, und dann weinten wir beide eine ganze Weile lang.

Schließlich sagte sie leise an meinem Ohr: »Die Eisenhuths hatten drei Schäferhunde, die sie über alles geliebt haben. Vor ein paar Wochen hat Ilna sie gespendet, um sie an die Front zu schicken. Und jetzt sag du mir: Wo ist es besser, hier oder dort?«

34

Heute gab es einen öffentlichen Aufruf, dass die Verwandten von gefallenen Soldaten keine Trauerkleidung mehr tragen sollen«, sagte Ilna Eisenhuth beim Abendessen. »Das viele Schwarz drückt angeblich die Stimmung der Bevölkerung zu sehr.«

»Idioten«, sagte Demian und tupfte sich die Lippen mit der weißen Stoffserviette ab. Allzu entrüstet klang er allerdings nicht, und auch meine Anwesenheit schien er nur beiläufig zur Kenntnis zu nehmen. Bei unserer Begrüßung war er nicht unfreundlich gewesen, aber man sah ihm an, dass er wichtigere Dinge im Kopf hatte als einen Besucher, dem er zuletzt vor drei Jahren in den Ferien begegnet war. Ich fragte mich, ob er sich an unsere gemeinsame Fahrt auf der Corniche überhaupt noch erinnerte.

»Den Leuten vorzuschreiben, wie sie trauern sollen«, sagte Ilna empört. »Der Kaiser muss den Verstand verloren haben.«

Frederik, der kurz vor dem Essen aus der Remise herübergekommen war und laut Mara ebenso schnell wieder dorthin verschwinden würde, trank einen Schluck vom Moselwein und stellte das Glas versehentlich auf seinem Dessertlöffel ab. »Als müsste erst ein Kleiderverbot her, um das zu erkennen. Der Kaiser hat das Land in den Ruin geführt. Und warum?«

Niemand antwortete darauf.

Frederik schien zu einer Erklärung ausholen zu wollen, erkannte aber wohl an den Gesichtern der anderen, dass keiner großen Wert darauf legte. So winkte er ab und trank das Glas leer. Sein rhetorischer Elan hatte in den vergangenen drei Jahren offenbar nachgelassen.

Gleich nach Ilnas Rückkehr hatte sie mich eingeladen, einige

Tage im Haus zu wohnen. Das klang anders als Maras »Er bleibt, solange er mag«, aber ich war vorerst zufrieden damit.

Frederik thronte am Kopfende des langen Tisches. Ilna und ich saßen auf der Fensterseite, Mara und Demian uns gegenüber. Albin war bislang nicht aufgetaucht, und ich hatte nicht den Eindruck, dass irgendwer das bedauerte.

Während die Hausmädchen die Reste des Hauptgerichts abräumten, sagte Mara: »Ich möchte, dass Artur mein Trauzeuge wird.«

Ilna legte Messer und Gabel ab.

Zwischen Demians Augenbrauen bildete sich eine steile Falte. »Was ist mit Mutters Freundin? Wir haben sie schon darum gebeten.«

»Deine Mutter hat das getan«, sagte Mara. »Ich kenne ihre Freundin kaum.«

»Mutter?«, fragte Demian in Ilnas Richtung.

Der Blick der Hausherrin wanderte von Mara zu mir. Am Nachmittag hatte ich ihr berichtet, was mit den Kalinins geschehen war. Frederik hatte bereits Bescheid gewusst, als er später zum Essen herübergekommen war. Falls Ilna tatsächlich nie in die Remise hinüberging, wie Mara behauptet hatte, musste sie am Haustelefon mit ihm geredet haben. Er hatte mir sein Beileid ausgesprochen, ansonsten aber bemerkenswert wenig Rührung über den Tod seines alten Freundes gezeigt. Mara hatte mir zugeflüstert, ich solle mich nicht von seiner Fassade täuschen lassen: Er werde an diesem Abend gewiss viel trinken. Und genauso war es. Der Hausdiener brachte bereits die nächste Flasche.

»Mutter?« Beim zweiten Mal klang Demian schärfer.

»Mara soll selbst entscheiden, wer ihr Trauzeuge ist«, sagte Ilna. »Es gibt schon genug Vorschriften für das ganze Prozedere, da muss man es nicht noch schlimmer machen.«

»Danke«, sagte Mara und warf ein verstohlenes Lächeln in meine Richtung.

»Ich will mich wirklich nicht aufdrängen«, sagte ich.

Demian schüttelte gefasst den Kopf. »Mara hat recht. Du bist ihr letzter Verwandter, und es ist dein gutes Recht. Entschuldige bitte.«

Alle am Tisch wussten, dass ich kein leiblicher Verwandter war, aber niemand widersprach.

Die Hausmädchen brachten den Nachtisch – eine dunkelrote Weincreme mit Schlagsahne –, und ich hatte ihn gerade mal halb aufgegessen, als Frederik sich erhob.

»Komm mal mit, Junge. Ich will dir was zeigen.«

»Kann das nicht warten?«, fragte Ilna gereizt.

Frederik stemmte eine Faust auf die Tischkante. »Artur hat eine lange Reise auf sich genommen, um hierherzukommen, und er hat alles verloren. Jemand muss ihn aufmuntern, wenn schon alle anderen am Tisch nur über Trauer und Trauungen reden wollen.« Er nahm die angebrochene Weinflasche in die eine Hand und zwei Gläser in die andere, dann deutete er mit dem Kopf zum Garten. »Na los, auf zu den Büchern.«

Mara nickte mir aufmunternd zu.

»Gern«, sagte ich hastig, legte Löffel und Serviette beiseite und stand auf. Die Köchin, eine freundliche Matrone aus dem Riesengebirge, hatte mich am Nachmittag derart mit Essen vollgestopft, dass ich ohnehin kaum noch etwas hinunterbrachte.

Während Demian nur mit den Achseln zuckte und Ilna ihrem Mann einen giftigen Blick zuwarf, führte mich Frederik durch die Glastür auf die Terrasse, ein paar Stufen hinunter in den Garten und über einen Kiesweg zwischen Rosenbüschen zur Remise. Es war eiskalt, im Schein der Gartenlampen trieben vereinzelte Schneeflocken vorüber. Ich trug einen Wollpullover, der Demian gehörte, aber keine Jacke, und die Kälte kroch sofort unter meine Kleidung. Frederik war mit Hemd und Weste sogar noch dünner angezogen, aber ihm schien das Wetter nichts auszumachen.

Er deutete mit der Weinflasche auf den langen, rechteckigen Bau, der vor uns aus der Dunkelheit auftauchte. Im Inneren brannte Licht. »Früher stand im Erdgeschoss ein halbes Dutzend Kutschen, der Fahrer und der Stallbursche wohnten oben drüber. Aber davon sieht man heute nichts mehr. Jetzt ist alles voller Bücher.«

Als wir eintraten, empfing uns wohlige Ofenwärme. Sogleich erkannte ich, warum Mara dies die Große Bibliothek genannt hatte. Die kleinere im Haupthaus war überaus ansehnlich, aber im Vergleich zu dieser hier nur eine Besenkammer. Nichts deutete auf den ursprünglichen Zweck des Gebäudes hin. Die übervollen Bücherregale bildeten schmale Gänge, sodass die wahre Ausdehnung kaum zu erahnen war. Erst als Frederik mich mitten hineinführte, um mehrere Ecken, dann eine Treppe hinauf in den ersten Stock, der wie ein Spiegelbild der unteren Etage erschien, begriff ich, dass die deckenhohen Regale einen Irrgarten bildeten. Keinen metaphorischen, sondern einen ganz konkreten, in dem sich ein Ortsunkundiger leicht verlaufen konnte. Schon das Bücherzimmer meines Onkels im Palais war mir weitläufig erschienen, verschachtelt in der Anordnung der Regale und viel zu unübersichtlich. Was allerdings Frederik Eisenhuth hier aufgebaut hatte, besaß eine ganz andere Qualität. Hier ging es nicht um den Inhalt der Bücher und den schnellen Zugriff darauf, sondern um die Atmosphäre, die sie schufen, eine abgeschlossene Welt der Mythen und Märchen, die in ihrer geheimnisvollen Ausdehnung und verwinkelten Anlage all die Rätsel repräsentierte, deren Spuren sie folgten.

»Es gibt keine Ordnung außer der in meinem Kopf«, sagte er, als mein Blick über die Buchrücken strich und nach einem Anhaltspunkt für die Kategorisierung der Bände suchte. »Ich sortiere weder alphabetisch noch chronologisch oder gar thematisch. Alles gibt das hier wieder« – er klopfte sich gegen die Schläfe –, »meine Interessen, meinen Geschmack, meine Laune. Reihenfolgen ändern sich, der Inhalt ganzer Regalbretter wandert mal von unten nach oben und wieder zurück. Wichtig ist allein, dass ich weiß, wo welches Buch steht. Und ich kenne den Platz von jedem einzelnen.«

»Aus dem Bauch heraus«, fügte ich beeindruckt hinzu. Ich wusste, was er meinte, denn das war genau die Art, eine Bibliothek zu führen, die ich mir immer erträumt hatte und die in völligem Gegensatz zu den eisernen Regeln und der akademischen Totenstarre der Kaiserlichen Bibliothek in Sankt Petersburg stand.

»Aus dem Bauch heraus«, bestätigte er zufrieden. »Bücher muss man fühlen, nicht katalogisieren. Dann bleiben sie ein Leben lang bei einem, selbst wenn man sie nicht mehr besitzt. Wie Erinnerungen, die dann und wann wieder auftauchen, zurückgerufen durch einen Geruch, einen Geschmack oder ein ganz besonderes Wort.«

»Es tut mir leid, dass Sie die Bücher in Frankreich alle verloren haben«, sagte ich. »Das muss sehr schmerzlich gewesen sein.«

»Sie sind nicht verloren, nur anderswo.« Sein Lächeln überspielte die Trauer nur unzulänglich. »Noch geht es ihnen gut, wie ich hörte. Und irgendwann muss dieser verdammte Krieg ja mal zu Ende gehen.«

»Glauben Sie, die Bibliothek wird dann noch dort sein?«

»Diebe stehlen Tafelsilber, aber nicht Tausende von Büchern. Und wenn doch, dann landen sie in einer anderen Bibliothek. Schmerzlicher wäre es, wenn das Haus in Brand gesteckt würde. Falls das sein Schicksal ist, kann ich es nicht aufhalten.«

»Mara hat mir erzählt, Sie hätten die meisten Titel ein zweites Mal beschaffen können.«

»Die meisten, aber nicht alle. Und ein identisches Exemplar ist nicht dasselbe Buch.«

»Ich weiß. Ich habe mein Exemplar des *Kalevala* aus Russland mitgebracht, obwohl es wahrscheinlich genug davon hier in Leipzig gibt. Wahrscheinlich sogar in Ihrer Bibliothek.«

Frederik nickte. »Dann träumst du noch immer von Karelien?«

Mein Pulsschlag nahm wieder Fahrt auf. »Auf jeden Fall. Irgendwann reise ich dorthin. Wie Sie schon sagten, der Krieg kann nicht ewig dauern.« Obwohl ich während der Überfahrt die Explosionen im Nebel und die Soldaten am Hafen gesehen hatte, fühlte sich der Krieg noch immer wie etwas an, das anderswo stattfand, weit weg, an irgendwelchen fernen Fronten.

Frederik deutete auf zwei Ledersessel, die sich in einer halbrunden Büchergrotte gegenüberstanden. Ihr Geruch vermischte sich mit dem des Papiers und des Leims. Ich hatte das Gefühl, diesen Ort seit einer Ewigkeit zu kennen, weil er in meiner Vorstellung schon immer existiert hatte. Es war genau der Ort zum Lesen, den ich mir für mich selbst gewünscht hatte, seit ich zum ersten Mal ein Buch aufgeschlagen hatte.

»Mein Angebot gilt noch immer«, sagte Frederik, nachdem wir Platz genommen hatten und er den Wein und die Gläser auf einen kleinen, runden Tisch gestellt hatte.

Hitze schoss mir in den Kopf, ein heftiger Schub von Aufregung und Freude und maßloser Erleichterung. »Ich hatte so gehofft, dass Sie das sagen würden.«

»Alexej war ein guter Freund. Und jemand sollte dir jetzt helfen, auf eigenen Füßen zu stehen.«

»Ich weiß nicht, was ich sagen soll.« Was vermutlich das Unbeeindruckendste war, das ich hätte sagen können. Nur fehlten mir tatsächlich die Worte.

Er schenkte uns Wein ein und trank sein Glas in einem Zug halb leer. Ich hatte ihn für einen exzentrischen Träumer gehalten, und der war er wohl auch, aber der Krieg hatte etwas mit ihm gemacht. Er schien ruhiger zu sein als bei unserer Begegnung vor drei Jahren in Frankreich, auch nachdenklicher. Und wenn der heutige Abend kein Ausrutscher aufgrund von Alexejs Tod war, dann trank er auch deutlich mehr.

»Stell dich morgen im Verlag vor«, sagte er. »Die beiden Lektoren, von denen ich dir damals erzählt habe, sitzen noch immer an der russischen Märchensammlung und kommen nicht so recht damit weiter. Sie brauchen Hilfe, vor allem mit den Übersetzungen. Melde dich am Empfang, ich gebe dort Bescheid.« In seine Augen trat ein Leuchten, als wollte er mich nach Karelien begleiten. »Und irgendwann wirst du deine Reise machen, dafür sorgen die Eisenhuths. Wenn ich es nicht mehr kann, dann ein anderer.«

Ich hatte meine Zweifel, ob Demian das genauso sähe, hielt aber den Mund, weil ich Frederik auf keinen Fall verärgern wollte.

»Was in Russland geschieht, ist eine Tragödie«, fuhr er fort, als tobte nicht gerade ein Krieg in ganz Europa, der nahezu alle Länder betraf. »Ich habe euch Russen immer geschätzt, und auch der Zar ist kein schlechter Mann. Ein Sonderling in einer Position, die keine Gnade mit Sonderlingen kennt – was wiederum oft dazu führt, dass sie selbst keine Gnade kennen.«

Er ließ sich tiefer in den Sessel sinken und lehnte den Hinterkopf an. Fast eine Minute lang wartete ich darauf, dass er fortfuhr, ehe ich bemerkte, dass er mit offenen Augen eingeschlafen war. Einen Moment lang befürchtete ich, er wäre tot, doch dann entdeckte ich erleichtert, dass seine Brust sich hob und senkte. Noch während ich hinsah, fielen ihm langsam die Lider zu.

Ich stand fast lautlos von meinem Platz auf und hatte die Befürchtung, dass ich allein den Weg zurück durch das Bücherlabyrinth nicht finden würde. Doch dann entdeckte ich eine zweite Treppe, die seitlich an der Wand hinab zum Ausgang führte. Vielleicht hatte er mich vorhin in sonderbaren Kreisen durch die Bibliothek geführt, vielleicht fehlte mir hier auch jeglicher Orientierungssinn.

Kurz darauf stand ich im Freien und atmete ein paarmal tief durch. Die eisige Luft tat gut, doch ich vermisste bereits den Duft der Bücher.

Und im nächsten Moment auch die Stille zwischen den Regalen, denn vom Haupthaus drangen Schreie herüber.

∽

Albin war nach Hause gekommen.

Wie ich später erfuhr, war er betrunken aufgetaucht und hatte sogleich damit begonnen, seinen Bruder zu attackieren. Anfangs nur mit Worten.

Offenbar war Demian als Erster handgreiflich geworden. Um ihrer Mutter den Anblick zu ersparen, waren die beiden hinaus auf die Terrasse gegangen, um ihren Streit wie zwei Schuljungen fortzusetzen, mit hochgekrempelten Ärmeln, geballten Fäusten und einer guten Portion würdeloser Idiotie.

So jedenfalls fand ich sie vor, als ich von der Remise hinüberlief und schon von Weitem das Gerangel sah, zwei Silhouetten vor den großen Fenstern, die immer wieder zu einer wurden, sich voneinander lösten, um dann erneut unter wüstem Geschrei und wilden Flüchen aufeinander loszugehen. Schneeflocken trieben im Licht, das von innen nach außen fiel; dann und wann blitzte eine auf, doch meist waren sie ein Schwarm schwarzer Flecken vor den riesigen, erleuchteten Rechtecken.

Ilna stand in der offenen Glastür und brüllte ihre Söhne an, als wären sie wieder zehn, und so nahm ich das Ganze im ersten Moment nicht ernst und dachte, dass es amüsant sein mochte, den beiden bei ihrem lächerlichen Hahnenkampf zuzusehen. Doch dann entdeckte ich Mara, die ein wenig abseits stand, frierend in der Kälte, die Arme vor der Brust gekreuzt, ganz starr und aufrecht, wortlos und mit aufgerissenen Augen.

Als ich die Terrasse erreichte, wurde deutlich, dass Albin weit größere Erfahrung darin hatte, anderen Schmerzen zuzufügen. Er kam geradewegs aus dem Krieg, hatte wahrscheinlich viele Männer getötet, womöglich sogar Frauen und Kinder, und er hatte nur noch wenig Ähnlichkeit mit dem verwöhnten Jungen, dem ich im Trois Grâces begegnet war. Er wirkte drahtiger als früher, und seinen Bewegungen wohnte bei aller Schnelligkeit etwas Lauerndes, Heimtückisches inne. Auch sein Gesicht hatte sich verändert, war härter und eingefallener, vor allem aber narbiger. Seine linke Wange sah aus, als wäre sie von einer Schrotladung gestreift worden. Er trug eine Uniform, die Jacke war offen, das Hemd darunter schmutzig. Gerade riss er sich den Gürtel aus den Schlaufen und wickelte ihn blitzschnell um seine rechte Hand, die scharfkantige Schnalle nach außen, um damit erneut auf seinen Bruder loszugehen. Nun war abzusehen, dass Blut fließen würde. Und nicht das erste an diesem Abend. Demians Unterlippe war aufgeplatzt, sein Hemd zerrissen, sein Haar zerzaust. Wahrscheinlich hatte er sich schon lange nicht mehr geschlagen, und es gab wenig Zweifel, dass er den Kürzeren ziehen würde. Er stand vorgebeugt, die Fäuste erhoben, das Gesicht verzerrt, teils vor Wut, teils wohl auch, weil Schmerzen und Wunden nicht Teil seiner Welt waren.

Mara starrte die beiden nur an, Albin voller Hass und ihren Verlobten mit etwas, das Sorge sein mochte, aber keine Zuneigung. Ich konnte das spüren: Da war keine echte Wärme.

Ich trat vor, so dumm, mich nach drei Gläsern Wein wie Grigori zu fühlen, mein wehrhafter Freund von der *Saltan,* der diese beiden ohne Mühe zurechtgestutzt hätte.

»Hört schon auf!« Ich war angetrunken genug, mich verantwortlich zu fühlen, und verliebt genug in Mara, um so etwas wie den markigen Retter spielen zu wollen. Dabei wäre es mir bei klarem Verstand wohl ganz recht gewesen, wenn Demian und Albin sich gegenseitig umgebracht hätten. Ich hätte nur stehen bleiben und die Zeit für mich arbeiten lassen müssen.

»Was will der Russe hier?«, rief Albin zu Demian hinüber. Als er keine Antwort erhielt, wandte er sich an mich. »Solche wie dich hab ich im Feld in Stücke geschossen und mit dem Flammenwerfer eingeäschert!«

»Albin!«, rief seine Mutter.

»Was tut er hier?«

»Ich habe ihn eingeladen«, sagte Mara.

Albin spuckte in meine Richtung zu Boden. Dann sah er Demian an. »Das lässt du zu? Dass Feinde des Kaisers sich bei uns einnisten? Bist du zu all dem anderen jetzt auch noch ein Verräter?«

Demian ging erneut auf ihn los, planlos genug, um mit einem heftigen Schlag vor die Brust abgewehrt zu werden. Die Schnalle schlitzte sein Hemd und die Haut darunter auf, doch das genügte Albin noch nicht. Er trat seinem Bruder die Beine unter dem Körper weg, stieß ihn zu Boden und ließ sich mit den Knien auf seinen Oberkörper fallen. Dann holte er zu einem Schlag mit der Gürtelschnalle aus, der Demian das halbe Gesicht kosten würde.

Ohne nachzudenken, sprang ich von hinten auf ihn zu und hielt sein Handgelenk fest. Schreiend versuchte Albin, sich zu befreien, aber da legte ich schon meinen Arm um seinen Hals, drückte ihm die Luft ab und riss ihn zurück. Ich dachte jetzt nicht mehr daran, dass seine Mutter zusah, wollte ihn nur weit genug von Demian fortziehen und vergaß darüber fast, dass nun allein ich in seiner unmittelbaren Nähe war. Er brüllte Verwünschungen und Morddrohungen, während er strampelte und mit einer Hand um sich schlug, aber noch hatte ich ihn im Griff. Ich stolperte beim Rückwärtsgehen, fiel hin, ließ aber nicht los. Er lag jetzt halb auf mir, rang nach Luft, schlug und trat, kam aber kaum an mich heran und wurde zusehends schwächer. Ich wollte ihn nicht umbringen, natürlich nicht, wusste aber nicht, was ich tun sollte. Sobald ich ihn losließ, würde er mich angreifen.

Da tauchte Demian in meinem Blickfeld auf und blickte zornig auf uns herab.

»Demian, nicht!«, rief seine Mutter.

Aber er holte schon aus und trat Albin mit aller Kraft in die Seite. Ich spürte, wie mein Gegner auf mir erschlaffte, dann traf ihn ein zweiter Tritt. Diesmal versuchte er zu schreien, doch weil mein Arm ihm immer noch die Luft abschnürte, brachte er nur ein Krächzen hervor.

»Demian.« Diesmal war es Maras Stimme, und sie war es, die ihn davon abhielt, ein weiteres Mal auf Albin einzutreten. »Hör jetzt auf.«

Ich ließ Albin los, rollte ihn mit einem Stoß von mir und kroch aus seiner Reichweite. Er blieb gekrümmt am Boden liegen. Vielleicht hatte Demian ihm eine Rippe gebrochen, ganz sicher waren die Prellungen schmerzhaft. Ich kämpfte mich hoch, erst auf alle viere, dann stand ich einigermaßen aufrecht. Erst langsam wurde mir wieder bewusst, wie kalt es war. Mein Pullover und meine Hose waren durchnässt vom getauten Schnee am Boden, und ich fühlte mich schuldig wie ein Straßenschläger, obwohl ich nur eingegriffen und versucht hatte, Schlimmeres zu verhindern.

Mara schob Demian von Albin fort, der sich stöhnend aufrappelte. Ilna eilte zu ihm und redete auf ihn ein, doch er beachtete sie nicht. Stattdessen suchte sein Blick erst Demian, dann mich. Er musste nichts sagen, ich las auch so in seinem knochigen Gesicht, was er dachte. Sah die Drohung darin.

Ilna streckte die Hand nach ihm aus, um ihn zu beschwichtigen.

Diesmal ließ Albin es geschehen. »Ich hab dich lieb, Mama«, sagte er leise. »Alles, was ich tue, tu ich immer für dich.«

Dann trat er an ihr vorbei und ging durch die Glastür ins Speisezimmer. Als wir ihm folgten, alle vier wortlos, frierend und erschüttert, hörten wir, wie vorn in der Halle die Haustür zuschlug.

35

Davydow und Block, die beiden Lektoren, denen mich Frederik empfohlen hatte, empfingen mich in ihrem schmalen Büro in einem Hinterhaus des Eisenhuth-Verlags. Ihre Schreibtische standen einander am Ende des schlauchartigen Zimmers gegenüber, unmittelbar vor dem einzigen Fenster. Um zu ihnen zu gelangen, musste man an langen Bücherregalen vorübergehen. Die Luft roch nach Pfeifenrauch und kaltem Pfefferminztee.

Bevor ich eingetreten war, hatte ich mein Jackett glatt gestrichen und den Krawattenknoten gerichtet. Wahrscheinlich wäre das nicht nötig gewesen. Die beiden begrüßten mich überaus herzlich und beeilten sich, mich in ein nahes Gasthaus zu führen, so als wären sie froh über jede Gelegenheit, den kargen Gängen und hohen Räumen des Verlags zu entkommen. Im *Dichterkeller,* einem großen Gewölbesaal, hatten sie einen Stammplatz in einer der eichengetäfelten Nischen. Der Kellner brachte ungefragt drei große Krüge mit Bier, was von meinen künftigen Kollegen nicht etwa als Unhöflichkeit angesehen, sondern als Geste des Mitdenkens gepriesen wurde.

Block, ein schwergewichtiger Mittvierziger mit Halbglatze, trug eine silberne Uhr an einer Kette, mit der er die ganze Zeit über herumspielte, wenn er nicht gerade seinen Humpen stemmte. Schaum verfing sich in seinem mächtigen Schnauzbart.

»Sagt Ihnen den Name Jean Paul etwas?«, fragte er. »Deutscher Dichter der Romantik, angenehm zu lesen, aber nicht so angenehm anzusehen, heißt es jedenfalls. Er hat sich quasi von Bier ernährt und nie einen Hehl daraus gemacht. Ohne Bier könne er nicht schreiben, hat er behauptet. Vor seiner Verlobung hat er Freunde darum gebeten, ihm einen Wohnsitz für sich und seine künftige Frau Caroline zu empfehlen – wobei das einzige Kriterium die schnelle Verfügbarkeit von gutem Bier war. Später hat er gern erzählt, dass er ab seinem dreißigsten Geburtstag als Medizin nichts anderes als Bier zu sich genommen hat.«

»Weimar und Berlin hat er verlassen, weil ihm das Bier dort nicht geschmeckt hat«, erklärte Blocks hagerer, hochgewachsener Kollege Davydow. »Schließlich ist er in Bayreuth gelandet, weil ihm das fränkische Bier besonders lieb war. Er mochte auch mal gutes Essen, aber Bier war ihm das Wichtigste.«

»Vorletzte Ölung hat er es oft genannt«, sagte Block und nahm einen weiteren Schluck. »Magenbalsam und Seelentrank. Manchmal auch Weihwasser.«

»Das wusste ich nicht«, gestand ich. »Aber wissen Sie, warum Jean Paul seinem Roman *Die unsichtbare Loge* diesen merkwürdigen Untertitel gegeben hat?«

»Welchen Untertitel?«, fragte Block.

Auch Davydow schüttelte den Kopf, wobei ihm fast seine kleine goldene Brille von der Nase rutschte. »Irgendwas mit einer grünen Leiche, glaube ich.«

»Die grüne Nachtleiche ohne den neunten Nussknacker«, sagte ich.

»Was soll das bedeuten?«, wollte Block wissen.

»Nichts. Und das ist das ganze Geheimnis. Es bedeutet gar nichts. Jean Paul hatte kurz vorher einen Roman von Hermes gelesen, und darin stand der Satz ›Wehe dem Mann, dessen Buch nicht durch den Titel auffällt‹. Also dachte er sich einen absurden Titel aus und schrieb ihn aufs erste Blatt.«

»Möglicherweise hat er dabei Bier getrunken«, stellte Block trocken fest.

»Eine ganze Menge davon«, sagte Davydow.

»Und das Buch wurde sein erster großer Erfolg«, sagte ich.

»Also ein Hoch auf das Bier!«, rief Block, und wir hoben alle drei die Krüge und stießen kräftig an.

Danach gab es kein weiteres Einstellungsgespräch, keine Prüfungen oder auch nur Fragen. Die beiden waren schweigend übereingekommen, dass ich bestens zu ihnen passte.

Wie sich herausstellte, gab es in dem Lokal – neben Bier – nur dünne Suppe. Der Kellner bot ein wenig beschämt an, sie etwas anzudicken, damit sie besser sättige, aber wir verzichteten darauf und hielten es mit der Nahrungsaufnahme lieber wie Jean Paul.

Mein Blick wanderte zur Stirnwand des Gewölbes. Dort hing ein gewaltiger Wandteppich. In seiner Mitte thronte die schöne Typographia, die Personifikation der Druckkunst; man konnte sie an den Lettern auf ihrem Schleier erkennen. Rundum waren mehrere Symboltiere dargestellt, die häufig in Verbindung mit dem Buchhandel auftauchten: Greif, Pegasus, Adler, Löwe, Schwan und Eule, dazu der berüchtigte Krebs, das Zeichen für ein zurückgegebenes Buch.

Bei diesem Anblick dachte ich, dass Leipzig – trotz meiner blauen Flecken vom Kampf mit Albin und ungeachtet der erbärmlichen Suppe – genau der Ort war, an den ich gehörte.

Die beiden Lektoren erzählten ein wenig von der Ausgabe russischer Märchen, »*dem* Standardwerk«, wie sie sagten, an dem sie seit Jahren arbeiteten. Davydow hatte russische Eltern, war aber in Deutschland geboren und sprach Russisch nur fehlerhaft. Er tat seine Bewunderung für mein fließendes Deutsch kund, und auch Block schien erleichtert zu sein, dass ihnen fortan jemand zuarbeiten sollte, der vertrauter mit der russischen Sprache war als sie. Ich versprach, alle bisher fertiggestellten Märchentexte zu überprüfen und zu redigieren, und konnte sehen, dass den beiden ein Stein vom Herzen fiel.

Wie ihr Verleger hatten auch Block und Davydow ein reges Interesse an Russland, vor allem aber an den russischen Immigranten, die in den letzten Jahrzehnten ins Deutsche Reich übergesiedelt waren. Zweihunderttausend gebe es hier mittlerweile, die meisten in Berlin, Leipzig und München. Bis zur Kriegserklärung habe die deutsche Polizei angeblich mit der Ochrana zusammengearbeitet, um das Milieu der Einwanderer im beidseitigen Interesse zu überwachen. Man erzähle sich – was ich bereits wusste –, dass viele zaristische Geheimpolizisten im Reich untergetaucht seien.

»Eine Menge Exilrussen neigen zu Okkultismus, Theosophie und Spiritismus«, erklärte Davydow. »Meine eigenen Eltern geben ihr letztes Geld für Wahrsager und Wünschelrutengänger aus, weil ihr Haus angeblich auf einer alten Schatzkammer aus dem elften Jahrhundert steht. Wenn ich sie frage, warum wohl eine mittelalterliche Schatzkammer unter einem Arbeiterviertel liegen sollte, verweisen sie auf das Gefasel irgendeiner Geisterbeschwörerin aus Jekaterinburg, die in ihren Visionen all die Reichtümer gesehen haben will, die die beiden irgendwann ihrem einzigen Sohn vererben werden. Dieser Blödsinn ist ihnen nicht auszutreiben. Sie behaupten, ich bin undankbar, weil doch am Ende alles mir zugutekommen wird, jede Goldmünze, die dieser Wünschelrutenfritze findet. Mit Logik braucht man ihnen gar nicht zu kommen.«

»Da sind Hopfen und Malz verloren«, sagte Block. »Aber zum Glück haben wir wenigstens *davon* genug.« Und wieder stießen wir mit den Bierkrügen an, was mir mittlerweile recht gut gefiel.

»Zu der Beschwörerei kommt allerlei anderes verrücktes Zeug«, fuhr Davydow fort. »Nudismus steht bei den Exilrussen groß im Kurs. Nicht bei mir, wohlgemerkt. Aber wenn Ihnen mal nackte Russen über den Weg laufen, wundern Sie sich nicht.«

Ich sagte, dass ich mich sehr wohl wundern würde, sollte ich einem nackten Russen auf der Straße begegnen, aber Davydow schien es damit ernst zu sein. Weil die kuriosen Interessen der Immigranten bei den Deutschen auf Ablehnung stießen, treibe sie das in die Arme des okkulten Untergrunds, der gerade in Leipzig überaus präsent sei.

»Warum das?«, fragte ich.

»Weil all die Okkultismus-Verlage hier ihre Bücher drucken lassen. Angebliche Zauberbücher, irrwitzige Pamphlete und Ratgeber, sonderbare Historien der Hohlwelt im Inneren der Erde, all der Kram, der das Herz des gemeinen Spinners erfreut. Hier in

Leipzig finden sie genug davon. Und dazu die entsprechenden Zirkel, Vereine und geheimen Kulte.«

»Geheime Kulte?«

»O ja«, sagte nun Block. »Manche mehr, andere weniger geheim. Sie treffen sich in Salons im Musikviertel ebenso wie in den alten Gewölbekellern des Naundörfchens. Schwarze Messen, Orgien, Tieropfer. Alles, was Sie sich vorstellen können. Angeblich wächst ihr Einfluss, seit Krieg herrscht. Die Leute greifen nach jedem Strohhalm, um dafür zu beten, dass ihre Söhne heil von der Front zurückkehren. Oder gar nicht erst hinmüssen.«

Ich ließ das einen Moment sacken, dann fragte ich: »Ist Ihnen in dem Zusammenhang mal der Name Iwan Iwanowitsch Petrow untergekommen?«

Die beiden wechselten einen Blick und sahen mich dann mit gerunzelter Stirn an.

»Wer soll das sein?«, fragte Block.

»Jemand, den ich aufsuchen soll, um ihm etwas zu übergeben. Das Buch eines Freundes.«

Davydow rieb sich das Kinn. »Was für ein Buch?«

»Kennen Sie diesen Petrow?«, fragte ich.

Er schüttelte den Kopf. »Aber ich kann mich mal für Sie umhören. Ich habe einen Autor, der oft in diesen Kreisen verkehrt. Das Außenministerium wollte ihn mal überreden, einen Roman zu schreiben, der Rosenkreuzer aus Frankreich und Italien für den Ausbruch des Krieges verantwortlich macht. Er hat abgelehnt, aber seine Verbindung zu den Logen ist eng, und wer die Logen kennt, der hat auch Beziehungen zu Leuten, die mehr über die Kulte wissen. Wenn Sie verstehen, was ich meine.«

Ich verstand nicht viel, schob es auf das viele Bier, nickte aber mit größter Entschiedenheit und bedankte mich im Voraus für die Hilfe.

»Iwan Iwanowitsch Petrow«, sagte Block mit Grüblermiene. »Ist das einer, vor dem man sich in Acht nehmen sollte?«

»Ich weiß es nicht.«

»Der Freund eines Freundes, sagten Sie?«

»Wahrscheinlich eher jemand, den er selbst nicht persönlich kennt«, sagte ich, wobei ich mir auch dessen nicht sicher war. Spiridon kannte eine Menge seltsamer Leute, und es war möglich, dass es einige davon nach Deutschland verschlagen hatte.

Und während ich das dachte, entdeckte ich Volonoff.

Ich sah ihn gerade noch durch die schweren Vorhänge des Windfangs verschwinden, eigentlich nur eine Ahnung, vielleicht ein Trugbild, eine Erinnerung an die *Saltan.*

»Was ist los?«, fragte Davydow. »Sie sind plötzlich so blass.«

Ich stolperte auf die Füße, rannte quer durch das Lokal, stieß die Vorhänge beiseite und sprang die Stufen aus dem Souterrain hinauf ins Freie.

Der Himmel über dem Graphischen Viertel war düster, die Straße von gelblichem Dunst vernebelt. Silhouetten hasteten durch die Schwaden, tauchten schon nach wenigen Schritten darin unter. Es sah aus, als zerfielen sie zu Staub.

Volonoff mochte überall sein. Hier in Leipzig, in Frankreich, in einem versenkten Schiff am Meeresgrund. Vielleicht hatte ich nur seinen Geist gesehen, den bleichen Wiedergänger meiner Angst.

36

Am frühen Abend verkündete Demian, er wolle Mara und mich nobel ausführen. Ich nahm an, dass sie ihn dazu gedrängt hatte, um sich für meine Hilfe im Kampf gegen Albin erkenntlich zu zeigen. Demian selbst erwähnte den Vorfall mit keinem Wort, obwohl er leicht humpelte und augenscheinlich unter Schmerzen litt.

Wir fuhren in seinem Rolls-Royce Silver Ghost, demselben, in dem wir vor drei Jahren unseren ersten gemeinsamen Ausflug entlang der Côte d'Azur unternommen hatten. Im Leipziger Regenwetter war der Wagen nicht mehr so blitzblank und ansehnlich, aber angesichts der bitteren Armut auf den Straßen kam es mir vor, als schwebten wir auf einem fliegenden Teppich übers Pflaster. Unzählige Blicke folgten uns, viele feindselig, andere resigniert, ein paar auch bewundernd. Mir wurde ein wenig übel, und ich schob es auf das viele Bier am Mittag.

Die *Rote Mühle* war Leipzigs bestes Tanzvarieté, wie mir Demian versicherte. Sie war eines von vielen Amüsierlokalen in der Petersvorstadt, wo entlang der Windmühlenstraße eine Reihe von Bars und Kabarettbühnen entstanden war, dazu das riesige *Astoria*-Lichtspielhaus mit anderthalbtausend Plätzen. Demian gefiel sich als Fremdenführer durch das Nachtleben, erzählte von der Geschichte des Viertels und der großen Zukunft der Vergnügungsbetriebe. Mir schien es, als ob er das Geschäft mit Büchern vor allem als finanzielle Grundlage betrachtete, um schon bald in lukrativere Zweige der Unterhaltungsbranche zu investieren. Dass sein Vater dies guthieß, konnte ich mir kaum vorstellen.

Mara trug ein umwerfendes Kleid mit einem schwarz-weißen Karomuster, darüber einen langen Mantel mit Kapuze, der fast bis zum Boden reichte. Ihre kleine Handtasche war aus ockerfarbener Reptilienhaut, der Schlangenkopf flach in der Mitte eingearbeitet. Die Tasche lag auf dem Tisch und blickte mich aus ihren schwarzen Glasaugen an.

Am Nachmittag hatte ich auf meinem Bett zwei Anzüge gefunden, die wie angegossen passten; sie waren brandneu, offenbar von Ilna ausgewählt, die ein gutes Auge haben musste, was Körpermaße anging. Womöglich war auch das ein stillschweigendes Dankeschön dafür, dass ich ihren älteren Sohn vor dem Jähzorn des jüngeren bewahrt hatte. Jetzt trug ich einen dieser Anzüge, dazu neue Lederschuhe und sogar ein Einstecktuch, das Mara vor unserer Abfahrt zurechtgezupft hatte.

In dem Nachtlokal ging es wild, aber nicht allzu anrüchig zu. Alle Tische waren besetzt, die Tanzfläche überfüllt, und auf der Bühne spielte eine Kapelle mit vielen Trompeten und Trommeln. Mara deutete auf einige Männer und Frauen, die ungeniert Kokain konsumierten, und irgendwann kamen Tänzerinnen auf die Bühne, die ihre nackten Beine derart in die Höhe warfen, dass mir schwindelig wurde.

Der Hungerwinter, der draußen die Stadt und das ganze Land im Griff hielt, schien hier nicht zu existieren. Die Speisen waren nicht üppig, aber keineswegs karg, und der Alkohol floss in Strömen. Später erfuhr ich, dass der Ausschank streng reglementiert war, aber Gastwirte sich kaum darum scherten. Solange Schnaps und Wein und Bier verfügbar waren, konnte man sie hier und anderswo bekommen – falls man in der Lage war, die gepfefferten Preise zu bezahlen.

Demian gab sich Mühe, freundliche Konversation mit mir zu betreiben, und schien nicht zu bemerken, dass ich immer wieder verstohlen zu Mara hinübersah. Wie hätte ich sie nicht bewundern können? Sie hatte das lange Haar zu Zöpfen geknüpft und am Hinterkopf hochgebunden, was ihren schlanken Hals betonte, die zarten Muskelstränge, das kleine Grübchen zwischen den Schlüsselbeinen. Ihre helle Haut schien im Halblicht des Saals zu leuchten, so wie ihrer ganzen Erscheinung hier etwas Unwirkliches innewohnte. Während Demian redete, dachte ich an den Bericht des Jägers im Petersburger Schlachthof, an seine Erzählung von dem Mädchen, das aus den Wäldern gekommen war und die Menschen eines ganzen Dorfes vergiftet hatte. Das Mädchen, das mit der Baba Jaga getanzt hatte.

Und dann sah ich wieder Mara, die abwechselnd mich und Demian anlächelte, wieder zur Tanzfläche blickte, aber durch nichts zeigte, dass sie selbst gern dort wäre, ganz gleich, mit wem von uns beiden. Ich redete mir ein, ihre letzte Entscheidung für einen von uns stünde noch aus. Natürlich machte ich mir etwas vor.

Sie hatte Demian schon vor langer Zeit das Jawort gegeben, und die Hochzeit sollte in Kürze stattfinden. Eine schlichte Zeremonie im Kreis der Familie, kein Fest, darauf hatten sich die beiden geeinigt. Mara wollte keine Feier, und Demian schien froh zu sein, sich den Trubel ersparen und seine Zeit der Firma widmen zu können. Ich konnte mir beim besten Willen nicht vorstellen, wie Mara mit ihm zwischen Dutzenden Gästen tanzte, fremden Frauen einen Strauß zuwarf und all die anderen gängigen Rituale vollführte. Sie passte nicht in so ein Szenario, gehörte nicht einmal wirklich hier her.

Stattdessen sah ich sie in meiner Vorstellung in Karelien, wir beide auf den alten Pfaden durch die Wälder, dort, wo sie einst hergekommen war. Jetzt, da ich ihr wieder so nahe war, schien der Gedanke absurd, dass sie die Mörderin all dieser Menschen gewesen sein könnte. Sie war damals noch ein Kind gewesen, nicht die Mara von heute. Und selbst wenn sie es getan hatte, konnte man sie dann wirklich dafür verantwortlich machen? Ein verängstigtes Mädchen, das die Konsequenzen seines Tuns kaum ermessen konnte?

Ich hörte wieder die Schreie der Wildgänse am Himmel über Sankt Petersburg, erinnerte mich an die heillose Angst auf Maras Zügen, und dann meinte ich den Schatten einer sehr viel älteren Frau zu sehen, krumm und verwachsen wie ein Baum, der hinter ihr an der Wand emporwuchs und auffächerte – sehe ihn in meiner Erinnerung in jener Nacht, aber auch heute, nur einen Herzschlag lang, und dann war wieder alles wie zuvor: Demians endloses Gerede, Maras wissendes Lächeln, mein Wunsch, mit ihr allein zu sein.

Während auf der Bühne die Tänzerinnen wie Derwische wirbelten und die Musik in einem lärmenden Crescendo versank, während Demian enthusiastisch von seinen Plänen für einen Einstieg ins Filmgeschäft sprach, ohne dass ich viel davon verstanden hätte, und während Maras Hand der meinen auf dem Tisch gefährlich nahe kam und ich nur hätte zugreifen müssen – während also all die Bewegungen und Gesichter und Klänge miteinander verschmolzen, blickte ich gedankenverloren hinüber zum Eingang des Saals, auf den Pulk, der sich dort versammelt hatte, und ich sah, wie er sich teilte und Albin Eisenhuth die *Rote Mühle* betrat.

Maras Züge erstarrten, als sie mir anmerkte, dass etwas nicht stimmte, doch Demian redete weiter, bis ich sagte: »Seht mal.«

Die beiden wandten die Köpfe und entdeckten Albin nun ebenfalls, der geradewegs auf uns zukam. Er trug seine Uniform, nun wieder makellos, hohe Stiefel und leichte Lederhandschuhe, hatte das Haar mit Pomade zurückgekämmt und ein kühles Lächeln aufgesetzt. Im Schattenspiel der vorüberhuschenden Gestalten und wechselnden Lichtinseln im Saal hatte die vernarbte Seite seines Gesichts ein Eigenleben, so als lächelte die unversehrte Hälfte, während die andere zu immer neuen Grimassen gerann.

Ohne ein Wort ging er an uns vorbei zu einem Tisch, nur wenige Meter entfernt, an dem ein paar Offiziere auf Heimaturlaub saßen, überschwänglich den Tänzerinnen applaudierten und alles tranken, was die Bar hergab. Albin wurde mit Begeisterung begrüßt – es schien also Menschen zu geben, die ihn mochten, vielleicht weil er so geschickt mit dem Flammenwerfer war –, nahm Platz und kippte sofort zwei Schnaps hinunter, die seine Kameraden selbstlos zu ihm hinüberschoben.

»Wir sollten gehen«, sagte Mara.

Demian schüttelte den Kopf. »Ich lasse mich doch nicht von diesem Affen vertreiben.«

»Ein Affe«, sagte ich, »der gestern Abend versucht hat, dir den Schädel einzuschlagen. Und jetzt ein paar gute Freunde an seiner Seite hat.«

»Hier würde er das nicht wagen.«

Das Essen, das wir vor einer ganzen Weile bestellt hatten, wurde endlich serviert. Aus dem Augenwinkel bemerkte ich, dass Albin ab und an herübersah. Trotzdem unternahm er keinen Versuch, uns zu provozieren, obwohl er immer mehr und schneller trank, angefeuert von den anderen Männern, die gar nicht erst versuchten, mit ihm mitzuhalten.

Zwischen Vorspeise und Hauptgang nahm Demian seinen Vortrag wieder auf, während auf der Bühne eine neue Truppe Tänzerinnen auftrat, diesmal in knappen Kostümen, die Soldatenuniformen nachempfunden waren. Die Offiziere jubelten und grölten, während Albin immer stiller wurde. Der Aufzug der Tänzerinnen missfiel ihm sichtlich, und nach ein paar weiteren Schnäpsen erhob er sich und nutzte eine kurze Pause der Kapelle zu einer flammenden Rede.

In einem Umkreis von mehreren Metern verstummten die Gäste. Einige seiner Kameraden applaudierten ihm, andere versuchten lachend, ihn zurück auf seinen Stuhl zu ziehen. Er schüttelte ihre Hände unwillig ab, mit einem Anflug jener überkochenden Gereiztheit, die ich von gestern kannte.

»Herrgott«, murmelte Demian, und Mara war anzusehen, dass sie nun wirklich gehen wollte. Aber es hätte Aufmerksamkeit erregt, wären wir aufgestanden, wohl auch die von Albin, und das Risiko erschien uns zu groß.

Er ereiferte sich mit schwülstigen Worten und großen Gesten über die Kostüme der Tänzerinnen, die den »braven, deutschen Soldaten« verunglimpften. Als könnten Frauen je in Uniform dem Feind gegenüberstehen, rief er, oder hätten den Mut, ihm mit dem Säbel die Glieder abzuschlagen, die Kehle und den Bauch aufzuschlitzen. Im Hintergrund verließen die Mädchen eilig die Bühne, dafür setzte die Kapelle wieder ein, doch Albin ließ sich nicht beirren. Er kämpfe für sein Land, rief er, um die Musik zu übertönen, aber auch für seine Familie, die er über alles liebe, selbst wenn er manchmal ihr gegenüber zu Härte neige statt zu Zärtlichkeit.

Zärtlichkeit, formte ich stumm mit den Lippen. Mara sah es und zuckte mit den Schultern. Sie musste Albin schon häufiger so erlebt haben, kannte seine sentimentale Ader wie auch die zornigen Ausbrüche, mit denen er sie kaschierte.

Noch erstaunter als ich war Demian, dem regelrecht die Luft wegblieb, als er seinen Bruder von Liebe und Treue und der Bedeutung deutscher Blutsbande reden hörte. Die Musik spielte lauter, die Tanzfläche brodelte, und Albin stieg auf seinen Stuhl und von dort aus auf den Tisch, während seine Kameraden die Gläser in Sicherheit brachten. Von irgendwoher rief jemand spöttisch: »Tanz für uns!«, aber Albin redete nur weiter, redete und redete, trank dabei die angereichten Schnäpse aus und ließ sich lallend über die deutsche Strategie der verbrannten Erde aus, die er offenbar begrüßte, »um den Franzmann und den Russen ins Herz zu treffen«, und über den Einsatz von »gutem deutschem Gas«, das allen anderen Waffen vorzuziehen sei. Irgendwer warnte ihn lachend, dass er nur ja selbst kein gutes deutsches Gas verbreiten möge, so besoffen wie er sei. Albin aber merkte gar nicht, dass immer mehr Gäste sich über ihn lustig machten, sogar seine eigenen Kameraden, und bald sah ich Demian an, dass er drauf und dran war, der Farce ein Ende zu bereiten.

Mara ergriff seine Hand. »Tu's nicht.«

»Ich kann nicht zulassen, dass er unsere Familie lächerlich macht«, sagte Demian. »All die Leute hier kennen ihn und seinen Namen. Das fällt alles auf die Eisenhuths zurück.«

»Aber sie sehen doch, dass er sturzbetrunken ist«, sagte ich.

Demian schüttelte den Kopf. »Das ändert nichts daran, dass er sich und uns mal wieder zum Narren macht.«

Damit stand er auf, und ich fürchtete, die Schlägerei vom Vorabend würde vor Hunderten Zeugen weitergehen. Doch in diesem Augenblick brach Albin mitten im Satz ab – in dem er behauptet hatte, der ganze Stolz des Kaisers zu sein und seinen Flammenwerfer wie eine Frau zu liebkosen –, fasste sich an den Kopf, als hätte ihn eine Kugel des Feindes getroffen, und fiel vom Tisch.

Zwei der Soldaten fingen ihn auf, aber sie standen selbst nicht mehr allzu sicher, und so riss sein Gewicht sie mit sich zu Boden. Mara schloss kopfschüttelnd die Augen, während Demian zu seinem Bruder eilte und ihn aus dem Gewirr der Arme und Beine befreite. Er zog ihn auf die Füße, hob Albins Arm über seine Schultern und machte sich mit ihm auf den Weg zum Ausgang. Widerwillig stand ich auf, um zu helfen, doch Demian schüttelte den Kopf.

»Er muss uns nicht allen den Abend verderben«, sagte er ächzend, während er den schwankenden Albin an unserem Tisch vorbeischob. »Ich bringe ihn nach Hause. Esst ihr in Ruhe auf und seht euch das Programm an. Die besten Auftritte kommen erst noch.«

»Besser als seiner?«, fragte Mara zweifelnd.

Demian schenkte ihr einen betrübten Blick, dann ließ er uns zurück. An den Nachbartischen sortierten sich die Gäste und kommentierten den Vorfall mit spöttischen Bemerkungen und Gelächter. Die Soldaten schoben ihren Tisch zurecht und riefen nach neuen Getränken.

»Langweilig wird's hier ja nicht«, sagte ich.

Mara sah mich ernst an. »Ich wünschte, Albin wäre im Krieg geblieben.«

»Er ist nur ein saufender Vollidiot.«

Sie schwieg für ein paar Sekunden, dann winkte sie ab. »Reden wir nicht mehr über ihn.«

»Stimmt, reden wir über dich.« Fast hätte ich »über uns« gesagt. Aber das hier war nicht der richtige Zeitpunkt und ganz sicher nicht der beste Ort dafür.

Sie schob ihren halb vollen Teller von sich. »Gehen wir woanders hin.«

»Ist nicht die eine Bar so gut wie die andere?«

»Keine Bar«, sagte sie. »Gehen wir spazieren.«

Und so traten wir hinaus in die Nacht.

»Wir könnten von hier aus zu Fuß nach Hause laufen«, sagte Mara, nachdem wir ein paar Schritte gegangen waren. Es war so kalt, dass ich ihren Atem sah, aber es fiel kein Schnee, und die Straßen waren trocken. »Es ist keine halbe Stunde von hier bis ins Musikviertel. Demian hat nur den Wagen genommen, um dich zu beeindrucken.«

»Warum sollte er ausgerechnet mich beeindrucken wollen?«

»Er kann eben nicht aus seiner Haut.«

Allmählich ließen wir die Windmühlenstraße mit ihren Lokalen hinter uns. Nur wenige Beleuchtungen und Schriftzüge waren eingeschaltet, am *Astoria*-Kino war die Ankündigung für *Hoffmanns Erzählungen* abgedunkelt. Die Angst vor einem nächtlichen Luftangriff war allgegenwärtig.

An einer Kreuzung blieb Mara stehen. »Aber statt nach Hause zu gehen, könnten wir auch etwas anderes machen.«

Ich sah sie an, nicht sicher, was ich denken sollte.

»Ich zeige dir die Passagen«, sagte sie. »Und in jeder einzelnen davon küssen wir uns.«

»Mach dich nicht über mich lustig.«

Sie ergriff meine Hand und ging schneller. Wir überquerten den Königsplatz und liefen die Petersstraße hinauf in die Innenstadt. Die meisten Orte, die sie mir an diesem Abend zeigte, würden viele Jahre später, im Zweiten Weltkrieg, in Feuer und Asche versinken. Aber noch existierten sie in all ihrer Pracht, und ich bin dankbar, dass ich sie damals mit eigenen Augen sehen durfte. Dankbar auch für das, was dort geschah.

Bald führte Mara mich durch einen Bogen nach rechts in einen niedrigen Durchgang, der sich zu mehreren kleinen Höfen mit Glasdächern weitete. In ein paar Schaufenstern hing Damenmode. Von irgendwoher waren Stimmen zu hören, aber nirgends waren Menschen zu sehen. In der Ferne schlug eine Turmuhr elfmal.

»Ledigs Passage«, sagte sie. »Wir fangen klein an.« Damit drehte sie sich um, legte mir die Unterarme auf die Schultern und presste ihre Lippen kurz auf meine. Dann wirbelte sie herum und zog mich mit sich.

Es waren nur wenige Meter bis zur nächsten Passage. Der Zugang führte unter einem zweigeschossigen Bekleidungsgeschäft hindurch. Dahinter lagen zwei rechteckige, glasüberdachte Innenhöfe, beidseits von Geschäften flankiert. Um diese Uhrzeit waren alle geschlossen, im Inneren gab es keine Beleuchtung. Das einzige Licht schien aus vereinzelten Lampen unter den Glasdächern.

»Collegium Juridicum«, sagte Mara, und es klang wie ein Zauberspruch. »Seit dem sechzehnten Jahrhundert gehörten diese Gebäude zur Juristischen Fakultät, aber vor dreißig Jahren wurde alles umgebaut, und man hat Läden draus gemacht.«

Diesmal kam mir ihr Kuss ein wenig länger vor, aber ich wagte noch immer nicht, sie festzuhalten und ihn zu erwidern. Das alles erschien mir unwirklich, als wandelten wir durch einen Traum voller Torbögen, hoher Fassaden und Fenster, hinter denen Bücher, Schiffsmodelle und Spielzeug ausgestellt waren. Ich sagte nichts, aus Angst, dass jedes falsche Wort den Zauber zerstören könnte.

Auf der Petersstraße gingen wir weiter nach Norden.

»Hier«, sagte Mara und führte mich durch ein Tor in einer prachtvollen Barockfassade in einen großen Hof. »Eigentlich keine Passage, weil es kein Dach gibt, aber das ist trotzdem einer meiner Lieblingsplätze in der Innenstadt.« Sie streckte die Hand zu den halbrunden Schaufenstern aus und drehte sich einmal im Kreis. »Gestatten, Hohmanns Hof.«

»Mara«, sagte ich, »wir sollten –«

»Still!«, fiel sie mir ins Wort, drückte ihren Oberkörper an meinen und küsste mich mit Lippen, die jetzt ein klein wenig offen standen. Diesmal vergingen einige Sekunden, ehe sie sich zurückzog, aber ihre Hände hielten meine noch ein wenig länger, und ihr Lächeln brannte sich durch die Dunkelheit in meine Augen. Ich erwiderte es, so gut ich konnte, aber vermutlich wurde ein ziemlich albernes Grinsen daraus, nervös, erfreut und zutiefst verwirrt.

Unsere nächste Station war ein Innenhof mit eleganten Läden unter einer hochgewölbten Konstruktion aus Glas und Stahl. »Die Steckner-Passage«, sagte Mara, glitt hinter mich und hielt mir die Augen zu. »Man hat lange gedacht, dass das hier Leipzigs allererste Passage war. Stimmt aber nicht.«

»Was –«

»Pst.«

Ich spürte am Rücken, wie sie sich auf die Zehenspitzen stellte. Dann küsste sie meinen Nacken.

»Da ist ein Nachtwächter«, flüsterte sie. »Aber wenn wir ihn nicht sehen, sieht er uns auch nicht.«

In einiger Entfernung hörte ich schlendernde Schritte, dann wurde eine Tür auf- und wieder zugeschlossen, gefolgt von Stille.

Mara nahm die Hand herunter und trat wieder vor mich. »Na gut«, sagte sie, »vielleicht hätte er uns auch sonst nicht beachtet.« Und wieder küssten wir uns. Diesmal wurde mir ein wenig schwindelig davon, aber es war die gute Sorte Schwindel, die, bei der man nicht fällt, sondern glaubt, zu schweben, irgendwie.

»Weiter geht's.« Mit ihrem langen Mantel und der wehenden Kapuze lief sie vor mir her, zurück auf die Geschäftsstraße, hinüber zum Marktplatz und dann in die eine Passage, von der ich schon gehört hatte.

»Die Mädler-Passage«, verkündete sie, nachdem wir bereits ein gutes Stück hineingegangen waren. Diesmal waren wir nicht die Einzigen, die diesen Weg nahmen. Eine Handvoll Menschen ging vor uns tiefer in das wuchtige Gebäude. Wir passierten die Treppe zu *Auerbachs Keller* und flanierten entlang hoher Sandsteinfassaden und kleiner Läden. Zwei Etagen über uns spannte sich eine Decke aus Glasbausteinen und flachen Rundbögen. Die Passage führte auf einen achteckigen Hof und bog dort nach links ab. Über uns befand sich eine Galerie mit Eisengeländer. Hier blieb Mara stehen, blickte in die beiden Arme der Passage, entdeckte niemanden mehr und nahm mein Gesicht in die Hände.

»Vielleicht hätten wir damals weglaufen sollen«, sagte sie. »Nach Karelien.« Und ehe ich erwidern konnte, dass doch genau dies immer mein Plan gewesen sei, dass sie nur ein wenig länger hätte warten müssen, statt nach Deutschland zu verschwinden, küsste sie mich schon wieder, und diesmal mit aller Leidenschaft.

Wie lange wir so dastanden, weiß ich nicht. Dies war der Moment, den ich seit Jahren herbeigesehnt und als Wunschdenken abgetan hatte. Es schien sie nicht mehr zu kümmern, dass uns irgendwer sehen könnte. Sie ließ sich ebenso treiben wie ich, ohne an mögliche Konsequenzen zu denken, wenigstens für ein paar Minuten.

Naiv wie ich war, wollte ich mit ihr darüber sprechen, doch während wir weitergingen, bis zum Ende der Passage und dann nach links eine dunkle Geschäftsstraße hinab, legte sie jedes Mal den Finger an die Lippen, wenn ich auch nur den Versuch machte.

An diesem Abend küssten wir uns in zwei weiteren Passagen, erst in Specks Hof, dann unter dem Glasdach der Theaterpassage. Von ihrem Ende aus blickten wir hinaus auf das Neue Theater, und Mara sagte: »Dahinter, auf der anderen Seite der Straße, liegt das Graphische Viertel.«

Selbst im Dunkeln war das nicht zu übersehen. Dunst waberte dort um vereinzelte Straßenlaternen und verwandelte ihren Schein in eine Perlenkette aus fernen Monden. Die Schlote der Druckereien und ihrer Dampfmaschinen spien Tag und Nacht dichte Wolken in den Himmel, die als Nebel auf das Viertel herabsanken, durch die Gassen und Straßen trieben und die Bücherfabriken und Buchhandlungen in trübes Grau hüllten. Mara hatte mir in ihren Briefen davon erzählt, und ich hatte es nach meiner Ankunft in Leipzig mit eigenen Augen gesehen. Trotzdem erschien mir in dieser Nacht der Nebelwall mit den Umrissen gewaltiger Häuserkolosse in seinem Inneren wie etwas, das nicht von dieser Welt war. Als passierte man mit dem Überschreiten des Georgirings mehr als eine Grenze zwischen den Stadtteilen. Die Arbeiter, die dort schufteten, sahen das gewiss prosaischer, aber für mich blieb das Graphische Viertel eine Verheißung, ein unwirklicher Ort, dessen Mythos mich mit nervöser Erwartung erfüllte.

»Ich möchte dir noch was zeigen«, sagte Mara. »Aber dafür nehmen wir eine Kutsche.« Sie deutete auf ein einzelnes Gespann, dessen Fahrer zusammengesunken auf dem Kutschbock vor dem Neuen Theater wartete.

Trotz der späten Stunde eilte noch eine Handvoll Menschen über den Platz, und ich fürchtete, einer von ihnen könnte uns die Kutsche vor der Nase wegschnappen. Doch gleich darauf saßen wir uns in der niedrigen Kabine gegenüber. Ich hielt Maras Hand, während das Gefährt über das Pflaster holperte, hinüber ins Graphische Viertel.

Ich dachte in dieser Nacht kein weiteres Mal an das Dorf in den Wäldern und das Mädchen mit dem Gift. Beide hatte ich in Russland zurückgelassen, verblassende Erinnerungen an zwei andere Leben, meines und ihres.

Zwanzig Minuten später hielten wir vor dem Werktor der Eisenhuth'schen Druckereien. Es stand offen, hier wurde Tag und Nacht in Schichten gearbeitet. Das Wummern mächtiger Druckmaschinen drang uns aus dem Tortunnel entgegen. Als wir ihn betraten, hob der Nachtpförtner in seiner Kabine grüßend die Hand, so als käme Mara häufiger um Mitternacht hierher.

»Er macht manchmal Reparaturen in der Villa«, sagte sie, »deshalb kennt er mich.«

Ich folgte ihr in eines der riesigen Druckereigebäude. Wir stiegen breite Treppen hinauf und durchquerten eine Halle voller Lärm und Menschen. Überall verliefen Förderbänder mit Büchern. Literatur in Massenproduktion war einerseits ernüchternd, andererseits faszinierend, weil ich mir vorstellte, wie diese Straßen aus Worten geradewegs in die Köpfe der Leser führten, ein niemals versiegender Strom aus Büchern, Zigtausende davon, die allein in dieser Nacht aus den Druckmaschinen in die Lagerhallen und von dort aus in Regale und Gedanken rollten.

Schließlich kamen wir an einen Gitteraufzug, aber Mara hielt auf die Treppe zu, die daneben in die Tiefe führte.

»Wohin gehen wir?«, fragte ich.

»In den Keller.«

»Das merk ich.«

»Wart's ab.«

Das Licht der vergitterten Wandlampen war düster gelb, die Ziegelwände unverputzt. In der Druckerei wurde es nicht kalt, weil die Hitze der Dampfmaschinen durch das ganze Gebäude trieb, aber hier kam doch merklich weniger davon an, und es wurde zugiger.

Wir folgten der Treppe nicht bis nach ganz unten. Auf halber Höhe trat Mara durch eine Tür auf eine Galerie aus Eisengittern, die um die Wände einer großen unterirdischen Halle führte. Unter uns reihten sich riesige Stahltanks aneinander wie Fässer, die auf der Seite lagen. Sie waren durch breite Rohre miteinander verbunden. Weitere Leitungen führten durch die Decke ins Erdgeschoss der Druckerei.

»Druckerschwärze«, sagte Mara. »Zigtausende Liter. Schon Frederiks Vater war besessen davon, dass sie niemals ausgehen darf, und das hat sich bis zu Demian fortgesetzt. ›Die Schwärze darf niemals versiegen‹, sagt er. Sie haben hier auf dem Betriebsgelände seit Jahrzehnten eine eigene Farbenfabrik, wo sie das Zeug aus Ruß und Leinöl herstellen, um nur ja von keinem Lieferanten abhängig zu sein.«

Ich hatte mir nie Gedanken darüber gemacht, wo Druckerschwärze herkam. Trotzdem wunderte ich mich, dass Mara mir all das unbedingt mitten in der Nacht zeigen wollte.

»Aus dem vorderen Tank wird die Schwärze direkt in die Druckpressen geleitet«, sagte sie. »Ab morgen früh drucken sie da oben eine Neuauflage von Georg Heyms *Umbra Vitae.* Nicht viele, nur ein paar Tausend Exemplare.«

»Sollte mir das was sagen?«

»Gedichte aus dem Nachlass eines toten Lyrikers. Er ist vor ein paar Jahren beim Schlittschuhlaufen unters Eis gezogen worden. Die Leiche haben sie erst eine Woche später gefunden.« Sie lächelte. »Aber wenn du denkst, das ist finster, dann lies erst mal seine Gedichte.«

Von der Galerie führten Gitterstege auf die Tanks, die drei oder vier Meter hoch waren. Mara ging über den Abgrund voraus auf den ersten. Der Steg endete an einer runden Luke in der abgeflachten Oberseite, und plötzlich kam mir die verrückte Idee, dass sie in die Druckerschwärze hinabtauchen wollte.

»Was hast du vor?«, fragte ich mit nervösem Lächeln.

»Das siehst du gleich.«

»Warum ist hier unten niemand?«

»Hier gibt's nicht viel zu tun. Die Wartung erledigen sie tagsüber. Ab dem Abend ist hier alles verlassen.«

Sie trat auf die andere Seite der Luke, ging in die Hocke, legte ihre Schlangenledertasche neben sich ab und griff mit beiden Händen nach dem runden Deckel.

»Lass mich das machen«, bot ich an.

»Zusammen«, sagte sie, und so drehten wir den Deckel mit vereinter Kraft, bis er sich von der Luke löste. Starker Ölgeruch drang aus dem Inneren des Tanks herauf. Mit einem Ächzen legte ich den Deckel beiseite.

»Und nun?«

Die Öffnung war groß genug für einen Menschen, aber natürlich hatte Mara nicht wirklich vor, hineinzuklettern. Stattdessen nahm sie wieder ihre Handtasche und ließ den Verschluss aufschnappen.

»Die Eisenhuths haben ein altes Familienritual«, sagte sie. »An wichtigen Tagen und bei besonderen Feierlichkeiten kommen sie alle hierher.«

Ich konnte mir Ilna Eisenhuth nur schwerlich auf diesem öligen Tank vorstellen. »Taufen sie ihre Neugeborenen mit Druckerschwärze?«

»Nicht ganz.« Sie schob die Hand in die Tasche und zog ein Messer hervor. Nicht irgendein Messer, sondern einen altertümlichen Dolch mit einer dreieckigen, beiderseitig geschliffenen Klinge. Der Griff war aus Holz, in den Messerstahl hatte man den Umriss eines stilisierten Hahns eingelassen. »Für gewöhnlich liegt er in einer Vitrine im Lesesalon. Ich bringe ihn noch heute Nacht zurück, damit niemand merkt, dass er weg war.«

Ich hob verwundert eine Augenbraue. »Opferst du mich dem Schwarzen Gott der Buchdrucker?«

»Da drinnen findet dich jedenfalls keiner.«

»Jetzt mach ich mir Sorgen.«

Sie blickte sich verstohlen in der verlassenen Halle um und gab mir über die Öffnung hinweg einen schnellen Kuss. »Es ist wirklich ein Blutopfer. Aber nur ein paar Tropfen. Das überlebst du.«

»Ich will kein Blut opfern.«

»Stell dich nicht so an.«

»Hm.«

»Die Klinge ist sehr scharf. Und sauber. Du merkst das nicht mal. Jeder von uns ritzt sich die Hand und lässt ein paar Tropfen in den Tank fallen. Und morgen wird damit das Buch gedruckt. Es ist dann unser Buch.«

Auf makabre Weise fand ich das sehr romantisch. Und völlig verrückt. »Und das machen die Eisenhuths bei jeder Familienfeier? Andere Leute essen da Sahnetorte.«

»Nur bei ganz besonderen Gelegenheiten. Und das hier ist eine.«

»Aber wir sind keine Eisenhuths. Nicht mal du. Noch nicht.«

»Ich will, dass *Umbra Vitae* unser Buch wird, Artur. Es ist nicht das *Kalevala,* aber es gehört dann uns ganz allein. Wenn die Leute in hundert Jahren ein staubiges Exemplar davon in einem Antiquariat finden, dann ist immer noch etwas von uns darin.«

Ganz leise sagte ich: »Wir werden für immer ein Teil davon sein.«

Sie nickte, gab mir noch einen Kuss und streckte dann die linke Hand über die Öffnung. Blitzschnell zog sie eine Schneide des Dolchs über den Handballen, länger und tiefer, als ich erwartet hatte. Dann drehte sie die Hand um, und wir sahen zu, wie mehrere Blutstropfen in der pechschwarzen Öffnung verschwanden.

Sie schenkte mir ein aufmunterndes Lächeln, als ich den Dolch entgegennahm. Ohne zu zögern, machte ich es wie sie. Der Schnitt brannte ein wenig, aber das kümmerte mich nicht, weil mein ganzer Körper zu glühen schien. Ich blickte dem Blut nach und hatte das Gefühl, trotz der absoluten Dunkelheit sehen zu können, wie die Tropfen auf der schwarzen Oberfläche einschlugen und sich darin auflösten.

Mara nahm ein kleines, seidenes Taschentuch aus ihrer Handtasche, wischte die Klinge ab und steckte sie wieder ein.

Unsere Blicke trafen sich.

»Unser Buch«, sagte sie.

Ich nickte. »Unser Buch.«

Wir mussten beide lächeln.

»Und egal, was noch geschieht«, sagte sie, »das wird es für immer bleiben.«

»Du wirst ihn heiraten«, flüsterte ich, weil ich es selbst nicht hören wollte.

»Ja.«

»Warum?«, fragte ich tonlos.

»Hilf mir mit dem Deckel. Und pass auf, dass kein Schmutz in die Wunde gerät.«

Mit mechanischen Bewegungen hob ich den Deckel auf die Luke, dann drehten wir ihn gemeinsam bis zum Anschlag. Dabei hinterließen wir weitere Blutstropfen auf dem Metall.

Sie zog ein zweites gefaltetes Seidentuch aus ihrer Tasche und reichte es mir. »Drück das ein paar Minuten auf die Wunde.« Sie selbst benutzte das andere Tuch, mit dem sie den Dolch gesäubert hatte.

Schließlich gingen wir über den Gittersteg zurück auf die Galerie.

»Warte«, sagte sie, bevor ich das Treppenhaus betrat. »Gib mir deine Hand.«

Sie nahm meine in ihre, und dabei berührten sich die offenen Schnitte. Unser Blut vermischte sich. Zugleich drückte sie ihre Lippen so heftig und lange auf meine, dass mir der Atem wegblieb. Beide Berührungen hatten dieselbe Intensität, und ich dachte, dass ich ihr vielleicht nie wieder näher sein würde als in diesem Moment.

Als wir zugleich nach Luft schnappten, konnte ich nicht anders, als zu lächeln, doch sie blieb vollkommen ernst.

»Du weißt noch nicht alles über die Eisenhuths«, sagte sie.

37

Eine Gestalt mit Mantel und Hut folgte uns in einiger Entfernung durch den Nebel des Graphischen Viertels, vom Werktor der Druckerei bis zur Hospitalstraße. Dort verschwand sie kurz, aber ich sah sie noch einmal auf Höhe des Alten Johannisfriedhofs, auf der anderen Seite des Gitterzauns, eine Erscheinung zur Geisterstunde, die sich beim ersten Stundenschlag des neuen Tages in der Finsternis verlor.

Mara wartete mit ihrer Erklärung, bis wir die Grenze des Viertels überschritten hatten. Diesmal nahmen wir keine Kutsche, sondern gingen zu Fuß zurück ins Musikviertel, eine gute halbe Stunde durch die abgedunkelte Innenstadt. Die einzigen Menschen, die wir trafen, waren Betrunkene und Obdachlose. Wenn sie uns bemerkten, starrten sie Mara in ihrem weiten Mantel an wie eine Erscheinung. Sie hatte die Kapuze hochgeschlagen, ihre Schritte waren fast lautlos. Manchmal war mir, als ginge nur ihr Schatten neben mir.

»Als du mir erzählt hast, dass Ofeliya und ihre Eltern ermordet worden sind, da … Ich hatte so was schon kommen sehen«, sagte sie. »Ich hab versucht, es zu verhindern, aber …« Sie führte den Satz nicht zu Ende, schien um die richtigen Worte zu ringen, während ich nicht verstand, worauf sie hinauswollte.

»Du hast es gewusst?«

Im Schatten der Kapuze schüttelte sie den Kopf. »Nicht gewusst. Nur geahnt. Ich wollte dir schreiben, eine Warnung, aber der Brief wäre nie in Russland angekommen, nicht mitten im Krieg. Anfangs konnte man die Post noch irgendwem mitgeben, der sie über die Grenze brachte und dort aufgab. Aber das ist lange vorbei.«

»Ich versteh das nicht. Was für eine Warnung? Vor der Ochrana?«

»Vor dem, was die Eisenhuths getan haben.« Frierend schob sie die Hände in ihre Ärmel. »Was Ilna getan hat. Sie ist schuld an dem, was passiert ist. Und vielleicht auch ich.«

»Erzähl's mir einfach.«

»Ilna und ich … wir haben oft gestritten in den letzten drei Jahren. Sie hatte von Anfang an Angst, Demian an mich zu verlieren. Was Unsinn ist, weil die Familie ihm alles bedeutet, die Familie und die Firma. Ilna weiß, dass der ganze Wohlstand der Eisenhuths von ihm abhängt. Frederik kümmert sich um nichts mehr, nur um seine Bücher, und Albin … du hast ihn erlebt, er ist für die Eisenhuths verloren. Ilna sieht das ganz kühl und realistisch. Sie liebt Demian, aber sie braucht ihn auch.«

»Glaubt sie, er würde mit dir fortgehen?«

»Nein, aber sie mag mich nicht. Das war vom ersten Tag an so. Erinnerst du dich an das Essen, bei dem Demian um meine Hand angehalten hat?«

Wie hätte ich das vergessen können. Ich erinnerte mich an jedes Detail, jedes Wort, jeden Blick.

»Nur vage«, sagte ich.

Maras Atem hing für einen Moment wie Nebel vor ihren Zügen. »Damals hat sie beschlossen, dass ich eine Gefahr für sie bin. Und zugleich ihre Rettung. Hätte sie mich allzu offen abgelehnt, hätte Demian ihr das nie verziehen. Und sie kann keinen unglücklichen, nachtragenden Demian gebrauchen. Sie ist eine kluge Frau, aber sie kann weder die Verlage noch die Druckerei führen. Das kann nur Demian. Und wenn er ihr den Rücken kehrt, gehen die Eisenhuths unter. Ilna würde alles verlieren. Deshalb hat sie sich auf die Hochzeit eingelassen. Aber sie hat auch dafür gesorgt, dass sie hinausgezögert wird, wohl in der Hoffnung, dass Demian allmählich das Interesse an mir verliert. Darum hat sie mich auf diese Schule in der Schweiz geschickt. Aber Demian ist mir treu geblieben. Er und ich leben seit fast drei Jahren wie Mann und

Frau, und das ist es, was für ihn zählt. Erst als im letzten Jahr das Gerede zu laut wurde, hat er darauf bestanden, dass wir endlich heiraten. Und Ilna hatte keine andere Wahl, als all ihre kleinen heimlichen Widerstände aufzugeben.«

»Was hat das mit den Kalinins zu tun?«, fragte ich.

»Manchmal, wenn Ilnas Schikanen und Sticheleien nicht mehr zu ertragen waren, habe ich ihr gedroht, dass ich alles hinschmeiße und zurück nach Sankt Petersburg gehe. Und dass ich vorher dafür sorgen würde, dass Demian erfährt, dass sie der Grund dafür ist. Sie wusste, dass er ihr das nie verziehen hätte.« Mara atmete tief durch, und ich hatte das Gefühl, dass es ihr schwerer fiel, fortzufahren. »Ilna hätte mich nicht aufhalten können, aber sie konnte dafür sorgen, dass es in Russland niemanden mehr gibt, der mich aufnimmt. Sie dachte, ohne die Kalinins würde ich vernünftig sein und bleiben. Und dazu musste sie Alexej und Xenia loswerden.«

Ich war verwirrt, aber nicht lange, und mir dämmerte, worauf das hinauslief. Spiridon hatte Andeutungen darüber gemacht, und nun begann ich zu begreifen, was wirklich geschehen war.

»Die Bücher aus Deutschland, die an der Grenze abgefangen worden sind«, sagte ich mit spröder Stimme. »Die bolschewistischen Kampfschriften, die Alexej angeblich hat drucken lassen …«

Mara nickte. »Ilna hat das alles ausgeheckt. Sie hatte nur eine Möglichkeit, die Kalinins kaltzustellen: Sie musste dafür sorgen, dass sie auf die Abschussliste des Zaren gerieten. Man weiß hier schon lange, was in Russland los ist, und man kennt die Angst des Zaren vor der Revolution. Ilna dachte, wenn es ihr gelingen würde, Alexej und Xenia als Verräter zu verleumden, als Bolschewisten und Feinde des Zaren, dann würde die Geheimpolizei den Rest erledigen. Also ließ sie ein paar Kisten Bücher drucken und die Auftragspapiere fälschen, und dann hat sie die Kisten auf den üblichen geheimen Routen nach Russland geschickt. Nur dass die Routen seit Monaten nicht mehr geheim waren und längst überwacht wurden. Die Kisten wurden geöffnet, der Inhalt konfisziert, und Alexej landete auf der Todesliste der Ochrana.«

Sie verstummte und schwieg eine Weile, während ich noch versuchte, die Dinge nicht nur zu hören, sondern in ihrer ganzen perfiden Tücke zu erfassen. Ilna Eisenhuth hatte meinen Onkel, meine Tante und Ofeliya ans Messer geliefert, um Mara in Leipzig und Demian bei Laune zu halten und so ihren eigenen Reichtum zu sichern.

»Was ist mit Frederik?«, fragte ich schließlich. »Und Demian?«

»Die beiden haben nichts davon gewusst. Jedenfalls nicht, bis es zu spät war. Da waren die Bücher schon unterwegs. Demian ist irgendwann auf die gefälschten Papiere gestoßen, hat Nachforschungen in der Druckerei angestellt und schließlich die Leute gefunden, die im Auftrag seiner Mutter alles in die Wege geleitet haben. Er hat sie rausgeworfen, aber ändern ließ sich da schon nichts mehr. Die Kisten waren auf dem Weg nach Russland, und es hätte Aufsehen erregt, wenn er jetzt noch versucht hätte, sie zu stoppen.«

»Aber er hätte das gekonnt?«, fragte ich scharf.

»Ich weiß es nicht. Er behauptet, dass es unmöglich war, und das kann schon sein. Andererseits … die Menschen kuschen vor den Eisenhuths, und mit einer Menge Einsatz und Geld … wer weiß, was er da noch hätte bewirken können.« Sie hielt kurz inne und überlegte, ehe sie fortfuhr. »Mit Frederik war es genauso. Demian hat ihm davon erzählt, der Alte ist über alles im Bilde. Und am Ende hat auch er einfach den Mund gehalten. In dieser Familie breitet man den Mantel des Schweigens über alles, was unangenehm ist. Frederik war früher einmal anders, aber das ist Jahre her. Der Krieg hat auch mit ihm etwas gemacht.«

Mir war speiübel. Ich machte Mara keinen Vorwurf, sie konnte nichts für diese Intrige, auch wenn sie sich selbst als den Auslöser sah. Ilna hingegen, und Demian, und auch Frederik – sie alle trugen Schuld an dem, was Ofeliya und ihren Eltern zugestoßen war.

Eines war da noch, das mir nicht in den Kopf wollte. Das ich einfach nicht verstehen konnte. »Warum um alles in der Welt willst du Demian trotzdem heiraten?«

»Ilna hat mir gedroht, dass sie dich als russischen Spion den Behörden meldet, wenn ich die Hochzeit platzen lasse.«

»Was?«

»Erst gestern wieder. Aber angedeutet hat sie es schon früher, als dein Telegramm kam.«

»Ich bring sie um.« Und ein paar Herzschläge lang meinte ich genau das, was ich sagte.

»Nein, Artur.« Sie blieb stehen und packte mich hart am Arm. »Das ist nicht der einzige Grund, warum ich diese Hochzeit will. Auch nicht der wichtigste. Ich werde die Eisenhuths für das bezahlen lassen, was sie getan haben. Aber *ich* bestimme den Zeitpunkt, es ist *mein* Plan.« Ihre eisblauen Augen hatten mich noch niemals kälter angesehen als in diesem Moment. »Verstehst du das, Artur? Es ist *meine* Rache.«

Ich sagte nichts mehr. Nicht, bis wir in der Villa waren, und nicht am nächsten Morgen, als Ilna mich beim Frühstück mit falscher Freundlichkeit wissen ließ, dass ich herzlichst eingeladen sei, bis zur Hochzeit bei den Eisenhuths zu wohnen. In vier Tagen sei es so weit, und als Trauzeuge gehöre ich schließlich zur Familie. In Wahrheit hatte sie wohl Sorge, sie könnte ihr Faustpfand verlieren, wenn ich mich vor der Trauung aus dem Staub machte.

Mara war an diesem Tag mit Anproben und Änderungen an ihrem Brautkleid beschäftigt, was Ilna sich mit ihrem Hang zum Perfektionismus nicht entgehen lassen wollte. Ich hatte Mühe, Ilna in die Augen zu blicken – ich sah dort jetzt immer nur die Frau, die meine Familie, ihre Freunde, ans Messer geliefert hatte –, und ich war froh, als die beiden mit der Schneiderin in einem Ankleidezimmer im ersten Stock verschwanden.

Ich saß allein im Wohnzimmer vor dem Landschaftsgemälde der Bucht, gab vor, zu lesen, dachte aber in Wahrheit darüber nach, wie ich mit der neuen Situation umgehen sollte. Mara hatte mir keine Einzelheiten ihres Plans verraten, und ich nahm an, dass es um langfristige Bestrebungen ging, Demian um den kleinen Finger zu wickeln und die Eisenhuths von innen heraus zu zerstören. Ich wollte mir auf keinen Fall ausmalen, wie genau sie sich Demian gefügig machte, und ich war noch immer zu verwirrt von dem Gang durch die Passagen und unserem Blut in der Schwärze. Mara hatte zwei frisch gedruckte Exemplare von Heyms *Umbra Vitae* ins Haus bestellt; ein Bote würde sie bringen, sobald sie gebunden waren. Dafür liebte und verfluchte ich sie gleichermaßen. Das Buch würde mich immer daran erinnern, was Demian hatte und wie sehr sie mir fehlte.

Es sei denn, das Buch wäre ein Versprechen. Ein Versprechen für die Zukunft.

Bevor aus meiner Verwirrung Selbstmitleid oder Wut werden konnte, klingelte in der Halle das Telefon. Gleich darauf kam der Hausdiener herein und sagte, der Anruf sei für mich.

»Hier ist Davydow«, meldete sich der Lektor. »Sie hatten mich gebeten, mich nach diesem Iwan Iwanowitsch Petrow umzuhören. Haben Sie eigentlich eine Ahnung, mit wem Sie es da zu tun haben?«

»Nein. Deshalb wollte ich ja –«

»Sie sollten sich noch mal überlegen, ob Sie wirklich mit ihm Verbindung aufnehmen wollen.«

»Wer ist der Kerl?«

Davydow seufzte. »Es ist nicht allzu viel, was ich auf die Schnelle rausfinden konnte. Aber das wenige genügt schon, um zu wissen, dass Sie sich großen Ärger einhandeln könnten.«

»Ist er ein Verbrecher?«

»Kommt auf die Definition an.«

»Herrgott, nun sagen Sie's schon.«

Davydow räusperte sich und schien das Telefon enger an den Mund zu ziehen; er senkte die Stimme. »Wir sprachen ja schon über die russischen Immigranten, die ihre okkulten Interessen mit nach Deutschland gebracht haben. Darunter gibt es eine Menge sonderbarer Sekten und Kulte, von denen man hier nie zuvor gehört hatte. Die Chlysten sind eine von diesen Verbindungen, eine der größten noch dazu. In Russland haben sie Zigtausende Mitglieder, drücken ihren Glauben in ekstatischen Tänzen und anderem Irrsinn aus, und sie verehren ihre Anführer als göttliche Heilsbringer.«

»Und Petrow ist einer dieser … Chlysten?«

»Nein«, sagte Davydow, und ich stellte mir vor, wie er dabei belehrend den Zeigefinger hob. »Aber aus den Chlysten sind die Skopzen hervorgegangen, die mittlerweile noch mehr Mitglieder haben. Viele von ihnen sind Selbstkastraten, aber nicht alle.«

»Petrow hat sich selbst *kastriert?*«

»Nun hören Sie mir doch erst mal zu. Der Gründer der Skopzen behauptet, er sei der wiedergeborene Zar Peter III., der Ehemann von Katharina der Großen. Gerüchteweise hat sie Peter 1762 ermorden lassen, um selbst den Thron zu besteigen. Wenn dieser Skopzenführer sich also als Peter III. ausgibt, soll das wohl in irgendeiner Form sein Anrecht auf den Thron legitimieren. Natürlich hat er sich damit beim Zaren nicht beliebt gemacht, deshalb mussten er und sein engster Zirkel schleunigst untertauchen.«

»Und Petrow ist dieser Anführer?«, fragte ich ungeduldig.

»O nein«, erwiderte Davydow mit der Seelenruhe von jemandem, der einem Kind höhere Mathematik beibringen will. »Aber Petrow war einer seiner Getreuen. Kontext, mein Lieber. Kontext ist alles, wenn es um die wilden Verzweigungen der okkulten Szene geht. Ansonsten versteht man schon nach ein paar Namen und Abspaltungen überhaupt nichts mehr.«

»Ich bin nicht sicher, ob ich jetzt noch irgendwas verstehe.«

»Geben Sie sich Mühe. Also, Petrow tauchte in Moskau unter und eine Weile später hier in Leipzig wieder auf. Und bevor Sie noch mal fragen: Ich weiß nicht, ob er Kastrat ist, möchte es aber bezweifeln, weil er sich hier vor allem mit jungen Frauen umgibt. Sie beten ihn an wie einen Messias.«

Ich fügte mich in mein Schicksal und stellte keine Fragen mehr, in der Hoffnung, dass Davydow von selbst zum Kern der Sache käme. Etwa zu Petrows Aufenthaltsort, damit ich endlich Spiridons elende Schachtel loswerden konnte.

»Selbstkastration können wir also mit einiger Wahrscheinlichkeit ausschließen«, sagte er. »Trotzdem ist es interessant, sich Petrows Vorgeschichte anzusehen. Seine Anhängerinnen nennt er alle Sophia beziehungsweise ›meine Sophien‹, weil er ihnen einredet, sie seien Personifikationen einer göttlichen Frauengestalt namens Sophia aus der Kabbala. Das ist alles etwas verwirrend und tut hier auch weiter nichts zur Sache. Fakt ist aber, dass Petrow früher einmal Dozent an der Universität von Moskau war, ehe man ihn freistellte, offenbar weil er überall Sophienerscheinungen sah, im Hörsaal, auf der Straße und so weiter. Das hinderte ihn aber nicht daran, Teil eines mystischen Zirkels am Zarenhof zu werden, dem sogenannten Schwarzen Ignatieff-Salon, benannt nach einem Grafen Alexander Pawlowitsch Ignatieff, der in der Gruppe das Sagen hatte. Petrow hat darüber an Einfluss gewonnen und war einer derjenigen, die dem Zaren den Floh ins Ohr gesetzt haben, dass die Juden die Schuld an allem tragen.«

»An allem?«

»Ja. Suchen Sie sich was aus, alles waren die Juden. Krankheit, Armut, Krieg, Regierungskrisen, natürlich die drohende Revolution – alles haben angeblich die Juden angezettelt. Das zumindest glaubt jetzt der Zar, weil eine Reihe seiner Berater ihm das weisgemacht hat. Es kursieren allerlei Traktate, die behaupten, eine jüdische Weltverschwörung habe die Regierungen der größten Nationen unterwandert, hetze sie gegeneinander auf und sei – natürlich, das darf nicht fehlen – mit den Freimaurern im Bunde. Zum Beispiel heißt es, die Juden würden fleißig an einem Netzwerk von Tunneln bauen, durch das sie mit Untergrundbahnen fahren, um alle Hauptstädte Europas gleichzeitig in die Luft zu sprengen.«

»Tunnel«, sagte ich. »Für Bomben.«

Davydow schmunzelte. »Das sind noch die plausibelsten Behauptungen, die Männer wie Petrow in die Welt gesetzt haben.

Durch seine Flucht aus Russland hat der gute Mann allerdings einen Großteil seines Einflusses verloren, und bisher hat man angenommen, er hat sich in den, sagen wir mal, okkulten Ruhestand zurückgezogen und genießt das Leben mit seinen jungen Hüpfern hier in Leipzig. So weit können Sie mir folgen?«

»Ich denke schon.«

»Es gibt Gerüchte, dass Petrow insgeheim noch immer um Einfluss kämpft, in Russland und auch hier in Westeuropa. Und dass er sich Leipzig als Sitz ausgesucht hat, weil sich von hier aus leicht neue Ideen in der Welt verbreiten lassen.«

»Ist das so?«

»Die Macht der Bücher, mein Lieber! Von hier aus werden sie für Verlage in der halben westlichen Welt gedruckt und in die *ganze* Welt verschickt. Wenn Sie irgendein finsteres Traktat unters Volk bringen wollen, dann sind Sie im Graphischen Viertel an der richtigen Adresse. Bei Hunderten von Verlagen wird sich schon irgendeiner finden, der es druckt und in die Läden stellt. Oder unter der Ladentheke verkauft, falls das nötig sein sollte.«

Ich dachte kurz nach. »Petrow ist also ein Spinner, der sich mit jungen Mädchen umgibt, die er alle beim selben Namen nennt, und hinter jeder Ecke Freimaurer und zähnefletschende Juden sieht. Hab ich das bisher richtig verstanden?«

»Sie bringen es auf den Punkt, mein Junge«, sagte Davydow begeistert. »Ich wusste gleich, dass Sie Grips haben.«

»Und ich dachte, Sie schätzen vor allem meine Qualitäten als Biertrinker.«

Er lachte herzhaft. »Sie mögen Bier nicht besonders, oder?«

»Hat man mir das angemerkt?«

»Block und ich hatten jedenfalls eine Menge Spaß.«

»Wie schön.« Ich war nicht sicher, was ich davon halten sollte, deshalb kam ich rasch wieder zum Thema. »Verraten Sie mir jetzt, wo ich Petrow finden kann?«

»Nach all dem, was ich Ihnen gerade erzählt habe, wollen Sie wirklich zu ihm gehen?«

»Ich hab's nun mal versprochen.«

»Sie sagten, Sie wollen ihm das Buch eines Freundes übergeben, stimmt's?«

»Ja.«

Davydow klang jetzt wieder ernst. »Wir reden von einem Manuskript, nicht von einem gedruckten Exemplar, oder? Haben Sie es gelesen?«

»Nein, es liegt in einer versiegelten Schachtel. Und es geht mich nichts an.«

»Sie haben es durch halb Europa transportiert, um es einem Scharlatan wie Iwan Iwanowitsch Petrow zu überbringen. Vielleicht sollten Sie erst mal einen Blick hineinwerfen.«

Ich fühlte mich bevormundet, und ich hatte gerade andere Sorgen als irgendeinen dummen Text mit noch dümmeren Vorurteilen. Wer würde so einen Blödsinn ernst nehmen außer ein paar unverbesserlichen Holzköpfen, die durch eine Schmähschrift weniger auch nicht klüger wurden? Spiridon hatte sicher selbst keine Ahnung, was sich hinter *Die Pläne der Ewigen* verbarg – er war nicht gerade ein begeisterter Leser –, und seine Hintermänner mussten ebensolche Wirrköpfe sein wie Petrow.

»Vielleicht schau ich mal rein«, sagte ich, damit Davydow Ruhe gab. »Geben Sie mir nun die Adresse? Ich würde diese Sache wirklich gern hinter mich bringen.«

»Sind Sie sich der Verantwortung bewusst?« Er schien nicht überzeugt von meiner Aufrichtigkeit.

»Jetzt klingen Sie ziemlich gönnerhaft«, sagte ich.

Er hätte jedes Recht gehabt, darüber wütend zu werden – ich wollte etwas von ihm, nicht umgekehrt –, doch er stieß nur ein weiteres Seufzen aus. »Petrow und seine Sophien residieren in einer großen Wohnung am, halten Sie sich fest, Sophienplatz. Ernsthaft. Ordentliche Lage, nicht gerade das Musikviertel, aber ein wenig Kapital braucht man da schon. Oder reiche Unterstützer.«

»Vor denen ich mich in Acht nehmen soll, wollen Sie sagen, oder?«

»Was ich sagen will, ist: Petrow hat mit Sicherheit dubiose Verbindungen. Legen Sie sich nicht mit ihm an.«

»Ich werd's beherzigen. Versprochen.«

Davydow nannte mir eine Hausnummer, bat mich, bald in den Verlag zu kommen, um über die Arbeit an unseren Märchenbüchern zu sprechen, und legte auf.

Ich schrieb die Adresse auf einen Zettel und starrte sie lange an, eigentlich aber durch sie hindurch, denn in Gedanken war ich schon wieder bei Mara und allem, was uns drohte.

38

1957

Der Kuriositätenladen im Pariser Marais-Viertel lag am Ende einer Sackgasse, ungewöhnlich für den Unterschlupf eines ehemaligen Kleinkriminellen. Thomas war sicher, dass es versteckte Fluchtwege gab. Männer wie dieser Lasarew hatten immer versteckte Fluchtwege.

»Das alles stammt aus der Wunderkammer Napoleons«, behauptete der Russe, als sie ihm in seinem Laden gegenüberstanden. Sein graues Haar war von kupferfarbenen Strähnen durchzogen. Hinter seiner Drahtbrille wachten bauernschlaue Augen. Mit ausgestrecktem Arm deutete er auf die überfüllten Regalreihen und überquellenden Kisten. Thomas hatte noch nie so viel exzentrischen Krimskrams auf einem Haufen gesehen.

»Napoleon der Erste, Zweite oder Dritte?«, fragte Liette und tippte mit dem Finger gegen eine Glaskuppel, unter der sie ein Totenschädel mit Goldzähnen anstarrte. In die eine Augenhöhle war eine Weltkugel eingelassen.

»Bonaparte, natürlich«, sagte der Russe. Er sprach fließend Französisch, mit deutlichem Akzent.

»Monsieur Lasarew«, begann Thomas, wurde jedoch unterbrochen.

»Spiridon. Nennen Sie mich Spiridon. Alle tun das.«

»Alle, die Kuriositäten kaufen wollen, oder alle, die auf der Suche nach gefälschten Papieren sind?«

Er grinste. »Auf was für einer Suche sind *Sie* denn?«

Liette sagte lächelnd: »Auf der Suche nach einer Frau, für die Sie einmal einen Ausweis hergestellt haben. *Mindestens* einmal.«

Er wich ihrem Blick nicht aus, wirkte amüsiert. »Das muss lange her sein. In meinem früheren Leben.«

Thomas wollte etwas sagen, doch Liette berührte ihn mahnend an der Hand. *Lass mich das machen.* Sie steuerte nicht nur den Wagen, sie steuerte mittlerweile auch gern die Gespräche, und er ertappte sich dabei, dass ihm das kaum noch etwas ausmachte. Die Erkenntnis überrollte ihn ein wenig; zugleich fand er Gefallen daran. Es fühlte sich an, als lernte er einen alten Freund auf neue Weise kennen. Nur dass er früher niemals mit jemandem wie sich selbst befreundet gewesen wäre, Gott bewahre. Im Vergleich dazu war der neue Thomas ganz in Ordnung.

»Wir reden hier *einzig* von Ihrem früheren Leben«, sagte Liette. »Damals hießen Sie noch nicht Lasarew, nicht wahr, Spiridon?«

»Warum sollte ich darüber mit Ihnen reden wollen?«

»Weil ich Ihnen dann diesen scheußlichen Schädel abkaufe.«

»Der ist teuer. Weil er mal Napoleon gehört hat. Das Preisschild ist nicht mehr aktuell.«

Sie zuckte mit den Schultern. »Ich fand ihn auch ein wenig preiswert für ein so authentisches Stück. Fast hätte mich das misstrauisch gemacht.«

Thomas biss sich in die Wange, ließ sie aber machen. Es war ihr Geld, und sie hatte genug davon.

Spiridons Grinsen wurde noch breiter, doch er brachte das Kunststück fertig, dabei nicht unverschämt zu wirken. »Heutzutage ist er eher das Vierfache wert, würde ich sagen. Und damit immer noch ein Schnäppchen.«

»Packen Sie ihn mir hübsch ein?«

Er nickte. »Ich habe eine Menge Papiersorten.«

»Die hatten Sie ja damals schon«, bemerkte Thomas.

»Gut«, sagte Liette schnell, »wenn das geklärt wäre, können wir zur Sache kommen.« Sie griff in ihre Jackentasche und zog das Foto hervor, das der Ex-Kommissar ihnen mitgegeben hatte:

Mara – oder die Frau, die Benoit für Mara hielt – mit den unheimlichen Puppen vor einer Wand aus Papier. Sie posierte mit ausgebreiteten Armen und hatte das lange, glatte Haar nach vorn ins Gesicht geschüttelt.

Liette legte die Fotografie vor Spiridon auf die Ladentheke. Der warf nicht mal einen Blick darauf, sondern ließ krachend die Hand auf das Bild fallen, um es abzudecken. »Erst das Geld für den Schädel.«

Thomas spürte, wie Wut in ihm aufstieg. »Nun mal ganz ruhig.«

Spiridon lächelte ihn freundlich an und wandte sich wieder an Liette. »Ich bin fünfundsechzig Jahre alt. Ich habe Geschäfte mit einer Menge Leute gemacht, erst in Petersburg und seit fast dreißig Jahren hier in Paris. Leute, die zu mir kamen, waren manchmal so höflich und sympathisch wie Sie, Madame, und manchmal waren es Menschen, denen ich nicht mal die Hand geben wollte. Ich habe für Antisemiten gearbeitet, für Bolschewisten, für Vaterlandsverräter. Bei vielen habe ich bedauert, dass sie durch meine Tür gekommen sind, aber ich muss leben und meine Rechnungen bezahlen. Also habe ich ihre Aufträge angenommen. Zu allen war ich aufrichtig. Und das werde ich auch zu Ihnen sein. Aber für meine Aufrichtigkeit möchte ich bezahlt werden. Ganz gleich, ob von einem menschenverachtenden Mistkerl oder von so netten Leuten wie Ihnen.«

Liette zog ihr Scheckbuch hervor, aber Spiridon schüttelte den Kopf.

»In bar, bitte schön.«

Geduldig steckte sie die Schecks wieder weg, öffnete ihre Geldbörse und nahm alle Scheine heraus.

»Wie viel hast du dabei?«, fragte sie, ohne Thomas anzusehen.

Fluchend holte er sein Geld aus der Tasche und legte dazu, was ihr fehlte. Spiridon nahm die Summe entgegen, zählte sie ab – viel sorgfältiger, als nötig gewesen wäre, fand Thomas – und ließ sie hinter der Theke verschwinden.

»Vielen Dank«, sagte er. »Dann will ich mir Ihr Foto mal anschauen.« Er nahm die Brille ab, putzte sie mit seinem Pullover, setzte sie wieder auf und betrachtete endlich die Fotografie. »Man kann das Gesicht nicht sehen«, stellte er fest, »nicht mal mit sauberer Brille.«

»Ein besseres Foto haben wir nicht dabei«, sagte Liette.

»Wenn man genau hinsieht«, sagte Thomas, »kann man ein wenig vom Gesicht erahnen. Falls Sie die Frau schon mal gesehen haben, reicht das vielleicht, um sie zu erkennen.«

Spiridon grummelte ein wenig vor sich hin, führte das Foto näher vor die Augen und kippte es hin und her, als würde sich dadurch die Lage der Haare verändern.

»Ich erinnere mich.« Dann schwieg er wieder eine Weile, wirkte aber mit einem Mal viel ernster. »Möglicherweise.«

»Und?«, fragte Liette.

»Sie ist hier in Paris zu mir gekommen, während des Krieges, und sie hat mich gleich auf Russisch angesprochen.« Er zögerte kurz, als fiele es ihm schwer, sich an Einzelheiten zu erinnern. »Ich hab sie gefragt, wo sie herkommt, also ursprünglich, aber sie wollte nicht darüber reden. Sie wollte, dass in ihrem neuen Ausweis ein deutscher Name steht.«

»Mara Schneider«, sagte Thomas.

»Möglich. Ich weiß es nicht mehr. Aber ich dachte, dass sie neben Russisch und Französisch wohl auch fließend Deutsch sprechen müsste, wenn sie denn als Deutsche durchgehen wollte. Vor allem in solchen Zeiten.«

»Können Sie sich an ihren richtigen Namen erinnern?«, fragte Liette.

»Glauben Sie, die Leute sind hier reingekommen und haben sich erst mal vorgestellt? Die haben gesagt, wie sie heißen wollen, und das war's.«

Thomas bemühte sich, von Spiridons Gesicht abzulesen, ob er log. Aber der Mann, der etwas verkaufte, das nie existiert hatte – falsche Devotionalien und gefälschte Identitäten –, lebte seit Jahrzehnten von der Unwahrheit und hatte seine unverbindliche Maskerade perfektioniert.

»War sie später noch mal hier?«, fragte Liette.

»Nein, nie wieder. Und wenn sie nicht so attraktiv gewesen wäre, hätte ich mich vielleicht gar nicht an sie erinnert. Sie war eine sehr schöne Frau.«

»Dann fällt Ihnen auch nicht ein, wo wir sie heute finden können?«

»Du liebe Güte! Dass sie hier war, ist an die fünfzehn Jahre und einen halben Krieg her. Woher soll ich wissen, was aus ihr geworden ist? Ich führe kein Buch über meine Kundschaft.«

»Aber Sie wüssten es, wenn sie noch einmal aufgetaucht wäre, oder?«, bohrte Thomas nach. »Ich meine, Sie hätten sie sicher erkannt.«

»O ja, ganz sicher sogar. Es sei denn, sie wäre unansehnlicher geworden, dann vielleicht nicht. Aber ich sag Ihnen was: Frauen wie die bleiben immer schön. Denen liegt das im Blut.« Mit einem Lächeln sah er Liette an. »Sie, Madame, sehen das jeden Tag beim Blick in den Spiegel.«

»Sie möchten gar nicht wissen, was ich als Erstes beim Blick in den Spiegel sehe.«

Er machte ein Gesicht, als könnte er das kaum glauben. »Nun, es tut mir leid, dass ich Ihnen nicht weiterhelfen kann. Aber immerhin haben Sie ein schönes Sammlerstück erworben.«

»Das war zu wenig«, sagte Thomas. »Für so viel Geld reicht das nicht. Sie müssen uns schon ein wenig mehr liefern.«

Spiridons Freundlichkeit kühlte ab. »Wollen Sie, dass ich etwas erfinde? Eine falsche Adresse? Eine Geschichte über diese … Mara?« Er hielt kurz inne, als wäre ihm bei diesem Namen plötzlich etwas Neues in den Sinn gekommen. Eine Erinnerung, die er bisher an anderer Stelle einsortiert hatte. »Mara«, wiederholte er leise. »Vielleicht verraten *Sie* mir, was genau Sie über sie wissen.«

Thomas wollte darauf nicht eingehen, aber Liette ergriff bereits das Wort. »Sie stammt aus Sankt Petersburg. Eine Weile lang hat sie den Namen Kalinina getragen, Mara Kalinina. Dann ging sie mitten im Ersten Weltkrieg nach Deutschland. Und sie –«

»Sie malt«, sagte Spiridon mit einer Miene, aus der jede Farbe gewichen war. »Natürlich. *Sie* ist das!«

Thomas und Liette wechselten einen Blick.

»Sie erinnern sich doch wieder?«, fragte sie.

Spiridon schüttelte den Kopf. »Die Freundin eines Freundes, damals in Sankt Petersburg … Mara Kalinina. Er hat oft von ihr gesprochen. Sie hat diese kleinen Selbstporträts gemalt und auf der Straße verkauft. Ich hab selbst mal eins gehabt, aber ich kann mich kaum noch erinnern, wie es aussah.«

»Dann sind Sie ihr damals schon begegnet?«

»Wenn es dieselbe Mara war, dann ja. Bevor sie zu den Kalinins kam, habe ich sie manchmal auf der Straße gesehen. Aber da war sie nur irgendein dünnes junges Ding unter vielen. Sie hatte unzählige von diesen kleinen Porträts, die alle immer nur sie selbst zeigten. Sie hat sie verkauft, an ältere Männer, vor allem.« Er nahm wieder das Foto in die Hand und musterte es mit neuem Interesse. »Hier in Paris hab ich sie nicht wiedererkannt, obwohl sie … Es ist möglich, wissen Sie? Als ich sie in Sankt Petersburg gesehen habe, da war sie fast noch ein Kind. Vierzehn, fünfzehn, vielleicht. Über zwanzig Jahre später sah sie gar nicht mal so anders aus, wenn ich's mir recht überlege. Lange Haare, irgendwas zwischen Rot und Blond. Hier im Laden hatte sie sie hochgesteckt, aber in Petersburg trug sie sie offen. Mein Freund war fürchterlich vernarrt in sie.«

»Hieß Ihr Freund zufällig Artur?«, fragte Liette.

Er starrte sie an. »Sie kennen ihn?«

»Wegen ihm sind wir hier. Er liegt im Sterben und möchte Mara ein letztes Mal wiedersehen. Das ist der Grund, warum wir sie suchen.«

Spiridon schloss für einige Sekunden die Augen und stützte sich mit einer Hand auf die Ladentheke. »Hat er Sie zu mir geschickt?«

Thomas überlegte kurz, ob es ihnen einen Vorteil brächte, wenn sie das bejahten. Doch dann sagte er nur: »Nein, er weiß nicht, dass wir hier sind.«

Der Russe stieß scharf den Atem aus, dann schluckte er so heftig, dass seine Drahtbrille verrutschte. »Er wäre nicht gut auf mich zu sprechen, fürchte ich. Ich war nicht einmal sicher, ob er noch lebt. Ich hab's gehofft, aber ich … ich hab ihn damals mit einem Auftrag zu sehr bösen Menschen geschickt. Durch und durch schlechten Menschen.« Sein Blick ging zwischen den beiden hindurch in die Ferne. »Ich wollte das vergessen. Aber irgendwann im Leben holen einen wohl alle Fehler ein.«

»Noch können Sie ihn wiedergutmachen«, sagte Thomas, ohne die geringste Ahnung, wovon Spiridon sprach. Auch Liette wollte etwas entgegnen, aber diesmal brachte er sie mit einem versteckten Wink zum Schweigen. Er spürte immer genau, wann sein Gegenüber Schwäche zeigte. Sie würden Spiridon Lasarew kein zweites Mal so verletzlich erleben. »Falls Ihnen noch etwas anderes zu Mara Kalinina einfällt, egal was, dann erzählen Sie's uns bitte. Um Arturs willen.«

Einen Augenblick lang sah es aus, als würde Spiridon wütend werden. Etwas kochte in ihm hoch, sein Hals wurde feuerrot. Doch so schnell, wie dieser Zorn emporstieg, so schnell verging er auch wieder. Stattdessen sah er mit einem Mal niedergeschlagen aus.

»Mehr weiß ich nicht«, sagte er. »Und das ist die Wahrheit. Sie war nur dieses Mädchen, das Artur nicht vergessen konnte, und als er vor vierzig Jahren nach Deutschland ging, da tat er das vor allem, um sie wiederzusehen. Wissen Sie, ob er sie damals gefunden hat?«

»Er hat uns nur ihren Namen genannt«, sagte Liette. »Da konnte er kaum noch sprechen.«

»Ich hoffe für ihn, dass er sie wiedergesehen hat. Wirklich, das wünsch ich ihm.«

»Möglicherweise war auch sie kein guter Mensch«, sagte Thomas.

»Das war ich auch nicht«, sagte Spiridon leise. »Artur hatte Besseres als uns verdient. Ach, verdammt noch mal.« Er machte einen Schritt zurück und lehnte sich schwer gegen den Schrank in seinem Rücken. Im Inneren fiel etwas um, aber er kümmerte sich nicht darum. »Das ist alles, was ich Ihnen sagen kann.«

Liette nahm das Foto von der Theke und steckte es ein. »Trotzdem vielen Dank.« Sie deutete auf den Schädel. »Den nehm ich ein andermal mit.«

Thomas nickte Spiridon zu und wandte sich zur Tür.

Sie wollten den Laden gerade verlassen, als der Russe hinter ihnen herkam. »Zeigen Sie mir noch mal das Foto.«

Liette runzelte die Stirn und reichte es ihm.

Er warf erneut einen Blick darauf, aber diesmal war es nicht Mara, die er musterte. »Diese Puppen. Ich hab die schon mal gesehen. Vor einer Weile hat jemand versucht, mir so eine zu verkaufen. Er hat erzählt, dass sie aus einem Atelier am Montmartre stammt, in der Rue Gabrielle. Ein hässliches Ding. Ich dachte, er meinte irgendein Künstleratelier, wo sie die Dinger zusammenbasteln. Aber vielleicht war es ja auch das Atelier eines Fotografen.« Er gab Liette das Bild zurück. »Versuchen Sie es dort. Vielleicht erinnern die sich dort an Mara und daran, wo man sie finden kann.«

»Rue Gabrielle?«

»Ja.«

Sie schenkte ihm ein kurzes Lächeln. »Danke.«

Sie gingen bereits die gepflasterte Straße hinab, als er ihnen noch etwas nachrief: »Und sagen Sie Artur, dass es mir leidtut. Ich meine, wirklich von Herzen leidtut. Ich hätte ihn niemals zu diesem Petrow schicken dürfen.«

39

»Wir sollten darüber reden«, sagte Thomas, als Liette den Wagen nach endloser Suche im Straßenlabyrinth des Montmartre in die Rue Gabrielle lenkte.

»Über Lasarew?«

Er schüttelte den Kopf. »Darüber, wer Mara ist.«

»Wir wissen doch kaum was über sie.«

»Genau deshalb. Wer ist die Frau, die wir suchen? Erst sollte ich dir helfen, die Besitzerin einer baufälligen Villa zu finden. Dann die Geliebte eines alten Mannes, der nicht mehr lange zu leben hat. Und nun jagen wir plötzlich eine Mörderin, die vielleicht ein Dutzend Männer auf dem Gewissen hat.«

Da war wieder diese makabre Freude, die dann und wann in ihren Augen aufblitzte. »Hast du Angst vor ihr?«

Tatsächlich hatte er sich darüber noch keine Gedanken gemacht, auch wenn es vielleicht höchste Zeit wäre. »Ich wüsste nur gern, ob es das ist, was wir hier tun: eine Mörderin jagen. Oder suchen wir immer noch nach einer Frau, in die Artur vor vielen Jahren einmal verliebt war – und dabei ist uns völlig egal, was sie später getan hat?«

»Interessante Frage.« Sie hielt am Ende der Straße unter einem Parkverbotsschild. »Sag bloß, da meldet sich mit einem Mal deine Moral zu Wort?«

»Das war unnötig.«

Sie stellte den Motor ab. Es war gegen acht Uhr am Abend, der Himmel noch hell, die Sonne hinter den Häusern versunken. Die meisten waren vier- oder fünfgeschossig, eine Handvoll bunt angestrichen, alle übrigen grau und unscheinbar. Eine jener engen, etwas versteckten Straßen am Montmartre, in der sich

Künstler einquartierten, ohne von den Touristen belästigt zu werden.

»Tut mir leid«, sagte sie ernst. »Ich gewöhn mir das ab, okay?«

Er konnte nicht anders, als zu lächeln. »Es *ist* eine Frage der Moral – aber nicht nur das. Wenn Mara nämlich wirklich all diese Männer umgebracht hat, wird sie nicht besonders erpicht darauf sein, dass wir sie finden. Dass irgendwer sie findet. Und falls sie Wind davon bekommt, dass wir hinter ihr her sind, wird ihr das nicht gefallen.«

»Sie ist eine Frau um die sechzig. Wie gefährlich kann sie sein? Ich kann mir nicht vorstellen, dass sie Ulita Glinka umgebracht hat. Nicht auf so eine Weise.«

»Sie hat vielleicht eine Menge Geld. Damit kann man Leute bezahlen, die andere umbringen. Auch auf diese Weise.«

»Ich weiß nicht«, sagte sie. »Mir kommt sie eher wie eine Einzelgängerin vor. Jemand, der auftaucht und wieder verschwindet.«

»So oder so ist sie eine Frau ohne Skrupel. Wir sollten das nicht einfach abtun.«

Liette grinste plötzlich, beugte sich zu ihm herüber und gab ihm einen Kuss auf die Wange. »Der ist dafür, dass du dir Sorgen um mich machst.«

»Um uns beide«, sagte er.

»Ja.« Da war noch immer dieses Grinsen, das nun ein wenig spöttisch aussah. »Sicher.«

Sie stiegen aus und gingen die Straße hinunter. Ein dunkler Wagen rollte an ihnen vorüber. Thomas blickte ihm nach, konnte den Fahrer aber nicht sehen. Der Abend war noch warm, die Großstadtluft nicht so stickig wie am Nachmittag. Liette trug keine Handschuhe und keine Sonnenbrille mehr. Es war das erste Mal, dass er ihre Augen bei Tageslicht sah. Er fand, dass es ungeheuer mutige Augen waren, in die sich so schnell keine Furcht verirrte. Gott weiß, dachte er, was sie früher erlebt hat.

Sie kamen an ein paar kleinen Geschäften vorbei, doch die meisten Gebäude in der Rue Gabrielle waren Wohnhäuser. Nur wenige Menschen waren zu Fuß unterwegs, Autos parkten zu beiden Seiten der Straße. In den oberen Etagen standen die Fenster offen, aus einigen drangen Stimmen oder blecherne Musik.

Nachdem sie die Hälfte der Straße abgelaufen waren, entdeckten sie neben einer Einfahrt ein verblichenes Schild, auf dem mit Mühe der Schriftzug *Photo Arnaut* zu entziffern war. Darüber hatte jemand mit kleineren Plastikbuchstaben das Wort *Musée* geklebt. Durch den Tortunnel betraten sie einen Hinterhof.

»Ein Puppenmuseum?«, fragte Liette mit Blick auf das handgemalte Schild über einer geschlossenen Holztür im Hinterhaus. Darauf stand auch der Name des Besitzers: *Charles Arnaut.* Efeu bedeckte zu beiden Seiten das Mauerwerk.

Thomas betrachtete skeptisch die Tür. »Warum gibt ein Fotograf sein Atelier auf und macht daraus ein Puppenmuseum?«

»Hier stehen nicht mal Öffnungszeiten.« Liette suchte nach einem Klingelknopf und fand eine Kette, die fast völlig im Efeu verschwunden war. Als sie daran zog, schlug im Inneren eine Glocke an.

Eine Minute verging, dann öffnete ihnen ein Mann in einer blauen Latzhose. Sie war mit fleischfarbenen Lackspritzern bedeckt. Sein dunkles Haar stand wirr in alle Richtungen ab, als hätte er versehentlich mit einer Hand voller Leim hineingegriffen. »Hier ist geschlossen.«

Liette hielt ihm das Foto vor die Nase. »Haben Sie das gemacht?«

Er warf einen kurzen Blick auf das Bild. »Was wollen Sie?«

Beide stellten sich vor, dann sagte Liette: »Wir suchen die Frau auf dem Foto.«

Sekundenlang war Thomas überzeugt, dass der Mann die Tür sofort zuschlagen würde.

»Ich weiß nicht, was aus ihr geworden ist.«

»Aber Sie erinnern sich an sie«, sagte Thomas. »Dabei muss das schon eine ganze Weile her sein.«

Die Augenlider des Mannes zuckten nervös. »Neunzehn Jahre.«

»Wissen Sie, wie sie heißt?«, fragte Liette.

»Wenn Sie nach ihr suchen, sollten Sie ihren Namen kennen.«

»Mara«, sagte Thomas. »Aber sie schien sich nie für einen Nachnamen entscheiden zu können.«

»Mara Monnier«, erwiderte der Mann. Das war einer der Namen, die Benoit ihnen genannt hatte.

»Sind Sie Monsieur Arnaut?«, erkundigte sich Liette.

Der Mann nickte. Thomas schätzte ihn auf Anfang vierzig, nicht viel älter als sich selbst. Als er das Foto gemacht hatte, war er noch jung gewesen. Leicht zu beeindrucken von einer Erscheinung wie Mara.

»Wie ist sie zu Ihrem Fotomodell geworden?«, fragte Thomas.

»Sie hat damals hier in der Gegend gewohnt. Ich hatte sie schon ein paarmal auf der Straße gesehen. Eines Tages kam sie zu mir ins Atelier und wollte Porträts für neue Papiere. Die alten hatte sie verloren. Ich hab so was nur nebenbei gemacht, um Geld zu verdienen. Eigentlich war ich Fotokünstler. Aber als ich sie durch die Kamera ansah, wusste ich gleich, dass sie die Richtige war.«

»Die Richtige?«

»Für die anderen Fotos. Mit meinen Puppen.« Er blickte über die Schulter, als fürchtete er, jemand könnte diese Aussage missbilligen. Wahrscheinlich standen die Puppen hinter ihm und hörten aufmerksam zu. »Es gab damals Ausstellungen mit meinen Fotos. Mara hat die Puppen gemocht. Sie hat sich jede ganz genau angesehen. Sie liebt Puppen, hat sie gesagt, und ganz besonders das Puppentheater. Ich dachte, sie wollte nur höflich sein. Aber ein paar Tage später kam sie zurück und hat gefragt, ob sie Abzüge haben könnte.« Er zeigte auf das Foto in Liettes Hand. »Das müsste einer davon sein. Woher haben sie den?«

Liette zögerte einen Herzschlag zu lange.

»Von der Polizei«, sagte Thomas rasch, ehe Arnaut doch noch die Tür schließen konnte.

»Aber Sie sind keine Polizisten.«

Liette schüttelte den Kopf. »Sind wir nicht.«

Er schaute von ihr zu Thomas, dann wieder auf das Bild. »Ist sie wieder hier in Paris?«

»Wir hatten gehofft, dass Sie uns das sagen können«, sagte Thomas.

»Manchmal sieht sie jemand.« Etwas an Arnaut ließ ihn wie einen kleinen Jungen im Körper eines sehr viel älteren Mannes erscheinen. Auf sonderbare Weise verunsichert, fast eingeschüchtert. Er scheute sich, ihre Fragen zu beantworten, während er zugleich das Bedürfnis zu haben schien, über Mara zu sprechen.

»Wie meinen Sie das, jemand?«, hakte Thomas nach.

»Männer, die sie kannten.« Arnauts Stirn begann zu glänzen. »Im Laufe der Jahre bin ich einigen begegnet.«

Er wusste offenbar mehr, als er sagte, und Thomas fragte sich, ob Liette es ebenfalls bemerkte. Es war nicht nur diese fiebrige Nervosität. Vielmehr meinte er im Blick des Mannes eine verzweifelte Sehnsucht zu erkennen, wie die eines Drogenabhängigen. War es das, was Mara mit den Männern machte? Waren sie alle besessen von ihr?

»Wie geht das?«, fragte Liette. »Ich meine, wie begegnet man Männern, die alle dieselbe Frau kennen?«

Arnauts Blick flackerte. »Die Fotos in den Ausstellungen. Männer haben mich auf sie angesprochen. Ein paar von ihnen kannten sie, ich weiß nicht, wie gut. Zwei oder drei sind später hergekommen, nachdem sie Mara wiedergesehen hatten. Immer nur von Weitem. Keiner hat es gewagt, sie anzusprechen. Aber sie alle wollten *über* sie reden.«

So wie du, dachte Thomas. »Wovor hatten sie Angst?«

Diesmal schwieg Arnaut sehr lange, und als Liette etwas sagen wollte, hielt Thomas sie zurück. Wenn man den Leuten genug Zeit gab, redeten sie oft ganz von selbst. Er hatte das früher unzählige Male erlebt. Bei den Recherchen seiner Reportagen war das Schweigen während der Gespräche manchmal wichtiger gewesen als seine Fragen.

»Manchen Frauen sollte man nur einmal im Leben begegnen«, sagte Arnaut.

Liette warf Thomas einen verärgerten Blick zu. *Was für ein Quatsch ist das?* Aber er wusste genau, was der Mann meinte. Er selbst hätte die Aussage nicht auf Frauen begrenzt, seiner Erfahrung nach galt das für Personen beiderlei Geschlechts. Manchen Menschen wollte man kein zweites Mal begegnen, aus Sorge, etwas zu wecken, das man besser ruhen ließ. Gefühle. Erinnerungen. Gefahren.

»Sie sind ihr nie wieder begegnet?«, fragte Thomas.

Arnaut senkte den Blick. »Nein. Aber irgendwann wird sie wiederkommen. Dann erwarte ich sie.«

Thomas versuchte, über Arnauts Schulter hinweg ins Innere zu blicken, aber dort war es dunkel. Nur die Ahnung einiger Silhouetten, vollkommen reglos. Wartend wie er selbst.

»Wo hat man sie gesehen?«, fragte Liette. »Hier in der Stadt?«

Wieder dauerte es eine Weile, ehe Arnaut ihr antwortete. »Immer am Puppentheater«, sagte er. »Am Puppentheater im Jardin du Luxembourg.«

»›Dann erwarte ich sie‹?« Liette schloss die Wagentür auf und glitt hinters Steuer. »Das klang, als spräche er vom Sensenmann, nicht von einer Frau.«

»Vielleicht war's ja so gemeint«, sagte Thomas, als er neben ihr saß und nachdenklich durch die Windschutzscheibe blickte.

»Du meinst, so was wie Todessehnsucht?«

»Sehnsucht auf alle Fälle. Vielleicht umgibt er sich mit all den Puppen, weil er hofft, dass sie eines Tages wegen ihnen wieder auftaucht. Weil sie seine Puppen mochte, wenn schon nicht ihn selbst.«

Liette startete den Wagen und fuhr los. Das alte Pflaster war voller Schlaglöcher. »Klingt absurd. Und traurig.«

»Da vorn.« Thomas deutete auf eine Abbiegung nach links. »Fahr da rein.«

Sie schüttelte den Kopf. »Einbahnstraße.«

»Genau aus dem Grund.«

»Aber –«

»Mach's einfach!«

»Du zahlst.« Sie riss das Steuer herum und lenkte den Porsche in die enge Seitenstraße. Nach zwanzig Metern kam ihnen ein weißer Citroën entgegen.

»Ich kann hier nicht ausweichen!«

»Fahr einfach weiter.«

Der Fahrer des Citroën hupte und gestikulierte, aber als Liette weiter auf ihn zuhielt, bremste er scharf ab und wich notgedrungen in die Lücke vor einer Toreinfahrt aus. Sie fuhren an ihm vorbei und ignorierten das weitere Hupkonzert. Thomas blickte zurück und sah, wie der Wagen wieder losfuhr – und dabei einem dritten Fahrzeug den Weg versperrte, das hinter ihnen aufgetaucht war.

Liette starrte mit großen Augen in den Rückspiegel. »Haben wir gerade jemanden abgehängt?«

»War gar nicht so schwer, oder?«

»Woher hast du gewusst, dass er uns verfolgt?«

»Abgesehen von der Tatsache, dass er hinter uns in eine Einbahnstraße gefahren ist?« Thomas lächelte grimmig. »Er ist schon vorher an uns vorbeigefahren. Ich hatte das Gefühl, dass wir beobachtet werden.«

»Hast du jemanden erkannt?«

»Nein. Er hat einen Hut auf und den Mantelkragen hochgeschlagen.«

»Mann oder Frau?«

»Keine Ahnung. Bieg da vorn ab und gib kräftig Gas. Dann dürften wir ihn los sein.«

»Bevor er uns in Teppiche wickelt und die Füße anzündet?«

»Wer weiß.«

»Das hier sind keine Straßen zum Gasgeben.«

»Ist das nun eine Mörderjagd oder nicht?«

Mit quietschenden Reifen steuerte sie den Porsche auf eine Straße, die nur unmerklich breiter war als die vorherige. Der Motor röhrte auf, als sie beschleunigte. Sie wurden kräftig durchgeschüttelt, und einmal setzte die Karosserie auf, als sie durch ein besonders tiefes Loch holperten. Liette hörte gar nicht mehr auf zu fluchen, was Thomas sehr charmant fand.

Zum Jardin du Luxembourg im Quartier Latin waren es nur wenige Kilometer, aber sie brauchten eine Dreiviertelstunde durch die überfüllte Innenstadt. Ihren Verfolger entdeckte er kein zweites Mal.

Es dämmerte, als sie schließlich zu Fuß durch den Park gingen. Die Wege und Bänke waren voller Menschen, auf einem Tennisplatz spielten mehrere Paare. Das Geräusch der geschlagenen Bälle begleitete sie, bis sie das Theater erreichten, einen klotzigen Betonbau mitten im Park. Das Programm, das über dem Eingang angeschlagen war, schien sich an Kinder und ihre Eltern zu richten, deshalb war es eine Überraschung, um diese Uhrzeit noch jemanden anzutreffen. Eine ältere Dame saß im Kassenhäuschen, sortierte Papiere und rauchte eine Zigarette. Der Qualm vernebelte die Scheibe.

Sie zeigten ihr das Foto, auf dem Mara kaum zu erkennen war. Thomas erwartete nicht ernsthaft, dass sie einen brauchbaren Hinweis erhalten würden.

»Wenn das die ist, von der ich glaube, dass sie's ist«, sagte die Frau, »dann kenn ich sie. Sie kommt manchmal her. Nicht oft, nur alle paar Monate. Sie kommt immer allein, nicht mit Kindern, so wie's die meisten anderen tun. Das hier ist für Familien, wissen Sie? Manchmal auch für turtelnde Pärchen, die nicht gesehen werden wollen. Aber die hier« – sie stieß einen nikotingelben Fingernagel fest auf das Foto –, »die ist was Besonderes. Sie bucht Sondervorstellungen, in denen sie ganz allein sitzt. Zahlt für das ganze Theater, immer spätabends. Man merkt, dass sie nicht erkannt werden will, so wie auf dem Bild hier. Kommt mit Kapuzen und Kopftüchern und so weiter, aber ein paar haben trotzdem schon nach ihr gefragt. Ihr beiden seid nicht die Ersten, die neugierig sind, was es mit ihr auf sich hat. Normalerweise sind's immer Kerle, die ziemlich verstohlen tun. Und weil ich selbst verdammt neugierig bin, sag ich zu jedem: Komm zurück und erzähl mir, was du rausgefunden hast. Keiner ist jemals wieder aufgetaucht. Und ich fürchte, mit euch wird das nicht anders sein.«

Sie schob das Foto in einer Schleppe aus Zigarettenrauch unter dem Glas hindurch und beobachtete, wie Liette es wieder einsteckte. Dabei paffte sie einen Rauchring, der an der Scheibe zerplatzte. Dann zog sie im Inneren einen Vorhang zu. Das Gespräch war beendet.

Als sie kurz darauf im Wagen saßen, zog Liette das Bild hervor und klemmte es ans Armaturenbrett. Es roch nach Gauloises. »War das die Wahrheit, oder hat sie uns gerade nach Strich und Faden belogen?«

»Ich hab nicht die geringste Ahnung.« Thomas blickte über die Straße zum Jardin du Luxembourg. Unter den hohen, alten Bäumen ballte sich die Dämmerung allmählich zu Dunkelheit zusammen. Er fragte sich, ob da jemand war, der sie beobachtete, sagte aber nichts, weil er Liette nicht noch mehr beunruhigen wollte. »Hast du die Fotos gesehen? Die von den Aufführungen?«

»Im Schaukasten?«

»Sie hatten alle unten in der Ecke eine kleine Prägung des Fotografen. Du darfst raten, wer sie gemacht hat.«

»Arnaut?«, fragte sie verblüfft.

»Eben der. Er arbeitet für das Theater. Die Frau an der Kasse und er dürften sich kennen. Vielleicht war sie nicht die Erste, die uns einen Bären aufgebunden hat. Was, wenn er sie angerufen hat, nachdem wir weg waren, und ihr genau erklärt hat, was sie uns sagen soll? Genug Zeit dazu hatte er.«

»Wäre ein ziemlich komplizierter Plan, um uns in die Irre zu führen.«

»Nicht *so* kompliziert. Hätte er uns die Tür vor der Nase zugeschlagen, wären wir vielleicht wiedergekommen. Nun wird er glauben, wir lassen ihn in Ruhe.«

»Du willst noch mal zu ihm«, sagte sie, und er spürte, dass ihr das nicht gefiel. »Jetzt gleich?«

»Ja. Wir haben noch was vergessen. Wenn wir sie finden wollen, brauchen wir ein besseres Foto von ihr. Eines, auf dem sie erwachsen ist und auf dem man sie deutlich erkennt. Arnaut hat damals eine ganze Serie von diesen Bildern gemacht.« Er deutete auf das Foto an der Armatur. »Benoit hatte noch mehr davon. Auf keinem konnte man Maras Gesicht sehen. Aber Fotografen bewahren ihre Negative auf. Und unter allen, die Arnaut *nicht* herausgegeben hat, wird es ganz sicher welche geben, auf denen mehr von ihr zu sehen ist.«

Sie starrte das Foto an, die verschleierte Mara. »Er ist besessen von ihr«, sagte sie. »Natürlich hat er noch mehr Bilder.«

Thomas nickte. »Vor allem von ihrem Gesicht.«

40

1917

Am Nachmittag klingelte ich an der Tür von Iwan Iwanowitsch Petrow. Die düsteren Wolken über der Stadt hatten dieselbe Farbe wie das feuchte Pflaster. Wenigstens schneite es nicht mehr, doch der Wind war empfindlich kalt und peitschte schneidend die hohen Fassaden.

Der Sophienplatz lag im südlichen Zentrum nahe dem Bayerischen Bahnhof, aber was Davydow eine »ordentliche Lage« genannt hatte, erschien mir recht heruntergekommen. Vielleicht hatte ich zu viele Jahre im Palais der Kalinins gelebt, aber die Kinder, die auf dem Platz spielten, waren schmutzig, die Erwachsenen verhärmt, und es dauerte einen Moment, ehe ich mir beschämt die Hungersnot ins Gedächtnis rief, unter der die Menschen litten. Ich begann bereits, die Stadt mit den Augen von jemandem zu sehen, der im Musikviertel in einer Villa residierte und abends in noblen Lokalen speiste. Nichts davon entsprach der Wirklichkeit auf den Straßen, wo die Leute jeden Tag ums Überleben kämpften.

Petrows Wohnung befand sich im Dachgeschoss eines fünfstöckigen Hauses. Mein erstes Klingeln blieb erfolglos, und während ich es abermals versuchte, liefen ein Mädchen und ein Junge mit eingefallenen Wangen herbei und bettelten um Almosen. Irgendwann einmal hätten Mara und ich diese beiden Kinder sein können. Kein Wunder, dass Mara das Nest, das Demian ihr bereitet hatte, nicht verlassen wollte. Vielleicht hatte sie selbst zu viele von diesen halb verhungerten Kindern gesehen und entschieden, dass sie durch die Heirat nur gewinnen konnte, ganz gleich, wie ihr Racheplan aussah.

Falls es wirklich einen gab.

Die Haustür war nur angelehnt. Ich fasste mir ein Herz, trat ein und stieg die Stufen hinauf. Ein ekelerregender Geruch im Treppenhaus wurde stärker, je höher ich kam, eine Mischung aus Talg und exotischem Räucherwerk.

An der Wohnungstür im Obergeschoss hing ein Klopfer, den ich zögernd anschlug. Ich machte mich darauf gefasst, dass mir niemand öffnen würde, aber tatsächlich wurde die Tür schon nach wenigen Sekunden aufgerissen.

Eine junge Frau lächelte mich an, sehr dünn, fast mager, mit schlechten Zähnen und sehr langem Haar. Sie trug ein schlichtes, ärmelloses Kleid, das bis zu den Knien reichte, und ich sah rote Spuren an ihren Handgelenken, als wäre sie noch vor Kurzem gefesselt gewesen. Sie wippte tänzelnd von einem nackten Fuß auf den anderen.

»Guten Tag«, sagte ich unbeholfen. »Ich möchte zu Iwan Iwanowitsch Petrow.«

Ihr Lächeln wurde noch breiter, und Häme lag in ihrem Tonfall, als sie fragte: »Wen darf ich dem Meister denn melden?«

Ich nannte ihr meinen Namen. »Sagen Sie ihm, ich komme aus Sankt Petersburg und habe etwas für ihn, auf das er schon wartet.« Die Schachtel steckte in einer Aktentasche, die ich mir vom Hausdiener der Eisenhuths ausgeliehen hatte. Vielleicht lächelte die junge Frau deshalb. Männer mit Aktentaschen kamen vermutlich nicht allzu oft hierher.

Sie lehnte die Tür an und verschwand. Ich wartete ein paar Herzschläge, dann gab ich der Tür einen vorsichtigen Stoß mit der Fingerspitze und sah zu, wie sie langsam nach innen aufschwang. Im nächsten Moment erklang ein grässliches Knirschen, als sie sich auf halbem Weg zur Wand an einem kleinen Stein festfraß und stehen blieb. Ich konnte die linke Hälfte eines düsteren Korridors erkennen; die rechte blieb hinter dem Türflügel verborgen. Der Gestank, der mich durchs Treppenhaus begleitet hatte, war hier so heftig, dass er mir fast den Magen umdrehte.

Kurz war das Getrappel von Füßen zu hören, aber ich sah niemanden. Dann tauchte in einem offenen Durchgang am anderen Ende des Korridors eine weitere Kindfrau auf, so unterernährt wie die erste, und sonderbar verdreht, als wären ihre Beine kaum in der Lage, den mageren Oberkörper zu tragen. Sie stand da und starrte mich stumm an, über eine Distanz von zehn, fünfzehn Metern. Ich verfluchte meine Neugier und wünschte mir, ich hätte die Tür wieder zuziehen können.

Zaghaft hob sie eine Hand bis auf Höhe ihrer Brust, um mir zu winken. So blieb sie stehen, die Finger weit gespreizt. Widerstrebend erwiderte ich die Geste. Sie neigte langsam den Kopf zur Seite und betrachtete mich, ohne die Hand wieder zu senken. Mir lief es eiskalt den Rücken hinunter.

Ein scharfes Pfeifen ertönte, und sofort huschte die junge Frau davon. Auch das hektische Getrappel wiederholte sich; es entfernte sich, und da erst wurde mir klar, dass mehrere Menschen hinter der halb geöffneten Tür gestanden hatten, ganz nah bei mir. Ihre wuseligen Bewegungen klangen nach einem Rattenrudel, nicht nach Menschen. Das also waren die Mädchen, die Petrow als ihren Messias verehrten. Seine Sophien.

Die junge Frau kam zurück und bedeutete mir mit einer Handbewegung, ich möge eintreten. Ihr Lächeln war verschwunden, stattdessen erschienen mir ihre Züge wie leer gewischt. Zögernd kam ich der Aufforderung nach. Außer ihr war niemand im Korridor zu sehen. Ich hörte keine Schritte mehr.

Wortlos schloss sie die Tür hinter mir und ging voraus. Auch sie verströmte den seltsamen Geruch – in ihrer Nähe war er noch intensiver –, aber ich gewöhnte mich allmählich daran; jetzt erschien er mir weniger abstoßend als tierhaft, so als könnte ein Geschöpf wie sie gar nicht anders riechen. Der Gedanke irritierte mich, als wäre es nicht mein eigener. Verstohlen beobachtete ich ihre nackten Waden unter dem schlichten Kleid, während ich hinter ihr herging, und wann immer durch einen Türspalt trübes Licht auf sie fiel, sah ich die Fesselspuren über ihren Knöcheln wie enge Schmuckbänder. Sie hatte blaue Flecken und Kratzspuren.

Sie führte mich nicht bis zu der Tür am Ende des Korridors, wo ich das schiefe Mädchen gesehen hatte, sondern blieb an einem Durchgang zu unserer Linken stehen und deutete stumm hinein. Ich trat an ihr vorbei in eine Art Salon ohne Möbel. Ein großer Kreis war mit roter Farbe auf das Parkett gemalt worden. In seiner Mitte saß ein nackter Mann. Er hielt den Kopf gesenkt, ich konnte sein Gesicht nur erahnen. In seinem Schoß lag etwas Haariges, das ich im ersten Moment für einen Schädel hielt. Ein zusammengerolltes Katzenjunges. Die Hand des Mannes war in das dunkle Fell vergraben und schien es zu streicheln. Das Tier rührte sich nicht.

Hinter mir erklang erneut das vielfüßige Getrappel, doch als ich nervös über die Schulter blickte, war der Gang vor der Tür leer.

»Setz dich«, sagte der Mann.

Sein Kopf war stümperhaft rasiert, augenscheinlich mit einem stumpfen Messer. Womöglich gab es in dieser Wohnung keine Spiegel, aus einem okkulten Grund, den nur er kannte. Vielleicht hatte er Angst vor etwas, das er in seinem Rücken sehen würde.

»Setz dich«, wiederholte er, diesmal schärfer.

Es gab keinen Stuhl, also ließ ich mich widerstrebend außerhalb des Kreises auf dem Boden nieder.

Die Wände des Raumes waren mit Symbolen beschmiert, die ich nicht kannte. Weder nordische Runen noch arabische Schriftzeichen. Die Vorhänge vor den beiden Fenstern waren zugezogen und ließen kein Tageslicht ein. Stattdessen brannte eine Vielzahl von grob geformten, armdicken Kerzenstümpfen. Der Talggeruch ging von ihnen aus.

Ich nannte meinen Namen kein zweites Mal und wurde nicht danach gefragt. »Ich will etwas abgeben«, sagte ich, öffnete die Aktentasche und zog die Schachtel hervor. »Ein Freund aus Sankt Petersburg hat mich gebeten, das hier zu überbringen.«

Flammenschein flackerte über das Gesicht des Mannes. Auch sein Körper war hager wie die der Mädchen, sein Gesicht wie aus Lehm geformt. »Solltest du dich nicht vergewissern, dass ich der Richtige bin?« Seine Stimme war schneidend und einschmeichelnd zugleich, als wäre jedes Wort ein versteckter Befehl hinter dem Schleier einer Bitte.

»Sind Sie nicht Iwan Iwanowitsch Petrow?«

Er gab darauf keine Antwort. »Schieb das in den Kreis.«

Meine Hand zitterte, als ich der Aufforderung nachkam. Dabei achtete ich darauf, dass meine Finger außerhalb der Umrandung blieben.

Wieder das Getrappel. Ein vielstimmiges Zischen, so als atmeten mehrere Menschen scharf ein. Diesmal blickte ich mich nicht um. Ich war sicher, dass ich sie sonst alle hinter mir gesehen hätte, das Rudel seiner folgsamen, mageren Sophien. Ich wollte nicht, dass sich ihr Anblick in meine Erinnerung brannte.

Petrow – natürlich war er der Mann im Kreis, daran zweifelte ich keinen Augenblick – hob die Hand zu einem beiläufigen Wink, und sofort raschelten all die Füße wieder hinaus. Für einen kurzen Moment wurde mir schwindelig, so als würde dem Raum alle Atemluft entzogen, und dann hatte ich das Gefühl, der Boden kippte unter mir in die Schräge. Ich stieß beide Handflächen neben mir auf das Parkett, um Halt zu suchen, aber natürlich war es eine Täuschung. Ich muss für ein, zwei Herzschläge die Augen geschlossen haben, denn als ich Petrow wieder ansah, hielt er die flache Schachtel in seinen Händen, obwohl er nicht aufgestanden war, um sie vom Rand des Kreises aufzuheben. Die kleine Katze lag starr neben ihm auf der Seite. Ich war jetzt sicher, dass sie tot war.

Er zerbrach das Siegel und durchtrennte die Kordel mit einem messerscharfen Fingernagel. Sein Gesicht verzog sich zu einem kurzen Lächeln, als er den Deckel hob und ins Innere der Schachtel blickte.

»Du weißt, was das ist?«, fragte er.

»Ein Manuskript.«

»Hat man dir den Titel verraten?«

»Nein«, log ich. »Ich weiß gar nichts darüber.«

Er musterte mich ein paar Sekunden lang, dann legte er den Deckel zurück. »Vor wem bist du geflohen?«

»Die Ochrana hat meine Familie ermordet. Ich bin auf einem Schiff aus der Stadt entkommen.«

»Wer hat dir dabei geholfen? Derselbe Mann, der dir das Manuskript anvertraut hat?«

Ich nickte.

Petrow strich mit der Hand über die Schachtel und schloss kurz die Augen. Dann sah er mich wieder an. »Er steckt mit der Ochrana unter einer Decke.«

»Vielleicht«, sagte ich, obwohl ich das für wenig wahrscheinlich hielt. Aber ich hätte auch nicht die Hand für Spiridon ins Feuer gelegt. Seine dubiosen Geschäfte waren seit jeher ein Drahtseilakt.

»Auch mich haben sie davongejagt, genau wie dich«, sagte Petrow. »Und sie sind auch hier in der Stadt, Dutzende Agenten der Ochrana. Es wimmelt nur so von ihnen. Aber der Zar ist so gut wie gestürzt, und jetzt sind sie schwach und verkriechen sich wie die Spinnen unter Steinen. Ich kenne sie alle und jedes ihrer Verstecke. Sie kommen nur noch zum Vorschein, wenn man sie reizt. Du solltest dich davor hüten, sie zu reizen.«

»Das hab ich nicht vor.«

Er klopfte auf die Schachtel. »Du hast mir das hier gebracht. Vielleicht genügt das schon.«

Ich nahm all meine Courage zusammen. »Wollen Sie mir Angst machen?«

»Ist das noch nötig?«

Leises Kichern draußen auf dem Gang.

»Sie sollten den Mädchen mehr zu essen geben«, sagte ich.

»Ja«, entgegnete Petrow. »Vielleicht werde ich das.« Er legte die Schachtel neben die Katze. Ich konnte jetzt eine wulstige Narbe in seinem Schoß sehen.

Mit einem Schrei wie dem eines Kleinkindes sprang die Katze auf und rannte an mir vorbei Richtung Tür.

Wieder das kollektive Einatmen draußen auf dem Flur. Aufgeregtes Trapsen und Rascheln. Das Kätzchen schrie auf, diesmal noch schriller. Dann herrschte Stille, doch ich bildete mir ein, leises Schmatzen zu hören. Ich war sicher, dass es nur in meiner Vorstellungskraft existierte, ein Auswuchs meiner Angst, und dann hörte es auf.

Petrow fixierte mich mit seinen tief liegenden Augen. »Sie sind selbst wie kleine Katzen, jede von ihnen.«

»Ich sollte jetzt gehen.«

»Ich bin dir etwas schuldig«, sagte er. »Für das, was du mir gebracht hast.«

»Nein, sind Sie nicht.«

Ich wartete nicht auf die Erlaubnis, aufzustehen. Als ich mich langsam von ihm entfernte, unsicher, ob ich zu ihm oder zur Tür blicken sollte, blieb er sitzen, mit diesem kalten Glanz in den Augen. Alles in mir wehrte sich dagegen, mich von ihm abzuwenden, aber ich hatte keine Wahl, wenn ich nicht rückwärts hinaus auf den Gang stolpern wollte. Ich wusste nicht, wer oder was dort auf mich wartete, aber ich spürte ganz deutlich, dass es viele waren.

Der Korridor war leer.

Ich begegnete niemandem, als ich mit immer schnelleren Schritten auf die Wohnungstür zuging. Sie stand ein schmales Stück offen.

Als ich den Ausgang erreichte, blickte ich ein letztes Mal zurück. Das Mädchen stand in dem Durchgang am Ende des Korridors, wieder ganz schief, den Kopf geneigt, wie eine Puppe ohne Spieler. Das Theater, in dem ich mit Mara gesessen hatte, flackerte durch meine Erinnerung, dann riss ich die Tür zum Treppenhaus auf.

Der Kopf des Mädchens kippte in die andere Richtung. Ich sah es nicht, ich *hörte* die Bewegung. Ein Knirschen wie von trockenem Leder. Und wieder schob ich es auf meine Einbildung, weil es dort am besten aufgehoben war, irgendwo im Irrealen.

Ich lief die Treppen hinab, immer zwei, drei Stufen auf einmal, stürzte fast, hielt mich am Geländer fest, rannte weiter, immer schneller, bis ich durch die Haustür ins Freie stolperte.

Die Luft war kalt und roch nach Kohleöfen. Ich sog sie begierig ein, um den grässlichen Gestank loszuwerden, den Oberkörper vorgebeugt, die Augen geschlossen.

Neben der Bordsteinkante lief der Motor eines Automobils. Schritte kamen auf mich zu, blieben vor mir stehen.

Ich öffnete die Augen und blickte in ein Lächeln.

Hände packten mich von hinten und stießen mich in den Wagen.

41

Zwei Männer warfen mich auf die Rückbank des Automobils, einer rutschte neben mich. Der andere schlug von außen die Tür zu. Das Geräusch klang wie ein Schrotschuss. Kurz darauf glitt der Mann hinters Steuer, der Wagen fuhr los.

»Kein Geschrei«, sagte einer der Männer auf Russisch. »Nicht wehren. Überhaupt keine Dummheiten machen, weil wir dir sonst wehtun.«

Wir fuhren um ein Dutzend Ecken, bis die Luft wieder dunstiger wurde, die Ziegelbauten höher, und einmal sah ich Bahngleise mit abgestellten Güterwaggons. Ich vermutete, dass wir uns wieder im Graphischen Viertel befanden, war aber nicht sicher. Schließlich hielt der Fahrer vor einer Gasse, die zu eng für den Wagen war.

»Wir sind da«, sagte der Mann am Steuer. »Raus hier.«

Ich wurde ins Freie geschoben und sah am Eingang der Gasse ein Schild mit der Aufschrift *Feinstes chinesisches Papier.* Auf einem zweiten stand sehr viel kleiner *Rauchsalon.* Ich hatte genug Abenteuerromane gelesen, um zu wissen, was das bedeutete. Grigori hätte seine wahre Freude daran gehabt. Ich hingegen hatte genug damit zu tun, meine Todesangst in den Griff zu bekommen. Ich spürte meine Beine kaum, mein Magen rumorte, und meine Kehle fühlte sich an, als hätte ich Buchbinderleim getrunken.

»Weiter!«

Ich wurde nach vorn gestoßen und betrat die Gasse.

»Wohin bringen Sie mich?«

Statt einer Antwort erhielt ich einen Schlag in den Rücken, der mich zwei weitere Schritte vorwärtstaumeln ließ.

Wir kamen an einer offenen Tür vorbei, dahinter befand sich

ein kleiner Verkaufsraum mit Holztheke. In Regalen lagen hohe Stapel Papierbögen in unterschiedlichen Größen. Eine greise Asiatin blickte auf, senkte aber gleich wieder den Blick.

Zehn Meter weiter erreichten wir eine Treppe, die ein paar Stufen abwärts zu einer unscheinbaren Tür führte. Ich roch nur den feuchten Boden der Gasse und die nassen Ziegelmauern.

»Runter da!«, befahl man mir.

Wir stiegen die Stufen hinab. Auf ein Klopfen hin wurde die Tür von innen entriegelt und geöffnet. Ein asiatischer Junge ließ uns wortlos ein. Sogleich ging es eine zweite, sehr viel längere Treppe hinunter und durch eine weitere Tür, danach durch einen Gang mit mehreren Vorhängen. Holziger Rauchgeruch drang uns entgegen. Noch eine Tür wurde geöffnet, dahinter lag in trübem Halblicht ein langer, unterirdischer Korridor, von dem zahlreiche Kammern abgingen. Darin standen Pritschen, auf vielen ruhten Männer. Manche schienen zu schlafen, andere lagen auf der Seite und zogen an langen Pfeifen. Ich war noch nie in einer Opiumhöhle gewesen, aber ich erkannte sie auf dieselbe Weise, auf die ich eine Goldmine, eine Baumwollplantage oder eine Guillotine erkannt hätte – aus Romanen. Nichts davon hatte ich je in der Wirklichkeit, wohl aber beim Lesen in meiner Vorstellung gesehen.

Man führte mich bis zur letzten Kammer auf der rechten Seite. Meine Begleiter schoben mich hinein und blieben selbst davor stehen. Ich hörte sie hinter mir auf dem Gang, während offenbar von mir erwartet wurde, dass ich tiefer in den Raum trat.

An einem Haken hingen ein Mantel und ein Hut. Ich wusste, wem sie gehörten, bevor ich den Mann auf der Pritsche erkannte.

Volonoff lag auf der Seite und hielt eine lange Nadel mit einem Chandu-Brocken über die offene Flamme seiner Opiumlampe. »Mein Junge«, sagte er. »Dass wir uns hier wiedersehen, ist ein merkwürdiger Zufall, nicht wahr?«

Ich versuchte, gefasst zu klingen. »Ihre Männer haben mich entführt. Mir kam das nicht sehr zufällig vor.«

»Na, na, nicht so dramatisch. Sieh es einfach als Einladung an.« Seine Stimme klang nicht so schneidend, wie ich sie in Erinnerung hatte. Womöglich bereitete er nicht seine erste Pfeife vor. Seine schmalen Augen, die mir damals so heimtückisch erschienen waren, wirkten jetzt müde und verquollen.

»Was wollen Sie? Wieder den Schlüssel zu einem Haus?«

Er hob eine Hand, und ehe ich mich umdrehen konnte, trat einer seiner Handlanger hinter mich, packte mich und hielt mir ein Messer an die Kehle. »Höflich«, flüsterte der Mann in mein Ohr. »Immer höflich bleiben. Verstanden?«

»Ich bin sicher, dass er's verstanden hat«, sagte Volonoff. Er klang nicht berauscht, nur ausgelaugt. Als spielte er eine Rolle zum hundertsten Mal, die ihn zu Tode langweilte. »Lass ihn wieder los.«

Der Mann zog die Klinge zurück, nicht ohne meine Haut unterhalb des Kehlkopfs zu ritzen. Volonoff scheuchte ihn mit einer fahrigen Bewegung zurück.

»Ich will mich mit dir unterhalten«, sagte er. »Von Mann zu Mann.«

»Warum hier?«

»Weil ich hier meinen Kummer vergessen kann.« Das Chandu war zu einer teerartigen Masse zerronnen, die er mit der Nadel in die Öffnung des Pfeifenkopfs stopfte. »Aber vorher will ich den Kummer mit dir teilen. Weil du nicht unschuldig daran bist.«

Er hielt den umgedrehten Pfeifenkopf über die Flamme. Er schien Übung darin zu haben, deshalb nahm ich an, dass er ähnliche Orte schon in Sankt Petersburg aufgesucht hatte. Ich dachte an die Gerüchte, dass er mehrere Jahre im Krieg verbracht hatte, als einer der berüchtigten russischen Schlächter im Baltikum. Viele Männer waren danach als Süchtige heimgekehrt, nach Opium und Wodka, nach Gewalt und Tod.

»Sie haben meine Familie ermorden lassen.« Ich musste es wenigstens einmal aussprechen, bevor mich seine Schläger zum Schweigen brachten.

Er beobachtete die Flamme in der Lampe. »Alexej Michailowitsch war ein Verräter, der aufrührerische Literatur ins Land schmuggeln ließ. Ein Feind des Zaren. Was hat er erwartet?«

»Mein Onkel hat die Lieferung dieser Bücher nie in Auftrag gegeben. Man hat ihn reingelegt.«

»So?« Das klang nicht sehr überrascht. »Spielt keine Rolle mehr, würde ich sagen. Dein Onkel wurde befragt und war nicht kooperativ. Die Behandlung musste intensiviert werden und war schließlich zu viel für ihn. Sein Herz hat versagt. Er ist also keineswegs ermordet worden, vielmehr ist ihm seine schwache körperliche Verfassung zum Verhängnis geworden. Deine Tante hat die Nachricht nicht gut aufgenommen. Sie schrie wie am Spieß und ist auf einen ihrer Bewacher losgegangen. Der Mann hat überreagiert und ihr eine Kugel in den Kopf geschossen. Zu deiner Beruhigung kann ich sagen, dass sie nicht gelitten hat.«

Er wollte eine heftige Reaktion von mir, aber der Mann mit dem Messer war noch immer irgendwo hinter mir.

»Was haben Sie Ofeliya angetan?«, fragte ich leise.

»Ah, Ofeliya …« Er nahm einen Zug aus der Pfeife, drehte sich dabei auf den Rücken und lehnte Kopf und Schultern an. »Dir bereitet sie also auch Kopfzerbrechen.«

Ich wollte ihn umbringen, auf der Stelle. Ich hatte keine Waffe, aber wenn ich ihm die Pfeife entriss und sie ihm ins Auge oder gleich in den Rachen rammte, mochte das ausreichen.

»Kopfzerbrechen?«, wiederholte ich.

»Das ist der Kummer, den ich mit dir teilen möchte«, sagte Volonoff. »Ich habe deine Cousine wirklich sehr bewundert. Keine ihrer Aufführungen habe ich verpasst. Wenn sie über die Bühne schwebte …« Sein Blick verlor sich für einen Moment im Halbdunkel der Kammer. »Sie war so graziös, so federleicht, fast schwerelos. Und ich war ihr größter Verehrer.«

»Bis Sie sie zerstört haben.«

Sein Tonfall kippte in schläfriges Selbstmitleid. »Sie hat mich verachtet.«

»Sie haben ihr nachgestellt!«, brüllte ich ihn an. »Und als sie nichts von Ihnen wissen wollte, hat einer Ihrer Droschkenfahrer ihr die Beine gebrochen!«

Eine Weile lang rührte er sich nicht, dann hob er träge die Pfeife und nahm einen weiteren Zug. Sein Kopf sank zurück, doch sein trüber Blick richtete sich dabei auf mich. »Ich bedaure das.«

»Sie *bedauern* das?«, fragte ich fassungslos.

»Es war ein Fehler. Und danach wollte ich sie beschützen. Aber du hast das nicht zugelassen.«

Der Rauch aus der Pfeife waberte durch die Kammer, ihr holziger Geruch brannte in meiner Nase. Instinktiv trat ich einen Schritt zurück. »Sie wollen mir weismachen, dass ich Ihnen damals den Schlüssel zum Palais geben sollte, damit Sie Ofeliya *beschützen* konnten?«

Er nickte. »Dann hätte ich das schon viel früher getan. Nicht erst, als es fast zu spät war.«

»Sie ist tot, Volonoff!«, schrie ich ihn an. »Sie haben Ofeliya und ihre Eltern ermordet!«

Er hob den Kopf vom Kissen, und für einen Moment wurde der Blick seiner kleinen Augen glasklar. »Ofeliya ist nicht tot.«

Ich starrte ihn an und war sicher, dass er den Verstand verloren hatte.

»Sie lebt«, sagte er und ließ den Kopf sinken. »Aber sie liebt mich noch immer nicht.«

»Sie können sich das Schmierentheater sparen. Ich scheiß auf Ihre Lügen.«

Hinter mir regte sich der Handlanger.

»Warum sollte ich dich anlügen?«, fragte Volonoff. »Ofeliya ist hier in Leipzig.«

Für ein paar Herzschläge geriet ich fast ins Taumeln. »Sie … ist hier?«

»Ich habe sie an Bord eines Schiffes nach Deutschland gebracht.« Volonoff schien in der Erinnerung zu schwelgen wie in einem seiner Opiumträume. »Und ich hüte sie wie meinen Augapfel. Obwohl sie scheußlich zu mir ist und sagt, dass sie mich tot sehen will.«

Ofeliya war auf der *Saltan* gewesen? Die ganze Zeit in meiner Nähe, nur wenige Meter entfernt? Ich blickte über die Schulter auf den Mann, der im Türrahmen stand. Er sah aus wie gemeißelt.

»Wo ist sie jetzt?«, fragte ich.

»Nicht hier. Aber auch nicht weit von hier.« Volonoffs Kopf schnellte plötzlich nach vorn, und beinahe hätte er dabei die Pfeife aus der Hand verloren. »Du wirst sie nicht wiedersehen, Junge. Sie gehört mir. Ob sie will oder nicht.«

»Sie werden ihr kein Haar mehr –«

Volonoff brach in Gelächter aus. »Was könnte ich ihr Schlimmeres antun als alles, was ich bereits getan habe? Was könnte *noch* grausamer sein?«

Ich versuchte, ruhig zu bleiben. Ofeliya lebte. Sie war in Leipzig. Ihr Schicksal lag in meiner Hand. *Falls* er die Wahrheit sagte.

»Warum erzählen Sie mir das? Weil ich sowieso nicht mehr lebend hier rauskomme?«

Er lachte, bis er heiser war, und dann wurde ein scheußliches Husten daraus. »Ich habe nicht vor, dich umzubringen. Nicht, wenn du keine Dummheit begehst.«

Ich werde noch eine Menge Dummheiten begehen, dachte ich hasserfüllt, und am Ende schlage ich dir den Schädel ein.

»Sie wird meine Liebe niemals erwidern«, klagte Volonoff. »Stattdessen fragt sie ständig nach dir. Wo ist Artur?, fragt sie. Wie geht es ihm? Ist er am Leben?« Er nahm einen weiteren Zug aus der Pfeife. Die meisten Männer wären längst in ihren Rausch entschlummert, aber er blieb bei Sinnen, schien nun sogar wieder wacher zu werden. »Immer bist du in ihren Gedanken. Ich habe sie gerettet und in Sicherheit gebracht, aber alles, woran sie denken kann, bist du!«

Für mich klang er wie ein eifersüchtiger Schulhofschläger, nicht mehr wie das Ungeheuer, das mich während der Überfahrt um den Schlaf gebracht hatte.

»Dabei interessierst du dich nicht mal für sie«, sagte er. »Denn du hast ja nur Augen für diese Mara.«

Natürlich wusste er von Mara.

»Meine Droschkenfahrer haben euch beobachtet, neulich Nacht, als ihr durch die Passagen getänzelt seid wie die Turteltauben. Ich weiß das alles. Und ich hätte die Macht, es zu beenden, einfach so, wie Gott.« Er wollte mit den Fingern schnippen, doch es misslang ihm kläglich. Vorwurfsvoll blickte er seine Hand an, als gehörte sie nicht zum Rest seines Körpers.

»Lassen Sie Mara in Frieden!«, sagte ich mit bebender Stimme. »Tun Sie mit mir, was Sie wollen. Aber rühren Sie Mara nicht an!«

»Das muss ich gar nicht«, sagte er. »Stattdessen erzähle ich dir etwas über sie. Sehen wir doch mal, ob du sie dann noch immer so abgöttisch liebst, so brav und treu und gutgläubig. So schrecklich naiv.« Er drehte die Pfeife mit zitternder Hand und wies damit in meine Richtung wie ein Ankläger. »Du hängst am Rockzipfel einer Mörderin, Artur Sergejewitsch! Deine Mara Kalinina hat ein ganzes Dorf ausgerottet. Sie hat Dutzende Menschen vergiftet, aus Rache oder aus Freude am Töten, wer weiß.«

»Das ist nur noch eine Ihrer Lügen«, widersprach ich und bemerkte selbst, wie verzweifelt das klang. Weil ich die Wahrheit kannte, genau wie er.

»Die Menschen im Dorf waren nicht die Einzigen.« Er redete sich in Fahrt, während er mich nicht aus den Augen ließ. »Vorher hat sie die Mönche eines Klosters vergiftet, jeden einzelnen Mann. Sie muss ihnen das Gift ins Essen gemischt haben. Und wieder hat man keine Spuren gefunden. Anscheinend hat sich das Gift in Luft aufgelöst, genau wie das Mädchen.«

»Warum hätte Mara so was tun sollen?«

Volonoffs Grinsen flammte wieder auf. »Sie ist durch viele Hände gegangen, deine unschuldige Mara. Ihr Vater hat sie befingert, genau wie die Mönche, und Gott weiß, wer noch. Deshalb überleben Männer in ihrer Nähe nicht lange. Sie wird dir das Herz brechen, und dann wird sie dich töten wie all die anderen.«

Ich zwang mich, ihm in die Augen zu sehen. »Ist das Ihr Plan? Mir einzureden, dass ich mich vor ihr fürchten soll?«

Er lächelte verschlagen. »Du weißt längst, wer und was sie ist, nicht wahr? Und da willst du mich verurteilen, nur weil ich Befehle befolgt habe, um den Zaren zu schützen? Komm runter von deinem hohen Ross, Artur Sergejewitsch. Du und ich, wir sind beide mit Mördern im Bunde.«

42

Und dann, ohne ein weiteres Wort, ließ Volonoff mich gehen. Seine Handlanger warfen mich hinaus auf die Gasse, wo die alte Chinesin mich aus der offenen Tür ihres Papierladens musterte. Nicht die leiseste Regung verriet, was sie dachte. Daran nahm ich mir ein Beispiel und blieb äußerlich gefasst, als ich mich auf den Weg ins Musikviertel machte. Niemand sollte sehen, was in mir vorging, schon gar nicht Volonoffs geheime Augen, die von vorüberrollenden Droschken auf mich herabzustarren schienen. Ich sah seine Spione jetzt überall, nicht nur auf den Kutschböcken, auch in Hauseingängen, dunklen Gassen und im Schatten der alten Fassaden mit ihren Fabelwesen aus Stein. Volonoff mochte auf dem besten Weg sein, den Verstand zu verlieren, und das brachte mich zu der Frage, was mit mir selbst geschah. Die Stadt schien von ihm durchsetzt zu sein; die Gosse sein Geruch, der Lärm seine Stimme, das Grau ein Spiegelbild seiner biederen Niedertracht.

Aus seiner Sicht betrachtet waren die Dinge simpel. Er glaubte, er hätte mich mit seinem Gerede überrumpelt und ins Unglück gestürzt. Er hätte mich einfach umbringen können, aber er wollte, dass ich an meiner Liebe verzweifelte, so wie er an der seinen.

Womit er nicht rechnete, war meine Entschlossenheit, Ofeliya aus seiner Gewalt zu befreien. Glaubte er, seine Schläger mit ihren Messern und brutalen Visagen könnten mich davon abhalten? Volonoff war ein Mann ohne Mitgefühl, und womöglich war das seine Schwachstelle. Er konnte sich bestenfalls ausmalen, was seine Eröffnungen über Mara in mir anrichteten. Vielleicht dachte er, mein Schmerz würde mich ebenso hilflos machen wie ihn der seine. In seinem Erfahrungsschatz waren Schmerzen etwas, das man weitergeben, das man anderen zufügen konnte. Er mochte glauben, mit diesem Schmerz wäre es genauso.

Ich rannte das letzte Stück von der Mündung der Karl-Tauchnitz-Straße bis zur Villa der Eisenhuths. Es war früher Abend und bereits dunkel, während ich über den Pfad an der Seite des Hauses zum Dienstboteneingang lief. Schon das Palais in Sankt Petersburg hatte ich lieber durch die Küchentür betreten.

Das Foyer war verlassen. Wo steckten der Diener und die Hausmädchen? Ich rief Maras Namen und erhielt keine Antwort. Alles hier fühlte sich so verlassen an wie das Palais am Katharinenkanal.

Ich stürmte die große Treppe hinauf und betrat den Trakt mit den Schlafzimmern.

»Mara?«

Ich klopfte an ihre Tür.

»Bist du da?«

Langsam drückte ich die Klinke nach unten. Nicht verschlossen. Ein letztes Mal rief ich ihren Namen, dann trat ich ein und schaltete das Licht an. Ein weitläufiges Zimmer mit schwerem Pfostenbett, Kommode, Schränken, Schminktisch. Das Bett war zerwühlt, die Daunendecke achtlos zu Boden geschleudert worden. Durch eines der Fenster zum dunklen Garten sah ich, dass in Frederiks Bibliothek Licht brannte.

Auf der Schreibfläche des aufgeklappten Sekretärs lagen zwei schmale, hellgrüne Bücher, frisch gedruckte Exemplare mit schlichter Titelgestaltung. *Umbra Vitae* von Georg Heym. Unser Buch, gedruckt mit unserem Blut.

Als ich mich umdrehte, entdeckte ich, was nur von dieser Seite des Bettes aus sichtbar war: Spuren von Rot auf dem zerknüllten Kopfkissen. Nur wenige Tropfen.

Ein Laut ließ mich herumfahren.

Die Tür zum Badezimmer stand einen Fingerbreit offen. Jenseits des Spalts war es dunkel.

»Hallo?« Ich ging darauf zu. »Mara?«

Vorsichtig schob ich die Tür nach innen. Der Vorhang vor dem Fenster war geschlossen, mein Schatten stach wie ein schwarzer Dolch ins Innere.

Mara saß in der randvollen Badewanne, die Arme um die angezogenen Knie geschlungen, das Gesicht nach vorn gebeugt. Sie blickte nicht auf, als ich eintrat, saß ganz starr da, der Körper mit Gänsehaut überzogen. Der Badeofen war nicht beheizt worden. Sie musste in eiskaltes Wasser gestiegen sein.

»Großer Gott, Mara …!«

Ich riss ein Badetuch vom Haken, legte es um ihre Schultern und zog sie sanft auf die Beine. Sie ließ es geschehen, blieb bis zu den Knien im Wasser stehen und machte keine Anstalten, von sich aus die Wanne zu verlassen.

Ich zog das Badetuch um ihren Oberkörper und die Arme zusammen und half ihr, über den hohen Rand zu steigen. Ihr Blick kreuzte meinen, unendlich traurig, unendlich verletzt, aber ich wagte noch immer nicht zu fragen, was passiert war. Stattdessen führte ich sie hinüber ins Zimmer, wollte sie zum Bett bringen, aber sie weigerte sich, dorthin zu gehen, und ließ sich stattdessen auf einem Zweisitzer neben dem Sekretär nieder. Ich nahm die Bettdecke vom Boden auf und packte Mara darin ein wie ein Kind, während sie reglos dasaß und ins Leere starrte. Nur noch ihr Kopf und die Füße schauten hervor. Dann trat ich einen Schritt zurück, aus Angst, sie könnte nicht wollen, dass ihr irgendjemand länger als nötig nahekam, nicht einmal ich.

»Setz dich neben mich«, sagte sie, ohne mich anzusehen. »Leg deinen Arm um mich.«

Das tat ich, und nach einem Augenblick zog ich sie noch etwas enger an mich, in der Hoffnung, ihr ein wenig Wärme, ein wenig Geborgenheit zu geben. Zugleich fürchtete ich, genau das Gegenteil zu bewirken, und wollte nicht, dass sie sich bedrängt fühlte.

Ich nickte zum Bett hinüber. »Wessen Blut ist das?«

»Nicht meins«, sagte sie. Und nach einer langen Pause flüsterte sie: »Albins.«

Die Worte herauszubringen war ein Kraftakt. »Was hat der Scheißkerl getan?«

Sie wartete lange, sehr lange, mit ihrer Antwort. »Er hat die Dienerschaft fortgeschickt. Den Mädchen hat er Geld gegeben und gesagt, sie sollen sich davon was Schönes kaufen. Der Hausdiener wollte nicht gehen, aber Albin hat darauf bestanden. Ilna ist noch bei der Schneiderin, und Demian kommt nicht vor zehn nach Hause. Albin hat das gewusst. Er hat keinem gesagt, dass heute Abend sein Zug zurück an die Front fährt.« Sie erzitterte unter der dicken Daunendecke. »Nur mir«, flüsterte sie. »Mir hat er's gesagt.«

Mehr musste ich nicht hören. Das leere Haus, Albin allein mit Mara. Das Blut auf dem Bett, weil sie sich gewehrt hatte. Sie hatte ihn gekratzt; gebissen, vielleicht. In meinem Kopf fügte sich alles zusammen, ob ich wollte oder nicht.

»Wo ist das Schwein jetzt?«

»Fort.« Sie lehnte ihren Kopf an meine Schulter. »Zum Bahnhof.«

»Wie lange ist er weg?«

»Eine Stunde. Vielleicht weniger.«

Es fiel mir schwer, sie von mir zu lösen, und für einen Moment fühlte es sich an wie Verrat. Trotzdem musste ich aufstehen. Musste jetzt schnell sein.

»Lass ihn«, sagte sie. »Er ist es nicht wert.«

»Damit darf er nicht durchkommen.«

Draußen auf dem Gang näherten sich Schritte. Erst zögernd, dann energischer.

»Bitte«, sagte Mara leise, »tu das nicht.«

Die Entscheidung, zu gehen, zerriss mich fast. Und dann stand plötzlich Ilna in der Tür, einen Brautschleier in der Hand, und starrte uns an. Die nackte Mara, eingepackt in die Decke, das zerwühlte Bett, und ich mitten im Zimmer, vollkommen aufgebracht.

»Was ist hier passiert?«, fragte sie scharf, aber selbst sie erkannte auf Anhieb, dass es nicht das Offensichtliche war, sondern etwas sehr viel Schlimmeres. Der Schleier entglitt ihrer Hand und legte sich wie ein Nebelschwaden auf die Türschwelle.

»Mara, Kind …« Sie eilte auf Mara zu, die sich merklich versteifte, und ich nutzte die Gelegenheit, um an Ilna vorbei zur Tür zu laufen.

»Ich lass nicht zu, dass er einfach verschwindet«, sagte ich gepresst, sah noch, wie Ilna sich neben Mara niederließ, dann rannte ich los, den Gang hinunter, die Treppe hinab, aus dem Haus in die eiskalte Dunkelheit. Ich trug noch immer die lange Jacke, in der ich nach Hause gekommen war, aber selbst im Hemd hätte mir die Kälte nichts anhaben können. Ich spürte nichts mehr von der Welt um mich herum, spürte mich selbst nicht mehr, konnte nur daran denken, Albin mit bloßen Händen zu töten. Ich hatte nicht den geringsten Zweifel, dass es mir gelingen würde. Weil es gar keine andere Möglichkeit gab. Weil er den Tod verdiente. Weil dies die einzige gerechte Strafe war für das, was er getan hatte.

Ich stürmte über den Rathausring, die Petersstraße hinauf, vorbei an den Passagen, in denen Mara und ich uns geküsst hatten. Auf dem Markt nahm ich die einzige Droschke, die in der Dunkelheit wartete, und dachte nicht eine Sekunde daran, dass der Kutscher einer von Volonoffs Männern sein könnte, gab ihm den Großteil meines Geldes und wies ihn an, mich in strammem Galopp zum Hauptbahnhof zu bringen. Er nahm mich beim Wort, und so flogen wir regelrecht durch die dunklen Straßen, trafen jedes Schlagloch der Innenstadt, und als ich vom Kutschbock sprang, fühlte es sich an, als hätte ich mir ein paar Knochen gebrochen. Doch nach einigen Schritten spürte ich meine Beine wieder, rannte in die große Halle und die Treppen hinauf zu den Gleisen.

An einem waren Soldaten, Hunderte Männer in Uniform, und dazu ihre Liebsten, junge Frauen mit blassen Wangen, weinende Mütter und Väter mit schicksalsstarren Mienen. Das Stimmengewirr war ohrenbetäubend, das Gedränge unbeschreiblich. Ich musste nur dem Menschenstrom folgen, um den Zug zu finden, der die nächsten Todgeweihten an die Front brachte.

Eine endlose Reihe Waggons stand am Gleis, die Soldaten stiegen gerade ein. Schrilles Pfeifen ertönte, in weiter Ferne schnaubte die Lokomotive. Das Signal zur Abfahrt riss verzweifelte Paare auseinander, übertönte die Gesänge der Siegesgewissen, und in der Menge regte sich Zorn, als Abschiede abgebrochen wurden und letzte Worte ungesagt blieben.

Ich drängte mich durch die Massen am Zug entlang, blickte in die Fenster, sah nur Uniformen, Uniformen, Uniformen. Die Gesichter verschwammen, die Stimmen wurden zu Geschrei, die Signalpfeifen zu infernalischem Kreischen.

Ich hatte mehr als die Hälfte der Waggons hinter mich gebracht, als ich ihn entdeckte. Gerade setzte sich der Zug in Bewegung. Albin stand hinter der Scheibe einer Tür, eingezwängt zwischen anderen Soldaten, das Gesicht halb abgewandt, weil niemand da war, der ihn verabschiedete. Doch aus dem Augenwinkel musste er mich bemerkt haben, denn mit einem Mal drehte er sich um und blickte genau in meine Richtung. Er sah mich mit anderen neben dem Zug herlaufen, ein wildes Stolpern und Stoßen und Schreien, aber ich war noch immer auf einer Höhe mit ihm, und unsere Blicke blieben ineinander verkrallt, und das Letzte, was ich sah, bevor der Zug in die Nacht rollte, war die Hand, die er zum Abschied hob, und sein breites, grässliches, triumphierendes Lächeln.

43

Noch in derselben Nacht versammelten sich alle am Esstisch, Ilna und Frederik, Demian und Mara, und als ich atemlos und verschwitzt dazukam – vermutlich noch immer mit Mordlust im Blick –, war mein erster Eindruck, dass alle auf einen weiteren Besucher warteten; jemanden, der ihnen verraten sollte, was jetzt zu tun sei. Mehr Hilflosigkeit, mehr schicksalsergebene Passivität war mir nicht mal an Bord der *Saltan* begegnet, in der überfüllten Kabine nach meinem Erwachen.

In genau diesem Augenblick wurde mir klar, dass ich hier nichts zu suchen hatte. Ich wollte mit Familien wie den Eisenhuths, auch den Kalinins, nichts mehr zu schaffen haben. Keine Villen, keine Reisen um die halbe Welt, keine Bälle und Empfänge, keine Verlogenheit und Heimtücke und kein gewissenloses Machtstreben.

Mara trug eines ihrer weißen Kleider, ihr Haar war noch feucht. Den Ausdruck auf ihrem blassen Gesicht konnte ich kaum deuten; ihre Miene war starr, aber darunter schienen schemenhaft die Gemütszustände zu wechseln, von Wut über Trauer bis hin zu maßlosem Hass. War ich der Einzige, der das sah? Demian hätte sie nach den vergangenen drei Jahren viel besser kennen müssen als ich, aber ich hatte das Gefühl, dass er nicht das Geringste über sie wusste und auch nicht aufrichtig an dem interessiert war, was sie dachte. Nicht einmal jetzt. Oder *gerade* jetzt. Er saß neben ihr, ohne sie zu berühren. Seine Hände lagen vor ihm auf dem Tisch, mit gekrümmten Fingern, als wollte er sie ins Holz graben. Er presste die Lippen aufeinander, vielleicht hatte er schon zu viel gesagt, vielleicht auch gar nichts.

Derweil sah sein Vater aus, als wünschte er sich zurück zu seinen Büchern in die Remise, als wäre die Realität seiner Familie etwas, das er am liebsten aussperrte. Immerhin hatte ich seine dröhnende Stimme gehört, als ich ins Haus gekommen war, und jetzt war er außer Atem, sodass ich annahm, dass er die letzten Minuten mit Gebrüll verbracht hatte.

Ilna war die Erste, die wieder sprach, nachdem ich das Esszimmer betreten hatte. »Wir wissen überhaupt nicht, was genau vorgefallen ist. Es ist schwierig, ein Urteil zu fällen, wenn keiner von uns dabei war.«

Ich war viel zu sehr in Rage, um die Etikette zu wahren. »Keiner von *uns?*«, brüllte ich sie an, quer über die Tafel hinweg, während ich stehen blieb und mich mit den Fäusten auf die Tischkante stützte. »Ist das euer verdammter Ernst? Mara war dabei! Und sie weiß genau, was *vorgefallen* ist!«

»Artur«, sagte Mara leise.

»Was?« Ich starrte sie an, dann in die Runde. »Warum sitzen alle hier, als ginge es darum, eine Familienangelegenheit zu besprechen?«

»Weil es eine ist«, sagte Ilna kaltherzig. »Eine Angelegenheit der *engsten* Familie.«

»Und was gedenkt die Familie zu unternehmen?«, fragte ich. »Ich komme gerade vom Bahnhof. Albin ist fort. Er war im Zug, und er … er hat mich angegrinst. Verstehen Sie? Er hat gegrinst, als hätte er gewonnen!«

Mara starrte ins Leere. Niemand sagte etwas.

Kopfschüttelnd eilte ich um den großen Tisch zu ihr hinüber, zog den freien Stuhl zu ihrer Linken herum, setzte mich und nahm ihre Hand. »Du musst das hier nicht über dich ergehen lassen.«

»Ich hab schon Schlimmeres ertragen«, sagte sie sehr kühl, sehr beherrscht. Wie konnte sie ihre Gefühle derart unter Kontrolle halten? Es war keine zwei Stunden her, dass Albin über sie hergefallen war. Und sie saß hier mit den anderen, kein Arzt war da, keine Polizei, und sie redeten, als ginge es um die Planung der Hochzeitsfeier.

»Wir müssen jetzt abwägen, was das Beste für die Familie ist«, sagte Ilna.

»Für die Familie?«, schrie ich sie an.

»Artur«, sagte Mara erneut, jetzt eine Spur schärfer.

Frederik ergriff das Wort. »Was Albin getan hat, kann nicht verziehen werden. Niemand stellt das infrage.«

Ich fand sehr wohl, dass seine Frau das gerade infrage gestellt hatte. Mehr noch: Ilna hatte angezweifelt, dass es überhaupt geschehen war.

»Aber wir müssen das große Ganze im Blick behalten«, fuhr Frederik fort. »Das haben wir immer getan. Deshalb gibt es diese Familie noch und alles, was daran hängt. Die Firma, die Verlage, die Druckereien. All die Menschen, die für uns arbeiten.«

Ich schnappte nach Luft. »Ich begreif das nicht …«

»Nein«, sagte Ilna, »natürlich nicht. Wir alle haben unsere persönlichen Belange immer dem Unternehmen untergeordnet. Deshalb können wir auch jetzt nicht zulassen, dass irgendwer außerhalb dieser vier Wände davon erfährt.«

Ich fuhr zu Mara herum. »Du willst da mitspielen?«

Sie sah mich aus ihren blauen Augen an, als wollte sie mir etwas sagen, das nur für mich bestimmt war, aber ich verstand es nicht, verstand sie nicht, verstand überhaupt nichts mehr.

Ich sprang auf, packte Demian an der Schulter und zog ihn herum. »Mara ist deine Braut!«

Er nahm meine Hand und löste sie, ruhig, aber mit Nachdruck. Dann drehte er sich langsam wieder nach vorn, als stünde ich schon gar nicht mehr da.

»Du Scheißfeigling!«, fuhr ich ihn an. »Haben hier denn alle den Verstand verloren?«

»Vielleicht hat Albin sich provoziert gefühlt«, sagte Ilna.

»Provoziert«, wiederholte ich.

»Ich will Mara keinen Vorwurf machen«, fuhr sie fort, und in meinen Ohren klang es nach dem grausamsten Vorwurf von allen, »aber Albin war all die Monate im Krieg, an der Front, in Schützengräben unter Männern. Und dann sieht er hier –«

»Mutter!«, fiel Demian ihr scharf ins Wort. »Halt endlich den Mund!«

Ilna presste die Lippen aufeinander.

Frederik seufzte. »Reißt euch alle zusammen!«

Aber Demian sprang von seinem Platz auf. »Nein, Artur hat recht! Begreift ihr das nicht? Ich würde Albin mit bloßen Händen umbringen, wäre er jetzt hier. Wir können doch nicht so tun, als wäre nichts geschehen!«

»Keiner hat das vor«, sagte Ilna beschwichtigend.

Frederik zog es nun vor, zu schweigen, während Mara aussah, als hörte sie die anderen gar nicht. Ich wollte sie packen und von hier fortbringen, so schnell wie möglich aus diesem Haus, aus dieser Stadt. Aber sie war hier, weil sie das wollte. Und ich würde nicht der Nächste sein, der sich über ihren Willen hinwegsetzte.

Demian ging mit hastigen Schritten im Zimmer auf und ab. »Wir können das Albin nicht durchgehen lassen. Das nicht! Mara und ich werden heiraten, und er … und er …« Er verschluckte den Rest, und einen irrwitzigen Moment lang dachte ich, er bräche in Tränen aus wie ein Kind, dem das Weihnachtsgeschenk weggenommen worden war.

Ich sah Mara fest an. »Willst du das wirklich tun? Ihn heiraten? In diesem Haus bleiben?«

Sie zögerte keine Sekunde. »Ja, das will ich.«

Ilna lächelte. »Natürlich will sie das. Sie wäre dumm, wenn sie es nicht täte.« Und direkt an mich gewandt sagte sie: »Nicht jeder läuft davon, wenn es unangenehm wird.«

Frederik lehnte sich zurück und schloss die Augen.

Demian war kreidebleich, aber diesmal verbot er seiner Mutter nicht den Mund. Natürlich wollte auch er mich loswerden. Und er war klug genug, es ihr zu überlassen. Beleidigungen und Gehässigkeiten waren Ilnas Metier, nicht das seine.

Mara verschränkte die Hände auf dem Tisch. »Wenn Demian mich noch will, wird die Hochzeit wie geplant stattfinden.«

Ich dachte, ich müsste an all dem ersticken, was mir auf der Zunge lag.

Demian legte von hinten die Hände auf Maras Schultern und

küsste ihr Haar. »Dich noch wollen?«, fragte er, ohne ihr in die Augen zu sehen. »Mehr als alles auf der Welt.«

Abgesehen von deiner Firma, dachte ich. Und von deinem Geld.

Ilnas Lächeln sah jetzt sehr zufrieden aus. »Am besten ziehen wir die Feier vor, um alles so schnell wie möglich in trockene Tücher zu bringen.« Sie blickte zu Demian, als wäre er es, der Trost brauchte, nicht Mara. »Alles wird gut.«

Ich riss den Mund auf und hörte mich selbst nach Luft schnappen, ohne ein Wort herauszubringen. Nichts von alldem fühlte sich real an, nicht wie etwas, das Menschen aus Fleisch und Blut sagen oder tun würden. Sie alle waren wie Maschinen, die von etwas in Gang gehalten wurden, das ich nicht verstand. Sie sprachen eine andere Sprache und folgten Gedankengängen, die mein Begriffsvermögen überstiegen.

Noch einmal sah ich Mara an, versuchte verzweifelt, in ihren Augen die Wahrheit zu lesen, das, was sie wirklich dachte, aber sie senkte den Blick und schüttelte kaum sichtbar den Kopf. *Das ist meine Angelegenheit,* schien sie mir sagen zu wollen, *nicht deine.*

»Ich verschwinde von hier«, sagte ich entschieden, fuhr herum und stürmte zur Tür. »Jemand muss sich um Ofeliya kümmern.«

»Ofeliya?«, fragte Mara.

Aber ich achtete nicht mehr auf sie, ließ alles zurück, stürmte in die Eingangshalle und am Hausdiener vorbei ins Freie. Die frostige Luft tat mir gut. Ich fand sie angenehm im Vergleich zu der Kälte im Esszimmer.

Als ich die Straße erreichte und die Gittertür zuschlug, rief Mara meinen Namen. Sie stand unter dem Portal, hatte die Arme vor dem Oberkörper gekreuzt und die Hände um die Schultern gekrallt, als wollte sie sich selbst den Halt geben, den sie von keinem anderen bekam. »Was *ist* mit Ofeliya?«

»Sie lebt.« Ich sah sie durch das Gitter an wie bei unserem Wiedersehen vor wenigen Tagen. »Sie ist bei Volonoff. Sie ist hier in der Stadt.«

Neben ihr erschien Demian, legte einen Arm um sie und starrte wortlos zu mir heraus in die Nacht.

Ich drehte mich um und ging mit zügigen Schritten davon, und bis heute frage ich mich, ob es ein Davonlaufen war, kein beherztes Zur-Tat-Schreiten, wie ich es mir einredete. Eine Flucht vor Menschen, die in einer anderen Welt existierten als ich.

Diesmal fand ich keine Droschke, hatte ohnehin kaum noch Geld, und ich verirrte mich in den Straßen südlich des Zentrums. Irgendwann stand ich wieder am Sophienplatz, blickte an der Fassade hinauf zu den schwarzen Fenstern im Obergeschoss.

Die Haustür war nach wie vor angelehnt, also drückte ich dagegen und trat ein. Ich lief die Treppen hinauf, durchgefroren und außer Atem, aber beides spürte ich erst, als ich vor der Wohnung zum Stehen kam und einmal mehr den Türklopfer benutzte.

»Petrow!«, rief ich, und diesmal hatte ich keine Angst, weil dafür kein Platz war in meinen Gedanken. »Sie sind mir was schuldig! Das haben Sie selbst gesagt!«

Kein Mädchen kam an die Tür, um mir zu öffnen, sondern Petrow selbst, in eine dunkle Robe gekleidet, vielleicht war es auch ein Morgenmantel. Hinter ihm kicherten körperlose Stimmen wie Hirngespinste.

Er sagte nichts, sah mich nur an. Der Schatten eines Lächelns spielte um seine Züge, als wüsste er genau, warum ich hier war.

»Sie haben gesagt, sie kennen alle Verstecke der Ochrana.« Ich wollte, dass meine Stimme fest und entschlossen klang, doch das scheiterte kläglich. »Ich muss wissen, wo Oberst Volonoff die Nächte verbringt.«

44

1928

Die Sonne versank hinter den Esterel-Bergen, als Liette ins Château Trois Grâces zurückkehrte. Mit ihren elf Jahren war sie noch ein Kind, aber sie fühlte sich wie eine Erwachsene, als sie die Auffahrt durch den Pinienwald zum Hotel hinabging und in den zerfaserten Schatten trat, den die Bäume über den Vorplatz bis zum Gebäude warfen.

Ihr Onkel erwartete sie.

»Großer Gott, Liette!« Er lief ihr aus dem Foyer entgegen, erreichte sie vor den Stufen, die zum Eingang hinaufführten, und ging vor ihr in die Hocke. »Ich hab es eben erst erfahren. Ein Polizist hat angerufen.« Gabriel hatte offenbar vergessen, dass er immer behauptet hatte, die Telefonleitung sei abgeklemmt. »Er hat mir erzählt, was passiert ist. Deine armen Eltern! Und du armes Kind! Warum haben dich die Polizisten nicht bis zum Hotel gefahren?«

»Sie haben mich oben an der Straße abgesetzt«, sagte sie. »Ich wollte die Bäume riechen und das Meer.«

Gabriel blickte an ihr vorbei zur gewundenen Auffahrt durch die Pinien, konnte aber von hier aus die Küstenstraße nicht einsehen. »Jetzt bist du ja hier. Ich kümmere mich um dich. Bei mir bist du sicher.«

»Ich hab auch noch andere Verwandte. Mamas Cousine in Paris.«

»Ich weiß. Aber ich will für dich da sein. Wir zwei werden gut miteinander auskommen. Das sind wir doch immer, oder?«

»Tut mir leid, dass ich weggelaufen bin.« Es kostete sie Überwindung, das zu sagen, aber sie glaubte, dass er es hören wollte. Sie würde einiges sagen, was er hören wollte.

Gabriel klang aufrichtig berührt. »Wir beide fangen ganz neu an. Was hältst du davon?«

Sie brach in Tränen aus, und das war nicht gespielt. Für einen Moment fühlte es sich richtig an, dass er sie tröstete. Er *war* ihr Onkel, der Bruder ihres Vaters. Er war derjenige, der sie hätte beschützen sollen. Gabriel zog sie an sich, und sie weinte lange an seiner Schulter, weil ihr danach war und auch, weil alles perfekt sein musste. Er musste glauben, dass sie ihm vertraute. Als sie schließlich das Gesicht von seiner Schulter löste, hatte auch er Tränen in den Augen. Mochte sein, dass seine Trauer aufrichtig war. Das änderte nichts.

»Mir geht's gar nicht gut«, sagte sie. Ihre Stimme klang heiser, und sie hatte Mühe, ihr Schluchzen zu unterdrücken. Sie hatte sehr viel geweint, nachdem Grigori sie in Paris in Sicherheit gebracht hatte, und noch mehr, als Artur aufgetaucht war und sie beide mit an die Küste genommen hatte. Sie hatte akzeptiert, dass die Weinkrämpfe dann und wann zurückkehrten, ganz gleich in welcher Situation. Aber sie war schon besser darin geworden, ihre Gefühle im Zaum zu halten. Das war wichtig. Sie hatte ein Ziel.

»Ich kann dir eine heiße Milch kochen.« Gabriels Gesicht glänzte, auch der dünne schwarze Schnurrbart, den sie noch nie hatte leiden können. »Die beruhigt dich und macht schläfrig. Nach der langen Fahrt musst du bestimmt eine Menge Schlaf nachholen. Und ich bin ja da.«

Wenn sie eines in seiner Gegenwart nicht wollte, dann war das schlafen. »Ich glaube, ich werde krank.«

»Du bist nur traurig«, sagte Gabriel sanft. »Das ist völlig normal.« Er setzte sich auf die oberste Treppenstufe und zog sie neben sich. Als er einen Arm um ihre Schultern legte, war das als väterliche Geste gemeint, aber sie versteifte sich und bekam eine Gänsehaut.

Auf dem Vorplatz war es fast dunkel, vom Mittelmeer rückte die Nacht heran und verdrängte den Sonnenuntergang über den Baumwipfeln. In weiter Ferne brummten die Motoren der Fischkutter.

»Ich wünschte, es gäbe eine Medizin gegen das Traurigsein«, sagte sie, ohne ihn anzusehen. Stattdessen blickte sie auf die Silhouetten der Bäume, über denen sich die ersten Sterne im Dunkel zeigten. Das Licht vom Eingang zerdehnte die Schatten, die Gabriel und sie auf den Vorplatz warfen. »Irgendwas, das alles wiedergutmacht.«

»Es braucht seine Zeit«, sagte er, »und dann fühlt es sich irgendwann immer weniger schlimm an. Mit jeder Woche und jedem Monat wird es ein bisschen besser.«

»Aber Medizin hilft sofort«, sagte sie. »Ich will *jetzt* nicht mehr traurig sein.«

Gabriels Arm um ihre Schultern schien ein wenig schwerer zu werden. »Vielleicht gibt es jemanden, der dir helfen kann.«

»Keiner kann Mama und Papa wieder lebendig machen.«

»Nein, das nicht. Aber er kennt sich aus mit Medizin. Und überhaupt damit, dass es Leuten besser geht.«

»Ist er ein Freund von dir?«

Gabriel zögerte kurz. Er musste annehmen, dass sie es nicht bemerkt hatte, weil sie ein Kind war. Er hatte sie schon mehr als einmal unterschätzt, und er lernte nicht dazu. Nicht mal als Verbrecher taugte er etwas. »Er ist ein Doktor«, sagte er. »Doktoren sind dazu da, andere gesund zu machen.«

»Nur Medizindoktoren.«

»Das stimmt.«

»Was für ein Doktor ist er?«

»Einer, zu dem vor allem Erwachsene gehen.«

»Ich bin nicht erwachsen.«

»Ich schätze mal, er hilft auch jungen Mädchen. Und ganz so jung bist du gar nicht mehr. In ein paar Jahren wird das alles hier dir gehören.«

»Nur die Hälfte.«

Sein Lächeln wirkte unecht. Sie kannte ihn viel zu gut, um das nicht zu bemerken. »Und bis dahin gebe ich gut darauf acht.«

Sie brachte es nicht über sich, zustimmend zu nicken, aber er sah sie auch gar nicht mehr an, sondern nahm endlich den Arm weg und stand auf. »Sollen wir gleich zu ihm fahren?«

»So spät abends? Ist das denn möglich?«

»Du bist meine Nichte. Ich mache es möglich. Ich kann so was.«

»Und dann gibt er mir was, damit ich nicht mehr traurig bin?«

»Ja«, sagte Gabriel. »Ja, das wird er ganz bestimmt tun.«

Sie sprang auf, ein wenig zu schwungvoll, und für einen Augenblick meinte sie eine Spur Misstrauen in seinem Blick zu sehen. Sie musste besser aufpassen. Durfte ihn nicht daran zweifeln lassen, dass sie ihm vollkommen ausgeliefert war.

»Warte hier«, sagte er. »Ich hole den Wagen.«

Zehn Minuten später rollte sein Automobil über den Vorplatz auf sie zu und hielt am Fuß der Stufen. Er hatte lange gebraucht, doch nun öffnete er ihr mit einem Lächeln von innen die Beifahrertür. »Steig ein.«

»Ich bin erst elf«, sagte sie. »Ich muss hinten sitzen.« Es gab kein Gesetz, das dies vorschrieb; allerdings hatte ihr Vater immer darauf bestanden. Beinahe brachte sie der Gedanke erneut zum Weinen, doch diesmal zwang sie die Tränen zurück.

Gabriel wirkte ein wenig ungehalten, als wäre ihm mit einem Mal jede Verzögerung unangenehm. »Dann eben auf die Rückbank«, sagte er und zog die Tür wieder zu. Sie fragte sich, ob er telefoniert hatte, während sie hier draußen gewartet hatte. Ja, dachte sie, ganz bestimmt hatte er den Doktor vorgewarnt, dass er mit ihr auftauchen würde.

Sie stieg hinten in den Wagen und blickte zurück zum Eingang des Hotels, während sie losfuhren. In seiner Aufregung hatte Gabriel nicht einmal die Tür abgeschlossen. Er konnte es gar nicht erwarten, sie ein für alle Mal loszuwerden. Der Doktor und er würden sich irgendeine Geschichte für die Polizei einfallen lassen; sie nahm an, dass der Doktor Erfahrung in solchen Dingen hatte. Und dann würde das Château Trois Grâces endlich Gabriel allein gehören, und was immer sie hier trieben, würde in Zukunft sehr viel leichter werden.

Liette rückte ganz nach links hinter den Fahrersitz. So konnte er sie nur mit Mühe im Rückspiegel beobachten.

Sie sprachen nicht, während sie die Zufahrt hinauffuhren und auf die Küstenstraße abbogen. Gabriel hatte die Lampen eingeschaltet, der Schein floss trüb über Pinienstämme und schroffe Felsen.

»Wie weit ist es?«, fragte sie.

»Ungefähr eine halbe Stunde.«

»Wird dein Freund nicht schon schlafen?«

»Er geht immer spät ins Bett.«

Kurz bevor sie um die erste Kurve bogen, blickte Liette verstohlen nach hinten. Durch die ovale Heckscheibe sah sie die Lichter eines zweiten Fahrzeugs, das hinter ihnen in der Dunkelheit auftauchte, weit genug entfernt, um keinen Verdacht zu erregen. Gabriel schien es nicht zu bemerken.

Sie fuhren nach Osten. Bald fiel der Hang zu ihrer Rechten steiler ab, und vor dem Seitenfenster öffnete sich das abendliche Panorama des Mittelmeers. Die scharfe Linie des Horizonts verschwamm zu einem groben Pinselstrich, Wasser und Himmel flossen schwarz-violett ineinander. Vereinzelte Lichter trieben in der Dunkelheit. Die hereinbrechende Nacht entzog der Welt alle Farben, bald würde auch die letzte Spur Abendrot in der Finsternis verblassen.

Manchmal, auf den wenigen geraden Strecken, tauchten die Lampen des anderen Wagens hinter ihnen auf, um in den Kurven wieder zu verschwinden. Einmal sah Liette, wie Gabriel die Lichter im Rückspiegel entdeckte, und da beugte sie sich über die Sitzbank nach vorn, um ihn abzulenken.

»Hast du Papa eigentlich gerngehabt?«

»Was für eine Frage ist das denn?«

»Hast du?«

»Er war mein Bruder. Natürlich hab ich ihn gerngehabt.«

»Ich hab gehört, wie ihr euch gestritten habt.«

»Geschwister streiten sich manchmal. Wenn es um das Hotel ging, waren er und ich nicht immer einer Meinung. Aber mehr war da nicht. Nur ein paar harmlose Differenzen.«

»Ging es dabei ums Geld?«

»Es ging um die Zukunft des Hotels. Also auch um deine Zukunft.« Er lächelte, weil ihm seine eigene Antwort so gut zu gefallen schien.

»Fahren wir zusammen zur Beerdigung nach Paris?«, fragte sie.

Das schien ihn aus dem Konzept zu bringen, so als hätte er es nicht für nötig gehalten, daran auch nur einen Gedanken zu verschwenden.

»Sicher«, sagte er fahrig, »natürlich fahren wir hin.«

»Ehrenwort?«

»Ja«, sagte er und starrte voraus in die Finsternis. »Mein Ehrenwort.«

Schließlich hielten sie vor einem hohen Eisentor. Dahinter erhob sich bergauf ein Hain aus Palmen und Zypressen. Gabriel musste aussteigen, um das Tor zu öffnen. Eine Kette mit offenem Vorhängeschloss hing lose über einer Querstrebe. Sie wurden bereits erwartet. Die Scharniere quietschten, als das Gitter nach innen schwang. Liette meinte in der Nacht einen schrillen Schrei zu hören, wie als Antwort auf das Geräusch.

Gabriel lenkte den Wagen zwischen den Steinpfosten hindurch, stieg wieder aus und drückte das Tor hinter ihnen zu. Er schlang die Kette um die inneren Streben und sicherte sie mit dem Schloss. Dabei warf er einen letzten Blick hinaus auf den dunklen Weg, dem sie von der Küstenstraße aus gefolgt waren. Dann setzte er sich wieder hinters Steuer und fuhr weiter zwischen den Bäumen hindurch zum Haus.

Es lag oben auf dem Hügel, mit dem Rücken zum Meer, ein dreigeschossiger heller Quader mit flachem Dach im italienischen Stil. Vor vielen Fenstern gab es steinerne Balustraden, dazu eine Terrasse, die an mindestens zwei Seiten des Gebäudes entlanglief. Auch ihr Geländer bestand aus massiven Steinpfosten.

»Ist das auch ein Hotel?«, fragte Liette.

»Es war mal eins. Dann wollte mein Freund eine Klinik daraus machen, aber es gab ein paar Probleme. Sie ist nie eröffnet worden.«

»Und jetzt wohnt er da ganz allein?«

»Ja. Aber er ist oft geschäftlich unterwegs. Und manchmal besucht ihn seine Freundin aus Nizza.«

Die Wahrsagerin, dachte Liette, hütete sich aber, zu erwähnen, dass sie Ulita Glinka im Zug nach Paris begegnet war.

»Was für Geschäfte macht denn so ein Doktor?«, fragte sie mit Unschuldsmiene, während Gabriel den Wagen am Fuß einer breiten Treppe parkte. Ein Dutzend Stufen führte hinauf zu einem Portal, das in diesem Moment geöffnet wurde. Eine Silhouette erschien vor dem Licht in der Eingangshalle.

»Dies und das«, sagte Gabriel. »Er hat die Medizin aufgegeben und verdient sein Geld auf andere Weise.« Schnell fügte er hinzu: »Aber guten Freunden hilft er noch immer. Du wirst schon sehen, auch dir geht's bald wieder gut.«

Sie erinnerte sich an das Gespräch zwischen Gabriel und dem Doktor, das sie in der Eisenhuth-Villa mitangehört hatte. Von der »kleinen Plage« war da die Rede gewesen, und davon, dass der Doktor sich um sie kümmern werde. Seltsamerweise hatte sie trotzdem kaum Angst bei dem Gedanken, was sie dort oben erwartete.

Als sie ausstieg, hörte sie wieder den schrillen Tierschrei, der genauso klang wie die Scharniere des Tors. Gabriel führte sie die Stufen hinauf. Der schwarze Umriss im Türrahmen bewegte sich nicht, bis sie ihn fast erreicht hatten.

»Guten Abend«, sagte der Doktor förmlich, bevor sie ihn deutlich sehen konnte. Erst als er zur Seite trat und sie einließ, erkannte sie, dass er einen weißen Anzug trug wie in der Villa. Er roch nach Rasierwasser und Schweiß. Die Tür fiel hinter ihnen ins Schloss.

»Du bist also das kleine Mädchen, von dem ich so viel gehört habe.«

»Liette«, sagte sie.

»Ich bin Doktor Baranow.« Sein Haar war grau und schütter. Er sah wirklich aus wie ein Doktor, nicht wie jemand, der Rauschgift und Frauen verkaufte. Sie vermutete, dass er nichts davon mit eigenen Händen tat. Dafür hatte er Männer wie ihren Onkel, der Geld für seine Spielsucht verdienen musste.

Gabriel räusperte sich. »Es ist schon spät. Wir sollten schnell mit der Behandlung beginnen.«

Baranow warf ihm einen Blick zu, der kaum Zweifel daran ließ, was er von ihm hielt. »Ich nehme an, um diese Uhrzeit sind Sie auf der Straße niemandem begegnet?«

Ihr Onkel schüttelte den Kopf. »Nicht auf dem letzten Stück.« Liette hatte das Gefühl, dass er Angst vor dem Doktor hatte und niemals etwas sagen würde, das Baranow missfallen könnte.

Die Halle sah aus, als sollte sie noch immer das Foyer einer Klinik werden. Es gab eine große, eingestaubte Theke und Sessel, die mit Laken abgedeckt waren. Wahrscheinlich bewohnte der Doktor nur Teile des Gebäudes.

Er führte die beiden durch das Erdgeschoss in ein geräumiges Arbeitszimmer. Überall roch es nach feuchtem Mauerwerk, wie in manchen Kellerräumen des Trois Grâces.

»Es tut mir sehr leid, was dir passiert ist«, sagte er, ohne ihre Eltern zu erwähnen. »Ich werde dir eine Medizin verabreichen, die dafür sorgt, dass es dir wieder gut geht.«

Gabriel nickte ihr aufmunternd zu. »Bald fühlst du dich viel besser.«

Sie begann nun doch, sich vor den Männern zu fürchten. Vielleicht waren Artur und Grigori aufgehalten worden. Niemand hatte von ihr verlangt, den Lockvogel zu spielen, um sie zum Unterschlupf des Doktors zu führen; tatsächlich war Artur vehement dagegen gewesen. Was also, wenn Gabriel ihre Verfolger abgehängt hatte? Oder wenn Grigori die Kette am Tor nicht rechtzeitig aufbekam?

»Leg dich bitte dorthin.« Baranow deutete auf eine dunkelrote Samtcouch. Während er einen Wandschrank öffnete und zwei Fläschchen und eine Metallspritze herausnahm, fragte er beiläufig: »Und in Paris hast du noch mehr Verwandte?«

»Ja.« Sie konnte den Blick nicht von der langen Nadel nehmen, die er mit geübten Handbewegungen auf die Spritze drehte. »Eine Cousine meiner Mutter und ihr Mann.«

»Keine *nahen* Verwandten«, sagte Gabriel schnell. »Die werden dir dein Erbe nicht streitig machen.« Hätte sie nicht gewusst, dass es ihm einzig darum ging, wäre das eine merkwürdige Bemerkung gewesen.

Der Doktor zog die klare Flüssigkeit aus dem ersten Fläschchen in die Spritze. »Magst du sie denn? Und mögen sie dich?«

Er wollte wissen, ob sie nach ihr suchen würden, falls sie verschwand. Wahrscheinlich zahlte er Bestechungsgeld an die Polizei, um Ermittlungen zu verhindern, aber ein paar aufgebrachte Verwandte mochten ihm durchaus Ärger bereiten.

»Sie haben mich sehr gern«, sagte sie. »Ich könnte auch bei ihnen wohnen.«

Der Doktor und ihr Onkel tauschten einen Blick.

Baranow kam durch das Zimmer auf sie zu. »Hat dir schon mal jemand eine Spritze gegeben?«

Sie schüttelte den Kopf.

»Im ersten Moment tut es ein wenig weh, aber das ist sehr schnell vorbei.«

Sie versuchte, auf Geräusche außerhalb des Arbeitszimmers zu horchen. Auf das Splittern von Fensterscheiben oder das Aufbrechen von Türen. Doch im Rest des Hauses herrschte völlige Stille.

»Können wir nicht noch ein wenig damit warten?«, fragte sie.

Baranow schüttelte den Kopf. »Du brauchst wirklich keine Angst zu haben.«

Gabriel ging neben der Couch in die Hocke. »Der Doktor weiß genau, was er tut.«

Sie rückte im Liegen noch enger an die Rückenlehne. »Und wenn es mir doch schon besser geht?«

»Ich glaube«, sagte Baranow, »das ist nur eine Ausrede, oder? Du bist ein tapferes Mädchen. Und ein kluges noch dazu. Du weißt, was gut für dich ist.«

Sie wollte aufspringen, doch Gabriel packte sie an den Schultern und presste sie zurück in die Polster. »Nun komm schon, wir sind extra deshalb den weiten Weg gefahren.«

»Ich bin aber nicht mehr traurig!«

Der Doktor lächelte liebenswürdig. »Deine Eltern sind ermordet worden. Natürlich bist du traurig.«

Nach wie vor kein Laut außer ihren Stimmen, dem aufgeregten Atmen ihres Onkels und Baranows Schritten auf dem Parkett.

Sie stemmte sich gegen Gabriels Griff, als er sie hart nach unten drückte.

»Sei vernünftig«, sagte er. »Es geht ganz schnell.«

Baranow blieb über ihr stehen. »Nur ein Stich.«

Sie blickte auf die Kanüle und die lange Metallspritze in seiner Hand, zog ihr rechtes Bein an und trat ihm mit aller Kraft vors Knie.

Mit einem Aufschrei stolperte er zurück und stieß gegen den Beistelltisch vor der Couch. Gabriel holte aus und versetzte ihr eine Ohrfeige. Dazu musste er ihre Schulter loslassen, und sie nutzte den Moment, trotz des plötzlichen Schmerzes unter seiner anderen Hand hinwegzutauchen. Im nächsten Augenblick war sie frei, glitt von der Couch und lief auf die Zimmertür zu.

Der Doktor packte sie an den Haaren und zerrte sie zurück.

Schreiend wurde sie von den Füßen gerissen, fiel auf den Rücken, strampelte und schlug um sich, erwischte seinen Arm und befreite sich abermals. Ihr linker Fuß rutschte weg, als sie aufsprang, doch irgendwie fing sie sich und stolperte vorwärts. Baranow und Gabriel versperrten den Weg zur Tür, deshalb hatte sie keine andere Wahl, als hinter dem riesigen Schreibtisch Schutz zu suchen.

»Sei nicht albern«, sagte Baranow. »Alle Ausgänge sind abgeschlossen.«

»Wir wollen nur das Beste für dich«, sagte Gabriel.

»Ich weiß genau, was ihr wollt!«, brüllte sie ihn an.

Für einen Moment sah er tatsächlich betroffen aus.

Baranow hob die Schultern. »Wir töten dich, Liette, natürlich tun wir das«, sagte er ruhig. »Du kannst dich wehren und schreien so viel du willst, aber im Umkreis von ein paar Kilometern ist niemand, der dich hören könnte. Also zögere es nicht länger hinaus.«

Gabriel runzelte die Stirn. »Sie hätten das nicht aussprechen müssen.«

Der Doktor lächelte Liette an. »Dein Onkel glaubt noch immer, es gäbe eine Möglichkeit, mit Anstand aus dieser Sache herauszukommen. Er glaubt, wenn du einfach einschläfst, sei das ein bisschen weniger Mord, als, sagen wir, dir eine Kugel in den Kopf zu schießen. Leider verkennt er die Situation. Niemand tötet gern ein Kind, aber in dieser Lage bleibt uns leider keine andere Wahl.«

Gabriel sah jetzt wütend aus, doch statt seinen Zorn auf Baranow zu richten, kam er mit verzerrtem Gesicht auf Liette zu. »Zum Teufel mit dir dafür, dass du mich zwingst, so was zu tun!«

Er umrundete den Schreibtisch von der rechten Seite, Baranow kam von links. Zu spät fiel ihr auf, dass der Tisch an der Vorderseite geschlossen war, sie konnte nicht darunter hindurchkrabbeln. Stattdessen wich sie zurück und stieß mit dem Rücken gegen ein Bücherregal.

In der nächsten Sekunde waren sie bei ihr. Gabriel packte sie erneut und knallte sie mit dem Rücken auf den Schreibtisch. Sie trat nach ihm, kratzte und schlug um sich.

»Sie wird voller blauer Flecken sein«, sagte Baranow verbissen zu Gabriel. »Ihnen wird gar nichts anderes übrig bleiben, als sie doch noch von der Klippe zu werfen. Das hätten Sie gleich tun sollen, statt hierherzukommen!«

In Gabriels Augen flammte Panik auf. »Nun geben Sie ihr schon die verdammte Spritze!«

Liette schrie wie am Spieß und wehrte sich noch heftiger. Eine Schale mit Füllfederhaltern und Bleistiften flog vom Schreibtisch und schlug prasselnd am Boden auf. Eine Lampe fiel um und riss mit dem Kabel einen Behälter voller Büroklammern über die Tischkante.

Gabriel legte eine Hand auf Liettes Brustkorb und drückte sie mit aller Kraft nach unten. Sie bekam kaum noch Luft. Baranow beugte sich über sie, presste ihr rechtes Handgelenk auf den Tisch und rammte die Kanüle durch den Stoff ihres Ärmels.

Die Nadelspitze drang in ihre Haut ein.

Liette spürte den scharfen Schmerz, gefolgt von wabernder Wärme, die ihren Arm heraufströmte. Ihr Mund wurde trocken, ihre Augen blind, und das Letzte, was sie wahrnahm, war das wilde, verzweifelte Pochen ihres Herzschlags.

45

Später erfuhr sie, was geschehen war.

Artur und Grigori waren wie geplant Gabriels Automobil gefolgt, nicht mit dem behäbigen Bücherlaster, sondern mit einem Wagen, den Artur von einem Bekannten in Antibes geliehen hatte. Sie hatten ein gutes Stück vom Haus entfernt halten müssen, damit Baranow ihre Lichter nicht bemerkte. Mit dem Bolzenschneider aus seinem Einbrecherrucksack hatte Grigori die Kette am Tor durchtrennt. Sie waren den Berg hinaufgerannt und dabei zwei Wachleuten begegnet, die auf dem Gelände patrouillierten. Grigori hatte die Männer ausschalten können, doch das hatte sie kostbare Minuten gekostet. Mit einem Dietrich waren sie ins Haus eingedrungen und dort dem Lärm gefolgt. Grigori hatte die Tür zum Arbeitszimmer kurzerhand mit der Schulter aufgebrochen.

Als sie in den Raum gestürmt waren, hatte der Doktor Liette bereits eine Beruhigungsspritze gegeben. Die tödliche Giftdosis hatte sich in dem zweiten Fläschchen befunden. Baranow war gerade dabei gewesen, die Spritze aufzuziehen, als Grigori wie ein Raubtier über ihn gekommen war.

Die Einzelheiten dessen, was dann passiert war, hatte Artur für sich behalten. Das Nächste, an das Liette sich erinnern konnte, war, dass sie mit ihm am Rand der Steilwand saß, die hinter Baranows Haus zum Meer abfiel. Sie glaubte, Artur hätte sie dorthin getragen, aber er erzählte ihr, dass sie aus eigener Kraft gegangen sei und er sie nur ein wenig hatte stützen müssen. Davon wusste sie später nichts mehr; auch die Erinnerung an das, was zuvor passiert war, wurde mit der Zeit immer verschwommener und undeutlicher.

Im frischen Nachtwind oben auf der Klippe war sie langsam wieder klarer geworden, an Arturs Schulter gelehnt, während über dem Meer ein fantastischer Sternenhimmel aufstieg. Die Gestirne erschienen ihr gleißender als jemals zuvor. Manche Eindrücke nahm sie überdeutlich wahr, während andere vage und geisterhaft blieben.

»Wo ist Grigori?«, fragte sie schleppend.

»Im Haus«, sagte Artur. »Er kümmert sich um alles.«

»Was heißt das, um alles?«

»Um den Doktor und deinen Onkel.«

Sie würde noch verstehen, was das bedeutete, aber in ihrem Zustand blieb es vorerst ein Mysterium, das sie nicht weiter hinterfragte.

»Ich möchte dir was zeigen«, sagte Artur. »Ich weiß, dass du noch ziemlich durcheinander bist, aber ich hab trotzdem das Gefühl, dass wir das jetzt und hier besprechen sollten. Weil das alles miteinander zu tun hat.«

Sie hob den Kopf von seiner Schulter und drehte sich mit angezogenen Beinen halb zu ihm um. Der Rand der Klippe und das Meer lagen nun links von ihr. Ihr blaues Kleid spannte sich über den Knien.

Artur schob die Hand unter seine Jacke und zog etwas darunter hervor. Es war das kleine Buch, das sie auf dem Dachboden des Hotels gefunden hatte. Es steckte noch immer in dem hölzernen Schuber, aber die Kette, die es darin festgehalten hatte, war fort.

»Ich hab dir versprochen, dass ich es dir zurückgebe«, sagte er. »Aber vorher möchte ich dir etwas darüber erzählen. Und dann schauen wir zusammen hinein. Einverstanden?«

Sie nickte benommen und erinnerte sich an den Mondstein, der bei dem Buch gelegen hatte, und sie dachte, dass er gut zu diesem Sternenhimmel passen würde. Sie stellte sich vor, wie sich das Licht der Milchstraße darin brechen und der Stein zu einem Teil des Firmaments werden würde.

»Liette?«, fragte Artur.

Sie schreckte auf. »Ja? Ich hör zu.«

Er holte tief Luft, als eine Brise den Geruch der See zu ihnen herauftrug. »Ich weiß, was das für ein Buch ist. Und ich weiß, wem es einmal gehört hat.«

»Du wolltest es doch einem Chemiker zeigen.«

»Das hab ich auch. Er hat etwas darüber herausgefunden, aber dazu kommen wir gleich.« Er hielt den Schuber an der geschlossenen Seite fest. »Dieses Buch ist fast vierhundert Jahre alt.«

Die Sterne sehen aus wie Silbermünzen, dachte sie. »Dann ist es bestimmt sehr wertvoll.«

»Vor allen Dingen ist es gefährlich. Es hat schon eine Menge Unheil gestiftet. Viele Menschen sind durch dieses Buch gestorben.«

»Wie kann ein Buch Menschen töten?«, fragte sie.

Ein Schatten wie von einem großen Nachtvogel huschte über seine Züge. »Bücher können Menschen auf alle möglichen Weisen umbringen. Meistens durch etwas, das darin steht und das andere Menschen zu Mördern macht.«

»Ist Grigori ein Mörder?«, fragte sie unvermittelt.

Das schien ihn zu überraschen, und er schüttelte hastig den Kopf. »Was Grigori getan hat, hat er getan, um dein Leben zu retten. Die beiden Männer im Haus, dein Onkel und dieser Baranow … sie wollten dich töten, Liette. Und Grigori hat das verhindert.«

»Ich weiß.«

»Vergiss das nicht. Grigori ist der beste Freund, den man sich wünschen kann. Manche Leute unterschätzen ihn, aber andere – so wie wir –, wir wissen, wer und was er ist. Und wenn man in Not ist, dann ist er für einen da. Egal, was getan werden muss, Grigori tut es, damit es dir und mir gut geht.«

Liette nickte langsam. »Hoffentlich haben auch andere solche Freunde.«

»Bestimmt.« Er lächelte und sah doch ein wenig traurig aus. »Wollen wir weiter über das Buch reden?«

»Ja. Du hast gesagt, manche Bücher können Menschen töten. Also auch dieses Buch?«

»O ja, dieses Buch hat eine Menge Menschen auf dem Gewissen. Aber nicht durch etwas, das darin geschrieben steht, jedenfalls nicht direkt.«

»Das versteh ich nicht.«

»Ich muss dir erst erzählen, was für ein Buch das ist und woher es kommt. Das Kreuz auf dem Schuber hast du ja gesehen.«

»Ich dachte, es ist ein Gebetbuch. Oder eine Bibel.«

»Es *ist* eine Bibel. Aber nicht irgendeine.« Er hielt das Buch hoch und drehte es ein wenig. »Manche nennen es die Narrenbibel. Sie ist im sechzehnten Jahrhundert in Deutschland gedruckt worden, in Augsburg. Bücher hat man damals noch nicht in so großen Mengen hergestellt wie heute, alles war noch Handarbeit. Der Legende nach war der Drucker mit einer jungen und sehr ehrgeizigen Frau verheiratet, die ihm in der Werkstatt zur Hand ging und bald mehr von der Buchdruckerei verstand als er. Eines Abends zeigte er ihr beim Abendessen einen Probeabzug seiner Bibel, der von einem Geistlichen auf Fehler durchgesehen worden war, und er erzählte ihr stolz, dass der Text nun absolut perfekt sei. Die Bibel werde am nächsten Tag in den Druck gehen, und dann könne man endlich einige Hundert Exemplare herstellen und verkaufen. Die Frau des Druckers blätterte in dem Abzug und stieß durch Zufall auf eine Stelle im dritten Kapitel der Genesis, die sie sehr zornig machte.«

Während Liette versuchte, all dem zu folgen, legte Artur die Bibel beiseite, zog zwei schwarze Samthandschuhe aus seiner Jacke und streifte sie über. Er überprüfte, aus welcher Richtung der Wind wehte, nickte und ließ das Buch behutsam aus dem Holzschuber gleiten. Sehr vorsichtig schlug er es auf. Die Seiten waren dünn wie Schmetterlingsflügel. Er blätterte behutsam bis zu einer bestimmten Stelle und las Liette die Sätze auf Deutsch vor.

»Hier«, erklärte er. »Da spricht Gott zu Eva: *Ich will dir viel Schmerzen schaffen, wenn du schwanger wirst. Du sollst mit Schmer-*

zen Kinder gebären. Und dein Verlangen soll nach deinem Manne sein, und er soll dein Narr sein.« Artur senkte das Buch und übersetzte Liette die Worte auf Französisch. »Das Besondere daran ist, dass der letzte Satz in allen übrigen Ausgaben der Bibel anders lautete: *Und er soll dein Herr sein,* steht da normalerweise. Das war es, was die Frau des Druckers dort gelesen hatte und was sie so wütend machte.«

Liette hatte große Mühe, aufmerksam zu bleiben. In ihrem Kopf drehte sich noch immer alles, und sie spürte, wie ihre Gedanken davondrifteten, hinaus über das Meer und wieder zu den Sternen.

»Liette«, sagte Artur beharrlich. »Hör mir bitte zu. Das ist wichtig.«

»Muss das denn jetzt sein?«, fragte sie müde.

»Ja. Weil ich möchte, dass wir das Buch heute Nacht zerstören. Und ich will, dass du verstehst, warum.«

»Zerstören«, wiederholte sie leise. »Wirklich?«

»Es gibt Legenden über dieses Exemplar«, sagte er, »alle möglichen Gerüchte. Und jede hat mit dieser einen Stelle zu tun. Also, pass auf. In der korrekten Version sagt Gott sinngemäß zu Eva: *Der Mann soll dein Herr sein.* Die junge Frau aber, die stolz darauf war, eine bessere Druckerin zu sein als ihr Mann, wollte das nicht hinnehmen. Deshalb schlich sie nachts hinunter in die Werkstatt und tauschte heimlich zwei Buchstaben aus: Aus *Herr* machte sie *Narr.*« Wieder übersetzte Artur Liette die beiden Wörter. »Demnach stand in der neuen Fassung: *Der Mann soll dein Narr sein.* Am nächsten Tag wurde die Bibel gedruckt und die ersten Exemplare umgehend an Kirchen und Klöster verschickt. Es dauerte nicht lange, bis jemandem die Fälschung auffiel, und sofort gab es einen gewaltigen Aufruhr. Der Drucker wurde vor Gericht gestellt, obwohl er sich keiner Schuld bewusst war, und alles sah danach aus, als würde er für viele Jahre ins Gefängnis gesteckt. Doch als man schließlich seinen Lehrjungen verhörte, der in einer Kammer neben der Werkstatt schlief, erinnerte der sich daran, in der Nacht vor dem Bibeldruck die Ehefrau gesehen zu haben. Da wurde sie festgenommen und vor den Richter gebracht. Schließlich gestand sie dort alles, ihr Mann wurde freigelassen, und sie selbst kam bis an ihr Lebensende ins Zuchthaus.«

Liette glaubte jetzt, dass sie Artur durchschaute. »Du erzählst mir das alles nur, um mich abzulenken, oder? Damit ich nicht über das nachdenke, was eben passiert ist. Und was Grigori da drinnen mit meinem Onkel und dem Doktor anstellt.«

Mit einem bitteren Lächeln schüttelte er den Kopf. »Er arrangiert ihre Leichen, damit es aussieht, als hätten sie sich gegenseitig umgebracht – wenn du es denn wirklich so genau wissen willst. Aber das ist nicht der Grund für die Geschichte.«

Liette suchte in sich nach einem Gefühl, fand aber nicht mal ein Frösteln. Das mochte später kommen, oder auch nie. Schließlich stieß sie einen leisen Seufzer aus. »Die Frau ist also im Gefängnis gestorben, nur weil sie den Mann vom Herrn zum Narren gemacht hat?«

»Das erzählt die Legende«, bestätigte Artur, »und vielleicht ist ein Teil davon sogar wahr. Wer weiß. Lange Zeit war nicht mal der Name des Druckers bekannt, weil alle anstößigen Exemplare eingesammelt und verbrannt worden sind. Trotzdem hielten sich Gerüchte, dass ein einziges Exemplar erhalten geblieben ist und von Mönchen versteckt wurde, die in jeder Bibelverbrennung ein Werk des Teufels sahen. Gott soll darüber so erzürnt gewesen sein, dass er das Exemplar mit einem Fluch belegt hat.«

»*Unser* Exemplar?«, fragte Liette.

Er schlug das Deckblatt der Bibel auf. »Hier steht, dass das Buch im Jahr 1571 in Augsburg gedruckt wurde. Aber das ist längst nicht alles, was dafürspricht.« Er schloss den Band wieder und schob ihn zurück in den Schuber. Dann zog er vorsichtig die Handschuhe aus, sehr penibel, ohne die Außenseiten mit der bloßen Haut zu berühren, und legte sie ins Gras. »Der Chemiker hat bestätigt, dass die Druckerschwärze im ganzen Buch hochgiftig ist. Ich meine, absolut tödlich! Noch dazu handelt es sich um ein

Gift, das sich nicht im Körper nachweisen lässt. Ob der Grund dafür nun tatsächlich ein Fluch ist oder ob irgendwer die ganze Geschichte frei erfunden hat, spielt gar keine Rolle. Sicher ist nur eines: Das hier ist vermutlich das letzte Exemplar der Augsburger Narrenbibel, und jeder sollte sich hüten, die Seiten mit den Fingern zu berühren.«

»Deshalb die Kette mit dem Schloss«, sagte Liette.

Er nickte. »Das Buch war jahrhundertelang verschwunden. Ich glaube, dass es in der Bibliothek eines Klosters in Karelien aufbewahrt wurde.«

»Wo ist das?«, fragte sie stirnrunzelnd.

»Ein Landstrich im Osten. Heute gehört ein Teil davon zu Finnland, der andere zu Russland.«

Liettes Gedanken griffen allmählich wieder ineinander. »Das Buch war im Koffer einer russischen Familie.«

Er schien abzuwägen, mit wie vielen Einzelheiten er sie noch belasten wollte, dann nickte er und sah dabei sehr niedergeschlagen aus. »Ein junges Mädchen aus Karelien hat die Bibel in dem Kloster gefunden und von dort mitgenommen.«

»Ein Mädchen wie ich?«, fragte Liette.

»Nein«, sagte er, »nicht wie du. Überhaupt nicht wie du.«

»Was wollte sie mit dem Buch?«

»Sie hat von einigen Seiten die Druckerschwärze abgeschabt und den giftigen Staub ins Essen der Mönche gemischt. Eine kleine Dosis hat genügt, um sie alle zu töten. Jeden einzelnen Mann im Kloster.«

Liette sah das Buch in dem schützenden Schuber an, dann wieder ihn. »Warum?«

»Sie hat dort in der Küche, im Kräutergarten und in der Bibliothek gearbeitet, und einer von ihnen, vielleicht auch mehrere … nun, sie waren nicht gut zu ihr. Sie war wohl sehr wütend, weil ihr so etwas Ähnliches schon in ihrem Dorf zugestoßen war. Immer haben irgendwelche Männer versucht, sie auszunutzen. Es war, als wäre das ihr Schicksal, schon von Kind an. Und irgendwann hat sie entschieden, dass es genug war. Sie hat erst die Mönche vergiftet, dann die Bewohner des Dorfes.«

»Sie muss sehr verzweifelt gewesen sein.«

»Ja, das war sie wohl.«

Liette überlegte einen Moment. »Mir tut auch nicht leid, was mit meinem Onkel und dem Doktor passiert ist. Ich bin froh, dass sie tot sind.« Sie machte eine kurze Pause. »Vielleicht bin ich doch ein bisschen wie das Mädchen.«

In seinen Augen stand Trauer, als er den Blick von ihr abwandte und auf das nächtliche Meer sah.

Nach einer Weile fragte sie: »Woher weißt du das alles?«

»Das meiste habe ich mir aus alten Geschichten zusammengereimt.«

Sie spürte, dass das nicht alles war, aber sie fragte nicht weiter. Es gab genug, das sie verarbeiten musste, und ihr Verstand war noch immer nicht wieder so klar wie vor der Spritze des Doktors.

Eines aber interessierte sie doch. »Wo ist das Mädchen heute?«

Artur blickte an ihr vorbei in die Nacht. »Wenn ich das wüsste. Aber es gibt eine Menge leerer Seiten in dem Buch. So als hätte sie sich damals einen Vorrat von dem Gift angelegt.«

»Ist sie bestraft worden?«

»Damals jedenfalls nicht.«

Vom Haus her näherten sich schwere Schritte. Liette wandte den Kopf und sah Grigori, der in gemächlichem Tempo auf sie zuschlurfte, so als wollte er nicht stören bei dem, was Artur ihr zu sagen hatte. Im Hintergrund fiel ihr erstmals die Reihe riesiger Eisenkäfige auf, die sich unter einem Vordach an der Rückseite des Gebäudes entlangzog, jeder einzelne vier oder fünf Meter hoch.

»Wer war da eingesperrt?«, fragte sie.

Artur blickte über die Schulter zum Haus. »Affen, glaube ich. Vor vielen Jahren hat Baranow Experimente mit Affen und Menschen gemacht. Als man ihm das verboten hat, hat ihn das in den Ruin getrieben. So ist aus einem Arzt ein Verbrecher geworden. Er hat wohl einfach die nächstbeste Chance ergriffen, um hier an der Küste viel Geld zu verdienen.«

»Er war ein Irrer«, sagte Grigori, als er vor ihnen stehen blieb. »Die Schubladen da drinnen sind voll mit Fotografien von Operationen. Er hat den Affen die Eier aus den –«

»Ist gut«, fiel Artur ihm ins Wort.

»Ich mein ja nur.«

»Ich weiß, was Eier sind«, sagte Liette. »Ich bin elf.«

Artur seufzte und deutete auf die Bibel. »Wollen wir wieder über das Buch reden?«

»Müssen wir nicht.« Sie streckte Grigori die Hand entgegen. »Hilfst du mir mal?«

Mit seiner Pranke umfasste er ihre ganze Hand und zog sie auf die Beine. Sie bückte sich und hob das Buch an der geschlossenen Seite des Schubers auf. Als sie Arturs besorgten Blick bemerkte, sagte sie: »Keine Angst, ich pass schon auf.«

Mit zwei Schritten trat sie an die Kante der Steilwand. Tief unter ihr krachten Wellen gegen schroffe Felsen, die sie im Sternenschein gerade so erahnen konnte.

»Wird das reichen?«, fragte sie, ohne sich zu den Männern umzusehen.

»Wird es wohl«, sagte Artur.

Sie streckte den Arm über den Abgrund und drehte den Schuber herum. Die Narrenbibel glitt lautlos heraus und stürzte in die Tiefe, öffnete sich nach einigen Metern wie ein Vogel, der gerade das Fliegen lernt, wirbelte in wilden Drehungen um sich selbst und wurde eins mit der Dunkelheit. Liette stand eine Weile da und blickte dem Buch nach, als müsste sie sich vergewissern, dass es von keiner Böe wieder emporgetragen wurde. Dann erst warf sie den leeren Holzschuber hinterher.

Langsam spreizte sie die Arme und legte den Kopf in den Nacken.

»Liette«, sagte Artur warnend.

Grigori machte einen Schritt auf sie zu.

Es fühlte sich an, als flösse das Licht der Sterne wie kühles Wasser über ihre Haut.

Grigori war jetzt unmittelbar hinter ihr. Sie hörte, wie auch Artur aufsprang. Da musste sie lächeln.

»Seid nicht kindisch«, sagte sie, drehte sich um und warf sich Grigori mit ausgebreiteten Armen entgegen. Sie umarmte ihn so fest sie konnte, dann kam Artur dazu, und sie hielt auch ihn fest, und so standen sie zu dritt am Rand der Klippe, am Rand der Nacht und am Rand Europas, und sie wollte, dass dieser Augenblick niemals endete, so wenig wie ihre Freundschaft, und sie dachte an den Tod, der dort unten von den Seiten des Buchs gewaschen wurde, und an den Mondstein, der wie das ganze Universum glänzte. Beides hatte dem Mädchen aus dem Kloster gehört. Dem Mädchen mit dem Gift. Liette fragte sich, ob sie je mehr über sie erfahren würde. Ihren Namen, und was aus ihr geworden war.

Schließlich stiegen sie den Hang hinunter, durch den Hain aus Palmen, Pinien und Zypressen, und traten durch das Gittertor auf die Zufahrt. Der Wagen stand nur einen Steinwurf entfernt hinter hohen Sträuchern. Liette setzte sich auf die Rückbank, und als Artur das Automobil auf die Küstenstraße lenkte, schloss sie die Augen und schlief ein.

46

1957

Die beiden haben mich zu meinen Verwandten hier in Paris gebracht«, sagte Liette, als sie den Motor des Porsches abstellte.

Sie waren wieder in der Rue Gabrielle, in einer Parklücke unweit des Puppenmuseums. Unterwegs hatte Liette Thomas erzählt, was sie mit dem alten Mann im Turmzimmer verband. Sie hatte mit dem Fund der Bibel und des Mondsteins auf dem Dachboden begonnen, hatte ihm in wenigen Sätzen den Mord an ihren Eltern geschildert und schließlich berichtet, wie Artur und dieser Russe ihr das Leben gerettet hatten.

»Natürlich wollte ich lieber bei Artur und Grigori bleiben, aber sogar mit elf war mir schnell klar, dass das nicht ging. Der eine war ein bettelarmer fahrender Bibliothekar, dem der Staat nicht mal einen streunenden Hund in Obhut gegeben hätte, und der andere … ich weiß nicht, Grigori existierte eigentlich gar nicht. Ganz sicher nicht in offiziellen Dokumenten. Später habe ich manchmal gedacht, dass ich ihn mir nur eingebildet habe wie einen imaginären Freund. Aber Artur hat hin und wieder über ihn gesprochen. Nicht oft, nicht viel, aber häufiger als über Mara, die er bis vor ein paar Wochen niemals wieder erwähnt hat.«

Als sie ausstiegen, fragte Thomas: »Dann hast du Grigori später nie wiedergesehen?«

Liette steckte kopfschüttelnd den Schlüssel ein. »Artur hat mal erwähnt, dass Grigori kurz darauf aus Frankreich fliehen musste, wegen irgendeiner anderen Sache, mit der er sich Ärger eingehandelt hatte. Angeblich ist er nach Deutschland gegangen. Ein russischer Jude, wenige Jahre vor Hitlers Machtergreifung, kannst du dir das vorstellen? Artur hat nie wieder von ihm gehört, was bedeuten könnte, dass er es nicht geschafft hat. Oder dass er rechtzeitig untergetaucht ist, und diesmal für immer.«

Langsam gingen sie auf die Toreinfahrt zu. »Ist der Mord an deinen Eltern jemals aufgeklärt worden?«, fragte Thomas auf den letzten Metern.

»Nein. Aber wenigstens hat die Spurensicherung ausgeschlossen, dass mein Vater meine Mutter erstochen hat. Zu viele Details in der Wohnung sprachen dagegen. Ich konnte der Polizei nichts von Baranow erzählen, als sie mich wegen meines toten Onkels befragt haben, sonst hätten sie nur weiter nachgeforscht und wären vielleicht auf Grigori und Artur gestoßen. Aber der Mann, der den Tod meiner Eltern in Auftrag gegeben hatte, war tot. Das hat mir genügt.«

»Du warst ein ziemlich tapferes Kind«, sagte Thomas, als sie den Tortunnel betraten.

»Ich glaube, Kinder gehen mit so was einfach anders um. Damals hat es mir nichts ausgemacht, zu wissen, dass die Leichen von meinem Onkel und Baranow nur ein paar Meter weiter im Haus lagen. In meinen Augen hatten sie ihre gerechte Strafe bekommen, genau wie die Schurken in den Büchern. Artur dachte wohl, ich stünde unter Schock, aber Grigori hat es verstanden. Ich war einfach nur froh, dass Gabriel und Baranow fort waren, deshalb war ich so ruhig.« Mit einem Lächeln zuckte sie die Achseln. »Wenn ich heute vor einer Leiche stünde, sähe das vielleicht anders aus.«

Die Tür zum Puppenmuseum stand einen Fingerbreit offen.

Liette warf ihm einen beunruhigten Blick zu, dann schob sie die Hand in die Jackentasche und zog die kleine Pistole hervor, die sie in ihrem Wohnzimmer eingesteckt hatte.

Thomas drückte langsam die Tür nach innen.

Aus dem Vorraum blickte ihnen ein Dutzend Puppen entgegen, in einem Halbrund drapiert wie Wachsfiguren. Sie zeigten unverkennbar dieselbe Handschrift wie jene auf Maras Fotoserie, die gleichen großen, tief liegenden Totenkopfaugen und die vollen, blutrot bemalten Lippen; bei den meisten waren sie zu einem maskenhaften Grinsen verzogen. Einige trugen schwarze Anzüge, als müssten sie gleich zu einer Bestattung. Andere steckten in Harlekinanzügen, die Gesichter waren weiß bemalt mit senkrechten Strichen durch die Augen und einzelnen Tränen auf den Wangen.

Ein Durchgang führte tiefer ins Haus. Thomas schob behutsam einen roten Vorhang beiseite und trat hindurch, Liette blieb unmittelbar hinter ihm. Die Hand mit der Waffe hatte sie in die Jackentasche gesteckt. Vielleicht wollte sie Arnaut keinen Schrecken einjagen. Thomas glaubte nicht, dass das noch nötig war. Er erkannte den Geruch, der ihnen aus der Halle hinter dem Vorhang entgegenwehte. Zuletzt hatte er ihn in einem Schützengraben gerochen, kurz vor seinem Rücktransport nach Deutschland.

»Hier riecht's nach ausgenommenem Hühnchen«, flüsterte Liette.

»So ähnlich.«

Sie schnitt eine Grimasse. »Ich *weiß,* dass es kein Hühnchen ist.«

Rechts und links standen, saßen und lagen Dutzende weitere Puppen, manche bekleidet, andere mit nackten, geschlechtslosen Holzleibern. Thomas erkannte nicht recht, ob dies ein Lager oder noch ein Teil des Museums war – eigentlich war das Licht der runden Deckenlampen dafür zu trüb. In der Mitte hatte Arnaut einen Gang freigelassen, ungefähr einen Schritt breit, der sich über die gesamte Länge der Halle erstreckte, an die zwanzig Meter. Unter dem Wellblechdach verlief eine Vielzahl Balken und Metallträger, als wäre die Stützkonstruktion immer wieder nachgebessert worden. Ein alter Viehschuppen, wahrscheinlich noch aus der napoleonischen Ära, der nach und nach stabilisiert worden war.

Die Ursache des Geruchs erwartete sie am Ende des Mittelgangs.

Arnaut lag ausgestreckt auf einer Werkbank, festgezurrt mit einem Sammelsurium aus Kabeln und Schnüren. Die gespreizten Beine zeigten in ihre Richtung, die Schultern zur Stirnwand. Im Näherkommen glaubte Thomas erst, es sei kein Kopf mehr da, doch dann erkannte er, dass er am gebrochenen Genick vom Tisch baumelte.

Schnitte und Stichwunden im nackten Oberkörper ließen keinen Zweifel daran, dass Arnaut gefoltert worden war. Alle Instrumente, die dazu benutzt worden waren, stammten von den Werkzeugbrettern an der Wand und lagen mit glitzernden Schneiden, Spitzen und Bohrern auf dem Boden. Seit Thomas und Liette mit ihm gesprochen hatten, waren kaum mehr als zwei Stunden vergangen. Hier hatte jemand sehr rasch und effektiv gearbeitet, was auf Erfahrung in diesen Dingen schließen ließ.

Liette fuhr mit der Pistole in der Hand zum Gang herum. »Das Blut ist noch frisch«, flüsterte sie. »Sie ist noch hier, oder?«

»Sie?«

»Wer immer das getan hat.«

Er wandte sich ebenfalls um und ließ den Blick über das Spalier der Puppen zu beiden Seiten des Gangs wandern. »Ja«, sagte er, »gut möglich.«

Ein Rascheln erklang, gefolgt von einem leisen Poltern. Der Kopf einer Puppe war von den Schultern gefallen, rollte quer über den Gang und verschwand zwischen den Beinen einer anderen Puppe auf der gegenüberliegenden Seite.

»Kommen Sie raus!«, rief Liette. »Ich hab eine Waffe!«

»Das funktioniert nur in den Krimis in deinem Bücherregal.«

Eine Puppe fiel von rechts auf den Gang, kurz danach gefolgt von einer zweiten. Dann huschte eine Katze aus den Schatten, raste die Schneise hinunter und jagte durch den Vorhang davon.

»Vielleicht ist doch niemand mehr hier«, wisperte Liette.

Wenn sie die Halle verlassen wollten, mussten sie den gesamten

Mittelgang zurückgehen, vorbei an Dutzenden Puppen, die dicht an dicht standen und ein Gewirr aus grotesken Schatten über Boden und Wände warfen.

»Lass mich erst nach den Fotos suchen«, sagte Thomas.

»Und so tun, als ob da keine aufgeschlitzte Leiche läge?«, fragte sie zweifelnd.

Er deutete zu einem Archivschrank aus Metall, der an der Wand hinter der Werkbank stand. Eine der breiten Schubladen stand offen. Jemand hatte mehrere Umschläge herausgezerrt und auf dem Boden verstreut. Einer aber lag oben auf den anderen in der Lade, daraus schauten mehrere Streifen Fotonegative hervor.

Thomas umrundete die Leiche, bemüht, nicht auf die blutigen Werkzeuge zu treten, zog einen der Filmstreifen hervor und hielt ihn gegen das Lampenlicht. Er war nicht überrascht, dass es sich um Aufnahmen aus dem Fotoshooting mit Mara handelte. In dem Umschlag fand er zahlreiche schwarz-weiße Abzüge, manche mit identischen Motiven in verschiedenen Helligkeitsstufen. Auf einigen war Maras Gesicht deutlich zu sehen. Es gab sogar ein paar Vergrößerungen; ihre Züge waren darauf körniger und unschärfer, ihre hellen Augen geisterhafter. Thomas fiel es schwer, in ihr eine reale Person zu sehen. Sie blieb ein Enigma.

Liette stand mit dem Rücken zu ihm und richtete die Pistole weiterhin auf den Gang. »Sind das die Bilder?«

»Ja, alle aus derselben Serie. Sein Mörder hat wohl ebenfalls danach gesucht.« Und vermutlich auch ein paar davon mitgenommen, dachte er und steckte selbst zwei Abzüge ein: einen, der Mara von Weitem mit den Puppen zeigte, der andere war eine der Vergrößerungen. »Hauen wir ab.«

Während er zu ihr zurückging, kam er nicht umhin, einen weiteren Blick auf Arnaut zu werfen. War er nur gefoltert worden, um Maras Porträts herauszugeben? Oder hatte er noch etwas anderes verraten?

»Ob Arnaut wusste, wo Mara sich aufhält?«, fragte er, als er wieder neben Liette trat.

»So besessen, wie er von ihr war, könnte er's rausgefunden haben.«

»Warum hat er dann versucht, sie mit den Puppen herzulocken, statt einfach zu ihr zu gehen?« Thomas sprach die Frage aus, während er sie dachte, aber eigentlich kannte er die Antwort schon. Die Männer, die Mara verfallen waren, hatten regelrecht Ehrfurcht vor ihr. Ihre Besessenheit war eine Form von angstvoller Verehrung, die es womöglich gar nicht erlaubte, ihr ohne Aufforderung nahezukommen. Dafür sprach, was Arnaut gesagt hatte. Und selbst die Halle voller Puppen war weniger ein Museum als ein Tempel, in dem der Aussicht auf ihre Wiederkehr gehuldigt wurde.

Wieder das Rascheln.

Thomas sah eine Bewegung zwischen den Streben des Dachgebälks.

»Da!«, rief er.

Dort oben war niemand. Wohl aber der Schatten von jemandem, der unten zwischen den Puppen stand und nun die Taschenlampe senkte, mit der er zur Ablenkung seinen Umriss aufs Dach geworfen hatte. Im nächsten Moment sprang er zwischen den vorderen Puppen hervor und rammte Liette, sodass sie die Pistole verlor. Die Gestalt trug einen schwarzen Mantel und einen Hut, ihr Gesicht war hinter einer dunklen Wollmaske verborgen. Als sie herumfuhr und den Gang hinabrannte, fiel Thomas auf, wie schmal sie war.

Mit einem Blick vergewisserte er sich, dass es Liette gut ging – sie suchte nach der Waffe –, dann nahm er die Verfolgung auf. Die Gestalt riss im Vorbeilaufen immer wieder Puppen um, damit sie den Gang blockierten. Thomas sprang über eine hinweg, geriet bei der nächsten ins Stolpern und fiel über die dritte. Fluchend kam er vom Weg ab und stürzte nach links in weitere Puppen, die unter und über ihm zusammenbrachen.

Liette zog an ihm vorbei, machte einen Satz über die nächsten beiden umgestürzten Puppen und holte Arnauts Mörder kurz vor dem Vorhang ein. Sie bekam den Mantelsaum zu packen und hielt ihn fest.

Die Gestalt wirbelte herum, stieß Liette von sich und zog in derselben Bewegung ein langes Messer unter dem Mantel hervor. Thomas erkannte einen alten Grabendolch, wie er im Nahkampf in den Weltkriegen eingesetzt worden war, mit bogenförmigem Handschutz, der sich zugleich als Schlagring einsetzen ließ. Die Spitze der vierkantigen Klinge hätte Liettes Kehle aufgeschlitzt, wäre sie nicht zurückgesprungen, als der Maskierte damit zustieß. Offenbar hatte sie ihre Pistole nicht wiedergefunden, denn sie stand mit bloßen Händen vor ihrem Gegner, der nun mit einem zweiten Hieb nachsetzte. Wieder sprang sie zurück, prallte gegen eine Puppe und kämpfte um ihr Gleichgewicht.

Thomas hob eine der Puppen mit beiden Händen über den Kopf und schleuderte sie mit aller Kraft über Liette hinweg gegen den Maskierten. Der wurde von den Beinen gerissen und stürzte nach hinten, zerrte den Vorhang herunter und wurde darunter begraben. Thomas drängte sich an Liette vorbei, sah nicht, wo unter all dem Stoff der Dolch war, stürzte sich aber trotzdem auf die Gestalt, die hektisch versuchte, den schweren Vorhang loszuwerden und wieder auf die Füße zu kommen. Thomas spürte, dass sie ihm körperlich kaum gewachsen war – zu schmal, fast knochig. Doch schon im nächsten Augenblick schoss die lange Klinge unter dem Vorhangstoff nach oben und verfehlte sein Gesicht nur um Haaresbreite. Thomas packte die Hand mit der Waffe und bog sie zur Seite.

Die linke Faust seines Gegners traf ihn am Kehlkopf. Mit einem erstickten Aufschrei ließ er die Rechte los, und diesmal verletzte ihn die Spitze des Dolchs an der Schulter. Er drehte sich zur Seite, um einem weiteren Stich auszuweichen, sah die Klinge auf sich zukommen – und hörte den Schuss, der im selben Moment an ihm vorüberpfiff und in den Körper unter ihm einschlug.

Die Gestalt, noch immer halb von dem Vorhang bedeckt, prallte mit dem Hinterkopf auf den Boden. Dabei löste sich der Hut und fiel zur Seite.

Liette stand breitbeinig im Gang, hielt die Pistole mit beiden Händen und feuerte ein zweites Mal. Während Thomas mit ihrem Gegner gerungen hatte, war sie zurückgelaufen, und diesmal hatte sie die Waffe entdeckt. Thomas zuckte zusammen, als die zweite Kugel in den Körper unter ihm einschlug. Ein dumpfer Schrei drang unter der Maske hervor, zugleich schepperte der Dolch auf den Boden.

Liette lief von hinten heran. »Du bist verletzt!«

Er fasste an seine Schulter, spürte Blut und eine Furche in seiner Haut. »Ist nur ein Kratzer.« Mit einem Stöhnen richtete er den Oberkörper auf und streckte die Hand nach der Maske aus.

Liette stieß einen scharfen Laut aus.

Die schwarze Wolle glitt herunter und entblößte ein entstelltes Gesicht, maskenhaft starr von alten, schlecht verheilten Verbrennungen und einer Vertiefung unter dem Auge, die wie ein zerschmetterter Wangenknochen aussah. Auch der Hals war von Narben zerfurcht.

»Wenn Sie sie finden …«, brachte der Mann röchelnd hervor, während Blut aus seinem Mundwinkel lief. »Wenn Sie Mara finden, töten Sie sie für mich …«

»Wer zum Teufel sind Sie?«, fragte Thomas.

Die Stimme des Mannes war alt und heiser, und das Blut in seinem Rachen tat ein Übriges, dass er kaum mehr verständlich klang. »So viele Jahr nach ihr gesucht … Als ich aus dem Krieg zurückkam, hatte sie mir alles genommen … Hoffnung auf Vergebung hatte mich am Leben gehalten, die Vergebung meiner Familie … Aber es gab keine Familie mehr … Ich musste wieder laufen lernen, sprechen lernen … Ich habe mir geschworen, dass sie bezahlt für das, was sie getan hat …«

»Ich weiß, wer das ist«, sagte Liette.

Thomas beugte sich näher über das zerstörte Gesicht, brachte sein Ohr ganz nah an den lippenlosen Mund.

»Der Puppenmacher …«, sagte der Mann, »er hat gewusst, wo sie ist … die Adresse …« Er begann zu husten und zu würgen, seine Hand krallte sich erneut um den Dolch. Sein Oberkörper zuckte unter einer Attacke von Krämpfen.

Und dann starb Albin Eisenhuth, erstickte röchelnd an seinem Blut.

Liette legte Thomas eine Hand auf die Schulter, während er über dem Leichnam hockte und sich schließlich zwang, den Vorhangstoff beiseitezuziehen und seine Hand unter den durchtränkten Mantel zu schieben. Er fand einen der Fotoabzüge. Quer über Maras verschwommenes Gesicht war in altmodischer Handschrift eine Adresse gekritzelt, kaum zu entziffern. Albin musste sie niedergeschrieben haben, während er Arnaut gefoltert hatte.

»Ich kann das lesen«, sagte Liette aufgeregt. »Ich weiß, was da steht.«

Thomas gab ihr das Bild und versuchte, sich hochzustemmen. Sie half ihm dabei, und bald stand er aufrecht, selbst mit Blut besudelt, Albins und seinem eigenen. Die Wunde an seiner Schulter hämmerte und brannte.

Sie ließen die beiden Leichen zurück und schleppten sich hinaus auf den düsteren Innenhof, durch den Tortunnel und zurück zum Auto. Als Liette Gas gab, flirrte in der Ferne das Blaulicht der Polizeisirenen über die Fassaden.

47

Das Haus stand einsam auf dem Land, eine gute Stunde südlich von Paris, am Rand des Waldes von Fontainebleau. Selbst bei Tageslicht hätten sie Mühe gehabt, den Weg dorthin zu finden, weil das Anwesen abseits der Landstraße an einer Dreckpiste lag, die bei Regen gewiss zu einem Schlammfluss wurde. In dieser Nacht aber war der Weg wegen der anhaltenden Hitze hart wie Beton und die festgebackenen Profilspuren im Scheinwerferlicht deutlich zu erkennen. Thomas stieg aus und untersuchte sie mit den Fingerspitzen. Offenbar fuhr hier immer nur ein einziger Wagen entlang, und der nur selten, sonst hätte er die eigenen Abdrücke glatt geschmirgelt.

Liette machte sich über Thomas lustig, weil er wie ein angeschossener indianischer Fährtensucher aussähe, doch dann verstummte sie und brütete vor sich hin. Er hatte sich schon gefragt, ob und wann der Schock einsetzen würde. Sie hatte einen Mann erschossen, aber sie hatte es getan, um Thomas' Leben zu retten, und er wollte, dass sie das nicht abtat, sondern ganz und gar verstand. Jemanden in Notwehr umzubringen würde sich im Lauf der Zeit anders anfühlen als eine vorsätzliche Tötung. Er wusste das, weil man ihn im Krieg zu beidem gezwungen hatte.

»Wenn er es war, der in mein Haus eingebrochen ist, dann hätte er uns schon viel früher angreifen können«, sagte sie, während sie den Porsche durch die Dunkelheit steuerte. »Arnaut und die Glinka hat er zu Tode gefoltert. Aber uns hat er bis heute in Ruhe gelassen.«

Thomas hatte sich ähnliche Gedanken gemacht. »Anfangs hat er wahrscheinlich angenommen, dass wir größere Chancen haben als er, Mara zu finden. So wie er aussah, werden es die meisten

Leute nicht allzu eilig gehabt haben, ihm ihr Herz auszuschütten. Ich hab so was schon früher gesehen. Brandwunden aus dem Krieg. Vielleicht sogar aus beiden.«

Sie nickte. »Also ist er uns gefolgt, während wir die Arbeit für ihn erledigen sollten. Aber als wir erst bei der Glinka und dann bei Arnaut nicht schnell genug vorangekommen sind, hat er die Sache selbst in die Hand genommen. Auf seine Weise.« Betroffen senkte sie die Stimme. »Das heißt im Rückschluss, dass die beiden noch leben würden, wenn wir uns geschickter angestellt hätten.«

»Hey«, sagte er, »nicht wir haben sie umgebracht, das war er. Und als er erfahren hat, was er wissen wollte, und wir ihm im Weg standen, wollte er mit uns das Gleiche tun.«

»Mag sein. Und trotzdem.«

»Halt mal gerade an«, bat er sie.

»Warum?«

»Tu's einfach.«

Widerwillig stoppte sie den Wagen auf dem dunklen Feldweg. »Ich brauche jetzt wirklich kein therapeutisches Gespräch.«

»Dafür wäre ich auch der Falsche, glaub mir. Aber dir ist klar, dass es noch nicht vorbei ist, oder?«

»Wegen Mara? Ich will sie finden, um sie zu Artur zu bringen, nicht um sie umzubringen.«

»Ich weiß. Aber sie ist gefährlich. Und wenn sie auf irgendeine Weise ein Risiko für dich darstellt, dann töte ich sie.«

Schweigend sah sie ihn an.

»Ich möchte, dass du das weißt«, sagte er nachdrücklich. »Wenn irgendwer versucht, dir was anzutun, dann werde ich keine Sekunde zögern. Du hast dasselbe für mich getan.«

Sie versuchte es mit einem schwachen Lächeln. »Ich hatte nur nicht genug Zeit zum Nachdenken.«

»Doch, hattest du. Du bist zurückgelaufen und hast die Waffe gesucht. Hättest du nicht tun müssen.«

»Damit er mich als Nächstes ersticht?«

»Ich weiß, dass du das nicht –«

»Ach, halt den Mund.« Sie beugte sich herüber und gab ihm einen Kuss. »Der ist dafür, dass du versuchst, mich zu beruhigen.« Sie küsste ihn erneut, diesmal länger. »Und der für den Rest.«

»Welchen Rest?«

»Du müsstest gar nicht hier sein.« Sie legte wieder die Hände ans Steuer und gab vorsichtig Gas. Der Porsche, der für diese Art von Untergrund denkbar ungeeignet war, holperte in die stockdunkle Nacht. Immer wieder setzte die Unterseite auf, und jedes Mal stieß Liette einen wüsten Fluch aus.

Vor ihnen tauchte ein schwarzer Fleck auf, der beim Kriechtempo des Wagens nur langsam größer wurde. Schließlich führte der Weg geradewegs in einen Hain aus Buchen und dichtem Gebüsch, in dessen Mitte ein altes, renoviertes Bauernhaus stand. Das Dach war neu gedeckt, die Fassade verputzt, die Fenster ausgetauscht worden. Der Wagen rollte über sauber verlegtes Pflaster, und die Lichtkegel strichen über die Ränder eines Swimmingpools neben dem Haus.

Alles war dunkel.

»Keiner da«, sagte Liette.

»Oder sie hat unsere Scheinwerfer schon von Weitem gesehen.«

»Durch das Unterholz? Das ist wie eine Mauer.«

Als sie ausstiegen und sich dem Haus näherten, wuchs Thomas' innere Unruhe. Er hatte sich vorgenommen, Mara keine Sekunde lang zu unterschätzen. Albin Eisenhuth war ein eiskalter Mörder gewesen, in Kriegen verroht, aus denen er vielleicht nie wirklich heimgekehrt war; aber er war auch alt und körperlich am Ende gewesen. Mara hingegen erschien ihm clever und weltgewandt, sie würde sich nicht von Amateuren überrumpeln lassen. Sie hatte schon früher getötet, sie mochte es wieder versuchen. Hier vor dem Haus waren sie ungeschützt, und falls gerade eine Waffe auf sie zielte, hatten sie keine Chance.

»Mara!«, rief Liette am Haus hinauf.

»Ist das eine gute Idee?«

»Wir wollen nur mit ihr reden.«

»Das weiß sie nicht.«

Liette ging unbeirrt zur Haustür und suchte nach einer Klingel. »Offenbar hält sie nicht viel von Besuchern.« Nach kurzem Zögern hob sie eine Hand und klopfte. »Mara Kalinina? Sind Sie da?«

Thomas behielt die Fenster im Erdgeschoss und im ersten Stock im Auge. Nichts regte sich, nirgends war auch nur ein Lichtschimmer zu sehen. »Gut möglich, dass sie weg ist. Sie dürfte genug Geld für eine Menge Häuser haben.«

Liette warf ihm einen ungeduldigen Blick zu. »Was schlägst du vor? Dass wir einfach wieder fahren? Was hättest du getan, als du noch Reporter warst und Nazis gejagt hast?«

»An meinen besseren Tagen? Ich wäre eingebrochen.«

Sie nickte. Natürlich hatte sie gehofft, dass er das sagen würde. »Ein Mann nach meinem Geschmack.«

»Durch solche Aktionen wäre ich fast im Gefängnis gelandet.«

Noch einmal wandte sie sich zum Haus und rief Maras Namen. »Wir sind wegen Artur hier! Er liegt im Sterben!«

Auch darauf kam keine Reaktion, und Thomas bezweifelte, dass sie ernsthaft eine erwartet hatte.

»Sie hätte jetzt genug Zeit gehabt, um auf uns zu schießen, oder?«, fragte sie.

»Ich schätze schon.«

Sie zog die Pistole aus der Jacke und ging hinüber zu einem der großen Fenster. Thomas machte keinen Versuch, sie aufzuhalten. Kopfschüttelnd sah er zu, wie sie die Scheibe kurzerhand mit dem Pistolengriff einschlug.

»Kommst du?«

»Mit der verletzten Schulter? Keine Chance. Und du solltest da nicht allein reinklettern.«

Sie sah ein wenig zerknirscht aus, weil sie nicht an seine Wunde gedacht hatte – angesichts all des Adrenalins, das gerade durch ihren Körper pumpte, nahm er es ihr nicht übel –, nickte nur schuldbewusst und machte sich daran, die letzten Scherben mit der Waffe aus dem Rahmen zu schlagen.

»Warte noch«, sagte er mit einem Seufzer. »Ich versuch's mal.«

»Auf keinen Fall.« Sie zog ihre Jacke aus, legte sie in mehreren Lagen über den unteren Fensterrahmen und kletterte geschickt ins Innere. Als Mädchen war sie aus Neugier auf einen hohen Baum gestiegen, um einen Blick in die Bibliothek im Nebel zu werfen. Seither hatte sie offenbar weder ihren Sinn fürs Abenteuer noch ihre Entdeckerfreude verloren. Sie erinnerte ihn daran, wie er selbst einmal gewesen war, bevor er es sich in seinem Nest aus Selbstbetrug und falscher Moral bequem gemacht hatte.

»Ich schließ dir von innen die Haustür auf«, sagte sie, nahm ihre Jacke und verschwand in der Dunkelheit.

»Du hast nicht mal eine Taschenlampe«, rief er gepresst, bekam aber keine Antwort. »Und keinen Schlüssel!«

Durch das offene Fenster versuchte er, drinnen etwas zu erkennen. Die Umrisse alter Möbel, die Ahnung eines Bücherregals. Der Geruch verstaubter Stoffe, als wäre das Haus seit Längerem nicht gelüftet worden.

»Liette?«

Er hörte ihre Schritte nicht mehr.

Durch die hohen Bäume wehte ein Windstoß. So kurz vor Mitternacht wurde es endlich kühler.

»Liette!«

Glassplitter knirschten unter seinen Sohlen, als er ganz nah ans Fenster trat und sich hineinbeugte. Er war nicht sicher, was er wahrzunehmen hoffte. Den Hauch eines Parfüms, vielleicht. Irgendeine Spur von Mara Kalinina, Mara Eisenhuth oder wie auch immer sie sich heute nennen mochte. Aber der einzige Geruch war der eines großen, verlassenen Hauses. Und noch immer kein Laut.

Während seine Augen sich an das Dunkel gewöhnten, fürchtete er, vielleicht bald dasselbe zu sehen wie Liette damals in der Bibliothek: die gebeugte Gestalt einer Frau, stumm und reglos, wie eine Betende vor all den Büchern.

Allmählich erschien ihm Mara nicht mehr wie ein Mensch, sondern wie eine Schimäre, die sich nebelhaft aus allem zusammensetzte, was er in den letzten Tagen von ihr gesehen und über sie gehört hatte. Vage Erinnerungen, schwarz-weiße Fotos, ein unscharfes, waberndes Gesicht.

Dass sie ein Haus besaß, hätte diesen Gedanken relativieren müssen. Aber nicht einmal das war genug, um gegen das Gefühl anzukommen, dass sie ein Trugbild war, das sich durch Morde an Männern dem Vergessen verweigerte.

Er horchte wieder ins Innere und wollte sich die Jacke ausziehen – gar nicht so einfach mit der verfluchten Schulter –, um es Liette gleichzutun, als er Geräusche in den Bäumen hörte, ein Knistern, das Brechen von Zweigen, dann wieder Stille. Er fuhr herum und starrte angespannt in die Nacht. Wenn er sich nicht täuschte, waren die Laute von der anderen Seite des Swimmingpools gekommen. Langsam löste er sich vom Haus und ging auf das Becken zu. Es war ausgetrocknet und erstaunlich tief. Ein Morast aus Schmutz und verfaultem Laub bedeckte den Boden. Der Geruch von Verbranntem wehte von irgendwoher heran.

Am Rand des Pools blieb er stehen. Auf der gegenüberliegenden Seite, kurz vor den Stämmen des Buchenhains und dem verwobenen Dickicht, ragte ein langes Einmetersprungbrett über den Abgrund.

Für einen Augenblick meinte er, dass jemand vorn auf der Kante stand, eine schwarze Gestalt, schlank und kerzengerade, in schwarze Binden gewickelt, die im Nachtwind flatterten wie Flammen auf einem Fotonegativ.

Der Eindruck schwand gleich wieder, das Brett war leer. Stattdessen war dahinter ein Baum, behangen mit schwarzen Stoffbahnen. Thomas entdeckte mehrere solcher Bäume, nicht die hohen Buchen, sondern kleinere, schlankere Gewächse wie junge Birken, aber mit dunkler Rinde. Vielleicht der Versuch, eine Form von Landschaftskunst zu schaffen. Der Anblick hatte etwas verstörend Archaisches.

»Thomas!« Liette stand in der offenen Haustür, in einer Hand einen Schlüsselbund, in der anderen die Pistole. »Sieh dir das an!«

Seine Erleichterung ließ ihn nach Luft schnappen, aber die Verunsicherung blieb. Nach ein paar Schritten in Richtung des Hauses blickte er über die Schulter, und da waren die Bäume mit ihren Flatterbändern wieder eins mit dem Dunkel geworden, als hätten auch sie einen Schritt zurück in die Schatten gemacht. Das Sprungbrett war verlassen.

»Ich hab was gefunden«, sagte Liette, als er neben ihr die Diele betrat. Sie schob die Waffe in ihre Jackentasche.

»Den Schlüssel«, sagte er.

»Nicht nur.«

»Noch eine Leiche?« Er biss sich für die Bemerkung fast auf die Zunge.

Aber Liette schenkte ihm ein Lächeln. »Du bekommst gar nicht genug davon, was?«

Falls er vorher noch nicht in sie verliebt gewesen war, dann in diesem Augenblick. Aus heiterem Himmel, nur weil sie das sagte, so schien es, auch wenn sich das Gefühl seit Tagen angeschlichen hatte. Er hatte nichts davon hören wollen, nicht mal einen Gedanken daran verschwendet, und nun war es da.

Wortlos nahm er sie in den Arm und küsste sie.

Draußen raschelten die schwarzen Stoffbahnen. Mit dem Fuß stieß er die Tür hinter sich zu und sperrte die Laute aus, wenigstens für einen Moment.

»Menschenskind«, sagte sie nach einer Weile. Er fand, dass das eine bezaubernde Reaktion war, verblüfft und amüsiert zugleich. Liette war, was er brauchte, *wen* er brauchte. Sie besaß genau diese Mischung aus Verspieltheit und Staunen, für die in seinem Leben viel zu lange kein Platz gewesen war.

Er war drauf und dran, ihr das zu sagen, als sie sich seinem Griff entwand und vorausging. »Hier entlang«, sagte sie.

Sie betraten ein Maleratelier, das sich aus einem großen Raum in einen gläsernen Wintergarten erstreckte. Liette schaltete das Licht ein. Sofort verschwanden die Silhouetten der Bäume hinter den Scheiben, stattdessen erschien das Spiegelbild des Zimmers.

Drei leere Staffeleien standen wie geometrische Gerippe nebeneinander. An den Wänden lehnten ein paar leere, rechteckige Holzplatten, weiß grundiert. Mara musste sie statt Leinwänden benutzt haben. Aber nirgends sah Thomas auch nur ein einziges Gemälde, weder begonnen noch vollendet.

Schlagartig begriff er, dass die schwarze Schlacke auf dem Grund des Pools kein verrottetes Laub war. Es war Asche. Jemand, vielleicht Mara selbst, hatte alle ihre Bilder dort unten verbrannt.

Er erzählte Liette von seinem Fund, doch die war tief in Gedanken versunken und offenbar wenig überrascht.

»Hier drüben.«

Er folgte ihr zu einem Schreibtisch, auf dem allerlei Papiere in wilder Unordnung ausgebreitet lagen. »Hast du dieses Chaos angerichtet?«

»Ich hab alles auf die Schnelle durchgesehen, ja.«

»Warst du auch im ersten Stock?«

Sie schüttelte den Kopf. »Hier ist niemand. Schau dir lieber das an.«

Ihm war unwohl dabei, nicht zu wissen, wer oder was sich über ihnen befand, aber er tat ihr den Gefallen. Sie reichte ihm ein getipptes Schreiben mit dem Briefkopf eines Pariser Hospitals. »Das lag links auf der Ablage, die meisten anderen auf einem Stapel rechts. Sie hat ihre Dinge sortiert. Vielleicht hat sie das Haus mit allem Drum und Dran jemandem vererbt.«

Stirnrunzelnd sah er erst sie an, dann den Brief.

Es war eine förmliche Mitteilung, dass bei einer Untersuchung der Patientin Mara Limat eine ausgeprägte Wucherung in der Bauchspeicheldrüse festgestellt worden sei. Die Biopsie habe ergeben, dass es sich um einen Tumor in einem späten Stadium handele; man müsse damit rechnen, dass er bereits Metastasen in andere Regionen des Körpers gestreut habe. Um ganz sicherzugehen, seien weitergehende Untersuchungen vonnöten, unter anderem der Lunge, der Leber und des Knochenmarks. Da die Patientin alle Rechnungen persönlich begleiche, könne man ihr schnellstmöglich Termine einräumen. Es sei angeraten, umgehend mit einer Behandlung zu beginnen, da an der Schwere der Erkrankung keinerlei Zweifel bestände.

Thomas ließ den Brief sinken. »Sie stirbt.«

»Ja«, sagte Liette. »Darunter lagen ein paar Bankpapiere aus der Schweiz, Verträge über Schließfächer und solche Sachen.«

Er überflog das Schreiben ein zweites Mal. Es war erst vor wenigen Tagen aufgesetzt worden.

»Das ist nicht alles.« Liette klopfte mit der Fingerspitze auf Papiere, die wohl von dem zweiten Stapel stammten. Jetzt war alles ein einziges Durcheinander. Obenauf lagen die Rechnung und die Bestätigung eines Charterunternehmens. Der Preis war selbst für ein Privatflugzeug exorbitant hoch: Mara hatte einen Krankentransport bestellt, eine Maschine mit Crew, zwei Pflegern und einer Ärztin.

»Sie sind ab morgen früh fünf Uhr gebucht«, sagte Liette.

Thomas neigte nachdenklich den Kopf. »Es muss ihr schon ziemlich schlecht gehen, wenn sie mit eigenem Pflegepersonal verreist.«

»Lies mal, auf welchem Flughafen die Maschine bereitstehen soll.«

Er war von Paris ausgegangen, doch nun sah er, dass das nicht stimmte. Das Flugzeug wartete in Nizza.

»Scheiße«, flüsterte er.

»Ja«, sagte sie. »Und dann ist da noch das hier.«

Sie wischte mehrere Blätter beiseite. Darunter kam eine zurechtgefaltete Landkarte zum Vorschein, deren Beschriftungen und Grenzverläufe Thomas auf den ersten Blick nicht zuordnen konnte. Erst nach ein paar Augenblicken wurde ihm klar, dass er auf eine Karte der finnisch-russischen Grenzregion blickte. Viel Grün, kaum Ortschaften und eine Unzahl Gewässer. Es gab ein paar Markierungen, eine davon um einen Ort namens Immola auf der finnischen Seite, eine andere am Ufer eines gewaltigen Sees jenseits der Grenze zur Sowjetunion.

»Das meint sie nicht ernst, oder?«, fragte Thomas.

Liette nahm seine Hand und zog ihn mit sich zur Tür. »Sie will zurück nach Karelien.«

Sie fuhren die ganze Nacht hindurch und erreichten das Château Trois Grâces gegen acht Uhr am Morgen. Der Himmel war von einem überwältigenden Blau. Vom Mittelmeer wehte ein frischer Wind herauf, vielleicht ein erstes Anzeichen dafür, dass die drückende Hitze der vergangenen Wochen bald ein Ende haben würde. Thomas hatte den Duft des Pinienwaldes rund um das Hotel noch nie intensiver, niemals betörender erlebt.

Die Suite im Turm war verlassen.

Die russische Krankenschwester, die Artur dort versorgt hatte, hatte dem Personal ein gefälschtes Schreiben mit Liettes Unterschrift vorgelegt, laut dem der Abtransport des alten Mannes von ihr persönlich veranlasst worden sei. Ein Krankentransport mit zwei Sanitätern und einer Ärztin hatte Artur gegen sechs Uhr abgeholt, um ihn in eine Privatklinik in Nizza zu verlegen. Die Krankenschwester war allein in einem Taxi davongefahren, und einer der Pagen hatte sie sagen hören, dass dies ihr letzter Patient gewesen sei, da sie unverhofft zu einem hübschen Vermögen gekommen sei.

Liette packte mehrere Bündel Bargeld ein, die sie im Wandtresor ihres Büros deponiert hatte, und als sie losfuhren, vergaß sie in der Hektik, ihr Kopftuch umzubinden und die Handschuhe überzustreifen. Thomas fiel es erst nach einigen Kilometern auf, aber Liette wollte nicht anhalten und raste ohne Sonnenschutz weiter, ungeachtet aller hochmodernen Radarfallen und althergebrachten Verkehrsregeln.

In Windeseile erreichten sie den Flughafen von Nizza und sahen durch den Drahtzaun eine Vielzahl an Privatmaschinen, die vor allem den verwöhnten Amerikanern, Engländern und Deutschen gehörten, denen es mittlerweile gelungen war, die Côte d'Azur auch ohne Panzer und Kriegsschiffe zu erobern. Alle übrigen waren fliegende Taxis für Superreiche, denen die Autofahrt von Nizza nach Paris oder München zu beschwerlich und die Linienflüge zu proletarisch waren. Thomas kannte niemanden, der sich so etwas leisten konnte.

Noch während er und Liette zum Terminal eilten, sahen sie mindestens drei der kleinen Flugzeuge abheben. Im Laufen band sie sich doch noch das Kopftuch um und zog die Handschuhe an. Thomas hatte nicht den Eindruck, dass das nötig war, aber was wusste er schon. Ohnehin beschäftigte ihn gerade etwas anderes.

»Was, wenn wir sie einfach ziehen lassen?«, fragte er, als sie die Halle betraten. »War es nicht genau das, was du gewollt hast?«

»Ich wollte ein Wiedersehen, keine Entführung.«

»Aber was würde Artur wollen?«

Sie sagte, sie wisse darauf keine vernünftige Antwort, nur die, dass es vielleicht falsch sei, aber dass sie geschworen habe, bei Artur zu sein, wenn es zu Ende ging. Und dass sie ihr Versprechen nicht brechen würde, schon gar nicht um einer Mörderin willen. Thomas nahm das so hin und stellte keine Fragen mehr.

Zwanzig Minuten später hatten sie Gewissheit, dass sich der Krankentransport bereits in der Luft befand.

Liette packte ihre Geldbündel auf einen Tresen und buchte eine Privatmaschine nach Finnland.

48

1917

Ich fand Volonoffs Versteck in der Nähe des Eilenburger Bahnhofs, im Zentrum des Graphischen Viertels. Über der Gegend hing das Kreischen der Stahlräder, das Krachen der Puffer und Knirschen der Kupplungen zwischen den Güterwaggons.

Die Ochrana hatte im Erdgeschoss eines Hauses an der Nostitzstraße eine Wohnung angemietet, deren Fenster über das nasse Pflaster hinweg auf einen hohen Maschendrahtzaun blickten. Dahinter verliefen Schienen, auf denen die Züge mit leerem Papier in die Stadt und mit gedruckten Büchern hinaus ins Reich rollten. Bei Tag musste das eine trostlose Aussicht sein, bei Nacht versank alles in gnädiger Dunkelheit. Aufgrund der Stromabschaltungen blieben die meisten Lampen aus, die Güterzüge krochen wie riesige Mehlwürmer durch den ewigen Nebel des Viertels.

Ich beobachtete das Haus schon eine Weile lang aus der Ferne und war noch immer nicht sicher, ob sich jemand darin befand. Gegen halb zwei in der Nacht näherte sich eine Droschke und hielt vor dem Eingang an. Der Fahrer kletterte vom Kutschbock und half dem einzigen Passagier beim Aussteigen. Volonoff ging aufrecht, wurde aber am Arm geführt wie jemand, der Hilfe benötigte. Er schloss die Tür auf und schickte den Kutscher mit einem Wink davon. Als sich die Droschke entfernte, war Volonoff bereits im Inneren verschwunden.

Ich hatte keinen weiteren Mann gesehen, aber das bedeutete nicht, dass sich nicht noch andere Mitglieder der Ochrana in dem

Haus befanden. Obwohl Petrow mit der Adresse recht behalten hatte, traute ich ihm nicht über den Weg. Der Okkultist hatte behauptet, nicht zu wissen, ob auch die oberen Etagen von der Geheimpolizei genutzt wurden. Vielleicht hatte er mich nur nervös machen wollen. Oder eiskalt in eine Falle laufen lassen.

In einem Zimmer im Erdgeschoss ging das Licht an und nach nicht einmal einer Minute wieder aus. Mir fiel dafür ein halbes Dutzend Erklärungen ein. In den oberen Etagen blieb alles dunkel, nur in einem Zimmer im Dachgeschoss flackerte Kerzenschein.

Ich verließ meine Deckung hinter einem eingestaubten Fuhrwerk am Zaun, überquerte die Straße und näherte mich dem Haus. Auch die verschmutzten Fassaden, die ich auf dem Weg dorthin passierte, waren dunkel. Um diese Uhrzeit kein Wunder, erst recht angesichts der Angst vor Luftangriffen; trotzdem kam es mir vor, als bewegte ich mich durch eine Geisterstadt. Dabei stampften in einiger Entfernung die Druckpressen des Graphischen Viertels. In den gewaltigen Buchfabriken standen die Fließbänder niemals still, und die Schlote spien unentwegt Rauchsäulen in die Nacht. Einzig Menschen waren keine zu sehen, so als schrieben die Bücher sich selbst.

Ich stieg die drei Stufen zur Haustür hinauf. Natürlich war sie abgeschlossen. Es gab keine Namensschilder, und in der Klingel fehlte der Knopf. Ein Draht hing aus der runden Öffnung wie ein Nerv aus einer leeren Augenhöhle.

Ich war unbewaffnet, doch selbst mit einer Pistole hätte ich keine Chance gehabt, wenn Ofeliya von Männern der Geheimpolizei bewacht wurde. Andererseits: Warum hätten sie das tun sollen? Ofeliya war Volonoffs Gefangene, seine private Geisel, nicht die der Ochrana. Gut möglich, dass die Geheimpolizei gar nicht mehr existierte, weil sie zu Hause in Russland kaltgestellt worden war. Wie viel Autorität konnte Volonoff noch besitzen, in einem fremden Land, ohne die Rückendeckung seiner Vorgesetzten in der Heimat? Folgten ihm seine ehemaligen Agenten jetzt wie eine gewöhnliche Verbrecherbande? Oder hatten sie sich von ihm abgewandt, auf der Suche nach einer neuen Betätigung in der Fremde?

Ich trat zurück auf den Bürgersteig und näherte mich einer Toreinfahrt, zwei Häuser weiter die Straße hinunter. Durch sie schlich ich auf einen schmalen Hinterhof, der sich an der Rückseite mehrerer Gebäude entlangzog. Ich zählte die Häuser ab, fand das richtige und sah auf einem Fensterbrett im Erdgeschoss eine einzelne Kerze brennen. Ansonsten war es stockdunkel. Ich musste achtgeben, auf den letzten Metern nicht über irgendetwas zu stolpern und den ganzen Block aus dem Schlaf zu reißen.

Unter dem Fenster mit der Kerze blieb ich stehen, stellte mich auf die Zehenspitzen, konnte aber nicht ins Innere blicken. Auch gab es nichts, auf das ich hätte klettern können, nicht einmal eine Mülltonne.

Hinter mir fauchte eine Katze. Als ich mich umdrehte, blickte ich in ein glühendes Augenpaar. Ich zischte das Tier an, versuchte, es mit beiden Händen fortzuscheuchen, aber es blieb stehen und starrte mich an.

Nicht mich. Das Fenster über mir.

Ich entfernte mich ein paar Schritte, bis ich selbst im Dunkeln stand, und sah, wie sich etwas im Zimmer bewegte, ein Schatten an der Wand, der gleich darauf verschwand. Eine Minute verging, dann tauchte ein blasses Gesicht hinter der Scheibe auf, hellgelb im Schein der Kerze. Aus ihrem Rollstuhl konnte Ofeliya kaum über die Fensterkante blicken.

Die Katze miaute kläglich, bis das Fenster geöffnet wurde und etwas hinaus in die Nacht geworfen wurde. Das Tier hob es mit dem Maul auf und huschte davon.

»Ofeliya«, flüsterte ich.

Erst schien sie mich nicht zu hören, dann fuhr plötzlich ihr Kopf herum, als wäre sie erst jetzt aus ihrem Schlaf erwacht. »Wer ist da?«, raunte sie so leise, dass ich die Worte mehr von ihren Lippen las als hörte.

Ich näherte mich dem Fenster, bis mich der Lichtschein erfasste. »Ich bin's. Artur.«

Sie sah selbst aus wie aus Kerzenwachs, noch bleicher als zuvor, und ohne jede Regung.

Ich flüsterte irgendwelchen Unsinn, der sie beruhigen sollte. Zuletzt sagte ich: »Ich bin hier, um dich mitzunehmen.«

»Ihr seid alle tot«, sagte sie tonlos.

Ich fragte mich, ob Volonoff sie mit mehr als nur Lügen ruhigstellte.

»Ich hab's aus Petersburg bis hierhergeschafft«, erwiderte ich. »Ich war auf demselben Schiff wie ihr, aber ich wusste nicht, dass du … also, ich hab's einfach nicht gewusst, und jetzt –«

»Pst!«

Blitzschnell drückte ich mich mit dem Rücken an die Hauswand, genau unter dem Fensterbrett. Ich horchte, wartete ab, hörte aber nichts außer meinem eigenen Atem, der mir entsetzlich laut erschien.

Nach einer Weile erklang wieder Ofeliyas Stimme, zittrig und gepresst. »Artur?«

»Ich bin hier.« Ich löste mich von der Wand und sah zu ihr hinauf. Als ich bemerkte, dass sie weinte, schossen auch mir die Tränen in die Augen. Vielleicht waren sie schon früher da gewesen, im selben Moment, da ich sie am Fenster erkannt hatte. Ich konnte es noch immer kaum glauben, aber da war sie wirklich. Lebendig, kaum mehr als eine Armlänge entfernt.

Sie schluckte. »Wie hast du das alles überlebt?«

»Was genau hat Volonoff dir erzählt?«

»Er hat mich gerettet. Der Mob hat den Zaren getötet und die Paläste geplündert. Wir haben es gerade so aus der Stadt geschafft, bevor sie alle ermordet haben. Volonoff hat mir die Massaker beschrieben, all die Toten …«

»An Bord des Schiffes, hast du da mit anderen Passagieren gesprochen?«

Wieder schien sie ein wenig verlangsamt, ihre Reaktionen um

Sekunden verzögert. »Nein. Wir hatten eine Kabine für uns allein. Ich war die ganze Zeit über da unten. Volonoff hat keinem getraut.«

Volonoff musste seine Männer als Revolutionäre ausstaffiert haben, als Landarbeiter oder Matrosen, bevor er sie ins Palais am Katharinenkanal geschickt hatte. Dann war er selbst erschienen und hatte ein Schmierentheater veranstaltet, um Ofeliya davon zu überzeugen, dass er sie vor dem Schlimmsten bewahrte. Dass Hilfe für ihre Eltern und mich zu spät gekommen sei, dass wir verschleppt und ermordet worden seien. Aber zum Glück sei ja jetzt er da. So oder ähnlich musste er sich Ofeliyas Vertrauen erschlichen haben. Ich sah das alles bildlich vor mir, und da wollte ich nichts so sehr wie Volonoffs Tod.

»Hat er dir was angetan? Dich irgendwie –«

Sie schüttelte langsam den Kopf. »Er war gut zu mir. Immer freundlich. Er hat mich getröstet … mit Worten getröstet. Er hat mich nicht mal selbst getragen, das mussten andere machen. So als hätte er Angst davor, mich anzufassen. Als könnte ich das falsch verstehen oder mich vor ihm fürchten.«

Es fiel mir schwer, meinen Zorn zu unterdrücken. Ich wollte sie nicht erschrecken, schon gar nicht mit meiner Wut. »Der Zar ist nicht ermordet worden«, brachte ich heiser hervor. »Er wird wohl abdanken müssen, aber es gab keine große Revolution. Nicht so, wie die Arbeiter das wollten. Und gemordet haben vor allem Volonoff und seine Leute von der Ochrana. Deine Eltern sind von ihm getötet worden, und dann hat er sich aus Russland abgesetzt und dich mitgenommen.«

Sie blickte mich verständnislos an. »Er hat das ganz anders erzählt. Er hat –«

»Er hat dich belogen«, unterbrach ich sie. »Die ganze Zeit über belogen. Wäre ich sonst hier?«

Sie presste die Lippen aufeinander und schwieg. Schwieg sehr lange und sah mich an mit einer Mischung aus Verzweiflung und Verwirrung, die mich ins Herz traf.

»Wo ist er jetzt?«, fragte ich schließlich.

»In seinem Zimmer. Er ist eben nach Hause gekommen. Wahrscheinlich schläft er schon.«

»Er raucht Opium«, sagte ich. »Eine ganze Menge sogar.«

»Er sagt, er muss lange arbeiten. Damit wieder alles so werden kann wie früher.«

»Siehst du ihn abends mal? Oder nachts, wenn er nach Hause kommt?«

»Nein, nur wenn er anklopft und ich ihn hereinbitte. Aber das tut er nur morgens, und manchmal schaut er noch mittags vorbei. Er bringt mir Bücher, so wie du früher.« Sie klang jetzt noch dumpfer, fast wie betäubt.

»Er hat dir was ins Essen getan«, sagte ich.

»Mir geht es gut.« Sie war nie eine gute Lügnerin gewesen.

»Kannst du mich ins Haus lassen?«

Sie senkte ihre Stimme noch weiter, als spräche sie mit sich selbst. »Manchmal hab ich darüber nachgedacht. Dass irgendwas nicht stimmt … dass nicht alles wahr sein kann, was er sagt.«

»Kannst du mich reinlassen?«, fragte ich erneut, jetzt mit mehr Nachdruck.

»Viele Droschkenfahrer arbeiten für ihn. Sie kommen und erstatten ihm Bericht … Ich hab sie belauscht, wenn er nicht alle Türen geschlossen hat.«

»Die Droschkenfahrer haben schon in Sankt Petersburg für ihn gearbeitet«, sagte ich. »Diese Männer sind alle Spitzel der Geheimpolizei. Sie tun das, was Volonoff ihnen aufträgt.«

»Auch in Sankt Petersburg?«, fragte sie mit glasigem Blick.

»Ja. Da ganz besonders.«

»All die Jahre schon?«

Ich nickte. »Ich helf dir da raus, aber erst muss ich –«

»Als ich meinen Unfall hatte«, fiel sie mir ins Wort, »da war Volonoff als Erster da und hat mir die Beine abgebunden, damit ich nicht verblute. Hast du das gewusst?«

»Nein«, sagte ich mit belegter Stimme, »das wusste ich nicht.«

»Er hat sie ganz fest abgebunden. Vielleicht zu fest. Und er hat meine Hand gehalten, bis die Ärzte da waren und mich mitgenommen haben. Ich dachte, das war Zufall.« Sie starrte mich an. »Ich war sehr dumm, oder? Ich war noch ein Kind, aber nicht mal ein Kind hätte so ...« Sie verstummte, war wie benebelt. Nicht nur von den Mitteln, die Volonoff ihr verabreicht hatte, sondern von der Wucht des schieren Begreifens.

»Sind da noch andere Männer in der Wohnung?«

Sie schüttelte den Kopf.

»Und oben im Haus? In anderen Wohnungen?«

»Die über uns steht leer. Der Mann aus dem zweiten Stock ist im Krieg, glaube ich. Und oben unterm Dach wohnt eine alte Frau. Ich seh sie manchmal durchs Fenster.« Ihr Blick ging durch mich hindurch. »Früher hab ich Volonoff mal abgewiesen. Damals, als ich noch getanzt habe.«

»Ich weiß«, sagte ich, und die Worte schmeckten bitter wie Galle.

»Er hat oft im Publikum gesessen.«

Nicht *oft,* dachte ich, sondern jedes verdammte Mal! Er war ihr nur nicht aufgefallen, hinten im Saal, weil das Licht von der Bühne dort nicht hinfiel.

Bevor ich den Gedanken laut aussprechen konnte, sagte sie: »Er hat mich gemocht. Das tut er auch jetzt noch.«

»Er hat dich *entführt!* Und nach Strich und Faden belogen!« Ich machte einen neuen Versuch: »Kannst du mich reinlassen, ohne dass er es merkt?«

»Er muss schon fest schlafen, sonst hätte er uns längst gehört.«

Vielleicht hatte er das und pirschte gerade heran. Ich blickte mich in der Dunkelheit um, sah aber jenseits des Kerzenscheins vom Fenster nichts als Finsternis.

»Ich breche die Tür auf.«

»Nein«, sagte sie. »Ich mach dir auf. Aber mit dem Rollstuhl wird das dauern.«

»Sei vorsichtig.«

»Die Hoftür ist nicht abgeschlossen. Die alte Frau lässt sie immer offen. Ich kann hören, wenn sie den Schlüssel umdreht. Aber das tut sie fast nie.«

Im Dunkeln hatte ich die Tür nicht bemerkt.

»Links von dir«, sagte Ofeliya. »Ganz am Rand des Hauses.«

»Dann komm ich jetzt rein. Schließ mir einfach die Wohnung auf. Aber, Ofeliya … Keinen Laut, ja? Bitte.«

»Er hat die Räder des Rollstuhls geölt. Er hat sie ganz leise gemacht.«

»Gut.« Ich deutete nach links. »Dann los jetzt. Pass auf dich auf.«

Mit einem traurigen Lächeln zog sie sich vom Fenster zurück.

Während ich mich in der Dunkelheit an der Wand entlangtastete, wünschte ich mir erneut, ich hätte eine Waffe. Ich fand die Hintertür, und wie Ofeliya gesagt hatte, war sie unversperrt. Leise betrat ich ein muffiges Treppenhaus. Nur wenige Stufen, dann war ich im Hochparterre.

Die Wohnungstür war aus massivem Eichenholz. Ungeduldig wartete ich darauf, dass Ofeliya mir öffnete. Trat nervös von einem Fuß auf den anderen. Versuchte, durch den Mund zu atmen, der sich trocken und rau anfühlte. Das alles hier dauerte viel zu lange.

Einmal ging ich zurück zum Treppengeländer und horchte nach oben ins Haus. Kein Geräusch, keine Menschenseele.

Ich kehrte zurück zur Tür. Meine Angst um Ofeliya pulsierte in meinem Hals und meiner Brust, ein hartes, schnelles Schlagen. Volonoff mochte aufgewacht sein. Oder er hatte gar nicht erst geschlafen und jedes Wort mitangehört. Lud vielleicht gerade seine Waffe durch, ehe er kurzerhand durch die Tür feuerte.

Mein Körper war so angespannt, dass alle meine Muskeln schmerzten. Ein einziger Krampf von den Waden bis zum Nacken.

Ich war kurz davor, ihren Namen durch die Tür zu flüstern. Aber was, wenn sie sich schlafend stellte, weil Volonoff durch die Wohnung schlich? Vielleicht musste ich mehr Geduld haben.

Ein Klicken ertönte.

Das Spannen eines Revolvers.

Nein, ein Scharren und Kratzen im Schlüsselloch. Im nächsten Augenblick wurde ein Schlüssel gedreht.

Ich ballte die Hände zu Fäusten.

Ein Riegel wurde zur Seite geschoben, auf Höhe meiner Knie. Dann ein zweiter, weiter oben.

Ofeliya öffnete zitternd die Tür. Sie saß in ihrem Rollstuhl und trug ein weißes Seidennachthemd.

Der Stoff war über und über mit Blut besudelt. Darunter sah sie sehr zerbrechlich aus, ungemein verletzlich und mager, weil die blutnasse Seide an ihrem Körper klebte.

»Großer Gott!« Ich wollte sie sofort hinaus ins Treppenhaus ziehen, aus der Reichweite dieses Wahnsinnigen.

Aber sie schüttelte nur den Kopf und stieß meine Hände weg.

»Die dritte Tür«, sagte sie.

Ich suchte einen Einschuss, einen Stich. Ich sah nichts dergleichen, und wie auch, unter all dem Blut?

»Die dritte Tür«, flüsterte sie noch einmal.

Statt einer Wunde entdeckte ich das Fleischermesser in ihrem Schoß. Es lag zwischen ihren Oberschenkeln und drückte die dünne Seide nach unten, deshalb hatte ich es nicht sofort entdeckt.

Ich lief an ihr vorbei, den langen Flur hinunter zu der offenen Zimmertür.

Volonoff lag auf seinem Bett. Ein weiteres Küchenmesser steckte in seiner Brust, ein drittes in seinem Hals. Er musste aufgewacht sein, als sie die erste Klinge in seinen Körper gestoßen hatte – seine Beine waren auf dem Bett gespreizt, eines hing halb herunter –, aber betäubt vom Opium und kaum bei Sinnen, hatte er keine Chance gehabt. Er hatte einen Arm hochgerissen, um sein Gesicht zu schützen, doch Ofeliya hatte tiefer gezielt, auf seine Halsschlagader. Das Bett, der Boden, die aufgerissenen Augen des Leichnams, alles war voller Blut.

»Du hast mich nicht belogen, oder?«, fragte sie leise hinter mir im Türrahmen. »Du hast doch die Wahrheit gesagt?«

Ich riss mich zusammen, nickte in ihre Richtung, wich der Blutpfütze aus und zog beide Messer aus dem Körper. Dann ging ich in die Küche, warf sie zusammen mit dem dritten von ihrem Schoß ins Waschbecken und goss Wasser aus einer Tonkanne darüber. Ofeliyas Fingerabdrücke waren gewiss überall, doch zumindest auf den Messern würde man keine finden. Zuletzt wischte ich den Griff der Kanne ab.

Ich konnte nicht abschätzen, wie gründlich die Polizei vorgehen würde. Interessierte sie sich überhaupt für einen ermordeten russischen Polizisten, einen Feind des Deutschen Reiches? Womöglich legte sie den Fall gleich zu den Akten und suchte erst gar nicht nach dem Mädchen im Rollstuhl, das hier gewohnt hatte, aber kaum je gesehen worden war. Nur ein Verbrechen unter Immigranten, die man lieber heute als morgen loswerden wollte.

Im Schrank fand ich ein sauberes Kleid und einen Mantel und half Ofeliya beim Umziehen. Dann trug ich erst den Rollstuhl hinaus auf die Straße, schließlich sie selbst. Zuletzt schloss ich alle Türen hinter mir und untersuchte meine Schuhsohlen. Kein Blut darunter, auch wenn mich der Geruch noch lange verfolgen sollte.

Ofeliya sagte kein Wort, als ich sie den holprigen Bürgersteig hinunterschob, den helleren Gegenden im Zentrum entgegen. Doch als wir den Johannisplatz und das Hotel Sachsenhof erreichten, um das öffentliche Telefon im Foyer zu benutzen, da redete sie schon wieder, lächelte einmal sogar, als wäre nichts geschehen, und ich fragte mich, ob sie unter Schock stand wie ein Soldat nach einem Blutbad in den Gräben.

Ich wählte die einzige Nummer, die ich in Leipzig kannte, wartete lange, bis jemand erwachte und das Gespräch entgegennahm, schluckte meinen Stolz und meinen Zorn auf die Eisenhuths hinunter und bat um Hilfe, und dann warteten wir Hand in Hand vor dem Hotel, bis Demians Automobil aus der Nacht auftauchte.

49

Jedes Wort hatte mich Überwindung gekostet.

Der Anruf, das Gerede während der Fahrt, der halb wahre Bericht über das, was geschehen war. Und dann, in der Villa an der Karl-Tauchnitz-Straße, die Antworten auf noch mehr Fragen, und die Bitte, Ofeliya aufzunehmen. Unter all dem lag wie ein stummer Chor die Einsicht, dass sie mir wichtiger war als meine Wut, mein Hass, meine Selbstachtung.

Mara hatte bei Demian im Wagen gesessen, als er uns vor dem Sachsenhof aufgelesen hatte, und sie blieb an meiner Seite, als ich Ofeliya ins Haus trug, aus der Kälte ins Warme und in Sicherheit. Sie wirkte so überrascht und glücklich wie ich selbst darüber, dass Ofeliya am Leben war, bedeckte ihr Gesicht mit Küssen und umarmte mich lange, während ihr Bräutigam und ihre künftigen Schwiegereltern daneben standen und gewiss überlegten, wie sich dieses neuerliche Drama auf den Ruf der Familie und die Geschäfte auswirken mochte.

Ilna hatte kaum mehr als einen beiläufigen Blick für mich übrig, aber sie kümmerte sich redlich um Ofeliya und machte persönlich eines der Gästezimmer zurecht. Ich fragte mich, ob sie an Ofeliya wiedergutmachen wollte, was sie den Kalinins angetan hatte. Weil ich ihr misstraute, weigerte ich mich, Ofeliya mit ihr allein zu lassen, bis Mara mir versprach, ihre Stiefschwester eigenhändig zu waschen und die ganze Nacht an ihrer Seite zu bleiben. Ich könne mich ja kaum mehr auf den Beinen halten und müsse schlafen, sagte sie, und damit hatte sie wohl recht.

Sobald ich in meinem Bett lag und die Augen schloss, sah ich wieder Volonoff in seinem Blut, und ich stellte mir vor, wie Ofeliya ihn in seinem Opiumschlaf mit den Messern heimgesucht hatte, eines in die Brust, eines in den Hals, und was sie mit dem dritten angestellt hatte – jenem, das in ihrem Schoß gelegen hatte –, wusste nur sie allein. Irgendwann schlief ich trotzdem ein, und Volonoff verfolgte mich im Traum, wir rauchten Opium an der Reling der *Saltan,* und er winkte kaiserliche U-Boote herbei, bis unser Untergang unausweichlich war. Als ich erwachte, war ich erleichtert, dass er tot war, und dann sprang ich auf und lief zu Ofeliya.

Mara hatte Wort gehalten und saß noch immer an ihrem Bett. Ofeliya schlief tief und fest, und falls auch sie schlechte Träume hatte, dann sah ich es ihr nicht an. Ihr Gesichtsausdruck wirkte gelöst und friedlich, und da schwor ich mir, dass ihr nie wieder Leid zugefügt würde. Sie hatte genug für mehrere Leben durchgemacht. Auf dem Papier war sie meine Cousine, doch für mich war sie meine Schwester, und daran würde sich nie etwas ändern. Falls eine Spur die Polizei zu ihr führte, würde ich die Schuld an Volonoffs Tod auf mich nehmen. Letzten Endes war das nur eine Frage von Details: Wäre Ofeliya mir nicht zuvorgekommen, hätte ich ihn getötet. Sein Blut klebte an meinen Händen genauso wie an ihren.

Mara und ich nutzten Ofeliyas Schlaf als Vorwand, um gemeinsam zu schweigen. Schließlich schickte ich sie ins Bett und übernahm ihren Platz. Gedankenverloren saß ich an Ofeliyas Seite, bis sie am Mittag erwachte und mir ein zartes Lächeln schenkte.

»Für einen Augenblick dachte ich, ich hätte alles nur geträumt«, sagte sie.

Mir war es beim Aufwachen nicht anders gegangen. Ich nahm ihre Hand, in tiefer Dankbarkeit, dass das wieder möglich war, und wir brauchten eine Weile, ehe aus Blicken und Lächeln und Gestammel ein Gespräch wurde. An diesem Morgen redeten wir nur über Belanglosigkeiten und vermieden es, Volonoff, die *Saltan* oder gar ihre Eltern zu erwähnen. Ohnehin hätte ich es nicht übers Herz gebracht, ihr zu erzählen, dass Volonoff den Mord an Alexej und Xenia nicht allein zu verantworten hatte; dass Ilna Eisenhuth die beiden mit einer List ans Messer geliefert hatte, um Maras Rückkehr nach Russland zu vereiteln; dass ihre Eltern hatten sterben müssen, damit Demian seine Hochzeit bekam und weiterhin für den Wohlstand der Eisenhuths sorgte.

Ilna hatte keinen Grund, Ofeliya zu beseitigen, solange die nichts von der Intrige wusste, deshalb machte ich mir um sie keine allzu großen Sorgen. Tatsächlich wurde an diesem Tag alles getan, um Ofeliya im Haus der Eisenhuths willkommen zu heißen: Die Hausmädchen umsorgten sie, Ilna ließ neue Kleider heranschaffen, sogar Frederik kam zu ihr, um ihr Mut zu machen. Er brachte ihr Bücher aus der Hausbibliothek und ein paar aus der Remise, und er versicherte ihr, dass sie fortan hier leben könne, wenn sie das wünsche; das sei er seinem alten Freund und dessen lieber Frau schuldig. Worin diese Schuld bestand, ließ er unerwähnt.

Später wurde Ofeliya müde und sagte, ich könnte sie ruhig allein lassen. Erst widersprach ich, aber sie bestand darauf, und weil ich nicht wusste, wohin mit mir, streifte ich ziellos durchs Haus.

Unten im Wohnzimmer saß Mara, allein und brütend vor dem Wandgemälde der Bucht, und wehmütig wünschte ich uns alle drei zurück nach Frankreich, sie und mich und Ofeliya. Zur Hölle mit allen anderen.

Bevor ich etwas sagen konnte, ergriff sie das Wort. »Gestern Abend, nach dem Essen, da hab ich gedacht, ich seh dich nie wieder.«

Ich holte Luft, um etwas zu erwidern.

»Und ich war froh darüber«, sagte sie.

»Ist das so?«

»Ich hab mir wirklich gewünscht, dass du von all dem loskommst.«

»Von dir?«

»Von dieser Familie, von diesem Elend hier«, fuhr sie mich wütend an. »Willst du die Wahrheit hören, warum Ilna die Hochzeit schon morgen über die Bühne bringen will?«

»Keine Ahnung«, entgegnete ich. »Sag du's mir: *Will* ich das hören?«

»Sie fürchtet, dass ich schwanger sein könnte. Von Albin.« Sie kämpfte für eine Sekunde um ihre Fassung, aber wie immer hatte sie sich umgehend wieder im Griff. »Und falls ich schwanger bin, dann soll niemand je daran zweifeln können, dass es Demians Kind ist und dass das Kind während unserer Ehe gezeugt wurde. So denkt sie. Alles muss seine Ordnung haben, korrekt bis ins letzte Detail.«

Ich hätte etwas Einfühlsames erwidern sollen, irgendetwas, das ausdrückte, was ich für sie empfand, erst recht in dieser Lage. Stattdessen sagte ich: »Und du spielst ihr Spiel einfach mit.«

Sie stand auf, trat ans Fenster und blickte hinaus in den Garten. Die Zweige der Bäume bogen sich unter einem grauen Himmel. »Geh fort, Artur. Verschwinde von hier und komm nicht wieder.«

»Du hast einen Plan, hast du gesagt. Dass es dir um Rache geht.«

»Und ich wollte, dass du dabei bist«, sagte sie erschöpft. »Aber so ist es besser. Irgendwann wirst du das verstehen.«

»Ich hab nie was anderes gewollt, als mit dir nach Karelien zu gehen.«

»Karelien existiert nur noch in deinem Kopf und auf alten Landkarten. Genau wie die Wesen in den Märchen. Besser wär's, ich wäre auch eines davon.« Sie bewegte sich nicht, stand da wie aus Marmor. »Nur eines von deinen dummen Märchen.«

Am Abend, als Ofeliya und ich für ein paar Minuten allein waren, erzählte sie mir, dass Frederik später noch ein zweites Mal zu ihr gekommen war. »Er will hier in Leipzig einen neuen Verlag für Literatur in russischer Sprache gründen, spätestens wenn der Krieg vorüber ist. Er glaubt, dass sich die Beziehungen zum neuen Russland rasch bessern werden. Kultureller Austausch sei dann wichtig, internationale Geschäfte sowieso, und so weiter und so fort.«

»Und warum erzählt er dir das alles?«, fragte ich.

»Er will den neuen Verlag zu Ehren meiner Eltern Kalinin Verlag nennen und hat mich um meine Erlaubnis gebeten.«

Mir wurde schlecht, doch ich machte gute Miene zum bösen Spiel. Die Eisenhuths hatten die Kalinins auf dem Gewissen, daran würden weder Frederiks Schuldgefühle noch Ilnas Augenwischerei etwas ändern. Gleichzeitig wurde mir damit eine Frist gesetzt: Falls ich Ofeliya doch noch über das Mordkomplott unserer Gastgeberin aufklären wollte, sollte ich das tun, bevor der neue Verlag existierte. Ich nahm an, dass bis dahin noch einige Zeit vergehen würde, trotzdem würde dieses Gewicht fortan auf meinen Schultern lasten. Und es würde mir Tag für Tag schwerer fallen, Ofeliya in die Augen zu sehen, ohne ihr die ganze Wahrheit zu sagen.

Doch erst musste ich sicher sein, dass sie gefestigt genug war, um das Wissen über einen weiteren Verrat bewältigen und für sich behalten zu können. Sie war zu oft verletzt, zu oft betrogen worden, um ihr Wohlergehen leichtfertig aufs Spiel zu setzen.

»Und da ist noch was«, sagte sie.

Mara hat ihr alles erzählt, durchfuhr es mich.

Ofeliya nahm meine Hand in ihre und sagte: »Ilna hat mich gebeten, Maras Trauzeugin zu sein.«

Gott sei Dank, dachte ich erleichtert. Nur die verdammte Hochzeit, mit der ich beim besten Willen nichts mehr zu tun haben wollte.

»Mara weiß nichts davon«, fuhr Ofeliya fort, »sie denkt, eine von Ilnas Freundinnen übernimmt das. Es soll eine Überraschung sein. Sie hat mir auch gesagt, dass Mara eigentlich dich gefragt hat, aber dass es … Unstimmigkeiten gegeben hat. So hat sie das genannt. Unstimmigkeiten. Aber ich bin nicht dämlich, ich weiß genau, was los ist.« Ihr Blick war voller Zuneigung und Wärme. Wie machte sie das nur, so kurz nach allem, was geschehen war? Niemand verdiente es, einen so guten Menschen wie sie als Schwester,

Cousine oder auch nur als Freundin zu haben. Und ich schon gar nicht, solange ich dieses eine schreckliche Geheimnis vor ihr bewahrte.

Sie sah mir an, dass mir etwas zu schaffen machte, und schenkte mir ein Lächeln. »Du bist in Mara verliebt, seit du sie zum ersten Mal gesehen hast, und ausgerechnet dich zu bitten, ihr Trauzeuge zu sein, kommt mir ziemlich herzlos vor. Niemand kann so was von dir verlangen.«

Ich musste an unser letztes Gespräch unter vier Augen denken, damals im Palais, als wir angetrunken gewesen waren von Xenias grässlichem Eierlikör. Die Erinnerung daran tat weh. Ofeliya war damals so ehrlich gewesen. Und so traurig.

»Ich wette, du warst zu anständig, um abzulehnen«, sagte sie. »Deshalb ist das hier der perfekte Ausweg: Ich werde morgen Maras Trauzeugin, und du bist aus dem Schneider.«

Ilna, dieses Biest, dachte ich. Das Netz, das sie um Demian und Mara wob, wurde noch fester, wenn sie Ofeliya darin verwickelte. Für Ilna war ihre Anwesenheit ein unverhofftes Geschenk. Ein Baustein mehr in ihrem Mosaik aus Intrigen, den sie verschieben und manipulieren konnte.

»Du bist gerade erst wieder in Sicherheit«, sagte ich, »und es geht dir bestimmt noch nicht so gut, dass du –«

»Blödsinn«, schnitt sie mir das Wort ab. »Mir ging es seit Wochen nicht so gut wie heute. Ich bin frei, Artur. Volonoff hat mich entführt, und du hast mich gerettet. Und jetzt bin ich hier. Alles ist gut.«

Du hast *drei* Messer benutzt, dachte ich, sagte aber nichts, sondern nickte nur mit gezwungenem Lächeln. Irgendwann würde sie die letzte Nacht einholen, und dann musste ich bei ihr sein, um sie daran zu erinnern, was Volonoff ihr angetan hatte. Und was er ihr noch angetan *hätte,* wenn sie es nicht verhindert hätte.

Im Augenblick aber strahlte sie regelrecht, und es tat weh, dass ich nicht aufrichtiger sein konnte. Es fühlte sich an, als wäre ich nur der nächste Lügner in ihrem Leben.

»Ich würde mich wirklich freuen«, sagte sie fröhlich. »Wirklich, wirklich. Aber nur, wenn du zustimmst.«

Um nichts in der Welt wollte ich das hier zerstören, diese erste kleine Hoffnung auf Normalität nach ihrer langen Zeit der Dunkelheit. Was immer Ilna auch bezweckte, im Moment machte es Ofeliya glücklich. Wie hätte ich da Einwände haben können?

Ich beugte mich zu ihrem Rollstuhl hinüber und nahm sie fest in den Arm. »Natürlich stimme ich zu«, sagte ich und war froh, dass sie ihr Gesicht an meine Schulter lehnte, denn so konnte sie nicht sehen, dass ich um ihretwillen weinte.

50

Ich blieb eine letzte Nacht im Haus der Eisenhuths.

Ilnas vergiftete Einladung, zumindest als Gast an der Hochzeit teilzunehmen, hatte ich am Abend dankend abgelehnt. Auch wollte ich es vermeiden, Mara noch einmal zu sehen. Lieber würde ich mich still und heimlich davonstehlen, während alle anderen fort waren. Ofeliya würde mich vermissen, aber sie würde es verstehen, so wie sie mich immer verstanden hatte, und natürlich hatte ich vor, ihr später zu schreiben, wenn ein wenig Zeit vergangen war und ich den nötigen Abstand gefunden hatte.

Am Morgen sah ich vom Fenster aus zu, wie sie aufbrachen. Da es keine große Feier geben sollte, nur eine Zeremonie ohne Gäste, hätte man meinen können, die beiden Wagen holten die Familie zu einem Opernbesuch ab. Alle waren perfekt gekleidet, natürlich. Die Männer in Schwarz, mit Einstecktüchern und schnurgeraden Bügelfalten. Maras Brautkleid war betont schlicht gehalten und unterschied sich nur in Details von jenen weißen Kleidern, die sie sonst so oft trug. Natürlich sah sie umwerfend aus, und das versetzte mir einen Stich, auf den ich hätte verzichten können.

Auch Ofeliya war sehr schön in einem der neuen Kleider, die Ilna ihr besorgt hatte. Demian ließ es sich als künftiger Schwager nicht nehmen, sie aus dem Rollstuhl zu heben und auf der Rückbank der Limousine zu platzieren, die sie sich mit dem Brautpaar und dem anderen Trauzeugen teilte, einem jungen Mann, der ein Freund von Demian war oder ein Geschäftspartner oder weiß der Teufel was; ich hatte seinen Namen gehört und gleich wieder vergessen. Ilna und Frederik stiegen in den zweiten Wagen, und dann waren sie fort, sechs Menschen auf dem Weg zu jener Zeremonie, die alle meine Träume zerschlug.

Aber ich verweigerte mich tapfer allem Jammer und packte meine Habseligkeiten zusammen. Dabei fiel mir meine abgegriffene Ausgabe des *Kalevala* in die Hände, die ich den ganzen Weg von Russland mit hierhergebracht hatte, und ich dachte zerknirscht an die Arbeit, die Frederik mir angeboten hatte und die ich nun freiwillig aufgab. Um sie tat es mir leid. Aber ich würde etwas anderes finden, wieder als Bibliothekar oder als Buchhändler, wer weiß. Beim Packen hatte ich zudem etwas Geld gefunden, das Mara mir am Abend in meinen Rucksack gelegt haben musste. Es war gerade so viel, dass ich es annehmen konnte, ohne meinen Stolz zu verlieren – und ich war Realist genug, um zu wissen, dass ich mir noch mehr Stolz gerade nicht leisten konnte. Ein paar Wochen würde ich über die Runden kommen, das musste vorerst genügen.

Außerdem war da ein versiegelter Briefumschlag, auf dem in Maras Handschrift mein Name stand. Ich konnte ihn nicht ignorieren, so sehr ich es auch wollte, und schob ihn in die Innentasche meiner Jacke, um ihn später zu lesen, wenn ich die Stadt verlassen hatte. Ich nahm an, dass es eine sanftere Version von dem war, was sie mir bereits ins Gesicht gesagt hatte: *Verschwinde von hier und komm nicht wieder.*

Nun, genau das lag in meiner Absicht. Ich hatte noch immer die Papiere, die Spiridon für mich gefälscht hatte, war offiziell also Deutscher, der in Russland aufgewachsen war. Damit stand mir der Weg offen, im ganzen Land umherzureisen, außerdem in die verbündeten Staaten wie die Schweiz und Italien. Doch am Ende meiner Reise, das nahm ich mir fest vor, sollte Frankreich liegen. Ich dachte immer häufiger an unsere Monate an der Côte d'Azur, an die sonnendurchglühte Landschaft, das tiefblaue Meer, die schroffen Berge und blutroten Klippen im Abendlicht. Irgendwann würde auch dieser Krieg zu Ende gehen, und dann wollte ich dort leben und vielleicht, in vielen Jahren, sogar Mara wiedersehen, wenn sie bekommen hatte, wonach sie verlangte, und dessen vielleicht längst überdrüssig war.

Ich stellte meinen Rucksack in der Eingangshalle ab und beschloss, noch einmal durch die leere Villa zu wandern, den Hausmädchen und dem mürrischen Diener Lebewohl zu sagen und die Köchin um ein wenig Verpflegung zu bitten. Ich war sicher, dass sie mir das nicht abschlagen würde.

Erst jedoch machte ich mich auf den Weg durch den Garten zur Remise, deren Tür wie immer unverschlossen war. Ich streifte durch das Labyrinth von Frederiks Büchergängen, nicht auf der Suche nach bestimmten Titeln, sondern um noch einmal die Atmosphäre in mich aufzunehmen, die Bücher zu riechen und sie im Vorbeigehen zu berühren. Ich wusste nicht, wann ich das nächste Mal an einen Ort wie diesen kommen würde, und bei allen Vorbehalten gegenüber Frederik und seiner Duldung von Ilnas Verbrechen konnte ich nicht anders, als seine Sammlung zu bewundern. Seine Bücher über Märchen und Mythen waren ein einzigartiger Schatz, die schiere Zahl der Bände atemberaubend. Ich musste mich zwingen, keines der Bücher hervorzuziehen und darin zu lesen, aus Sorge, ich könnte darüber die Zeit vergessen und plötzlich wieder dem glücklichen Brautpaar gegenüberstehen.

Schweren Herzens verließ ich die Remise, ging hinüber zur Villa und stieg die Treppe hinauf zur Kleinen Bibliothek, in der die Bücher für den Hausgebrauch aufbewahrt wurden. Auch hier schlenderte ich an den Regalen entlang, atmete tief ein und betrat durch die Verbindungstür den Lesesalon. Ich war nur einmal hier gewesen, am ersten Tag, als Mara mich durchs Haus geführt hatte, und ich erinnerte mich an die hohen Ohrensessel, das scharlachrote Sofa mit orientalischem Samtbezug und die Devotionalien aus anderen Ländern und Zeiten, die Frederik als junger Mann von seinen Reisen mitgebracht hatte, immer auf der Suche nach Büchern und exotischen Gegenständen. Meist handelte es sich um Antiquitäten aus dem Mittelmeerraum, aber auch um ein paar Stein- und Metallrelikte, die keltischen Ursprungs zu sein schienen. Die meisten waren in Regalen und Vitrinen ausgestellt, manche dienten als Stützen für weitere Bücher, die im Nebenraum keinen Platz mehr gefunden hatten.

Nach kurzem Zögern nahm ich in einem Sessel Platz und blickte nachdenklich ins Leere. Schließlich zog ich Maras Brief hervor.

Das Siegel, das sie benutzt hatte, war das der Eisenhuths, der geflügelte Hermeshelm, über dessen Rand eine Eule lugte. Ich zerbrach es und zog ein einzelnes Blatt Papier hervor, zweimal gefaltet.

Verzeih mir, stand da in ihrer feinen Handschrift. *Ich muss tun, was ich tun muss.*

Sonst nichts. Keine Unterschrift, kein Abschied, nur diese wenigen Worte, gerade mal zwei kurze Sätze.

Ich muss tun, was ich tun muss.

Ich las die Nachricht mehrmals, ehe ich das Blatt langsam sinken ließ. Wenn sie angenommen hatte, dass ich den Umschlag erst unterwegs finden würde, tief unten am Boden des Rucksacks, dann konnte sie nur auf die Hochzeit anspielen. Die Ehe, die sie zu einer sehr reichen Frau machen würde.

Was ich tun muss.

Das klang so dahingesagt wie eine Redewendung. Aber Mara sprach niemals in Redewendungen. Ganz sicher würde sie keine als Abschiedsbrief niederschreiben. Was bedeutete, dass sie jedes Wort so meinte, wie sie es sagte.

Ich muss tun, was ich tun muss.

Als gäbe es einen Zwang. Eine absolute Notwendigkeit. Wer oder was konnte sie zu dieser Hochzeit zwingen?

Und wenn gar nicht die Hochzeit gemeint war?

Ich ließ meinen Blick durch das Zimmer wandern, über all die Dinge, die Frederik vor Jahrzehnten gesammelt und hier zur Schau gestellt hatte. Die Regalbretter und Glaskästen wurden regelmäßig abgestaubt, auch wenn ich bezweifelte, dass nach all der Zeit noch irgendwer hinsah. Nicht einmal Frederik selbst, sonst hätte er die Gegenstände in die Remise bringen lassen, in der er all seine Zeit verbrachte.

Vielmehr schien es, dass die Dinge hier aufbewahrt wurden, um vergessen zu werden, wie es oft geschah mit Sammlerstücken, die nicht genutzt oder gelesen wurden.

Mit einer Ausnahme.

Für gewöhnlich liegt er in einer Vitrine im Lesesalon, hatte Mara gesagt. *Ich bringe ihn noch heute Nacht zurück, damit niemand merkt, dass er weg war.*

Der dreieckige Dolch, mit dem wir unser Blut dem Gott des Buchdrucks geopfert hatten. Oder dem schlafenden Ding in seiner Krypta aus Druckerschwärze. Oder einfach nur dem Spleen eines verschrobenen Patriarchen.

Als ich aufsprang, fiel der Brief von meinem Schoß. Hastig eilte ich auf die Ausstellungsstücke zu, die minoischen Masken und römischen Vasen, die germanischen Knochen und bretonischen Keile. Nur in einer einzigen Vitrine lag kein Relikt aus Stein oder Bronze, sondern ein Buch.

Umbra Vitae von Georg Heym.

Ein Symbol, das unter Glas platziert worden war. Vorher musste dort etwas anderes gelegen haben, das ich nirgendwo sonst entdeckte: der rasiermesserscharfe Opferdolch, mit dem sich alle Familienmitglieder ritzten, um ihr Blut in einem Buch zu vereinen.

Umbra Vitae war Maras persönliche Gabe, Teil eines geheimen Rituals, das einzig sie und mich betraf. Weil wir die Wurzel dessen waren, was gerade anderswo geschah.

»Großer Gott«, flüsterte ich in den leeren Raum, der meine Stimme schluckte wie ein Vakuum.

Ich lief zur Tür, machte dort kehrt, hob den Brief und den Umschlag auf, zerknüllte beide und steckte sie ein. Dann rannte ich los, durch die Bibliothek auf den Flur, die Treppe hinab ins Foyer.

Der Hausdiener stand vor meinem Rucksack und blickte voller Verachtung darauf, genau wie am Tag meiner Ankunft.

»Darf ich das hier –«, begann er, aber ich fiel ihm ins Wort.

»Wo genau sind sie jetzt?«

»Wie bitte?«

»Wo findet die Zeremonie statt? Es hieß, sie ist kirchlich, aber sie sind in keine Kirche gefahren, oder?«

Der Diener rümpfte die Nase. »Natürlich nicht. Die Herrschaften sind keine Kirchgänger. Sie haben den Pfarrer in die Druckerei bestellt, dorthin, wo alle Familientraditionen des Hauses Eisenhuth zelebriert werden.«

Ich stürmte aus dem Haus, durch das Gittertor auf die Straße. Mein Atem verwehte als weißer Dunst, als ich mich zu Fuß auf den Weg machte, am Königsplatz eine Droschke erwischte und dem Fahrer auftrug, mich im Galopp und koste es, was es wolle, zum Druckhaus der Eisenhuths im Graphischen Viertel zu bringen. Seinen russischen Akzent bemerkte ich erst bei der Ankunft, und ich verschwendete keinen zweiten Gedanken daran.

Der Pförtner erkannte mich von meinem Besuch mit Mara und ließ mich passieren. Arbeiter gingen ein und aus, Schreibkräfte aus den Büros, Schriftsetzer und Buchbinderinnen. Nichts erschien ungewöhnlich, alles nahm seinen üblichen Lauf, und ich glaubte schon, dass ich mich getäuscht hatte, verliebt und dumm und blind vor Sorge.

Ich nahm denselben Weg wie in der Nacht, als wir durch die Passagen spaziert und zuletzt hier gelandet waren. Durch hohe Säle und lange Gänge, vorbei an Förderbänder voller Bücher. Einmal bog ich falsch ab, lief in einen Pulk Arbeiter, die rauchend an einer offenen Hoftür standen, und bat sie, mir die Richtung zum unterirdischen Lager der Druckerschwärze zu zeigen.

»Im Moment steht alles still«, sagte einer, »hier tut sich gerade gar nichts. Die haben uns allen 'ne Pause verordnet. Weil doch der Kaiser und die Kaiserin im Haus sind, mit all ihrem Gefolge.« Die anderen Männer lachten, aber einer erbarmte sich meiner und wies mir den Weg.

Unterwegs fragte ich mich, wie viel Zeit seit der Abfahrt der beiden Limousinen aus der Karl-Tauchnitz-Straße vergangen war. Sie mochte eine Stunde her sein, vielleicht auch zwei. Mir war, als rannte ich seit einer Ewigkeit, und mich marterte die Angst, dass ich zu spät kommen würde.

Endlich erreichte ich die Treppe neben dem Gitteraufzug und taumelte keuchend die Stufen hinab bis zu dem offenen Durchgang. Und dann, als mir fast die Luft ausging und meine Kräfte schwanden, stolperte ich hinaus auf die lange Galerie aus Gitterwerk. Vor und unter ihr lag die riesige Halle voller Stahltanks, all die haushohen Behälter gefüllt mit flüssiger Schwärze.

Auf dem ersten Tank, rund um die Bodenluke in seiner Oberseite, hatte sich die kleine Hochzeitsgesellschaft versammelt: das Brautpaar, die Eisenhuths, die Trauzeugen, ein würdevoller Pfarrer. Sie standen in einem Kreis um das Loch, als warteten sie darauf, dass etwas aus der Tiefe zu ihnen emporstieg, obwohl es in Wahrheit doch umgekehrt war: Sie waren dabei, der Schwärze etwas von sich zu geben, jeder ein paar Tropfen Blut.

»Mara!«, brüllte ich wie ein liebeskranker Narr, nur dass ich nicht aus Liebe brüllte, sondern aus purer Angst.

Aus Angst um Ofeliya.

Denn Maras Rache war bereits in vollem Gange.

Als sie mich hörte, riss sie erschrocken den Kopf herum und entdeckte mich am Ende des Stegs, der von der Galerie auf die Oberseite des Tanks führte. Es war mein Ruf, der sie ablenkte, in genau jenem Augenblick, als Ofeliya die Schneide des Dolchs über ihren Handballen zog, genau wie schon die Eisenhuths vor ihr. Ofeliyas Lächeln dabei werde ich nie vergessen. Es verriet so viel Glück darüber, dazuzugehören, wieder Teil einer Familie zu sein, nachdem sie ihre eigene verloren hatte.

Später berichteten sowohl der Priester wie auch Demians Freund – die beide keine Familienmitglieder waren und deshalb kein Blut hatten opfern müssen –, was auf dem Tank geschehen war. Kurz vor meinem Eintreffen hatte Frederik Ofeliya spontan aufgefordert, an der Zeremonie teilzunehmen, da sie doch nun zur Familie gehöre. Er hatte ihr den Dolch gereicht, gleich nachdem er selbst ihn benutzt hatte, und Ofeliya hatte bereitwillig danach gegriffen. Noch heute bin ich davon überzeugt, dass Mara geglaubt haben muss, Ofeliya würde nach Volonoffs Tod kein Messer mehr anfassen wollen. Als sie es dennoch tat, wollte Mara sie aufhalten – genau in jenem Augenblick, als ich dazukam und sie ablenkte. Jenem Augenblick, in dem Ofeliya sich mit dem Messer den Schnitt versetzte, genau wie Frederik, Ilna, Demian und Mara vor ihr.

Nur dass Mara sich nie mit dem Dolch geschnitten hatte, sondern mit einer Rasierklinge, die sie zu diesem Zweck in ihrem Kleid versteckt haben musste. Es ist die einzig mögliche Erklärung, warum sie alle starben, nur Mara nicht.

Vieles geschah nahezu gleichzeitig: Ich stürmte brüllend in die Halle, Mara blickte sich nach mir um, Ofeliya schnitt sich mit dem vergifteten Dolch in die Hand. Und das Schicksal nahm seinen Lauf.

Noch während ich über die Galerie zum Gittersteg auf den Tank rannte, brach Demian zusammen, gleich darauf Ilna und Frederik. Der Pfarrer und der Trauzeuge eilten ihnen zu Hilfe, als der Dolch aus Ofeliyas Hand fiel, geradewegs durch die Luke hinab in die Druckerschwärze. Dann sackte auch sie im Rollstuhl vornüber, während Mara hilflos in ihrem weißen Brautkleid dastand, das Gesicht von Grauen verzerrt – das einzige Mal, dass ich sie hässlich sah, nicht strahlend schön wie sonst, sondern ganz und gar von dem Wissen gezeichnet, dass ihre Rache nicht allein die Schuldigen getroffen hatte.

Ich rannte von dem Gittersteg auf den Tank, vorbei an den reglos daliegenden Eisenhuths, am Pfarrer und dem verstörten Trauzeugen, vorüber auch an Mara, die etwas sagte, das ich nicht verstand, immer wieder dasselbe, vielleicht in der Sprache ihrer Heimat. Und dann war ich bei Ofeliya, rief verzweifelt ihren Namen, ergriff ihre Schultern und setzte sie aufrecht. Ihre Augen waren geschlossen, und sie lächelte noch immer, sah so zufrieden und schmerzhaft glücklich aus, so voller Hoffnung auf ein neues Leben. Sie atmete nicht mehr. Aus dem Schnitt in ihrem Handballen waren nur wenige Tropfen Blut gedrungen, die Wunde war winzig. Aber das, womit Mara die Klinge bestrichen hatte, war so giftig wie ein Fluch, so mörderisch wie ein Blitzschlag.

Mit einem gequälten Aufschrei zog ich Ofeliyas Körper an

mich, barg ihr Gesicht an meiner Schulter, hielt sie ganz fest, in der Hoffnung, dass ein allerletzter Rest von ihr es vielleicht noch spürte, vielleicht wusste, dass ich da war in diesen finalen Augenblicken. Aber vielleicht wusste sie dann auch, dass ich zu spät gekommen war. Dass ich es hätte ahnen müssen. Dass ausgerechnet mein Ruf Mara davon abgehalten hatte, ihr das giftige Messer abzunehmen.

Wir trugen beide unsere Schuld, Mara und ich. Wir waren vereint in unserer Verantwortung, verbunden in unserer Vergangenheit und Zukunft.

Ich hörte die anderen in Panik reden, hörte schnelle Schritte auf dem Metallgitter, hörte Demians Freund irgendwo um Hilfe rufen. Ich hockte nur da und hielt Ofeliya fest, in dem Wissen, dass niemand ihr helfen konnte, keine Betriebskrankenschwester, kein Arzt, kein allmächtiger Gott.

Als ich sie endlich losließ und sanft zurücksetzte, betete der Pfarrer hinter mir über den Leichen von Frederik, Ilna und Demian, und da schrie ich ihn an, sich auch um Ofeliya zu kümmern, statt nur um jene, die ihm Geld zugesteckt hatten. In seinen Augen stand blanke Panik.

Erst dann sah ich mich nach Mara um.

Sie war fort.

Mein erster Blick ging zu der Öffnung im Tank, zu dem stockfinsteren Loch und dem Sumpf aus Druckerschwärze darunter. Aber das war nicht Maras Weg, nicht nach allem, was sie schon früher getan hatte. Ich stand auf, mit schweren Gliedern und verweinten Augen, achtete nicht auf den stammelnden Geistlichen, schaute ein letztes Mal auf die lächelnde, glückliche Ofeliya und rannte los.

Im Treppenhaus hörte ich Rufe von oben und das Läuten einer Alarmglocke, traf in den Gängen auf herbeieilende Sanitäter und den verstörten Trauzeugen, der mich nicht einmal wahrnahm, stürmte durch Hallen, in denen die Maschinen stillstanden, und fragte nach einer Frau im Brautkleid. Immer wies man mir den

Weg Richtung Ausgang, da sei sie hingegangen, nicht gerannt, aber mit sehr schnellen, entschlossenen Schritten gegangen. Mittlerweile müsse sie fort sein, draußen im Freien, in den Nebeln des Graphischen Viertels.

Und dort sah ich sie dann doch wieder, am Ende der Straße, ein weißer Schemen wie der Geist, als der sie mir in der Bibliothek meines Onkels erschienen war. Nun war sie selbst wie Nebel, eine bleiche Erscheinung, ein Umriss, der immer wieder eins wurde mit dem Dunst.

Ich weiß nicht, wie oft ich sie aus den Augen verlor, dann wiederfand, nur um sie abermals in den Schwaden verwehen zu sehen. Irgendwann überschritten wir die Grenzen des Viertels, die Sicht wurde klarer, ein düsterer Tag unter dunkelgrauen Wolken, fast wie ein Abend, obwohl es doch gerade mal Mittag war. Und je weiter ich ihr ins Zentrum folgte, dem Aufblitzen ihrer weißen Gestalt in der Ferne, desto unwirklicher erschien sie mir, bis ich meinte, ich verfolgte eine Ausgeburt meiner Einbildung, geschaffen von schlechtem Gewissen und schierer Verzweiflung.

Am Markt aber sah ich sie erneut, als ich von der Grimmaischen Straße um die Ecke des Rathauses bog. Da stand sie unter den Arkaden, fast am Ende des Säulentunnels, einen Steinwurf von mir entfernt. Ich blieb stehen, weil ich sie kurz für eine Täuschung hielt, dann ging ich langsam weiter, passierte Säule um Säule, bis ich ihr Gesicht erst erahnen, dann erkennen konnte, die tränennassen Wangen, die rot geweinten Augen, die Flut des aufgelösten Haars über dem weißen Brautkleid. Auch sie sah mich und schüttelte langsam den Kopf. Dann trat sie nach links zwischen die Säulen, die aus meinem Blickwinkel wie eine Wand waren, eine hinter der anderen, ohne erkennbaren Abstand.

Ich rief ihren Namen, lief hinaus auf den Platz unter einem brodelnden Himmel, aber dort war sie nicht. Es hatte zu regnen begonnen, die wenigen Menschen auf dem Markt wurden schneller, manche suchten Schutz in den Eingängen der Geschäfte. Ich trat zurück unter die Arkaden, suchte in der einen, dann der anderen Richtung, aber Mara war nirgends zu sehen, und insgeheim hatte ich nichts anderes erwartet.

Noch einmal trat ich auf den Markt, nun in den strömenden Regen, sah nur Menschen in dunklen Mänteln, keine Frau in Weiß, keinen Geist in einem Hochzeitskleid, und da wusste ich, dass ich sie verloren hatte, diesmal vielleicht für immer.

51

Ich kehrte zurück ins Graphische Viertel, zurück in die Buchfabrik, die jetzt den Toten gehörte.

Man hatte die Eisenhuths aus der Halle nach oben geschafft. Gerade legte man Ofeliya neben sie, und ich brüllte die Männer an, dass sie nicht zu den anderen gehöre, dass sie hier nur Frieden gesucht und stattdessen den Tod gefunden habe, und dass jene, die die Schuld daran trügen, nun dort am Boden lägen, und dass ich nicht zulassen würde, dass man sie wie eine von ihnen behandelte, wie eine der Schuldigen, wie einen dieser durch und durch schlechten Menschen.

Viele waren herbeigeeilt, ein gewaltiges Geschiebe herrschte in den Gängen und Innenhöfen, das von Polizisten, so gut es ging, zurückgedrängt wurde. Auch Block und Davydow, die beiden Lektoren, waren da, und das war mein Glück, denn sie bestätigten, dass ich zur Familie gehörte, und nur deshalb wurde ich wohl nicht weggesperrt bei all dem Geschrei, das ich veranstaltete. Ich war schmutzig und verschwitzt, völlig entkräftet und so heiser, dass wahrscheinlich niemand verstand, was ich redete. Davydow nahm mich beiseite, und Block bot mir einen Schluck aus seinem Flachmann an, und dann führten mich die beiden fort, damit ich den Abtransport der Toten nicht sah, und sie blieben an meiner Seite, als ich sagte, ich wisse nicht wohin, und Davydow bot mir einen Schlafplatz in seiner Wohnung an.

Später wurde ich verhört. Ich hatte den Eindruck, dass man mich verdächtigte, weil mein Rucksack zur Abreise bereitstand – zur Flucht, sagten die Polizisten – und weil der Hausdiener von meinen Streitigkeiten mit seiner Herrschaft berichtet hatte. Aber man hat wohl nicht nachweisen können, woran die vier gestorben waren, denn Gift wurde keines entdeckt, die Schnitte hatten sie sich selbst beigebracht, und den Dolch fand man erst, als unter großem Aufwand der Tank abgelassen worden war und irgendwer auf allen vieren in der verbliebenen Druckerschwärze danach suchte. Daran gab es keine Spuren von Gift mehr, nicht nach den Stunden im Tank.

Ich fragte nach Mara, und nachdem ich erst nur Stillschweigen geerntet hatte, erbarmte sich schließlich jemand und erzählte mir, dass sie wohl in Panik fortgelaufen und bisher nicht gefunden worden sei. Offenbar galt sie als weniger verdächtig als ich, auch weil der Pfarrer mitangesehen hatte, dass auch sie sich einen Schnitt zugefügt und Blut in den Tank hatte tropfen lassen. Man suche nach dem armen, verstörten, jungen Ding, und sicher werde sie wieder auftauchen, denn im Augenblick sei sie als Ehefrau des verstorbenen Demian Eisenhuth die Alleinerbin des gesamten Vermögens.

Den Grund dafür erfuhr ich erst zwei Tage später, während ich noch unter Arrest stand: Offenbar war Albin gleich nach seiner Ankunft an der Front – und in einer bitteren Ironie des Schicksals fast zeitgleich mit der Tragödie daheim – in einen Angriff der Franzosen marschiert. Nachdem er in die Feuerlohe eines Flammenwerfers geraten war, hatte man ihn erst für vermisst, dann für tot erklärt. Gut möglich, dass nichts als Asche von ihm übrig geblieben war. Wie sich herausstellte, hätte ihn jedoch auch sein Überleben nicht zu einem reichen Mann gemacht: Am Tag vor der Hochzeit hatte Frederik Eisenhuth beim Notar ein neues Testament aufgesetzt, in dem sein Sohn Albin enterbt und aller Rechte am Konzern enthoben wurde. Ob ich den Grund dafür wisse, fragte man mich, aber ich sagte, ich hätte nur wenige Tage bei den Eisenhuths verbracht und sei über die Querelen der Familie nicht ins Vertrauen gezogen worden.

Zuletzt konnten die Ermittler gar nicht anders, als mich gehen zu lassen, auch wenn ich ihnen ansah, dass sie mir meine Unwissenheit nicht abnahmen. Ich verließ die Stadt, die einmal meine größte Hoffnung gewesen war, und reiste durch ein ausgezehrtes Land, das wie ich seine Toten beweinte und vom Frieden träumte. Ich ging nach Nürnberg, fand eine Anstellung als Privatsekretär bei einer jüdischen Familie, die wie ich aus Russland geflohen war, und blieb für ein Jahr dort. In den Nächten sah ich Erscheinungen eines scheußlichen Spuks im Brautkleid, und im Hellen hatte ich Tagträume von Mara in all ihrer Vollkommenheit. Beides waren Streiche, die mir meine Sinne spielten, mal Albtraum, mal Verklärung, und da wusste ich, dass ich keine Ruhe finden würde, bis ich Mara wiedersähe.

In all der Zeit hörte ich nie etwas von ihr selbst, wohl aber manches über sie.

Offenbar war sie einige Wochen nach der Hochzeit wieder aufgetaucht, nachdem sie geraume Zeit ohne Erinnerung und kaum mehr bei Sinnen in einem Armenhaus dahinvegetiert hatte. Sie sei zutiefst traumatisiert, wurde ihr attestiert, und ihre Erinnerungslücken hätten sich erst nach und nach geschlossen – wenn auch nie ganz vollständig, sodass sie kaum etwas zur Aufklärung der Ereignisse beitragen konnte. Weil kein Mord, nicht einmal Tod durch Fremdeinwirkung nachgewiesen werden konnte, verliefen die Ermittlungen allmählich im Sande. Mara akzeptierte das Alleinerbe der Firma und verkaufte umgehend alles an einen Konkurrenten der Eisenhuths, einschließlich der Villa im Musikviertel. Das Geld wurde in die Schweiz transferiert, und sie selbst kehrte Leipzig den Rücken, woraufhin sich ihre Spur endgültig verlor.

Damit endete das Kapitel Eisenhuth im Graphischen Viertel, die Verlage und Druckereien wurden umbenannt, das Siegel mit dem Hermeshelm vergessen.

Und irgendwann ging auch der Krieg zu Ende, und nach ein paar weiteren Jahren in Wien und Basel brach ich endlich in Richtung Frankreich auf. Ich reiste an die Côte d'Azur, nahm Gelegenheitsarbeiten an wie so viele junge Russen, die dem Terror der Bolschewisten entkommen waren, und wurde Zeuge des erneuten Aufstiegs der Küste zum Traumziel der oberen Zehntausend.

Meine Liebe zu den Büchern, den Geschichten, dem Erzählen habe ich nie verloren, und so wurde ich irgendwann doch wieder zum Bibliothekar, nicht mehr in Palais und Villen, sondern in einem alten Militärlastwagen, einem Relikt der Ära des Blutvergießens, genau wie ich selbst.

Eingangs schrieb ich, dass ich diese Erinnerungen verbrennen werde, sobald ich sie beendet habe. Heute habe ich Zweifel, ob das der beste Weg ist, den Schmerz zu bekämpfen. Er ist noch immer da, auch nachdem ich alles niedergeschrieben habe, doch er fühlt sich anders an, als hätte ich ihn mit einem zweiten Artur geteilt, der nur auf diesen Seiten existiert und sich seit vielen Jahren Maxim nennt, der teils ich selbst bin und teils eine Figur wie in einem Roman.

Wir haben diese Geschichte gemeinsam erlebt, er und ich, haben Tragödien durchlitten und Schicksalsschläge bewältigt, alte Pläne aus den Augen verloren und neue geschmiedet. Nur eines hat sich nie geändert, nicht in seinen und nicht in meinen Augen: Für Mara empfinden wir dasselbe, doch wir wissen nicht, ob es Liebe ist oder Hass oder irgendein Gefühl dazwischen, das wir beide nicht verstehen.

Vielleicht ist es eben deshalb ein Gefühl. Kein Wissen, kein Denken, schon gar keine Vernunft.

Man kann Mara nur durch Fühlen erfassen, kann sie nicht begreifen, nicht durchschauen, nicht besitzen.

Aber man kann warten. Man kann hoffen.

Und falls ich sie nicht finde, dann findet sie wohl eines Tages mich.

52

1957

Finnland liegt in der Achselhöhle von Skandinavien, und in jenem August ließ daran auch das Klima keinen Zweifel.

Als Thomas und Liette auf dem Flugplatz Immola die kleine Propellermaschine verließen, war es drückend heiß und die Luft fast tropisch feucht. Innerhalb der ersten paar Minuten wurden sie zu den besten Freunden der örtlichen Mückenpopulation. Der Himmel war bedeckt, die Wolken sehr dunkel. Auf dem letzten Stück war der Pilot nervös geworden, weil er befürchtet hatte, geradewegs in eine Gewitterfront zu fliegen.

Inmitten einer endlosen Weite aus Wäldern und Seen gab es hier nur eine Landebahn und zwei schlichte Hallen, und der einzige Ort, an dem sie sich nach dem langen Flug ein wenig frisch machen konnten, war eine fliegenverseuchte Bretterbude mit Plumpsklo und einem rostigen Waschbecken. Thomas hatte die Vermutung, dass es hinter den Hallen bessere sanitäre Anlagen gab, aber der alte Mechaniker, der hier das Sagen hatte, erkannte ihn auf Anhieb als Deutschen und wollte ihn offenbar spüren lassen, dass er nicht willkommen war.

Im Zweiten Weltkrieg war Immola ein Stützpunkt der deutschen Luftwaffe gewesen, eine ihrer Basen bei der Invasion Skandinaviens. Einmal hatte Hitler persönlich dem Flugplatz einen Besuch abgestattet. Thomas reiste zwar in einer Privatmaschine aus Nizza an, und seine Begleiterin war Französin, aber der alte Mann nahm wohl an, dass es sich bei beiden um teutonische

Kriegsbeute handelte. Liette musste ihren ganzen Charme und nicht wenig Schmiergeld aufwenden, damit er ihnen auf Englisch bestätigte, dass vor einigen Stunden ein weiteres Flugzeug aus Frankreich gelandet und kurz darauf wieder gestartet war. Für zwei der Passagiere hätte ein Geländewagen bereitgestanden, genauso wie jetzt für Liette und Thomas; die Fahrzeuge gehörten einem Unternehmen aus Imatra, der nächstgrößeren Stadt, das gelegentlich Fahrzeuge an Jagdgesellschaften aus dem Ausland vermietete.

Auf die Frage, wie die Menschen in dem anderen Wagen ausgesehen hätten, wollte der Mechaniker keine verbindliche Antwort geben. Die Maschine sei in der Dämmerung gelandet – und am Ende des Mittsommers gebe es hier wirklich eine Menge Dämmerung. Zwei seien es halt gewesen, aber man habe ihn nicht in die Nähe der Maschine gelassen. Er habe weiße Kleidung wie von Sanitätern oder Ärzten gesehen, deshalb habe er angenommen, dass jemand an Bord krank gewesen sei. Nur ein Grund mehr, diesen Leuten nicht auf die Pelle zu rücken.

Liette bezahlte den Piloten für zwei Tage Aufenthalt im Voraus, dann ließen sie ihn bei dem alten Mann zurück, der ihm genügend Kaffee, Wodka und für den Abend eine Fahrt ins nächste Dorf anbot. Der Franzose wollte allerdings lieber in seiner Maschine übernachten: die Nähe zu Russland, man wisse schon, und überhaupt.

Tatsächlich war die Grenze zur Sowjetunion gerade mal zehn Kilometer Luftlinie entfernt, und Thomas hatte sich gewundert, dass es nicht schwieriger war, bei den Finnen einen Flug in den grenznahen Luftraum zu beantragen. Nach einem Stopp in Südschweden zum Auftanken hatten sie eine weitere Zwischenlandung in Helsinki in Kauf nehmen müssen, um offiziell einreisen zu können, und das war verblüffend unbürokratisch über die Bühne gegangen, ebenso wie die Erlaubnis zum Weiterflug nach Karelien. Womöglich war allen auch einfach egal, was in dieser Gegend geschah, denn das hier war wahrlich das Ende der westlichen Zivilisation, und die östliche begann erst ein paar Hundert Kilometer weiter in Leningrad, dem früheren Sankt Petersburg. Dazwischen gab es nichts als Wald und Wasser, Tausende Seen, manche winzig und andere so groß, dass man sie in Mitteleuropa für Meere gehalten hätte.

Einer dieser Giganten war der Ladogasee, der sich jenseits der russischen Grenze über achtzehntausend Quadratkilometer erstreckte – das größte Binnengewässer Europas. Auf der Karte, die sie in Maras Haus gefunden hatten, war ein Punkt an seinem westlichen Ufer markiert. Keine Stadt, kein Dorf, nur ein namenloses Kreuz wie auf Stevensons Schatzkarte, am Übergang von Grün zu Blau.

Im Wagen hatte der Autovermieter eine Kiste mit Proviant für drei Tage bereitgestellt, genau wie sie es von Schweden aus telefonisch vereinbart hatten. Außerdem zwei Ferngläser, eine Leuchtpistole und eine detaillierte Landkarte mit einem Netz aus Waldwegen, die sicher weder asphaltiert noch allzu exakt vermessen waren. Jagdwaffen durfte der Vermieter ihnen nicht zur Verfügung stellen, zumal man davon ausging, dass Elch- und Bärenjäger ihre eigenen Gewehre mitbrachten.

Mara hatte mehrere Stunden Vorsprung, darum brachen sie so schnell wie möglich auf. Der alte Mann riet ihnen, sich von der Grenze fernzuhalten, die russischen Soldaten seien froh über jede Abwechslung in ihrem trostlosen Alltag. Vorsicht sei auch geboten, weil man manchmal gar nicht bemerke, dass man bereits auf das Gebiet der Sowjetunion geraten sei. Es existiere kein Zaun, und die Bäume sähen dort drüben nun mal genauso aus wie hier. Grenzposten gebe es nur alle zehn bis fünfzehn Kilometer, und die vereinzelten Patrouillen seien meist zu Fuß unterwegs, allerdings oft mit Hunden.

Thomas und Liette hatten nicht erwähnt, dass ihr Ziel in Russland lag, doch die einzige Straße Richtung Südosten führte unweigerlich zur Grenze, und der Alte war kein Dummkopf. Thomas übernahm als Erster das Steuer des grünen Land Rovers, nicht weil er sich für geeigneter hielt, sondern weil er Liette auch durch ihre Sonnenbrille ansah, wie erschöpft sie war.

Der Flugplatz war kaum außer Sicht, als Thomas auf einen breiten Waldweg abbog, den auch Mara genommen haben musste. Letztlich war die Auswahl an sinnvollen Routen, die zum Ladogasee führten, nicht groß, und Liette war bei aller Müdigkeit äußerst geschickt darin, ihn mithilfe der Karte über eine Strecke zu manövrieren, die sich als mühseliger Zickzackkurs durch dunkle Nadelwälder herausstellte.

Die Anspannung im Wagen wuchs beständig, bis sie hinter jedem Baum mit einem russischen Grenzsoldaten rechneten. Auf dem staubigen Waldweg vor ihnen waren Reifenspuren zu sehen. Ob die von Maras Land Rover oder einem Militärfahrzeug stammten, vermochten sie nicht zu erkennen.

»Hat der Arzt je gesagt, wie viel Zeit Artur noch bleibt?« Thomas musste laut sprechen, um den Lärm des Wagens auf der holperigen Piste zu übertönen.

»Vor einem Jahr hat er von sechs Monaten gesprochen, vor sechs Monaten von drei. Artur sollte eigentlich längst tot sein. Der Arzt meinte, es ist ein Wunder, dass er überhaupt noch dann und wann zu Bewusstsein kommt.«

»Glaubst du, er hat auf Mara gewartet?«

»Er hat doch gewollt, dass ich sie zu ihm bringe.«

»Das meine ich nicht.«

»Auf sie gewartet, auch wenn er nicht wach war?«

»Ja. Dass ihn die Hoffnung am Leben gehalten hat. Und dass –«

»Dass er jetzt in Frieden sterben kann?«, unterbrach sie ihn. »Vielleicht – wenn Mara es nicht für nötig gehalten hätte, ihn zu entführen, durch halb Europa zu fliegen und in diese Wildnis zu schleppen. Mir kommt das nicht besonders friedlich vor.«

»Hat er diese Gegend mal erwähnt?«

»Nur einmal, da war ich noch ein Kind. Aber er hatte dieses Buch, von dem er oft gesprochen hat, das *Kalevala.* Das ist Finnlands Nationalepos, und die Geschichten darin spielen zu einem großen Teil hier in Karelien. Aber ob er deshalb herkommen wollte? Vielleicht als junger Mann, wer weiß. Er stammte ursprünglich aus Sankt Petersburg, und von dort aus ist es nicht allzu weit bis hierher.«

Liette vertiefte sich wieder in die Betrachtung der Karte, und bald zeigte sich, dass der Mechaniker recht hatte. Sie mussten die Grenze schon vor einer Weile überquert haben. Also waren sie nun auf dem Territorium der Sowjets, illegal eingereist, mit finnischem Nummernschild, ohne Visum und ohne jede vernünftige Erklärung.

Nach zwei Stunden, in denen sie keiner Menschenseele begegnet waren, kamen sie auf einen breiteren Weg, der laut Karte eine Art Landstraße sein sollte. Auch hier gab es keinen Asphalt, keine Schilder, und an manchen Stellen war das Buschwerk von beiden Seiten aufeinander zugekrochen, als wollte die Natur jede Spur menschlicher Besiedlung ungeschehen machen. Allerdings waren Zweige zerbrochen und Laub abgerissen. Jemand war erst kürzlich hier entlanggefahren.

Wenig später führte der Weg auf eine weite Lichtung, auf der die Ruinen von Holzhäusern aus dem wuchernden Dickicht ragten. Zwanzig oder dreißig Gebäude mochten das einmal gewesen sein, manche hatten noch Dächer, von anderen standen nur ein paar Außenwände. Auffällig waren die Holzrahmen der Sprossenfenster, mit Schnitzereien verziert und früher einmal weiß gestrichen; an einigen waren noch Fetzen heller Farbe zu erkennen.

Thomas verlangsamte auf Schritttempo, während sie der ehemaligen Dorfstraße folgten. Sein Blick wanderte über die zerfallenen Bauten, die wie Grabsteine eines vergessenen Friedhofs aus dem Buschwerk ragten, dunkelgrau, fast schwarz.

In der Mitte der Lichtung ließ er den Wagen ausrollen.

»Warum hältst du an?« Liette fand offenbar, dass das keine gute Idee war.

»Weil sie das auch getan hat.« Er deutete auf eine Stelle vor ihnen, wo die Spuren einer Vollbremsung nicht zu übersehen waren. »Irgendwas hat sie aufgehalten.«

»Aber dann ist sie weitergefahren, und wir sollten das auch tun.«

»Nur einen Moment.«

Er öffnete die Tür und stieg aus. Die Luft roch würzig nach warmem Kiefernholz und Harz. Es war halb sieben am Abend, aber noch immer sehr warm, obwohl die Sonne sich seit der Landung nicht hatte blicken lassen. Der Himmel wurde immer grauer, im Osten brodelten Gewitterwolken. Hin und wieder waren dort Blitze zu sehen, ferner Donner grollte hinter den Baumwipfeln.

Nach dem Geruckel und Geschaukel tat es gut, festen Boden unter den Füßen zu haben. Sein Rücken schmerzte, und seine Arme waren steif. Er hörte, wie Liettes Autotür geöffnet wurde, ließ aber die umliegenden Ruinen und die Büsche dazwischen nicht aus den Augen.

»Hast du die Pistole dabei?«, fragte er.

»Was glaubst du denn?«

»Sind noch Kugeln drin?«

»Eine.«

Er seufzte und machte ein paar Schritte weg vom Wagen. Links von ihm standen die Überreste eines Gebäudes, das einmal größer gewesen war als die übrigen. Eine Kirche, nahm er an, obwohl es keinen Glockenturm mehr gab, nur die Stümpfe von Dachbalken.

»Sieht aus, als hätte sie mal gebrannt«, sagte er.

Liette kam ums Auto und deutete auf die dunklen Wolken, in denen es immer öfter aufleuchtete. Auch das Donnergrollen erklang häufiger. Der Pilot hatte erwähnt, dass in den Flugunterlagen über diese Region vor starken Unwettern während der heißen Jahreszeit gewarnt wurde.

»Vielleicht ist mal der Blitz eingeschlagen«, sagte sie und vertrieb eine Mücke aus ihrem Nacken.

»Vielleicht.«

»Was genau tun wir hier, Thomas? Uns läuft die Zeit davon.«

Tut sie das wirklich?, dachte er. Je länger sie unterwegs waren, desto häufiger fragte er sich, ob sie überhaupt ein Recht dazu hatten, den beiden zu folgen. »Ich wüsste gern, warum sie gerade hier angehalten hat.«

»Möglicherweise musste sie mal.«

»Dann erledige ich das doch lieber im Wald als zwischen unheimlichen Ruinen.«

»Kommt drauf an, ob man mehr Angst vor Geistern oder Bären hat.«

Er musste lächeln und dachte wieder, wie gern er sie hatte. »Mara fühlt sich vielleicht ganz wohl unter Geistern.«

»Weil sie selbst einer ist?«

»Weil sie kommt und geht wie einer. Weil sie sich oft genug in Luft aufgelöst hat, sodass nicht mal die Polizei sie finden konnte.«

»Immerhin haben wir sie gefunden.«

»Weil wir Glück hatten. Und andere dafür gestorben sind.« Er blickte noch einmal zur Ruine der niedergebrannten Kirche, dann kehrte er zurück zum Auto und setzte sich hinters Steuer.

Liette sah erleichtert aus, als sie wieder neben ihm Platz nahm. »Soll ich weiterfahren?«

Er schüttelte den Kopf. »Ich hab das Gefühl, dass wir bald da sind.«

Während sie die Fahrt fortsetzten, musterte Liette die Karte. »Das Dorf ist nicht mal eingezeichnet.«

»Von wann ist die Karte?«

Sie schaute nach. »Zweiundfünfzig.«

»Die Ruinen sind viel älter. Das alles ist schon seit Jahrzehnten verlassen.«

Eine gute halbe Stunde lang folgten sie einem kurvigen Weg durch die Wälder, während der Himmel über ihnen finsterer wurde. Hinter den Bäumen flammten immer wieder Blitze auf, noch weit entfernt, aber der Regen würde nicht mehr lange auf sich warten lassen.

Nach einer Weile wurde der Waldboden sandiger, der Untergrund nachgiebiger. Die Reifen des schweren Land Rovers pflügten durch Sandwehen, die sich in den niedrigen Senken angesammelt hatten.

Vor ihnen teilten sich die Bäume wie eine Opernkulisse und gaben den Blick frei auf einen breiten Sandstrand. Einen Moment lang erschien es Thomas tatsächlich, als führen sie geradewegs auf die offene See zu. Das Wasser erstreckte sich bis zu einem glasklaren Horizont, auf dem Blitze wie gespenstische Knochenmänner tanzten. Die Wolken waren so schwarz, dass es ebenso gut die Nacht sein mochte, die dort von Osten heranzog, aufgetürmt zu majestätischen Silhouetten.

Einen Moment lang saßen sie nur da und vergaßen fast zu atmen, so bewegend war die Aussicht auf den Ladogasee. Kleine Eilande ragten aus den heranrollenden Wellenkämmen. Ein Vogelschwarm zog auf der Flucht vor dem Unwetter über sie hinweg.

Liette blickte aus dem Beifahrerfenster. »Da drüben.«

Thomas beugte sich vor und schaute an ihr vorbei nach rechts. Dort streckte sich eine bewaldete Landzunge auf den See hinaus, und dahinter, gerade so sichtbar über den Wipfeln, ragten die Kuppeln hölzerner Zwiebeltürme empor, mindestens fünf oder sechs, ganz eng beieinander.

Er gab Gas und ließ den Wagen vorsichtig auf den Strand rollen. Nach wenigen Metern entdeckte er Reifenspuren und folgte ihnen parallel zum Wasser in südliche Richtung. Wo die Landzunge die Küste berührte, führte ein alter Weg zwischen den Bäumen hindurch. Es gab hier nur wenig Unterholz, trotzdem war es so düster, dass er kaum die andere Seite erkennen konnte, wo sich der sandige Küstenstreifen fortsetzte. Wenn es draußen auf dem See blitzte, warfen die Baumstämme pechschwarze Schatten über den Weg, und der Donner war so laut, dass er den Motorenlärm des Land Rovers übertönte.

Wieder blieben die Bäume zurück, und nun konnten sie das Gebäude deutlich sehen. Beide ahnten, dass das Ziel ihrer Reise vor ihnen lag. Eine Geschichte wie die von Mara und Artur konnte nicht im Nichts enden, an einem leeren Strand oder irgendwo im Wald. Sie endete hier, mit dem Blick auf ein Bauwerk wie aus einem Märchenbuch.

Es erhob sich auf einer buckligen Insel, etwa zweihundert Meter vom Ufer entfernt, und schien vollständig aus Holz zu bestehen. Nicht ein halbes, sondern ein ganzes Dutzend Türme mit spitzen Kuppeln stach darüber in den brodelnden Gewitterhimmel. Auf mehreren thronte das Doppelkreuz der orthodoxen Kirche. Der Rest war weniger filigran und glich einer trutzigen Festung aus mehrstöckigen Bauten, die Fenster so schmal wie Schießscharten. Rundum standen alte Kiefern und Eichen, manche waren höher als die äußere Palisade der Anlage.

Ein alter Pfahlsteg, gerade breit genug für ein Pferdefuhrwerk, führte vom Ufer hinüber zur Insel. Die Wellen schlugen hart gegen das Holz; das taten sie wohl seit Jahrhunderten, ohne den Stämmen etwas anhaben zu können.

Der Wind, der vom Wasser landeinwärts jagte, war so stürmisch, dass sein Heulen fast ihre Stimmen im Inneren des Wagens übertönte. Bald platzten auf den Scheiben die ersten Regentropfen, viele so groß wie Murmeln, und trübten ihre Sicht.

Der andere Land Rover stand kurz vor dem Pfahlsteg am Ufer. Als Thomas darauf zufuhr, sahen sie, dass die Fahrertür und jene dahinter offen standen. Artur hatte vermutlich auf der Rückbank gelegen. Nachdem er hinausgezogen worden war, hatte sich niemand die Mühe gemacht, die Türen zu schließen. Regen und Sand wehten ins Innere, als erhöben die Elemente bereits Anspruch auf den Fremdkörper.

Thomas stoppte wenige Meter daneben. Liette stieß die Tür auf und sprang hinaus ins Freie. Er zog den Schlüssel ab und folgte ihr zu dem zweiten Fahrzeug. Nun sah er, dass auch die Heckklappe offen stand. Mara musste etwas entladen haben. Wahrscheinlich hatte sie den Weg über den Pfahlsteg zweimal gehen müssen, einmal mit Artur und ein zweites Mal mit dem, was sie mitgebracht hatte.

Sie gingen aufs Wasser zu. Wo der Pfahlsteg das Land berührte, blieben sie stehen und blickten zu dem alten Kloster hinüber. Der Wolkenhimmel hinter den Türmen wogte in dunklem Violett und schien im Rhythmus der Blitze zu pulsieren. Einige der Zwiebeldächer waren stark beschädigt, aufgebrochen wie Eier nach dem Schlüpfen. Über einem der Gebäude war der Dachstuhl zusammengebrochen und hatte Teile der Wände mitgerissen.

»Da wohnt schon lange keiner mehr«, sagte Thomas. Die Brandung rollte mit solchem Getöse über den Sand, dass er die eigene Stimme kaum verstand.

Liette starrte schweigend auf das düstere Bauwerk.

Er nahm ihre Hand. »Du weißt, dass sie hergekommen sind, um gemeinsam zu sterben, oder?«

Sie nickte, ohne ihn anzusehen.

»Und wir sollten das respektieren.«

Langsam zog sie die regennasse Hand aus seiner und trat hinaus auf den Steg. Das Holz erzitterte. Jede vierte oder fünfte Planke war zerbrochen oder fehlte.

»Liette!«

Sie hörte nicht auf ihn, ging unbeirrt weiter. Zu beiden Seiten des Stegs rollten die Wellen mit schäumenden Kämmen vorüber, Gischt spritzte über das Holz und ihre Füße hinweg.

Mit einem Fluch setzte er sich in Bewegung, bis er wieder neben ihr war. »Was hast du vor?«

Er konnte sie kaum hören, als sie sagte: »Artur hat mein Leben gerettet.«

»Trotzdem kannst du *ihn* nicht retten! All die Monate über hast du getan, was möglich war. Aber jetzt stirbt er, und wahrscheinlich will er es so.«

»Ich weiß.« Und nach ein paar Schritten fügte sie hinzu: »Alles ist gut so, wie es ist.«

Allmählich verstand er sie. Liette wollte keine Konfrontation, sie wollte einen Abschied. Sie hatte diese Entscheidung nicht einmal rational getroffen; sie folgte einzig ihren Gefühlen für den alten Mann. Deshalb hatte sie herkommen müssen, allen Widrigkeiten zum Trotz, und sie musste auch jetzt noch weitergehen. Ihr Ziel war nicht, sich Mara in den Weg zu stellen. Mara war niemals ihre Gegnerin gewesen. Mara war Arturs Bestimmung, und die ließ sich schon lange nicht mehr aufhalten.

Auf halber Strecke zur Insel nahm sie die Pistole aus ihrer Jacke, hielt sie für einen Moment gut sichtbar am ausgestreckten Arm und warf sie ins Wasser. *Wir sind keine Feinde,* sollte das bedeuten. *Ich will nur noch einmal bei ihm sein.*

Auch Thomas glaubte, dass sie vom Kloster aus beobachtet wurden. Er versuchte, dort drüben etwas zu erkennen, eine Gestalt in den schmalen Fenstern, aber die Blitze am Horizont verwandelten das Kloster mehr und mehr in einen Scherenschnitt aus Türmen und Spitzen.

Während der letzten Meter schwankte der Steg bedenklich unter ihren Füßen. Von seinem Ende führte ein uralter Pflasterweg hinauf zu einem hölzernen Torbogen in der Palisade. Sie traten auf einen engen Innenhof, in ein Nest aus Schatten, das immer wieder vom aufglühenden Himmel erhellt wurde. Hoch oben schienen sich die Kuppelköpfe der vorderen Türme über sie zu beugen.

Auf der anderen Seite des Hofs kamen sie an das Portal des Hauptgebäudes. Der eine Flügel war intakt, der andere vor langer Zeit aus seinen Verankerungen gefault. Sie mussten darüber hinwegklettern und traten in eine dunkle Halle, in der einstmals wohl Messen gelesen worden waren. Es gab keine Ikonen mehr, keine Heiligenfiguren oder andere Dinge von Wert, all das war schon vor langer Zeit fortgeschafft worden; eine leichte Erhöhung markierte, wo einmal der Altar gestanden hatte. Übrig waren lediglich ein paar verrottete Bänke und Schemel. An einer Seitenwand führten Stufen aufwärts und verschmolzen fast mit der Finsternis. An ihrem oberen Ende befand sich eine Tür, die klappernd immer wieder zuschlug, obwohl sie sich nie weiter als einen Fingerbreit öffnete.

Es roch intensiv nach Benzin.

Auf einer Decke, mitten im Raum, ruhte eine schmale Gestalt. Lang ausgestreckt, die Hände auf der Brust gekreuzt.

»Artur!« Liette lief zu ihm und sank auf die Knie.

Selbst in der Düsternis erkannte Thomas, dass er nicht mehr lebte.

Eine Stimme aus der Finsternis sagte: »Er ist auf dem Weg hierher in den Wäldern gestorben. Das war immer sein Wunsch – einmal die Wälder Kareliens zu sehen.«

Die Tür am Ende der Treppe war jetzt offen. Darin stand die Silhouette einer Frau mit wehendem Haar. Hinter ihr endete die Welt vor einer Wand aus brodelnden Gewitterwolken, einer Palette apokalyptischer Farben.

»Er hat gewollt, dass wir dich finden.« Liettes Stimme klang gefasst, während ihre Hände die des Toten hielten.

»Ich glaube, was er wirklich wollte, war, dass ich ihn finde«, entgegnete die Erscheinung. »Erst eure Suche nach mir hat mich zu ihm geführt.«

Thomas trat neben Liette, als sie sich zu Artur hinabbeugte und ihm einen Kuss auf die Stirn gab. Dabei glitt der Mondsteinanhänger aus ihrem Ausschnitt.

»Du hast ihn also«, sagte die Frau.

Liette blickte hoch. Ihre Hand berührte den Stein. Sie schien ihn erst zurück unter ihre Kleidung stecken zu wollen, ließ ihn dann aber offen auf ihrem Hemd liegen.

»Ja«, sagte sie. »Wenn ich darf.«

Die Frau erwiderte nichts, aber nach einem Augenblick nickte sie kaum merklich.

Liette legte Arturs Hand sanft ab, stand auf und tastete nach Thomas' Fingern.

Das lange Haar der Erscheinung tanzte auf den Winden. »Es ist alles bereit«, sagte sie. »Geht jetzt!« Einen Herzschlag lang sah es aus, als blitzten goldene Augen in dem dunklen Umriss auf. Sie wurden gleich wieder von der Schwärze verschluckt wie Münzen von zähem Öl.

Noch einmal blickte Liette hinab auf Artur, dann wandte sie sich um und ging Hand in Hand mit Thomas zum Portal, durch die Schatten der Halle, durch den Benzindunst, durch das Heulen und Donnern des Unwetters, das von Osten heraufzog.

Sie blickten sich nicht um, während sie das Gebäude verließen, den Hof überquerten und dem Pflasterweg hinab zum Pfahlsteg folgten. Erst draußen auf dem Wasser, während die Gischt gegen ihre Knöchel schäumte und der Steg unter ihnen bebte, blieben sie noch einmal stehen und sahen über ihre Schultern.

Schwarzer Rauch stieg aus mehreren Fenstern des Klosters auf, wurde von den Winden fortgerissen und landeinwärts getrieben. Thomas konnte ihn riechen, vermischt mit dem Regenduft des Gewitters und dem Algengeruch des Sees. Erst schien es, als schlage ein Blitz in das Hauptgebäude ein, dann wurde ihm klar, dass die Flamme von unten emporstach, eine gewaltige Lohe, die das Dach in Brand setzte und nach den Türmen griff.

»Wir müssen hier weg«, sagte Liette.

Er nickte und ging weiter, blickte aber alle paar Schritte zurück, während immer mehr Flammen aus der Ruine des Klosters aufstiegen, über die hölzernen Fassaden leckten und die Zwiebeltürme emporkrochen. Bald würde irgendwer das Fanal auch von Weitem sehen, die Soldaten in den Wäldern, ein Aufklärungsflugzeug des russischen Militärs, und Liette hatte recht: Sie *mussten* hier weg, und das sofort.

Als sie im Wagen saßen und Thomas wendete, blickte auch sie zurück zur Insel. Der Regen wurde stärker, und die Sicht verschwamm, aber nicht einmal Wasser hatte jetzt noch die Macht, ein solches Feuer zu löschen. Das Kloster brannte wie ein Scheiterhaufen, jahrhundertealtes, verrottetes Holz, das in Windeseile ein Raub der Flammen wurde. Aschewolken trieben über das Wasser zum Strand, wurden vom Regen erfasst und hinab auf den Sand gedrückt, eine Schicht aus Ruß, die sich wie die Nacht auf den ganzen Küstenstreifen senkte.

Der Wagen fuhr vom Strand in den Wald, holpernd und mit heulendem Motor, und bald waren sie eins mit den Schatten, durch grabschwarze Dunkelheit auf dem Weg nach Westen.

53

Eine Woche nach ihrer Rückkehr an die Côte d'Azur folgten sie dem Pfad oberhalb der Klippen, durch die Schatten von Pinien und Zedern, hinüber zur Villa Eisenhuth.

Unten in der Bucht ballte sich Nebel, kroch an den Felsen herauf und hing wie Seide zwischen den Bäumen. Thomas hielt Liettes Hand, als hätte er sie seit Karelien nicht losgelassen. Etwas war mit ihnen auf dieser Reise geschehen, hoch am Himmel und in den tiefen Wäldern, getrieben von der Angst vor Entdeckung, von der Sorge, einander zu verlieren, vielleicht aber auch von der Erkenntnis, dass sie mehr gefunden hatten als das Ende von Arturs und Maras Geschichte: den Anfang ihrer eigenen.

Zuletzt hatten sie mit den Elementen kämpfen müssen, dem peitschenden Sturm, dem Getöse des Gewitters und dem Regen, der die Wege in Schlamm verwandelt hatte. Die Rückfahrt war eine Tortur gewesen, doch zugleich hatte das schlechte Wetter die Patrouillen in ihre Stationen getrieben. Nur einmal hatten sie zuckende Lichter hinter den Bäumen gesehen, kurz vor der Grenze; gleich darauf waren sie schon in Finnland gewesen, zurück auf ihrer Seite des Eisernen Vorhangs, der hier nicht ganz so eisern war wie weiter unten im Süden.

Und nun waren sie zurück. Am Mittelmeer fühlte sich die Hitze angenehmer an als im Norden. Die Sonne stand eine Handbreit über der Küste, beschien die Bucht und tauchte das wogende Dach des Nebels in feuerrotes Abendlicht.

Liette trug eine Bluse mit langen Ärmeln und einen Sommerrock, der bis zu den Knöcheln reichte, aber kein Kopftuch und keine Sonnenbrille. Am Tag zuvor hatte sie zum ersten Mal gesagt, dass die untergehende Sonne ihr guttue, während sie mit einer

Flasche Wein auf ihrer Terrasse gesessen, aufs Meer geblickt und den Plan gefasst hatten, gemeinsam zur Villa zu gehen. Liettes Anwälte trieben den Kauf jetzt voran, und die staatlichen Stellen hatten ihr Hoffnung gemacht, dass die Ruine bald ihr gehören könnte.

So lange aber wollte sie nicht warten. Dort drüben warteten die Bücher auf sie, die Bibliothek des alten Eisenhuth, in der einmal ein Geist umgegangen war, als ein kleines Mädchen von einem Baum aus durchs Fenster geblickt hatte.

Auch auf dieser Seite der Villa warnte ein Schild davor, dass die Klippe einsturzgefährdet sei, doch die beiden schenkten dem keine Beachtung. Nachdem sie die russische Grenze bezwungen hatten, fühlte es sich an, als könnten ihnen Erdrutsche und Felslawinen nichts mehr anhaben. Und Thomas war schon einmal hier gewesen, oben im Haus, als er die Fußspuren im Staub entdeckt hatte. Auch da war die Villa nicht in sich zusammengefallen, die Klippe stand fest wie eh und je, und als er jetzt beides aus dem Dunst auftauchen sah, gab es keinen Ort, an dem er gerade lieber gewesen wäre.

Die Nebelströme flossen um die verwinkelten Flügel des Anwesens, tasteten als weiße Finger über die Fassaden und krochen durch die engsten Spalten. Ihre Intensität changierte wie das milchige Weiß in Liettes Mondstein, der den Eindruck erweckte, ein Teil des Nebels wäre zu einem schimmernden Oval erstarrt.

Sie betraten das Haus durch den aufgebrochenen Hintereingang, streiften durch die leeren Gänge und Säle, durchquerten die Eingangshalle und stiegen die große Treppe hinauf in den ersten Stock. Der lange Flur zur Bibliothek war fensterlos und finster, aber die Doppeltür an seinem Ende stand ein Stück weit offen. Durch den Spalt floss ihnen rötliches Licht entgegen, die letzten Strahlen der untergehenden Sonne, eingetrübt von den hohen Milchglasscheiben. Die Luft roch moderig und abgestanden.

Am Eingang blieben sie stehen und wechselten einen Blick. Seit Thomas Liette kannte, hatte er sie selten verunsichert gesehen.

Erst als er sie auffordernd anlächelte, streckte sie nervös die Hand nach der Tür aus und schob sie langsam auf.

Vor ihnen öffnete sich der zweigeschossige Saal mit seiner umlaufenden Galerie und den mächtigen Bücherwänden. Die Regale waren so dicht gefüllt, als steckte in jedem ein Buch zu viel, um die Geschichten zu einer einzigen zu pressen, der einen, die alle anderen in sich vereinte.

Eine Bibliothek ist so viel mehr als nur die Bücher in ihren Regalen, hatte Liette gesagt, als sie ihm zum ersten Mal von diesem Raum erzählt hatte. *Sie ist ein Kosmos, ein ganzes Universum.*

Die Abdrücke der nackten Füße im Staub waren noch da. Sie führten von der Tür zu den Regalen, einmal daran entlang und wieder zurück.

»Gehen wir rein?«, fragte er.

Mit einem Nicken trat sie über die Schwelle. Erst jetzt fiel ihm auf, dass ein Hauch Bodennebel über dem Parkett hing, der bei jedem ihrer Schritte auseinandertrieb. Der Dunst suchte sich seinen Weg also auch hierher, und das schon seit Jahrzehnten.

Er folgte Liette mit etwas Abstand durch den weiten Saal, weil er das Gefühl hatte, dass dies ihr Moment war. Vielleicht war er nur zu Gast in ihrem Traum. An einem der hohen Regale strich sie über die Buchrücken, so wie sie es sich als Kind immer vorgestellt hatte, und ging nachdenklich daran entlang.

Das Haus knirschte und ächzte, und wieder meinte er, ein leichtes Vibrieren zu spüren, so als erzitterte die ganze Klippe unter ihren Schritten. Diesmal aber fühlte es sich nicht bedrohlich an, eher so, als steckte immer noch Leben in diesem halb vergessenen Ort. Auf sonderbare Weise machte ihm das Hoffnung.

Liette griff nach einem der Bücher und wollte es aus der Reihe ziehen, doch die Bände klebten fest aneinander. Thomas trat vor ein anderes Regal und versuchte es ebenfalls, doch auch dieses Exemplar war wie festgeleimt. Genauso das nächste und übernächste, und weitere an den anderen Wänden.

»Der Nebel«, sagte sie tonlos.

Thomas tastete von oben über die welligen Buchschnitte. »Das Papier ist von der langen Feuchtigkeit aufgequollen.«

An Tagen, wenn der Dunst aus der Bucht emporstieg und sich über die Felskante schob, hatte er mitangesehen, wie die Villa Eisenhuth bis zu den Giebeln darin versank. Vielleicht trug also doch nicht das Milchglas die Schuld an dem, was Liette damals gesehen hatte. Da war echter Nebel im Haus gewesen, gefangen in den Zimmern und Fluren, und darin eine echte Frau.

»Sie war hier«, sagte Liette. »Das war Mara, die ich damals gesehen habe.«

»Die Spuren sind höchstens ein paar Jahre alt, sonst hätte der Staub sie zugedeckt. Vielleicht ist sie heimlich immer wieder zurückgekehrt.« Er stellte sich vor, dass sie stets mit dem Nebel gekommen war, beinahe unsichtbar in den Schwaden. »Irgendwas hat sie mit diesem Ort verbunden.«

Liette berührte wie in Zeitlupe ein Buch nach dem anderen. Sie wirkte nicht enttäuscht, nur ein wenig melancholisch, und Thomas glaubte, dass der Grund dafür gar nicht die Bücher waren, die sich nie wieder öffnen lassen würden. »Sie und Artur müssen mal zusammen hier gewesen sein«, sagte sie. »Vor langer Zeit, als beide noch sehr jung waren. Deshalb ist er nie mehr von der Küste fortgegangen. Er muss immer gehofft haben, dass es sie genauso hierherzieht wie ihn.«

»Und dabei sind sie sich nie begegnet?«

Liette schüttelte den Kopf. »Vielleicht hat sie nicht mal gewusst, dass er hier in Frankreich ist. Er hat hier unter einem anderen Namen gelebt, genau wie sie. Vielleicht wollte sie auch gar nicht, dass er erfährt, was aus ihr geworden war. Und trotzdem ist sie immer wieder hergekommen. Manchmal kann man eben nicht anders.« Sie deutete auf die Spuren der nackten Füße. »Ich glaube, sie hat das Haus spüren wollen, die Böden, den Nebel, diesen ganzen Ort.«

»Ihre Vergangenheit«, sagte er leise.

Sie löste den Blick von der Mauer aus Büchern und sah zu ihm herüber. »Sie wollte fühlen, was einmal war. Das, was sie damals gespürt hat und danach vielleicht nie wieder.«

Er wusste, was sie meinte. Mara und Artur waren niemals voneinander losgekommen. Jahrzehntelang waren sie um diesen Ort gekreist wie zwei Gestirne, die einander nie berührten. Erst ganz am Ende hatte der Tod diesen Kreislauf durchbrochen. Und mit ihnen war auch diese Bibliothek gestorben. Das Haus war vom Schicksal der beiden befreit wie von einem Fluch.

»Ich erwecke das alles wieder zum Leben«, sagte Liette, streckte die Arme aus und drehte sich einmal um sich selbst, als wollte sie den ganzen Saal berühren. »Ich bringe neue Bücher in diesen Raum, neue Geschichten, neue Stimmen.«

»Ich kann dir dabei helfen, wenn du magst«, sagte er.

Sie kam zu ihm, küsste ihn und nahm seine Hand. Dann führte sie ihn durch die staubige Leere hinüber zu einem der Milchglasfenster. Im blutroten Schein der Abendsonne waren draußen nur vage Umrisse zu erkennen, ein paar formlose Schatten.

»Da drüben stand der Baum, auf den ich damals geklettert bin«, sagte sie.

Er setzte eine Fingerspitze auf das Glas und begann, einen Stamm und starke Äste in die Staubschicht zu zeichnen. »Wir beide«, sagte er, »wir pflanzen einen neuen.«

Epilog

1928

Ein Mann ging durch die Gassen des Graphischen Viertels, breit wie ein Troll, mit zerzaustem Haar und Armen so lang, dass sie auf den ersten Blick bis zum Boden reichten. Seine Stirn war flach und ein wenig vorgewölbt, sodass seine Augen in tiefem Schatten versanken, wenn er den trüben Schein der Laternen durchquerte.

Der Herbstabend war kühl und düster, und der Himmel hatte einen Gelbstich wie altes Papier. Der ewige Dampf, der all die Druckmaschinen antrieb, bestäubte die Simse und Reliefs mit Ruß. Hermes, der Gott mit dem Flügelhelm, den die Römer Merkur nannten, war hier zu Hause, ebenso wie Minerva, die Göttin der schönen Künste. Oft blickten sie gemeinsam aus Nischen in den gotischen Fassaden, wachten über Buchhandlungen und Verlage, über Setzereien und Antiquariate.

Grigori war zum ersten Mal in der Stadt der Bücher. Er war vom Bahnhof aus schnurstracks in dieses Viertel gekommen, auf der Suche nach Abenteuern, den erdachten und den wahren. Er war fest entschlossen, beide zu finden, in Romanen und im Leben. Im Zug aus Paris hatten sie ihn für einen Franzosen gehalten, weil er die Sprache beherrschte, und nun war es an der Zeit für ihn, Deutsch zu lernen. Er kannte nur ein paar Wörter, gerade mal genug, um eine Handvoll Sätze zu bilden. Er hoffte, dass das ausreichte, um eine Anstellung als Gärtner zu finden. Diesmal wollte er einen anständigen Beruf. Er hatte Paris nicht freiwillig verlassen.

Aus dem klobigen Seesack, den er wie einen Buckel auf der Schulter trug, ragten Stängel mit grünen Blättern – seine treue, alte Minze, seit beinahe fünfzehn Jahren. Wenn er den richtigen Boden für sie fand, konnte sie gut und gern zehn weitere schaffen. Und den richtigen Boden brauchte auch er.

Ziellos ließ er sich durch das Viertel treiben. Er blickte durch offene Werktore und Bürofenster, bestaunte die Auslagen der Buchläden und atmete den Duft aus ihren Türen ein. Er war bereits eine ganze Weile umhergewandert, als er in eine schmale Straße abbog. An der Einmündung hingen zwei Schilder mit unterschiedlichen Namen, das eine festgerostet und voller Kohlenstaub, das andere nagelneu und blitzblank. Offenbar hatte man das alte nach der Umbenennung einfach hängen lassen. Grigori hätte seinen ersten Wochenlohn darauf verwettet, dass die Anwohner den alten Namen weiterbenutzten, solange niemand das Schild herunternahm. Genauso war es mit Sankt Petersburg geschehen, das sie erst in Petrograd, dann in Leningrad umbenannt hatten. Die Menschen dort hielten am Vertrauten fest. Und die Menschen in Petersburg unterschieden sich letztlich nicht von denen hier in Leipzig.

Grigori ging an einer Einfahrt mit Pförtner vorbei und folgte einer langen Ziegelmauer. An ihrem Ende stand ein kleines Gebäude mit spitzem Giebel. Das Schaufenster war derart voll mit alten Büchern, dass es schwerfallen musste, von innen hinaus auf die Straße zu sehen.

Montecristo stand in Stein gehauen über dem Eingang.

Grigori blieb stehen und besah sich die Bücher genauer. Er konnte die Titel nicht lesen, aber er erkannte die Namen mancher Autoren. Dumas und Salgari und London. Als er aufsah, fiel sein Blick durch einen Spalt ins Innere. Ein junger Mann sortierte gerade Bücher in ein Regal.

»Warum gehst du nicht rein?«, fragte eine helle Stimme neben ihm, ein kleines Mädchen mit braunen Zöpfen und großen Augen, vielleicht sechs oder sieben Jahre alt. Wahrscheinlich konnte sie die Bücher in diesem Laden kaum besser lesen als er, trotzdem trug sie einen ganzen Stapel unter dem Arm.

»Wie heißt du?«, fragte sie, und dann, als er nicht antwortete, noch einmal deutlicher: »Wie ist dein Name?«

»Grigori.«

Sie zeigte ein breites Zahnlückengrinsen. »Ich bin Rosalie. Das reimt sich übrigens auf Grigori.«

Er nickte, weil er nur seinen Namen verstand.

»Na, komm«, sagte sie, ergriff seine Pranke mit ihrer kleinen Hand, öffnete die Tür und nahm ihn mit zu den Büchern.

Ein Bücherdieb, ein Junge ohne Erinnerung
und die Magie des Lesens

Kai Meyer

Die Bücher, der Junge und die Nacht

Dichter Nebel wogt durch die Gassen der Bücherstadt Leipzig, 1933, als das Böse die Macht ergreift. Hier entspinnt sich die tragische Liebe des Buchbinders Jakob Steinfeld zu einer rätselhaften jungen Frau. Juli hat ein Buch geschrieben, das sie einzig ihm anvertrauen will. Doch bald darauf verschwindet sie spurlos.

Fast vierzig Jahre später ist auch Jakobs Sohn Robert den Büchern verfallen. Als die Bibliothekarin Marie ihn bittet, ihr bei einem Auftrag der geheimnisumwitterten Verlegerfamilie Pallandt zu helfen, stoßen sie auf das Mysterium eines Buches, dessen Geschichte eng mit Roberts eigener verknüpft ist – es ist der Schlüssel zum Schicksal seiner Eltern.

KNAUR